Milena Moser • Mehr als ein Leben

Milena Moser

Mehr als ein Leben

Roman

KEIN & ABER
POCKET

Ebenfalls von Milena Moser:
Der Traum vom Fliegen
Das schöne Leben der Toten
Land der Söhne

Coverbild: Maurice Ettlin
Covergestaltung: Hannes Aechter, Berlin
Satz: Dörlemann Satz, Lemförde
Druck und Bindung: CPI books GmbH, Leck
ISBN 978-3-0369-6176-7
Auch als eBook erhältlich

www.keinundaber.ch

HELEN

1975

I.

Es war heute. Heute war der Tag, das wusste Helen gleich. Sie war aufgewacht, weil sie den Wecker gehört hatte, im Zimmer ihrer Mutter auf der anderen Seite des Flurs. Sie hörte ein einziges Klingeln und ein dumpfes Geräusch und dann nichts mehr. Ihre Mutter hatte den Wecker gehört und ausgeschaltet. Aber sie war nicht aufgestanden.

Helen wartete, warten konnte sie gut. Sie wartete darauf, dass ihre Mutter aufwachte. Sie wartete darauf, dass Mama Frühstück machte. Sie wartete auf Papa, der versprochen hatte, sie abzuholen und mit ihr in den Zoo zu fahren, wo es echte Löwen gab und Elefanten. Sie wartete auf die Gutenachtgeschichte im Fernsehen, die einzige Sendung, die sie sehen durfte. Sie wartete, bis die großen Jungen den Spielplatz freigaben. Sie wartete darauf, dass sie einschlief. Sie wartete.

Es machte ihr nichts aus. Helen hatte ein Haus in ihrem Kopf. Das Haus war voller Türen und hinter jeder befand sich ein Zimmer, immer ein anderes und immer eine Überraschung. Manche waren voller Bilderbücher, andere voller Süßigkeiten. In einem schwebten alle Möbel an der Decke, in einem anderen stand ein Pferd auf einem Teppich aus Gras.

Am Anfang hatte sie immer nur das Haus gesehen, in

dem sie früher gewohnt hatte, bevor sie mit ihrer Mutter in diese Siedlung gezogen war. Sie sah das rote Samtsofa gleich hinter der Eingangstür, das Wohnzimmer mit dem flauschigen weißen Teppich und dem alten Ledersessel, in dem ihr Vater immer saß und die Zeitung las und rauchte. Der Sessel erinnerte Helen an einen Elefanten, seine graue zerknitterte Haut, die sie im Zoo einmal von ganz nahe gesehen hatte. Helen lag auf dem Bauch auf dem flauschigen Teppich, die Wollflusen bewegten sich wie Grashalme und kitzelten sie. Dann war sie in der Küche und half ihrer Mutter, frische Apfelschnitze auf dem Kuchenteig anzurichten, immer rund und rund im Kreis herum wie ein Schneckenhaus. Sie sah ihr Zimmer. Es hatte schräge Wände, die ihre Mutter mit dünnem Vorhangstoff bespannt hatte. Wenn man das Fenster öffnete, bauschte sich der Stoff im Wind. Manchmal stellte Helen sich vor, sie sei auf einem Schiff. Ihr altes Zimmer war größer gewesen als das hier in der Siedlung, sie hatte nicht all ihre Sachen mitnehmen können. Aber vor allem war ihr Vater nicht mitgekommen.

Ihre Eltern waren getrennt. Getrennt, das war, wenn sauer gewordene Milch im Kaffee flockte und in schmutzigen Wolken auf der Tasse schwamm, statt zu dem perfekten Hellbraun zu verschmelzen, das Mama so liebte. Helen wusste nicht, wie man Kaffee kochte, aber sie konnte die Milch dazugießen und umrühren, sie wusste genau, wie der Kaffee aussehen musste, damit ihre Mutter ihn gerne trank. Milch, die sich vom Kaffee trennte, war etwas Widerwärtiges. Getrennte Eltern auch. Man durfte nicht darüber reden, das Wort nicht mal aussprechen. Sie presste immer die Lippen zusammen, wenn die anderen

Mütter danach fragten: »Wo ist denn dein Vater, Helen? Kommt er bald wieder vorbei? Sind deine Eltern getrennt?«

Wenn Mama so etwas hörte, antwortete sie scharf: »Wir sind nicht wirklich geschieden! Nur auf dem Papier.«

Wenn Helen nur wüsste, wo dieses Papier war. Dann könnte sie es einfach mit der Schere zerschneiden und alles wäre wieder gut. Schere, Stein, Papier!

Ihre Eltern hatten immer schon viel gestritten. Oder laut geredet. Das sagte Mama jeweils, um sie zu trösten: »Wir reden nur laut.« Und Vera hatte immer schon »Launen« gehabt. »Deine Mutter und ihre Launen«, sagte Luc immer. Mit einem Seufzen in der Stimme, als rede er über das Wetter, über etwas, das man einfach hinnehmen musste. Man konnte nie wissen, ob sie lachen oder weinen würde, wenn sich ihr Mund verzog. Helen studierte die Mundwinkel ihrer Mutter, wie sie zitterten und zuckten, nach unten zeigten oder manchmal auch nach oben, wie sich ihre Lippen kräuselten oder streckten. Sie kannte jede ihrer Regungen. Und konnte sie doch nie richtig einschätzen. Schon ganz früher, vor der Trennung, im alten Haus, war Veras Stimmung manchmal ganz plötzlich umgeschlagen. Ohne die geringste Vorwarnung. Eben noch hatte sie liebevoll den Tisch gedeckt, ein von Helen bemaltes und mit einem Strauß Gänseblümchen aus dem Garten bestücktes Joghurtglas in die Mitte gestellt. Doch plötzlich sackte sie in sich zusammen, als hätte ihr jemand die Luft abgelassen, wie bei einem Ballon. Dann setzte Vera sich auf den Boden und weinte, während das Essen im Ofen verbrannte und die Küche sich mit Rauch füllte. Manchmal hielt sie mitten im Putzen inne, schaltete den

Staubsauger aus und legte stattdessen eine Schallplatte auf. Dann wirbelte sie mit Helen durchs Wohnzimmer, hielt sie an den Händen und schwang sie hoch, hoch, hoch bis unter die Zimmerdecke. Helen konnte nie wissen, was als nächstes passieren würde. Sie hielt deshalb immer ein wenig den Atem an.

Später wurde ihre Mutter immer öfter wütend, sie warf Gläser an die Wand, Teller, Tassen. Einmal hatte sie Papas Anzüge im Kamin verbrannt, das ganze Haus hatte tagelang nach verkohltem Plastik gestunken. Ein andermal hatte sie seine Bücher aus dem Fenster geworfen. Doch dann hatte es zu regnen begonnen. Barfuß war sie hinausgerannt, um die Bücher zu retten, aber es war zu spät, sie waren ruiniert. Als Papa schließlich eines Abends mit zwei Koffern im Flur stand, fiel Mama laut schluchzend auf die Knie und klammerte sich an seine Beine. Er musste ganz komische, steife Schritte machen wie ein Storch. Helen war damals erst vier, aber sie wusste, dass es kein Spiel war. Ihr Vater meinte es ernst. »Papa!«, rief Helen und warf sich neben Mama auf den Boden, klammerte sich an sein anderes Hosenbein. Und da blieb er stehen. Er ging in die Knie und hob Helen vom Boden auf, nahm ihr Gesicht in beide Hände und sagte: »Du nicht, Prinzessin, du nicht!«

Zu Vera sagte er: »Wie tief kannst du noch sinken?« Er schüttelte sie beide ab, stieg mit einem großen Schritt über sie hinweg und zur Tür hinaus. Sie hörten seinen VW Käfer husten und knattern und schließlich davonfahren. Mama heulte auf wie ein Tier, kroch auf allen Vieren zur Tür und hämmerte mit den Fäusten dagegen. Helen wusste nicht mehr, wie es weitergegangen war, irgendwie war es weitergegangen.

Helen lauschte. Beide Zimmertüren standen offen. Sie konnte nachts nicht schlafen ohne das helle Flurlicht, das schräg in ihr Zimmer fiel. Mama machte ihre Tür manchmal nachts zu. Dann schlich sich Helen aus dem Bett und öffnete sie wieder, ganz leise. War ihre Mutter einmal eingeschlafen, konnte man sie kaum aufwecken. Häufig schnaufte sie dabei laut, trotzdem fühlte Helen sich besser, wenn ihre Zimmertür offenstand.

Es war so still, meist konnte sie die Nachbarn durch die dünnen Wände hören, ihren Fernseher, das Radio, ihre Stimmen. Frau Hofstetter auf der anderen Seite schrie immer ihren Mann an. Ihre Mutter sagte, das sei, weil er nicht mehr gut hörte. Er schrie nie zurück.

Helen stand auf. Auf dem Bettrand lagen ihre Kleider ausgebreitet wie die einer Papierpuppe. Neben dem Bett standen die neuen Pantoffeln, die sie mitbringen musste, und die kleine Tasche aus rotem Leder, die sie mit einem Fix-und-Foxi-Aufkleber verziert hatte. Er saß ein wenig schief.

Vor einem Jahr hätte Helen schon den Kindergarten besuchen sollen, zusammen mit ihrer Freundin Susanne, die damals an derselben Straße wohnte. Doch Mama hatte sie zurückbehalten. Helen hatte sich das Wort gemerkt. Mama hatte sie zurückbehalten, bei sich behalten. Weil Papa nicht mehr da war und sie tagsüber nicht allein sein wollte. Aber vielleicht war es auch, weil sie jetzt morgens immer sehr lange schlief. Sie holte immer mehr Weinflaschen aus dem Keller und trank sie ganz allein aus. Früher hatte Papa ihr dabei geholfen. Doch seit Papa weg war, war alles anders. Mama war jetzt immer müde, lachte nicht mehr und tanzte nicht mehr. Sie nannte Helen nicht mehr »mein Mädchen«. Sie kochte nicht mehr, bügelte nicht mehr, fegte den Küchenboden nicht mehr. Helen versuchte verzweifelt, die Handreichungen, die sie so oft beobachtet hatte, aus dem Gedächtnis nachzuahmen. Sie hatte Mama doch immer geholfen, sie war ihr durchs Haus gefolgt wie ein Hündchen, von oben nach unten, von einem Zimmer zum nächsten. Sie wusste genau, was Mama jeden Tag getan hatte: lüften, Betten machen, abstauben, staubsaugen … Aber wenn sie es allein versuchte, konnte sie es nicht.

Und dann sagte Papa, sie könnten das Haus nicht länger halten. Das war Mamas Beruf, das Haus zu halten. Das sagte sie doch immer. Wie sehr sie es liebte, das Haus zu halten, und dass es nichts gäbe, was sie lieber tun würde. Aber offenbar nur, wenn Papa auch in dem Haus war. Helen allein war nicht genug.

Statt einem Haus, das sie nicht halten konnten, hatten sie nun zwei Wohnungen, eine in der Siedlung und eine in der Nähe von Papas Arbeit. Das war kein guter Tausch, fand Helen. Papa hatte beim Umzug geholfen. Er hatte an den Türen geklingelt und sich den Nachbarinnen vorgestellt. Alle mochten ihn. Sie kannten ihn vom Fernsehen und waren ganz aufgeregt, ihn persönlich kennenzulernen. Auch deshalb ging Helen nicht gern in den Hof hinunter zum Spielen oder zu den anderen Kindern nach Hause. Wegen der Mütter. Ständig fragten sie nach ihrem Papa. Wie es ihm ginge und wann er wiederkäme. Vielleicht war das auch der Grund, warum Mama nur noch selten die Wohnung verließ.

Papa kam oft vorbei, aber immer nur kurz und nie dann, wenn er es versprochen hatte. Er hatte die Lampen in der Küche montiert und den Bücherschrank an die Wand geschoben. Er öffnete die Briefe von der Bank und vom Steueramt, er legte die Rechnungen in ordentlichen Stapeln auf den Küchentisch und half Mama, die Einzahlungsscheine auszufüllen. Manchmal ließ er auch Geld auf dem Tisch liegen, zerknitterte Noten, die Mama mit der Handkante glattstrich als wären es Briefe.

»Natürlich liebt er uns noch«, sagte Mama. »Er braucht nur etwas Abstand. Das tut jeder Beziehung gut. Und dein Vater ist nun mal ein Freigeist.«

Jetzt hörte sie eine Tür schlagen, das Getrampel von Füßen im Hausflur, die laute Stimme von Frau Huber. »Dani, deine Turnsachen! Barbie, die Jacke!« Ihre Stimme war schrill. Wie ein Messer, das auf dem Teller abrutschte. Frau Huber hielt sich für etwas Besseres, sagte Mama immer.

Der Kindergarten begann später als die richtige Schule, wusste Helen. Aber wie viel später? Sie würde sich besser auch langsam bereit machen. Auf Sockenfüßen schlich sie zu Mamas Zimmer, doch sie ging nicht hinein. Sie blieb in der Tür stehen, mit sicherem Abstand zum Bett. Ihre Mutter hatte die Decke abgeworfen. Sie trug noch das Kleid vom Vorabend, das Gelbe mit den dicken, weißen Blumen, das Helen so gern mochte. Jetzt war es ganz zerknittert.

»Mama, Mama!«, rief sie vom Türrahmen aus. »Wach auf!« Ihre Mutter seufzte und drehte sich um, aber sie öffnete nicht die Augen. Ihr schönes Kleid hatte vorne einen großen, dunklen Fleck. Schon gefiel es Helen nicht mehr. Sie drehte sich um und ging in ihr eigenes Zimmer zurück. Sie zog sich fertig an, wusch sich die Hände im Bad, fuhr sich mit der Bürste durch die Haare. Eigentlich müsste sie auch die Zähne putzen, aber das war ihr jetzt zu viel. Helen nahm die neue Kindergartentasche vom Stuhl und legte sich den Riemen quer über die Brust. Die Tasche war leer. Sie versuchte sich zu erinnern, was ihre Mutter gestern gesagt hatte. Musste sie etwas mitbringen? Etwas zu essen? Hatte Mama etwas für sie vorbereitet?

Sie öffnete den Kühlschrank. Die Auswahl war nicht groß. Den offenen Milchkarton konnte sie nicht gut einpacken. Sie öffnete alle Klappen und zog an allen Schubladen, bis sie etwas fand, das sie einstecken konnte. Dann schlüpfte sie in ihre Gummistiefel, die einzigen Schuhe, die sie allein anziehen konnte. Im Kindergarten würde sie lernen, ihre Schuhe zu binden. Das hatte Frank ihr erzählt, der es wiederum von den älteren Kindern wusste, die im Hof spielten. Frank war ein Jahr jünger als Helen, aber er wusste mehr als sie. Frank war ihr Freund.

Sie trat in den Flur hinaus und zog die Tür hinter sich zu. Einen eigenen Schlüssel hatte sie nicht. Aber ihre Mutter war ja zu Hause. Sie würde aufwachen und sich erinnern. Vielleicht sogar rechtzeitig, um sie nach dem Kindergarten abzuholen.

Helens Plan war ganz einfach: Sie würde im Treppenhaus warten, bis Frank sich auf den Weg machte, und ihm folgen.

2.

Frau Esposito trug einen Regenmantel, der falsch zugeknöpft war, darunter schaute ihr Nachthemd hervor. Barfuß schlüpfte sie nur in ein Paar Gummistiefel, die neben der Tür standen. Schwarz mit einem kleinen Absatz. Lippenstift trug sie keinen, und die langen Haare waren zu einem strubbeligen Pferdeschwanz gebunden. Sie sah müde aus. Herr Esposito kam nicht wie die anderen Väter jeden Abend von der Arbeit nach Hause, sondern nur alle zwei Wochen. Dafür blieb er dann gleich ein paar Tage. Er fuhr einen Lastwagen. Alle zwei Wochen tönte Musik aus ihrer Wohnung und im Treppenhaus roch es tagelang nach Essen. Alle zwei Wochen föhnte Frau Esposito ihre langen Haare glatt, bis sie wie ein glänzender Vorhang über ihre Schultern fielen, und trug rosa Lippenstift auf. Alle zwei Wochen lachte sie.

Jetzt verschwand sie nochmal in der Wohnung und kam mit einem Deckenbündel zurück, in dem die kleine Maja schlief, die alle Meieli nannten. Den zweijährigen Marco hatte sie in eine Art Geschirr geschnallt, an dem ein Riemen befestigt war. Wie die Zügel der Ponys im Kinderzoo, dachte Helen. Frank hatte sich die Haare mit Wasser zurückgekämmt, seine Locken klebten am Kopf fest. Helen konnte die Linien sehen, die der Kamm gezogen hatte. Fragend schaute er sie an, hob stumm seine blaue Kindergartentasche hoch und zeigte ihr den Schlumpf-Aufkleber auf der Klappe.

Helen hob zur Antwort ihre rote Tasche hoch. Sobald sie Frank sah, fühlte sie sich besser. Wenn sie mit ihm zusammen war, konnte ihr nichts passieren.

»Kommst du mit uns?«, fragte Frau Esposito und Helen nickte. Sie stellte keine weiteren Fragen. Wo ist deine Mutter, zum Beispiel. Bist du ganz allein? Weiß deine Mutter denn nicht, dass heute der Kindergarten beginnt?

»Halt mal«, sagte sie nur und reichte ihr die Riemen, die

an Marcos Geschirr befestigt waren. Dieser scharrte mit den Füßen wie ein richtiges Pferdchen.

Im Erdgeschoss musste Frank mit dem Kinderwagen und der Tür helfen. Frau Huber hatte Unterschriften gesammelt gegen das Abstellen des Kinderwagens im Eingang. Helens Mutter hatte sich geweigert, zu unterschreiben. Sie hatte Frau Huber etwas von Frauensolidarität erzählt und dass sie sich schämen sollte und ihr dann die Tür vor der Nase zugeschlagen. Das hatte sie bei den anderen Müttern nicht gerade beliebter gemacht.

Endlich zogen sie los. Eine Mutter mit vier Kindern. Kein ungewöhnlicher Anblick in der Siedlung. Auch ganz allein würde Helen schon morgen nicht mehr auffallen. Nur am ersten Tag wurden die Kinder von ihren Müttern begleitet.

Die älteren Jungen rannten über die Straße, ohne das grüne Männlein abzuwarten, manchmal blieben sie nicht mal auf dem gelben Streifen. Helen beobachtete solches Verhalten mit Interesse. Man musste sich schon sehr sicher fühlen, um so etwas zu tun. Helen blieb lieber auf dem Gehsteig.

Als sie vor dem Kindergarten ankamen, wartete Fräulein Imbach, die Kindergärtnerin, ungeduldig vor der offenen Tür. Von weitem sah sie jung und lustig aus, mit bunten Ringelstrümpfen unter dem kurzen Rock und langen, schwarzen Haaren, die seitlich zu wippenden Zöpfen gebunden und mit roten Bommeln geschmückt waren. Doch je näher sie kamen, desto älter und missmutiger wirkte sie. Tiefe Linien zogen sich um ihren Mund wie bei einem Clown. Scheu duckte Helen sich hinter den Kinderwagen.

»Da seid ihr ja endlich«, rief Fräulein Imbach. »Du musst wohl Franco sein.«

»Ich heiße Frank.« Sein Vater hieß Franco, das hatte Frank mal erzählt, ganz leise, als sei es ein Geheimnis. Und dass er Italiener sei. Das wusste Helen aber schon.

Fräulein Imbach schaute auf ihre Liste. »Frank, also. Und du bist die Helen?«

Helen nickte schüchtern.

»Dann mal rein mit euch, ihr seid die Letzten.« Durch die offene Tür konnte Helen in den Raum sehen. Kleine Stühle waren im Kreis angeordnet, auf jedem saß ein Kind und hinter jedem Stuhl stand eine Mutter. Frau Esposito würde sich also nicht vor der Tür von ihnen verabschieden, nein, sie würde mit hineinkommen und hinter Franks Stuhl stehen. So dass alle sehen konnten, wer zu wem gehörte und wer niemanden hatte, nämlich sie. Helen.

Doch dann fing Meieli an, zu weinen und Marco stimmte mit ein. Frau Esposito schaute nach rechts und nach links, knöpfte das Verdeck des Kinderwagens auf und machte Anstalten, Meieli hinauszuheben. Fräulein Imbach nahm Helen und Frank an der Hand.

»Sie können gerne gehen, Frau Esposito, wir kommen schon zurecht.« Es klang nicht besonders freundlich. Fräulein Imbach ging schnell, die Kinder mussten laufen, um mitzukommen, Helens Handgelenk schmerzte im harten Griff.

»Hier könnt ihr eure Schuhe wechseln.« Sie zeigte auf die letzten beiden Haken ganz am Ende der Wand. Frank setzte sich hin und nahm seine Pantoffeln aus der blauen Tasche.

Die Pantoffeln! Sie hatte die Pantoffeln vergessen, die

Mama extra für den Kindergarten gekauft und zusammen mit ihren Kleidern für heute bereitgelegt hatte. Sie waren schwarz getupft und hatten einen roten Bommel. Und Helen hatte sie unter ihrem Stuhl stehen lassen. Sie biss sich auf die Lippen, um nicht zu weinen.

Jetzt kam es. Es musste ja kommen: »Und wo ist deine Mutter?«

»Sie ist krank.« Ohne zu überlegen sagte sie das. Zum ersten Mal. Mit der Zeit würde sie es fast selbst glauben: Ihre Mama war krank. Schließlich lag sie hinter heruntergelassenen Läden im Bett und stöhnte im Schlaf.

»Krank, so.« Fräulein Imbach schien ihr nicht zu glauben. »Und die Hausschuhe hast du auch nicht?«

Stumm schüttelte Helen den Kopf. Fräulein Imbach nickte ein paar Mal. Ihre Lippen bewegten sich, als wollte sie etwas sagen.

»Nimm meine«, sagte Frank. Er rutschte auf der Bank zu ihr hinüber, streifte seine Pantoffeln ab und schob sie ihr hin. Dankbar schlüpfte sie hinein. Sie waren aus dunkelblauem Kordsamt und ein bisschen zu groß für sie. »Jungshausschuhe«. Franks Socken hatten Löcher, auf einer Seite schaute sein großer Zeh heraus, doch das schien ihn nicht zu kümmern. Er stand auf und nahm Helens Hand. Ohne Fräulein Imbach weiter zu beachten, zog er sie in den Kindergarten hinein, an den Kindern und Müttern vorbei zu den letzten beiden freien Stühlen.

3.

Frau Esposito kam zu spät. So lange Franks Mutter noch nicht hier war, dachte Helen, konnte ihre ja auch noch kommen. Während sie vor dem Kindergartentor warteten, hörten sie Fräulein Imbachs aufgeregte Stimme und dazwischen die der anderen Mütter.

»… etwas unternehmen«, hörten sie. »Nie erlebt.« Und immer wieder »Zwiebel!«.

Helen wollte sich die Ohren zuhalten, aber Frank hielt ihre Hand und ließ sie nicht los. Sobald sie Frau Esposito an der Ampel entdeckten, rannten sie ihr entgegen. Sie fragte nicht, wie der erste Tag gewesen war, sie drückte ihnen je eine Einkaufstasche in die Hand und sagte beiläufig zu Helen: »Du bleibst zum Mittagessen, ja?«

Jetzt musste Frank Helens Hand loslassen, um die Tasche entgegenzunehmen. Helens Hand fühlte sich verlassen an. Sie steckte sie in den Jackenärmel und schüttelte tapfer den Kopf. »Meine Mutter wartet mit dem Essen auf mich«, behauptete sie. Herausfordernd schaute sie Frau Esposito an. Doch diese dachte nicht daran, ihr zu widersprechen und nickte nur. Meieli fing wieder an zu weinen, Marco stimmte mit ein. Helen vermutete allerdings, dass er nur so tat. Seine Augen blieben trocken und er schielte immer wieder zu seiner Mutter hinüber, die sich um Meieli bemühte. »Du saugst mich noch ganz aus«, sagte sie. Das sagte Helens Vater auch manchmal, in demselben erschöpften Ton, allerdings zu ihrer Mutter. Helen wunderte sich.

Dann setzte sich Marco einfach auf den Boden, mitten auf dem Gehsteig, und brüllte mit weit aufgerissenem

Mund. Helen konnte sein Halszäpfchen sehen. Eine Frau, die einen Einkaufswagen aus kariertem Stoff hinter sich herzog, sagte ganz laut: »Immer diese Italos, missratene Tschinggenbande!« Jetzt hatte auch Frau Esposito Tränen in den Augen. Helen dachte, dass der Unterschied gar nicht so groß war. Zwischen ihrer Mutter und der von Frank.

Schließlich nahm Frau Esposito Meieli aus dem Wagen und hielt sie in einem Arm, während sie mit der anderen Hand die Leine festhielt, die an Marcos Gürtel befestigt war. Frank legte seine Einkaufstüte in den Wagen und bedeutete Helen, ihre dazuzulegen. Gemeinsam schoben sie den Wagen auf die andere Straßenseite, in die Siedlung hinein, und trugen ihn dann die Treppe in den zweiten Stock hinauf, was gar nicht so einfach war. Immer wieder kippte er, eine der Einkaufstüten fiel herunter und zwei große Kartoffeln kullerten die ganze Treppe hinunter. Helen wollte den Kartoffeln nachjagen, als der ganze Wagen umkippte. Frank fluchte.

Frau Esposito war schon oben, sie hatte die Wohnungstür offen gelassen, sie konnten Meieli schreien hören. Dann verstummte das Schreien abrupt, als ob man auf einen Knopf gedrückt hätte.

»Weißt du, wo die Milch herkommt?«, fragte Frank.

»Aus der Packung«, sagte Helen. Manchmal war Frank wirklich komisch.

»Aus meiner Mutter«, sagte Frank. »Ich schwörs!« Sie sammelten die im Treppenhaus verstreuten Lebensmittel zusammen, legten sie wieder auf die gelbe, gehäkelte Wolldecke, und endlich schob Frank den Wagen in die Wohnung hinein. Er winkte Helen, ihm zu folgen, und hielt einen Finger an die Lippen: Sie musste still sein.

Wie zwei Einbrecher schlichen sie den Flur entlang und blieben vor der Küchentür stehen. Marco saß in seinem Hochsitz und kaute an einer Brotrinde. Dicke, feuchte Krümel klebten in seinem Gesicht und auf seinen Händen. Helen ekelte sich ein bisschen. Dann sah sie Frau Esposito. Sie saß auf der Fensterbank, ein Bein anzogen, Meieli im Arm. Sie hatte ihre Bluse aufgeknöpft und den Büstenhalter nach oben geschoben, so dass man ihre Brüste sehen konnte. Sie waren größer als die von Vera und dunkler, die Brustwarzen waren riesig und fast schwarz. Aus einer tropfte eine durchsichtige Flüssigkeit, die andere steckte in Meielis Mund, die mit geschlossenen Augen daran sog und zufrieden schmatzte. Frau Esposito verzog ein wenig das Gesicht. Das musste doch wehtun, dachte Helen. Beim Spielen hatte sie ihrer Mutter mal den Ellbogen in die Brust gerammt, und sie hatte aufgeschrien. Vera trug allerdings auch keinen Büstenhalter, das fand sie überflüssig.

Auch das unterschied sie von den anderen Müttern. Dass ihre Brüste nicht steif und spitz unter der Kleidung vorstanden, sondern weich und rund waren und sich auf und ab bewegten.

Sie musste nach ihrer Mutter sehen, also schlich sie ebenso leise wieder aus der Wohnung, wie sie gekommen war, bevor Frau Esposito sie bemerkt hatte. Frank folgte ihr.

»Was hab ich gesagt?«

»Das wusste ich schon lange«, behauptete Helen. »Jedes Kind weiß das!« Sie hatte es satt, dass Frank so viel mehr wusste als sie, obwohl er ein Jahr jünger war. Deshalb fragte sie auch nicht, warum die Milch aus Frau Espositos Brust nicht weiß war wie die aus der Flasche, sondern durchsichtig. Langsam ging sie die Treppe hinauf. Ihre Füße wurden mit jedem Schritt schwerer, bis sie sie gar nicht mehr anheben konnte. Helen setzte sich auf die Stufe. Frank war ihr gefolgt und setzte sich neben sie. Manchmal ging er ihr wirklich auf die Nerven. Doch wegschicken mochte sie ihn auch nicht. Und als er ihre Hand in seine nahm, fühlte sie sich wieder etwas besser. So saßen sie einfach da, auf der Treppe, ohne zu reden.

Bis plötzlich Helens Vater an ihnen vorbeirannte. Er nahm zwei Stufen auf einmal, rannte so dicht an ihnen vorbei, dass er sie beinahe getreten hätte, und doch sah er sie nicht. Erst drei Stufen weiter oben blieb er stehen und rief: »Da bist du ja, Prinzessin!« Er kam zurück, hob sie hoch und trug sie in den vierten Stock hinauf. Dort setzte er sie ab und begann, an die Tür zu poltern, was Helen unnötig fand. Sie hatten schließlich eine Klingel.

Sie hörten, wie sich die anderen Türen im Stockwerk öffneten, Frau Hofstetter fragte, ob etwas passiert sei, und Frau Huber erkundigte sich scheinheilig, ob Vera etwa krank sei. »Helen ist heute früh ganz allein in den Kindergarten gegangen, ihre Mutter haben wir heute noch gar nicht gesehen!«

»Stimmt gar nicht, ich bin mit Frank gegangen«, korrigierte Helen, öffnete die Tür und schlüpfte hinein. Sie musste sich beeilen, musste ihre Mutter finden, dann könnte sie das Schlimmste vielleicht noch verhindern. Doch plötzlich konnte sie sich kaum mehr bewegen, ihre Arme und Beine waren wie aus Stein. Sie musste ihren Vater vorbeilassen, schloss die Tür und lehnte sich einen Moment dagegen. Aber die Nachbarinnen würden auch so alles hören.

Schon ging es los.

»Was hast du dir dabei gedacht?«

»Ich bin einfach so erschöpft, es ist alles zu viel«, weinte Vera. Immerhin: Sie hatte sich angezogen. Und in der Küche roch es nach geschmolzenem Käse – Käseschnitten, dachte Helen, sie hat Käseschnitten gemacht. Das war ihr Lieblingsessen. Heute Morgen war noch nichts im Kühlschrank gewesen. Ihr Mutter musste also auch eingekauft haben. Sie hatte die Wohnung verlassen! Frau Huber war eine Lügnerin!

Helen gab sich einen Ruck. Sie rannte in die Küche und umarmte ihre Mutter und strahlte ihren Vater so breit an, dass ihr die Lippen wehtaten.

»Papa, Papa!«, rief sie als habe es die letzten fünf Minuten nicht gegeben. »Papa, ich war im Kindergarten und wir haben ein neues Lied gelernt und Frank hat mir seine Hausschuhe gegeben!«

Luc blies die Backen auf und schüttelte den Kopf. Schließlich zog er seinen Regenmantel aus und setzte sich auf einen der freien Stühle. Vera zog das Blech aus dem Ofen, der Käse auf den Brotscheiben war perfekt gebräunt, und man konnte die kreisrunden Erhebungen sehen, wo Ananasscheiben unter dem Käse lagen. Diese waren speziell für sie. Ihre Mutter mochte Ananas nicht und legte saure Gurken auf ihre.

Jetzt stellte sie eine Holzschale mit Salat auf den Tisch und Luc mischte die grünen Blätter sorgfältig mit zwei großen Löffeln. Helen liebte dieses Salatbesteck. Die Griffe waren zu Nashörnern geschnitzt. Nur wegen dieser Griffe ließ sie sich überhaupt überreden, Salat zu essen. Vera schenkte Apfelsaft ein und setzte sich hin. Da stand

Luc nochmal auf und holte eine Flasche Weißwein aus dem Kühlschrank. Er öffnete den Schrank, in dem die Gläser standen und nahm zwei heraus. Helen hielt den Atem an, doch ihre Mutter schüttelte den Kopf.

»Nicht für mich, danke. Ich mach besser mal eine Pause.«

»Dann helf ich dir, die Versuchung zu eliminieren!«

Sie aßen die Käseschnitten und lachten über die endlos langen Fäden, die sich von den Gabeln zogen. Helen erzählte, wie sie mit Frank den Kinderwagen die Treppe hochgewuchtet hatten, und Vera regte sich einmal mehr über die anderen Mütter auf. »Können sie die Frau nicht in Ruhe lassen? Das machen die nur, weil sie einen Italiener geheiratet hat«, sagte sie. »Reine Schikane!«

Über das Wort dachte Helen noch länger nach. Schikane. Eine schicke Frau, dachte sie, die die anderen plagt. Frau Huber war eine Schikane. Fräulein Imbach. Definitiv eine Schikane. Obwohl, wirklich schick war sie nicht. Mit ihren Ringelstrümpfen und Haarbommeln. Nicht wie ihre Mutter. Wenn ihre Mutter nicht krank war, war sie die schönste Frau, die Helen je gesehen hatte. Und die lustigste.

Luc trank die ganze Flasche leer, »wegen der Versuchung« und legte sich anschließend auf das schmale Sofa im Wohnzimmer, um Mittagsschlaf zu halten. Vera schickte Helen auf ihr Zimmer. Genau wie früher, in ihrem alten Haus, an den Tagen, an denen ihr Vater nicht arbeitete. Nur dass Helen damals noch kleiner gewesen war und selbst Mittagsschlaf hielt. Sie erinnerte sich, wie die Nachmittagssonne durch den orangefarbenen Vorhang in ihr altes Zimmer geschienen hatte. Manchmal dachte sie dann, das Haus stünde in Flammen, und begann zu schreien, bis Mama kam und sie aus dem Gitterbett hob. Dafür war sie jetzt zu groß. Helen setzte sich auf den Fußboden und zog ein Buch nach dem anderen aus ihrem Regal und blätterte es durch. Wenn sie nur schon lesen könnte! Sie versuchte, sich an die Worte zu erinnern, die ihre Mutter gebraucht hatte, als sie ihr die Geschichten vorgelesen hatte und die Worte mit den Buchstaben auf den Seiten zu verbinden. Es gelang ihr nicht, es war zu lange her. Sie musste sich die Geschichten selbst zusammensetzen, nur mit Hilfe der Bilder. Im Wohnzimmer machte ihr Vater sonderbare Töne. Doch dann hörte sie ihre Mutter lachen. Wie früher.

1980

1.

Helen saß auf dem Mäuerchen und ließ die Beine baumeln. Ihre Fersen schlugen gegen den Beton, sie würde das Leder abnutzen. Die Schuhe waren neu. »Collegeschuhe« nannten die anderen Mädchen diese Mokassins. Alle in ihrer Klasse trugen solche, allerdings aus glattem blauem Leder, nicht aus braunem Wildleder wie ihre. Helen hatte nie die richtigen Schuhe, Pullover, Haarschnitte, geschweige denn Jeans. Aber das kümmerte sie wenig. Sie interessierte sich nicht für die anderen Mädchen, deren Freundschaften ihr kompliziert und unberechenbar erschienen. Helen war ganz auf ihre Mutter ausgerichtet. Vera war wie ein Schiff auf hoher See, das geradewegs auf einen Eisberg zusteuern würde, wenn Helen sie auch nur eine Minute aus den Augen ließ. Es war an ihr, zu verhindern, dass ihre Mutter zerschellte. Und weil ihr die Meinung der anderen Mädchen in ihrer Klasse so offensichtlich egal war, ließen sie sie mehrheitlich in Ruhe. Helen wurde nicht ausgelacht wie andere Kinder aus der Siedlung, die abgetragene Cordhosen trugen oder ihre Haare nicht jeden Tag wuschen.

Im Turnunterricht hatte ihre Klassenlehrerin Frau Stein Helens blaue Zehennägel gesehen und ihre Mutter angerufen.

Als Helen an diesem Mittag nach Hause kam, stand Vera bereits im Mantel im Flur bereit. Sonst war sie um diese Zeit oft noch im Bett. Sie hatte die Lippen zusammengepresst und schaute Helen nicht an. Doch auf der Busfahrt in die Innenstadt zog sie erst zischend, dann immer lauter, über Frau Stein her, »ausgerechnet diese eingebildete Ziege!«, und anschließend über Luc. »Was bildet der feine Herr sich ein, uns einfach so sitzen zu lassen und dann nicht mal genügend Geld für neue Schuhe springen zu lassen! Ich sollte dich barfuß zur Schule schicken, sollte ich wirklich, dann würden mal alle sehen, wer hier der Abzocker ist, Abzocker und Betrüger, ha!«

Helen erkannte zwei Frauen aus der Siedlung und drei Mütter aus ihrer Schule, die im selben Bus saßen. Sie versuchte, sich unsichtbar zu machen. Sie duckte sich neben ihre Mutter. Aus der Nähe roch sie Veras vertrauten, etwas säuerlichen Geruch nach abgestandenem Wein und Schweiß und ein bisschen Parfüm. Ihr Gesicht war bleich und glänzte.

Abzocker und Betrüger hieß die Sendung, die Helens Vater moderierte. Darin warnte er die Konsumenten vor unseriösen Angeboten. Er trug eine Brille mit schwarzem Rahmen. Die Gläser waren nicht geschliffen, er setzte sie nur auf, um seriöser auszusehen. Die Sendung wurde nachmittags um vier ausgestrahlt, wenn offenbar alle Mütter vor dem Fernseher saßen. Die Lehrerinnen waren dann noch in der Schule, trotzdem kannten auch sie alle Luc Bertschi, den Beschützer der Konsumentinnen. Wenn er zu einer Theateraufführung oder zum Elternabend kam, summte das ganze Gebäude vor Aufregung. Und irgendwie erfuhr ihre Mutter immer davon. Helen wusste nicht, wie. Wenn sie es wüsste, würde sie es verhindern. Sie fing die Nachrichten der Schule an ihre Mutter ab, informierte sie weder über den Sporttag noch über den Besuchstag im Klassenlager noch über das Schultheater, in dem sie immerhin die zweitwichtigste Rolle gespielt hatte.

Helen versuchte, die Füße stillzuhalten, um die Schuhe, die so viel Aufregung verursacht hatten, nicht gleich wieder zu ruinieren. Mit dem Fingernagel kratzte sie hellgrüne Moosfetzen von der Mauer. Ihr Vater hatte ihr eine Überraschung versprochen. »Du wirst Augen machen, Lieblingstochter«, hatte er gesagt.

Ein Hund, dachte sie. Vielleicht war es ein Hund. Aber in ihrer Wohnung durften sie keine Haustiere halten, außer sie lebten in Käfigen, wie Hamster oder Wellensittiche. Vielleicht hatte er endlich den Wohnwagen gekauft, mit dem sie dann in den Sommerferien die Mittelmeerküste entlangreisen würden. Das hatte er ihr schon so oft versprochen. Mehrere Wochenenden hatten sie damit verbracht, die Verkaufsinserate in der Zeitung nach einem geeigneten Modell zu durchsuchen. Einem gebrauchten, denn neu waren sie zu teuer. Ein- oder zweimal waren sie auch zusammen irgendwohin gefahren, um sich ein Angebot anzuschauen. Aber irgendwie hatte es dann doch nie geklappt, entweder war der Wohnwagen zu teuer, oder die Besitzer hatten ihn schon verkauft.

»Warum gehen wir nicht einfach zelten?«, hatte sie einmal gefragt, aber keine befriedigende Antwort erhalten. Ihr Vater konnte ohnehin nie länger als eine Woche freinehmen. Heimlich war Helen froh darüber, ihre Mutter würde eine längere Abwesenheit nur schwer verkraften.

Als sie das letzte Mal nach einem verlängerten Wochenende mit ihrem Vater nach Hause gekommen war, hatte sie Vera nicht aufwecken können. Wie tot hatte sie neben dem Sofa auf dem Wohnzimmerteppich gelegen, in einer bereits angetrockneten Pfütze von Erbrochenem. Sie wollte schon die Notfallnummer wählen, die in der Mitte der Wählscheibe aufgedruckt war. Dann stellte sie sich vor, wie der Krankenwagen mit Blaulicht und Sirene in die Siedlung hineinfuhr, vor ihrem Eingang hielt, wie die Sanitäter mit einer Bahre die Treppe hinaufstürmten und alle Nachbarinnen in den offenen Wohnungstüren standen und glotzten. So war sie stattdessen zwei Treppen hinuntergerannt und hatte bei Frank Sturm geklingelt. Sein Vater, Franco senior, war gerade zu Hause, er hatte die Tür im Bademantel geöffnet, obwohl es bereits später Nachmittag war. Sie fürchtete sich ein wenig vor ihm, aber damit konnte sie sich jetzt nicht aufhalten.

»Herr Esposito, kommen Sie, meine Mutter …«

Er hatte sie in die Wohnung gezogen, wo Frank mit seinen jüngeren Geschwistern, Marco und Meieli, vor dem Fernseher saß. Dann kam Frau Esposito aus dem Schlafzimmer, sie zog sich einen Wollpulli über ihr Nachthemd und folgte ihrem Mann aus der Wohnung. Ihre Mutter war also nicht die Einzige, die manchmal mitten am Tag noch im Bett lag, dachte Helen. Man musste wohl verheiratet sein, um mit so einem Verhalten durchzukommen. Sie setzte sich zwischen Meieli und Frank, der stumm zur Seite rutschte. Im Fernsehen lief *Unsere kleine Farm*. Helen hatte die Mädchen in der Schule darüber reden hören, aber sie hatte die Serie selbst nie gesehen. Zu Hause sah sie selten fern. Sie musste sich schließlich auf ihre Mutter konzentrieren. Selbst jetzt war sie in Gedanken bei Vera und konnte der Handlung nicht richtig folgen. Immer wieder schaute sie zur Tür. Wie lange waren Franks Eltern schon weg?

»Was hat er gesagt?«, fragte Meieli immer wieder. »Warum sagt er das?« Bis Marco ihr ein Sofakissen über den Kopf zog.

»Seid doch mal still!«, rief Frank, der so angestrengt auf den Fernseher starrte, als wollte er hineinkriechen und Helen gleich mitnehmen. Er schaute sie nicht an, aber er hielt ihre Hand und drückte sie. Seine Hand war trocken und warm und tröstlich. Helen erinnerte sich wieder, wie er sie am ersten Tag im Kindergarten bei der Hand genommen hatte und wünschte sich, er würde sie nie mehr loslassen. Doch im nächsten Moment schon stürzte er sich schon in eine Kissenschlacht mit seinen Geschwistern. Helen rutschte ganz ans Ende des Sofas und starrte auf den Bildschirm, ohne etwas zu sehen.

Die Sendung war schon lange vorbei, als Herr Esposito endlich wieder herunterkam. Der Fernseher lief immer noch, etwas Langweiliges über Autobahnen. Niemand schaute mehr hin, aber sie schalteten das Gerät auch nicht aus. Der Fernseher lief bei den Espositos oft einfach so im Hintergrund, auch wenn gar niemand mehr zuschaute. Helen fand es beruhigend. In dieser Wohnung war es nie still. In dieser Wohnung musste man nie Angst haben.

»Du bleibst heute Nacht hier bei uns«, sagte Herr Esposito. »Meine Rita kümmert sich um deine Mutter. Keine Sorge, es geht ihr schon viel besser. Das wird schon wieder.« Dann klatschte er in die Hände. »So, wer hilft mir kochen?«

Sie machten Spaghetti mit Tomatensauce, und dann gab

es dreifarbiges Eis. Rosa und grün und weiß mit bunten kandierten Früchten. Herr Esposito hielt ein großes Küchenmesser unter fließendes, heißes Wasser, bevor er den Eisblock in gleichmäßige Scheiben schnitt. Helen schlief auf dem Sofa. Am nächsten Morgen begleitete Frank sie nach oben. Ihre Mutter saß mit Frau Esposito am Küchentisch und trank Kaffee. Helen konnte sich nicht erinnern, wann sie zuletzt so früh schon wach gewesen war. Die Wohnung war sauber und aufgeräumt, es roch nach Putzmittel und Raumspray. In Helens Zimmer war das Bett gemacht und ihre Tasche ausgepackt. Die Bibliotheksbücher waren ordentlich auf ihrem Nachttisch aufgestapelt, ihre schmutzige Wäsche im Korb im Badezimmer, der Koffer unter dem Bett verstaut.

Vera trank ihren Kaffee und umarmte Frau Esposito, und dann war es auch schon Zeit für die Schule. Helen und Frank gingen wie immer zusammen, quer durch die Siedlung und dann die Hauptstraße entlang bis zur Kreuzung. Sie warteten an der roten Ampel, bis das Männchen grün leuchtete und rannten dann über Straße und ins Schulhaus hinein. Über die Geschehnisse des Vortags redeten sie nicht. Nicht an diesem Tag und auch sonst nie. Auch Franks Eltern erwähnten den Zwischenfall nicht wieder.

Jetzt schaute Helen auf die andere Straßenseite hinüber und sah eine Gruppe Jungen aus dem kleinen Laden kommen. Sie rempelten einander an, stolperten, einer ließ sein Eis fallen und jaulte auf, als sei er angeschossen worden. Die anderen lachten wiehernd. Einer lachte so sehr, dass er ebenfalls sein Eis fallen ließ, was noch mehr Geheul und Gezappel hervorrief. Und dann rannten sie wie auf Befehl plötzlich alle los, quer über die Straße, ohne das grüne Licht abzuwarten.

Jungs, dachte Helen. Jungs waren richtig mühsam. Das fiel ihr allerdings erst seit Kurzem auf. Selbst Frank ging ihr jetzt oft auf die Nerven. Allerdings war er nur doof, wenn er mit den anderen Jungen zusammen war. Seit einem halben Jahr war es auch nicht mehr denkbar, dass Mädchen mit Jungen befreundet waren. Deshalb taten Frank und sie in der Schule so, als kannten sie sich kaum. Doch zu Hause, in der Siedlung, war alles wie immer. Sie verbrachten jede freie Minute miteinander und erzählten sich alles. Sie waren beste Freunde, heimliche beste Freunde.

Frank kannte sie zu gut, dachte Helen jetzt. Er kannte ihre Mutter, wenn sie weinte, wenn sie mit Gläsern warf, wenn sie fröhlich war, wenn sie Pfannkuchen durch die Luft wirbelte und mit der Bratpfanne auffing, wenn sie im Flur lag, in einer Pfütze von Erbrochenem, das Nachthemd über die Schenkel hochgerutscht. Vielleicht war es gut, dass sie nächstes Jahr nicht mehr dieselbe Klasse besuchen würden. Frank kam in die 4a zu einer neuen Lehrerin, die noch niemand kannte. Sie sei jung, hieß es, und hübsch. Helen hingegen kam in die 4b, zu Herrn Wegmann, den alle fürchteten. Er galt als streng und altmodisch, man hörte Geschichten über ihn. Die jüngeren Lehrerinnen riefen ihn zu Hilfe, wenn die Jungen nicht gehorchten. Es hieß, er habe mehr als ein Lineal auf einem Schülerkopf zerbrochen. Aber Helen freute sich gerade seinetwegen auf die vierte Klasse.

Herr Wegmann interessierte sich nicht für Mütter. Er hielt nur einen Elternabend im Jahr ab. Es interessierte ihn nicht, wie seine Schüler lebten, mit wem und warum.

2.

Die Trennung ihrer Eltern war jetzt sechs Jahre her. Und Vera glaubte immer noch, es sei nur vorübergehend, die Scheidung existiere »nur auf dem Papier.« Das war ein Problem. Und es war bestimmt zum Teil auch Helens Schuld. Weil sie ihrer Mutter nie etwas von den wechselnden Frauen erzählte, die sie an den Wochenenden in den ebenfalls wechselnden Wohnungen ihres Vaters antraf. Allerdings blieben diese auch nie lange. Kaum hatte Helen sich an eine gewöhnt, war sie auch schon wieder weg. Darauf folgte eine kurze Phase, in der sie ihren Vater wieder öfter sah, in der er auch ab und zu in der Siedlung auftauchte, die Gerüchteküche anheizte und Veras Fantasien nährte. Dann sagte er plötzlich wieder ein Treffen nach dem andern ab, bis sie beim nächsten gemeinsamen Ausflug rein zufällig »einer guten Freundin« über den Weg liefen.

»Was für eine Überraschung!«, rief Luc. »Sollen wir zusammen ein Eis essen gehen?«

Dann bestellte er den Coupe Tête-à-tête mit drei Löffeln, die »gute Freundin« errötete und legte den Kopf schief. Als hätte diese Bestellung eine besondere Bedeutung. Helen wusste nicht, wie viele solche Eisbecher sie schon gegessen hatte.

Luc sagte jedes Mal dasselbe: »Meine Tochter ist der wichtigste Mensch in meinem Leben. Das muss eine Frau einfach akzeptieren.«

Bisher war noch keine aufgestanden und gegangen. Im Gegenteil, sie seufzten, sie nahmen Lucs Hand und bekamen ganz glänzende Augen. Manche versuchten auch,

Helen übers Haar zu streichen, aber das sah sie schon kommen und wich ihren Händen aus. Als nächstes folgte dann Lucs Vortrag über das unfaire und veraltete Scheidungsrecht, das Mütter blind bevorzugte. Das hätte Helen hingenommen. Aber warum musste er Vera ins Spiel bringen? Musste er diesen ständig wechselnden Frauen erzählen, wie oft er sie betrunken vorgefunden hatte, wenn er Helen abholte. Und dass sie es nicht mal an Helens erstem Tag im Kindergarten fertiggebracht hatte, rechtzeitig aufzustehen, um sie zu begleiten.

»Da ist ein Riss, der mitten durch mein Herz geht«, seufzte er. »Eine Wunde, die nie verheilt!« Die Frau stand auf, ging um den Tisch herum, setzte sich neben Luc und begann ihn zu küssen. Und Helen fuhr mit der Löffelkante durch die geschmolzenen Eisreste, bis sich alles zu einem unappetitlichen Grau vermischt hatte.

Helen hatte sich auf eine längere Wartezeit eingestellt, doch keine Viertelstunde nach der verabredeten Zeit kündigte sich mit lautem Knattern Lucs blauer Käfer an. An der Ecke verlangsamte er und kam dann direkt vor ihr zum Stehen. Helen sprang vom Mäuerchen und hob ihren kleinen Koffer, den sie immer mitnahm, ihre Schulsachen und die Sporttasche herunter. Sicher war sicher. Jetzt wurde die Beifahrertür aufgestoßen und eine Frau stieg aus. Sie klappte den Sitz zurück, so dass Helen einsteigen konnte.

»Helen, erkennst du mich denn nicht mehr?« Helen schüttelte den Kopf, ohne genauer hinzusehen. Die Frau sah aus wie alle Frauen, die ihrem Vater seit der Trennung zu gefallen schienen: großgewachsen, dünne Beine, lange, glatte, dunkelbraune Haare. So ganz anders als ihre kurvige

Mutter mit der schmalen Taille und den runden Hüften, mit ihrer weißen Haut und den wilden, rötlichblonden Locken. Erdbeerblond nannte man diese Farbe. Helen hätte auch gerne solche Locken, aber ihr Haar war glatt und dick wie das ihres Vaters.

»Komm schon, erinnerst du dich nicht? An die Zwiebel?« Jetzt lachte die Frau meckernd. Es war Fräulein Imbach. Ihre Kindergärtnerin. »Das hab ich in meiner ganzen Karriere nicht erlebt. Luc, weißt du noch, wie erschüttert ich damals war? Erschüttert und betroffen!«

Helen zog den Kopf ein und schlüpfte unter ihrem Arm hindurch auf den Beifahrersitz. Seit Jahren hatte sie nicht mehr an diesen Tag gedacht, ihren ersten Tag im Kindergarten. Gerade hatte sie sich etwas entspannt, da war es Zeit für die Frühstückspause gewesen. Die Kinder hatten sich in Zweierreihen aufgestellt, ihre Taschen aus der Garderobe geholt und ihren Proviant ausgepackt. Apfelschnitze, belegte Brote, in kleine Quadrate geschnitten und in Alufolie gewickelt, hier und da ein Beutel mit Nüssen und Trockenfrüchten. Ruthli hatte eine ganze Rolle Kekse dabeigehabt, die Fräulein Imbach sofort konfiszierte. Doch ihr Vortrag über gesunde Zwischenmahlzeiten war von johlendem Gelächter unterbrochen worden, als Helen ihre Zwiebel hervorzog. Es war das Einzige, das sie an diesem Morgen hatte finden können.

Jetzt rüttelte Fräulein Imbach an ihrer Sitzlehne, aber Helen rührte sich nicht. Auch nicht, als ihr Vater dreimal laut »Helen!« rief. »Helen, nun komm schon!« Sie tat, als hörte sie nichts. Schließlich musste Luc aussteigen und den Fahrersitz nach vorne klappen, damit Fräulein Imbach auf die unbequeme Rückbank klettern konnte.

»So haben wir uns kennengelernt«, fuhr sie unverdrossen fort. »Weißt du noch, *amore*? Ich habe dich angerufen, weil ich Helens Mutter nicht erreichen konnte, ich dachte schon, es sei etwas passiert. Ich wusste ja nicht, was damals bei euch los war. Ich hatte keine Ahnung! Ich heiße übrigens Kati. Jetzt musst du mich ja nicht mehr Fräulein Imbach nennen.« Wieder lachte sie dieses meckernde Lachen.

Amore, dachte Helen. Das sagte Frau Esposito zu ihrem Mann. Aber bei ihr klang es anders.

»Ja, so wars, so haben wir uns kennengelernt.« Jetzt schlang die Kindergärtnerin von hinten ihre Arme um Lucs Hals. »Ich wusste es sofort, wir gehören zusammen, aber du hast ein bisschen länger gebraucht, gell, Schatz?«

Schatz war noch schlimmer als *amore*, fand Helen. Und dann diese dünnen Arme. Wie Schlangen.

»Was ist denn mit Nicole?«, fragte sie. »Und Ursula, ich mochte Ursula.« Willkürlich zählte sie alle Frauennamen auf, die ihr in den Sinn kamen: »Bettina«, fuhr sie fort. »Esther, Kathrin und … wie hieß sie gleich, Anja?«

»Helen, das reicht jetzt!« Aber ihr Vater klang amüsiert, und immerhin hatte Fräulein Imbach ihre Schlangenarme zurückgezogen und aufgehört zu reden.

3.

Die Überraschung war ein Haus. Ein altes Haus wie aus einem Bilderbuch, mit weiß getünchten Wänden und dicken Holzbalken. »Ein Fachwerkhaus«, erklärte Papa. Es war das schönste Haus, das Helen je gesehen hatte. Schöner als das

Haus in ihrem Kopf, selbst schöner als das, in dem sie früher gewohnt hatten. Und es hatte sogar einen großen Garten mit alten Bäumen und Blumenbeeten und einem Mäuerchen darum. Über das Mäuerchen hinweg sah man über sanfte grüne Hügel, aus denen irgendwo ein Kirchenturm ragte. Plötzlich hatte Helen das Gefühl, dieses Haus zu kennen. Hatte sie es in ihrem Kopf gesehen? War es das Haus, das ihre Mutter ihr beschrieb, wenn sie den »Neuanfang« heraufbeschwor? Sie drei in einem alten Haus auf dem Land, mit einem Holzofen und einem großen Garten …

»Hereinspaziert, meine Damen!« Die Haustür hatte eine schwere, eiserne Klinke. Aufgeregt drängte Helen sich hinein, rannte den schmalen, dunklen Flur entlang. In der Küche stand ein grüner Kachelofen. Aufgeregt zog Helen die Schuhe aus und schlitterte in Sockenfüßen über die glatten Holzdielen. Die Decken waren niedrig, die Fenster klein, die Wände dick. Das ganze Haus schien sie zu umarmen. Sie breitete die Hände aus und drehte sich im Kreis.

»Liebes Haus!«, rief sie. »Liebes, liebes Haus!«

Aus den Augenwinkeln sah sie ihren Vater und Kati lächeln. Sie hielten sich eng umschlungen.

»Willst du dein Zimmer sehen?« Kati nahm ihre Hand, als sei sie wieder fünf Jahre alt. Der harte Griff war derselbe, der ungeduldige Ruck an ihrem Arm. Helen dachte wieder an die Zwiebel in ihrer Tasche und an das hämische »Na, dann guten Appetit« der Kindergärtnerin und zog ihre Hand zurück. Luc packte Helen unter den Armen und hob sie auf seine Schultern.

»Autsch!«, schrie sie, als sie sich den Kopf an der niedrigen Decke stieß. »Autsch, Papa, pass doch auf!« Sie nannte ihn selten Papa, er bevorzugte Luc.

Ihr Zimmer war bereits eingerichtet. Bisher hatte sie bei Luc nie ein eigenes Zimmer gehabt, egal, wo er seit der Scheidung gewohnt hatte. Sie hatte immer auf dem Sofa geschlafen, unter einer Decke, die nicht mal eine richtige Bettdecke war. Diesmal war es anders. Dies war ein neues Leben, so viel verstand sie.

»Und, was sagst du? Hab ich zu viel versprochen?«

Sie schaute sich um. Es war, als hätte ihr Vater die Zimmer in ihrem Kopfhaus besucht und dann das schönste davon nachgestellt. Das Bett hatte verschnörkelte Pfosten, an denen bunte Tücher befestigt waren, fast wie ein Himmelbett. Auf dem Holzboden lag ein flauschiger Teppich, und eine ganze Wand war voller Bücher. Unter dem Fenster stand ein kleines Pult, mit ordentlich aufgereihten Buntstiften, so wie sie es mochte. Auf dem Bett saßen zwei Sasha-Puppen, ein Mädchen mit langem, blondem Haar wie sie und ein dunkelhaariger Junge.

Wie Frank. Nur ohne Locken.

Sie musste lachen. »Ich bin doch zu groß, um mit Puppen zu spielen«, sagte sie nachsichtig. »Ich komm ja schon in die vierte Klasse!«

»Oh, entschuldigen Sie bitte, junges Fräulein, mein Fehler!«

Es waren genau die Puppen, die sie sich gewünscht hatte, als sie noch kleiner war.

Zum Abendessen gab es gebratenes Huhn mit Ratatouille, ein französisches Gemüsegericht, das Helen nicht besonders schmeckte, aber der Name gefiel ihr.

»Ratatatatatatouille!«, rief ihr Vater und tat, als würde er mit einem Maschinengewehr um sich schießen. Die

Küche war gemütlich und warm, und es roch gut. Der Holzofen knisterte, Kerzen flackerten, Luc öffnete eine Flasche Wein. Helen hielt den Atem an, aber Fräulein Imbach trank ihr Glas nicht mal ganz aus.

Helen bekam einen Hähnchenschenkel und durfte ihn mit der Hand essen. Mit den Zähnen knabberte sie die knusprige Haut ab. Sie hatte Hunger, merkte sie. Zu Hause konnte sie oft nicht richtig essen. Manchmal schlief Vera noch, wenn Helen mittags von der Schule kam, und wenn sie wach war, war sie schlecht gelaunt, hatte Kopfschmerzen oder weinte. Manchmal hatte sie Mittagessen gekocht, manchmal nicht. Manchmal wollte Vera mit Helen reden, sie ausfragen, doch sie hatte ja nur eine Stunde frei. Oft musste Helen mitten im Satz aus der Tür rennen, um wieder rechtzeitig zum Unterricht zu kommen. Am besten waren der Mittwoch und der Freitag, wenn sie nachmittags frei hatte. Dann machte es nichts, wenn sie erst um zwei Uhr zu Mittag aßen. Nach dem Essen trank Vera einen Kaffee und rauchte eine Zigarette. Dann ging es ihr bis zum Abend meist ganz gut. Sie fing nicht an zu trinken, bevor es draußen dunkel wurde. Manchmal ging sie abends aus und blieb dann die ganze Nacht weg.

Vera würde dieses Haus lieben, dachte Helen und schob den Gedanken sofort wieder beiseite. Auch die gleich darauffolgende Frage, wie sie das Ganze ihrer Mutter erklären sollte. Sie wollte immer ganz genau wissen, was Helen mit ihrem Vater unternommen hatte, ob er sie erwähnt hatte, ob andere Frauen da gewesen waren. Helen hatte gelernt, ihre Berichte zu beschönigen. Die Frauen verschwieg sie ganz, das verstand sich von selbst. Dinge, die ihr besonders Spaß gemacht hatten, den Kinobesuch, die

Wanderung, den Streichelzoo, die Fahrt mit dem Tretboot auf dem See, das Picknick im Park, erwähnte sie nur beiläufig. Manchmal log sie, der Film sei langweilig gewesen, die Picknickdecke voller Ameisen und auf dem Boot sei ihr schlecht geworden. Aber das hier, das konnte sie nicht kleinreden. Dieses Haus, Fräulein Imbach, die bevorstehende Hochzeit, die Fernsehsendung. Kati hatte den Job im Kindergarten aufgegeben und würde zusammen mit Luc die *Kinderstube* moderieren. Die Sendung lief jeden Tag, in jedem Haushalt, in dem kleine Kinder lebten. Das ließ sich nicht verheimlichen. Helen musste ihre Mutter darauf vorbereiten, bevor eine der Frauen in der Siedlung etwas sagte.

»Wir brauchen deine Hilfe«, sagte ihr Vater jetzt. Helen schaute auf. Kati lächelte. Sie hatte den Kopf schiefgelegt und sah sie mit großen, glänzenden Augen an, als sei sie ein junger Hund aus dem Tierheim. Nichts hasste Helen mehr als diesen Blick.

Sie versteckte ihre Hände unter dem Tisch, bevor Fräulein Imbach nach ihnen greifen konnte, und zwang sich, zuzuhören. Was hatte sie verpasst? Wovon redete ihr Vater? Vom unfairen Scheidungsrecht, das die Väter benachteiligte? Das kannte sie ja schon.

»Nur ganz, ganz, ganz selten wird ein Kind nach der Scheidung dem Vater zugesprochen«, erklärte Luc. »Nur, wenn außergewöhnliche Umstände vorliegen. Das heißt, zum Beispiel, wenn die Mutter schwer krank ist, oder wenn sie sich aus irgendwelchen Gründen nicht richtig um das Kind kümmern kann. Wenn sie drogensüchtig ist, zum Beispiel. Oder Alkoholikerin.«

Da war das Wort wieder. Wie oft hatte Helen das schon

gehört. Ihre Mutter war krank. Das sagte sie selbst auch immer, wenn jemand fragte. »Wo ist deine Mutter, warum ist sie nicht hier?« – »Meine Mutter ist krank.« Das war keine Lüge, hatte sie irgendwann verstanden. Vera war eine Alkoholikerin. Frau Stein hatte es gesagt und Frau Huber, die Mutter von Dani und Barbara. Manche Mädchen in ihrer Klasse hatten es gesagt: »Deine Mutter ist ein Alki.«

»Alkoholismus ist eine Krankheit«, hatte Frau Stein ihr erklärt. Aber die Leute behandelten Vera nicht wie eine Kranke. Sie redeten nicht über sie, wie sie über Retos Mutter redeten, die Brustkrebs hatte. Über sie wurde zwar auch getuschelt, aber anders.

»Und wenn ein Mann dann noch allein lebt und unregelmäßige Arbeitszeiten hat, dann kann er noch so ein hingebungsvoller Vater sein, das Kind bleibt bei der Mutter. Egal, wie unfähig die auch sein mag. Das ist die Situation.« Helen nickte ungeduldig. Das hatte sie schon so oft gehört. Und ihre Mutter war nicht unfähig, sie war … krank.

»Aber jetzt, jetzt wo meine Situation stabil ist«, fuhr Luc fort, »das Haus, die Sendung, du, Kati …« Fräulein Imbach hatte er zuletzt genannt, dachte Helen. Ob ihr das auch aufgefallen war?

»Es ist unsere einzige Chance«, wiederholte Luc, jetzt zu Helen gewandt. »Es liegt alles an dir.«

4.

Sie wusste nicht gleich, wo sie war. Die Sonne schien durch die bunten Tücher, die mit Reißnägeln an den Bettpfosten befestigt waren, dünne, gemusterte Seidenstoffe in leuchtenden Farben, die jetzt über Helens Gesicht tanzten. Es roch nach frischem Brot und nach Kaffee. Sie hörte Stimmen, sie hörte Musik. Jemand lachte. Eine Frau.

Fräulein Imbach, fiel es ihr wieder ein. Kati. Ihr Vater. Das neue Haus.

Der Plan.

Der Plan, der ohne sie nicht durchgeführt werden konnte. Sie hatten ihr alles erklärt, einmal, zweimal, dreimal. Während der Recherchen zu einer Sendung hatte Luc eine Sozialarbeiterin kennengelernt, die beim Jugendamt arbeitete und bereit war, ihm zu helfen. Zusammen hatten sie den Plan entworfen, sie hatte ihm genau erklärt, worauf es ankam. Was die Sozialarbeiterin sehen und hören musste, um ihren Bericht schreiben zu können. Dieser Bericht würde dazu führen, dass Helen bei ihrem Vater wohnen konnte. Wieder und wieder und wieder waren sie den Plan in allen Einzelheiten durchgegangen.

»Verstehst du, Kleines?«

Wieder und wieder und wieder.

Bis sie schließlich die Arme auf der Tischplatte verschränkt und ihren Kopf darauf gebettet hatte. Ihr Kopf war so schwer geworden, dass sie fürchtete, er würde abknicken wie eine Blume von ihrem Stil.

»Lass doch das Kind«, hatte Kati endlich gesagt. Helen erinnerte sich plötzlich, dass sie sich im Kindergarten gern im Puppenparadies versteckte, einer mit Tüchern verhängten Ecke unter dem Hochbett. Der Boden war mit weichen Kissen ausgelegt, die Vorhänge um das Hochbett herum waren so dick, dass die Stimmen aus dem großen Raum nur gedämpft hereindrangen. Es war immer halb dunkel. Den meisten Kindern wurde es dort schnell langweilig, und so hatte Helen das Puppenparadies meist für sich ganz allein. Und manchmal war Fräulein Imbach dann hereingekommen und hatte sich einfach zu ihr gesetzt, ohne etwas zu sagen, hatte eine Hand auf ihren Rücken gelegt oder ihr Haar gestreichelt. In diesen Momenten hatte Helen ihre Kindergärtnerin gemocht. Aber diese Momente waren selten gewesen.

Helen stand auf und ging in die Küche. Unter ihren nackten Füßen fühlte sich der Holzboden warm und schon vertraut an. Gerade zog Kati ein Blech aus dem rauchenden Holzofen.

»Ich habe Brot gebacken«, verkündete sie. Sie trug ein weißes Trägerkleid, das beinahe durchsichtig war. Ihre langen Haare waren ungekämmt, am Hinterkopf hatte sich ein kleines Nest gebildet. Luc kam herein, auch er war barfuß. Der Tisch war bereits gedeckt, mit blauen und gelben Tellern und Schüsseln, die wohl als Tassen dienen sollten. Helen merkte sich alles, jedes Detail für das Haus in ihrem Kopf. Sie glaubte noch nicht ganz, dass sie wirklich hier wohnen würde. Es kam ihr unwirklicher vor als der Dornröschenturm in ihrem Kopfhaus, oder das Zimmer, das wie eine Bibliothek eingerichtet war, in der ihre Lieblingsbücher immer vorrätig waren.

Das Brot war so hart, dass man es kaum schneiden konnte, und schmeckte wie aufgewärmter Karton. Das sagte jedenfalls ihr Vater. Er sagte es lachend, aber sein

Blick war hart. So war Luc manchmal. Aus heiterem Himmel sagte er etwas richtig Fieses, aber in einem so fröhlichen Ton, dass man es nicht immer gleich merkte. Helen kannte das. Sie duckte sich und hielt den Atem an. Doch Kati war nicht Vera. Sie begehrte nicht auf, sie warf nicht mit Gegenständen. Sie weinte nur leise und schluchzte: »Ich hab das Rezept doch genau befolgt, und Vollkornschrot ist so gesund.«

Und so schimpfte Luc auch nicht weiter, legte den Arm um sie und zog sie an sich.

»Es liegt am Holzofen«, sagte er. »Da kannst du die Temperatur nun mal nicht bestimmen wie bei einem Elektroofen. Aber du gewöhnst dich schon daran.«

Dann wandte er sich an Helen: »Kati hat das Mehl selbst geschrotet.« Er zeigte auf die Ablage, wo mehrere Gläser voller Körner neben einer wuchtigen, hölzernen Mühle standen. »Sie macht alles selbst: Brot, Pasta, Joghurt, Kleider, Vorhänge – mit unterschiedlichem Erfolg.«

Kati schluchzte noch lauter, was Luc wieder zu verärgern schien. »Kati, nun geh und wasch dir das Gesicht, du erschreckst ja das Kind.«

Das stimmte gar nicht, Helen war nicht erschrocken. Aber sie würde ihrem Vater nicht widersprechen. »Komm mit, Lieblingstochter«, sagte er jetzt zu ihr. »Wir fahren zum Bäcker und holen uns was Essbares zum Frühstück.«

Als sie eintraten, klingelte eine Glocke über der Tür, und es wurde still. Die Gespräche im Café neben der Bäckerei verstummten, alle schauten zu ihnen herüber. Luc tat, als merkte er nichts, trat an die Theke und schaute sich alles ganz genau an.

»Was meinst du, Mädchen, nehmen wir einen Butterzopf?« Helen nickte, ohne aufzuschauen. Sie studierte die Auslage, die süßen Brötchen, mit Rosinen, mit Hagelzucker, mit Schokoladenstreuseln.

»Und einen Kuchen, warum nicht, es ist schließlich Sonntag!« Luc nahm sich Zeit, zeigte auf einen Marmorkuchen und dann auf einen Gugelhupf mit Zuckerguss, bevor er sich für den Apfelkuchen entschied. Die Verkäuferin hatte ganz rote Wangen vor Aufregung.

»Es stimmt also!«, rief sie. »Wir haben schon gehört, dass Sie hierherziehen wollen, aber wir wussten nicht, ob es auch stimmt. Vom Fernsehen! Nein, so etwas! Nein, so was aber auch!« Sie war noch aufgeregter als die Mütter in der Schule. Luc zwinkerte Helen zu. Aus der Nähe sah er müde aus, seine halblangen Haare waren zottelig und seine Augen geschwollen. Helen wusste nicht, was all diese Frauen an ihm fanden. Ihr gefiel Herr Esposito besser, der immer frisch rasiert war, gut roch und sich die Haare mit Gel aus der Stirn kämmte.

Die Bäckerin packte ihre Einkäufe ein und legte noch ein paar Brötchen oben in die Tüte. »Es wird ihnen gefallen bei uns, Sie werden sehen. Wir haben viele Städter hier, die wollen gar nicht mehr zurück.«

»Oh, das bezweifle ich nicht! Das ist übrigens meine Tochter Helen.« Er schob sie sanft vor, Helen lächelte schüchtern.

»Ich sage Ihnen, für Kinder gibt es nichts Besseres«, nickte die Frau. »Die Leute ziehen allein schon wegen unserer neuen Schule hierher.« Nun kam sie hinter der Theke hervor, drückte Luc die Tüte in die Hand und ließ erst wieder los, als die Tür klingelte.

»Frau Müller, Marianne!« Die Bäckerin winkte den Eintretenden zu, einer jungen Frau in einem bodenlangen Kleid und einem dunkelhaarigen Mädchen in Helens Alter.

»Das sind Luc und Helen Bertschi. Sie sind gerade hierhergezogen. Helen kommt nächstes Jahr in deine Klasse«, sagte sie zu dem Kind. »Du kommst doch in die vierte, nicht? Zum Fräulein Schneider?«

Marianne nickte. Sie schaute Helen prüfend an, dann lächelte sie schüchtern. Sie hatte große Schneidezähne und eine metallglänzende Zahnspange. Ihr dunkles Haar war kurz, die Stirnfransen sahen aus, als hätte sie sie selbst geschnitten. Helen dachte an die Puppen in ihrem neuen Zimmer, und dass dieses Mädchen der Jungenpuppe ähnlicher sah als Frank. Jetzt trat die Mutter vor und schüttelte Lucs Hand. »Ich bin Susi, ich bin die Bibliothekarin hier. Und du – dich kenn ich doch! Vom Fernsehen?«

Die Mädchen tauschten einen Blick, dann mussten beide kichern. Ohne sich abzusprechen, verließen sie die Bäckerei und rannten zu den beiden Plastikpferdchen vor der Eingangstür. Man musste eine Münze einwerfen, damit sie sich bewegten, doch sie hatten kein Geld und überhaupt waren sie beide zu groß dafür. Also setzten sie sich auf die Spielzeugtiere und redeten, bis Luc und Susi aus dem Laden kamen.

Als sie zum Auto zurückgingen, strich Luc Helen über den Kopf.

»Siehst du?«, sagte er. »Jetzt hast du schon eine Freundin hier. Das fängt doch gut an.« Helen hatte noch nie eine Freundin gehabt. Nur Frank, und der war ein Junge und zählte nicht.

Auf der Rückfahrt hielt sie die Tüte mit dem Gebäck auf dem Schoß. Der süße Duft, der aus ihr aufstieg, machte sie hungrig. Sie lehnte den Kopf an die Scheibe und prägte sich die Häuser ein, die an ihr vorbeizogen, und die immer weniger wurden, bis sie auf den Kiesweg zu ihrem Haus einbogen.

Ihrem Haus. Hier würde sie leben, dachte Helen. Und zur Schule gehen. Mit Marianne, ihrer ersten richtigen Freundin. Manchmal würde sie in der Bäckerei ein Brötchen kaufen, mit einem Schokoladenriegel in der Mitte. Und die Bäckerin würde nach ihrem Vater fragen. Alle fragten immer nach ihrem Vater, aber hier wäre es anders, hier kannte ja niemand ihre Mutter. Hier musste Helen nicht wählen, sie konnte über ihren Vater reden, ohne ihre Mutter zu erwähnen, sie konnte stolz darauf sein, dass ihr Vater im Fernsehen auftrat, vielleicht sogar ein bisschen damit angeben.

Und Vera würde »endlich die Hilfe bekommen, die sie brauchte«. Das hatten Luc und Kati ihr gestern erklärt. Es war also auch zu ihrem Besten. Kein Verrat, sondern eine Invention. Intervention. So etwas.

»Deine Mutter weigert sich, Hilfe anzunehmen. Sie kann der Wahrheit nicht ins Gesicht sehen. Sie denkt, es sei normal, so zu leben.«

Das stimmte nicht. Ihre Mutter dachte, es sei alles nur vorübergehend, so wie die Trennung. Sie dachte, sie könne jederzeit aufhören zu trinken. Sobald sie den Trost nicht mehr brauchte. Sie dachte immer noch, Luc würde zurückkommen, sie würden die Siedlung verlassen, alle zusammen in einem Haus wohnen … Das Haus beschäftigte Helen mehr als alles andere: Es war Veras Traumhaus. Als hätte Luc heimlich zugehört, wenn sie davon schwärmte, wie sie alle zusammen auf dem Land leben würden, in einem alten Haus mit einem großen Garten. Wo sie ihr eigenes Gemüse ziehen und jeden Tag frische Blumen schneiden würde. Wo sie einen Holzofen einfeuern und ihr eigenes Brot backen konnte. »Ich habe keinen Ehrgeiz«, sagte Vera immer. »Ich bin keine moderne Karrierefrau. Mein Traum ist die Familie, das Zuhause …« Ihre Träume hingen alle von Luc ab. Anders konnte Helen es nicht erklären, dass ihre Mutter das Haushalten komplett aufgegeben hatte, seit sie nur noch zu zweit waren. Wenn Vera doch nur auch hier leben konnte, im Fachwerkhaus. Dann würde sie bestimmt nicht mehr so viel trinken. Aber sie konnte ihren Vater nicht zwingen, ihre Mutter wieder zu heiraten. Anfangs hatte sie das noch versucht, immer wieder hatte sie gedrängelt: »Warum können wir nicht wieder eine Familie sein?«

»Wir sind eine Familie, du und ich, Prinzessin. Ich habe mich ja nicht von dir getrennt.« Mit der Zeit hatte Luc sich darauf verlegt, Veras Verfehlungen aufzuzählen, die Gründe, warum er unmöglich mit ihr zusammenleben konnte.

Helen hatte aufgehört, zu fragen.

In einem Punkt hatte Luc aber Recht: Ihre Mutter brauchte Hilfe. Und Helen konnte sie ihr nicht geben. Sie hatte es versucht, hatte getan, was sie konnte, aber jetzt war sie müde. So müde.

5.

Später würde sie oft darüber nachdenken. Was wäre gewesen, wenn. Was, wenn sie etwas früher nach Hause gekommen wäre. Was, wenn ihre Mutter nicht schon eine Flasche Wein geöffnet hätte. Was, wenn sie etwas gesagt hätte, wenn sie ihre Mutter gewarnt hätte.

Sie wollte es. Bis zu dem Moment, in dem Luc vor der Siedlung anhielt, ohne den Motor auszuschalten, war Helen sich sicher gewesen. Doch dann stieg sie aus dem Auto und stand auf dem Vorplatz und schaute zu ihrem Wohnhaus hoch. Sie sah, wie sich die Vorhänge bewegten. Sie meinte, die Frauen tuscheln zu hören. Und sie wollte ihre Mutter beschützen. Sie wollte ihr Versprechen vergessen, den Plan. Doch er ging ihr nicht aus dem Kopf. So ging es den ganzen Weg über den Vorplatz und in den Hauseingang, in das Treppenhaus und die vier Stockwerke hinauf. Mit jedem Schritt, auf jeder Stufe schwankte sie. Hin und Her. Ja und Nein. Das Haus. Ihr Zimmer. Marianne. Eine Freundin. Frank. Vera braucht Hilfe. Luc. Fräulein Imbach. Ja. Nein. Ja. Nein.

Als sie endlich ihre Wohnungstür öffnete, fühlte sie sich fiebrig. Sie wollte unbemerkt in ihr Zimmer schlüpfen und sich aufs Bett legen. Doch Vera saß am Küchentisch und rauchte, als Helen hereinkam. Die Küche war sauber aufgeräumt, die Sonne schien durchs Fenster und ließ ihre frisch gewaschenen Haare wie einen riesigen Heiligenschein aussehen, der sich um ihr Gesicht bauschte. Es war lange her, dass sich Vera die Haare gewaschen und gebürstet hatte. Sie trug ein langes, grünes Wickelkleid, das mit kleinen Blumen bedruckt war, und hatte sich sogar die

Augen geschminkt. Das Glas, das auf dem Tisch stand, war noch fast voll. Dass die Flasche nicht griffbereit danebenstand, konnte bedeuten, dass sie schon leer, oder noch im Kühlschrank war. Es konnte das erste Glas sein, das Vera sich eingeschenkt hatte, oder das letzte der ersten Flasche.

Vera schaute auf, als Helen eintrat, doch ihr Blick glitt sofort über sie hinweg. »Wo ist dein Vater, ist er nicht mit nach oben gekommen?«

Helen seufzte. Sie stellte ihre Taschen ab und zog die Jacke aus.

»Hat dich einfach am Straßenrand abgesetzt, wie?« Wütend drückte Vera die Zigarette aus und nahm einen großen Schluck aus ihrem Glas. »Sonst kommt er doch immer mit nach oben. Ausgerechnet heute, wo ich mit ihm reden wollte. Ich muss unbedingt mit ihm reden, ich hab das ganze Wochenende versucht, ihn zu erreichen.« Sie nahm noch einen Schluck, das Glas war jetzt halb leer. »Keine Antwort! Ist er etwa schon wieder weg? Er kann doch nicht weg sein, ohne mir etwas zu sagen. Weißt du was, ich ruf einfach beim Sender an. Die werden ihn schon finden.«

Nein. Ja. Nein. Helen bückte sie sich nach ihren Taschen. Sie würde in ihr Zimmer gehen und ihre Schulaufgaben durchsehen, sie hatte übers Wochenende nicht alle Rechenaufgaben gelöst. Darauf käme es nicht mehr an, hatte ihr Vater gesagt, und sie hatte genickt und die Hefte wieder weggepackt. Doch wenn sie hierbliebe, bei ihrer Mutter, musste sie die Aufgaben gemacht haben. Würde sie hierbleiben?

Sie wollte sich unter dem Bett verstecken, wollte einschlafen. Wie Vera, die ganze Tage verschlief. Wollte Vera überhaupt gewarnt werden? Ja. Nein. Ja. Nein.

In ihrer Tasche steckte außerdem ein Buch, das sie noch nicht angefangen hatte, aus dem Regal in ihrem neuen Zimmer im Fachwerkhaus. Es hatte einen lustigen Titel: *Als Hitler das rosa Kaninchen stahl.* Es war aber gar nicht lustig, hatte Fräulein Imbach sie gewarnt. Es handelte vom Krieg und war, wenn man sie fragte, nichts für Kinder. »Warum steht dann Kinderbuch drauf?«

»Ich hab diese Spielchen satt. Wir sind doch beide erwachsene Menschen, wir können doch miteinander reden.« Vera fuhr sich mit beiden Händen durchs Haar, ihre Locken knisterten und plusterten sich auf. So hatte Helen sie schon lange nicht mehr gesehen. Manchmal vergaß sie, wie schön ihre Mutter war. Allerdings redete sie jetzt auch nicht anders daher, als wenn sie betrunken auf dem Bett lag. Es gab nur ein Thema.

»Es reicht jetzt langsam. Luc und ich, wir gehören zusammen, das ist einfach so. Jeder sagt das.«

Wer, dachte Helen, wer sagt das. Aber sie würde ihre Mutter nicht unterbrechen. Wenn sie in dieser Stimmung war, konnte sie nichts davon abhalten, ihre ganze Gedankenkette aufzurollen, bis sie zum immer selben Schluss kam: »Ein Blinder kann sehen, dass wir uns noch lieben. Dieses Trennungstheater hat sich nun lange genug hingezogen, es ist Zeit, dass wir die Realität akzeptieren und unser Leben so leben, wie es gemeint ist. Zusammen.« Sie nahm wieder einen Schluck Wein, jetzt war das Glas schon beinahe leer. Nach dem ersten ging es immer ganz schnell. Schon stand sie auf, ging zum Kühlschrank und nahm die Flasche heraus. Fast voll, sah Helen. Vera schenkte sich nach. Diesmal blieb die Flasche auf dem Tisch stehen.

»Hat er eine Freundin? Wirft er dich an der Straßenecke aus dem Auto, weil er nicht will, dass ich seine neue Freundin sehe?«

Glaubte Vera wirklich, Luc sei seit ihrer Trennung allein geblieben? Glaubte sie wirklich, er habe nie eine Freundin gehabt, nur weil Helen in all den Jahren nie eine erwähnt hatte? Mit ihren Lügen hatte ihre Mutter eine Scheinwelt erschaffen, aus der sie allein nicht mehr hinausfinden würde. Plötzlich spürte Helen das ganze Gewicht dieses falschen Lebens wie ein riesiges, unhandliches Gerüst, das sie seit Jahren vor sich herschob und mit letzter Kraft aufrecht zu halten versuchte. Sie fühlte ihre Knie einknicken und wusste, dass sie dieses Gewicht keine Sekunde länger tragen konnte. Sie wollte sich gleich hier in der Küche auf den Boden legen. So müde war sie, so erschöpft.

»Ja, Mama«, wollte sie sagen. »Er hat eine Freundin und er hat ein Haus, genau das Haus, das du dir immer gewünscht hast. Und wenn morgen die Sozialarbeiterin kommt und dich so sieht, dann hat er auch mich.«

Aber sie sagte nichts. Sie konnte nichts sagen. Nichts würde ihre Eltern wieder zusammenbringen. Und nur das interessierte ihre Mutter. Nur für Luc würde Vera ein Haus halten, nur für Luc würde sie weniger trinken.

Ihre Mutter musste etwas essen, dachte Helen. Bevor die Flasche leer war. Im Kasten fand sie einen halben Laib Brot, schon etwas hart, aber das machte nichts. Sie legte ihn in eine Schüssel und goss etwas Milch darüber. Sobald das Brot genügend aufgeweicht war, schnitt sie es in vier dicke Scheiben, die sie mit Käse belegte. Ihre Mutter schimpfte ununterbrochen weiter, über Luc und wie unzuverlässig und verbohrt er war, aber Helen hörte nicht mehr zu. Sie schob das Blech in den Ofen und bald roch es in der ganzen Küche nach geschmolzenem Käse. Sie wickelte ein Tuch um ihre Hand, um den Ofen zu öffnen und verbrannte sich trotzdem, als sie das Blech herausnahm. Ihre rechte Handfläche verfärbte sich sofort, doch Helen ließ das Blech nicht fallen. Vorsichtig setzte sie es auf dem Herd ab, dann verteilte sie die Schnitten auf zwei Teller und stellte sie auf den Tisch.

Ihre Hand schmerzte. Eine längliche Blase hatte sich gebildet. Sie legte sie in ihren Schoß und versuchte, mit der linken zu essen. Doch wirklich Hunger hatte sie keinen und auch ihre Mutter zog das Messer lustlos durch die Käsemasse, die lange Fäden zog. Vielleicht hatte Helen den falschen Käse genommen. Und Gurkenscheiben hatte sie auch keine draufgelegt.

Die Flasche war jetzt leer. Veras Wangen waren rot, aber sie war noch nicht betrunken. Sie zündete sich eine Zigarette an, stand auf und ging zum Telefon, das neben der Küchentür an der Wand hing und wählte erneut Lucs Nummer. Anklagend hielt sie den Hörer hoch, aus dem hektisches Tuten klang. »Aha«, rief Vera. »Besetzt! Dann ist er ja doch da, er nimmt nur nicht ab. Aber das kann er mit mir nicht machen.«

»Er weiß doch nicht, dass du es bist«, murmelte Helen. Sie versuchte sich zu erinnern, ob sie im Fachwerkhaus ein Telefon gesehen hatte.

»Damit kommt er nicht durch. Nein, diesmal nicht. Nicht mit mir.« Vera legte den Hörer wieder auf. Sie bückte sich und öffnete den unteren Küchenschrank, in dem sie den Rotwein aufbewahrte, nahm eine Flasche heraus und öffnete sie. Das konnte sie, ohne hinzuschauen. »Ich ruf einfach alle fünf Minuten an, genau so mach ichs.

Irgendwann wird die Leitung schon wieder frei sein und dann …« Sie nahm einen Schluck und vergaß, was sie sagen wollte. Und dann was, dachte Helen.

»Mama … Vera…« Es war zu spät, sie hatte den Moment verpasst. Sie konnte nichts mehr sagen. Ihre Mutter war nicht mehr anwesend. Und dann wollte sie es auch gar nicht mehr, wollte nichts sagen. Sie wollte es nicht wissen. Ob Vera um sie kämpfen würde.

6.

Als am nächsten Morgen die Sozialarbeiterin an der Tür klingelte, war sie bereit. Oder eher, sie war nicht bereit. Wie Luc und Kati es ihr aufgetragen hatten, trug sie noch ihren Pyjama, den sie mit Erdbeerkonfitüre bekleckert hatte. Ihre Haare hatte sie auch nicht gekämmt.

Sie öffnete die Tür. Fast erwartete sie, ihren Vater zu sehen. Aber es war nur eine junge Frau in einem glänzend roten Regenmantel, auf dem Wassertropfen glitzerten. Sie schob die Kapuze vom Kopf und schüttelte ihre Stirnfransen. Irgendwie sah sie lustig aus, wie ein großes Kind. Sie streckte ihr die Hand zur Begrüßung entgegen.

»Guten Morgen. Ich bin Karin Suter vom Jugendamt. Und du, du musst wohl Helen sein!«

Helen nickte. Plötzlich war sie schüchtern. Sollte sie so tun, als wüsste sie von nichts? Als hätten sie den Plan nicht ein dutzend Mal durchgesprochen? Als hätte sie ihre Rolle nicht geübt? Nein, sie würde den Plan jetzt durchziehen, sie war schließlich kein Kleinkind mehr. Sie schüttelte die Hand der Sozialarbeiterin. Helen zuckte zusammen. Ihre

Hand schmerzte. Fräulein Suter bemerkte die Brandblase und seufzte.

»Ist deine Mutter zu Hause? Ich möchte gerne kurz mit ihr sprechen.«

»Sie schläft noch.« Vera hatte es ihr leicht gemacht, sie war gestern Abend noch ausgegangen. Helen hatte sie nicht nach Hause kommen hören, aber als sie nach dem Aufwachen nach ihr schaute, lag sie angezogen auf der Bettdecke und schnarchte leise. Helen trat einen Schritt zurück und ließ die Frau in die Wohnung. Die Küche war nicht aufgeräumt. Das Geschirr von gestern türmte sich noch im Aufguss, vom Mittag- und vom Abendessen. Auch die leeren Raviolidosen, die sie gestern mit Frank aufgewärmt hatte, standen noch da. Er liebte Dosenravioli, aber das durfte niemand wissen, vor allem nicht seine Mutter. »Sie macht mehr auf Italo als mein Vater«, beklagte er sich. Frau Esposito war eigentlich Schweizerin, sie war als Rita Nievergelt in einer Villa aufgewachsen, mit einem eigenen Schwimmbad. Doch als sie sich in einen Lastwagenfahrer verliebte, wurde sie von ihrer Familie verstoßen, was bedeutete, dass Frank seine Großeltern gar nicht kannte und das große Haus nur einmal bei einem Ausflug gesehen hatte, als sie mit einem Schiff dem Zürichseeufer entlangfuhren. »Da bin ich aufgewachsen«, hatte seine Mutter gesagt und gelacht. Frank wusste nicht mal genau, auf welches der schlossähnlichen Anwesen sie gezeigt hatte. Oder ob sie all das manchmal vermisste. Den Wohlstand. Den Schweizer Namen. Vielleicht bestand er gerade deshalb darauf, Frank genannt zu werden und nicht Franco. Um sich seiner Mutter zum Trotz ein Stück dieser Identität zu bewahren, von der er kaum etwas wusste.

Sie hatten die Ravioli direkt aus den Dosen gegessen, auf dem Teppich im Wohnzimmer. Sie saßen im Schneidersitz, schauten zwei Folgen *Lassie* hintereinander, ihre Knie berührten sich. Beinahe hätte sie ihm alles erzählt.

»Ich muss bald zur Schule«, sagte Helen jetzt. Fräulein Suter schaute sich in der Küche um, zog die Schubladen auf, schaute in den Kühlschrank.

»Mach dir darum keine Gedanken«, sagte sie abwesend. »Ich rufe später dort an und melde dich ab.«

Helen fragte sich, warum sie das durchspielen mussten. Papa hatte die Sozialarbeiterin sicher auch in den Plan eingeweiht. Als habe Fräulein Suter ihre Gedanken gelesen, sagte sie: »Das ist eine echte Abklärung, Helen. Ich mach hier keine Show für deinen Vater. Seine Bedenken klangen ernst genug, und was ich hier sehe …« Sie seufzte. »Das ist nicht einfach für dich, das weiß ich. Aber ich muss dir ein paar Fragen stellen.«

Helen setzte sich an den Küchentisch und wartete, bis Fräulein Suter die Überreste des Frühstücks zur Seite geschoben und ihren Notizblock ausgepackt hatte. Sie fühlte sich ein bisschen wie vor einer Prüfung in der Schule, aber da sie meistens gute Noten schrieb, hatte sie keine Angst.

»Es geht mir nicht darum, deine Mutter schlecht zu machen, Helen. Ich will nur herausfinden, ob und wie ich ihr helfen kann. Also, erzähl mal: Was machst du an einem ganz normalen Morgen, wann stehst du auf?«

»Um sieben«, sagte Helen. Das war einfach gewesen.

»Und wer weckt dich?«

»Der Wecker natürlich«, antwortete Helen etwas genervt. Was hatte das mit ihrer Mutter zu tun?

»Natürlich.« Fräulein Suter lachte. »Und dann ziehst du deine Kleider an, oder gehst du erst ins Bad?« Sie wollte alles ganz genau wissen. Helen war etwas verunsichert, darauf hatte Luc sie nicht vorbereitet. Doch je mehr Helen erzählte, desto wichtiger fühlte sie sich. Alles, was sie tat, schien eine Bedeutung zu haben, selbst die kleinste Handreichung.

»Und das ist seit der Scheidung so.«

Helen nickte. »Aber die Scheidung ist nur auf dem Papier«, murmelte sie. Sie versuchte, möglichst erwachsen zu klingen und den Satz so zu betonen, wie Vera es immer tat. Fräulein Suter hatte den Kopf leicht schief gelegt. Da war er wieder. Dieser Blick. Helen hatte ihn schon oft gesehen: bei den Nachbarinnen, den Lehrerinnen, bei Papas wechselnden Freundinnen. Bei Passanten während der seltenen Gelegenheiten, zu denen sie mit ihrer Mutter das Viertel verließ. Einmal, als Helen in der ersten Klasse war, hatte sie sie beide in einem vornehmen Salon im Stadtzentrum zum Haareschneiden angemeldet. Sie würden sich die Haare hochstecken lassen und dann in einem Café Kuchen essen, nur sie beide. Doch dann hatte ihre Mutter doch noch einen Wein aufgemacht und so lange getrödelt, dass sie zu spät gekommen waren. Die junge Frau am Empfang hatte abfällig die Lippen verzogen. »Ich weiß nicht, ob Herr Marcel jetzt noch Zeit hat für Sie …«

Vera stolzierte einfach an ihr vorbei, als hätte sie sie nicht gehört. Der Fußboden in dem Salon glänzte wie ein Spiegel, und sie rutschte auf ihren Plateausandalen aus. Das konnte jedem passieren, doch die jungen Frauen in ihren hellrosa Kitteln mit ihren hochtoupierten Frisuren stellten sich an, als hätte sie es mit Absicht getan. Sie versuchten nicht einmal, ihr zu helfen.

Der Geschäftsführer musste kommen und Vera vom Boden hochziehen und zu einem Ledersofa im Eingangsbereich schleifen, wo sie sofort einschlief. Während Helen darauf wartete, dass ihre Mutter wieder aufwachte, hatte ihr die Frisörin, Fräulein Nicole, mit einem glühend heißen Stab Locken in die glatten Strähnen gedreht und sie dabei die ganze Zeit so angesehen. Mit diesem Blick.

Sollte Helen wirklich je einen jungen Hund bekommen, würde sie ihn nie so anschauen. Nie, nie, nie. Auf einen Schlag mochte sie Karin nicht mehr. Sie wollte alles zurücknehmen, was sie gesagt hatte. Sie wollte nicht mehr mitmachen, den Plan nicht durchführen, wollte ihren Teil nicht mehr beitragen. Aber es war zu spät.

»Dann werde ich jetzt versuchen, deine Mutter zu wecken. Ich muss auch ihr ein paar Fragen stellen. Es wäre aber besser, wenn du bei dem Gespräch nicht dabei bist. Kannst du bei den Nachbarn warten?«

Das war nicht abgemacht gewesen. Helen fühlte, wie ihr die Tränen in die Augen stiegen. Das machte alles noch schlimmer. Die Sozialarbeiterin versuchte sie in den Arm zu nehmen. Wütend machte Helen sich los und rannte ins Schlafzimmer. Sie sprang aufs Bett und packte Veras Schultern und schüttelte sie.

»Mama, Mama, wach auf!« rief sie. Sie heulte und schniefte. »Mama!«

»Sch, ist ja gut.« Fräulein Suter war ihr ins Schlafzimmer gefolgt. Sie sah die Kleiderberge auf dem Teppich, den vollen Aschenbecher, die leere Flasche auf dem Nachttisch und das Glas mit den dunklen Weinresten. Sie roch diesen Morgenmamageruch, der Helen so vertraut war, dass sie ihn kaum mehr wahrnahm. Doch jetzt schien er das ganze Zimmer zu füllen.

»Geh bitte zurück in die Küche«, sagte Frau Suter und versuchte, Helen von ihrer Mutter wegzuziehen.

»Nein, nein, nein!«, weinte Helen. Endlich wachte Vera auf. Sie stöhnte und schob Helen von sich weg. Ihre Augen wanderten im Zimmer umher, ohne etwas zu sehen. Helen sprang vom Bett und rannte die zwei Stockwerke zu Frank hinunter. Undeutlich nahm sie wahr, dass die Wohnungstüren offenstanden, Frau Huber und Frau Hofstetter in den Flur hinaustraten, und jemand sagte: »Was ist denn jetzt wieder los!«

Auch Franks Wohnungstür stand offen, Maja und Marco machten sich gerade auf den Weg zur Schule, Frank trödelte noch herum und würde wie immer zu spät kommen.

»Marco, dein Turnzeug!« Frau Esposito tauchte im Türrahmen auf, ungekämmt, ungeschminkt und im Morgenmantel.

»Helen, was hast du?« Helen konnte nicht reden, sie streckte nur die Hand aus. Frau Esposito nahm sie und folgte ihr die Treppe hoch. Die anderen Nachbarinnen wollten ihnen in die Wohnung folgen, aber Frau Esposito scheuchte sie weg. Nachdrücklich zog sie die Tür hinter sich zu. Sie ließ Helens Hand nicht los, bis sie in der Küche waren.

Vera saß im Morgenmantel am Tisch und weinte. Die Sozialarbeiterin stand am Herd und kochte Wasser in einer Pfanne. Sie zog alle Schranktüren auf, um eine Kaffeekanne und einen Filter zu finden, vielleicht suchte sie auch nach versteckten Weinflaschen. Aber Vera versteckte ihren

Wein nicht. Er stand einfach da, im Kühlschrank und im unteren Fach, neben dem Mülleimer.

Wortlos zog Rita Esposito die metallene Espressokanne hervor, die sie Vera vor Jahren geschenkt hatte, schraubte sie auseinander und füllte den unteren Teil mit Wasser. Dann nahm sie die Dose mit dem feingemahlenen Kaffeepulver aus dem Kühlschrank und löffelte es vorsichtig in den Einsatz. Sie leerte die Pfanne mit dem Wasser aus, schraubte die Espressokanne zusammen und stellte sie auf den Herd.

»Danke, Rita«, murmelte Vera. »Bist ein Schatz.« Sie zog ein zerknülltes Taschentuch aus dem Ärmel ihres Kimonos. Der schwarz glänzende Stoff mit dem grellen Blütenmuster ließ sie noch blasser aussehen. Das Taschentuch war offensichtlich gebraucht. Angewidert ließ Vera es fallen und wischte sich die Hände ab. Die Sozialarbeiterin, die mit verschränkten Armen zugesehen hatte, mischte sich jetzt wieder ein.

»Ich heiße Karin Suter, ich komme vom Jugendamt. Und wer sind Sie?«

»Rita Esposito, die Nachbarin. Veras Freundin. Vom Jugendamt, sagen Sie? Warum denn vom Jugendamt?«

»Ich möchte gerne ungestört mit Frau Bertschi reden, vielleicht könnten Sie die Kleine zu sich nehmen, bis ihr Vater kommt?«

»Ihr Vater?«, fragte Rita. »Was soll das heißen, ihr Vater? Was geht hier vor?«

»Luc kommt?« Vera wirkte sofort wieder wacher und zuversichtlicher. Doch Rita packte sie am Arm und schüttelte sie.

»Vera, wach auf! Verstehst du denn nicht? Er will dir

Helen wegnehmen! Darum gehts doch hier, nicht?« Wütend wandte sie sich an die Sozialarbeiterin. »Geben Sie es zu!«

»Ich gebe gar nichts zu«, sagte Fräulein Suter etwas steif. Dann begann der Kaffee zu brodeln. Helen schlüpfte zwischen den Erwachsenen hindurch und nahm schnell die Kanne vom Herd, wie sie es hundertmal beobachtet hatte. Es spuckte und zischte noch ein Weilchen, dann hatte sich der Kaffee beruhigt und konnte eingeschenkt werden. Sie füllte nur eine Tasse, rührte zwei Löffel Zucker ein und stellte sie vor ihre Mutter hin. Milch war keine da. Vera verzog erst das Gesicht, dann hob sie die Tasse an die Lippen und atmete den Kaffeeduft ein.

»Ich verstehe nicht ganz … Was ist mit Luc? Warum kommt er zu uns?«

Fräulein Suter setzte sich. »Frau Bertschi, Ihr Exmann hat uns gemeldet, dass Sie, wie soll ich sagen, dass Sie nicht immer in der Lage sind, sich angemessen um ihre gemeinsame Tochter zu kümmern. So einer Meldung müssen wir natürlich nachgehen.«

»Nein, nein, nein«, mischte sich Frau Esposito ein. »Das ist völliger Quatsch. Ich kenne Vera. Ja, sie trinkt mal ein Glas zu viel, wenn sie den Seelenschmetter hat, wer tut das nicht. Deswegen ist sie noch lange keine Alkoholikerin. Sie können ihr nicht einfach das Kind wegnehmen! Das geht doch nicht.« Sie atmete ein paarmal tief durch. »Ich bürge für sie. Und Helen ist bei uns jederzeit willkommen, sie geht mit meinem Frank in dieselbe Klasse …«

»Hören Sie Frau Esposito, ich nehme Ihre Aussage sehr gerne zu Protokoll. Aber was ich heute hier gesehen habe, und vor allem was Helen mir selbst erzählt hat …«

Rita wirbelte herum. »Helen? Was soll das heißen? Was hast du erzählt?«

Franks Mutter war die Einzige, die Helen nie mit diesem Hundeblick angeschaut hatte. Aber dieser war noch viel schlimmer. Sie schaute Helen nicht an, wie man einen ausgesetzten Welpen anschaut, sondern einen besonders widerwärtigen Käfer.

ELAINE

I.

Es tickte. So laut, dass das Ticken sie ganz ausfüllte. Ihre Knochen tickten, ihre Haut tickte, in ihrem Kopf: Ticken. Nichts anderes hatte mehr Platz. Sie hielt die Augen geschlossen und atmete flach. Das Klopfen der Magnete erschütterte ihren ganzen Körper. Sie atmete langsam und zählte ihre Atemzüge, und das laute Klopfen verzog sich in den Hintergrund.

Und dann war es vorbei. Sie musste eingeschlafen sein. Als sie aus der Maschine gerollt wurde, öffnete sie die Augen. Ein Gesicht schwebte über ihrem.

»Gut gemacht«, sagte eine Stimme. Der Mann, der sich über sie beugte, hatte eine Glatze und schaute sie mit lieben Augen an, wie man ein weinendes Kind anschaut, einen nassen Hund. Sein Blick besorgte sie noch mehr als die Tatsache, dass sie sich offenbar in einem Krankenhaus befand. Und nicht wusste, wie sie hierhergekommen war. Oder was ihr fehlte. Nichts tat ihr weh. Ohne Grund wurde man nicht so angeschaut, das wusste Elaine.

Vorsichtig löste der Pfleger jetzt die Gurte und half ihr auf. Er trug einen hellgrünen Kittel, die Ärmel hatte er hochgerollt, vermutlich, damit man seine Muskeln sehen konnte. Sie kniff die Augen zusammen und versuchte, sein Namensschild zu entziffern.

»Benni«, sagte er. »Ich heiße Benni. Ich bringe Sie jetzt wieder auf Ihr Zimmer.« Er half ihr von der Liege und in einen Rollstuhl. Sie schaute an sich hinunter. Sie trug einen hellgrün gepunkteten Krankenhauskittel und dicke, weiße Noppensocken.

Eine Tür öffnete sich, der Techniker kam herein. Sie hatte das Gefühl, ihn kennen zu müssen. Er hatte sich ihr doch bestimmt vorgestellt, bevor die Untersuchung begann.

»Konnten Sie sich ein bisschen entspannen?«, fragte er neugierig. Das hatte sie nicht erwartet. Aber es war immerhin eine Frage, die sie beantworten konnte.

»Ja, kein Problem. Ich glaube, ich bin eingeschlafen.«

Verblasste Erinnerungen an weißen Sand und blaues Wasser. Der Techniker verzog anerkennend das Gesicht. »Das gelingt den Wenigsten. Wir sind schon froh, wenn die Patienten keine Platzangst kriegen. Aber gleich einschlafen ...«

Als hätte sie eine besondere Leistung erbracht. Sie lächelte verlegen.

»Und?«, fragte sie.

»Wir dürfen nichts dazu sagen. Doktor Manuhdi wird sich die Ergebnisse anschauen und mit Ihnen diskutieren.« Es war einen Versuch wert gewesen.

»Dann wollen wir mal.« Benni schob den Rollstuhl an. Er benahm sich, als hätten sie eine gemeinsame Geschichte, eine Beziehung. Hatte er sie hierhergebracht, hatten sie sich unterhalten? Benni schob sie durch fensterlose Gänge, die ihr unterirdisch und endlos vorkamen. »Sind wir denselben Weg hergekommen?«, fragte sie.

»Sie brechen mir das Herz!« Benni hielt den Rollstuhl an

und beugte sich über sie. Er lachte, aber als er ihren Blick sah, wurde er sofort wieder ernst. »Sie erinnern sich nicht«, stellte er fest. Es war keine Frage. Sie schüttelte den Kopf.

»Mühsam.« Benni stellte die Bremsen und kam um den Rollstuhl herum, kauerte sich vor sie hin. »Ich kenn das, wissen Sie.«

Sie schaute verständnislos. Er seufzte: »Das hab ich Ihnen vorhin erzählt: Ich hatte einen Hirntumor. Ich weiß, wie es sich anfühlt. Wenn man nicht mehr weiß, wer man ist.«

»Habe ich einen Hirntumor?«

»Keine Ahnung. Aber irgendetwas haben Sie wohl. Ich sage nur, *been there, done that!*« Jetzt lachte er wieder, drückte ihren Oberarm und richtete sich auf. »Je schneller ich Sie wieder auf Ihrem Zimmer habe, desto schneller kommt der Arzt. Die Ungewissheit ist das Schlimmste, glauben Sie mir, ich kenne das. Und Manuhdi hat einen guten Ruf. Sie haben Glück, dass er hier ist.«

Sie mäanderten den endlosen grauen Betonwänden entlang, blaue und rote und gelbe Linien zeichneten sie. Sie wünschte, sie könnte sich an diesen Linien festhalten.

Manuhdi, dachte sie, den Namen musste sie sich merken. Doktor Manuhdi würde sie retten. Benni schob sie um eine letzte Ecke und zurück ins Helle. Neonlichter, andere Menschen, Geschäftigkeit. Er schob sie in den Lift und drückte den Knopf mit der Nummer zehn. Ihr Zimmer war im zehnten Stock, merkte sie sich. Nicht, dass das wichtig wäre. Sie wollte nur testen, wie lange es dauerte, bis sie auch das wieder vergaß. Sie schloss die Augen und wünschte sich an den Strand zurück, den sie im Traum gesehen hatte. Der Fahrstuhl hielt mit einem Rucken.

Sie öffnete die Augen wieder und schaute auf die Leuchtanzeige.

»Zehn«, sagte sie.

Kaum war sie zurück in ihrem Zimmer, stand auch schon ein Arzt neben ihrem Bett. Ein attraktiver Mann, dachte sie und richtete sich unwillkürlich auf. Sein Haar war halblang, wellig und graumeliert. Eine Löwenmähne, dachte sie. Sie vertraute ihm sofort. Sie wollte ihm gefallen, wollte all seine Fragen richtig beantworten. Doch sie wusste nichts mehr.

»Wissen Sie, wo Sie sind?«

»Im Krankenhaus.« (Aber in welchem? Und warum?)

»Wissen Sie, was passiert ist?«

»Nein.«

»Woran erinnern Sie sich?«

(An nichts.)

»Ich weiß nicht, wie ich es beschreiben soll«, sagte sie. »Im Kino hab ich das mal gesehen, lange her, da wurde der Film noch von einer Spule abgedreht. Der Vorführer hat nicht aufgepasst, und der Film ist gerissen oder … Jedenfalls breitete sich auf der Leinwand ein schwarzer Fleck aus, mit einem flimmernden Rand, als ob man von hinten eine Zigarette drangehalten hätte. Ungefähr so«, sagte sie. »Nur mit mehr Farben.«

Der Arzt nickte, als hörte er diese Beschreibung nicht zum ersten Mal. Sofort fühlte sie sich besser. Vielleicht war sie doch nicht verrückt.

»Das nennt man eine Aura.«

»Eine Aura, Sie meinen meine Ausstrahlung?« Ihre Hand beschrieb eine Kurve über ihrem Kopf und ihren

Schultern. Der Arzt lächelte, er wusste offenbar, was sie meinte. »Nein, nicht diese Art von Aura«, sagte er. »Leider. Ich meine die Aura, die einen epileptischen Anfall ankündigt. Eine Art Kurzschluss im Hirn.«

Ein epileptischer Anfall. Die Worte bedeuteten nichts.

»War es das?«, fragte sie. »Hatte ich einen epileptischen Anfall?«

»Das wäre die naheliegendste Vermutung«, sagte der Arzt ausweichend. »MS konnten wir nach diesem MRI ausschließen, einen Hirntumor auch. Ihr Hirn sieht außergewöhnlich gut aus für eine Frau in ihrem Alter, geradezu makellos.«

»Wie meinen Sie das?« Sie fühlte sich geschmeichelt und beleidigt zugleich. Wie alt war sie?

»Nicht ein weißer Fleck, nicht der kleinste! Vermutlich haben Sie noch nicht mal Migräne.«

Sie schüttelte den Kopf, obwohl sie nicht sicher sein konnte. Was war Migräne? Sie schaute an sich herunter, ein dünner, hellgrüner Krankenhauskittel und weiße Socken mit Gumminoppen.

»Was tue ich hier?«, fragte sie, plötzlich wieder verwirrt. »Wie lange bin ich schon hier? Wie bin ich hierhergekommen?« Und müsste sie nicht wissen, wie der Arzt hieß? Sie konnte den Namen, der in verschnörkelter Schreibschrift auf seinen Kittel gestickt war, nicht lesen.

»Wer sind Sie?«, fragte sie.

»Ich bin Doktor Manuhdi, der Neurologe auf der Abteilung. Was ist das Letzte, woran Sie sich erinnern?«

»Die … Aura?«

»Und davor? Der Moment direkt davor. Der interessiert mich besonders.«

Als sie den Arzt anschaute, überkam es sie wieder, dieses Gefühl. Als halte jemand eine glühende Zigarettenspitze an den Film ihres Lebens. Er löste sich auf, die Ränder rollten sich nach innen, der schwarze Punkt wurde größer.

»Schon gut, ich will Sie nicht unter Druck setzen.« Der Arzt machte sich mit einem dünnen Stift Notizen auf einem Tablet. Sie wusste nicht, wie lange er auf eine Antwort gewartet hatte. Sie öffnete den Mund, um etwas zu sagen, irgendetwas, nur um ihn zufriedenzustellen. Doch sie brachte keinen Ton heraus. Ihr Kopf war leer, sie fand darin keinerlei Bilder, nur den weißen Sand und das blaue Wasser. Es war, als sei sie zwischen den Welten steckengeblieben, als hinge sie irgendwo zwischen Traum und Realität fest. Sie wusste nichts, hatte nichts zu sagen.

Jetzt stand der Arzt wieder neben ihr und schob die Ärmel ihres Kittels hoch. »Sehen Sie das?« Sie folgte seinem Blick. Blaue Flecken zeigten sich auf ihrem Unterarm. »Sind Ihnen die schon mal aufgefallen?«

Sie zuckte mit den Schultern. Die Hand auf ihrem Arm war angenehm. Gerne hätte sie sich hineingelehnt. Sie bewegte ihren Arm so, dass die Hand auf ihrer Haut nach oben glitt, als würde sie sie streicheln. Doch der Arzt zog sie zurück, als hätte er sich verbrannt. Dann sah sie plötzlich andere Hände auf ihren Unterarmen, Hände, die hart zupackten und sie wütend schüttelten. Schützend verschränkte sie die Arme, steckte die Hände in die Kittelärmel.

»Sie könnten die Folge eines Krampfes sein.« Wieder tippte Doktor Manuhdi mit dem Stift auf dem Bildschirm seines Tablets herum. »Wie gesagt, der nächste Schritt ist ein EEG, eine Aufzeichnung ihrer Hirnströme. Das sollte uns weiteren Aufschluss geben, könnte allerdings etwas dauern. Vielleicht möchten Sie jemanden anrufen, ihren Mann vielleicht?«

»Ich bin nicht verheiratet«, sagte sie. Woher wusste sie das? Sie hob ihre linke Hand vor ihr Gesicht, als hätte sie sie noch nie gesehen. Sie trug einen Ehering.

Der Arzt räusperte sich. »Also dann. Ich schaue später noch mal herein«, sagte er. »Es tut mir leid, dass alles so lange dauert. Sie wissen schon, das Wochenende.«

Sie war froh, dass er ging. Das Wochenende, dachte sie. Hätte er sie gefragt, welcher Tag heute sei, hätte sie Dienstag gesagt. Mit einer Sicherheit, die sie in anderen Bereichen nicht empfand.

Als sie wieder allein war, steckte sie ihren Ringfinger in den Mund, speichelte ihn ein und löste den Ring. Der tiefen weiße Kerbe in ihrer gebräunten Haut nach zu urteilen, trug sie ihn schon lange. Der Ring gefiel ihr, er war einfach, solide, aus rötlichem Gold. Sie versuchte, die Inschrift zu entziffern, aber die Buchstaben waren zu verschnörkelt, zu klein. Frank? 1994? 1992?

Welches Jahr hatten sie jetzt? Sie wusste es nicht. Sie legte den Ring auf den Nachttisch und sah sich um. Sie war allein in einem Zimmer mit zwei Betten. Der Vorhang zwischen ihnen war zurückgezogen, so dass man über das leere Nachbarbett hinweg aus dem Fenster sehen konnte. Über Hausdächer und Baumspitzen bis hin zu einer leicht verschneiten Hügelkette und einem grauen Himmel darüber. Die Landschaft war ihr vertraut, aber sie konnte sie nicht einordnen. Als hätte sie sie in einem Film gesehen.

Systematisch vorgehen, dachte sie und wunderte sich

einen Moment lang, dass sie so ruhig blieb. Sie wusste, was eine Aura war, aber nicht, wie sie hieß.

Sie setzte sich auf die Bettkante. Ihre Füße in den weißen Noppensocken erreichten den Boden nicht. War sie so klein? Sie rutschte von der Bettkante, setzte ihre Füße vorsichtig auf den dunkel gebeizten Holzboden auf. Der Boden gefiel ihr, geschmackvoll, dachte sie. So etwas war ihr also wichtig. Mit einer Hand hielt sie sich an der Bettkante fest, bis sie sicher war, dass sie nicht schwankte. Zögernd machte sie ein paar kleine Schritte am leeren Bett vorbei zum Fenster und schaute hinaus. Es war noch hell, aber die Sonne kam nur schwer gegen die grauen Wolkendecken an. Plötzlich wusste sie, wo sie war.

Zürich, dachte sie. Die Stadt vor dem Fenster war Zürich. Sie kannte diese Stadt.

Sie lebte hier.

Entschlossen wandte sie sich von der Kulisse ab, ging zurück zum Bett und öffnete die Nachttischschublade: Sie war leer. An der anderen Wand befanden sich ein Waschbecken, ein Schrank und eine Kleiderstange. In einer bräunlichen Pfütze lag ein Paar hochhackige Schaftstiefel aus hellem Leder, nass und verschmutzt. Ein knallblauer, wadenlanger Wildledermantel hing an einem Bügel. Vorsichtig fuhr sie mit der Hand über einen Ärmel. War das ihr Mantel? Waren das ihre Stiefel? Konnte sie in solchen Absätzen laufen? War sie so selbstbewusst? Ihr fiel auf, dass auch er schmutzig und zerrissen war und mit dem Saum in der Wasserpfütze hing. Seltsamerweise fühlte sie sich dadurch etwas beruhigt, als entspreche ihr das Zerrissene, Verschmutzte mehr als das Perfekte, das Neue. Sie durchsuchte die Taschen und fand eine Sonnenbrille, einen Lippenstift und ein zerknülltes

Papiertaschentuch. Sie schraubte den Lippenstift auf. Das dezente, bräunlich schimmernde Rosa war ihr sofort vertraut. Sie trat vor den Spiegel, der über dem Waschbecken hing, den Kopf gesenkt, und zögerte einen Moment, bevor sie aufschaute. Was, wenn sie ihr Gesicht nicht erkannte? Wenn ihr eine Fremde entgegenschaute? Sie atmete tief ein und hob das Kinn mit einem Ruck.

»Da bist du ja«, seufzte sie. Sie erkannte sich. Das war ihr Gesicht, die hellen, grünlichblauen Augen mit den goldbraunen Flecken in der Iris, die leicht gebräunte Haut, die vollen Lippen über leicht vorstehenden Zähnen. Unwillkürlich verzog sie sie zu einem breiten Lächeln. Das Lächeln fiel ihr leicht, sie war wohl jemand, der viel lachte. Doch Falten hatte sie keine, sie sah jung aus, erholt. War sie zur Kur gewesen, im Urlaub? Sie fuhr sich durch die blonden Haare, die kurz waren, dick und glatt, in exakte Stufen geschnitten. Probehalber schüttelte sie den Kopf und jede Strähne fiel zurück an ihren Platz. Sorgfältig trug sie den Lippenstift auf. Er sah gut aus, das musste sie zugeben.

Ihr Anblick im Spiegel hatte sie beruhigt. Er war ihr vertraut gewesen. Sie wandte sich wieder dem Schrank zu. Das oberste Fach war vollständig von einer weißen Plastiktüte ausgefüllt. Sie musste sich auf die Zehenspitzen stellen, um sie hervorzuziehen. Fast wäre die Tüte auf sie gefallen, kurz verlor sie das Gleichgewicht, doch dann drehte sie sich geschmeidig um und ließ die Tüte auf das Bett fallen. Sie war stark und gelenkig, stellte sie fest.

Sie schüttelte die Tüte aus. Ein Paar schmutzige, zerrissene Jeans. Größe 28, was hieß das? Die Hosen kamen ihr schmal vor, wie Kinderhosen. Sie schaute an sich herunter, der weite Krankenhauskittel verbarg ihre Formen. Neugierig fuhr sie mit den Händen über ihren Körper. Sie war dünn, aber nicht unmuskulös. Auf ihren Kniescheiben, das sah sie erst jetzt, klebten Gazepflaster, auf Höhe der Risse in ihren verschmutzten, blutbefleckten Jeans. Sie hob den Kittel etwas weiter an und sah, dass sie Unterhosen trug, schlichte hautfarbene Pantys, aber keinen BH. Sie schien auch keinen zu brauchen, ihre Brüste waren klein und fest. Prüfend knetete sie sie mit einer Hand und empfand nichts, sie fühlten sich irgendwie fremd an.

Auf der Bettdecke lag ein langärmliges, ebenfalls hautfarbenes Unterhemd, das winzig aussah, aber aus einem dehnbaren Material bestand. Der enganliegende Pullover aus hellgrauer Wolle war ihr ebenso fremd wie der auffällige Mantel. Dennoch zog sie ihn über das Krankenhaushemd. Er roch nach Parfüm und etwas anderem. War es Rauch? Wer rauchte, ihr Mann? Oder sie? Pfeife? Sie stopfte die anderen Sachen in die Tüte zurück, setzte sich wieder aufs Bett und nahm sich das Handy vor. Es fühlte sich ungewohnt an in ihrer Hand, klobig, zu groß. Es steckte in einer aufklappbaren Hülle aus weichem, blauem Leder. Der Bildschirm war schwarz. Sie drückte auf alle möglichen Knöpfe, wischte mit dem Finger über den Bildschirm. Nichts. Sie musste das Ding aufladen, wusste sie. Doch in der Plastiktüte war kein Kabel zu finden. Eine plötzliche Unruhe erfasste sie, ein Gefühl der Dringlichkeit, als enthalte das Gerät in ihrer Hand die Antwort auf alle Fragen, die Essenz ihrer Selbst.

Hektisch schaute sie sich um, ohne genau zu wissen, wonach sie suchte. Schließlich entdeckte sie einen dicken roten Alarmknopf an einem Kabel und drückte ihn. Sofort leuchtete ein gelbes Licht über der Zimmertür auf. Das beruhigte sie, und sie nahm sich das Lederetui noch einmal vor. Auf einer Seite steckten mehrere Kreditkarten, auf der anderen eine Identitätskarte. Sie zog sie heraus.

All die Fragen nach ihrem Namen. Immer wieder.

»Wissen Sie, wie Sie heißen?«

»Helen«, hatte sie gesagt. Jedes Mal.

»Und wie noch?« An ihren Nachnamen hatte sie sich nicht erinnert. Aber mit dem Vornamen war sie nahe dran gewesen.

»Elaine«, las sie halblaut. Es klang besser als Helen, dachte sie. »Elaine Esposito.« Der Name rollte ihr von der Zunge, als hätte sie ihn gleich als nächsten genannt.

Geboren am 14. August 1970.

Wie alt war sie jetzt? Schwer zu sagen. Sie fühlte sich älter, als sie aussah.

Die Kreditkarten ließ sie stecken, doch im letzten Fach fand sie ein zerknittertes Foto. Elaine zog es heraus, es war schon etwas verblichen, die Rückseite sorgfältig mit Klebstreifen geflickt, ein Hochzeitsbild.

Ihr Haar war länger als jetzt, halb hochgesteckt und mit Blumenranken geschmückt, einzelne blonde Strähnen fielen auf ihre nackten Schultern. Vom Kleid waren nur der Ausschnitt und die dünnen Träger zu sehen. Aber am meisten erschütterte Elaine, wie glücklich sie aussah. Ein breites Lächeln sprengte ihr perfekt geschminktes Gesicht, und neben ihr, ebenso strahlend und ein bisschen verdattert, als wisse er nicht genau, wie ihm geschah, stand ein dunkelhaariger Mann mit wildem Haar. Er blickte mit glasigem Blick in die Kamera, als könne er sein Glück nicht fassen. Ihr Mann.

»Frank«, murmelte sie und drückte das Bild an ihre Brust.

2.

»Was?« Eine Pflegerin stieß die Tür auf, schaltete das Alarmlicht aus und schaute sie irritiert an. Elaine blinzelte. Sie verstand nicht.

»Was …?«, wiederholte sie zögernd.

»Sie haben geklingelt«, sagte die Frau vorwurfsvoll. Ihre Augen waren hart, als sei sie enttäuscht. Vom Leben, von Elaine. Die Pflegerin trat an ihr Bett, legte ihr zwei Finger aufs Handgelenk und schaute auf die Uhr.

»Bisschen schnell«, sagte sie. »Sind Sie nervös?«

Elaine blinzelte. »Judith Fankhauser« stand auf ihrem Namensschild.

»Judith«, sagte Elaine. »Darf ich Judith sagen? Oder lieber Frau Fankhauser?«

»Judith ist okay.« Sie legte Elaine eine Manschette um den Oberarm, um ihren Blutdruck zu messen. Plötzlich überkam Elaine wieder dieses Gefühl. Wie hatte Doktor Manuhdi es genannt? Eine Aura. Ihr Blickfeld verengte sich, ihre Haut summte, als stünde sie unter Strom. Ein sehr unangenehmes Gefühl. Zum Aus-der-Haut-fahren, dachte sie. Im wörtlichen Sinn. Der beinah schmerzhafte Druck der mit Luft gefüllten Manschette um ihren Arm brachte sie wieder zurück in das Zimmer, in ihr Bett.

»Hm.« Judith runzelte die Stirn und machte sich eine Notiz. »Bisschen hoch, aber im Rahmen. Ich messe später nochmal. Vielleicht können Sie mir sagen, warum Sie geklingelt haben? Ich hab nämlich auch noch anderes zu tun. Sie sind nicht die einzige Patientin auf der Station.«

Elaine war den Tränen nahe. Hilflos schaute sie sich um. Sie hatte vergessen, was so dringend gewesen war.

»Es tut mir leid«, murmelte sie. Das schien Judith zu besänftigen.

»Ich muss Sie ohnehin jede Stunde kontrollieren«, sagte sie etwas freundlicher. »Wissen Sie, wie Sie heißen?«

Jetzt konnte Elaine auftrumpfen: »Elaine Esposito!«, rief sie.

»Sehr gut!« Judith schien ehrlich erfreut. »Das ist doch schon mal ein Fortschritt. Das melde ich dem Arzt.«

Elaine sonnte sich in ihrem Wohlwollen. Sie würde es sich nicht verscherzen, indem sie gestand, dass sie ihre Identitätskarte gefunden hatte. Und schon bei der nächsten Frage, nach dem Datum, scheiterte sie wieder. Hilflos zuckte sie mit den Schultern.

»Wochenende?«

»Machen Sie sich nichts draus.« Judith nickte ein paarmal und machte sich erneut Notizen. Im Gegensatz zum Arzt schrieb sie mit einem Kugelschreiber auf ein längsgefaltetes Blatt Papier. »Das wird schon wieder.«

Woher wollen Sie das wissen, wollte Elaine fragen. Aber da war Judith schon wieder verschwunden. Die Zimmertür hatte sie offen gelassen. Elaine stand auf, um sie zu schließen. Der kurze Gang erschöpfte sie, sie musste sich wieder hinlegen. Ihr Kopf wog zu schwer, Gedankenfetzen wirbelten darin herum, Fragmente von Fragen. Elaine war außerstande, sie festzuhalten, miteinander zu verknüpfen, gar ein Muster in ihnen zu erkennen. Sie schloss die Augen. Verzweifelt versuchte sie in ihren Traum aus der Magnetresonanzröhre zurückzufinden. Sie lag auf einem Liegestuhl, das sah sie jetzt, auf einem blau und weiß gestreiften Polster. Sie konnte ihre Beine sehen, schlank und gebräunt, die dezent lackierten Zehennägel, dasselbe bräunliche Rosa wie ihr Lippenstift. In der Hand hielt sie ein Buch, doch als sie versuchte zu lesen, fuhr ein Windstoß zwischen die Seiten. Immer heftiger blies der Wind, bis er ihr schließlich das Buch aus den Händen fegte. Sie wachte auf, als Judith hereinkam. Unwillkürlich zog Elaine die Schultern hoch, doch die Pflegerin schien vollkommen verwandelt. Keine Spur von Anstrengung zeigte sich in ihrem Gesicht, als sie an Elaines Bett trat.

»Ich habe gute Nachrichten«, sagte sie. »Sie dürfen essen!« Mit Schwung legte sie eine laminierte Speisekarte auf die Bettdecke. »Voilà!«

Vorsichtig nahm Elaine die Karte in die Hand. Sie ließ Judith dabei nicht aus den Augen. War das ein Test? Doch plötzlich hatte sie unbändigen Hunger. Ihre Augen jagten über die Buchstaben, ohne sie ganz zu erfassen.

»… mit Spätzli und Spinat«, las sie. »An einer Rahmsauce … glutenfrei. Schonkost … Bouillon mit Ei. Spinatravioli. Grüner Salat …«

Sie wollte alles. Und sie wollte es jetzt. »Rahmschnitzel«, sagte sie. »Mit Spätzli. Und vorher eine Suppe, wenns geht.«

»Gute Wahl«, sagte Judith. »Sie sehen aus, als könnten Sie was auf die Knochen vertragen.«

Sofort war Elaine wieder verunsichert. Hätte sie etwas Leichteres wählen sollen, einen Salat vielleicht? Sie konnte sich nicht erinnern, wann sie zuletzt eine Mahlzeit zu sich genommen hatte. Sie wusste nicht mal, was sie gerne aß. Ob sie eine Diät einhielt? War sie deshalb so dünn?

»Sie können übrigens auch für Ihre Angehörigen mitbestellen, wenn Sie möchten. Das wird Ihnen dann einfach verrechnet.«

Elaine schüttelte den Kopf. »Ich weiß doch gar nicht, ob mein Mann … Frank … weiß er überhaupt, dass ich hier bin?«

»Ach, Hase!« Judith setzte sich auf die Bettkante und griff wieder nach Elaines Hand, diesmal ohne ihren Puls zu messen. Sie legte den Kopf schief, ihre Augen glänzten vor Mitleid. Elaine wollte ihre Hand zurückziehen. Wieder dieser Blick. Ständig zog sie ihn auf sich.

»Ich weiß doch, wie das ist«, sagte Judith »Meiner ist genau so, er kommt und geht, wie es ihm passt, manchmal weiß ich tagelang nicht, wo er ist, wie es ihm geht, ja, ob er überhaupt noch lebt!«

Elaine war beim Wort »meiner« hängengeblieben. Bis sie verstanden hatte, dass Judith damit ihren eigenen Mann meinte, war die Erzählung schon so weit fortgeschritten, dass sie ihr nicht mehr richtig folgen konnte.

»Man selbst ist ja immer die Letzte, die dahinterkommt. Meine Freundinnen haben mich gewarnt, aber ich wollte es nicht hören. Wenn Sie einen guten Rat wollen: Hören Sie auf Ihre Freundinnen!«

Freundinnen? Hatte Elaine denn Freundinnen? Judiths Redeschwall verhinderte, dass sie der Frage nachgehen konnte. Sie wünschte, sie hätte etwas zu schreiben. Doch sie wagte nicht, Judith zu unterbrechen. Routiniert maß diese ihren Puls und ihren Blutdruck und nickte.

»Ihr Blutdruck ist immer noch etwas erhöht. Nicht dramatisch, aber trotzdem. Ist das normal für Sie oder haben Sie Stress, sind Sie nervös? Okay, geschenkt, dumme Frage! Ich geh mal Ihr Essen bestellen, und dann spreche ich nochmal mit Doktor Manuhdi.« Dann beugte sie sich über Elaine und flüsterte verschwörerisch: »Ich sorge schon dafür, dass Ihr Mann weiß, wo Sie sind, machen Sie sich mal keinen Kopf.«

Aber das war es doch genau, was Elaine so verzweifelt versuchte: sich einen Kopf zu machen! Und ihn mit Gewissheiten und Erinnerungen zu füllen, bis sie sich wiedererkannte, so wie sie ihr Gesicht im Spiegel erkannt hatte.

Sie musste nochmal eingeschlafen sein. Sie wachte auf, als es klopfte. Es klopfte in ihrem Traum, sie wachte auf und wusste nicht, wo sie war. Doch dieses verwirrte Aufwachen hatte an sich etwas Vertrautes. Als ob sie immer so aufwachte, noch mit einem Bein in einer anderen Welt.

»Herein!«, rief sie.

Und da war er. Ihr Mann. Die Gewissheit breitete sich in ihr aus, bevor ihr sein Name wieder einfiel: »Frank!«, rief sie. Vor Erleichterung viel zu laut. Jetzt würde alles wieder gut werden, das wusste sie einfach. Auch wenn sie sonst nichts wusste. Sie wollte aufspringen und sich in seine Arme werfen, sein Gewicht spüren, seine Wärme. Doch etwas in seinem Blick hielt sie davon ab.

»El?« Er klang müde. Frank sah älter aus als auf dem Hochzeitsbild, und dünner, fast hager. Die wilden Haare gezähmt, mit Grau durchzogen. Er zog den dünnen, gestreiften Wollschal herunter, der beim Eintreten seine untere Gesichtshälfte verborgen hatte. Tiefe Falten um die Mundwinkel. Er wirkte resigniert und kampfbereit zugleich. Hatten sie sich gestritten? War sie wütend weggelaufen, tränenblind vor ein Auto gestolpert? Fühlte er sich schuldig?

Die ungeheure Erleichterung, die sie bei seinem Anblick spürte, ließ sich nicht ignorieren. Galt das denn gar nichts? Wie eine Katze saß sie auf dem Bett, jeden Muskel gespannt, bereit, in seine Arme zu springen. Frank machte allerdings keine Bewegung auf sie zu, schaute sie nicht einmal an. Stattdessen sah er sich im Zimmer um, als wolle er es mieten. Er öffnete die Badezimmertür, schaltete das Licht ein und wieder aus, murmelte etwas. Dann ging er, immer noch, ohne sie anzuschauen, an ihrem Bett vorbei zum Fenster und studierte die Aussicht. Die Dämmerung war hereingebrochen, die ersten Lichter leuchteten schwach durch das graue Zwielicht.

»Frank?« Oh, sie hatte so viele Fragen! Wie spät ist es, welches Jahr haben wir, wie alt bin ich, wie lange bin ich schon hier, was ist passiert, warum hast du mich alleingelassen, warum schaust du mich nicht an, warum nimmst du mich nicht in den Arm, liebst du mich denn gar nicht mehr?

Endlich ließ er sich auf den Besucherstuhl fallen, der in sicherem Abstand zum Bett stand. Dabei seufzte er wie ein alter Mann. Er trug dunkle Jeans, gefütterte Stiefel, eine fellgefütterte Lederjacke, darunter einen knallblauen Pullover. Elegant, dachte Elaine. Er passte zu ihr.

»Was soll das jetzt?«, fragte er. »Was willst du denn noch von mir.«

Noch? »Ich weiß nicht – Frank, ich weiß nicht, was passiert ist.«

»Wie praktisch.«

»Wie meinst du das, Frank? Ich hatte einen Unfall – oder ich bin hingefallen – ich weiß es wirklich nicht mehr. Ich weiß nichts mehr, Frank, nicht mal meinen Namen, ich musste auf meinem Ausweis nachschauen!«

Frank reagierte nicht. Er sah sie nur an, als wartete er darauf, dass sie aufhörte zu reden.

»Und warum ruft das Krankenhaus mich an?«

»Weil du mein Mann bist, vielleicht?« Ihr Blick glitt zum Nachttisch, wo ihr Ehering lag. Schnell steckte sie ihn wieder an. War es das? War er wütend auf sie, weil sie den Ring ausgezogen hatte?

Das Bedürfnis, sich auf seinen Schoß zu setzen, ihn mit Armen und Beinen zu umklammern wie ein Affe, das Gesicht an seine Brust zu legen, war überwältigend. Es war das einzige klare Gefühl, das sie hatte, die einzige Gewissheit. In seinen Armen wäre sie sofort wieder sie selbst. Wenn er sie nur ließe. Doch Frank war wie mit Stacheldraht umwickelt, sie traute sich nicht näher an ihn heran.

»Das Einzige, was ich mit Sicherheit weiß …« Sie stockte. Sie wagte nicht, es auszusprechen. »Das Einzige, woran ich mich erinnere, ist ein Strand«, sagte sie stattdessen. »Ein Strand, ein Liegestuhl, ein Buch …«

Es war nicht wirklich eine Erinnerung, es war ein Traum. Frank schnaubte. Er schüttelte den Kopf. Sie hatte das Falsche gesagt. Alles war falsch.

»Ausgerechnet, El.« Er lachte kurz auf, es klang nicht fröhlich. »Ausgerechnet damit musst du jetzt kommen.«

Womit? Womit musste sie kommen? Sie sah sich wieder auf einem Liegestuhl unter einem Sonnenschirm liegen, sie schaute über die Kante eines dicken Buches. Sie sah ihre schlanken, gebräunten Beine, die Zehen mit den lackierten Nägeln. Sie sah hellen Sand und türkisfarbenes Wasser und Kinderköpfe unter bunten Sonnenhüten. Sie sah Frank mit einer bunten Plastikschaufel winken. Sie winkte zurück und senkte den Blick wieder auf ihr Buch. Doch bevor sie eine Zeile lesen konnte, verschwand das Bild.

»Was hab ich denn gelesen?«, fragte sie.

»Was du gelesen hast?«, wiederholte Frank. »Soll das ein Witz sein?« Doch sein Ton war etwas milder. Als hätte er auch gerade einen kurzen, friedlichen Moment am Strand verbracht und mit den Kindern Sandburgen gebaut.

Kinder! Sie hatte zwei Kinder mit bunten Sonnenhüten, unter denen dunkle Locken hervorschauten. Dunkle Locken, wie Frank sie hatte. Nicht ihr eigenes, dickes, blondes Haar.

»Du hast immer einen ganzen Koffer voll Bücher eingepackt«, sagte Frank jetzt. »Dabei hab ich dir einen Kindle geschenkt, als die noch ganz neu waren. Aber ich glaube nicht, dass du den je benutzt hast. Bücher muss man in der Hand halten können, sagst du immer. Man muss sie riechen. Typisch El: Wer riecht denn schon an Büchern?«

»Ich, offensichtlich …« Wen interessieren Bücher, wollte Elaine sagen. Was ist mit meinen Kindern? Wo sind sie, wie heißen sie, wie alt sind sie? Aber sie wollte keinen erneuten Stimmungsumschwung riskieren. Jetzt, wo Franks Ton beinahe liebevoll geworden war.

Und überhaupt: Was war sie für eine Mutter, die ihre eigenen Kinder vergaß? Was ein Kindle war, wusste sie auch nicht. Kindle, Kinder. Es klang ganz ähnlich, aber sie ahnte, dass die beiden Begriffe wenig miteinander zu tun hatten.

»Jedes Jahr hast du dich durch diese Listen gelesen, die besten Bücher des Jahres, die zehn Bücher, die man gelesen haben muss, egal ob sie dir gefielen oder nicht. Aber jeden Sommer war ein Liebesroman dabei. Den hast du dir aber bis zum Schluss aufgespart, als Belohnung sozusagen.«

»Nicholas Sparks!«, rief sie und lachte. Sie wusste nicht, wie ihre Kinder hießen, aber der Name ihres heimlichen

Lieblingsautors war ihr wieder eingefallen. Frank lachte jetzt auch. Es überraschte sie, sein Lachen war voll und dröhnend, wie das eines sorglosen Mannes. Das Lachen füllte den Raum, es füllte Elaine aus. Sie würde alles tun, um es noch länger zu hören. »Vielleicht hatte ich ja die ganze Zeit Liebesromane unter den ernsthaften Umschlägen versteckt«, sagte sie. »Hast du dir das schon mal überlegt?«

»Ach, El.« Das Lachen brach ab. Dafür schaute er sie jetzt an. Seine Augen waren groß und braun und traurig wie die eines Lawinenhundes. Die Augenwinkel nach unten verzogen, in ein Netz von feinen Falten gebettet. Elaine wollte diese Falten küssen, die Augenlider, die tiefe Furche zwischen den dichten Augenbrauen. Wenn er nur nicht so abweisend wäre.

»Warum müssen wir ausgerechnet darüber reden? Strandurlaub, Liegestuhl, wirklich? Muss das denn sein. Warum quälst du dich so. Warum quälst du mich.« Seine Augen verschwammen. Er verdeckte sie mit den Händen.

Quälen? Wovon redete er. Elaine verstand nicht. Sie liebte ihn doch. Er war ihr Mann. Das wusste sie, auch wenn sie sonst nichts wusste. Aber sie wagte nicht, es auszusprechen. Etwas stimmte hier nicht. Nicht nur mit ihr. Etwas war in den Ferien passiert. Am Strand. Etwas, woran sie sich nicht erinnern konnte. Etwas, das zwischen ihnen stand.

»Frank«, sagte sie. »Schau mich an. Hör mir zu: Was immer ich dir getan habe, es tut mir leid. Unendlich leid. Aber ich weiß es nicht mehr, verstehst du? Ich weiß nichts mehr.«

Er hob den Kopf und schaute sie an, als wollte er ihr

glauben. Als könnte er ihr beinahe glauben. Doch dann schnalzte er mit der Zunge und wandte sich ab.

»Ach, El. Zu wenig, zu spät.«

3.

Es klopfte wieder, und eine junge Frau in Straßenkleidung trat ein. Sie zog ein Gerät mit vielen Kabeln auf Rollen ins Zimmer. Falls sie die gespannte Stimmung im Raum bemerkte, ließ sie sich nichts anmerken. Vermutlich war sie das gewohnt. Weinende Besucher, bockige Patienten, es war ein Krankenhaus.

»Guten Tag, Frau …«, sie schaute in ihre Notizen. »Esposito. Ich bin die EEG-Technikerin. Ich schließe sie jetzt an den Hirnstrommesser an.«

»Was bedeutet das?«, fragte Frank. Seine Erleichterung, nicht mehr mit Elaine allein zu sein, war offensichtlich.

»Wir messen die Hirnströme ihrer Frau, in der Hoffnung, einen Hinweis darauf zu bekommen, ob sie einen epileptischen Anfall erlitten hat, und wenn ja, was ihn ausgelöst haben könnte.«

Die junge Frau ließ sich etwas sehr bereitwillig auf das Gespräch ein, fand Elaine. Doch hatte sie überhaupt das Recht, eifersüchtig zu sein?

»Wie funktioniert das?«, mischte sie sich ein.

»Ich befestige einundzwanzig Elektroden auf ihrer Kopfhaut.« Die junge Frau teilte Elaines Haar mit einem Kamm wie eine Frisörin. »Das ist ein bisschen mühsam«, entschuldigte sie sich. »Wir benutzen eine Salzpaste, die ist leider nicht so gut für die Haare. Ich tüftle schon lang an einer Alternative herum, für ein Medizinstudium hat es leider nicht gereicht, aber ich habe Köpfchen, das sagen alle. Die Ideen, die du immer hast, das hat gerade gestern wieder jemand zu mir gesagt. Wenn Sie sich jetzt etwas vorbeugen könnten – ja, so – perfekt.«

Die Knöpfe an ihrem T-Shirt klafften leicht auseinander. Elaines Nase berührte beinahe ihre Brüste. Sie unterdrückte den Impuls, ihr Gesicht in den Ausschnitt zu pressen. Hatte sie schon mal die Brüste einer anderen Frau geküsst? Es fühlte sich so an. Unwillkürlich wich sie zurück, der Kamm verfing sich in ihrem Haar und ziepte.

Aus den Augenwinkeln sah Elaine hinüber zu Frank, doch der hatte ihr den Rücken zugewandt. Er blickte aus dem Fenster, nahm schließlich sein Handy hervor und schaute kurz auf das Display. Dann murmelte er etwas Unverständliches und verließ das Zimmer. Elaine schaute ihm nach, als könnte ihr Blick ihn aufhalten. Wie in Zeitlupe schloss sich die Tür hinter ihm.

»Wie lange sind Sie schon verheiratet?«, fragte die Technikerin. Elaine musste überlegen. Was stand in dem Ring? 1994? Oder 92? Und welches Jahr hatten sie jetzt?

»24 Jahre«, sagte sie aufs Geratewohl. Sie hoffte, dass die Technikerin nur Smalltalk machen wollte und sie nicht auf die Probe stellte.

»Wow«, seufzte die junge Frau. »Länger als meine Eltern. Aber in meiner Familie sind alle geschieden, wissen sie. Kein Wunder, dass ich keinen Mann halten kann …« Sie seufzte, und dann war die Untersuchung auch schon abgeschlossen. Das Entfernen der Elektroden war langwieriger als das Befestigen. Die Salzpaste juckte auf ihrer Haut, der Kamm blieb in den verklebten Haaren stecken.

»Je schneller Sie Ihre Erfindung durchsetzen, desto besser«, murmelte Elaine.

Kaum war sie wieder allein, stand Elaine auf und klopfte energisch das Kissen aus. Feines Salz rieselte auf den Boden. So viel Salz. Sie ging in das kleine Badezimmer. Dort fand sie ein eingeschweißtes Toilettenkit, Zahnbürste und Zahnpasta, Lippenbalsam und einen Kamm. Sie hielt ihn unter den kalten Wasserstrahl und zog die feinen Zacken durch ihr Haar. Wieder und wieder. Plötzlich sah sie sich einen solchen feinzahnigen Kamm durch nasse Kinderhaare ziehen, irritiert, leise vor sich hin schimpfend. Das Kind weinte. Ihr Kind? Hatte es Salzpaste auf der Kopfhaut? Hatte es dieselbe Untersuchung über sich ergehen lassen müssen?

Die geräumige Duschkabine hatte keinen Vorhang. Ein kleiner Plastikhocker stand darin. Sehnsüchtig starrte sie darauf: Konnte sie es wagen? Im Sitzen zu duschen? Doch sie traute sich nicht. Traute ihren Beinen nicht und noch weniger ihrem Kopf.

Stattdessen nahm sie eines der dünnen Handtücher und breitete es sorgfältig auf dem Kissen aus, bevor sie sich wieder hinlegte. Die Zimmerdecke war in Quadrate unterteilt. Die Quadrate wiederum enthielten ordentliche Reihen kleiner, dunkler Löcher. Elaine starrte sie an, als könnte sie ihnen eine Antwort entlocken. Sie versuchte sie zu zählen, doch nach kürzester Zeit begannen sie zu flimmern und miteinander zu verschmelzen.

Würde Frank zurückkommen? Würde der gutaussehende Arzt heute nochmal nach ihr sehen? Wo war das Essen, das sie bestellt hatte, und wie spät war es überhaupt? Sie traute sich nicht mehr, zu klingeln. Sie musste warten.

Rastlos ging sie im Zimmer auf und ab. Sie wünschte, sie hätte ein Notizbuch, etwas zum Schreiben. Sie wollte eine Liste anlegen von den Dingen, die sie wusste. Wieder öffnete sie den Schrank. Die Plastiktüte, in der sie ihre Kleider gefunden hatte, lag zerknüllt auf dem Boden neben ihren Stiefeln.

War das alles? Hatte sie keine Handtasche bei sich gehabt? Kein Portemonnaie? Nur das Handy mit den Kreditkarten in der Hülle und den einen Lippenstift? Keinen Schlüsselbund, kein Buch, keinen Bleistift, gar nichts? Sie versuchte sich zu erinnern: Wie sah ihr Schlüsselbund aus, wie viele Schlüssel hingen daran? Was für eine Handtasche hatte sie getragen, trug sie überhaupt Handtaschen? Frustriert schloss sie die Schranktür und setzte sich wieder aufs Bett. Sie versuchte, die Beine übereinanderzuschlagen, doch ihre wunden Knie protestierten. Also legte sie sich wieder auf den Rücken. Sie stellte sich vor, die Deckenquadrate seien Seiten in einem Notizbuch, die sie mit ihren Gedanken füllte:

Ich heiße Elaine.

Ich bin verheiratet.

Mit Frank.

Ich lebe in Zürich.

Meine Kleider sind teuer. Meine Haarfarbe auch.

Ich habe zwei Kinder mit dunklen Locken.

Letzteres war allerdings lediglich eine Vermutung. Dann kamen nur noch Fragen:

Was ist im Strandurlaub passiert?

Ist meine Ehe kaputt?

Und ist das meine Schuld?

Die letzten beiden Fragen musste sie wohl mit »ja« beantworten. Frank war ohne ein Wort des Abschieds gegangen. Er hatte nicht gesagt, ob er wiederkommen würde.

Dann stand plötzlich Doktor Manuhdi wieder im Zimmer. Panik erfasste Elaine bei seinem Anblick, obwohl er sie ganz freundlich anschaute. Sie hatte so viele Fragen! Nur welche? Sie konnte sich an keine einzige mehr erinnern. Verzweifelt schaute sie zur Decke hoch. Doch die weißen Gipsquadrate waren leer.

»Guten Abend«, sagte der Arzt, scheinbar ohne ihre Verzweiflung zu bemerken. »Wie fühlen Sie sich inzwischen? Hat sich ihre Erinnerung verändert?«

»Ich weiß nicht«, antwortete Elaine ehrlich. Und plötzlich fiel ein weiteres Puzzleteil an seinen Platz:

Ich bin nicht immer ehrlich.

Ich lüge oft.

Doktor Manuhdi konsultierte sein Tablet, nickte ein paar Mal. »Ihr Blutdruck ist leicht erhöht«, bemerkte er. »Ich möchte Ihnen aber noch nichts verschreiben. Blutdrucksenkende Mittel können leichten Schwindel verursachen und so wiederum ihre Diagnose erschweren.«

»Meine Diagnose«, wiederholte Elaine. »Hab ich denn jetzt eine?«

Der Arzt zog den Stuhl näher ans Bett und setzte sich. »Ist Ihr Mann schon wieder gegangen?«, fragte er. »Das würde ich eigentlich gerne mit Ihnen beiden besprechen.«

Um eine gute Nachricht zu hören, das wusste Elaine, musste man niemanden bei sich haben. Trotzig schüttelte sie den Kopf. »Ich weiß auch nicht, wann er wiederkommt.« Oder ob, dachte sie. Sie hatte etwas getan, das ihn verletzt und verärgert hatte. »Sie können mir ruhig sagen, was Sie denken. Ich kann es verkraften.«

»Das bezweifle ich nicht.« Der Arzt lächelte sein schiefes Lächeln, und Elaine spürte eine automatische, beinahe instinktive Reaktion.

Ich flirte gerne, dachte sie. Kein Wunder, dass Frank verstimmt war.

»Aber ich kann noch keine Diagnose stellen«, fuhr Doktor Manuhdi fort. »Ihr EEG war leider nicht eindeutig. Ihre Hirnströme sind nicht typisch für Epilepsie, aber ganz normal sind sie auch nicht.«

»Was ist denn normal?«

Der Arzt schnaubte amüsiert. »Gute Frage.«

Sie schauten sich an. Zwischen ihnen lag ein unausgesprochenes Einverständnis: So könnten sie noch lange weitermachen. Doch der Augenblick verging, und der Arzt wurde wieder sachlich.

»Erzählen Sie mir bitte nochmal genau, woran Sie sich erinnern.«

»Nochmal?« Elaine seufzte. Wollte er sie bei einem Widerspruch ertappen, glaubte er ihr nicht? Wieder beschrieb sie das Flimmern, den schwarzen Punkt, den Vergleich mit der kaputten Filmspule. Je öfter sie es erzählte, desto unwirklicher kam es ihr vor. Hatte sie es etwa erfunden?

»Und direkt davor, was ist das Letzte, woran sie sich erinnern? Vor dem Flimmern?«

»Vor der Aura?« Eifrig wie eine Musterschülerin. Sie wollte ihm zeigen, dass sie aufgepasst hatte. Dass sie sich durchaus erinnerte. Wenn auch nicht an das Wesentliche: Was passiert war. Wieder schaute sie zur Decke hinauf, ihre Augen wanderten suchend über die weißen Quadrate, dann gab sie auf. »Da ist nichts. Ich weiß nichts«, sagte sie.

Er nickte. »Sie sind offenbar mitten auf der Straße zusammengebrochen. Zum Glück konnten alle Fahrer rechtzeitig bremsen. Sie wurden nicht angefahren, die Schürfungen an den Beinen und die Blutergüsse an der Hüfte stammen vom Sturz. Doch sie haben vorübergehend das Bewusstsein verloren, und ihre Erinnerung ist immer noch nicht vollständig zurückgekehrt.«

»Nicht vollständig!« Das war wohl die Untertreibung des Jahrhunderts! Verstohlen tastete Elaine ihre Hüfte ab. Tatsächlich, da war eine empfindliche Stelle, die sie bisher nicht bemerkt hatte. Und plötzlich sah sie etwas. Sie war gerannt, davongerannt. Unwillkürlich atmete sie schneller. Sie hatte Angst, panische Angst. Sie war in Gefahr. Elaine spürte eine Anwesenheit in ihrem Rücken, schwere Schritte, dann eine Hand, die sie zurückriss. Sie fasste sich an die rechte Schulter, bewegte sie vorsichtig. Sie schmerzte. Sie hatte sich verletzt, bevor sie angefahren wurde. Sie hatte sich verletzt, als sie sich losmachte.

Von wem, wer hatte sie verfolgt?

»War da jemand?«, fragte sie. »Ist jemand bei mir gewesen?«

Doktor Manuhdi schüttelte den Kopf. Da war er wieder, dieser Blick. Eindeutig nicht mehr flirtend, sondern voller Mitleid. Elaine wandte sich ab.

»Nein, außer Sie meinen die Schaulustigen, die sich am Straßenrand versammelt haben? Einer von ihnen hat die Ambulanz gerufen. Ansonsten waren sie keine große Hilfe.« Er nahm ihre Hände und drehte die Handflächen nach oben. Sie waren unversehrt. »Normalerweise streckt man instinktiv die Hände aus, um einen Sturz abzufangen. Sie hatten keinen Alkohol im Blut, dafür zeigten ihre

Werte aber eine recht hohe Konzentration chemischer Substanzen. Ich will mich nicht zu weit aus dem Fenster lehnen, aber Sie nehmen offenbar Beruhigungsmittel und Antidepressiva in hohen Dosen ein, und das seit längerer Zeit. Es könnte durchaus sein, dass die Medikamente ihre Koordination beeinträchtigt haben. Ich würde das gerne überprüfen. Ihr Mann wusste nichts von einem Psychiater, aber hat uns die Nummer ihrer Hausärztin angegeben. Leider ist diese offenbar noch im Urlaub. In Ihren Sachen haben wir keine Medikamente gefunden, es fehlt uns also an Hinweisen, um Ihnen helfen zu können.«

Informationen, die er normalerweise vom Patienten selbst oder den Angehörigen erhielt. Wieder dieses unbestimmte Schamgefühl. Elaine wusste nichts, sie taugte nichts, und niemand interessierte sich genügend für sie, um helfen zu wollen. Ziemlich sicher hatte sie ihre missliche Lage selbst verschuldet. Kein Wunder, dass Frank sie nicht mehr liebte. Sie würde sich auch nicht lieben.

Dann fiel ihr etwas anderes ein: »Hatte ich denn keine Handtasche dabei?«

»Alles, was sie bei sich hatten, haben die Sanitäter bei Ihrer Einlieferung abgegeben.«

»Ich kann mir einfach nicht vorstellen, dass ich ohne Tasche aus dem Haus gegangen bin.«

Doktor Manuhdi lächelte. »Da haben Sie vermutlich Recht. Ich kenne tatsächlich keine Frau, die so etwas tun würde.« Er machte sich eine Notiz, und Elaine verlor sich kurz in der Frage, wie viele Frauen Doktor Manuhdi wohl kannte, und was sie ihm bedeuteten. Wem bedeutete sie etwas? Nicht ihrem Mann, nicht Frank. Nicht mehr.

Da war ein anderer Mann gewesen, ein Mann, der sie

bedroht hatte. Aber wieso? Es war zu viel. Ihre Augen brannten, füllten sich und liefen über. Ungeduldig wischte sie sich über die Wangen. Sie wusste nicht einmal, wie das Nasse hieß, das aus ihren Augen quoll. Geschweige denn, was es hervorgerufen hatte. Das Nasse da.

»Ich weiß so wenig«, sagte sie. »Und das Wenige ergibt noch nicht mal Sinn.«

Doktor Manuhdi streckte die Hand aus, zögerte einen Moment und tätschelte dann hilflos die Bettdecke neben ihrem Arm. »Ich kann mir vorstellen, wie frustrierend das ist, Frau Esposito. Aber wir werden der Sache schon auf den Grund gehen. Ich habe den Chefarzt der Neurologie gebeten, sich Ihre Ergebnisse anzuschauen. Aber wie gesagt, es ist Wochenende, und alles dauert etwas länger. Machen Sie es sich also bequem. Sie sind ja privat versichert.«

Das schien von Bedeutung. Doch bevor Elaine nachfragen konnte, stand er auf, verabschiedete sich gebückt und verließ dann das Zimmer schneller, als es höflich schien.

Tränen. Im selben Moment, in dem sie sie benennen konnte, versiegten sie. Elaine wischte sich mit dem Handrücken über das Gesicht, dann stand sie auf und ging zum Waschbecken. Sie spritzte sich kaltes Wasser ins Gesicht und trocknete es mit einem rauen Papierhandtuch. Nach kurzem Überlegen zog sie ein weiteres aus dem Spender. Dann schraubte sie ihren Lippenstift auf und notierte in blassrosa Buchstaben:

PSY
EHE
XX

Sorgfältig breitete sie die Serviette auf dem Nachttisch aus. Sie hatte noch mehr schreiben wollen, aber der Lippenstift bröckelte auf dem rauen Papier, und die Buchstaben waren schwer zu lesen. So hatte sie gerade genug notiert, um sich ihre dringendsten Fragen zu merken:

Warum nehme ich Psychopharmaka?

Habe ich meine Ehe zerstört?

Vor wem bin ich weggerannt? Vor wem habe ich Angst. Und warum?

Sie würde bei Gelegenheit um Papier und Stift bitten. Doch als Judith kam, um sich am Ende ihrer Schicht zu verabschieden, hatte Elaine ihr Vorhaben schon wieder vergessen, genauso wie das Essen, das auf einem Wägelchen ins Zimmer geschoben und gerade so weit außer Reichweite stehen gelassen wurde, dass sie aufstehen musste, um es näher ans Bett heranzuziehen. Sie staunte, als sie die unappetitlichen braunen Plastikhauben von den Tellern hob. Hatte sie wirklich so viel bestellt? Suppe, Rahmschnitzel und Spätzli? Und Brötchen mit Butter? Sie war hungrig, aber nach ein paar gierigen Bissen verlor sie das Interesse. Das Essen schmeckte fade. Farblos, dachte sie. Wie ihr Pullover, wie ihre Unterwäsche.

Sie schob den Beistelltisch zur Seite, legte sich zurück und schloss die Augen. Wie sollte sie sich wieder zusammensetzen, wenn ihr so viele Puzzleteile fehlten?

»Hat wohl nicht geschmeckt«, kommentierte die ältere Frau, die das Tablett abräumte.

»Ich hatte keinen Hunger«, murmelte Elaine, unbestimmt beschämt. Später schob ein mürrischer Mann einen großen Eimer ins Zimmer. Routiniert wischte er sämtliche Oberflächen mit einem Mikrofasertuch ab, besprühte den Spiegel über dem Waschbecken und rieb ihn blank, kippte den Inhalt des Papierkorbs in seinen Kübel. Er desinfizierte die Fernbedienung und das Telefon, knüllte das mit Lippenstift verschmierte Papierhandtuch zusammen und warf es weg. Elaine protestierte nicht. Sie hatte vergessen, dass es wichtig war. Dass sie versucht hatte, sich etwas zu merken.

4.

Vor den Fenstern war es dunkel geworden, und die Nachtschicht begann. Ein schlaksiger, bleicher junger Mann mit einer einzelnen grünen Strähne in den blonden Haaren stellte sich ihr vor: »Ich bin Hellmut, ich bin heute Nacht für Sie zuständig.« Er war Deutscher, sprach aber ein etwas bemühtes Schweizerdeutsch, das Elaine sofort an jemanden erinnerte – doch an wen? Sie wusste nur, dass sie diese Art zu reden kannte. Seine Stimme rief eine Mischung aus Irritation und Aufregung in ihr hervor, Vorfreude oder Nervosität, sie konnte ihre Gefühle nicht einschätzen, nicht einmal sagen, ob sie angenehm waren oder nicht. Frustriert schloss sie die Augen. Diese halbgaren Erinnerungen machten alles noch schlimmer. Wie wenn man einen bereits verheilten Mückenstich aufkratzte, der dann sofort wieder heftig zu jucken begann. Jede dieser unfertigen Assoziationen machte ihr bewusst, wie viel ihr fehlte. Jede Antwort warf zehn neue Fragen auf.

Der Pfleger wirkte sachlich, beinahe abweisend. Die Fragen nach ihrem Befinden waren knapp. seine Handgriffe, um Blutdruck und Temperatur zu messen unsanft und hektisch. Sie schaute genauer hin: Er trug dünne Handschuhe. Als ob er sich vor ihr ekelte. Aber vielleicht trug er die Handschuhe ja gar nicht ihretwegen. Vielleicht hatte er ein hässliches Ekzem, für das er sich schämte. Der Gedanke tröstete sie ein bisschen. Und doch wunderte sie sich, wie viel ihr das bedeutete.

Auf einen Schlag fiel die Nacht über die Stadt, wie ein Vorhang. Doch in ihrem Zimmer blieb es hell. Der Vollmond schien durch das Fenster herein, und die Neonröhre über dem Bett leuchtete grell auf sie herab. Ständig kam jemand herein. Zweimal war es Hellmut, aber mitten in der Nacht trat eine junge Frau an ihr Bett, die Elaine noch nicht gesehen hatte. Oder erinnerte sie sich nur nicht an sie? Ihr leuchtend orangefarbenes Haar konnte man allerdings nur schwer vergessen. Außerdem kam sie Elaine irgendwie bekannt vor. Hatte sie selbst solche Haare gehabt, als sie noch jünger war? Einen irritierenden Moment lang hing Elaines Bewusstsein zaudernd in der Luft, zwischen der Frau im Bett und der Frau am Monitor hin- und herpendelnd. Dann war sie wieder ganz Patientin, lag im Bett und beobachtete, wie die junge Frau ein paar Knöpfe auf dem Monitor drückte. Elaine hatte den irren Gedanken, dass sie im Begriff war, sie zu töten. »Die Maschinen abschalten«, das sagte man doch, die Formulierung war plötzlich da, in ihrem Kopf und ließ sich nicht mehr verdrängen. »Den Stecker ziehen.«

»Schalten Sie jetzt die Maschinen ab?«, fragte sie mit schwerer Zunge.

Erstaunt schaute die junge Frau sie an. »Das kann ich nicht«, sagte sie. Ihr Ton war entschuldigend, als hätte sie Elaine diesen Gefallen gern getan. Aber Elaine wollte doch gar nicht sterben. Plötzlich war ihr das klar, sie wollte nicht sterben. Auf gar keinen Fall! Sie war nur zu müde, um das zu erklären. Elaine musste sich anstrengen, musste den Mund öffnen, ihre Lippen bewegen, die Worte aussprechen, die sich in ihr aufstauten: »Ich will nicht sterben!« Sie konnte sich nicht bewegen. Sie konnte kaum die Augen offenhalten. Was, wenn alle hier glaubten, sie wollte die Maschinen abgeschaltet haben?

»Ich weiß. Das Piepsen macht einen ganz wahnsinnig.«

»Mich nicht, mich nicht!«, wollte Elaine sagen, doch dann fielen ihre Augen zu, und sie schlief wieder ein. Als sie das nächste Mal aufwachte, dämmerte der Morgen vor dem großen Fenster, und Hellmut legte ihr die Blutdruckmanschette um. Unwillkürlich streckte sie ihre Hand aus und packte den Pfleger am Arm. Erstaunt wich er zurück. Warum hatte sie das getan? Warum fasste sie ständig fremde Männer an, erst den Arzt, dann Hellmut? Was war bloß mit ihr los? Hellmut schien ihre Stimmung zu spüren. »Krankenhausnächte sind schwer«, sagte er. »Man kann gar nicht schlafen, wird ständig gestört und ist doch allein.«

Das war nicht der Grund für Elaines Verzweiflung, trotzdem nickte sie dankbar.

»Wer war denn die junge Frau, die mitten in der Nacht den Monitor kontrollierte?«, fragte sie, als sei es ihr eben wieder eingefallen.

»Eine junge Frau?« Hellmut runzelte die Stirn. »Da ist Marina, aber die würde ich nicht unbedingt als jung bezeichnen. Und sie hat die Zimmer auf der anderen Seite.

Ich wüsste nicht, warum sie bei Ihnen reinschauen würde.«

»Sie hatte knallrote Haare, oder eher orangefarbene.«

Hellmut schüttelte den Kopf. »Orangefarbene Haare? Nein, da klingelt nichts. Sie müssen geträumt haben.«

Wieder berührte sie der Klang seiner Stimme, die Melodie seines Hochdeutsch gefärbten Dialekts seltsam. Sie kannte jemanden, der so sprach. Der Name lag ihr auf der Zunge. Ein Mann, es musste ein Mann sein. Sie schloss die Augen, versuchte die Stimme von Hellmuts Anblick zu trennen.

»Dann sind Sie nur zu zweit?«, fragte sie, nur damit er weiterredete. »Das stell ich mir anstrengend vor.«

Hellmut nickte. »Nur an den Wochenenden«, sagte er. »Und die sind normalerweise ruhig. Wenn nicht gerade Vollmond ist. Wie jetzt.«

Etwas an seiner Stimme, an seiner Art zu sprechen, reizte sie. Sie wusste nicht, ob sie sich davon angezogen fühlte oder irritiert oder beides. Ein Deutscher also, ein Mann, der nicht Frank war, spielte eine Rolle in ihrem Leben. Aber welche?

Hellmut notierte ihre Werte, kontrollierte den Monitor, schaute wieder auf die Uhr. »Ich muss jetzt zum Rapport«, sagte er, jetzt etwas freundlicher. »Aber ich sehe Sie heute Abend wieder – wenn Sie nicht vorher entlassen werden.«

Elaine nickte. Daran hatte sie gar nicht gedacht. Sie könnte entlassen werden. Wohin entlassen, fragte sie sich. Und zu wem.

Das Frühstück wurde gebracht. Sie erinnerte sich nicht, etwas bestellt zu haben. Eine Scheibe dunkles Brot, ein rundes, helles Brötchen. Zwei Scheiben Aufschnitt, ein bleiches Stück Käse. Butter, Marmelade und Honig in abgepackten Portionen. Eine Thermoskanne mit dünnem Kaffee.

Ich esse doch gar kein Brot, dachte sie.

Doch dann biss sie ein Stück ab und kaute langsam. Es schmeckte ihr. Sie verschlang das Brot und danach das Brötchen und dann den in Plastik eingeschweißten Keks, der auf der Untertasse lag. Den lauwarmen Kaffee trank sie nicht. Er war bereits mit Milch verdünnt, und schon die hellbraune Farbe widerstand ihr. Vom Geruch wurde ihr beinahe übel.

Brot mochte sie.

Milchkaffee nicht.

Gar nicht.

Sie musste diese Einzelheiten sammeln wie ein Eichhörnchen. Nur sammeln, nicht interpretieren, das verwirrte sie nur unnötig. Sie musste methodisch vorgehen, pragmatisch, durfte sich von den scheinbaren Widersprüchen nicht aus der Fassung bringen lassen. Sie war ein Rätsel, aber eins, das sie lösen konnte. Sie schob den Servierwagen so weit wie möglich von sich weg, doch sie konnte den Milchkaffee immer noch riechen. Schließlich stand sie auf und rollte ihn zur Tür. Nach einem kurzen Zögern öffnete sie die Tür, und stellte das Essenstablett auf dem Flur ab. Als ob sie in einem Hotel wäre.

Hotel. Elaine war in einem Hotel. Sie sah einen langen Flur, mit dunkelgrünem Teppich ausgelegt. Ihre nackten Füße auf dem Teppich, ihre Hände, die ein Tablett auf dem Teppichboden abstellten. Aufeinandergestapelte Teller, silberne Warmhaltehauben, eine mit Lippenstift verschmierte Serviette. Eine Tür, die hinter ihr ins Schloss fiel. Erschrocken schrie sie auf, hämmerte mit den Fäusten gegen die Tür – sie war vollkommen nackt! So stand sie in diesem Hotelflur und polterte an die Tür, an der mit altmodischen vergoldeten Buchstaben die Nummer 313 stand. Dreizehn war ihre Glückszahl, das wusste sie sofort. Doch das nützte ihr in diesem Moment wenig: Hinter sich, nicht weit genug, hörte sie die Lifttür zischend aufgehen, sie hörte Stimmen, jemand lachte.

»Frank«, zischte sie. »Mach schon auf. Das ist nicht mehr lustig!«

Denn natürlich war es Frank, der die Tür öffnete, nur einen Spalt weit und mit verstellter Stimme »Kann ich Ihnen helfen?« fragte. Dann tat er so, als schaue er über ihre Schulter hinweg den Flur entlang: »Guten Abend, die Herrschaften«, sagte er übertrieben freundlich. »Haben Sie zufällig irgendwo eine nackte Frau gesehen? Ich muss meine verloren haben.«

»Idiot«, zischte Elaine und stemmte sich mit der nackten Schulter gegen die Tür. Frank taumelte zurück, sie fiel mit ihrem ganzen Gewicht auf ihn und begann ihn zu küssen. Auf dem dunkelgrünen Teppich mit den weinroten Sprenkeln.

Elaine atmete tief ein. Sie waren also glücklich gewesen. Sie hatte sich nicht getäuscht. Was einmal so innig gewesen war, musste man auch wieder retten können.

Sie durfte sich nur nicht entmutigen lassen.

5.

Auf die Eifersucht war sie nicht gefasst. Wie Säure breitete sie sich in ihr aus. Wegen eines bildschönen, zarten Geschöpfs mit kurzen, dunklen Wuschellocken, das eng an

Frank geschmiegt ihr Zimmer betrat. Doch gleich darauf löste es sich von seiner Seite, es stürmte auf Elaine zu und umarmte sie. »Maaaaam!«

Und dann wusste sie es wieder. Das Gewicht des jungen Körpers in ihren Armen, fragil und knochig wie ein junger Vogel, brachte sie zurück. Ihre Tochter. Elaine schämte sich für ihre Eifersucht. Sie schnupperte an den dunklen Locken und murmelte ihren Namen.

»Charlie, Charlie, Charlie.«

Verlegen machte sich das Mädchen los und setzte sich neben sie auf das schmale Bett, die dünnen Beine untergeschlagen, der Nacken gekrümmt. Elaine streichelte ihren knochigen Rücken und suchte den Blick ihres Mannes. Sie fand ihn nicht.

»Frank?«

Ihr Mann schaute zur Seite und zum Boden, überall hin. Nur nicht zu ihr.

»Wo ist …?« Wo ist mein Sohn. Sie wusste, dass sie einen Sohn hatte. Sie sah ihn vor sich. Jünger als das Mädchen, genauso dünn. Dieselben dunklen Locken, dieselben hellen Augen. Etwas von ihr, etwas von Frank. Nur seinen Namen wusste sie nicht. Warum erinnerte sie sich an Charlie und nicht an …

»Max?« Frank klang angespannt.

»Max«, wiederholte Elaine. Ja, das war es. Charlie und Max. Hatten sie diese Namen ausgesucht? Mussten sie wohl. Sie waren ihr fremd. Sie klangen nicht echt. Es waren Namen für die Figuren in einer Fernsehserie. Oder einer Werbung für Frühstücksflocken. Es waren die Namen einer Bilderbuchfamilie.

Waren sie eine Bilderbuchfamilie?

Franks Gesichtsausdruck ließ nicht darauf schließen. »Max ist diese Woche im Lager«, sagte er.

»Im Lager?«

Lagerhalle, war das Einzige, was ihr dazu einfiel. Lange Regale, in denen sich unhandliche Kartonpackungen stapelten. Das konnte es wohl nicht sein.

»Mam!« Charlie rückte etwas von ihr ab und musterte sie. Sie verzog ihren Mund zu einem großen runden O und klopfte sich selbst an die Stirn. »Hallo? Ist da jemand? Max ist doch beim Behindertensport!«

»Charlie!« fuhr Frank dazwischen. »Sag doch nicht so was, ich bitte dich. Das ist unter deiner Würde.«

Verunsichert schaute Elaine von Charlie zu Frank und wieder zu Charlie, ohne zu verstehen, warum es ging.

»Schon gut, war doch nur ein Scherz, Mann. Max ist der Erste, der darüber Witze macht.«

Darüber, worüber, dachte Elaine. Welches Wort? Behindert?

»Gib es zu«, wandte sich Charlie wieder an sie. »Gib es zu, du hast sogar vergessen, wie Max heißt«, hakte sie nach. Schuldbewusst nickte Elaine. Sie wagte nicht, zu Frank hinüber zu schauen. Was war sie für eine Mutter, die ihren eigenen Sohn vergaß!

»Ha!« Triumphierend zeigte Charlie mit dem Finger auf sie. »Aber meinen Namen hast du noch gewusst«, stellte sie fest. »Mich hast du nicht vergessen.« Zufrieden lehnte sie sich wieder zurück. Dann zog sie ihr Handy aus der Hosentasche und beugte sich darüber. Ihr ganzer dünner Körper krümmte sich zum Fragezeichen, ihr Kopf war gesenkt wie eine welke Blüte. Sie tippte auf dem Bildschirm herum und summte dazu eine tonlose Melodie. Elaine suchte Franks Blick und diesmal fand sie ihn. Er hob die Augenbrauen, verzog den Mund, beinahe lächelte er.

»Ich hab dir ein paar Sachen von zu Hause mitgebracht«, sagte er. »Ich meine – naja, du weißt schon. Aus der Wohnung. Gerade viel hast du ja nicht mitgenommen.«

Erschrocken schaute Elaine von Frank zu Charlie und wieder zu Frank. Was sollte das heißen, viel hatte sie nicht mitgenommen? Mitgenommen wohin? War Franks Zuhause nicht mehr ihres, bewohnten sie »die Wohnung« nicht mehr gemeinsam? War sie etwa ausgezogen? Doch Charlie hatte überhaupt nicht darauf reagiert. Vielleicht wusste sie es also noch gar nicht. Oder es war im Gegenteil schon so lange her, dass sich alle daran gewöhnt hatten. Alle außer ihr, die sich nicht erinnerte. Und die sich beim besten Willen nicht vorstellen konnte, warum sie so etwas tun würde.

Außer für einen anderen Mann. Für einen Deutschen, der Schweizerdeutsch mit starkem Akzent sprach. Für einen Mann, vor dem sie Angst hatte?

Frank stellte eine Reisetasche auf dem Fußende ihres Bettes ab und öffnete den Reißverschluss. Er zog eine Art Joggingsuit aus weicher, hellgrauer Wolle hervor, einen dünnen, blassgrauen Schal, den Elaine sich sofort um die Schultern legte und ein dickes Buch mit einem Lesezeichen in der Mitte. Elaine nahm es in die Hand. Es fühlte sich vertraut an, das Gewicht, die Form.

»Der Goldfink?« Der Titel sagte ihr nichts. Das Buch öffnete sich in der Mitte, das Lesezeichen fiel heraus. Es war eine Kinderzeichnung auf dickem Papier, das vom vielen Anfassen weich wie ein Papiertaschentuch geworden war. Drei Kopffüßler waren nur noch schwach darauf zu erkennen.

»Das ist von mir«, sagte Charlie, immer noch mit diesem selbstzufriedenen Unterton. Sie zeigte auf das Lesezeichen. »Da war ich noch ganz klein, Max war nicht mal auf der Welt. Siehst du? Nur wir drei.«

Wie alt war Max? Sie wagte nicht zu fragen. Charlie war fünfzehn, das wusste sie. Warum war ihr Charlie so vertraut und Max so gar nicht? Sie konnte nicht einmal sein Gesicht vor sich sehen. Wenn sie nur ein Foto von ihm hätte.

Bilder! »Charlie«, sagte sie. »Hast du zufällig ein Aufladekabel dabei? Mein Akku ist leer.«

»Nein, aber du kannst meine Powerbank haben.«

Sie löste einen Anhänger von ihrem Reißverschluss, der wie ein Lippenstift aussah, zog ein kurzes Kabel aus dem einen Ende und steckte es in Elaines Handy. Es piepste. Ungeduldig griff Elaine danach. Doch der Bildschirm blieb schwarz.

»Mam! Du musst warten, bis du auf zwei Prozent bist!« Charlie lachte. »Du weißt echt gar nichts mehr.« Dass ihre Tochter sich über ihre Erinnerungslücken lustig machte, nahm ihnen ihren Schrecken. Amüsiert wandte Elaine sich Frank zu: »Daran hätte ich auch früher denken können. Das Handy muss doch sicher all die Informationen über mich enthalten, die mir fehlen, meinst du nicht?«

»Das bezweifle ich nicht.« Wieder dieser Ton. Sie konnte auch nichts richtig machen. Sagte prinzipiell das Falsche im falschen Moment. Ihre Erinnerungslücken waren keine leeren Flecken, sie waren Landminen, die bei der geringsten falschen Bewegung explodierten. Da fiel ihr noch etwas ein: »Frank, weißt du, wo meine Handtasche ist?«

»Deine Handtasche?« Frank runzelte die Stirn, doch

dann entspannte er sich ein wenig. »Du meinst das gelbe Monster? Hattest du das nicht dabei? Das Ding ist doch quasi an deiner Schulter angewachsen.«

Elaine berührte ihre rechte Schulter, nur für den Fall, dass die Tasche doch noch da hing. Doch da war nur der dumpfe Schmerz. Ihr Verfolger musste ihr die Tasche vom Arm gerissen haben. Doch warum? Was war in ihrer Tasche, das so wichtig war?

»Soll ich?« Frank deutete mit dem Kinn zum Schrank.

»Danke.« Sorgfältig faltete er ihre Sachen und versorgte sie, als hätte er das hundertmal getan. Sie wollte ihn so gerne bitten, ihr beim Duschen zu helfen, ihre Haare zu waschen. Sie wusste, dass er das früher schon getan hatte. Dass sie zusammen geduscht hatten. Aber sie traute sich nicht. Sie hatte sich ihre Rechte verscherzt.

»Wer ist Helen?«, fragte sie stattdessen.

Er runzelte die Stirn. »Helen bist du.«

»Hm. Als sie mich fragten, wie ich heiße, habe ich immer Helen gesagt. Aber in meinem Ausweis steht Elaine.«

»Ah!« Jetzt grinste er. Er zog den Besucherstuhl näher heran, setzte sich und stemmte seine Füße gegen den Bettrahmen. »Das war immer mein Name für dich: L/N. Also die Buchstaben: L und N. Erinnerst du dich nicht an mein Meisterwerk?« Frank grinste. Sein Groll schien verflogen. »Komm schon, El! Du hast ihn schließlich aufbewahrt. Sogar gerahmt und an die Wand gehängt!«

Hilflos zuckte sie mit den Schultern. »Ihn? Wen? Was?«

»Was, fragst du? Den allerersten Liebesbrief, den ich dir geschrieben habe. Ein Meisterwerk, wie gesagt.«

Sie hielt den Atem an. Darauf war sie nicht gefasst gewesen. Seine Feindseligkeit schien verflogen. Vielleicht war es die Anwesenheit ihrer Tochter, vielleicht war es die Erinnerung daran, dass er sie einmal geliebt hatte. Und dann sah sie es plötzlich. Sie sah sich den Zettel in der Hand halten, in ihrer kleinen Kinderhand. Sie trug ein Armband aus kleinen Holzperlen in Form von Marienkäfern, die auf ein Gummiband aufgefädelt waren.

L N WLS DU MT MR GN???
JA
NN
FRNK.

Elaine sah den Zettel vor sich, eine sorglos herausgerissene Seite aus einem Schulheft, mit blauen Linien, die Frank großzügig ignoriert hatte, und einem roten Rand. Sie hatte die Buchstaben zweimal gelesen, setzte sie zusammen, füllte die Lücken aus. Und doch nicht verstanden, was Frank damit meinte. Wohin wollte er mit ihr gehen? Sie gingen doch schon zusammen. Überall hin: zur Schule, ins Klassenlager, zum Einkaufen und auf den Spielplatz. Sie waren beste Freunde. Was wollte Frank also von ihr? Um Zeit zu schinden, drehte sie den Zettel um. Auf der Rückseite war der Rest eines Diktates zu lesen. Es war voller roter Striche. *10 FEHLER, NÄCHSTES MAL BESSER MACHEN* stand darunter.

Dann sah sie dasselbe Blatt Papier, jetzt schon ein wenig zerknittert und an den Rändern vergilbt, in einem schlichten Rahmen an einer hellgrau gestrichenen Wand hängen. Elaine kniff die Augen zusammen, als könnte sie die Erinnerung schärfer stellen. Sie wollte die ganze Wand sehen, das Zimmer, die Wohnung. Doch in dem Moment, in dem sie es festhalten wollte, löste sich das Bild auf. Sie suchte Franks Blick.

»Und, wie stehst du denn heute zu Vokalen?«, neckte sie ihn.

Er grinste. »Was soll ich sagen, ich war sieben …«

»Wir kennen uns, seit du sieben Jahre alt warst?«

»Vier, Elaine. Ich war vier und du fünf. Weißt du das wirklich nicht mehr? Hast du alles vergessen?«

Verzagt schüttelte sie den Kopf. Sie hatten also fast ihr ganzes Leben miteinander verbracht. Und nun war alles weg. »Manchmal blitzt etwas auf«, sagte sie. »Wie eine Szene aus einem Film. Aber die einzelnen Teile passen einfach nicht zusammen.«

Er nickte. Diesmal schien er ihr zu glauben. Wenigstens sagte er nicht wieder »Wie praktisch.«

»Nennst du mich immer noch so, L/N?«

»So heißt du doch, Mama! Elaine, das ist dein Name!«

Charlie hätte sie beinahe vergessen. So in sich versunken und auf ihren Bildschirm fixiert, schien sie gar nicht anwesend. Aber sie ließ sich nichts entgehen. Sie passte auf. Ihre Mutter war im Krankenhaus, die Stimmung zwischen den Eltern gespannt. An ihrer Stelle wäre Elaine auch auf der Hut. Und plötzlich wusste sie, dass sie als Kind genau so gewesen war. Immer achtsam, immer wachsam. Wen hatte sie so beobachtet, ihre eigenen Eltern? Ihre Mutter?

»Helen wurde zu L/N«, sagte Frank. »Und L/N zu Elaine.«

»Elaine, Elaine … Warte, das kam doch in einem Film vor.«

Jetzt musste Frank lachen. »Allerdings! *Die Reifeprüfung*, das war eine Zeit lang dein Lieblingsfilm. Du hast ihn so oft gesehen, dass du die Videokassette nachkaufen musstest.«

Mindestens drei Puzzleteile fielen gleichzeitig an ihren Platz. Sie sah Dustin Hoffman an einer verschlossenen Kirchentür rütteln und an ein riesiges Fenster poltern. »Elaine«, schrie er. Immer wieder: »Elaine!« Köpfe drehten sich nach ihm um, Münder verzogen sich wütend. Die Braut, Elaine, drehte sich nach der Stimme um, sie schaute auf, doch es war zu spät: Sie hatte eben geheiratet, in Brautkleid und Schleier stand sie am Altar, ihr Mann hielt sie am Arm zurück. Doch dann war es plötzlich doch nicht zu spät. »Ben!« schrie sie. Sie riss sich los und rannte den Kirchengang entlang, durch die Masse der aufgebrachten Gäste, sie rannte zu Ben und warf sich in seine Arme und dann küsste sie ihn.

Elaine sah das Zimmer, in dem sie sich den Film anschaute, eine umgebaute Scheune mit rohen Holzwänden und kleinen Fenstern. Ihre Poster wirkten verloren an den hohen Wänden. Auf ihrem Bett lag eine Patchwork-Decke, überall waren Kissen verstreut. Sie hatte einen Plattenspieler und einen Kassettenrekorder und einen kleinen Fernseher mit eingebautem Videospieler. Sie sah sich auf dem Bett liegen, das Gesicht zum Fernsehbildschirm gewandt, den Finger auf dem Rückspulknopf, wieder und wieder dieselbe Szene abspielend. Was faszinierte sie so an dieser Szene? Sie konnte das Gefühl nicht benennen, das in ihrem Inneren zerrte und nagte wie ein kleines Tier. Es hatte mit dem Zimmer zu tun, mit der umgebauten Scheune, mit dem verwunschenen Garten, in dem diese Scheune stand, mit dem alten Fachwerkhaus, zu dem sie gehörte. Es war der Traum jedes Teenagers, so einen Raum für sich zu haben. Und doch war sie nicht glücklich. Sie gehörte nicht hierher. Wie die Elaine im Film hatte sie eine Entscheidung getroffen, die nur folgerichtig und vernünftig schien und sich doch zutiefst verkehrt anfühlte.

»Unser erster Kuss«, sagte Frank jetzt etwas leiser und mit einem Blick auf Charlie, die so tat, als hörte sie nichts. Doch Elaine konnte an ihrer Haltung erkennen, dass sie gespannt zuhörte. Ihr Rücken hatte sich aufgerichtet, ihre Daumen ruhten still.

Elaine schloss die Augen, wie um die Erinnerung vor der Neugier ihrer Tochter zu schützen. Sie sah sich am Rand einer Tanzfläche stehen. Ein bisschen linkisch, ein bisschen verlegen. Sie trug neue Turnschuhe, rote Converse, die etwas drückten. Sie trat von einem Fuß auf den anderen, zupfte an ihrem Sweatshirt, das ihr über die Schulter rutschte. Sie hatte den Ausschnitt selbst aufgeschnitten, doch sie hatte die Schere zu tief angesetzt. Wenn sie nicht aufpasste, konnte man ihre Brüste sehen. So unscheinbar sie auch waren, es waren Brüste. Sie verschränkte die Arme. Neben ihr stand ihre beste Freundin Marianne. Beide versuchten krampfhaft, sich ihre Unsicherheit nicht anmerken zu lassen, nickten mit den Köpfen zur Musik, ihre Locken wippten. Sie hatten dieselbe Frisur, kinnlange Haare, die seitlich vom Kopf abstanden wie Fledermausflügel, Stirnfransen und eine Dauerwelle. Marianne war dunkelhaarig, Elaine – Helen – blond. Sie schauten den Tanzenden zu, kommentierten ihre Bewegungen und was sie trugen. Heimlich wünschten sie sich auf die Tanzfläche, aber damit würden sie sich den Blicken und Kommentaren der Umstehenden aussetzen.

»Nun schau dir diese Teds an«, sagte Marianne abfällig und zeigte auf ein Paar, das zu *99 Luftballons* Jive tanzte. Beide hatten dunkle Haare. Der Junge trug ein gestreiftes T-Shirt und Jeans, wie alle sie trugen, doch sein T-Shirt war enganliegend, die Ärmel bis zu den Schultern aufgerollt. Das Mädchen trug einen weiten Rock und hatte die Haare zu einem Pferdeschwanz gebunden, der bei jeder Bewegung mitschwang. Niemand sonst tanzte paarweise. Alle anderen hüpften nur so rum, während dieses Paar komplizierte Figuren tanzte, sich drehte und wendete und immer mehr Platz einnahm. Jetzt zog er sie zwischen seinen Beinen hindurch, ihr weiter Rock flog über ihren Kopf, man konnte ihre Unterwäsche sehen. Dann packte er sie um die Taille und stemmte sie hoch. Ein Kreis bildete sich um die beiden. Die Hälfte der Zuschauenden klatschte Beifall, die anderen verzogen höhnisch ihre Gesichter, allerdings ohne wegzuschauen. Oder selber zu tanzen. Es war definitiv nicht cool, sich so in den Vordergrund zu spielen. So eine Show abzuziehen. Und so offensichtlich Spaß dabei zu haben.

Elaine ertappte sich dabei, dass sie sich an die Stelle des Mädchens wünschte. Sie wünschte, jemand würde sie so hochheben, in die Luft heben und dann herumwirbeln – dabei konnte sie nicht tanzen, und schon gar nicht so. Außerdem war sie zu dick, um durch die Luft gewirbelt zu werden. Sie hatte zugenommen, auch deshalb fühlte sie sich so unwohl. Nicht zu Hause in ihrem Körper, in ihren Kleidern. Ihr Unwohlsein hatte mit dem Zimmer in der umgebauten Scheune zu tun, mit dem Bett, auf dem sie lag und sich einen Film nach dem anderen anschaute und dazu eine Kekspackung, eine Chipstüte nach der anderen aufaß.

Und dann erkannte sie den Jungen. »Das ist doch Frank!«, rief sie. »Was macht denn Frank hier. Und wer ist das Mädchen?«

»Wer ist Frank, sag bloß du kennst den?«

»Das ist mein Freund!«

»Seit wann hast du einen Freund?«

»Mein Freund, nicht Freund-Freund ...« Der Song war zu Ende, ein paar Umstehende applaudierten dem Paar. Die Musik wechselte abrupt und ein langsames Stück begann.

Every now and then I get a little bit lonely, and you never come around ...

Es war zu spät. Und dann war es plötzlich doch nicht zu spät. Dann war sie plötzlich auf der Tanzfläche, drängelte sich durch die engumschlungenen Paare, bis sie vor Frank und dem Mädchen stand. Sie war außer Atem, als wäre sie gerannt. Wie Dustin Hoffman in seinem seltsamen Anorak. Frank erkannte sie nicht sofort, sie hatten sich lange nicht gesehen, sie sah anders aus. Doch das war in diesem Moment egal. Unnötig grob rempelte sie das Mädchen aus dem Weg. Es stolperte, Frank trat erschrocken zurück. Und dann erkannte er sie.

»Helen?«

»Frank, du Idiot«, sagte sie. Und dann hatte sie ihn einfach geküsst. Ziemlich lange. Mindestens so lange wie der Song spielte, vielleicht länger.

»Puh!« Elaine blies die Backen auf, verlegen und gleichzeitig stolz auf sich. »Hab ich das wirklich getan?«

»Das hast du wirklich getan«, sagte Frank. »Und von da an nanntest du dich Elaine.«

»Natürlich.« Genaugenommen war Frank in dieser Szene Elaine, und sie war Ben, aber das zu erklären, würde hier zu weit führen. Und den Moment ziemlich sicher ruinieren.

»Und von da an …?«

»Ja. Von da an waren wir zusammen. Mehr oder weniger.«

»Mehr oder weniger?«

»Sagen wir: mit Unterbrechungen.«

»Da warst du ja nur ein Jahr älter als ich jetzt«, mischte sich Charlie ein. »Irgendwie krank.« Krank schien in diesem Zusammenhang ein Kompliment zu sein. Elaine sah, dass Franks Gesicht sich wieder verdüsterte, und streckte die Hand nach ihm aus. Er zögerte kurz, doch dann nahm er ihre Hand. Ihr ganzer Körper entspannte sich bei der Berührung. Sie schloss die Augen. Sie war in Sicherheit.

LUNA

1.

Luna stand neben sich und schaute sich beim Fallen zu. Der Sturz zog sich in die Länge. Wie in Zeitlupe sah sie die Holzstufe auf sich zukommen, die von der Veranda in den Garten führte. Die Stufe hatte eine Kante aus Metall. Luna hatte das Deck selbst gebaut. Sie kannte diese Stufe. Sie wusste auch, dass man die Arme ausstrecken musste, um einen Sturz abzufangen. Doch ihre Arme gehorchten ihr nicht.

Gestern hatte sie das Gurkenglas nicht öffnen können, erinnerte sie sich während dieses scheinbar endlosen Moments des Fallens. Sofia hatte es ihr aus der Hand genommen und aufgedreht. Sie hörte noch das leise Plopp, mit dem sich der Deckel löste. Und spürte wieder die Irritation darüber, dass sie das nicht selbst geschafft hatte.

Sofias zarte Handgelenke. Ihr Blick, dem nichts entging. Das Mädchen war nicht ihre Tochter. Aber sie war Luna näher als irgendjemand sonst. Tränen schossen ihr in die Augen, eine Reaktion auf den Schock, dachte sie. Sie war sonst nicht sentimental. Sie blinzelte und konzentrierte sich auf die zarten Grashalme, die zwischen den Decklatten sprossen.

Vor zwölf Jahren, als sie angefangen hatte für die Familie zu arbeiten, hatte sie diesen Garten angelegt. Das war kurz vor Sofias drittem Geburtstag gewesen. Luna wusste bis heute nicht, warum die Papas sie damals eingestellt hatten. Sie brauchten keine Haushälterin und schon gar keine Vollzeit-Nanny. Beide waren hingebungsvolle Väter und ohnehin meistens zu Hause. Santiago hatte seine Kette gutgehender Friseursalons verkauft, während seine Freundin und Kundin Celia mit Sofia schwanger war. Giò hatte sein umfassendes Filmarchiv seinen Assistenten überlassen. Beide wollten sie ganz für ihr Baby da sein, das sie sich so lange gewünscht hatten. Santiago hatte außerdem eine weitverzweigte Familie, die in der näheren Umgebung lebte. Ständig kamen sie vorbei, meist zu Mehreren, sie kochten, hantierten und hüllten Sofia in absurde und viel zu warme Kleidungsschichten, winzige Trainingsanzüge aus rosa Samt, ein schwarzes Satinjäckchen mit dem grellorangen Logo der 49ers, Cowboystiefelchen aus weichem Plastik. Dinge, die Luna dann regelmäßig zur Kleidersammlung bringen musste. Ansonsten gab es für sie herzlich wenig zu tun. Das war ihr anfangs allerdings nur recht gewesen. Ihre Behandlung saß ihr noch in den Knochen, und außerdem hatte sie sich gerade von Echo getrennt. Sie hatte damals bewusst eine Stelle gesucht, die sie nicht zu sehr forderte, die ihr erlauben würde, sich erst mal zu erholen. Doch das Nichtstun lag ihr auch nicht. Und so hatte sie kurzerhand den vernachlässigten, kargen Garten umgegraben und neu angelegt. Sie hatte Brombeerhecken ausgerissen und zerkleinert, eine Lastwagenladung neuer Erde bestellt und mit Hilfe einiger Handlanger verteilt. Wochenlang hatte sie über Gartenbüchern gebrütet, sich mit der Stiftung der Urban Gardeners besprochen und sogar einen Kurs im Golden Gate Park belegt. Sie hatte einen Garten gestaltet, der ihre Zeit hier überdauern würde, mit silbernen Gräsern, die sich im Wind bewegten, mit einem Meyers-Zitronenbaum, der endlos Früchte trug, mit stark duftenden Salbei- und Lavendelsorten, die Kolibris und Schmetterlinge anzogen, mit buntem kalifornischem Mohn und Aloe-Vera-Kakteen. Sie pflanzte einheimische Gewächse, die wenig Wasser brauchten und die mehrjährigen Dürreperioden überlebten, die San Francisco regelmäßig durchmachte. Bevor es dann wieder monatelang regnete. Am alten Eukalyptusbaum in der Ecke hatte sie eine Schaukel befestigt und später ein Baumhaus gebaut, das sie öfter benutzte als Sofia. Manchmal kletterte sie heute noch auf die verwitterte Plattform, um zu lesen.

Ihre Freunde hatten sich gewundert: »Man könnte meinen, es sei dein Garten«, sagten sie. »Wie lange hast du denn diesmal vor, zu bleiben?« Sie waren es gewohnt, dass Luna alle paar Jahre weiterzog. In ein anderes Viertel, ein anderes Haus, wo sie sich um jemand anderen kümmerte. Seit sie mit sechzehn als Au-Pair nach San Francisco gekommen war, hatte sie nicht mehr für eine Familie gearbeitet, sondern ausschließlich kranke und alleinstehende Männer betreut. Sterbende Männer, überlebende Männer. Luna hatte sie gepflegt und begleitet, diese Männer waren ihre Familie gewesen. Daran hatte sich auch nichts geändert, als sie selbst Krebs bekam. Den ersten Besuch der »Stinkkrabbe«, wie ihr damaliger Arbeitgeber Robby ihre Krankheit nannte, hatte sie kaum aus der Bahn geworfen. Damals wollte sie nur vergessen, so schnell wie möglich zu ihrem Alltag zurückfinden. Die zweite Runde fünf Jahre später hatte sie dann schon nicht mehr so leicht weggesteckt und war nur langsam wieder auf die Beine gekommen. Sie hatte ihre Zuversicht verloren. Dafür spürte sie zum ersten Mal seit langem wieder eine Sehnsucht nach etwas, das sie nie gehabt hatte.

Einer richtigen Familie.

Schon beim ersten Treffen mit den Papas hatte sie gewusst, dass sie bei ihnen bleiben wollte. Es war die Art, wie sich die beiden Männer mit Blicken verständigten, bevor sie etwas sagten. Wie selbstverständlich sie Sofia zum Mittelpunkt ihres Lebens machten. Das Mädchen war die Achse, um die sich alles drehte. Diese Klarheit war es, die Luna überzeugte. Das war es, was sie jetzt brauchte. Das, was sie selbst nie gehabt hatte. Hier konnte sie sich erholen, wusste Luna. Sofia war damals drei. Luna rechnete sich aus, dass sie diese Stelle ungefähr fünfzehn Jahre lang würde halten können. Das schien ihr damals eine schier endlose Zeitspanne. Doch jetzt war sie schon beinahe vorüber.

Luna hörte Sirenen und versuchte sich aufzurichten. Ihr Kopf dröhnte, das Heulen des Martinshorns schien hinter ihrer Stirn anzuschwellen, ihren Schädel zu sprengen. Sofias blasses Gesicht bewegte sich in ihr Blickfeld. Das Mädchen hatte den Notruf getätigt. Luna musste vorübergehend das Bewusstsein verloren haben, sonst hätte sie das verhindert. Auf keinen Fall wollte sie ins Krankenhaus. Nicht als Patientin.

»Sofi«, murmelte sie, doch das Mädchen verschwand wieder aus ihrem Blickfeld. Sicher lief sie auf die Straße hinaus, um die Ambulanz die steile Einfahrt hinaufzuleiten. Oder die Feuerwehr, wer auch immer zuerst da war. Jeder Notruf rief Feuerwehr, Ambulanz und Polizei auf den Plan. Die Sirenen wurden immer lauter, ihr Dröhnen hüllte das Haus und den Garten ein wie eine Decke. Luna erinnerte sich an die Geschichte von zwei Streifenwagen, deren Sirenen sich gegenseitig übertönt hatten und die an einer Kreuzung mit ungebremster Wucht kollidiert waren. Darüber hatte man in der Stadt noch lange gelacht. Luna schmeckte Blut. Sie fuhr mit der Zunge über ihre Zähne. Alle noch da. Sie musste sich im Sturz auf die Lippe gebissen haben. Dann tastete sie ihren Kopf ab. Auf der Stirn bildete sich bereits eine Beule. Luna löste ein paar Haarsträhnen aus ihrem dicken Zopf und strich sie über ihre linke Gesichtshälfte. Als sie versuchte, sich aufzurichten, stieg Übelkeit in ihr hoch. Sie spuckte ein paar Mal aus, in ihren Speichel hatte sich etwas Blut gemischt, nicht viel. Sie hörte Stimmen näherkommen.

Keine Schwäche zeigen, Bertschi!

Die Polizei war zuerst da, dicht gefolgt von der Feuerwehr. Plötzlich war der kleine Garten voll kräftiger junger Männer. Die einen trugen enganliegende T-Shirts und Hosenträger, die anderen blaue Uniformen. Schade, dass Santi nicht hier ist, dachte Luna, der würde das wenigstens zu schätzen wissen. Sie selbst, stellte sie mit leichtem Bedauern fest, empfand bei diesem Anblick nichts mehr. Und das hatte nichts mit ihrem Unfall zu tun.

»Ma'm? Ma'am?« So weit war es also schon. »Können Sie mich hören?« Sie blinzelte.

»Können Sie uns sagen, was passiert ist?«

»Ich bin hingefallen«, sagte Luna. Ihre Stimme klang etwas zitterig. Sie holte tief Luft. »Die Stufe«, sagte sie, jetzt etwas bestimmter. »Ich wusste, eines Tages flieg ich da drüber …«

»Wir sind nur hier, um häusliche Gewalt auszuschließen«, sagte einer der Polizisten höflich. Luna blinzelte. Die Frage verwirrte sie, und gleichzeitig wusste sie, dass sie nicht so kompliziert war. Vielleicht hatte sie sich den Kopf doch heftiger angeschlagen, als sie glaubte.

»Dürfen Sie eine solche Frage überhaupt stellen?«, mischte sich Sofia ein. »Ist das legal?«

»Nicht nur legal, sondern gesetzlich vorgeschrieben.« Die beiden Streifenpolizisten wechselten einen Blick. »Okay, nur ein paar Fragen noch. Sind Sie allein hier?«

»Nein, das ist sie ganz offensichtlich nicht«, antwortete Sofia wieder für Luna. »Das sehen Sie doch!« Die Polizisten hielten verwirrt inne. Und auch die beiden Feuerwehrmänner, die abwartend auf dem Holzdeck standen, starrten das Mädchen verwundert an. Sofia war fünfzehn, sah aber aus wie zwölf. Sie war klein und schmächtig und trug einen dunkelblauen Mechaniker-Overall und eine Ledermütze. Doch sie drückte sich gewählter aus als jeder Erwachsene, den Luna kannte. Sofia hatte zwei Klassen übersprungen, diesen Sommer die High School abgeschlossen und würde jetzt im Herbst, mit knapp sechzehn, ihr Studium beginnen. Raumfahrttechnik oder so etwas, Luna hatte es nie richtig verstanden. Das Mädchen war besessen vom Fliegen, seit sie als Kind in einem Sommerkurs gelernt hatte, Flugobjekte zu bauen. Luna erinnerte sich an ein propellerbetriebenes Puppenhaus, an kunstvoll bemalte Modellflugzeuge, Segelflieger, die aussahen wie Schmetterlinge oder Kolibris. Aber Flugzeuge interessierten Sofia jetzt nicht mehr. Sie wollte ins All.

»Wir meinten, ob ein anderer Erwachsener hier ist …«

»Mein Vater.« Sofia nickte zum Haus hoch, wo Giò sich in seinem Studio verbunkert hatte. Es war ihr gar nicht in den Sinn gekommen, ihn zu rufen. Ohne zu überlegen, hatte sie die Situation selbst in die Hand genommen. »Er hat ein Meeting«, sagte sie trotzig. »Ich darf ihn nicht stören.« Ihren anderen Vater, Santiago, erwähnte sie gar nicht erst. Auch wenn ihre Familienkonstellation in San Francisco weniger außergewöhnlich war als in anderen Teilen des Landes, war sie der Polizei gegenüber vorsichtig.

»Und was ist Ihre Beziehung zur Patientin?« Der jüngere der Streifenpolizisten hatte offenbar beschlossen, Sofia als Erwachsene zu behandeln.

»Sie ist meine Patentante«, sagte Sofia geistesgegenwärtig. Der Begriff »Hausangestellte« würde ihre Beziehung auch nur unzulänglich beschreiben. »Sie lebt hier, mit uns.«

Luna spürte die Blicke der Polizisten, die sie musterten, die versuchten, sie einzuordnen. Sie passte nicht in das weitläufige, moderne Haus ganz oben auf dem Hügel, direkt neben dem Park. Sie passte nicht zu dem altklugen Kind. Sie nahmen ihre nachlässige Erscheinung zur Kenntnis, ihr ungeschminktes Gesicht mit den Windundwetterfalten, die ausgewaschenen Cargoshorts und das karierte Hemd mit den zerrissenen Ärmeln. In ihrem Gürtel steckten zwei Mikrofaserlappen und eine alte Zahnbürste, die sie zum Putzen benutzte. Sie sah nicht aus wie eine, die Geld hatte. Aber sie sah auch nicht aus wie eine typische Putzfrau: Sie war weiß. Die Dienstleister der *techies*, die den Großteil der Stadtbevölkerung ausmachten, ihre Putzfrauen und Gärtner, die Nannys und Hundebetreuer kamen meist aus Mittel- und Südamerika.

»Und das ist ihre Adresse, Nummer 40, Nevada Street?«

»40 b, wenn Sie es genau nehmen wollen«, mischte sich Luna wieder ins Gespräch ein. Sie zeigte auf das Nebengebäude am anderen Ende des Gartens. Eine ehemalige Garage, die zu einem großzügigen Loft umgebaut worden war. »Ich hab meinen eigenen Eingang.« Warum erwähnte sie das?

»Gut. Wir werden Ihnen nun ein paar Fragen stellen, um häusliche Gewalt auszuschließen. Luna, fühlen Sie sich zu Hause sicher? Werden Sie in ihrem Umfeld bedroht oder misshandelt?«

»Ja«, sagte Luna. »Nein.« Sofia schnaubte empört.

»Lasst mich durch, bitte.« Die Ambulanz war jetzt auch eingetroffen, das Martinshorn verstummte, eine beinahe bedächtige Stille lag über dem kleinen Garten, bis die üblichen Stadtgeräusche wieder zu ihnen hervordrangen. Das Rauschen der nahen Autobahn, Hämmern, Musik und Kinderstimmen. Nebenan lebte eine Familie mit kleinen Kindern, erinnerte sich Luna. Zwei Sanitäter liefen herbei. Der jüngere beugte sich über Luna. Aus der Nähe sah sie, dass es eine Frau war. Unter ihrem roten Polohemd zeichneten sich kleine, feste Brüste ab. Doch auch dafür konnte Luna jetzt kein wirkliches Interesse aufbringen.

»Ich bin Melody«, sagte die Sanitäterin. »Melody Love, ja, ich weiß. Meine Eltern waren Hippies. Sie können mich auch einfach Melody nennen. Können Sie mich hören?«

Luna blinzelte.

»Können Sie mir sagen, wie Sie heißen?«

»Luna.«

»Okay, Luna. Was ist passiert?«

Luna überlegte einen Moment zu lange. Sofia mischte sich ein. »Ich hab die Notnummer gewählt«, sagte sie. »Ich kann Ihnen sagen, was passiert ist. Ich habe es vom Fenster aus beobachtet. Sie ist im Garten hingefallen. Ihr linker Knöchel ist eingeknickt, ohne ersichtlichen Grund. Und ganz offensichtlich setzte der in so einem Fall übliche Reflex, die Arme auszustrecken, um den Sturz abzufangen, auch nicht ein.«

»Was du nicht sagst. Und du bist …?«

»Sofia Gomez Bernasconi.«

»Okay, Sofia Gomez Bernasconi. Lass Luna doch bitte selbst antworten.«

Sofias vorlaute Art schien Melody zu verstimmen. Auch Luna war es etwas unheimlich, dass das Mädchen sie so genau beobachtete. Sie hatte gedacht, sie könne ihre Symptome besser verstecken. Nicht zuletzt vor sich selbst. Bis zu diesem Moment hätte sie sie nicht einmal als Symptome bezeichnet. Aber sie kannte ihren Körper. Sie wusste, dass etwas nicht stimmte, wenn sie plötzlich nicht mehr genug Kraft hatte, um ein Einmachglas zu öffnen. Wenn ihr die elektrische Zahnbürste aus der Hand fiel, die dann wie eine wildgewordene Schlange über den Badezimmerboden kreiselte, weiße Zahnpasta in alle Richtungen sprühend. Wenn ihr Knöchel ohne Grund einknickte.

»Ich wollte ja nur helfen …« Sofias Stimme zitterte ein wenig. Erst jetzt verstand Luna, dass das Mädchen Angst um sie hatte. Sie streckte ihre Hand nach Sofia aus, zog sie näher zu sich heran.

»Ich habe letzte Nacht kaum geschlafen«, sagte sie dann zu Melody. »Der Vollmond macht mir immer zu schaffen.«

»Der Mond, so so …« Die Haut um Melodys Augen legte sich in Falten. Sie war wohl älter, als Luna angenommen hatte, doch das hatte sie nie richtig einschätzen können. Dafür war ihr Instinkt für das potenzielle Interesse ihres Gegenübers bisher untrüglich gewesen, sie hatte nicht einmal darüber nachdenken müssen. Doch jetzt wusste sie nicht, ob Melodys Lächeln flirtend oder nur mitfühlend gemeint war. Vielleicht war Luna auch einfach aus der Übung. Früher hatte sie nur selten eine Abfuhr bekommen, allerdings war sie auch ziemlich von sich eingenommen gewesen.

»Na, dann gehen wir mal wieder«, sagten die Streifenpolizisten jetzt und steckten ihre Notizblöcke weg. »Sie sind ja in guten Händen.«

»Wir verabschieden uns auch«, mischten sich nun die Feuerwehrmänner ein. »Die Kollegen von der Ambulanz haben die Situation im Griff. Alles Gute, Ma'am!«

Sie winkten ihr zum Abschied zu, zwei weitere Prachtexemplare in engen T-Shirts und breiten Hosenträgern. Man konnte über San Francisco sagen, was man wollte, aber die Stadt war immer noch voll von schönen Männern. Auch wenn die bleichgesichtigen Tech-Nerds die Macht übernommen hatten, alle Schönheit konnten sie aus dieser Stadt nicht vertreiben.

»Hat mich gefreut, Mister März und Mister November!«, versuchte Luna zu scherzen. Es gelang ihr nicht ganz. Sofia wandte sich verlegen ab. Sie hasste es, wenn Luna anzügliche Bemerkungen machte. Das Mädchen verstand nicht, dass diese Rhetorik zu den Überlebensstrategien ihrer Generation gehörte.

Sorgfältig tastete Melody Lunas Schädel ab. Ihre Finger

verharrten kurz auf der Beule an ihrer Stirn. »Ja, da sind Sie ganz schön hingeknallt. Tut es weh?«

»Bisschen.«

Melody strich Lunas Haar zurück, das zu einem nachlässigen Zopf geflochten war.

»Ich wünschte, ich hätte so dickes Haar«, seufzte sie. »Das hat Sie geschützt, fast wie ein Helm!«

Dann leuchtete sie Luna mit einer Stiftlampe in die Augen und bat sie, mit dem Blick ihrem Finger zu folgen, von links nach rechts, von oben nach unten.

»Machen Sie bitte mal den Mund auf.« Sie zwinkerte Luna zu. Flirtete sie etwa doch mit ihr? »Okay, Sie haben sich auf die Innenseite der Unterlippe gebissen. Das ist mühsam, aber nicht schlimm. Achtung, brennt ein bisschen!« Luna zuckte zusammen, als die scharfe Flüssigkeit ihre Lippe berührte, und wich zurück. Sanft hielt Melody sie unter dem Kinn fest und tupfte mit einem Stück Gaze ihre Lippen ab.

Dann stand plötzlich Giò vor ihnen, den Kopfhörer wie einen Kragen um den Hals gelegt. Wie immer, wenn er sein Studio verließ, wirkte er etwas verwirrt, wie ein Maulwurf, der aus seiner Höhle gekrochen kam. Normalerweise war es Santiago, der mit der Außenwelt verkehrte. Aber Santiago war gerade nicht da. Er besuchte seinen Neffen in New Mexico und würde frühestens nächste Woche zurückkommen. Klar, dachte Luna, klar musste so etwas ausgerechnet jetzt passieren. Fehlte nur, dass sie jetzt auch noch ausfiel!

Giò blinzelte in die warme Nachmittagssonne, die eben erst den Nebel vertrieben hatte. »Was ist denn passiert?«, fragte er. »Luna, um Gottes Willen!« Sofia war mit einem

Schritt neben ihm und drängte sich an ihn, schlang ihre dünnen Arme um ihn, drückte ihr Gesicht an seinen Bauch. Neben dem großgewachsenen, schlaksigen Mann wirkte sie noch kleiner. Sie war immer noch ein Kind. Und sie hatte Angst.

Luna schämte sich. Und das war nur ein Vorgeschmack, wusste sie. Ein Vorgeschmack auf das Leid, das man anderen zufügte, wenn man krank wurde. Sie kannte es nur zu gut. Und sie hasste es mehr als die Krankheit selbst. Doch es war nicht zu verhindern. Es gab nur eins: gar nicht erst krank werden. Sie richtete sich auf, langsam diesmal.

»Ich bin doch nur hingefallen«, sagte sie, zum wiederholten Mal. »Die Stufe, ihr habt mich ja immer davor gewarnt.«

Melodys Kollege trat mit dem Stiefel dagegen. »Solide Arbeit«, sagte er anerkennend. »Meine Frau will, dass ich uns auch so was baue. War es sehr kompliziert?« Automatisch wandte er sich dabei an Luna, niemand würde dem schlaksigen, bleichen Giò eine solche Arbeit zutrauen.

Luna schüttelte den Kopf. »Nein, nicht wirklich. Sie müssen einfach bei der rechtwinkligen Form bleiben. Ich wollte ja erst eine geschwungene Kante, hier.« Sie deutete den geplanten Verlauf mit der Hand an. »Aber das hat mich schnell überfordert.« Das Fachsimpeln tat ihr gut, sie fühlte wieder etwas von ihrer alten Unbeschwertheit.

»Und jetzt?«, fragte Giò. »Was passiert jetzt? Sie muss doch nicht in die Notaufnahme?«

Bitte nicht, dachte Luna. Melody überlegte. Dann schüttelte sie den Kopf. »Nein, ich denke, Sie sind noch mal mit dem Schrecken davongekommen.«

»Aber warum …« Sofia wollte widersprechen, doch Giò

drückte ihre Schulter, und sie schwieg. Luna wusste, dass Ambulanzfahrer Prämien bekamen, wenn sie Patienten in diesem oder jenem Krankenhaus ablieferten. Sie schätzte die Entscheidung der jungen Sanitäterin umso mehr.

»Ich muss aber einen Bericht schreiben«, sagte sie entschuldigend. »Haben Sie eine Versicherungskarte?« Wieder dieser abwägende Blick. Nicht alle Versicherungen deckten Notrufe, Ambulanztransporte oder auch nur Erste-Hilfe-Leistungen durch Sanitäter ab. Ein Notruf, erst recht eine Fahrt in der Ambulanz, konnte den finanziellen Ruin bedeuten. »Ist Vorschrift.«

»Kein Problem.« Luna tastete nach ihrer Brieftasche, die mit einer Kette an ihrem Gürtel befestigt war. Ihre Finger zitterten, als sie die Karte heraussuchte. Sie brauchte mehrere Versuche, bis sie sie hervorgezogen hatte. Sie reichte sie Melody, die halblaut vorlas.

»Luna Bertschi Martinez, 49 Jahre alt.« Die Versicherungskarte war auf ihren vollen Namen ausgestellt. Sonst ging sie meist als Luna Martinez durch. Bertschi war ein Zungenbrecher für viele Amerikaner, auch Melody sprach es wie *Börtski* aus. Dankbar erinnerte sich Luna an Micky Martinez, der ihr mit ihrer Heirat vor mehr als dreißig Jahren nicht nur zu einer Aufenthaltsbewilligung, sondern auch zu einem neuen Namen verholfen hatte. Ein paar Jahre später hatte er sich seinen indianischen Wurzeln zugewandt und nannte sich seitdem Micky Black Bear Martinez. Luna hätte ihr Bertschi auch gern durch Black Bear ersetzt, aber das hatte Micky als respektlos und kulturräuberisch abgelehnt.

Melody schrieb die relevanten Informationen ab und gab Luna dann ihre Karte zurück.

»Lasst sie die nächsten vierundzwanzig Stunden nicht allein«, wandte sie sich an Giò und Sofia. »Sie sollte die nächsten zwölf Stunden möglichst auch nicht einschlafen, falls sie doch eine Hirnerschütterung hat. Sieht zwar nicht so aus, aber sicher ist sicher. Und sobald ihr übel oder schwindlig wird, bringt ihr sie sofort in die Notaufnahme. Deal?«

»Deal«, sagte Sofia ernst.

Lunas Augen brannten, Rührung überschwemmte sie. Gleichzeitig erkannte sie diese Gefühlsaufwallung als Reaktion auf den Schock des Unfalls, auf das Nachlassen des ersten Adrenalinschubs. Sie seufzte. Und seufzte gleich noch einmal.

»Ich weiß, ich weiß.« Sanft streichelte Melody ihre Schulter. Diese Geste war eindeutig nicht flirtend gemeint. Luna erkannte Mitleid, wenn sie es sah. Sie erkannte den schiefgelegten Kopf, den traurigen Blick. So schaute man einen Hund im Tierheim an. Nicht sie. Sie schloss die Augen.

2.

»Ist es zu früh für ein Bier?«, fragte Luna, nur halb im Scherz. Doch Sofia schaute sie mit ihren dunklen Augen vorwurfsvoll an.

»Du könntest eine Gehirnerschütterung haben. Oder einen Hirntumor. Oder MS oder ALS oder …«

»Schh …« Scheißgoogle, dachte Luna. Sie zog das Mädchen an sich und hielt es fest. In den letzten Jahren hatte Sofia mehr und mehr ihre Nähe gesucht. Das mochte mit der Pubertät zu tun haben, die äußerlich zwar fast spurlos an Sofia vorbeigegangen war. Vielleicht hatte sie auch einfach das Bedürfnis nach einer »weiblichen Bezugsperson«, wie die langjährige Familientherapeutin Doktor Lilly vermutete. Als Sofias Cousin Nestor bei ihnen eingezogen war, hatte sich Santiagos gesamte, weitverzweigte Verwandtschaft von ihnen abgewandt. Manche, so vermutete Santiago, hatten nur auf einen Vorwand gewartet, die schwulen Väter zu verstoßen. Doch das konnten sie nur mit der Erlaubnis von Santiagos Mutter tun, der Matriarchin des Clans, die *abuela*, die alle nur Abupaula nannten. Als diese ganz klar die Partei ihrer Tochter, Nestors Mutter ergriff, folgte der Rest der Sippe erleichtert ihrem Beispiel. Die Tatsache, dass Carmen ihren Sohn grün und blau schlug, seit er klein war, ihn mit Zigaretten und auf dem Herd erhitzten Kochlöffeln brandmarkte, schien niemanden zu stören.

»Ein Kind gehört zu seiner Mutter«, war der Konsens. »Alles andere ist gegen die Natur!«

Das kam Luna nur allzu bekannt vor. Sie fühlte mit dem ungelenken, bockigen Teenager mit. Sie wusste, warum er sich nie gewehrt hatte. Obwohl ihre eigene Mutter sie nie körperlich verletzt hatte, konnte sie sich doch vorstellen, was in Nestor vorging. Er musste glauben, dass es an ihm lag. Dass er für das Verhalten seiner Mutter verantwortlich war. Dass er die Schläge provoziert, dass er sie verdient hatte. Der Rest der Familie bestärkte ihn in dieser Annahme. »Ein bisschen Strenge hat noch keinem Kind geschadet«, sagten sie. »Bei dem Ärger, den sie ständig mit ihm hat! Wer kann es Carmen verübeln, dass ihr mal die Hand ausrutscht.«

Santiago war der Einzige, der sich ungefragt und bedingungslos hinter seinen Neffen stellte und den Bruch mit dem Rest seiner Familie in Kauf nahm. So hatte allerdings auch Sofia ihre Großmutter, ihre zahlreichen Großtanten, Tanten und Cousinen verloren. Von einem Tag auf den anderen lebte sie allein unter Männern. Und mit Luna.

Plötzlich knurrte Lunas Magen so laut, dass sie lachen musste. Sie löste sich von Sofia: »Soll ich uns was zu essen machen?«

Sofia stemmte die Arme in die Seiten. »Du sollst dich doch schonen, schon vergessen? Papa, das Sofa!« Sie führten Luna ins Wohnzimmer und schoben dann gemeinsam das monströse grüne Sofa zu einem Doppelbett zusammen. Luna hatte das Teil nie gemocht. Als Familieninsel konzipiert, ließen sich die Elemente auf unzählige Arten kombinieren. Leider waren alle Varianten gleichermaßen unbequem. Giò holte frische Bettwäsche aus dem Schrank, Sofia ging in die Küche, wo kurz darauf der Stabmixer aufjaulte. Statt eines Biers würde Luna wohl einen Smoothie bekommen. Ihr Magen knurrte wieder, lauter diesmal. Und dann dachte sie plötzlich an die überbackenen Käseschnitten, die ihre Mutter immer für sie zubereitete. Jedes Mal, wenn sie sie besuchte. Es war ein Ritual. Seit sie als Kind einmal gesagt hatte, Käseschnitten seien ihr Lieblingsessen. Über die Jahrzehnte hatte Vera ihre Zubereitung verfeinert. Sie verwendete Brie oder Ziegenkäse statt der in Plastik eingewickelten Scheibletten von früher und legte auch keine Ananasscheiben aus der Dose mehr darunter, sondern Birnenschnitze oder eingelegte Zwiebelringe. Plötzlich hatte Luna eine solche Sehnsucht nach Vera, dass ihr Tränen in die Augen schossen.

Sie wollte zu ihrer Mutter. Wie ein Kind. Dabei konnte sie sich nicht einmal erinnern, als Kind je krank gewesen zu sein. Sie wusste nicht, ob Vera sie irgendwann getröstet und gepflegt hatte. Und doch spürte sie ihre kühle Hand auf ihrem fiebrigen Gesicht, in ihren verschwitzten Haaren und die sofortige Erleichterung, die damit verbunden war.

»Können wir jemanden für dich anrufen?« Als hätte Giò ihre Gedanken gelesen. Er kauerte am Fußende ihres Lagers und tätschelte verlegen ihre Füße unter der leichten Wolldecke.

»Giò, wie oft muss ich es wiederholen? Ich bin hingefallen. Nichts passiert! Kein Grund für dieses …« Theater, wollte sie sagen, doch sie verstummte. Sofia beugte sich über sie und stellte ein großes Glas vor sie hin, das mit einer dickflüssigen, gelblichen Masse gefüllt war.

»Sieht nicht so toll aus, schmeckt aber richtig gut. Probier!«

Vorsichtig nahm Luna einen Schluck. Sie schmeckte vor allem noch die scharfe Desinfektionsflüssigkeit, mit der Melody ihre Zunge eingesprüht hatte. Doch sie zwang sich, das halbe Glas auszutrinken und nach jedem Schluck anerkennend zu nicken. Sofia brauchte das, verstand Luna.

Luna kämpfte gegen das Einschlafen an. Traumfetzen verfingen sich in ihrem Bewusstsein. Da war Frank. Sie war mit Frank zusammen. Sie waren etwas jünger, Ende dreißig vielleicht, und befanden sich in einer großzügigen, hellen Altbauwohnung, mit Parkettböden und Stuckatur unter der hohen Decke und einer Reihe von schmalen, hohen Fenstern, eins neben dem anderen. Frank drehte ihr den Rücken zu und schaute aus einem dieser Fenster auf die Lichter der Stadt. Zürich, wusste sie im Traum instinktiv. Sie waren in Zürich, sie lebten hier, dies war ihre gemeinsame Wohnung. Sie waren verheiratet, und das waren ihre Kinder: das Baby in Franks Arm und das kleine Mädchen, das auf dem flauschigen hellgrünen Teppich spielte, der das elegante Parkett bedeckte. Die Wohnung war geräumig und geschmackvoll eingerichtet, sie sah sie wie durch ein Fischauge. Ein langer Esstisch aus Holz, moderne Plastikstühle, verstellbare Hochsitze aus Holz. Ein üppiger Kronleuchter, gerahmte Schwarz-Weiß-Fotografien.

Sie schaute von Frank zu dem Baby und zu dem Mädchen und zurück zu Frank und war überwältigt von dem Groll, der sie erfüllte, wenn sie ihre Familie so anschaute. Sie konnte sich diesen Groll nicht erklären, aber sie konnte ihn auch nicht ignorieren.

Frank drehte sich um und schaute sie an, das schlafende Baby im Arm. Eine Heiligenfigur, dachte sie, eine Ikone. Dann fiel ihr Blick auf das kleine Mädchen, das mitten im Spiel erstarrt war, in einer Hand einen Holzklotz haltend, in der anderen ihren Schnuller. Der Groll verpuffte und wich solch bodenloser Traurigkeit, dass sie ihn sich sofort zurückwünschte. Er wäre leichter zu ertragen.

Seit wann waren ihre Gefühle so groß? Sie überwältigten sie. Wie Wellen, die über ihr zusammenschlugen. Ich ertrinke, dachte sie.

Das kleine Mädchen schaute zu ihr auf und streckte ihr wortlos einen Holzwürfel entgegen wie eine wertvolle Gabe. Sie wollte sich zu ihr auf den Boden kauern und den Klotz entgegennehmen, sie wollte ihn auf das wacklige Konstrukt setzen, das ihre Tochter errichtet hatte. Es würde einstürzen, und sie würden aufjuchzen, als hätten sie nicht genau das erwartet. Sie wollte zu Frank ans Fenster treten und die dicken nackten Füße des kleinen Jungen küssen. Denn es war ein Junge, das wusste sie. Es war ihr Sohn.

Dann sah sie das gerahmte Poster in der Garderobe hängen, ein Kunstdruck, der die Sutro-Badeanlage in San Francisco zeigte. Und gleich darauf wachte sie auf. Dieses Plakat hatte sie Frank bei einem seiner ersten Besuche in San Francisco geschenkt. Er hatte es gerahmt und aufgehängt, aber nicht in seiner Wohnung, sondern in seiner Praxis.

Es war schon richtig, dass sie Frank nicht geheiratet hatte. Selbst im Traum wusste sie das. Dreimal hatte er sie gefragt, dreimal hatte sie nein gesagt. Viermal, wenn man diesen ersten Tag im Kindergarten mitzählte.

Frau Esposito hatte sie um elf Uhr abgeholt, pünktlich hatte sie vor dem Tor auf sie gewartet. Sie hatte sich umgezogen, sie trug jetzt ein Kleid unter dem offenstehenden Regenmantel, durchsichtige Strumpfhosen und Schuhe mit Absatz und einer klobigen Schnalle auf dem Rist. Sie hatte sich sogar die Haare gebürstet und aufgesteckt, sie bauschten sich auf ihrem Kopf und ließen sie größer aussehen.

Rita hatte es eilig gehabt, ungeduldig an der Kreuzung auf sie gewartet. Luna und Frank trödelten mit Absicht hinter ihr her. Luna erinnerte sich, dass ihre Füße immer schwerer wurden, je näher sie der Siedlung kamen. Sie wollte nicht nach Hause gehen, nicht nach ihrer Mutter sehen. Was, wenn sie immer noch schlief?

Also setzten sie sich auf eine Treppenstufe zwischen Franks Wohnung im zweiten und ihrer im vierten Stock. Im dritten Stockwerk wohnten keine Kinder. Hier kannten sie niemanden, hier waren sie sicher.

»Wenn ich groß bin, heirate ich dich«, hatte Frank gesagt. »Und dann musst du nie wieder eine Zwiebel essen, ich verspreche es.«

Sie hatte die Zwiebel gar nicht essen wollen. Sie hatte einfach nicht mit einer leeren Kindergartentasche antreten wollen. Vor allem hatte sie ihre Mutter schützen wollen, die nicht rechtzeitig aufgewacht war, um ihr ein Frühstück einzupacken. Das war alles. Ihr Plan war gründlich danebengegangen, und doch hatte sie ihn die nächsten paar Jahre trotzig weiterverfolgt. Ihr ganzes Wesen war darauf ausgerichtet, ihre Mutter zu schützen. Auch wenn sie schon bei ihrem ersten Versuch kläglich gescheitert war.

Doch das konnte sie in diesem Moment noch nicht wissen. In diesem Moment schien ihr Franks Angebot unwiderstehlich.

»Und unsere Kinder müssen nie, nie, nie in den Kindergarten?«, versicherte sie sich.

»Nie, nie, nie.«

»Dann ist es gut.« Sie hatte ihn auf die Backe geküsst, er hatte sich losgerissen und war die Treppe hinuntergerannt und in seiner Wohnung verschwunden. Sie konnte heute noch das Krachen der Tür hören.

Wie lange sie dort sitzen blieb, wusste sie nicht mehr. Irgendwann war ihr Vater gekommen, die Treppe hinaufgestürmt, sein Reportermantel flatterte wie der Umhang eines Superhelden. Beinahe wäre er an ihr vorbei gestürmt. Doch dann sah er sie und riss sie hoch, hob sie in seine Arme und trug sie in den vierten Stock hinauf, in ihre Wohnung.

Manchmal dachte sie, Frank hätte es einfach bei diesem ersten Versprechen belassen müssen. Anstatt immer wieder nachzufragen. Der Groll, der sie in ihrem Traum ausgefüllt hatte, saß ihr immer noch in den Knochen. Das immerhin hatte sie sich erspart. Sich, und ihm und ihren imaginären Kindern.

Es war jetzt vier Jahre her, dass sie Frank zum letzten Mal gesehen hatte. Sie nahm an, dass er Bernadette geheiratet hatte und nochmals Vater geworden war. Vielleicht auch zweimal. Seine älteren Kinder waren inzwischen erwachsen. Vera musste es wissen, sie war ja immer noch mit Franks Mutter befreundet. Aber als hätten sie es abgesprochen, erwähnte sie Frank nie mehr. Und Luna fragte auch nicht nach ihm.

Jetzt wünschte sie, er wäre hier. Doch das war nichts Außergewöhnliches. Diese Sehnsucht gehörte zu ihr wie ihr dickes, blondes Haar, wie ihre hellen, gesprenkelten Augen, wie die Muskeln in ihren Oberarmen und das ständige Ziehen im linken Knie, das sie sich einmal zu oft beim Surfen verrenkt hatte. Es war der längste Liebeskummer ihres Lebens.

Sie seufzte tief. Und sofort stand Sofia neben ihr.

»Hast du Schmerzen?«, fragte sie. »Ist dir schwindelig?«

Luna zwang sich, zu lächeln. »Nein, Mädchen, alles prima.«

Sofia stellte ein Schnapsglas neben sie. »Das ist Salzwasser«, sagte sie. »Zum Gurgeln. Es ist das Beste bei Mundverletzungen, aber es brennt ein wenig.«

Mundverletzung war ein wenig übertrieben, dachte Luna. Aber sie nahm das Glas und kippte den Inhalt in ihren Mund. Dann sprang sie auf und lief zur Küche hinüber und spuckte es in hohem Bogen wieder aus. »Das war aber mehr Salz als Wasser, Sofi!«, keuchte sie.

Sie spülte ihren Mund mit klarem Wasser aus. Und seltsamerweise fühlte sie sich etwas besser. »Ich mache uns jetzt erstmal was zu essen.«

»Du sollst doch nicht arbeiten! Die Sanitäterin hat gesagt, du musst dich schonen.«

Luna verdrehte die Augen. »Wenn ich etwas hasse«, knurrte sie. Sich schonen. Stillsitzen. Anweisungen befolgen.

»Papa hat Suppe bestellt«, fuhr das Mädchen fort. »Richtige Hühnersuppe von den Wise Guys.« Sie zückte ihr Handy und kontrollierte die App. »Sollte in zehn Minuten hier sein.«

»Hühnersuppe, hm.« Ich hab doch nicht die Grippe, dachte Luna. Aber sie würde sich fügen, würde alles tun, um Sofia zu beruhigen. Und morgen wäre der Sturz bereits vergessen, hoffte sie.

3.

Die Suppe schmeckte etwas fade. Luna mochte keine Suppe. Sie sehnte sich nach etwas Handfestem, wollte ihr Essen lieber kauen. Von Suppen und Smoothies fühlte sich sie sich irgendwie betrogen. Abgesehen davon hatte sie immer noch Lust auf ein Bier. Aber Sofia zuliebe hielt sie sich zurück, das Mädchen machte sich schon genug Sorgen. Sie dachte an die detaillierte Beschreibung ihres Sturzes gegenüber der Sanitäterin. Wie genau sie sie beobachtete. So hatte Luna als Kind ihre Mutter beobachtet, mit angehaltenem Atem.

Und deshalb fügte sich Luna widerstandslos Sofias Anweisungen. Ja, sie würden nebeneinander auf dem unbequemen Wohnzimmersofa schlafen. Oder eben nicht schlafen, bis die zwölf Stunden nach dem Sturz um waren, also bis drei Uhr früh.

»Kann ich dann aber wenigstens mein Buch holen?« Luna las nicht mehr so viel wie als junges Mädchen. Früher hatte sie immer ein Buch mit sich herumgetragen, Lesen war lange das Einzige gewesen, was die ständige Unruhe in ihrem Inneren vorübergehend dämpfen konnte. Sie hatte sich zwischen die Seiten einer Geschichte geflüchtet wie in ein geheimes Versteck. Doch dann hatten andere Dinge diese Funktion übernommen: putzen, in ständiger Bewegung bleiben. Und natürlich surfen. Surfen war besser als alles andere. Auf dem Brett vergaß Luna alles, die Wellen duldeten keine Gedanken, keine Fragen, keine Zweifel. Sie forderten absolute Hingabe. Nur abends, wenn sie im Bett lag, brauchte Luna immer noch ihr Buch. Anders konnte sie nicht einschlafen. Ihr Gedankenkarussell drehte sich unerbittlich weiter, egal, wie müde sie war. Nur die tanzenden Buchstaben konnten es zum Stillstand bringen. Meist schaffte sie nur ein paar Seiten, bevor ihr die Augen zufielen, oft mit dem aufgeschlagenen Buch auf dem Gesicht.

»Ich glaube nicht, dass du lesen solltest. Oder fernsehen.« Etwas hilflos schaute Sofia sich um. »Wir könnten Musik hören?«

»Ich les euch was vor«, mischte sich überraschend Giò ein. Luna und Sofia starrten ihn an. »Vorlesen?«

»Was schaut ihr mich denn so an! Sofi, du hast es doch immer geliebt, wenn ich dir vorlese.«

»Ja, als ich fünf war!« Sofia knuffte ihren Vater in die Seite. Giò knuffte zurück.

»Ich hab das perfekte Buch für dich, Luna. Kann ich dir auch gleich etwas aus deiner Wohnung mitbringen? Zahnbürste, Pyjama?«

»Giò, ich bin durchaus in der Lage, eine Treppe hochzusteigen! Ehrlich gesagt, würde ich auch gern duschen.« Und vielleicht zehn Minuten lang der permanenten Beobachtung entfliehen.

»Und wenn du in der Dusche ohnmächtig wirst?«

Giò schaute hilflos von Luna zu seiner Tochter und wieder zurück. Er müsste eingreifen, eine Entscheidung treffen, bestimmen. Das überforderte ihn, für solche Situationen war Santiago zuständig. Aber Santiago war nicht da, und Sofia ließ nicht locker.

»Du kannst hier unten duschen, und ich warte vor der Tür!«

»Okay, Kompromiss«, schlug Luna vor. »Ich hol meine Sachen aus meiner Wohnung und mach mich kurz frisch, und dann schlafe ich hier auf dem Sofa, wie abgemacht.«

»Nein! Du sollst doch nicht schlafen!«

Beschwichtigend hob Luna beide Hände. »Wir kampieren beide auf dem Sofa-Monster, und Giò liest uns Geschichten vor.« Bevor noch jemand etwas sagen konnte, stand sie auf, langsam, vorsichtig wie eine alte Frau. Das Wohnzimmer wackelte ein wenig, wie es das bei kleineren Erdbeben tat. Luna wartete einen Moment, sie atmete, dann war es vorbei.

Sie verließ das Haupthaus durch die Glastür und ging durch den Garten zu ihrem Loft hinüber. Auf dem kurzen Weg wurde ihr wieder kalt. Die feuchte Meeresluft drang durch ihre Kleiderschichten, aber auch der Duft der Salbei- und Lavendelbüsche, die den Wegrand zierten. Luna streckte eine Hand aus und strich über die Zaunlatten, die sie letztes Jahr knallgelb gestrichen hatte. Würde sie noch hier sein, wenn die Farbe abblätterte?

Reiß dich zusammen, Bertschi!

Ihre Wohnung bestand aus einem großen, hohen Raum mit einer Fensterfront zur Bucht. Er wirkte etwas karg, Luna besaß nicht viel, nicht einmal genug, um ein Zimmer zu füllen. Der größte Luxus, den sie sich je geleistet hatte, war das Fish Board, das sie vor ein paar Jahren in einer Werkstatt in Bolinas hatte maßanfertigen lassen. Nur um dann festzustellen, dass sie doch lieber ihr altes, von einem Kumpel geerbtes Longboard benutzte. Luna hatte nie eigene Möbel besessen. Sie fuhr seit zwölf Jahren denselben eingedellten alten Subaru. Ihre unhandlichen Taucheranzüge nahmen mehr Platz ein als ihre Kleider. Sie besaß ein paar Kisten voller Bücher, aber keine eigenen Regale. Alte Schallplatten, aber keinen Plattenspieler, auf dem sie sie hätte anhören können. Ein paar von Freunden gemalte Bilder, die von einer Wand zur nächsten wanderten und genau wie sie überall ihren Platz fanden. Vier vergilbte Fotoalben, die schon auseinanderfielen.

Von ihrem Fenster aus konnte sie an klaren Tagen über die ganze Bay sehen, von der Golden Gate bis zur Bay Bridge und zum Frachthafen in Oakland hinüber, mit seinen massiven Hebekranen, die sie mit ihren staksigen Beinen an Fabeltiere erinnerten. Durch das offene Fenster blies die Meeresluft hinein, aus dem Park roch es nach Pinien und Eukalyptus. Frühmorgens konnte sie das aufgeregte Bellen der Hunde hören und die besorgten Bemerkungen ihrer Besitzer. Luna liebte ihr Loft. So wie sie jeden Raum geliebt hatte. Sie hatte immer in den schönsten Vierteln dieser teuersten Stadt der Vereinigten Staaten gewohnt. In einem Gartenhäuschen auf dem Potrero Hill, einem Glaskubus auf dem Dach eines Wohnhauses in North Beach, einem Studio im Castro District und jetzt in dieser umgebauten Garage an der Nevada Street ganz oben auf Bernal Heights, gleich neben dem Park. Sie verdiente nicht gerade viel, aber sie brauchte auch wenig, und vor allem musste sie nie Miete zahlen. Erst in den letzten Jahren hatte sie zaghaft den Wunsch nach etwas Eigenem verspürt, eine leise Sehnsucht in einem verborgenen Winkel ihrer Seele. Nach einem einfachen kleinen Haus an der Küste, wo sie den ganzen Tag surfen konnte. Sie träumte von der Lost Coast, der verlorenen Küste, dem mythenumwobenen Shangri-La der alten Surfer. Diesen Traum würde sie wohl nicht mehr verwirklichen.

Luna öffnete eine der verborgenen Schiebetüren, die ihr Loft geschickt unterteilten, Bad und Kochnische versteckten, wenn sie nicht gebraucht wurden. Selbst ein begehbarer Schrank befand sich hinter einer solchen Tür, der allerdings an Luna vergeudet war. Ohne hinzusehen, nahm sie frische Unterwäsche, dicke Socken und einen übergroßen Trainingsanzug aus den kärglich bestückten Regalen und zog sich um. Im Bad putzte sie sich die Zähne und wusch sich das Gesicht mit Seife. Sie löste ihren Zopf und bürstete ihr Haar, vorsichtig, um die Beule nicht zu berühren. Sie hatte die Hand schon am Schalter, um das Licht zu löschen, doch ihr Spiegelbild hielt sie gefangen. Luna schaute nicht oft in den Spiegel, sie kannte sich. Doch jetzt sah ihr Gesicht fremd aus. Nackt, irgendwie. Sie erkannte den Ausdruck in ihren goldbraun gesprenkelten Augen. Ängstlich, eingeschüchtert, aber auch betäubt. Nicht sie selbst. So hatte sie während der Behandlung ausgesehen.

Das war nicht sie. Sie löschte das Licht, schlüpfte in die alten Ugg-Boots, die neben der Tür standen, und ging ins Haupthaus zurück.

»Hier, schaut mal, was ich für euch habe!« Giò legte einen Stapel zerfledderter Taschenbücher auf den Beistelltisch. »Hast du schon mal von Modesty Blaise gehört?«

Luna und Sofia wechselten einen Blick und schüttelten den Kopf.

»Sie war eine der ersten weiblichen Superheldinnen der Sechzigerjahre. Keine Superheldin mit übernatürlichen Fähigkeiten wie Wonder Woman, sondern eine Art Geheimagentin, die sich all ihre außerordentlichen Fähigkeiten selbst angeeignet hat. Sie war ein Waisenkind, musste allein überleben, unter Banditen und …« Etwas verlegen hielt Giò inne. »Naja. Jedenfalls. Zuerst erschien sie Anfang der Sechzigerjahre in einem britischen Comicstrip. 1966 wurde er verfilmt, mit Monica Vitti in der Hauptrolle – eine tragische Fehlbesetzung, meiner Meinung nach. Der Film floppte auch jämmerlich. Aber der Autor, Peter O'Donnell, schrieb damals einen ersten Roman über seine Heldin, der gleichzeitig mit dem Film erschien, und der so erfolgreich war, dass zwölf weitere folgten. Oder elf? Ich habe leider nicht alle Bände, aber für die nächsten Stunden sollte es reichen.«

Unwillkürlich schaute Luna zu Sofia hinüber, die die Augen verdrehte. So war Giò nun mal. Er verlor sich in Einzelheiten, in Fakten und Zahlen und Definitionen.

Sofia sagte immer, ihretwegen hätte man Google nicht erfinden müssen, sie hatte ja ihren Papa Giò.

»Papa«, sagte sie jetzt und machte eine Bewegung mit der Hand, als wolle sie einen Motor ankurbeln. Nach all den Jahren erstaunte Luna der respektlose Ton immer noch, den Sofia ihren Vätern gegenüber manchmal anschlug. Sie musste sich ihrer Liebe schon sehr sicher sein, um so mit ihnen zu reden. Prompt errötete Giò und strich sich verlegen die unordentlichen, graugesträhnten Locken aus der Stirn.

»Sorry, ja, was ich eigentlich sagen wollte, Luna. Seit du bei uns bist, habe ich mich immer wieder gefragt, an wen du mich erinnerst. Und dann wurde mir klar: an Modesty Blaise. Du hast all diese seltsamen Superkräfte. Wie du damals den Garten angelegt hast, scheinbar über Nacht. Du weißt, wie man ein Baumhaus baut, du kannst surfen, du putzt die Fensterscheiben mit Essig und Zeitungspapier, du kennst all diese Tricks …«

»Außerdem machst du das beste Grilled Cheese Sandwich der Welt, und als ich klein war, konntest du dich als einzige Erwachsene mit meiner imaginären Freundin unterhalten. Weißt du noch?« Sofia setzte sich im Schneidersitz auf den Fußboden und lehnte sich mit dem Rücken an Giòs Beine. »Okay, dann lies mal vor, Papa.«

Giò räusperte sich. Luna dachte, dass er in den letzten dreizehn Jahren noch nie so viele Worte auf einmal an sie gerichtet hatte, schon gar nicht so persönliche.

»*Im Alter von sechsundzwanzig Jahren konnte man sich nicht nochmal selbst neu erschaffen*«, begann Giò. »*Diese Lektion hatte sie in den vergangenen zwölf Monaten gelernt …*«

Auch daran erinnerte Luna sich nicht: Dass ihr jemand

vorgelesen hätte als Kind. Und trotzdem fühlte es sich so vertraut an, so tröstlich, dass sie immer wieder einnickte. Sofia rüttelte sie jedes Mal unerbittlich wieder wach. Doch irgendwann gaben sie auf. Giò legte das Buch auf den Beistelltisch und verzog sich in sein Studio, Sofia schleppte ihre eigene Bettdecke an und richtete sich auf einem Nebenarm des grünen Monsters ein. Sie ließ Luna schlafen, aber sie hielt Wache. Jedes Mal, wenn Luna aufwachte, sah sie den bläulichen Schein von Sofias Handy. Sie wusste nicht, ob sie sich Filme anschaute, Nachrichten austauschte oder durch soziale Medien scrollte. Hatte Sofia überhaupt noch Freundinnen, *in real life*? Vor drei Jahren hatte sie die Schule gewechselt, nachdem sie von ihrer ganzen Klasse gemobbt worden war. Cybermobbing, erinnerte sich Luna. Die Schulleitung hatte einen Experten eingeladen, der einen Vortrag zu dem Thema hielt, aber weiter wurde nichts unternommen, niemand bestraft. Luna konnte sich nicht erinnern, dass nach dem Schulwechsel noch irgendwer je zu Besuch gekommen war. Wahrscheinlicher war, dass Sofia auch jetzt, mitten in der Nacht, Probleme löste, die ihr gar niemand aufgegeben hatte. Vielleicht entwickelte sie gerade eine Methode, mit der Menschen fliegen lernen konnten.

Etwas in der Art, wie Sofia zu ihr hinüberschaute, erinnerte Luna an sich selbst. Dieser Irrglaube, sie trage die Verantwortung für das Wohlbefinden der anderen.

Geh schlafen, tippte sie in ihr Telefon. Sie hörte das leise ›Wusch‹, mit dem die Nachricht von einem Ende der Couch zum anderen transportiert wurde. Und sie sah Sofia lächeln.

Als Luna das nächste Mal einschlief, träumte sie von

Modesty Blaise. Die Superheldin trug einen Taucheranzug, die Haare hingen ihr nass über den Schultern, wie Schlangen. In ihrem Gürtel steckte ein Messer. Unter dem engen Neopren zeichneten sich Kurven ab, die nur einer Comicfigur gehören konnten. Der Reißverschluss stand gerade weit genug offen, um ihren üppigen, leicht gebräunten Brustansatz zu zeigen.

»Ich dachte, du wärst blond«, sagte Luna und ärgerte sich im selben Moment über diese dämliche Bemerkung. Sie konnte sich nicht einmal mehr erinnern, ob Giò vorgelesen hatte, wie Modesty Blaise aussah. Doch die Geheimagentin lächelte nur.

»Nasse Haare sehen dunkler aus.« Sie beugte sich über Luna und küsste sie. Dann richtete sie sich auf, zog an ihrem Reißverschluss und entblößte ihre Cartoon-Brüste. Lunas Hände konnten nicht anders, als sich nach ihnen auszustrecken.

»Du bist so schön«, murmelte sie. Auch das war eigentlich unter ihrer Würde. Selbst im Traum wusste sie, dass sie normalerweise mehr draufhatte.

Modesty lachte. Sie nahm ihre Hand und küsste die Handfläche. »Dummerchen«, sagte sie. »Du bist schön! Denn du bist ich und ich bin du, *remember*?«

Im nächsten Moment lag Luna wieder auf dem grünen Sofa im Wohnzimmer an der Nevada Street, und Sofias prüfender Blick ruhte auf ihr. Kurz bevor sie wieder einschlief, erinnerte sie sich, dass sie tatsächlich einmal diese Superheldin gewesen war, die ihr im Traum begegnet war.

Luna hatte sich beim Surfen die Nase gebrochen. An ihrem eigenen Brett, und ohne es gleich zu merken. Das gewaltige Hoch der Welle, die sie ein paar endlos scheinende Sekunden trug, bevor sie über ihr zusammenkrachte, hatte sie bis zum Strand gespült. Erst an den Blicken der anderen Surfer hatte sie erkannt, dass etwas nicht stimmte. Dass es nicht nur Salzwasser war, das von ihrem Gesicht tropfte. Hunter, einer ihrer Surferfreunde, hatte eine Handvoll Eis aus der Kühltruhe in ein Tuch gewickelt, das sie sich dann während der Fahrt zurück in die Stadt aufs Gesicht gepresst hatte. Sie spürte jetzt noch die harte Federung des alten Trucks, jedes Schlagloch ließ die Knochen in ihrem Gesicht vibrieren. Hunter hatte sie schweigend in die Stadt zurückgefahren und ohne viel Umstände vor dem Krankenhaus abgesetzt. »Du kommst schon klar«, hatte er geknurrt, ohne den Motor auszuschalten oder eine Antwort abzuwarten. Luna war kaum ausgestiegen, da war er schon wieder davongefahren. Hunter hatte in Krankenhäusern schlechte Erfahrungen gemacht. Luna nicht. Schließlich hatte sie früher dort gearbeitet, sie kannte sich aus.

Noch immer spürte sie das Hoch dieser perfekten Welle. Auch wenn sie sie nur wenige Sekunden lang getragen hatte, diese Sekunden waren es wert gewesen.

Allein ging Luna über den Parkplatz und auf den Eingang der Notaufnahme zu, barfuß, in ihrem enganliegenden schwarzen Taucheranzug, das Gesicht blutverschmiert, die nassen, langen Haare wie Algen. Sie sah ihr Spiegelbild im Glas der Schiebetür, das gleißende Licht der Nachmittagssonne in ihrem Rücken. Sie hatte ausgesehen wie ein Wesen von einem anderen Stern, wie eine Superheldin. Unverwüstlich.

Sie versuchte sich an diese Frau zu erinnern, an ihre Unbesiegbarkeit.

»Dein Urvertrauen«, hatte Frank immer gesagt, etwas irritiert, denn er hatte sie ja auch mal anders gekannt. Als ein von Sorge zerfressenes Kind, das jederzeit damit rechnete, dass ihm der Himmel auf den Kopf fiel. Erst, als sie hierhergezogen war, in diese Stadt, in der alles möglich schien, hatte sie diese Zuversicht entwickelt, dieses Vertrauen, dass schon alles gut würde. Dass sie mehr als genug Zeit hatte, ihre Träume zu verwirklichen. Was immer man über Amerika sagen konnte, für Luna blieb es das Land der unbegrenzten Möglichkeiten, die Heimat der Freien. Vielleicht war es nicht Amerika als Ganzes gewesen, das sie befreit hatte, aber ganz bestimmt San Francisco.

Diese schmuddelige, schlecht funktionierende, wunderschöne, charmante und grausame Stadt hatte ihr den Halt gegeben, der ihr in den frühen Jahren ihrer Kindheit gefehlt hatte. Die Stütze, die Frank sich angewöhnt hatte für sie zu sein. Doch mit der amerikanischen Luna konnte er nichts mehr anfangen. Sie brauchte ihn nicht, sie überforderte ihn. Frank wollte keine Superheldin, keine Prinzessin, die sich selbst retten konnte.

Bullshit, Bertschi!

Sie war es, die Frank nicht gewollt hatte.

1986

I.

»Ich verstehe das nicht.« Vera fuchtelte mit dem Brief durch die Luft, als könnte sie die Worte zurechtschütteln. Luna setzte sich an den Küchentisch und nahm ihrer Mutter das Schreiben aus der Hand. Um Zeit zu schinden, las sie es noch einmal durch, obwohl sie es auswendig kannte. Sie hatte vor einem Monat dasselbe bekommen. Und weggeworfen. Nicht damit gerechnet, dass die Organisation ihre Mutter auch noch direkt informieren würde.

»Was gibt es da zu verstehen? Ich hab den Platz im Austauschprogramm nicht bekommen. Meine Noten sind nicht gut genug. Na und?«

»Aber … ich habe dir einen Flug gebucht. Nach San Francisco! Du fliegst nächste Woche. Du hast mir Fotos von deiner Gastfamilie gezeigt.«

»Das ist nicht meine Gastfamilie. Ich gehe als Au-pair.«

»Helen!«

»Luna! Ich heiße Luna.« Seit sie sich für das Austauschprogramm angemeldet hatte, versuchte sie, diesen neuen Namen durchzusetzen. Es schien ihr passend: ein neues Leben, ein neuer Kontinent, ein neuer Name. Bis jetzt hielt sich niemand daran, nicht einmal Frank, der ihr sonst jeden Wunsch erfüllte.

»Luna, Helen, egal: Was hast du dir dabei gedacht?«

Das war eine gute Frage, die Luna nicht beantworten konnte. Sie hatte sich gar nichts gedacht. Es war ein Impuls gewesen, niemandem zu sagen, dass sie den Platz im Austauschprogramm nicht bekommen hatte. Und Zufall, dass sie zwei Tage später diese Anzeige in einer Jugendzeitschrift gesehen hatte:

Arztfamilie in San Francisco sucht dringend Au-Pair. Unsere Mädchen sind vier und sieben Jahre alt, unser Haus macht nicht viel Arbeit. Abende, Donnerstagnachmittag und Wochenenden frei. Ab sofort oder nach Vereinbarung.

Das Heft war schon ein paar Wochen alt. Sie hatte sich gemeldet, ohne sich viel Hoffnung zu machen, doch sie war sofort angenommen worden. Die Vermittlungsagentur hatte so wenige Fragen gestellt, dass Luna sich bereits gewundert hatte, ob vielleicht mit der Familie etwas nicht stimmte.

»Weiß Frank Bescheid?«

Trotzig schüttelte Luna den Kopf.

»Na toll.«

»Mit Frank hat das nichts zu tun!« Schließlich war das Auslandjahr von Anfang an ihre Idee gewesen. Sie hatte sich sofort angemeldet, als das Projekt in der Schule vorgestellt wurde, obwohl sie wusste, dass nur Schüler mit guten Noten angenommen würden. Ihre Chancen waren von Anfang an gering gewesen. Aber sie wollte einfach weg. Sie wollte, dass etwas passierte, dass sich etwas änderte. Was, war eigentlich egal. An Frank hatte sie dabei gar nicht gedacht. Erst als er ihr umständlich erklärte, warum er jetzt auf keinen Fall ein Austauschjahr machen konnte, wurde ihr klar, dass er von einer gemeinsamen Unternehmung ausgegangen war.

»Du weißt gar nicht, was du an Frank hast«, sagte Vera jetzt. »Glaub mir, es ist ganz selten, dass ein Mann auch dein bester Freund ist. Ich hab dir das nie gesagt, aber …«

Unwillkürlich stöhnte Luna auf. Gab es wirklich noch etwas, das ihre Mutter ihr nie gesagt hatte?

»Ich hab euch zwei Süßen oft beobachtet und gedacht: Die beiden haben etwas, etwas, das ich auch gern hätte. Mir reicht dieses ewige Drama in meinem Leben, ich will einen Mann, der mein bester Freund ist. Ihr habt mir ein Ziel gegeben, ihr zwei.« Ihre Stimme wurde brüchig, ihre Augen verschwammen. Seit Vera nicht mehr trank, war es unmöglich, mit ihr über Belanglosigkeiten zu reden. Alles hatte eine tiefere Bedeutung.

»Aber das ist es doch«, versuchte sie ihrer Mutter zu erklären. »Frank ist mir zu nahe.« Manchmal wusste sie nicht, wo sie aufhörte und wo er begann. Im Gymnasium hatte Luna zum ersten Mal Freundinnen gefunden. Sie ging nicht mehr immer direkt nach der Schule nach Hause. Es war nicht mehr nötig. Vera hatte ihr Studium abgeschlossen und arbeitete nun wieder. Die Stelle als Therapeutin in der städtischen Suchtprävention hatte ihr Karin Suter vermittelt, die Sozialarbeiterin. Nach der gescheiterten Intervention waren die beiden Frauen in Kontakt geblieben und über die Jahre Freundinnen geworden. Ihre Mutter hatte die Selbsthilfegruppe, sie hatte Freundinnen, manchmal fuhr sie sogar übers Wochenende weg. Luna vermutete, dass es auch einen Mann gab, aber Vera erzählte nichts, und Luna fragte nicht nach. Sie genoss die Freiheit, nur für sich verantwortlich zu sein, nicht ständig für jemanden mitdenken zu müssen. Sie entdeckte die Stadt außerhalb ihrer Siedlung, ein Leben, das nichts mit ihrer Mutter zu tun hatte.

Luna hatte auch nicht mehr jede freie Minute mit Frank verbracht, der eine andere Schule besuchte, in einem anderen Viertel. Bis zu dem großen Schulfest letzten Herbst, das alle vier Gymnasien der Stadt gemeinsam bestritten. Da sah sie Frank mit einem anderen Mädchen tanzen, einem dunkelhaarigen Mädchen, das einen weiten Rock trug wie in den Fünfzigerjahren. Sie tanzten, als hätten sie nie etwas anderes getan. Komplizierte Figuren, er wirbelte sie herum, warf sie in die Luft. Sie war viel kleiner als er. Luna kam sich groß und ungelenk vor neben ihr. Und plötzlich hielt sie es nicht mehr aus. Frank gehörte ihr! Er hatte kein Recht, ein anderes Mädchen zu küssen. Sie liebte ihn doch! Oder wenigstens dachte sie das. Sie hatte das dringende Bedürfnis jemanden zu küssen, und sie konnte sich niemand anderen vorstellen als Frank. Es war auch gar niemand anderer da.

Als ein langsamer Song gespielt wurde, stampfte sie auf die Tanzfläche, drängelte sich zwischen die beiden, rempelte das Mädchen zur Seite und küsste ihn. Küsste Frank. Und von da an waren sie ein Paar. So selbstverständlich, wie sie vorher Freunde gewesen waren.

Doch der plötzliche Tod seines Vaters hatte Frank verändert. Erst wollte er sofort die Schule verlassen und einen Job annehmen, irgendeinen. Junge, kräftige Arbeiter wurden überall gesucht, auf dem Bau, im Gastgewerbe, in Lagerhallen. Aber das hatte seine Mutter nicht zugelassen. Rita arbeitete jetzt tagsüber an der Kasse in dem kleinen Lebensmittelladen in der Siedlung, nachts putzte sie Büros.

Rita Esposito war über Nacht zur alten Frau geworden, zerfurcht, abgemagert, die Kleider zu weit, die Haare mit breiten grauen Strähnen durchzogen. Sie schien weder zu essen noch zu schlafen.

»Sie tut Buße«, sagte Frank. Sein Vater war am Steuer seines Lastwagens eingeschlafen und auf die Gegenfahrbahn geraten, frühmorgens, als noch nicht viel Verkehr herrschte. Nur eine junge Familie war zu dieser Zeit unterwegs, und der Lastwagen rammte sie frontal. Die schwangere Mutter und beide Kinder, die auf dem Rücksitz schliefen, kamen bei dem Unfall ums Leben. So wie Franco senior selbst. Rita Esposito hatte in ihrem Wohnzimmer einen Altar mit Blumen und Kerzen und den gerahmten Zeitungsseiten errichtet, auf denen die Unfallopfer abgebildet waren. Samt den grausamen Schlagzeilen, mit denen die Medien wochenlang gehetzt hatten:

Die Wahrheit über den Italo-Todesfahrer! War er betrunken, waren Drogen im Spiel?, Vater untröstlich: Meine Engel sind jetzt im Himmel!

Luna wusste noch, wie ausgelassen Franks Mutter früher gewesen war, wenn ihr Mann nach Hause kam, wenn er ein paar Tage frei hatte. Einmal hatte Luna gesehen, wie sie die Schuhe von den Füßen kickte und mit ihrem Mann durchs Wohnzimmer tanzte. Früher hatte Rita sich um Lunas Mutter gekümmert. Jetzt war es Vera, die immer wieder zu Rita hinunterlief, nach dem Rechten sah, aufräumte, vorgekochtes Essen in Auflaufformen mitbrachte. Vera, die versuchte, den jüngeren Kindern bei den Aufgaben zu helfen oder wenigstens den Fernseher auszuschalten. Vera, die Rita zwang, zu duschen, sich die Haare zu waschen, die Kleidung zu wechseln.

Seit dem Tod seines Vaters gab es in Franks Leben keine Lücken mehr. Keinen Platz für sinnlose Abenteuer, keine Stunden, die einfach so vergingen, in denen nichts passierte, außer dass sie sich an den Händen hielten und an die Zimmerdecke schauten. Keine Streifzüge durch die Stadt, kein nächtliches Schwimmen im spiegelglatten, dunklen See, keine Konzerte, kein lauwarmes Bier aus einer hin- und hergereichten Flasche. Keine verstohlenen Küsse auf der hintersten Sitzreihe im Bus, kein endloses Schmusen auf seinem schmalen Bett, unter den Postern von irgendwelchen Fußballern. Luna schämte sich für diese Gedanken, und doch waren sie da.

Für Frank gab es jetzt nur noch die Sorge um die Familie, die Schule und seinen Zukunftsplan. Im Gegensatz zu ihr hatte er klare Ziele: die Schule abschließen, Geld verdienen, seine Geschwister durchbringen helfen, wenigstens, bis sie beide eine anständige Lehrstelle gefunden hatten. Marco hatte es gerade so in die Realschule geschafft und hielt sich auch dort nur mit Mühe. Maja, noch nicht zwölf, trug zerrissene Strümpfe, Kampfstiefel und schwarzen Lippenstift. Immer öfter bestand Frank darauf, die freien Nachmittage und Abende zu Hause zu verbringen und zu lernen. Statt auszugehen, Musik zu hören, sich zu küssen. Sie hatten noch nicht mal miteinander geschlafen. Frank wollte warten.

Worauf?

War das normal?

Lunas Gedanken schossen wie Flipperkugeln durch ihren Kopf, schlugen hier und dort an und änderten ihre

Richtung wieder. Sie glaubte, dass Sex diese Unruhe stillen könnte, aber sie wusste es nicht. Sie konnte mit niemandem darüber reden. Ihre Noten wurden immer schlechter, sie schwänzte die Schule, ging stattdessen mit ihrer Freundin Iris in die Innenstadt oder an den See. Ganze Nachmittage verbrachten sie in Plattenläden und Boutiquen, und manchmal sah Luna, wie Iris etwas in der Innentasche ihres übergroßen karierten Wollblazers versteckte, meist etwas, das sie gar nicht brauchen konnte. Ein einzelner Spitzenhandschuh, die Single einer Band, die sie beide nicht mochten, ein Lippenstift in der falschen Farbe. Sie saßen im Park gleich neben der Schule, wo sie jederzeit von einem Lehrer gesehen werden konnten, sie rauchten, redeten, schauten in die Wolken. Iris hatte einen Freund, der in einem besetzten Haus wohnte, und manchmal aßen sie dort, an einem großen Tisch, um den sich immer andere Leute drängten und durcheinanderredeten. Einmal hatten sie zusammen einen Joint geraucht, den Iris ungeschickt gedreht hatte, er sah dick und unförmig aus wie ein Pilz, eine Totentrompete. Luna war es so schlecht geworden, dass sie sich hinlegen musste, und dann war plötzlich Iris' Gesicht über ihrem gewesen, und sie hatten sich geküsst. Dieser kleine Kopf über ihrem, so viel feinknochiger als ihr eigener, so viel zarter als der von Frank. Diese weichen Lippen. Nach einer Weile hatten sie sich verlegen voneinander gelöst und nie wieder darüber geredet. Luna ertappte sich dabei, dass sie immer wieder an diesen Kuss dachte. Dass ihr Blick während des Unterrichts zu Iris schweifte und sich in ihrem verfing.

Sex, dachte Luna, Sex oder sonst etwas. Irgendetwas musste passieren.

»Ich muss einfach hier raus«, seufzte sie. Vera schaute sie an, wartete auf mehr. Als nichts kam, breitete sie die Arme aus und ließ die Hände dann auf die Tischplatte fallen.

»Es tut mir leid«, murmelte Luna, aber das war gelogen. Ihr tat nur leid, dass sie nicht schon im Flugzeug saß. Ihre Mutter zündete sich eine Zigarette an, sog den Rauch ein, übertrieben laut, dachte Luna.

»Du wärst also einfach nach San Francisco geflogen, ohne dich in der Schule abzumelden.« Das war keine Frage. Also antwortete Luna auch nicht. Wieder zog Vera theatralisch an ihrer Zigarette, als ob sie ihre nächsten Zeilen aus dem Tabak saugen würde. »Ein paar Tage später rufen die dann hier an und fragen, warum du nicht zum Unterricht erscheinst. Und ich hab von nichts eine Ahnung. Weil ich immer noch glaube, du machst ein Austauschjahr. Was denken die dann von mir? Was für eine Mutter weiß so etwas nicht? Ich kann es dir sagen: eine schlechte Mutter.« Die Zigarettenspitze glühte und knisterte unter Veras heftigen Zügen. »Darauf läuft es doch hinaus, Helen.«

»Luna«, murmelte Luna trotzig. Plötzlich bäumte sich etwas in ihr auf. »Und wenn schon«, rief sie. Sie sprang auf, der Stuhl fiel krachend zu Boden. »Ich bin ein Teenager, verdammt noch mal! Ich hab das Recht, Scheiße zu bauen. Immer geht es um dich und was die Leute denken! Immer muss ich vernünftig sein. Das ist nicht normal.« Zu ihrem eigenen Schrecken brach sie in Tränen aus.

»Hey, hey, hey.« Vera drückte ihre Zigarette aus und versuchte, Luna übers Haar zu streichen. Luna schlug ihre Hand weg, sie war noch nicht fertig. »Ich will keinen festen Freund haben, ich will keine Zukunft planen. Ich will mich betrinken, ohne dabei an dich zu denken. Ich will die Nächte durchmachen und Drogen nehmen und andere Jungen küssen oder Mädchen, warum nicht!«

Vera unterdrückte ein Lächeln, was Luna nur noch wütender machte.

»Und ich will mir nicht dauernd Sorgen machen, ob du wieder anfängst zu trinken, und wie eine verdammte Polizistin ständig kontrollieren, ob du nicht irgendwo eine Flasche versteckt hast!« In der Bibliothek hatte Luna sich Bücher ausgeliehen, sie wusste, dass die meisten Alkoholiker immer wieder rückfällig wurden. Veras Verhalten war nicht typisch: ein einziger Aufenthalt in einer Klinik, gleich nach der Intervention, keine drei Wochen lang. Und seither trank sie einfach nicht mehr. Fertig. Punkt. »Und vor allem will ich nicht mehr jedes Wochenende zu Luc und seiner blöden Frau. Wenn ich schon kleine Kinder hüten muss, dann will ich wenigstens dafür bezahlt werden.«

Lunas Vater hatte vor ein paar Jahren wieder geheiratet, aber nicht Kati Imbach, die Kindergärtnerin. Ihre gemeinsame Sendung war beim Publikum nicht angekommen und schon nach wenigen Monaten wieder abgesetzt worden. Luc hatte Kati dafür verantwortlich gemacht, so wie er ihr auch die Schuld an der gescheiterten Intervention des Jugendamts gab, an seiner Niederlage im Sorgerechtskampf um Luna.

Nach der Intervention hatte sie ihren Vater ein paar Monate lang gar nicht gesehen. Während ihre Mutter einen Entzug machte, wohnte Luna bei den Espositos. Es war kein Wunder, dachte sie später, dass Frank ihr manchmal eher wie ihr Bruder schien und nicht wie ihr Freund.

Damals schlief sie auf einer Matratze in Meielis Zimmer. All ihre Sachen blieben in der Wohnung, die Espositos hatten keinen Platz für ihre Kleider, Bücher und Spielsachen. Manchmal badete sie auch oben, einfach, um allein zu sein. Sie war es nicht gewohnt, ständig so viele Leute um sich herum zu haben. Einmal die Woche putzte sie die Wohnung, saugte den Teppich und nahm den Küchenboden feucht auf. So wie sie es früher auch immer getan hatte. Dann kam ihre Mutter zurück. Sie hatten ein »ernstes Gespräch«, das erste von vielen. Vera entschuldigte sich und entschuldigte sich und entschuldigte sich, bis Luna es nicht mehr hören konnte. Sie hatte erwartet, ihre alte Mutter zurückzubekommen, die von vor der Trennung. Die übermütige Vera, die mitten am Tag eine Platte auflegte, die Musik laut drehte und mit Luna durchs Wohnzimmer tanzte. Die eine Picknickdecke auf den Teppich legte und das Mittagessen als Picknick servierte, »weil es so viel besser schmeckt!« Die Mutter, die im Zoo die Affen fütterte, obwohl überall Schilder hingen, die das verboten. Deren Vorstellung von einem Sonntagsausflug darin bestand, bis zur Endstation einer willkürlichen Tramlinie zu fahren, nur um zu sehen, wo sie landen würden. Aber diese Vera gab es nicht mehr. Diese Vera war möglicherweise nie ganz nüchtern gewesen. Jedenfalls war es eine andere Vera, die aus der Klinik zurückkam. Sie war gedämpfter. Weniger bunt. Weniger fröhlich. Die Unbeschwertheit war einem ständigen latenten Schuldbewusstsein gewichen, das Luna manchmal genauso belastete wie früher ihr Trinken.

Nicht genau so, dachte Luna. Aber fast.

Nach dem Entzug nahm Vera ihr Studium wieder auf und arbeitete halbtags als Sekretärin in einer Berufsschule.

Sie ließ nicht mehr zu, dass Luna im Haushalt half, saß oft spät nachts noch über ihren Büchern, während auf dem Herd irgendein undefinierbarer Eintopf schmorte, von dem sie dann die ganze Woche lang aßen.

Luc wechselte vom Fernsehen zum Radio und zog kurz darauf bei seiner Vorgesetzten ein, die er vorher nie erwähnt hatte, schon gar nicht als potenzielle Partnerin. Regula Müller war geschieden, hatte eine kleine Tochter und ein Haus an der Goldküste. Ein knappes Jahr später bekamen sie Zwillinge, noch zwei Mädchen. Und dann meldete Luc sich auch wieder bei Vera, als sei nichts gewesen. Sie redeten nie mehr über die Intervention, über den gescheiterten Plan. Auch das Fachwerkhaus wurde nie wieder erwähnt, und Kati schon gar nicht. Fast tat ihr die Kindergärtnerin leid: Es war, als hätte es sie nie gegeben. Luc sprach auch nicht mehr von seinem dringenden Wunsch, für Luna da zu sein. Luna fühlte sich unbestimmt schuldig. Sie hatte sich gegen ihn entschieden, gegen Kati, das Traumhaus, sein neues Leben. Ihr Vater musste es wissen, zumindest ahnen, dass sie es war, die den Plan verraten hatte. Dass Vera nicht rein zufällig ausgerechnet an diesem bestimmten Tag beschlossen hatte, mit dem Trinken aufzuhören. Doch wenn er ihr das übelnahm, ließ er sich nichts anmerken. Er behandelte Luna mit derselben liebevollen Nachlässigkeit wie immer. Doch auch wenn sie pflichtbewusst jedes zweite Wochenende und die Hälfte aller Schulferien bei ihm verbrachte, sah sie ihn nur noch selten. Als Reporter war er meist irgendwo in der Weltgeschichte unterwegs. Je weiter weg, desto besser, schien es Luna. Die drei kleinen Mädchen liebten sie mit einer Heftigkeit, die ihr etwas unangenehm war, doch ohne sie wären diese Wochenenden wohl gar nicht zu ertragen. Die Anhänglichkeit der Kleinen sicherte Luna einen Platz in dem neuen Familiengefüge. So war es für Regula leichter, Luna zu akzeptieren. Immer öfter nutzte sie ihre Besuche, um auszugehen, Freundinnen zu treffen. Luna verbrachte so viel Zeit mit kleinen Kindern, dass sie sich eine Au-pair-Stelle ohne Weiteres zutraute.

»Ach, Mädchen.« Vera drückte ihre Zigarette aus. »Weiß diese Familie in Amerika denn, was du vorhast?« Luna schaute auf. Ihre Mutter grinste. »Ich meine ja nur, für zwei Kinder verantwortlich zu sein ist nicht gerade die beste Ausgangslage, um endlich mal über die Stränge zu schlagen!«

Jetzt musste Luna lachen. »Ach, hör schon auf«, murmelte sie. »Über die Stränge schlagen.«

Wie das schon klang.

2.

WLCOM LNA! stand auf dem Plakat, das von vier farbverschmierten Kinderhänden gehalten wurde. Kinder mochten offenbar keine Vokale, das musste ein universelles Phänomen sein. Sofort musste Luna an Frank denken, an seinen ersten Liebesbrief.

Auf dem langen Flug hatte sie nicht geschlafen, sie hatte geweint. Plötzlich vermisste sie Frank, ihre Mutter. Vera hatte sie zum Flughafen gebracht und ihr im letzten Moment noch ein Geschenk zugesteckt: einen roten, mit Edelweiß bedruckten Geldbeutel aus dem Souvenirshop, voller grüner Dollarscheine. Sie hatte geweint, Luna umarmt, und sogar gesagt, sie sei stolz auf sie. Trotzdem hatte Luna plötzlich Angst. All die Fragen, die sie sich nie gestellt hatte, brachen plötzlich über ihr zusammen: Was würde sie in San Francisco erwarten? Sie wusste nichts über die Stadt! Konnte sie überhaupt ausreichend gut Englisch sprechen? Was, wenn die Familie nicht nett war? War es nicht verdächtig, dass sie so kurzfristig jemanden suchten? Würde sie unglücklich sein, Heimweh haben? Würde sie Freundinnen finden, würde sie sich je wieder verlieben, und endlich, endlich, endlich einmal Sex haben? Und mit wem, wenn nicht mit Frank? Ihre Sitznachbarin, eine elegante Geschäftsfrau, deren Schulterpolster immer wieder gegen Luna stießen, reichte ihr Taschentuch um Taschentuch. Schließlich winkte sie eine Flugbegleiterin heran und bestellte einen heißen Whisky. Sie saßen im hinteren Teil des Flugzeugs, wo man rauchen durfte, doch Luna hatte keine Zigaretten dabei. Nach einer Weile steckte ihre Sitznachbarin ihr auch diese zu. Tief unter ihr zogen türkise Eisberge vorbei. Sie versuchte, das Flugzeug mit schierer Willenskraft zum Umkehren zu zwingen. Frank hatte vermutlich noch gar nicht gemerkt, dass sie nicht mehr hier war. Am Wochenende arbeitete er immer auf dem Güterbahnhof. Er erwartete nicht, sie vor dem Abend zu sehen. Und am Montag könnte sie wieder zur Schule gehen, als sei nichts gewesen. Als hätte sie das alles nur geträumt.

Früher hatte sie öfter erlebt, dass diese Traumfetzen aufblitzten, kurze Einblicke in ein anderes Leben, in ihr ungelebtes Leben. Manchmal, wenn sie auf dem Bauch auf ihrem Bett lag und las, sah sie sich plötzlich ein anderes Buch lesen, auf einem anderen Bett, in einem anderen Zimmer.

Doch jedes Mal, wenn sie versuchte mehr zu sehen, den Kopf zu heben, sich umzuschauen, verschwand das Bild auch schon wieder. Vielleicht sehnte sie sich heimlich nach ihrem Zimmer in dem Fachwerkhaus, in dem sie beinahe mit ihrem Vater gelebt hätte, und mit Kati Imbach natürlich. Vielleicht waren diese Filmrisse eine Reaktion auf ihre Entscheidung. Als ob sie sie insgeheim bereute. Nicht bewusst, aber in einem verborgenen Teil ihrer Seele. Mit der Zeit wurden diese Bilder seltener. Mit der Zeit dachte sie auch nicht mehr über ihre Entscheidung nach.

Jetzt stand sie in der Ankunftshalle vor zwei kleinen Mädchen, die sich überhaupt nicht ähnlich sahen. Die Größere hatte krause, rötlichbraune Locken und ein blasses, schmales Gesicht. Die Kleinere hingegen war rundlich, mit hellbrauner Haut und glattem, schwarzem Haar. Zwischen ihnen stand der schönste Mann, den Luna je gesehen hatte. Er sah aus wie Bobby Ewing aus Dallas, nur etwas dunkler und ohne den idiotischen Cowboyhut.

»Hey Luna, ich bin Jonathon. Und das sind Mia und June.« Er nahm ihr den Rucksack und die Plastiktüte vom Duty-Free-Shop ab. »Meine Frau lässt dich schön grüßen. Sie ist noch im Krankenhaus. Ihre Arbeitszeiten sind leider unberechenbar. Naja, du wirst dich dran gewöhnen.«

Luna brauchte einen Moment, um innerlich zu übersetzen, was er gesagt hatte. Sie war automatisch davon ausgegangen, dass der Vater der Arzt in der Familie war, nicht die Mutter. Die Mädchen starrten sie mit großen Augen an. Waren es ihre Kleider, ihre Haare? Sie hatte sie vor der Abreise nochmal frisch mit Henna eingefärbt.

»*Are you a clown?*«, fragte die Größere ehrfürchtig. So

viel Englisch verstand Luna, aber eine passende Antwort fiel ihr nicht ein.

»June!«, rief Jonathon. »Sei bitte anständig zu unserem Gast. Sie hat nun mal europäischen Stil.«

»*Thanks*«, murmelte Luna. Sie schaute an sich herunter: Das quer gestreifte T-Shirt, die weiten, von einem Nietengürtel zusammengehaltenen Jeans und die klobigen Doc Martens stellten eine Art Uniform dar, die in Zürich jeder unter vierundzwanzig trug, Mädchen wie Jungen. Sie hätte nicht gedacht, dass sie damit auffallen würde. Aber, das wurde ihr jetzt langsam bewusst, sie befand sich nicht mehr in Zürich. Als sie sich in der Ankunftshalle umschaute, sah sie Frauen mit aufgeplusterten Föhnfrisuren und pastellfarbenen Jacken, mit weißen Turnschuhen und wippenden Rocksäumen. Frauen in schlauchartigen Minikleidern, in Anzügen mit Schulterpolstern.

»Kannst du Autofahren?« Jonathon ließ einen Schlüsselbund um seinen Zeigefinger kreisen.

»Autofahren?« Ich bin doch erst sechzehn, wollte sie sagen, aber da fiel ihr ein, dass man in Amerika mit sechzehn schon einen Führerschein bekommen konnte.

»Keine Sache, wir besorgen dir einen Führerschein. Das geht hier ganz einfach.« Sie verließen das Flughafengebäude und gingen zu Fuß zu einem etwas schräg geparkten gelben Volvo, der mit Aufklebern übersät war. Luna versuchte, sie alle zu lesen, während sie ihren Seesack im Kofferraum verstaute.

HOSPITAL WORKERS HAVE MORE PATIENCE.
NICARAGUA IS NOT OUR ENEMY.
I'M SO BROKE I CAN'T PAY ATTENTION.

»Ich bin so kaputt, dass ich nicht aufpassen kann?« Während Luna noch darüber nachdachte, waren die Mädchen bereits auf den Rücksitz geklettert. Sie setzte sich neben Jonathon auf den Beifahrersitz. Plötzlich war sie verlegen. Sein Arm war so nahe, die gebräunte Haut, die feinen Härchen, die leichte Wölbung seiner Muskeln. Jetzt langte er über sie hinweg und klappte das Handschuhfach auf. Ein Stapel Kassetten und eine Sonnenbrille fielen heraus.

»Sorry, bei uns ist alles ein bisschen chaotisch.«

Luna sammelte die Kassetten ein, die alle nicht angeschrieben waren. Aufs Geratewohl legte sie eine ein.

Don't don't don't don't

Don't you forget about me …

Sie würde Frank vergessen. Frank würde sie vergessen.

Jonathon schaute zu ihr hinüber, streckte dann die Hand aus und drückte kurz ihre Schulter.

»Das erste Mal weg von Zuhause?« Luna nickte. Vielleicht war sie ja auch nur müde.

»Das ist bestimmt nicht einfach. Aber wir sind jedenfalls sehr froh, dass du hier bist, nicht, Mädchen?«

»Ja«, antworteten die Kinder vorsichtig vom Rücksitz. »Willkommen, Luna! Wir lieben dich, Luna!«

Das kannte Luna aus Filmen, diese scheinbar unmotivierten Liebeserklärungen, großzügig über den Alltag gestreut wie Salz über Fastfood-Fritten. Trotzdem berührte es sie, auch weil es in ihrer Sprache nicht existierte. »*Ti amo*« war die einzige Konzession, die Frank an seine italienische Herkunft machte. »Ich liebe dich«, das klang irgendwie künstlich, feierlich, zu schwer. Luna hatte es noch nie gesagt. Nur »m-hm« und »ich auch«.

Jetzt sagte sie: »Danke.« Sie drehte sich um und lächelte

den Mädchen zu. »Ich freu mich auch, hier zu sein. Ich bin nur müde. Es war ein laaaaanger Flug.« Sie streckte die Arme aus, um zu zeigen, wie lang.

»Luna hat eine weite Reise hinter sich«, bestätigte Jonathon. Und dann begann er mit den Simple Minds mitzusingen, und die Mädchen fielen ein. Dass so kleine Kinder die Simple Minds kannten, erstaunte Luna. Aber natürlich verstanden sie im Gegensatz zu ihr die englischen Songtexte auf Anhieb. Sie mussten nicht endlos vor- und zurückspulen, sich nicht immer dieselben drei Zeilen anhören und zu übersetzen versuchen. Jetzt dachte sie plötzlich an Iris, mit der sie ganze Nachmittage so verbracht hatte, über einzelne Textzeilen rätselnd. Hieß es nun *kissed for the thirty-first time* oder *for the very first time*? Und sie hörte wieder Iris' Stimme: »Wenn das Lied *Like a Virgin* heißt, hallo?«

Als sie auf die Stadt zufuhren, verfärbte sich der Himmel. Auf den Hügeln gingen Lichter an, Straßenketten wurden sichtbar, die sich wie klobige Glasperlenschnüre durch die Landschaft zogen, ein Fenster neben dem nächsten. Sie verließen die Autobahn, fuhren eine steile Straße hinauf und dann eine ebenso steile wieder hinunter. Jonathon nahm die Hände vom Steuerrad und hielt sie hoch. Die Mädchen kreischten entzückt. Einen Moment lang erhaschte Luna einen Blick auf die Lichter der Innenstadt, auf das Meer und auf eine Brücke.

»Ist das …?«

»Nein, das ist die Bay Bridge, die hässliche Stiefschwester der berühmten Golden Gate.« Jonathon zeigte auf die Bucht, in der träge Containerschiffe lagen. »Da unten ist der alte Frachthafen. Da ist es eher *hairy*, geh lieber in die andere Richtung, wenn du spazieren gehst. Weg vom Wasser.«

»Haarig?«

»Gefährlich. Nicht sicher. Aber keine Sorge, morgen zeig ich dir alles.«

Luna versuchte, sich so viel wie möglich zu merken: Die Straßen, die nach amerikanischen Staaten benannt waren: Carolina, Wisconsin, Arkansas, Connecticut. Eine Tankstelle mit einem gelben Dach. Ein Baum, der schief und krumm aus dem Straßenpflaster wuchs. Der kleine Laden an der Ecke mit der Leuchtreklame. Eine Frau, die zehn Hunde gleichzeitig spazieren führte. Der Sonnenuntergang, die Lichter, die Autobahnüberführungen, selbst die Straßenschilder: Alles sah genauso aus wie in den Filmen, die sie gesehen hatte. Amerika war echt. Amerika gab es wirklich.

Dann hielten sie vor einem kleinen Holzhaus, das hellgrün und lila gestrichen war. Die Tür war gelb. Es sah so aus, wie sie sich als Kind die Villa Kunterbunt vorgestellt hatte. Als Luna aus dem Auto stieg, sah sie, dass alle Häuser in der Straße so farbenfroh waren.

»Du musst todmüde sein«, sagte Jonathon. »Ich zeig dir dein Revier, dann bestellen wir Pizza, ja?«

Er schloss die Haustür auf, die Mädchen rannten an ihr vorbei ins Haus hinein, direkt ins Wohnzimmer, wo sie sofort den Fernseher einschalteten. Durften sie das? Sie hatten sich nicht mal die Schuhe ausgezogen. Jonathon lächelte Luna zu und zuckte mit den Schultern. Dann führte er sie durch die Küche zur Hintertür und in den Garten. Sie gingen über einen schmalen Weg aus unebenen Steinplatten zu einem kleinen Häuschen. Es war in denselben

Farben gestrichen wie das Haupthaus und sah aus wie dessen Miniaturversion. Wie ein Puppenhaus.

Jonathon öffnete die Tür und schaltete das Licht ein. Luna ließ ihre Tasche fallen und drängte sich an ihm vorbei. Das Cottage bestand aus einem Raum mit großen Fenstern nach allen Seiten. Eine Trittleiter führte zu einer geräumigen Plattform, auf der eine Matratze lag. Durch eine schmale Tür gelangte man in ein winziges Bad. Ein Bücherregal, ein Sofa, auf der anderen Seite eine Kochnische, ein gelber Gartentisch und zwei alte Holzstühle von denen die blaue Farbe abblätterte. Auf dem Tisch stand ein Blumenstrauß in einer alten Konservendose.

»Den haben die Mädchen und ich heute im Garten gepflückt.«

Luna drehte sich einmal im Kreis um und strahlte Jonathon an. »Ich liebe es«, sagte sie. »Das ist das schönste Haus, das ich je gesehen habe!« Es war besser als das Fachwerkhaus, das ihr Vater ihr damals versprochen hatte. Besser als das Kopfhaus, das sie als Kind bewohnt hatte. Alle Müdigkeit war verflogen, alle Angst vergessen. Hier war sie zu Hause. Dieses Puppenhaus war ihres.

3.

Noch Wochen später musste sie morgens zwei Wecker stellen, die im Abstand von zehn Minuten klingelten. Dabei ging sie hier viel früher schlafen als zu Hause. Theoretisch endete ihr Arbeitstag um fünf, doch sie aß fast jeden Abend mit den Mädchen und meist auch mit Jonathon. Sie kannte ja niemand anderen hier. Der Fernseher lief auch während des Essens, danach brachte Jonathon die Mädchen ins Bett, Luna räumte die Küche auf und tapste dann durch den Garten in ihr Häuschen. Es war Ende September, die schönste Zeit des Jahres, wie Jonathon ihr versicherte. Die Sonne schien jeden Tag, der Himmel war blau, das Wasser der Bay glitzerte am Horizont. Auch wenn es tagsüber sonnig war, wurde es abends kalt und windig. Sie legte sich unter die elektrische Heizdecke, sie las, sie rauchte. Auf hauchdünnes Luftpostpapier schrieb sie Briefe an Vera. Darin erzählte sie ihrer Mutter alles, schilderte jedes Detail ihres Tagesablaufs, was die Mädchen gesagt und was sie gegessen hatten. Sie beschrieb ihr Puppenhaus, die Straße und den Blick vom Hügel hinunter, zitierte die seltsamen Redewendungen, die sie aufschnappte. »*Aren't you the bee's knees*?«, hatte Mias Lehrerin neulich zu ihr gesagt. Eigentlich hätte sie all das Frank erzählen wollen. Es kam ihr seltsam und irgendwie verkehrt vor, dass sie diese wichtigen Ereignisse nicht mit ihm teilen konnte. Luna wusste nicht, wie er ihre heimliche Abreise aufgenommen hatte. Vera erwähnte ihn nie in ihren wöchentlichen Anrufen. Und Luna fragte nicht.

Manchmal hörte sie ein Scharren und Kratzen aus dem Garten, an ihrer Tür, auf dem Dach. »Das sind Waschbären«, hatte Jonathon sie gewarnt. »Eklige Biester, die fressen alles.« Luna hatte immer gedacht, Waschbären seien putzig. Aber vielleicht war die Übersetzung falsch, die Luna in ihrem gelben Taschenwörterbuch gefunden hatte. Die Vorstellung, dass sie mitten in einer amerikanischen Großstadt in einem Gartenhaus lebte, wo sie nachts von Waschbären besucht wurde, füllte einen weiteren Bogen des dünnen Luftpostbriefpapiers.

Jonathon arbeitete zu Hause. Er komponierte kurze Musikstücke für Werbefilme. Die Garage neben der Küche war zum Studio umfunktioniert worden, mit schalldichten Wänden und allem Drum und Dran. Er hatte es ihr einmal gezeigt, der Raum war größer als jede Garage, die Luna je gesehen hatte, die von Regulas Villa eingeschlossen. Eine Seite war wie eine Bar eingerichtet, mit Hockern und einem Sofa, auf der anderen standen ein Mischpult, Instrumente und Mikrofone. Der Schaumstoff, der die Wände bekleidete, erinnerte sie an Eierkartons. Als sie die Noppen berühren wollte, hatte Jonathon ihre Hand weggezogen.

Shannon hatte sie immer noch nicht kennengelernt. Das lag auch daran, dass Luna sich gleich nach dem Abendessen in ihr Häuschen zurückzog. Und morgens, wenn ihr Arbeitstag begann, war Shannon entweder schon wieder im Krankenhaus oder sie schlief noch. Trotzdem wunderte sich Luna. Welche Mutter wollte die Person, die ihre Töchter von morgens bis abends begleitete, nicht kennenlernen? War sie wirklich so beschäftigt, wie Jonathon immer betonte? Überließ sie alles, was die Kinder und den Haushalt betraf, ihrem Mann? Umgekehrt wäre dieses Verhalten normal, dachte Luna schuldbewusst. Wenn der Vater der vielbeschäftigte Chefarzt wäre, wie sie automatisch angenommen hatte, würde sie sich diese Fragen nicht stellen. Aber was wusste Luna schon darüber, was »normal« war. Sie dachte oft über Shannon nach. Wie sie wohl aussah? Ein attraktiver Mann wie Jonathon hatte bestimmt auch eine hübsche Frau. Manchmal fragte sie sich, ob sie überhaupt existierte. Doch dann fand sie ihre Schuhe im Flur oder ihre Wäsche in der Maschine. Die Mädchen redeten über sie, als sei sie ein fester Teil ihres Alltags.

»Mama macht aber immer Pfannkuchen mit Gesichtern.«

»Mama sagt, alle Socken passen zusammen, egal welche Farbe sie haben.«

»Mama sagt, der Morgen ist das Ruderblatt des Tages.«

»Das Ruderblatt?« Auch da war Luna nicht sicher, ob ihr Langenscheidt richtig verstanden hatte. War das wieder so eine amerikanische Redensart, oder hatte Shannon sich diese Weisheit ausgedacht? Erst hatte sie Mia und June für außergewöhnlich altklug gehalten, doch offenbar drückten sich amerikanische Kinder so aus. »Ich bin wohl einfach dehydriert«, hatte ihr die siebenjährige June erklärt, als sie auf dem Spielplatz von den Ringen gefallen war. »Dehydriert«. Ein Wort, das Luna noch mit sechzehn nachschlagen musste.

Mia war vier und besuchte den Kindergarten, der auch auf Englisch so hieß, nur anders ausgesprochen. Er dauerte auch nur ein Jahr, weshalb June mit sieben schon in der dritten Klasse war. Alles war anders als in der Schweiz. Luna war erstaunt, wie oft sie diesen Kommentar herunterschluckte: »In der Schweiz ist es nicht so. In der Schweiz machen wir das anders.« Das interessierte hier niemanden. Sie war nicht die Einzige, die von woanders herkam, mit anderen Gewohnheiten groß geworden war. Was zählte, war jetzt. Sie war in Amerika, und hier war alles möglich. In der Schweiz konnte man sich nicht neu erfinden, die anderen erinnerten sich zu gut. Sie schubsten einen zuverlässig immer wieder in die Schublade zurück, in der sie einen vorgefunden hatten. In der Siedlung war Luna noch nach Jahren »die Neue« gewesen, ihre Mutter »die vom Zürichberg« und Frank, so sehr er sich dagegen wehrte, »der Tschingg«.

Morgens um sieben tapste sie auf Sockenfüßen über die Steinplatten zum Haupthaus. Meist landete sie dann doch im nassen Gras und musste im Haus als erstes die dicken Socken von den Füßen streifen.

»Ich dachte, nur die Japaner tragen im Haus keine Schuhe«, hatte Jonathon mal bemerkt. Luna hatte versucht, ihm die Schweizer Hausflure zu beschreiben, die Schuhsammlungen vor den Wohnungstüren, und was sie bedeuteten.

»Was möchtet ihr denn zum Frühstück?«, fragte sie. Die Mädchen wechselten einen vorsichtigen Blick.

»Schokoladen-Pfannkuchen!«, rief June.

»Eiscreme!«, Mia.

»*Nice try*!« Jonathon kam in die Küche, in Jeans und T-Shirt, die nassen Haare aus dem Gesicht gekämmt, barfuß. Lunas Blick blieb an seinen Schultern hängen, an den engen, hochgerollten Ärmeln seines T-Shirts. Sie versteckte ihren Kopf im Kühlschrank.

»Es stimmt also, was man über die Schweizer sagt, sie sind pünktlich wie die Kuckucksuhr!«

»Die Kuckucksuhr kommt aus Deutschland«, korrigierte Luna. Sie bereitete das Frühstück zu: Waffeln, die man in den Toaster stecken konnte, Spiegeleier, Getreideflocken mit Milch. Sie machte vier Sandwiches, zwei für die Lunchpakete, zwei für sich und Jonathon zum Mittagessen.

Dann begleitete sie die Mädchen zur Schule. Der Weg war nicht weit, nur drei Blocks den Hügel hinunter und dann zwei nach links. Trotzdem war es undenkbar, die Kinder einen Weg allein zurücklegen zu lassen. Dass sie zu Fuß zur Schule gingen, war schon außergewöhnlich, die meisten Eltern fuhren mit dem Auto vor. Dabei war es einfach, sich zurechtzufinden. Die Straßen verliefen rechtwinklig zueinander und waren durchnummeriert. Bald kannte man Luna und grüßte sie mit Namen, im Lebensmittelladen unten an der Straße, wo sie wie in einem Dorfladen bedient wurde, im Café an der Ecke, bei der Geschichtenstunde in der Bibliothek, in der Schule und auf dem Spielplatz.

Zwischen neun und drei, während die Mädchen in der Schule waren, erledigte Luna den Haushalt. Sie putzte, sie kochte, sie wusch. Damit war sie immer so schnell fertig, dass sie angefangen hatte, das ganze Haus aufzuräumen. Sie nahm alle Bücher aus den Regalen, staubte sie sorgfältig ab und räumte sie in alphabetischer Reihenfolge wieder ein. Sie sortierte die Gewürzdosen nach Größe, putzte hinter den Schränken und unter den Teppichen und zwischen den Fliesen im Bad. Es erfüllte sie mit einer seltsamen Befriedigung. Letztes Jahr hatte sie das Haushaltsobligatorium absolviert, das alle Schweizer Mädchen vor Abschluss des neunten Schuljahrs durchlaufen mussten. Eine Art Hausfrauentraining, vier Wochen in einem Schulheim in den Bergen, alle Mädchen ihres Jahrgangs. So sehr sie sich damals über die antiquierten Ratschläge der Lehrerinnen lustig gemacht hatte, so dankbar war sie ihnen jetzt. Sie genoss Jonathons Bewunderung für die einfachen, selbst zubereiteten Mahlzeiten, die exakt gefalteten Leintücher, die mit Gewürznelken gespickte Zitrone, um Fruchtfliegen fernzuhalten.

Plötzlich hatte sie sehr viel Zeit. Sie wanderte über die Hügel, saß auf Parkbänken, las die Zeitung, skizzierte die

Aussicht. Wenn sie ganz oben auf der zwanzigsten Straße stand, konnte sie auf der einen Seite die Hochhäuser von Downtown sehen und auf der anderen die Frachtschiffe im Hafen. Und schräg rechts die klobigen grauen Verstrebungen der Bay Bridge.

Luna hatte sich Amerika anders vorgestellt. Größer. Gefährlicher. Anonymer.

»Jedes Viertel ist wie ein eigenes Dorf«, bestätigte Jonathon. »Jede Nachbarschaft hat ihren eigenen Charakter. Wir müssen dir wirklich mal die Stadt zeigen!« An einem der nächsten Wochenenden, versprach er ihr, würden sie alle zusammen ans Meer fahren und an der Ocean Beach spazieren gehen. Sie würden durch Viertel fahren, die ganz anders aussahen als ihres. Die Häuser waren anders gebaut, die Gärten anders bepflanzt, sogar das Wetter war anders. Am besten war es aber genau dort, wo sie lebten: Auf dem Potrero Hill. Sie fragte sich, ob das wohl jeder über sein Wohnviertel sagte.

Luna vergaß, dass sie doch »über die Stränge schlagen« wollte. Ihre Gedanken kreisten um die Wäsche und wie sie in diesen riesigen amerikanischen Trommeln sauber werden konnte, sie dachte darüber nach, was sie kochen und womit sie die Sandwiches für die Lunchpakete belegen wollte. Wo war sie nun, die große weite Welt? Wann begann es, das Abenteuer ihres Lebens?

4.

Die Mutter einer Mitschülerin führte einen Lyrikworkshop in Junes Klasse durch. Es war üblich, dass die Eltern zum Unterricht beitrugen und an diesen Sonderlektionen auch teilnahmen. Obwohl die meisten Mütter arbeiteten, konnten sie sich für diese Schulveranstaltungen immer freinehmen. Alle kannten sich, alle nannten einander beim Vornamen. Nur die Lehrerin wurde als Miss Russo angesprochen.

Jonathon war nicht der einzige Vater im Klassenzimmer, von den Au-Pairs und Nannys, die Luna vom Schultor kannte, war allerdings keine da. Die anderen Mütter beobachteten Luna misstrauisch. Sicherheitshalber wählte sie einen Platz, der so weit wie möglich von Jonathons entfernt war.

Die Lyrikerin Louise schien Luna zu alt, um ein Schulkind zu haben. Sie trug ihr langes, weißes Haar offen und kleidete sich wie ein kleines Mädchen. Die meisten Mütter trugen dieselben bunten Leggins unter kurzen Hängerkleidchen wie ihre Töchter, sie sahen aus wie Schauspielerinnen in einem Kinderstück. Luna war als Kind einmal wütend aus einer Weihnachtvorstellung im Opernhaus hinausgestampft, weil der Jim Knopf auf der Bühne kein dunkelhäutiger Junge gewesen war wie im Buch, sondern eine erwachsene Frau, die sich ihr Gesicht schwarz angemalt hatte. Als ob sie damit irgendjemanden hätte täuschen können! Außer ihr schien das aber niemanden zu kümmern, und so hatte sie allein auf dem Teppichboden im Foyer gesessen, bis endlich Pause war und die Zuschauer herauskamen, unter anderem ihr Vater. Er war nicht amüsiert gewesen, die Schauspielerin war eine Freundin.

Louise hüpfte im Klassenzimmer auf und ab, gestikulierte mit den Händen und zog Bleistifte aus ihren Haaren.

»Was für Gefühle kennt ihr?«

»Hungrig!«, rief jemand.

»Das ist kein Gefühl, das ist eine Empfindung.« Sie schrieb die Begriffe an die Wandtafel:

FEELING – EMOTION – SENSATION.

Sensation. Dieses Wort kannte Luna nicht, nicht in diesem Zusammenhang. Sie hatte ein Notizheft mitgebracht und schrieb nun pflichtbewusst mit: *EMOTION – SENSATION.*

Das Heft bog sich auf der nachgiebigen Unterlage ihrer Knie, ihre Schrift verwackelte. Später würde sie ihrer Mutter davon berichten. Wie anders alles hier war, wenn sie sich vorstellte, dass Herr Wegmann die Schüler nach ihren Gefühlen fragte! Luna unterdrückte ein Lachen. Unterdessen war die Liste der Gefühle auf der Wandtafel gewachsen:

WUT.

ANGST.

FREUDE.

TRAUER.

»Wie riecht Angst?«, fragte Louise. Luna runzelte die Stirn. Was für eine Frage. Doch die Kinder streckten eifrig auf und riefen durcheinander:

»Angst riecht wie der Auspuff vom 22er-Bus!«

»Angst riecht wie das halbe Sandwich, das ich in meiner Tasche vergessen habe.«

»Wie Zigarettenrauch von der Straße.«

»Angst riecht wie Hundescheißdreck«, rief ein Junge

und alle lachten. Doch Louise schrieb auch das gewissenhaft an die Tafel: *HUNDESCHEISSDRECK*.

Am Ende der Stunde wählte jedes Kind ein Gefühl und schrieb ein Gedicht darüber.

»Nächste Woche, wenn ich wiederkomme, habe ich sie alle abgetippt und vervielfältigt«, sagte Louise, während sie die Blätter einsammelte. »Ihr bekommt alle euren eigenen Gedichtband! Habt ihr eure Namen drunter geschrieben? Sehr gut.« In der darauffolgenden Woche würden sie eine Dichterlesung veranstalten, alle Eltern waren herzlich dazu eingeladen und wenn sie bitte Getränke und etwas zu Essen beitragen könnten?

Zu Hause versuchte Luna, ein Gedicht zu schreiben.

Wut.
Wut riecht wie … riecht wie … riecht wie … Weinreste in leeren Flaschen, wie abgestandener Schweiß …

Sie riss die Seite aus ihrem Heft und zerknüllte sie. Eine Woche später blätterte sie die fotokopierten Gedichte durch. Wie kamen diese siebenjährigen Kinder auf so etwas? Wie konnten sie ihre Gefühle so genau beschreiben, woher wussten sie überhaupt, was sie fühlten? Was hatten sie ihr voraus?

Luna schrieb Junes Gedicht für ihre Mutter auf Luftpostpapier ab:

Angst.
Angst schmeckt wie scharfe Zahnpasta für Erwachsene.
Angst riecht wie schmutzige Turnsachen, die zu lange im Wäschekorb lagen.

Angst fühlt sich an wie ein zu enger Rollkragen, der mich kratzt und meine Kehle zudrückt.
Wie ein kleines Tier, das in meinem Bauch wohnt und von innen an mir nagt.
Angst ist nicht mein Freund.

5.

Nach der Schule gingen sie manchmal auf einen Spielplatz ganz oben am anderen Ende der zwanzigsten Straße. Von da konnte sie andere Teile der Stadt sehen, das Krankenhaus, in dem Shannon arbeitete, den Funkturm von Twin Peaks. An der Ecke begann eine Straße, die so kurvig war wie die Lombard Street, die sie bisher nur von Postkarten kannte. Luna hatte immer ein Buch dabei, aber die anderen Mütter sprachen sie doch an.

»Du bist doch das neue Au-Pair der Romeros.«

»Ja, das bin ich, ich heiße Luna.« Sie streckte die Hand aus, erinnerte sich, dass man das in Amerika nicht tat, und ließ sie verlegen herunterbaumeln. »Ich komme aus der Schweiz.«

»Die letzte kam aus Holland, glaube ich.«

»Nein, Schweden.«

»Hast du nicht gesagt, du kommst aus Schweden?«

Luna schaute von einer zur anderen. Sie versuchte, sich ihre Namen zu merken, die alle so ähnlich klangen. Sandy, Wendy, Cindy.

»Ich bin aus der Schweiz.« Doch das interessierte wie immer niemanden.

»Und, hast du unsere Shannon schon kennengelernt?«

Während Luna noch versuchte, dieses »unsere« zu deuten, kicherte eine andere schon: »Die Heilige Shannon der Siechenhäuser!«

Luna schüttelte den Kopf.

»Versteh mich recht, wir haben den größten Respekt vor ihr. Was sie da leistet, in ihrer Klinik …«

»Also, ich könnte das nicht. Ich hätte den Mut nicht.«

»Mir wäre auch meine Familie zu wichtig, ganz ehrlich gesagt …«

»Die Sicherheit der Kindheit geht mir auch über alles, ganz klar.«

Inhaltlich mochte Luna nicht alles verstehen, was die Mütter sagten, aber den Ton erkannte sie sofort, sie kannte ihn aus der Siedlung. Aus dem Treppenhaus und vom Hof. Es war derselbe scheinbar besorgte, in Wirklichkeit aber verurteilende Ton. Es gab keinen Unterschied zwischen diesen Wendys und Cindys und den Nachbarinnen zu Hause. Luna stand auf. Sie war wieder fünf Jahre alt und hatte diesen Frauen nichts entgegenzusetzen. Steifbeinig ging sie zu den Schaukeln hinüber und half Mia auf den Sitz aus schwarzem Plastik.

»Schieb mich zum Himmel hinauf!«, krähte Mia. »Höher, höher!« Dann begann sie tonlos zu singen. »*Twinkle, twinkle, little star* …«

Ein seltsames Schlaflied, fand Luna. Aber vermutlich nicht seltsamer als die Schweizer Lieder. *Dein Vater ist ein Schaf.* Sie hatte nie darüber nachgedacht, dass nicht alle Kinder mit denselben Liedern und Reimen aufwuchsen, denselben Bilderbüchern, denselben Geschichten.

»Hast du gewusst, dass mein Papa nicht mehr im Bett von Mama schläft?«, rief Mia von der Schaukel hinunter.

»Hm, nein, das wusste ich nicht.« Unwillkürlich schaute Luna zu den Müttern hinüber und hoffte, dass sie nichts gehört hatten. Es war ein Reflex, Shannon vor dem Klatsch zu schützen, so wie sie früher ihre eigene Mutter beschützt hatte. Eine Gewohnheit, die sie eigentlich hinter sich lassen wollte. Sie seufzte.

»Er hat ein Bett unter dem Sofa im Studio, das kann man herausziehen. Und dort schläft er.« Jetzt kam eine der Mütter auf sie zu. Luna trat einen Schritt zur Seite und ließ die Schaukel auspendeln.

»Hast du June nicht gesehen?«

»June?« Hektisch sah Luna sich um. Das Mädchen war doch eben noch auf der Rutschbahn gewesen, gleich neben der Schaukel.

Mit spitzem Finger zeigte die Frau auf den Kletterturm, wo June sich an der Affenleiter entlang hangelte. Doch die Sprossen waren zu weit voneinander entfernt, das Mädchen zappelte hilflos mit den Beinen und war den Tränen nahe. Gleich würde sie fallen. Luna hob Mia von der Schaukel und rannte die paar Meter zu June. Sie stellte Mia ab, packte June um die Taille und ließ sie vorsichtig auf den Boden sinken. June strampelte und wehrte sich.

»Ich kann das allein!«

Luna ließ sich in den kalten klumpigen Sand sinken, der unter der Affenleiter aufgeschichtet war, und hielt das Mädchen fest an sich gedrückt. Sie spürte Junes Herz klopfen oder war es ihr eigenes, sie konnte es nicht auseinanderhalten. June strampelte in ihren Armen, befreite sich schließlich und baute sich vor ihr auf, die Hände wütend in die Seiten gestemmt. Mia stellte sich neben sie. Aus ihrer Perspektive vom Boden aus sah Luna, dass die Mädchen krumme Beine hatten, beide. Die Knie trafen sich in der Mitte, die Füße strebten auseinander, sie formten ein perfektes X, was die buntgeringelten Strumpfhosen noch betonten. Diese Beine rührten Luna fast zu Tränen.

»Du bist nicht unsere Mutter«, stellte June fest.

»Du hast heute gleich zwei Briefe bekommen«, sagte Jonathon. »Vom selben Absender: Frank … Irgendwas. Dein *boyfriend*?«

Luna errötete und schüttelte den Kopf. Vera musste Frank endlich ihre Adresse gegeben haben. Jonathon beobachtete sie, sein Blick war leicht spöttisch. Luna zuckte betont gleichgültig mit den Schultern und steckte die Briefe in ihre Schultertasche, ohne sie näher zu betrachten.

»Autsch! Muss ich etwa Mitleid haben?«, fragte Jonathon, und seine Mundwinkel zuckten wieder. Über seine Oberlippe zog sich eine dünne Narbe, sie hob seine Lippe auf einer Seite leicht an, so dass er immer etwas belustigt wirkte. Luna hatte kein Wort dafür, was sein schiefes Lächeln in ihr auslöste. Wenn er nicht dagewesen wäre, hätte sie die Briefe gleich hier geöffnet und noch im Stehen gelesen. So steckte sie sie weg, als bedeuteten sie nichts.

Vor ein paar Wochen hatte sie Frank eine Postkarte geschrieben, mit einem Bild von der Golden Gate Bridge, deren rote Spitze mit Nebelfetzen verhängt war.

Frank, schrieb sie.

Ich weiß nicht, wer ich bin ohne dich.

Aber ich muss es herausfinden.

Und dann unterschrieb sie mit: *Love, L/N.*

Das war sein Name für sie. So hatte er sie früher genannt, in seinen ersten Liebesbriefen, die er auf die Seiten seiner Schulhefte schrieb, in seiner krakeligen Schrift, die nur aus Großbuchstaben und Konsonanten bestand.

Luna war ziemlich stolz auf ihre Karte. Sie könnte von einer Filmheldin verfasst worden sein, dachte sie, aus einem dieser nicht-amerikanischen Filme, die Frank so liebte. Was sie allerdings nicht geschrieben hatte: Wie sehr sie ihn vermisste. Wie oft sie an ihn dachte. Sie ertappte sich ständig dabei, ihm erzählen zu wollen, was sie sah, was sie aufschnappte, was sie erlebte. Wie wenig real ihr all das Neue hier vorkam, weil sie es nicht mit ihm teilen konnte. Wie weh das tat und wie oft sie sich nachts um sich selbst krümmte, um den Phantomschmerz. Es fühlte sich an, als hätte sie sich ein Bein abgehackt. Weil sie mit diesem Bein in einer Falle steckte und sich nur so befreien konnte.

Was sie auch nicht geschrieben hatte: Wie wütend sie manchmal auf ihn war. Und auf sich.

Wenn sie ihn nur nie geküsst hätte. Wenn sie nur wieder Freunde sein könnten.

Jonathon schaute auf seine Uhr. »Ich weiß, dass heute dein freier Nachmittag ist«, sagte er. »Aber wenn du unsere Gesellschaft noch ein bisschen länger aushältst, dann verspreche ich dir, ich fahr dich, wo immer du hinwillst. Twin Peaks, Golden Gate Bridge, Haight Ashbury, die Plattenläden …«

Er musste einen Auftrag abliefern, eine kurze Melodie für einen Werbefilm, die ihm einfach nicht gelingen wollte.

»Ich brauche noch eine Stunde, höchstens. Und dann – wo soll es hingehen?«

Es war Luna ein wenig peinlich. »Ich möchte ein Paar echte Levi's Jeans kaufen. Eine 501.«

Zu ihrer Überraschung pfiff Jonathon durch die Zähne, als hätte sie etwas besonders Kluges gesagt. »Levi's Jeans, hm?«

Luna nickte verlegen. Sie wollte nicht oberflächlich oder materialistisch wirken. Sie wollte Jonathan beeindrucken.

»Die haben wir früher als Tauschmaterial auf Reisen mitgenommen«, sagte er. Seine Stimme klang wehmütig. »Als ich so alt war wie du – naja, vielleicht ein paar Jahre älter – bin ich durch ganz Europa gereist, mit dem Zug …«

»Interrail«, sagte Luna.

Jonathon nickte. »Ich hatte drei paar Jeans dabei, als ich das Land verließ, innerhalb einer Woche hatte ich alle eingetauscht. Für Essen, für eine Übernachtung auf einem Sofa … Ach, Luna, jetzt hast du es geschafft, dass ich mich alt fühle!«

»Sorry.«

»Schon gut, ist ja nicht deine Schuld. Na gut, Mädchen, hört zu: Erst gehen wir mit Luna Jeans kaufen, und dann an die Fisherman's Wharf. Und dann können wir Eis essen bei Ghirardelli's, was haltet ihr davon?« Mia und June klatschten in die Hände und hüpften auf und ab. Das war eine normale Reaktion auf eine gute Nachricht, selbst bei erwachsenen Frauen. Und so tat Luna es ihnen nach. Je länger sie so auf und ab hüpfte, desto weniger komisch kam es ihr vor.

6.

»Wenn du mit deinen Freunden unterwegs bist, gehst du natürlich in einen der coolen Läden an der Haight Street«, sagte Jonathon ein wenig wehmütig. »Aber bei uns heißt es, ab zu Macy's!«

Freunde, dachte Luna. Sie hatte keine Freunde hier. Sie hatte die Familie. Noch war das genug.

»Macy's!«, riefen die Mädchen und klatschten in die Hände. »Oh ja, Papa, Papa, kriegen wir einen Hund? Bitte, bitte, bitte!«

»Die haben immer junge Hunde im Schaufenster«, erklärte Jonathon. »Aus dem Tierheim. Da kriegst du die Mädchen nicht mehr weg, die wissen schon, wie mans macht …«

»Die Hunde aus dem Tierheim haben gar kein Zuhause«, sagte June ernst. »Manche wurden auf der Straße ausgesetzt!«

»Das ist nicht fair!«, rief Mia. »Nicht fair« war hier eine Standard-Beschwerde, hatte Luna gelernt, nicht nur von Kindern.

»Jedes Mal«, murmelte Jonathon. »Jedes Mal.« Dann drehte er sich im Sitz um. »Ihr wisst doch, was wir abgemacht haben: Wenn ihr beide alt genug seid, um Verantwortung für einen Hund zu übernehmen …«

»Luna ist alt genug!«, rief Mia und Jonathon lachte.

»Das stimmt allerdings.«

»Komm, wir machen eine Stadtrundfahrt, das sind wir dir schuldig. Auf Twin Peaks warst du auch noch nicht?«

Luna schüttelte den Kopf. Früher oder später müsste sie Freunde finden, Freundinnen. Jemand, mit dem sie Jeans kaufen gehen konnte. Jemand wie Iris. Eigentlich kaufte sie die Jeans für Iris.

»Skandal«, murmelte Jonathon und Luna dachte, er hätte ihre Gedanken gelesen.

Die Twin Peaks konnten sie von ihrer Straße aus sehen. Überhaupt wirkte im klaren Licht alles ganz nah, die Brücke, das gegenüberliegende Ufer, die Hochhäuser der Innenstadt. Doch dann fuhren sie fast eine halbe Stunde, von Stoppstraße zu Stoppstraße, über einen Hügel und dann über noch einen. Manche waren so steil, dass der alte Volvo bei jedem Stoppschild ein paar Meter zurückrutschte.

Luna fuhr in Gedanken mit, ihre Füße drückten imaginäre Pedale, ihre Hand legte an der Beifahrertür die Gänge ein. Vor ein paar Tagen hatte sie die theoretische Prüfung abgelegt und eine Lernfahrerlaubnis bekommen. Und schon hieß sie ganz offiziell Luna Bertschi. Sie hatte sich gewundert, wie einfach das gewesen war, obwohl ihr Pass auf den Namen Helen ausgestellt war. Aber das hatte die Frau am Schalter weniger irritiert als die Aussprache ihres Nachnamens.

»Böörtskai? Biertschai? Und ich dachte, ich hätte schon alles gehört!«

Der Parkplatz auf den Twin Peaks war überfüllt, Touristen drängten sich an den Münzferngläsern. Langsam fuhr Jonathon einmal rund um die Aussichtsplattform. Luna kurbelte das Fenster herunter und lehnte sich hinaus. Von der Bucht rollte der Nebel herein und verhüllte die Aussicht. Sie folgten einer Autokolonne zurück den Hügel herunter. Die steilen Straßen ließen es manchmal so aussehen, als führen sie über den Rand der Welt und kippten ins Nichts. Jonathon hob beide Hände hoch und die Mädchen kreischten vor Vergnügen.

Dann fuhren sie die Haight Street entlang. Jonathon zeigte auf Häuser, in denen Musiker gelebt hatten, Janis

Joplin, Sid Vicious. Luna verstand nicht ganz, was er an dieser Straße fand. Warum er immer wieder so tief seufzte. Jugendliche mit verfilzten Haaren bettelten, manche lagen auch einfach auf dem Gehsteig, regungslos hingestreckt, Passanten stiegen über sie hinweg, Touristen fotografierten um sie herum. Ein sehr dünnes Mädchen schnappte einen Brotkorb von einem Restauranttisch. Im Laufen stopfte sie sich die Brotscheiben in den Mund, eine nach der anderen.

»Hier hab ich mal gewohnt. Und das war mein Hauptquartier«, sagte Jonathon und zeigte auf eine gelb bemalte und mit Graffiti verzierte Fassade. Luna schaute genauer hin: Es war ein riesiger Plattenladen.

»Aber ich sag dir was: Das beste Viertel ist immer noch North Beach. Da geht es ab. Wenn ich keine Kinder hätte, würde ich mir dort ein Studio mieten. Den ganzen Tag schlafen und die ganze Nacht Musik hören!« Unwillkürlich schaute Luna über ihre Schulter. Die Mädchen schienen seine Bemerkung nicht gehört zu haben. Sie saßen voneinander abgewandt, jede das Gesicht an die Fensterscheibe auf ihrer Seite gepresst. Sie waren so verschieden, dachte Luna nicht zum ersten Mal. Wie war das möglich? Als sie klein war, hatte sie sich eine Schwester gewünscht. Sie hatte sich immer eine kleinere oder noch lieber eine größere Version ihrer selbst vorgestellt. Jonathon legte eine Kassette ein, ein Bass jaulte auf, eine sehr hohe Stimme zitterte. Viel zu laut.

»Papa!« schrie June und trat von hinten gegen Lunas Rücken. Sie hielt sich die Ohren zu und Jonathon drehte sofort leiser. June reagierte empfindlich auf Geräusche, Stimmen, Musik. Sie weinte oft, wenn es ihr zu laut wurde.

»Der Sound meiner Jugend. Yes.« Und als Luna nicht gleich reagierte, präzisierte er: »Die Band Yes.«

Luna nickte höflich. »War das der *Summer of Love?*«, fragte sie.

Jonathon schaute sie an. »Fragst du das im Ernst? Ich rede von den Siebzigerjahren! Der *Summer of Love* war 1967.« Er schüttelte den Kopf. »Ich bereue diesen Ausflug schon. In deiner Gesellschaft fühl ich mich so richtig uralt!«

»Sorry«, murmelte Luna.

Er knuffte sie in den Oberarm. Eine freundschaftliche Geste, mehr neckend als romantisch. Aber Luna spürte sie im ganzen Körper, der Abdruck seiner Fingerknöchel in ihrer Haut verewigt.

Die Auswahl überforderte sie. Das war auch im Supermarkt so: vierzig verschiedene Sorten Frühstücksflocken, endlose Reihen von Shampooflaschen, aber nur zwei Sorten Käse. Gelben und orangefarbenen, in rechteckige Blöcke geschnitten und in Plastik verschweißt.

Und jetzt: Regale bis unter die Decke, voller sorgfältig gefalteter und gestapelter Jeans. Hellblaue, dunkelblaue, schwarze, weiße. Sie waren so billig, dachte Luna, kosteten kaum die Hälfte von dem, was sie in den wenigen Läden in Zürich, die amerikanische Marken führten bezahlen würde. Sie wollte Iris die Jeans in die Schweiz schicken, auch wenn das vermutlich mehr kostete als die Hose selbst. Iris hatte sich immer eine echte 501 gewünscht, solche Dinge waren ihr wichtig, die richtigen Jeans, die richtigen Schuhe, die Art, wie sie die Haare kämmte oder nicht kämmte. In der Schule herrschten andere Regeln als in den besetzten Häusern und illegalen Bars, aber Regeln gab es überall. Oder eher einen Code, was man trug und wie man es trug, hatte eine Bedeutung. Luna hatte lange gebraucht, um das überhaupt zu merken, und verstanden hatte sie es nie. Dass sie die falschen Kleider trug, hatte auf der Liste ihrer Probleme immer ziemlich weit unten gestanden. Aber Iris ging es anders, und so streunten sie gemeinsam durch die Stadt, probierten in immer denselben Boutiquen immer neue Modelle an, von den Verkäuferinnen teils nachsichtig, teils misstrauisch beobachtet. Iris konnte stundenlang über ein Kleidungsstück reden, das sie irgendwo gesehen oder das jemand getragen hatte.

In der Zürcher Altstadt gab es einen Secondhand-Laden, der auf echte amerikanische Jeans spezialisiert war. Es gab immer nur wenige Stücke, man wusste nie, wann die nächste Lieferung eintreffen würde, und in welchen Größen. Das führte dazu, dass Jugendliche das Kellerlokal belagerten, ganze Nachmittage in dem stickigen Gewölbe verbrachten, rauchten, Musik hörten und mit der Verkäuferin flirteten, die aussah wie Debbie Harry, nur älter.

Iris hatte einen Plan: Sie würde ihre Warenhaushosen gegen die echten amerikanischen Jeans tauschen, ganz einfach ihre alten Jeans ins Regal zurücklegen und die neue anbehalten. Sie würde den langen Vintage-Mantel tragen, so dass man nur den Hosensaum über ihren Schuhen sehen konnte. »Hat leider nicht gepasst«, würde sie sagen und mit den Schultern zucken. Die Verkäuferin kannte sie schließlich, sie wusste, dass sie nie etwas kaufte. Es war ein so einfacher Plan, dass sie nicht die erste sein konnte, die versuchte, ihn durchzuziehen. Die Verkäuferin hätte sie vielleicht gehen lassen, aber an diesem Nachmittag war der Besitzer im Laden gewesen. Er hatte sein halblanges graues Haar mit Gel aus der Stirn gekämmt und trug auch im Winter Hemden, die bis zur Brust offen standen. Von Weitem sah er ganz gut aus, ein wenig heruntergekommen vielleicht, wie ein alternder Rockstar.

Er hatte gewartet, bis Iris ihre alten No-name-Jeans ins Regal zurücklegte und sie dann angesprochen. Iris hatte es mit Lächeln versucht, mit Blinzeln, doch Luna hatte sofort gewusst, dass es sinnlos war. Auch, dass er nicht die Polizei rufen würde, wie es in den Warenhäusern üblich war. Stattdessen hatte er Iris in sein Büro gezerrt. Es dauerte lange, bis sie wieder herauskam.

Erst in der Straßenbahn, als sie sich hinsetzten, sah Luna, dass Iris' Beine unter dem Mantel nackt waren. Der Besitzer hatte ihr ihre alten Jeans nicht zurückgegeben. Sie hatten nie darüber gesprochen, und jetzt war Luna weit weg.

Eine Verkäuferin mit wilden dunklen Locken sprach Luna an. Sie trug enge, schwarze Jeans, ein weißes T-Shirt mit aufgerollten Ärmeln und einen Gürtel mit einer Totenkopfschnalle.

»28, schätze ich mal, hab ich Recht?«

»Keine Ahnung.«

Auch um ihr Gewicht hatte sie sich nie gekümmert. Plötzlich musste sie lachen. Ihre hochnäsige Französischlehrerin Mademoiselle Picard hatte sie mal als *fausse maigre* bezeichnet. Luna war schwerer als sie aussah, und kleiner als sie wirkte. Sie versuchte, sich an Iris' Körper zu erinnern, ihre schmale Taille, die runden Hüften. Sie war zierlicher als Luna, feingliedriger, aber sie fand sich zu dick. Dauernd machte sie irgendwelche Diäten, Hüttenkäse,

Grapefruit, hartgekochte Eier. Und wenn ihre Mutter schimpfte, aß sie einfach gar nichts mehr. Iris hatte sogar aufgehört zu kiffen, weil es sie zu hungrig machte.

»Die schwarzen sind ganz neu, die kommen bei Touristen aus Europa besonders gut an«, sagte sie. »Die gibt es da noch nicht.«

»Sie ist keine Touristin«, sagte Jonathon und legte den Arm um sie. »Sie lebt hier.«

Luna lächelte. Sie sah sich im Spiegel neben Jonathon stehen, der nicht sehr viel größer war als sie. Sie sahen nicht aus wie Arbeitgeber und Au-pair. Sie sahen aus wie ein Paar. Er zog seinen Arm zurück und wandte sich ab. Er hatte es auch gesehen.

Die Verkäuferin schaute ihm einen Moment nach, dann hob sie fragend die Brauen. Luna sagte nichts, plötzlich fühlte sie sich müde. Sie probierte die Jeans in ihrer Größe und nahm sie dann eine kleiner, für Iris. Das Portemonnaie, das ihre Mutter ihr mitgegeben hatte, war immer noch voll mit Dollarscheinen. Sie hatte hier ja keine Ausgaben.

Doch als sie an die Kasse kam, stand Jonathon schon mit seiner Kreditkarte bereit. »Du kaufst auch ein Paar für dich«, bestimmte er. »Und wir bezahlen es. Ich hab eh schon ein schlechtes Gewissen. Du hattest in den letzten Wochen kaum Zeit für dich.«

»Ich brauche keine Zeit für mich«, sagte Luna. Es berührte sie peinlich, wie sehr sie das Haushalten liebte, vor allem das Putzen. Sie erinnerte sich, dass ihre Mutter früher oft betont hatte, dass sie nichts lieber tue, als sich um ihre Familie, um Haus und Garten zu kümmern. Luna hatte sie nie ganz ernst genommen.

Luna gehörte zur ersten Generation von Frauen, die alles haben konnten. Die die Früchte ernteten, die so viele vor ihnen so mühsam angepflanzt hatten. Sie war befreit und bewegt, sie konnte machen, was sie wollte. Aber es stellte sich heraus, dass sie eine seltsame, aber tiefe Befriedigung empfand, wenn die graubraunen Bodenfliesen in der Küche ihre ursprüngliche gelbe Farbe wieder zeigten, wenn sie einen Sandwichbelag gefunden hatte, der auch der wählerischen June schmeckte, wenn sie die Wäsche zusammenlegte und der Grasfleck auf Mias T-Shirt nicht mehr zu sehen war. Das ständige Kribbeln in ihrem Inneren verebbte, sie war glücklich. Und im nächsten Moment schämte sie sich. Es war 1986, verdammt noch mal, eine junge Frau wie sie sollte doch größere Träume haben!

Als sie die Fisherman's Wharf erreichten, waren die Mädchen müde und quengelig. Luna hätte gern die Seelöwen gesehen, aber Jonathon sagte, der einzige Grund, um sich überhaupt in diesen »touristischen Albtraum« zu begeben, sei die Eistheke von Ghirardelli's. »Das ist der einzige Ort hier, den auch Einheimische aufsuchen.«

Ein Einheimischer zu sein, war eine Art Ehrensache, aber Luna verstand noch nicht ganz, ab wann man sich zu ihnen zählen konnte. Jonathon zum Beispiel war in Texas aufgewachsen und hatte in Boston studiert. Seit elf Jahren lebte er in San Francisco. Das war, so schätzte Luna, ein Drittel seines Lebens. Trotzdem bezeichnete er sich als Einheimischer und schaute auf die Neuzugezogenen herab. Sie fühlte wieder seinen Arm auf ihrer Schulter, als er gesagt hatte, sie sei keine Touristin. Wie schnell er ihn wieder weggezogen hatte.

Luna bestellte einen Emperor Norton, der nach dem selbsternannten »Kaiser der Vereinigten Staaten und Befreier von Mexiko« benannt war.

»Zu seinem Begräbnis kamen zehntausende Menschen«, sagte Jonathon wehmütig. »Solche Typen lieben wir hier!«

Der kaiserliche Eisbecher bestand aus Vanilleeis mit heißer Schokoladensauce und Schlagsahne. »Bei uns in der Schweiz heißt der Coupe Danemark«, sagte Luna, wohl wissend, dass das wieder mal niemanden interessieren würde. Niemals hätte sie sich in Zürich so aufgespielt. Sie kannte dort auch niemanden, der so stolz auf seine Stadt war, wie die Menschen in San Francisco. Aus Zürich wollten alle immer nur weg. An den Küchentischen in den WGs und den besetzten Häusern, in denen sie mit Iris herumgehangen hatte, redeten alle von Indien und Thailand, von Mexiko und Brasilien, notfalls auch einfach von Griechenland oder Südfrankreich. Einem Ort, an dem man man selbst sein konnte.

San Francisco hatte niemand erwähnt.

Die Mädchen teilten sich einen Golden Gate Banana Split, den Luna exakt halbieren und auf zwei Teller verteilen musste. Sie verglichen die beiden Portionen sehr genau, zählten die roten Kirschen und die kandierten Walnüsse ab. Unwillkürlich dachte Luna an die unzähligen Coupes Tête à tête, die sie mit ihrem Vater und seinen wechselnden Freundinnen gegessen hatte. Jetzt war sie es, die den Mädchen Servietten reichte und ihnen die Haare zurückstrich. Aber das war etwas anderes.

Sie war nicht Jonathons Freundin. Auch wenn sie im Spiegel bei Macy's ausgesehen hatten wie ein Paar. Sie wirkte älter, als sie war, Jonathon jünger. Er lebte auch jünger, interessierte sich für Musik und Partys, während sie das Leben einer Hausfrau führte und das nicht einmal komisch fand. Sie könnten durchaus ein Paar sein, dachte Luna, sie teilten ja schon ein Leben. Einen Alltag. Zwei Kinder. Die gemeinsamen Morgenrituale, das Vorbereiten der Lunchpakete, das Zusammensuchen der Schulsachen der Mädchen erzeugte eine Intimität, die viel tiefer ging als Sex.

Dachte Luna jedenfalls. Aber was wusste sie von Sex.

Nichts wusste sie.

Als sie nach Hause fuhren, schliefen die Mädchen auf dem Rücksitz ein. Luna saß vorne neben Jonathon. Es war noch nicht spät, aber im Herbst wurde es hier schon früh dunkel. Die Lichter gingen an, die ganze Innenstadt funkelte und blinkte als wäre schon Weihnachten. Auf der Hyde Street fuhren sie hinter dem Cable Car her, endlose Hügel hinauf und hinunter, hinauf und hinunter. Jedes Mal, wenn der alte Volvo auf den Metallschienen schlitterte, hielt Jonathon schützend seinen Arm vor Luna. Er berührte sie nicht. Es war besser als eine Berührung.

Vielleicht war es das, dachte sie. Diese Familie, dieser Mann. Das Abenteuer ihres Lebens.

7.

Als Luna zum Frühstück kam, saß jemand am Tisch, den sie nicht kannte. Ein dünnes, affenartiges Wesen mit einer braunen Kraushaarwolke auf dem Kopf. Es kauerte auf dem Küchenhocker, ein Bein angezogen, das andere untergeschlagen, die dünnen Arme einmal um den Körper geschlungen und doch irgendwie eine Tasse haltend.

»Du musst wohl Luna sein.« Das Wesen hatte eine schöne Stimme. Samtig, dunkel, weich. Eine Stimme, die nicht zu seinem Aussehen passte. »Ich bin Shannon.«

»Shannon«, rief Luna. Sie konnte selbst hören, wie anschuldigend sie klang. Als ob Shannon ahnen konnte, was sie in den letzten Wochen gedacht hatte.

Dass Shannon keine richtige Mutter sei.

Dass Jonathon etwas Besseres verdient hatte.

Und die Mädchen erst recht.

Ahnte Shannon etwas von den flüchtigen Berührungen, die Luna nicht selten absichtlich herbeiführte? Hände, Schultern, Knie, die sich streiften, im Vorübergehen, an der geöffneten Kühlschranktür vorbei, beim Einsteigen in den klapprigen Volvo?

»Ich bin Luna«, sagte Luna. Und ärgerte sich gleich noch mehr. Das hatte Shannon ja schon erraten. »Das Au-pair«, fügte sie noch hinzu. Auch das verstand sich eigentlich von selbst.

Shannon grinste. Aus der Nähe sah sie eher lustig aus, wie ein Kind mit Falten, ein Kind mit spöttischen Augen. Luna konnte June in ihr sehen. In der durchsichtigen Haut, den zarten Händen.

»Du musst es mir nicht unter die Nase reiben«, sagte Shannon. »Ich weiß, dass ich lausig bin. Wie lange bist du schon hier? Sechs Wochen, acht? Und wir haben uns nicht einmal gesehen. Eine Schande.«

Sie überlegte kurz.

»Hattest du in dieser ganzen Zeit auch mal frei?«

»Oh ja, danke.« Luna nickte. »Heute zum Beispiel«,

sagte sie dann. Es war Samstag. Shannons Eltern würden die Mädchen nach dem Frühstück abholen. Sie lebten in einer zenbuddhistischen Gemeinschaft nördlich von San Francisco. Das schien Luna nicht besonders kinderfreundlich, doch ganz in der Nähe befand sich auch ein Streichelzoo, und deshalb konnten die Mädchen es kaum erwarten, das Wochenende mit ihren Großeltern zu verbringen. Shannon wäre bestimmt wie immer bei der Arbeit und sie und Jonathon hätten das ganze Wochenende für sich allein.

Sie würden über die rote Brücke fahren, wie er es immer versprochen hatte. Oder zum Strand. Heute würde er sie küssen, dachte sie, heute würde es passieren. Etwas. Irgendetwas.

»Okay.« Shannon stellte ihre Tasse ab. »Dann kommst du heute mit mir mit.« Bevor Luna etwas sagen konnte, winkte sie ab. »Dein freier Tag wird natürlich kompensiert. Aber ich möchte dir zeigen, was ich mache. Ich möchte, dass du verstehst, warum ich nie zu Hause bin.«

Luna nickte. Sie öffnete den Kühlschrank, nahm die Milch heraus. Shannon rutschte von ihrem Hocker. »Lass nur, heute mache ich das Frühstück.« Sie schlug Milch und Eier in eine Schüssel, rührte eine Backmischung aus einer Schachtel dazu. Dann nahm sie eine riesige Packung Speck aus dem Kühlschrank und schälte die einzelnen Streifen von dem kompakten Block.

»Mama, Mama, Mama ist da!« Die Mädchen kamen im Pyjama aus ihrem Zimmer gerannt, vom Essensduft angelockt. Sie warfen sich gegen die zierliche Frau, umklammerten ihren Bauch und ihre Beine. Shannon fiel beinahe um. Ihre langen Arme schlangen sich um die beiden Mädchen, sie wiegte sie hin und her, trat von einem Fuß auf den anderen in einem seltsamen klobigen Tanz.

Luna schaute weg.

Wo war Jonathon?

Shannon machte Pfannkuchen mit Mickymaus-Ohren. In einer zweiten Pfanne briet sie die Speckstreifen an, der Geruch war unwiderstehlich. Luna hatte früher nie Bacon gegessen, geschweige denn überhaupt gefrühstückt. Jetzt war es ihre Lieblingsmahlzeit. Und nachdem die Mädchen ihr das Konzept »Frühstück zum Abendessen« erklärt hatten, aßen sie manchmal zweimal am Tag Eier, Waffeln, Würstchen oder French Toast.

»Mach einen Dinosaurier!«, rief Mia.

»Mach einen Engel!«, June.

Luna wunderte sich über die Vertrautheit, die zwischen ihnen herrschte. Die Selbstverständlichkeit, mit der sie ständig in Berührung blieben, Junes Arm um Shannons Bein, Shannons Hand in Mias Haar. Wie sie alle durcheinanderredeten und sich trotzdem verstanden. Zum ersten Mal seit langer Zeit sah sie sich wieder auf dem Küchenhocker stehen und versuchen, die Milch aus dem Kühlschrank zu nehmen, ohne sie zu verschütten. Etwas zu finden, dass sie in ihre Kindergartentasche stecken konnte.

Sie hatte Shannon automatisch mit der Vera vor der Intervention gleichgesetzt, mit einer Mutter, die nicht da war, einer Mutter, die sich nicht kümmerte. Aber da war etwas, das sie nicht kannte. Eine innige Verbundenheit. Wo kam sie her? Wann verbrachte Shannon denn schon mal Zeit mit ihren Mädchen?

»Und du, Luna, was willst du?« Fragend schaute Shannon über ihre Schulter. Luna zuckte mit den Achseln. »Mir egal.«

»Okay, ein Mir-egal-Pfannkuchen, kommt sofort!« Die Mädchen lachten, sie hörten das wohl nicht zum ersten Mal. Sofort machten sie Vorschläge, wie ein solcher Mir-Egal aussehen könnte: »Mach die Ohren größer! Er braucht ein Gesicht! Einen Ringelschwanz!«

Luna nahm fünf Teller aus dem Küchenschrank und reihte sie auf der Theke auf. Dort standen allerdings nur vier Hocker. Jemand war zu viel. Sie oder Shannon.

»Jon ist nicht hier«, sagte Shannon und nahm Luna den letzten Teller aus der Hand. Sie musste ihre Gedanken lesen können. Luna wandte sich ab, suchte umständlich nach Besteck, fand es in der Abwaschmaschine.

»Papa ist heute bei seiner Freundin«, sagte June beiläufig.

Luna ließ das Besteck fallen. Eine Gabel landete mit den Spitzen voran auf ihrem nackten Fuß. »Autsch!« rief sie. Seiner Freundin? Hatte sie richtig verstanden?

»Schau nicht so entsetzt«, sagte Shannon mit ihrer Samtstimme. »Es sind schließlich die Achtziger.«

Luna schaute auf das Besteck, das auf dem Küchenboden verstreut lag, auf ihren weißen Fußrücken, wo sich ein dicker roter Blutstropfen gebildet hatte. Sie wollte sich bücken, aber sie konnte nicht. Sie wollte aus der Küche gehen, durch den Garten, zurück in ihr Häuschen. Sie wollte sich aufs Bett werfen und weinen. Sie wollte ihre Mutter anrufen.

Jonathon hatte eine Freundin. Wie konnte das sein? Er war doch immer zu Hause. Und warum blieb Shannon so ruhig, liebte sie ihn denn gar nicht? Ihre Mutter war noch Jahre nach der Scheidung eifersüchtig gewesen. Nie hätte sie gewagt, so beiläufig wie June, eine andere Frau im Leben ihres Vaters zu erwähnen. Aber diese Mädchen wuchsen anders auf als sie, das hatte sie inzwischen begriffen. Shannon stieß Luna mit ihrem Fuß an, der in einem plüschigen Pantoffel mit Hasenohren steckte.

»Fünf-Sekunden-Regel«, sagte sie. »Nun komm schon.«

Die Fünf-Sekunden-Regel hatte Luna auf dem Spielplatz gelernt. Alles, was weniger als fünf Sekunden auf dem Fußboden gelegen hatte, konnte man ungeniert wieder in den Mund stecken. Schnuller, angebissene Brötchen, Früchte, Gabeln. Luna hob das Besteck auf und legte es sorgfältig neben die Teller. Vier Teller. Shannon schaltete den kleinen Fernseher ein, der am Ende der Küchentheke stand. Der Bildschirm flimmerte und wackelte, doch dann wurde das Bild deutlicher, und die Kinder verfolgten gebannt den schusseligen Detektivhund und seine Freunde, die in einem geheimen Tunnel einen Verbrecher aufspürten.

Luna beobachtete die Mädchen, die gedankenverloren die Titelmelodie mitsangen. »*Scooby-Dooby-Doo, where are you*?« Mit vollen Mündern, kauend, falsch und tonlos. Und sie dachte, dass sie sich das nie getraut hätte. Nicht mit vier, nicht mit sieben, nicht mit sechzehn.

Vorsichtig spießte sie ein Stück Speck auf die Gabel. Es glänzte vor Fett und Sirup. Mit den Schneidezähnen knabberte sie den kleinstmöglichen Bissen ab, doch es schmeckte so gut, dass sie gleich den Rest nachschob.

»Das schmeckt ja toll!«, rief sie, und die Mädchen lösten ihre Blicke vom Bildschirm und lachten und klatschten. Anfangs war es Luna sehr fremd gewesen, dass selbst die einfachsten alltäglichen Verrichtungen kommentiert und gelobt wurden. »*Good job*«, bestätigte man, wenn die Kinder sich die Zähne geputzt, die Hände gewaschen, den Teller leergegessen hatten. Es war Luna künstlich vorgekommen, übertrieben. Doch mit der Zeit hatte sie sich daran gewöhnt und ertappte sich inzwischen selbst dabei, gelobt werden zu wollen. Alles, was Luna täglich für diese Mädchen tat, hatte sie in ihrem Alter bereits allein geschafft. Sie hatte gekocht, geputzt, gewaschen, aufgeräumt. Ihre Schulsachen bereit gemacht, gewusst, an welchem Tag sie Turnunterricht hatte und wann Schwimmen. Sie hatte nicht nur den Haushalt geführt und für sich selbst gesorgt, sie hatte sich auch um ihre Mutter gekümmert. Sie beschützt, abgeschirmt, verteidigt. Und niemand hatte ihr applaudiert.

Dann hatte Vera sich gefangen. Mit zehn hatte Luna eine Mutter bekommen, die für sie da war. Doch Luna traute ihr nicht. Die Tatsache, dass ein kurzer Aufenthalt in der Entzugsklinik die jahrelange Alkoholsucht für immer beenden konnte, stellte die gesamte Zeit zuvor in Frage. Vera sagte, sie hätte es für Luna getan, weil sie sie nicht verlieren wollte. Ein Liebesbeweis. Aber ein fragwürdiger. Wenn es so einfach war, hätte sie es doch auch schon früher tun können?

Luna wusste nicht, wie oft sich Vera seither bei ihr entschuldigt hatte. Und wie oft sie ihr versichert hatte, es sei vollkommen okay, sie habe bestimmt keinen Schaden genommen, sie trage ihr auch nichts nach. Und so schützte sie ihre Mutter immer noch. Nicht mehr vor dem Jugendamt oder vor Luc, nicht vor der Außenwelt, sondern vor ihren eigenen Tränen, ihrer Verzweiflung, ihrer Wut.

Wut schmeckt wie angebrannter Ahornsirup.

Luna hatte nicht mal gewusst, dass sie wütend war. Erst das Zusammenleben mit diesen kleinen Mädchen, die so anders aufwuchsen als sie, hatte die Erinnerungen wieder wachgerührt. Und sie jetzt so mit ihrer Mutter zu sehen, ließ einen Groll in ihr aufsteigen, von dem sie nichts geahnt hatte. Er rappelte sich auf wie ein Bär, der aus dem Winterschlaf erwachte, richtete sich auf, wurde größer und größer und füllte sie bald ganz aus.

Sie wollte nicht schon wieder die Mutterrolle einnehmen. Sie wollte wie Mia sein, die ihre Kindergartentasche nie selbst packen musste. Die nie mit einer Zwiebel erwischt, nie bloßgestellt werden würde.

Sie wollte sich nicht um fremde Kinder kümmern. Sie wollte selbst ein Kind sein.

Sie wollte nicht Jonathons Freundin sein.

Sie wollte seine Tochter sein.

Luna sprang auf und rannte zur Tür, aber sie schaffte es nur bis zum Spülbecken. Die Mädchen jaulten auf.

»Mooooooooom! Luna kotzt!«

»Widerlich! Mom! Mir wird schlecht!«

Luna wollte sterben.

Sie wollte sich in Luft auflösen.

Verschwommen nahm sie wahr, dass der Ton des Fernsehers lauter gedreht wurde. Dass aufgeregte Kinderstimmen von beruhigenden Lauten zum Schweigen gebracht wurden. Dann eine kühle Hand auf ihrer Schulter, auf ihrer Stirn. Zu ihrem eigenen Schrecken begann sie zu weinen. Blind drehte sie den Kaltwasserhahn auf. Als könnte sie ihre Schande wegspülen.

Jemand drehte das Wasser wieder ab. Jemand nahm sie an der Hand. Jemand führte sie aus der Küche. Dann lag sie auf dem Wohnzimmersofa, das mit grünem Samt bezogen und mit Krümeln bedeckt war.

Shannons kleines Affengesicht schwebte über ihr. Ihre knochige Hand strich ihr die Haare aus der Stirn. Und die samtige, weiche Stimme fragte: »Du bist doch nicht etwa schwanger, Mädchen?«

Mit einem Ruck setzte Luna sich auf. Der Bär war wieder wach. Hellwach.

»Schwanger? Soll das ein Witz sein? Ich hatte noch nicht mal Sex! Nicht ein einziges Mal! Mit niemanden! Ich war die letzte Jungfrau in meiner Klasse!« Oder wenigstens in der Gruppe von Mädchen, mit denen sie manchmal zu Mittag aß. Diese redeten über Sex wie über eine Liebespflicht, etwas das man einem Jungen zuliebe erdulden musste, wenn man ihn nicht verlieren wollte. Sie erzählten, dass es weh tat und dass es blutete. »Unbedingt ein Handtuch auf die Matratze legen.« Von Lust war nie die Rede. Luna schämte sich für ihr Begehren, es war ihr peinlich, wie sehr sie es wollte. Noch peinlicher, dass Frank es war, der sich zierte. Das konnte sie niemandem erzählen: Wie er sie lachend, manchmal ächzend von sich schob und Dinge sagte, die sonst die Mädchen sagten: »Ich will, dass alles stimmt. Ich will, dass du dir sicher bist.« Wie sicher konnte sie sich denn noch sein?

»Ich werde überhaupt nie Sex haben«, schrie sie jetzt und warf ein Kissen gegen die Wand, was enttäuschend wenig Wirkung erzielte. »In meinem ganzen Leben nicht!«

»Okay, okay, ist ja gut.« Shannon lachte, was Luna noch wütender machte.

»Ich will nicht mehr …« Ihr Englisch war nicht gut genug, um auszudrücken, was sie meinte: »Ich will Eltern haben, keine Kinder. Ich bin schließlich selbst noch ein Kind.«

Shannons Augenbrauen rutschten nach oben unter ihre Haarkrause. Mit den tiefen Linien in ihrem Gesicht, die wie eingeschnitzt wirkten, sah sie aus wie eine Bauchrednerpuppe.

»Luna, du bist reifer als die meisten Erwachsenen, die ich kenne.«

Das hatte ihre eigene Mutter auch gesagt. Aber woher wollte Shannon das wissen? Sie hatten sich ja gerade erst kennengelernt. Luna sprang vom Sofa. Die Übelkeit war verschwunden, die Verzweiflung, die Scham.

»Das ist es ja eben«, rief sie. Viel zu laut, das merkte sie, aber sie konnte sich nicht mehr bremsen. »Ich bin schon erwachsen zur Welt gekommen!«

Die Geräusche aus der Küche verstummten, und Shannon schaute auf. Sie wusste, dass die Kinder im Zimmer waren, bevor sie sich bemerkbar machten.

»Mama, Mama! Scooby Doo hat einen Geist gebissen und dann war es gar kein Geist, weil einen Geist kann man ja nicht beißen!«

»Mama, die ganze Küche riecht so eklig!«

Der Moment war vorüber. Luna stand auf und räumte die Küche auf. Reinigte das Spülbecken mit Chlorbleiche. Und dann klingelte es an der Tür und Shannons Eltern kamen herein, ein freundliches, unscheinbares älteres Paar in vernünftiger Kleidung. Was hatte Luna sich denn vorgestellt? Orangefarbene Roben, rasierte Köpfe, Holzperlenketten? Sie dachte an die Hare-Krishna-Jünger, die sie in Zürich oft im Park gesehen hatte. Sie sangen und tanzten selbstvergessen, verteilten Broschüren und süße Teigbällchen mit Sesam, die so nahrhaft waren, dass sie ein ganzes Mittagessen ersetzten. Viele Schüler sparten so ihr Essensgeld. Es kursierten Gerüchte, dass sich ein Mädchen aus dem zweiten Jahrgang der Hare-Krishna-Gemeinschaft angeschlossen hatte und von der Polizei nach Hause zurückgebracht worden war.

Shannons Eltern wirkten ganz normal und unauffällig. Das einzig Außergewöhnliche an ihnen war, dass Luna sie nicht gleich auseinanderhalten konnte. Sie hatten beide etwas Geschlechtsloses an sich, mit den kurzgeschnittenen grauen Haaren und der weiten Kleidung, den Stoffhosen und ausgeleierten T-Shirts in gedeckten Farben, Wandersandalen mit Socken. Selbst ihre Stimmen klangen ähnlich.

»Ich bin David oder Mukan, wie du willst.«

»Ich bin Rose. Oder Eijo.«

Diese fremdartigen Zweitnamen bestätigten Luna irgendwie. Sie gaben dem unscheinbaren Paar etwas Geheimnisvolles, wie es sich für Mitglieder einer religiösen Gemeinschaft ihrer Meinung nach gehörte. Die Mädchen rannten herbei und umarmten sie.

»Oma, Oma! Luna hat gekotzt!«

»Mama hat Pfannkuchen gemacht, ich hatte einen Dinosaurier und Mia einen Engel.«

»Sind die kleinen Schweinchen schon da? Ich will die Schweinchen sehen!«

»Fahren wir los, fahren wir endlich?«

Aufgeregt riefen sie durcheinander, Mia hüpfte auf und ab, um die Aufmerksamkeit ihrer Großeltern auf sich zu ziehen. Diese hörten sich das Geschrei geduldig lächelnd an, und bald verebbte es auch wieder. Zwei alte Bäume, dachte Luna. Zwei alte Bäume im Park, an denen die jungen Hunde aufgeregt kläffend heraufsprangen. Doch das machte den Bäumen nichts aus. Die standen einfach da. Im Schatten dieser Bäume war man sicher, dachte Luna. Fast wollte sie fragen, ob sie nicht auch mitkommen durfte.

8.

Kaum waren alle gegangen, stand Shannon schon in der Tür und klimperte ungeduldig mit ihren Schlüsseln. »Jeden Tag nehme ich mir vor, zu Fuß zum Dienst zu gehen und dann bin ich doch immer zu spät dran.«

Sie fuhren durch die Projects, die Sozialsiedlungen auf der Südseite des Hügels. »Das sind die ältesten Sozialwohnungen in der Stadt«, erklärte Shannon. »O. J. Simpson ist hier aufgewachsen.«

Luna wusste nicht, wer das war.

»Der berühmte Football-Spieler? Nein?«

Dass Football nicht Fußball war, hatte Luna bereits gelernt. Was sie als Fußball kannte, hieß hier Soccer und war ein Frauensport. Aber O. J. Simpson kannte sie trotzdem nicht. Die Sozialsiedlung wirkte beinahe idyllisch, flache, pastellfarben gestrichene Reihenhäuser hoch über der Stadt, mit Blick auf die Bay.

»Er hat auch in Filmen mitgespielt. *The Towering Inferno*?«

Luna fühlte sich wie in einer Prüfung. Doch das immerhin erkannte sie, wenn auch nur aus zweiter Hand.

»Ja, das kam doch in *Fame* vor!«, rief sie stolz. »*Waiting for the elevator … still waiting for the elevator.*« Zusammen mit Iris hatte sie den Film in einer Nachmittagsvorstellung gesehen. Als er zu Ende war, waren sie in stillem Einvernehmen sitzen geblieben und hatten sich den ganzen Film gleich noch einmal angeschaut. Und später endlose Diskussionen darüber geführt, ob ihnen Raoul oder Leroy besser gefiel. Luna gab nicht zu, dass es vor allem Hilary war, die ihr gefiel, die Tänzerin mit ihren zarten Wangenknochen und den vollen Lippen, die Iris irgendwie ähnlich sah.

Shannon lachte. »Genau! Ich liebe diesen Film. *I'm going to live forever* …«, sang sie und brach dann sofort wieder ab. »Oh, schau, das ist die Nachbarschaftsklinik, da hab ich auch mal einen Freiwilligendienst geleistet.« Shannon zeigte auf eine Baracke und seufzte. »Ich sollte unbedingt wieder vorbeischauen. Aber was willst du machen, für alles ist einfach keine Zeit.« Dann fuhren sie die nächste steile Straße hinunter, und Luna dachte an Jonathon, der hier immer die Hände vom Steuerrad hob, und wie die Mädchen kreischten. Und wie sie gedacht hatte, sie seien eine Familie. Sie schämte sich. Für ihre irregeleiteten Gefühle, für ihr ungesteuertes Verlangen. Doch da waren sie schon vor dem Parkhaus des Städtischen Krankenhauses angelangt. Shannon lenkte den Volvo auf einen der ersten freien Plätze, die für Ärzte reserviert waren.

»Bereit?«

Luna zuckte mit den Schultern. Bereit wofür? Doch Shannon war schon ausgestiegen. Sie lief so schnell, dass Luna ihr kaum folgen konnte. Aus dem Parkhaus, über die Straße und einen großen Vorplatz, ins Krankenhaus hinein, an der Notaufnahme vorbei. Sie rannte, um Shannon einzuholen, die nun vor einer verschlossenen Doppeltür stehen geblieben war und den Knopf der Gegensprechanlage drückte. »Ich bins, Doc Shannon«, sagte sie in das knisternde, rauschende Mikrofon hinein. Und die Tür ging auf. Shannon ließ Luna den Vortritt.

»Willkommen auf unserer Abteilung«, sagte sie.

Das erste, was Luna sah, war ein Skelett. Ein Skelett in einem blassgrünen Kittel, das sich an einer Stange auf Rollen festklammerte und sich schwankend auf sie zubewegte. Das Skelett trug außerdem eine Papierkrone auf dem Schädel. Der Flur war mit Luftschlangen dekoriert, und aus einem Lautsprecher plärrte Discomusik.

As long as I know how to love, I know I will survive …

Das Skelett sang mit dünner Stimme ein paar Takte mit. Luna duckte sich hinter Shannon, die doch viel kleiner war als sie. Und außerdem sprang sie gleich auf das Skelett zu, packte es an seinem freien Arm und zog es an sich.

»*I got all my love to give*«, fiel sie in den Song ein. Wieder dachte Luna, was für eine schöne Stimme sie doch hatte. Das Skelett bleckte die Zähne. Es hatte Luna entdeckt.

»Wen haben wir denn da? Eine neue Freiwillige?«

Riesige dunkle Augen musterten Luna prüfend.

»Lass mich raten, gemeinnützige Arbeit für die College-Bewerbung? Oder nein, warte: Bewährungsauflage einer Jugendstrafe? Beim Lippenstiftklauen erwischt worden, was?«

»Das ist Luna, mein neues Au-pair. Sie kümmert sich um meine Mädchen, während ich hier bei euch die besten Jahre meines Lebens verschwende!«

»Haha, *touché*!«, krähte das Skelett und verbeugte sich vor Luna. »Ich nehme alles zurück. Ich hoffe, du hältst es ein wenig länger in dem Irrenhaus aus, das Shannon ihr Zuhause nennt, als deine Vorgängerinnen. Wie viele waren es dieses Jahr schon, Doc Shan?«

»Ruby!« Shannon versetzte dem Mann einen Klaps. Denn natürlich war es kein Skelett, das vor ihnen stand, sondern der magerste Mann, den Luna je gesehen hatte. Die Arme, die aus dem Krankenhauskittel herausragten, waren mit dunklen Flecken übersät. Er sah aus wie ein halb verhungerter Leopard.

»Ja, Liebes«, sagte Shannon nachsichtig. »Das ist die Aidsabteilung. Ich nehme an, das kennt ihr in Europa auch?«

Wie betäubt nickte Luna. Ihre Mutter hatte sie auf eine Demonstration mitgenommen, nachdem einem aidskranken Kind der Eintritt in den öffentlichen Kindergarten verwehrt worden war. Sie wusste, was Aids war und wie man sich mit HIV ansteckte – und wie nicht. Aber sie hatte noch nie einen Aidspatienten gesehen, geschweige denn seine Hand gehalten.

»Luna, das ist Ruby, Ruby, Luna«, stellte Shannon sie vor. Luna gab sich einen Ruck und schüttelte die fleckige Hand. Sie war kühl und trocken, die Haut spröde wie Seidenpapier.

»Herzlichen Glückwunsch zum Geburtstag«, sagte sie auf gut Glück und deutete auf die Papierkrone und die Girlanden.

»Oh, Honey! Du bist ja reizend. Es ist nicht mein Geburtstag, es ist unsere wöchentliche Karaoke-Party.«

»Karaoke?« Sie hatte noch nie von einem Krankenhaus gehört, in dem Partys gefeiert wurden.

»Doktor Shannon hier ist unser Star. Was ist mit dir, kannst du singen?«

»Ich?« Luna überlegte. Sie wollte schon bescheiden abwinken. Doch dann dachte sie an die Mädchen, die die Titelmelodie aus dem Fernsehen mitsangen und dachte »*Good job!*«

»Ja«, sagte sie. »Ja, ich singe ganz gut.«

Ruby drehte sich erstaunlich graziös um und schlurfte dann vor ihnen her den Flur entlang. Die Zimmertüren standen offen, manche Räume waren aufwändig dekoriert, andere kahl und unpersönlich. Mehr und mehr Männer schlossen sich ihnen an, manche saßen in Rollstühlen und wurden von Freunden oder Pflegern geschoben. Der Flur öffnete sich in eine Art Lobby, wo ein Buffet aufgebaut war, das einem Kindergeburtstag gut angestanden hätte: bunt glasierte Kekse, mit Buttercreme verzierte, viereckige Schichtkuchen, Limonade und Cola in Eineinhalb-Liter-Flaschen, Plastiktüten mit Chips, Zweiliterkübel mit Eis. Pappteller, Plastikbecher, Papierservietten. Luna kannte diese improvisierten Auslagen schon von Schulveranstaltungen. Anfangs hatte sie sich darüber gewundert: Früher in der Siedlung hatten sich die Mütter gegenseitig mit selbst zubereiteten Leckereien übertroffen. Als Vera einmal einen Kuchen beim Bäcker gekauft hatte, war das mehr aufgefallen, als wenn sie gar nichts beigetragen hätte. In Amerika machten sich die Mütter das Leben nicht so schwer. Und automatisch stellte Luna sich vor, wie es gewesen wäre, hier aufzuwachsen.

Immer mehr Patienten und Pfleger kamen in die Lobby, setzten sich auf die Stühle, die im Halbkreis vor dem Buffet aufgestellt waren. Manche bedienten sich selbst, andere ließen sich von den Pflegern einen Teller füllen. Neben dem Klapptisch stand eine einfache Anlage, nicht mehr als ein Verstärker und zwei Mikrofone. Ein dünner Ordner enthielt die Titel der gespeicherten Songs.

Wer wollte, suchte sich einen Titel aus, Micky, ein langhaariger Pfleger mit tätowierten Unterarmen, drückte die entsprechenden Tasten und dann wurde gesungen. Es gab keine Moderation und scheinbar auch keine Regeln. Manche Patienten hörten andächtig zu und applaudierten nach jedem einzelnen Song, andere redeten ungeniert weiter. Manche Darbietungen provozierten Zwischenrufe, einmal flog ein leerer Becher in Richtung des Sängers. Dieser lachte nur. Fasziniert hörte Luna zu. Manche sangen mit professioneller Hingabe. In Rubys hagerem Körper wohnte immer noch eine Stimme, die den ganzen Flur füllte.

Aber das traf längst nicht auf alle zu. Manche hauchten mehr, als dass sie sangen. Andere trafen keinen richtigen Ton mehr, doch das schien sie nicht zu kümmern. Vielleicht verlor man die Angst davor, sich lächerlich zu machen, wenn man so krank war. Vielleicht war es nicht mehr so wichtig, was andere über einen dachten oder sagten, wenn man ohnehin bald sterben würde.

»Shan-non, Shan-non!«

»Nun komm schon, kleine *Swiss Miss*«, scherzte Shannon. »Zeig uns, was du kannst!« Sie zog Luna zur Anlage, drückte ihr ein Mikrofon in die Hand und schlug den Ordner auf. »Komm, wir machen ein Duett«, sagte sie. »*Something classic.*«

»Etwas Klassisches? Du meinst eine Oper?« Hätte sie bloß nicht gesagt, sie könne singen. Wäre sie doch schweizerisch bescheiden geblieben.

»Nein, Dummerchen, aus dem *Great American Songbook*! Das kennst du doch auch – das musst du kennen! *Over the Rainbow*? Nein? *The Way You Look Tonight*?

Auch nicht? Hört ihr denn gar keine Musicals in der Schweiz?«

Hilflos zuckte Luna mit den Schultern. Sie hatte diese Lieder nie gehört. Dass Musicals in der Schweiz als seichte Unterhaltung galten, würde sie Shannon besser auch nicht unter die Nase reiben.

»Doc Shan-non, Doc Shan-non!« Die Patienten klatschten in die Hände und schlugen mit Plastiklöffeln an die Infusionsstangen. Shannon drückte ihren Arm. »Ist schon gut, du musst ja nicht.« Aber Luna blätterte hektisch weiter. Sie hatte sich in den Kopf gesetzt, mit Shannon zu singen. Sie wusste, dass dieser Besuch auf der Abteilung mehr war als nur ein Kennenlernen. Es war ein Test. Und sie wollte ihn unbedingt bestehen. Plötzlich sah sie einen Titel, den sie kannte. Nachmittage lang hatte sie sich diese Platte angehört. Und ja, auch mitgesungen. Nur leise, und ganz für sich allein. Doch dieses Lied hatte etwas mit ihr zu tun. Es drückte aus, wie sie sich fühlte. Gerade jetzt.

Sie zeigte mit dem Finger auf die Zeile. »Das hier, das kann ich!«

»Das?« Erstaunt schaute Shannon sie an. Erstaunt und auch beeindruckt, dachte Luna. Doch das bildete sie sich vielleicht nur ein.

»Okay, wenn du meinst …« Sie gab Micky ein Zeichen, der die entsprechende Nummer eintippte. Scheppernd setzte die Musik ein. Luna und Shannon schauten sich an, dann mussten sie beide lachen. Als hätten sie es stundenlang geübt, wandten sie beide den Kopf im selben Moment wieder dem Publikum zu.

»*Mmm num ba de, Dum bum ba be …*«, begann Shannon.

Dann setzte Luna ein. »*Pressure!*«, rief sie aus voller Kehle. »*Pushing down on me, pressing down on you …*« Ein paar Patienten johlten begeistert auf, sobald sie den Song erkannten und bald schrien alle jedes Mal das Wort *pressure* mit. Sie wussten genau, was damit gemeint war. Auch Luna schrie mehr, als sie sang, während Shannon mit ihrer vollen Stimme die Melodie hielt. Doch Luna »sang sich die Seele aus dem Leib«, wie man ihr später von allen Seiten versicherte. Während der drei Minuten, die der Song dauerte, vergaß sie alles andere. Sie vergaß, wer sie war. Sie löste sich in der Gruppe auf, wurde eins mit diesen greisenhaften, todgeweihten Männern, die vermutlich gar nicht so viel älter waren als sie.

Luna wünschte, der Song würde nie enden. Und war enttäuscht, dass es bei diesem einen blieb. Nach einer knappen Stunde war die Party auch schon wieder vorüber. Die Patienten gingen auf ihre Zimmer zurück, Shannon kratzte die geschmolzenen Eisreste aus einem Becher.

»Iss so viel du willst«, sagte sie. »Ich weiß gar nicht, wie es zu Hause in unserem Kühlschrank aussieht.«

Luna wusste es, sie hatte eingekauft. Sie hatte vorgehabt, für Jonathon zu kochen. Riz Casimir wollte sie machen, mit Ananas aus der Dose und Mandelsplittern. Es war das exotischste Gericht, das sie kannte. Sie hatte Jonathon beeindrucken wollen. Wie dumm ihr das jetzt vorkam, wie weit weg. Sie legte zwei glasierte Butterkekse auf eine Papierserviette.

Micky lud die Reste des Buffets auf einen Rollwagen.

»Ich schau immer noch mal bei den Patienten rein, die in ihren Zimmern geblieben sind«, erklärte er. »Manchmal haben sie dann doch plötzlich Lust auf einen Snack. Oder sie wollen den Klatsch hören. Doc Shannon im Duett mit der *Swiss Miss*!« Er lachte.

»*Swiss Miss*, ich fürchte, der Name wird bleiben«, sagte Shannon. Dann klatschte sie in die Hände. »So, ich muss wieder an die Arbeit. Lass dir am Empfang ein Taxi rufen, auf meinen Namen.«

»Wieso denn ein Taxi?« Luna verstand nicht. Wollte Shannon sie jetzt loswerden?

»Wieso? Heute ist doch dein freier Tag! Ich wollte nur, dass du siehst, wo ich arbeite. Du musst nicht länger hierbleiben.«

»Ich will aber«, sagte Luna. »Ich will hierbleiben.«

ELAINE

1.

Elaines Handy schaltete sich ein. Es piepste und klingelte mit der wütenden Beharrlichkeit eines hungrigen Säuglings. Frank ließ ihre Hand los, die sich sofort vereinsamt anfühlte und kalt. Mehr denn je wollte sie ihn an sich ziehen, auf seinen Schoß klettern, das Gesicht in seine Brust drücken. Ihr erstes Gefühl hatte sie nicht getäuscht: Frank war der Mann, den sie liebte. Frank war ihr Mann.

»Frank«, sagte sie. »Frank, ich weiß es wieder! Du hast mir deine Hausschuhe gegeben. Du hast mich vor der Ziege gerettet.«

Frank runzelte die Stirn und schüttelte den Kopf. Abfällig, als seien ihre Erinnerungen nichts wert. Was hatte er gestern gesagt? »Zu wenig, zu spät, El.« Nein: »*Wie immer:* zu wenig, zu spät.« Irgendwo in all diesen Jahren, all diesen Momenten, die ihr fehlten, hatte sie seine Liebe verloren. Oder, schlimmer noch, mutwillig zerstört. Das warme Gefühl, das sich in ihr breitgemacht hatte, wurde von aufsteigender Verzweiflung verdrängt.

»Ich erinnere mich wieder«, rief sie ein bisschen zu laut. Vor lauter Aufregung, und um das nervige Piepsen und Tüdeln zu übertönen. »Ich erinnere mich an alles. Fräulein Imbach, die Zwiebel – du! Du warst da, Frank. Du warst die ganze Zeit da!«

»Hm.« Frank blieb unbeeindruckt. Die milde Stimmung von vorhin schien verflogen. »Kannst du nicht …?« Ungeduldig wedelte er mit der Hand, als wolle er ein lästiges Insekt verscheuchen. Charlie nahm das Telefon und drückte einen Knopf an der Seite. Sofort war es still. »El«, seufzte er jetzt. »Das ist doch alles schon so lange her.« Er schien noch mehr sagen zu wollen, aber mit einem Blick auf Charlie unterließ er es. Elaine schaute ihre Tochter an.

»Charlie«, sagte sie bittend. »Sei doch so lieb und hol uns Kaffee, ja? Die Cafeteria ist offen, hol dir auch etwas, ein Stück Kuchen vielleicht?«

»Warum ich«, quengelte Charlie. »Ich hab keinen Hunger. Ich hab keine Lust.«

Sie benahm sich wie ein kleines Kind, dachte Elaine ungeduldig und schämte sich im selben Augenblick dafür. Sie wusste doch, was in Charlie vorging. Sie wagte nicht, ihre Eltern in diesem kritischen Moment aus den Augen zu lassen. Elaine wusste, wie sich das anfühlte.

»Bitte, mein Schatz«, sagte sie etwas sanfter. »Ich muss mit deinem Vater reden.«

Fragend schaute das Mädchen zu Frank hinüber. Er stand auf und fischte eine Zwanzigernote aus seiner Hemdtasche. »Ich hätte sehr gerne einen Cappuccino und irgendwas Süßes.«

Immer noch murrend stand Charlie auf. »Und du«, wandte sie sich widerwillig an ihre Mutter. »Was willst du?«

Elaine zögerte. »Keine Milch.« Das war das Einzige, was sie sicher wusste. Frank sprang für sie ein: »Einen doppelten Espresso für Mam«, sagte er. Niemand fragte, ob sie etwas essen wollte. »Und etwas mit Schokolade«, sagte sie. »Bring mir etwas mit Schokolade mit.«

»Schokolade, du?« Charlie zog eine Schnute, bevor sie sich endlich auf dem Weg machte. Elaine schaute ihr nach, dem knochigen Rücken unter dem dünnen T-Shirt, den Fohlenbeinen, den dunklen Locken. Plötzlich sah sie das Mädchen vor sich stehen, die Fäuste in die Seiten gestemmt, das Gesicht tränennass und vor Wut verzerrt: »Ich hasse dich!«, schrie es. »Du machst alles kaputt!« Sie war noch ganz klein, zwei oder drei Jahre alt. Und dann schob sich ein Bild vor das andere, immer schneller. Charlie mit fünf, mit sieben, mit zwölf, mit vierzehn. Sie wurde größer und dünner, ihre Haare länger und wieder kürzer. Immer zeigte ihr Gesicht denselben Ausdruck, dieselbe Mischung aus Empörung und Verzweiflung. »Ich hasse dich!« schrie sie. »Ich hasse Mam!« und manchmal auch: »Ich hasse Max! Er macht alles kaputt!«

Elaine hielt sich die Ohren zu.

Im nächsten Moment sah sie das Mädchen auf ihrem Schoß kauern, von Schluchzen geschüttelt, an sie geklammert, sie fühlte die knochigen Wirbel in ihrem Rücken, die zitternden Rippen. Größer und größer wurde das Kind auf ihrem Schoß, bis es die junge Frau war, die eben das Zimmer verlassen hatte. Es konnte nicht lange her sein, dass Charlie sie so angeschrien hatte. Dass sie so geweint hatte. Auf ihrem Schoß. Was hatte Elaine getan?

Was hatte Max getan?

Elaine streckte eine Hand nach Frank aus, doch er war schon zu weit von ihr weggerückt. Sie konnte ihn nicht erreichen, ihn nicht berühren. Sie war allein.

Als Kind hatte Elaine eine Kuscheldecke gehabt, ohne

die sie nicht einschlafen konnte. Sie war aus einem weichen, flauschigen, hellgelben Stoff, wie die Federn eines Osterkükens. Sie hatte nicht nur damit geschlafen, sondern die Decke den ganzen Tag hinter sich her geschleift. Wenn sie gewaschen wurde, hatte Elaine vor der Maschine gesessen und sie nicht aus den Augen gelassen. Doch eines Tages war sie verschwunden. Das musste nach der Trennung ihrer Eltern gewesen sein, als sie in der Siedlung lebten. Sie wusste nicht mehr, ob die Decke beim Umzug verloren gegangen oder in der Waschküche liegen geblieben war. Dort wurde alles gnadenlos weggeräumt, was über die eingeteilte Zeit liegen blieb. Und bevor Elaine gelernt hatte, die Maschine allein zu bedienen, war das öfter vorgekommen. Elaine war untröstlich gewesen. Und sie hatte nicht mal etwas sagen können, weil ihre Mutter ohnehin schon den ganzen Tag weinte. Es war schlimmer gewesen als die Trennung, schlimmer als der erste Tag im Kindergarten. Als ob sie aus dem Fenster gefallen wäre und in der kalten Nachtluft festhing.

So fühlte sie sich jetzt.

»Frank«, sagte sie drängend. »So glaub mir doch! Ich kann mich nicht erinnern, was zwischen uns vorgefallen ist. Ich weiß nicht, warum du so wütend bist. Aber ich weiß, dass ich dich liebe. Das ist das Einzige, was ich mit absoluter Sicherheit weiß – naja, und dass ich keine Milch im Kaffee mag …« Schüchtern schaute sie zu ihm auf, doch er lachte nicht. Lächelte nicht einmal. »Es war das Erste, was mir hier klar wurde«, fuhr sie fort. »Noch bevor ich mich an meinen eigenen Namen erinnern konnte. Ich habe unser Hochzeitsbild in meiner Handyhülle gefunden, sah dein Gesicht, und wusste es – ich spürte es. In meinem ganzen Körper. Schau doch!« Sie öffnete die gelbe Schutzhülle und fummelte das Foto hinter ihrer Identitätskarte hervor. Ihre Finger zitterten, das Foto schien daran festzukleben. Und als sie es endlich herausgefischt hatte und Frank entgegenstreckte wie einen unwiderlegbaren Beweis, hatte er sich bereits von ihr abgewandt. Mit beiden Händen rieb er sich das Gesicht, dann stand er auf und ging zum Fenster. Er schaute auf die Stadt hinunter, die sich heute im gleißenden Sonnenschein vor ihnen ausbreitete. Elaine wusste nicht, was sie tun sollte. Immer noch hielt sie das kleine Foto in der ausgestreckten Hand. Sollte sie zu ihm hinübergehen, ihn zwingen, es anzuschauen? Sollte sie sich an ihn schmiegen, oder gar eine Ohnmacht vortäuschen, so dass er nicht anders konnte, als sie aufzufangen? Sollte sie einfach weiterreden, obwohl er ihr den Rücken zuwandte?

Elaine wusste nicht, wie weit die Cafeteria von ihrem Zimmer im zehnten Stock entfernt war. Wie lange es dauern würde, bis Charlie zurückkam. Ob nicht jeden Moment Judith oder sonst jemand eintreten würde. Sie wartete. Endlich drehte sich Frank wieder zu ihr um.

»Schon klar«, sagte er. »Der gute, alte Frank, immer für alle da. Auf Frank kann man sich verlassen, Frank wird es schon richten, Frank, der Fels in der Brandung. Aber es stimmt nicht, verstehst du? Ich war nicht immer da! Ich war nicht da, als mein Vater starb, ich war nicht da, als mein Bruder von der Schule flog und auch nicht, als er damals verhaftet wurde! Und ich war nicht da, als Max … als Max …«

»Max.« Was war mit Max? Instinktiv wusste sie, dass sie nicht fragen durfte. Was immer es sein mochte, es war etwas Großes. Etwas Wichtiges. Etwas, das Franks Stimme zittern ließ. Etwas, das eine gute Mutter nicht vergessen hätte. Sie war also auch eine schlechte Mutter, nicht nur eine schlechte Ehefrau.

»Meinst du, ich will das? Meinst du, es macht mir Spaß, mich um alle zu kümmern, um dich und deine Mutter und deine Stiefmutter und deine beste Freundin? Um die Kinder, um meine Geschwister, um meine Mutter?« Seine Stimme wurde lauter, seine Hände fuhren durch die Luft. Sie erinnerte sich wieder, wie er sich als Kind auf seine Hände gesetzt hatte, um sich diese Art zu reden abzugewöhnen, die er als »typisch italienisch« empfand. Wie verzweifelt er damals versucht hatte, schweizerisch zu wirken. Wie er seinen Namen geändert hatte, von Franco zu Frank. Sie hatte nie genau verstanden, warum. Vielleicht sehnte sich etwas in ihm nach der großbürgerlichen Sicherheit, die seine Mutter so leichtfertig aufgegeben hatte, als sie sich in Franco senior verliebte. Hatten Frank und sie diese Sicherheit zurückgewonnen? Mit ihren gediegenen Kleidern in gedeckten Farben, mit ihren Fernsehwerbung-Kindernamen, mit ihrer Privatversicherung? Elaine wusste es nicht. Sie fühlte sich nicht sicher.

Frank atmete tief ein und verschränkte die Arme, klemmte seine Hände in den Achselhöhlen fest. »Es war eine Erleichterung, als du gegangen bist«, sagte er nun etwas ruhiger. »Verstehst du das? Eine Riesenerleichterung, als das ganze Kartenhaus in sich zusammenfiel.«

Kartenhaus, dachte sie. Unsere Liebe ein Kartenhaus. Unsere Familie. Das Kartenhaus war aber nicht von allein eingestürzt.

»Was habe ich getan, Frank? Was habe ich dir angetan?«

»Ach, hör doch auf damit.«

»Nein, Frank! Ich muss es wissen. Ich habe diese komischen Bilder im Kopf vom Strand und frage mich die ganze Zeit, ob ich dich betrogen habe, obwohl ich dich doch liebe, ich bring das nicht zusammen …«

Jetzt musste er lachen. Das war so unerwartet und befreiend, dass sie mitlachte. Kopfschüttelnd kam er zu ihr zurück und nahm sie in die Arme. Sie schloss die Augen. Im selben Moment erinnerte sie sich an etwas, das sie vor langer Zeit irgendwo gelesen hatte. Ein psychisch kranker junger Mann war von der Golden Gate Bridge in San Francisco gesprungen, um sich umzubringen. Doch im selben Moment, in dem er sprang, bereute er es auch schon. Er drehte sich in der Luft und schlug mit den Füßen voran auf der betonharten Oberfläche auf, zu der das Wasser aus dieser Höhe wurde. Er brach sich sämtliche Knochen und konnte sich kaum über Wasser halten. Doch er wusste, dass er leben wollte. Dann tauchte ein Seelöwe auf, umkreiste ihn, stupste ihn an, wenn er drohte, das Bewusstsein zu verlieren, tauchte unter ihn und hielt seinen Körper über der Wasseroberfläche, bis die Küstenwache kam und den jungen Mann aus dem Wasser zog.

Was immer sie getan hatte, sie bereute es. Sie wollte sich im Flug umdrehen, auf sicheren Boden zurückkehren. Frank war der Seehund. Doch als sie den Kopf hob und seine Lippen suchte, ließ er sie sofort los. So abrupt, dass sie unsanft aufs Kissen zurückfiel, als hätte sie keinen Halt außer in seinen Armen.

Frank setzte sich wieder in den Besucherstuhl. »Ach, El, du hast doch all diese absurden Regeln, für alles eigentlich, aber vor allem für unsere Beziehung. Du hast immer gesagt, weil wir uns schon so lange kennen, sei es unausweichlich, dass wir uns früher oder später in jemand anderen verlieben. Deshalb sollten wir uns gegenseitig einmal im Jahr ein paar Tage freigeben, um das auszuleben. Ohne Fragen, ohne Konsequenzen.«

»Ach.« Hatte sie wirklich so einen Quatsch von sich gegeben? »Und, hast du dich … ausgelebt? Mit wem? Mit Carina?« Wo kam dieser Name plötzlich her? Das Mädchen mit dem Pferdeschwanz, wusste sie. Das Mädchen, das mit Frank getanzt hatte. Er blies die Backen auf und schüttelte den Kopf.

»Echt jetzt, El!«

»Sorry! Tut mir ja leid.« Sie entschuldigte sich nicht für ihre Frage, sondern für diese abwegige Regel. Die ihr offenbar einmal eingeleuchtet hatte. Was war sie doch für eine Idiotin.

»Es muss dir nicht leidtun. Willst du die Wahrheit wissen? Ich war jedes Mal erleichtert, ein paar Tage frei zu haben. Frei von diesem ständigen, vergeblichen Bemühen, dich glücklich zu machen.«

»Das ist nicht fair. Wir waren glücklich, das weiß ich.« Sie erinnerte sich doch, an dieses Hotelzimmer mit der Nummer 313, sie erinnerte sich an ihr Glück. Sie fühlte es noch, in ihren Knochen, auf ihrer Haut. Warum erinnerte Frank sich nicht daran?

Plötzlich sah sie ein Gesicht, ganz nah, blaue Augen hinter runden Brillengläsern, die sie zu durchleuchten schienen wie zwei Lupen. Sie sahen direkt in sie hinein. Und waren nicht überzeugt von dem was sie sahen. Das waren nicht Franks Augen. Das war nicht Franks Stimme, die sagte: »Glück ist, was wir daraus machen.« Und: »Wie lange willst du dich noch vor dir selbst verstecken?« Etwas an dieser Stimme würgte sie. Plötzlich schämte sie sich. Aber wofür? Was hatte sie getan? Und was hatte dieser fremde Mann damit zu tun? War das vielleicht einer der Männer, mit denen sie sich »ausgelebt« hatte?

»Ehrlich gesagt, bin ich nicht mal sicher, ob du überhaupt glücklich sein willst«, sagte Frank jetzt. »Spätestens seit Max … Du hast dich nie wirklich damit abgefunden. Du gibst dir die Schuld daran. Ganz egal, was alle sagen, ganz egal, was ich sage. Oder tue. Was meinst du, wie sich das anfühlt? Nichts sagen, nichts tun zu können?«

»Abgefunden«, flüsterte sie. »Schuld.« War Max tot? Nein, er war doch im Lager. Womit also konnte sie sich nicht abfinden? Woran gab sie sich die Schuld? War ihr Sohn übergewichtig? Das würde das Sportlager erklären. Und ihr Schuldgefühl. Vermutlich hatte sie in diesem Bereich unrealistische Ansprüche, so dünn, wie sie selbst war. Von allein trug sie nicht so kleine Kleidergrößen, das wusste sie instinktiv. Sie hatte es sich zur Priorität gemacht, dünn zu sein. Das musste es sein, dachte sie. Max war dick und sie hatte unangemessen darauf reagiert. Das war es, was Frank ihr nicht verzeihen konnte. Andere Männer nahm er hin. Nicht aber, dass sie seinen Sohn verletzte. Ihren Sohn.

Wieder diese fremde Stimme mit dem deutschen Akzent: »Na, komm schon, Elaine, stell dich der Wahrheit. Sei kein Feigling!« Unwillkürlich schüttelte sie sich, schüttelte die Stimme ab. War sie ein Feigling? Konnte sie sich nur deshalb nicht erinnern, weil sie sich vor der Erinnerung fürchtete?

»Ich will doch, Frank, ich will mich erinnern, bitte

glaub mir!« Dabei war es ja nicht Frank, der sie einen Feigling genannt hatte. Er schaute sie nur an und schüttelte dann den Kopf.

»Was kann ich sagen«, seufzte er. »Ich sehe nicht in dich hinein. Nicht mehr.«

Das hatte nichts mit ihren Gedächtnislücken zu tun, so viel wusste sie. Aber sie wollte noch nicht aufgeben. »Kannst du mir nicht helfen?«

Wieder seufzte er. Er war so müde. Sie hatte ihn ausgelaugt.

»Du saugst mich noch ganz aus«, hatte Luc zu ihrer Mutter gesagt. Wieder dachte sie an den Seehund.

»War ich mal in San Francisco? Waren wir zusammen dort?«

Frank überlegte. »Du hast ein Austauschjahr gemacht dort, ich glaube mit siebzehn oder so. Dein Vater arbeitete dort als Korrespondent, er hat dich mitgenommen. Du gingst dort zur Schule und … das weißt du alles nicht mehr.« Das war eine Feststellung, keine Frage. Elaine wusste das alles nicht mehr. Dass sie in San Francisco gelebt hatte. Mit ihrem Vater. Das erklärte die scheinbar zufällige Erinnerung an die Geschichte vom Selbstmörder und dem Seelöwen … Sie schloss die Augen und sah die Golden Gate Bridge vor sich, aber irgendwie von oben, als säße sie in einem Flugzeug. Im selben Moment hörte sie eine eingängige Melodie, dann liefen Buchstaben über das Bild. Was sie sah, war der Vorspann zu einer Fernsehserie. Frustriert schüttelte sie den Kopf.

»Du hast es auch nicht lange ausgehalten dort. San Francisco hat dir nicht gefallen. Du kamst zurück, bevor das Schuljahr um war. Dein Vater blieb noch länger dort, ein paar Jahre, glaube ich. Du hast dann bei uns gewohnt, weißt du das nicht mehr? Meine Mutter war nicht begeistert, sie war damals nicht besonders gut auf dich zu sprechen.« Er schnaubte, als fehle ihm die Kraft, zu lachen. »Aber du hast sie wieder total um den Finger gewickelt, El, das kannst du. Konntest du immer.«

Elaine zuckte mit den Schultern. Wenn sie das wirklich könnte, würde sie Frank um den Finger wickeln. Wenn sie nur wüsste, wie. Sie schaute auf ihre Hände, ihre nutzlosen, gepflegten Hände. Frank zögerte.

»Du warst … krank, El. Als du aus Amerika zurückkamst. Du warst eine Weile in einer Klinik.«

»Klinik?« Die Art, wie er es sagte, die kurze Pause vor dem Wort ließen vermuten, dass es sich nicht um ein gewöhnliches Krankenhaus gehandelt hatte. Eine psychiatrische Klinik also? Das würde die Medikamente erklären. Und dieses unbestimmte, nagende Gefühl, etwas stimme nicht mit ihr.

»Vielleicht ist es ja wieder dasselbe«, überlegte sie, etwas zu eifrig. Zu begierig, eine Antwort zu finden. »Vielleicht bin ich psychisch krank. Vielleicht habe ich jetzt einfach wieder einen … ich weiß nicht, wie nennt man das, einen Schub?«

»Sag du es mir, El. Damals warst du tablettenabhängig.«

»Oh.« Das machte nun gar keinen Sinn. »Wie ist denn das passiert?«

»Woher soll ich das wissen? Das war keine einfache Zeit für mich, so kurz nach dem Tod meines Vaters. Wir waren kein Jahr zusammen, aber wir liebten uns. Dachte ich jedenfalls. Und dann bist du einfach abgehauen. Du hast versprochen, zu schreiben, aber du hast es nie getan, mich nie angerufen, El. Deine Mutter wollte mir deine Adresse nicht geben, sie behauptete, sie hätte sie nicht. Ich hab sogar beim Radio angerufen, aber die rückten natürlich die Anschrift ihres Korrespondenten nicht einfach so raus …«

Stumm schüttelte Elaine den Kopf. Wer tat so etwas, wer verhielt sich so? Sie, offenbar. Sie war also schon als Jugendliche ein schlechter Mensch gewesen. Frank hatte sie trotzdem geliebt.

»Ich hätte dich damals gebraucht, El. Meine ganze Familie brach auseinander, in den Zeitungen wurde gehetzt, wir bekamen Schandbriefe, Drohungen, Hundescheiße im Briefkasten … Marco wurde verprügelt … es war schlimm. Aber Carina war da, damals. Carina war für mich da. Doch als du zurückkamst …« Er schnippte mit den Fingern. »Da gab es wieder nur noch dich. Von einem Tag auf den anderen. Das hatte Carina nicht verdient. Also, mach bitte keine dummen Sprüche über sie.«

»Und wo ist Carina jetzt?« Sie konnte es nicht lassen.

»El … Nein.« Frank schüttelte frustriert den Kopf. »Hör mal, El, es hat doch echt keinen Sinn, über unsere Beziehung zu reden, wenn dir alle wichtigen Momente fehlen.«

»Aber …« Verdammt, dachte sie. Er hatte Recht. Eine Weile lang saßen sie so da, schweigend, aber nicht feindselig, sie waren beide erschöpft.

»Wir haben überall unsere Geschichte erzählt«, sagte Frank. »Alle fanden sie so romantisch. Die Geschichte der schicksalshaften Kinderliebe, die alles überlebt hat … Aber diese Geschichte stimmt schon lange nicht mehr. Sie entspricht nicht mehr unserer Realität. Spätestens, seit Max … Man hat uns ja darauf vorbereitet. Die meisten Eltern trennen sich, wenn so was passiert. Wir wollten es einfach nicht wahrhaben, dachten, wir seien etwas Besonderes. Wir haben unser eigenes Märchen geglaubt.«

Elaine schloss die Augen. Wenn sie jetzt fragte, was mit Max passiert war, machte sie alles noch schlimmer.

»Und ich meine es ernst, ich bin dir dankbar. Ich hätte ja ewig so weitergewurstelt, dabei konnte ich auch nicht mehr. Und du hast es getan. Du hast unser Kartenhaus umgeblasen. Ja, geschenkt, die Umstände … und dann dieser Typ, ausgerechnet er. Okay, klar hab ich Mühe. Aber das *Wie* ändert nichts am *Was*. Was du getan hast, war richtig.«

Da war also ein Typ. Ein Deutscher, der bemühtes Schweizerdeutsch sprach, da war sie sich ziemlich sicher. Mit knallblauen Augen hinter runden Brillengläsern. Ein Mann, der sie Elli nannte und mit ihr sprach wie mit einem kleinen Kind.

Plötzlich sah sie sich an einem großen Tisch sitzen, einen Jahreskalender vor sich ausgebreitet, die Felder sorgfältig in verschiedenen Farben schraffiert, blau und grün und orangerot. Sofort fühlte sie sich wieder etwas besser. Der Anblick dieses sauber ausgearbeiteten Plans beruhigte sie. Das konnte sie, wusste sie wieder. Listen schreiben, Pläne machen, Zeitfelder aufteilen und einfärben. Auf der anderen Seite des Tisches saß Frank. Sie erklärte ihm, was es mit dem Kalender auf sich habe. Die Kinder würden in der gemeinsamen Wohnung bleiben, damit sich möglichst wenig ändere für sie. Und sie würden abwechslungsweise mit ihnen leben. Wie Kuckuckseltern würden sie ein- und ausfliegen, einen Wurm im Schnabel, eine Liebkosung unter den Federn.

»*Nesting*«, murmelte sie und Frank nickte.

»Eine deiner besseren Ideen. Letzte Woche haben wir damit begonnen. Dienstag bis Freitag war ich zum ersten Mal in meinem Studio, und als ich gestern nach Hause zurückkam, bist du gegangen.«

»Wohin bin ich gegangen?«

Frank zuckte mit den Schultern. »Du hast gesagt, du hast vorerst ein Airbnb. Und ich hatte beschlossen, dir das zu glauben. Das war einfacher.«

Stattdessen war sie zu ihm gegangen, vermutete Elaine. Dem Mann mit der blauen Brille. Der sie verspottete, der ihr Angst machte. Je mehr sie über sich erfuhr, desto weniger verstand sie. Sie wollte sich bei Frank entschuldigen. Und bei sich selbst. Es fühlte sich an, als hätte sie sich selbst den größten Schaden zugefügt.

Doch die Stimmung zwischen ihnen hatte sich verändert. Beinahe versöhnlich saßen sie da. Elaine fragte sich, ob sie es wagen könnte, näher zu rutschen, ihn anzufassen. Sie ließ es bleiben.

»Warum bist du so wütend auf mich?«

»Weil mein Ego gekränkt ist?« Er zuckte mit den Schultern und lächelte schief. »Weil du mir zuvorgekommen bist. Weil du mutiger bist als ich. Weil du dich getraut hast. Und weil du jetzt plötzlich einen Rückzieher machst, mir wieder mit der ewigen Liebe kommst, mit diesem Märchen vom Bund fürs Leben, von uns als Seelenverwandten …« Seine Hände wachten wieder auf. Sie zeichneten in die Luft, was er nicht ausdrücken konnte.

»Aber wenns doch stimmt!«, wollte sie rufen. »Wir sind Seelenverwandte! Wir gehören zusammen! Für immer und ewig, ich spüre es doch!« Aber sie schwieg. Sie sah wieder ihre Mutter vor sich, wie sie sich auf den Boden geworfen, wie sie sich an seine Beine geklammert hatte, um ihren Vater zurückzuhalten, und plötzlich verstand sie sie diesen Impuls. Am liebsten würde sie es ihr gleichtun. Aber es würde heute wohl ebenso wenig Wirkung zeigen wie damals.

»Wie tief kannst du noch sinken?«, hatte ihr Vater damals gefragt.

»Okay, aber, aber …« Was konnte sie jetzt noch sagen. »Okay, aber liebst du mich noch?«

Frank schnaubte. Aber er sagte nicht »Nein«. Er sagte: »Ich muss mich von dir erholen.«

2.

Die Stimmung im Zimmer hatte sich so spürbar verändert, dass Charlie in der offenen Tür stehen blieb. Wie ein Tier schnupperte sie erst misstrauisch, bevor sie eintrat. Sie stellt das Tablett mit den Kaffeetassen auf den Beistelltisch und öffnete eine Schachtel voll Cupcakes, die mit bunter Creme dekoriert waren. Sie aßen sie mit den Händen, die Creme verteilte sich auf ihren Händen, ihren Gesichtern. Sie lachten. Die zuckrige Masse schlug in Elaines System ein wie eine Droge. Instinktiv wusste sie, dass sie sich solche Leckereien normalerweise nicht erlaubte. Sie nippte an dem Espresso und schloss verzückt die Augen.

»Das ist das Beste, was ich je in meinem Leben gegessen habe!«

»Wann hast du denn zuletzt was Süßes gegessen?«

Charlie schaute von einem zum anderen, als ob sie ein Pingpong-Match verfolgte. Sie konnte keine Spannung mehr zwischen ihren Eltern feststellen, sie wirkten ruhig und beinahe gelöst.

»Bei euch ist alles okay?«, versicherte sie sich fürsorglich.

Das würde sich nie ändern, dachte Elaine. Das konnten sie nicht abstellen. Da half kein *Nesting*, all die schraffierten Pläne, alle Rücksichtnahme, alle Lügen. Sie waren immer noch Charlies Eltern. Und die von Max, dachte sie schuldbewusst. Dass sie so gar keine Vorstellung von ihrem Sohn hatte! Sie versuchte, die einzige Erinnerung einzufangen, die sie an beide Kinder hatte: Wie sie mit Frank am Strand spielten, mit ihren Schwimmflügeln an den Armen und den pastellfarbenen Sonnenhütchen auf den dunklen Locken, die nackten gebräunten Rücken gebeugt, sogar von ihrem Liegestuhl aus konnte sie die Wirbel zählen. Aber sie waren so weit weg. Sie konnte das Bild nicht näher zoomen.

Sie trank ihren Espresso aus und wischte sich die Finger an der Serviette ab.

»Charlie«, sagte sie. »Kannst du mir zeigen, wie ich die Fotos auf meinem Handy finde?«

»Die Fotos, Mam? Das ist doch das Einfachste überhaupt!«

»Nun komm schon.«

»Ich weiß nicht, ob das die beste Idee ist«, sagte Frank, und plötzlich wusste Elaine das auch nicht mehr. Bestimmt hatte sie auch Bilder von »dem Typen« gespeichert, für den sie Frank verlassen hatte. Doch Charlie hatte das Gerät schon entstöpselt und hielt es dicht vor Elaines Gesicht. Sie zuckte zurück.

Charlie lachte. »Gesichtserkennung«, sagte sie. Elaine hatte keine Ahnung, was das bedeutete.

»Mam, echt jetzt. Weißt du denn gar nichts mehr?« Elaine zuckte mit den Schultern. Dann schaute ihre Tochter stirnrunzelnd auf das Gerät. »Wow, siebenundzwanzig Nachrichten!« Sie tippte auf den Bildschirm. »Wieso hast du siebenundzwanzig Nachrichten … von Piet? *Der* Piet?«

»Piet?« Der Name sagte ihr nichts, obwohl Charlie zu wissen schien, wer das war. Frank offensichtlich auch. Er stand so schnell auf, dass der Stuhl nach hinten kippte und auf den Boden krachte, riss seine Tochter am Arm, so dass sie halb vom Bett rutschte.

»Autsch, Papa, spinnst du?« Charlie ließ das das Telefon auf die Bettdecke fallen.

»Charlie, wir gehen.«

»Aber … Piet ist doch …«

»Nichts aber, jetzt gleich.« Er zerrte das jammernde Mädchen zur Tür.

Erst an der Tür drehte er sich nochmal um. »Bravo«, sagte er mit einer Kälte, die Elaine die Tränen in die Augen trieb. »Das hast du wieder mal gut gemacht, El. Ich gratuliere.«

L, dachte sie. Er nannte sie immer noch L.

Ein Strohhalm. Trotzdem hielt sie sich daran fest.

Sie weinte lange. *Tränen.* Das Telefon lag auf dem Bett, der Bildschirm leuchtete ununterbrochen auf. Schließlich zwang sie sich, es in die Hand zu nehmen. Wie Charlie ihr gezeigt hatte, hielt sie es vor ihr Gesicht.

»Hallo?«, sagte sie vorsichtig. »Hallo?« Ein Bild erschien: Ihr eigenes Gesicht. Mit weit aufgerissenen Augen und zum Kuss geschürzten Lippen. Das war ihr Bildschirmschoner. Jedes Mal, wenn sie das Telefon einschaltete, küsste sie sich selbst. Wer tat so etwas. Was war bloß mit ihr los.

Du bist ein schlechter Mensch, Esposito. Das ist mit dir los.

Die Schwärze verteilte sich in ihr, aber diesmal wurde ihr nicht schwindlig, nur schwer zu Mute. Ihre Glieder wogen Tonnen, sie konnte sie kaum bewegen. Mit Mühe hob sie einen Finger und tippte auf das Symbol mit dem Briefumschlag. Neunundzwanzig Nachrichten. Zwei mehr als noch vor zehn Minuten. Und alle von Piet.

Dein Verhalten ist unreif. Ich hoffe, das ist dir klar.

Wenn du nicht tot bist, hast du keine Entschuldigung.

Das klang wie eine Drohung. Sie war nicht tot. Sie erinnerte sich nur nicht. War das keine Entschuldigung? Entschuldigung wofür, dachte sie. Langsam scrollte sie weiter.

???

???

Du bringst mich um.

Warum löste der Name Piet nichts in ihr aus? Warum berührten sie seine eindringlichen Nachrichten nicht? Elaine tippte auf das runde Bild neben seinem Namen. Es öffnete sich und zeigte einen alten Baum mit ausladender Krone. Das half ihr auch nicht weiter. Langsam scrollte sie durch die Nachrichten, von den verzweifelten am Ende bis zu den früheren, die voller Hoffnung schienen:

Glaub nicht, dass du damit durchkommst.

Tu mir das nicht an. Nicht jetzt.

Du hast kein Recht, mich so zu behandeln.

Wo bist du, my love?

Ich warte. Auf dich. Mir scheint, ich habe mein ganzes Leben auf dich gewartet.

Ich kann es nicht erwarten.

Noch zwei Stunden und du bist mein.

Endlich, mein Herz.

All die Jahre …

All die Jahre? All die Jahre hatte sie Frank schon betrogen? Mit diesem Piet, an den sie sich noch nicht einmal richtig erinnerte? »*Der* Piet?« Sie scrollte weiter, ihre Augen flogen über die Buchstaben, ohne sie zu Worten zusammenzusetzen. Dann plötzlich ein Bild. Sie brauchte einen Moment, um zu erkennen, was den Bildschirm füllte: Brüste. Ihre eigenen, nahm sie an. Unwillkürlich blickte sie nach unten. Sie schob einen Finger unter den Ausschnitt ihres Pullovers, hob ihn an und schaute unter den Kittel. Die Perspektive war anders auf dem Bild. Aber es mussten wohl ihre Brüste sein. Auch wenn sie sie nicht erkannte.

Wie kam sie dazu, einem Fremden ein Bild von ihren Brüsten zu schicken? Piet war kein Fremder, er war ihr Liebhaber. Und er hatte auf sie gewartet. *All die Jahre.*

Elaine legte das Telefon mit dem Bildschirm nach unten auf die Bettdecke, als könnte sie so die Nachrichten auslöschen. Obwohl sie wusste, dass sie jetzt nicht wegschauen durfte. Sie musste die Nachrichten lesen, die sie mit Piet ausgetauscht hatte. Die Bilder anschauen, die sie ihm geschickt hatte. Da mussten auch andere Nachrichten sein. Von Frank, von ihren Kindern, von ihren Freunden – hatte sie Freunde?

Mar, fiel ihr ein. Marianne. Der Name beruhigte sie sofort. Wenn dieses Gefühl sie nicht auch trog, hieß das wohl, dass sie immer noch befreundet waren. Sie musste nur das Telefon wieder zur Hand nehmen, Mars Nummer suchen, sie anrufen.

Hilf mir Mar, dachte sie. Hilf mir dabei, mein Leben

wieder zusammenzusetzen. Hilf mir – es fiel ihr schwer, diese Worte auch nur zu denken. Sie versuchte sie auszusprechen. »Hilf mir, bitte hilf mir …« Sie blieben ihr im Hals stecken.

Brauchte sie Mar wirklich? Auf dem Handy mussten doch auch Fotos gespeichert sein, hunderte von Fotos. Von Piet, von ihren Kindern, von Frank. Sie musste nur das entsprechende Symbol antippen, und ihre Erinnerungen würden eine nach der anderen auf dem Bildschirm aufleuchten. In Sekundenschnelle würde sich ihr ganzes Leben wieder zusammenfügen. Es war alles hier, ihre ganze brüchige Existenz war in diesem schmalen, flachen Gerät enthalten.

Doch sie konnte es nicht. Auf dem Nachttisch standen eine Flasche Mineralwasser und ein Glas. Vorsichtig schraubte sie die Flasche auf und schenkte sich ein. Das Telefon neben ihr auf der Bettdecke schien zu glühen. Sie war versucht, das Gerät im Glas zu versenken, doch es war zu groß. Sie könnte es immer noch ins Klo schmeißen.

Nach einer Weile stand sie auf und rollte sich vorsichtig von der Bettkante. Als sei das Telefon ein gefährliches Tier, das sie nicht wecken wollte. Eine Schlange, die zusammengerollt auf der Bettdecke lag. Elaine ging ins Bad, wo jetzt ein geschmackvoller Lederbeutel auf dem Rand des Waschbeckens lag. Darin fand sie eine Zahnbürste und Zahnpasta, eine Ansammlung von Pflegepröbchen und Miniaturseifen, kleinen Flaschen mit Duschgel und Körperlotion wie man sie in Hotelzimmern vorfindet. Dunkelbraune Fläschchen, die sie an eine altmodische Apotheke erinnerten. Sie drehte die Dusche auf und zog sich aus, faltete den Kaschmirpullover und den Krankenhauskittel ordentlich zusammen und legte sie auf den Toilettendeckel. Das Wasser dampfte, sie trat in die Duschkabine, stellte sich direkt unter den Strahl und ließ das heiße Wasser über ihren Kopf und ihr Gesicht fließen. Sie fühlte sich nicht mehr schwindlig und auch nicht unsicher auf den Füßen. Körperlich schien ihr nichts zu fehlen, nur die Haut an ihren Knien spannte unter den Gazepflastern empfindlich. Vielleicht hätte sie sie ablösen sollen, bevor sie nass wurden, aber dafür war es zu spät.

So stand sie eine ganze Weile, bevor sie eines der Fläschchen aufschraubte. Es roch nach Rosmarin und Lavendel. Der Duft versetzte sie in eine andere Dusche, eine andere Zeit. Sie sah sich unter dem heißen Wasserstrahl stehen und weinen. Sie sah sich ihren Körper mit groben, beinahe brutalen Bewegungen einseifen. Sie klatschte das Duschgel auf die nasse Haut, sie rubbelte, kniff und zerrte an sich herum, und die ganze Zeit weinte sie. Elaine versuchte, sich aus der Erinnerung zu winden. Woher kam nur diese bodenlose Verzweiflung? Sie machte ihr Angst, als könnte sie jederzeit wieder von ihr Besitz ergreifen.

Elaine schäumte das Duschgel zwischen ihren Handflächen auf, seifte sich betont vorsichtig ein. Beinahe liebevoll strich sie mit den Händen über diesen Körper, der ihr so vertraut war und fremd zugleich. Es war ein guter Körper, schlank und stark und offensichtlich gut gepflegt.

Ohne darüber nachzudenken, drehte sie den Temperaturregler nach unten, und eiskaltes Wasser ergoss sich über ihr. Sie schnappte nach Luft, doch sie wich nicht aus, drehte sich um, so dass der kalte Strahl ihren Rücken traf, und zählte dabei bis hundert. Dann stellte sie das Wasser ab und trat aus der Dusche. Das kalte Wasser hatte sie wachgerüttelt, sie fühlte sich stärker, gefasster. Elaine nahm das dünne Handtuch vom Haken und trocknete sich ab. Die Gazepflaster auf ihren Knien hatten sich halb abgelöst, die Haut darunter brannte. Kurzum setzte sie sich auf den Klodeckel und riss sie ganz ab, eins nach dem anderen, ohne zu zögern. Sie war also tapfer, ein beruhigender Gedanke. Der Anblick der geröteten, geschwollenen Wunden erschütterte sie auch nicht weiter. Eher interessiert fragte sie sich, wie sie sich diese zugezogen hatte. Es sah aus, als sei sie auf bloßen Knien über einen Kiesweg gerutscht. Hatte das Auto sie nicht nur erfasst, sondern ein Stück weit mitgeschleift?

Vorsichtig rieb sie sich mit der Körperlotion aus der kleinen Flasche ein. Sie hielt sich die Handflächen vors Gesicht und atmete den Duft ein, Rosmarin und Lavendel. Ihre Augen brannten schon wieder. Etwas an dem Duft erfüllte sie mit bodenloser Trauer. Entschlossen zog sie den Kamm durch ihre Haare, nicht den engzahnigen Plastikkamm, sondern den aus Horn, der in ihrem Beutel gesteckt hatte. Der Spiegel über dem Waschbecken war vom Dampf beschlagen, sie rieb ein rundes Fenster blank und schaute sich in die Augen.

»Wer bist du?«, fragte sie ihr Spiegelbild. »Und was zum Teufel ist mit dir los?«

Nackt ging Elaine ins Zimmer zurück und öffnete den Schrank. Frank hatte ihren Trainingsanzug sorgfältig über zwei Bügel gehängt. Sie schlüpfte in die vernünftigen Unterhosen, zog ein Unterhemd mit Trägern an und darüber ein T-Shirt mit langen Ärmeln. Und dann den Kapuzenpullover und über alles den Kaschmirschal. Die Hosen ließ sie weg, damit die Wolle ihre Wunden nicht berührte. Vorsichtig legte sie sich wieder auf das Bett und versuchte, das Handy zu ignorieren, das immer noch mit dem Bildschirm nach unten auf der Decke lag.

3.

Plötzlich stand Judith im Zimmer, und Elaine vergaß für einen Moment ihre Fragen. Das Gesicht der Pflegerin war verschlossen. Dann sah sie Elaines Knie.

»Um Himmels Willen, was haben Sie denn gemacht?«

»Geduscht«, murmelte Elaine schuldbewusst.

»Ja, aber warum rufen Sie mich nicht? Sie haben doch den Klingelknopf hier!«

»Weil Sie das letzte Mal so geschimpft haben«, wollte Elaine sagen, aber sie schwieg lieber. Judith sagte auch nichts weiter, sondern begann, Elaines Knie zu desinfizieren und neu zu bepflastern. »Mit diesen Wunden sollten Sie nicht duschen«, sagte sie streng. »Sie sind zwar nicht tief, aber großflächig. Wenn die sich entzünden, dann gute Nacht!«

Elaine nickte folgsam. Unwillkürlich drängte sich die Erinnerung wieder auf, in der sie weinend unter einer Dusche gestanden und sich mit denselben Produkten gewaschen hatte. Es musste in einem Hotel gewesen sein, zu Hause würden größere Flaschen im Bad stehen.

»So, fertig«, sagte Judith. »Möchten Sie die anziehen?« Sie nahm die Trainingshose vom Bett und hielt sie an ihre Wange. »Kuschelig.« Dann schaute sie Elaine genauer an: »Was ist denn los, haben Sie etwa geweint?«

Noch während Elaine den Kopf schüttelte, füllten sich

ihre Augen erneut mit Tränen. Sie schämte sich für ihre Erinnerungen, die keinen Sinn ergaben. Und das, was sie wusste, konnte sie Judith unmöglich erzählen: dass sie ihren Mann betrog, und das seit Jahren. Mit jemandem, an den sie sich nicht einmal erinnerte, dem sie aber Bilder von ihren Brüsten schickte.

»Es sind die Erinnerungen«, flüsterte sie. »Alles ist ganz durcheinander, nichts passt zusammen.« Doch im selben Moment wusste sie es wieder: »Ich habe mein Baby verloren.«

»Ach Herrje, Sie armer Hase!« Das schien Judiths Standardreaktion zu sein. Trotzdem fühlte Elaine sich getröstet. Eine Fehlgeburt war ein legitimer Verlust, für den man Anteilnahme erwarten durfte. Egal, wie lange es her war. Jetzt sah sie sich wieder unter der Dusche im Hotel stehen und wusste, dass sie das Wasser nur aufgedreht hatte, um ihr Weinen zu übertönen. Sie wusste auch, dass Frank im Zimmer auf sie gewartet hatte. Dass er diesen Aufenthalt organisiert hatte, um sie aufzumuntern. Plötzlich wusste sie auch, dass es nicht das erste Mal gewesen war. Wie viele Kinder hatte sie verloren? Ihre Nase begann zu laufen, sie schniefte und wischte sich mit dem Handrücken übers Gesicht wie ein Kind. Judith zog ein paar Papierhandtücher aus dem Spender und reichte sie ihr.

»Danke.« Die Trauer griff nach ihr und schüttelte sie. Die Trauer um die Fehlgeburten, um die Frau, die sie war, die sich nicht trösten lassen konnte, um das Paar im Hotelzimmer, das nicht mehr zueinander gefunden hatte. Sie sah sich wieder in dem mit Dampf gefüllten Badezimmer stehen. Sie wickelte sich in das größte Tuch, das sie finden konnte, und zog den Bademantel darüber, der am Haken hing. So dick vermummt öffnete sie die Tür und holte tief Luft, bevor sie ins Zimmer trat. Wenn es nach ihr ginge, würde sie im Bad bleiben, unter dem warmen Wasserstrahl, in dem Dampf, der sie einhüllte. Aber es ging nicht nach ihr. Sie musste tapfer sein. Sie musste sich zusammenreißen. Sie musste funktionieren. Selbst jetzt. Gerade jetzt.

Das Hotelzimmer war geräumig und luxuriös. Alles war weiß, die Bettdecke, die Kissen, der dicke Teppich, die verschneiten Berge vor dem Fenster, die kleine Couch, auf der Frank saß. Der Fernseher lief ohne Ton, aber Frank schaute nicht hin. Er betrachtete seine nackten Füße auf dem weißen Teppich. Als er sie eintreten hörte, gab er sich einen sichtbaren Ruck und schaute auf. Offensichtlich hatte er geweint, doch er versuchte, es vor ihr zu verbergen.

»Ich wollte schon die Rettungsmannschaft alarmieren«, sagte er gespielt fröhlich. »Ich dachte, du seist in der Dusche ertrunken.« Sie antwortete nicht. Wie konnte er Witze machen. Wie konnte er weinen. Wie konnte er ihren Schmerz übernehmen, als sei es sein eigener?

»Ich hab uns Roomservice bestellt«, sagte er jetzt mit normaler Stimme. »Ich dachte, wir gehen heute besser nicht in den Speisesaal runter …«

Sie blieb stehen. Sie konnte sich nicht hinsetzen oder gar hinlegen. All das Weiß. Was, wenn sie wieder zu bluten begann. Das war unwahrscheinlich, die Fehlgeburt lag sechs Wochen zurück. Sechs Wochen, in denen der Arzt jeden Geschlechtsverkehr verboten hatte und deren Ende nun mit dem Hotelzimmer, dem Roomservice und der Rosmarin-Lavendel-Körpermilch zelebriert werden sollte.

Sie konnte die Gefühle nicht benennen, die in ihr tobten. Wilde Tiere, so kam es ihr vor. Die übereinander herfielen, sich gegenseitig zerfleischten. Wilde Tiere, die in ihr wohnten: bodenlose Trauer. Wut. Scham. Sie knurrten und fauchten, sie verkeilten sich ineinander. Elaine atmete schneller, sie schnaubte. Frank machte Anstalten, aufzustehen, aber sie hob warnend die Hand, und er setzte sich wieder hin. Er kannte sie so gut. Das machte sie noch wütender. Sie presste die Lippen zusammen, sie hatte Angst vor den Lauten, die aus ihr herauskommen würden, wenn sie den Mund öffnete. Wenn sie einmal anfing zu schreien, würde sie nicht mehr aufhören können.

Frank schaute sie immer noch an. Dieser Blick! Wie konnte er sie so anschauen, so voller Hoffnung und Zuversicht. Als würde alles wieder gut werden. Als hätten sie noch eine Chance. Wenn sie sich nur zu ihm setzte. Wenn sie den Champagner trank, den er bestellt hatte, die Lachsbrötchen aß, die frischen Erdbeeren, wenn sie sich zu ihm auf das riesige weiße Bett legte oder auf den flauschigen Teppich, wenn sie ihn in sich eindringen ließ. Wenn er nur seinen Samen in ihr deponieren konnte, dann würde alles wieder gut. Sie würde wieder schwanger werden, das Kind behalten, sie musste nur mitmachen.

Ihren Teil beitragen.

Es lag alles an ihr. Das Gefühl war so alt wie ihre Seele. Es erdrückte sie.

»Sch… ist ja gut, ist ja gut.« Judith streichelte ihr Haar. Elaine weinte jetzt haltlos.

»Warum erinnere ich mich ausgerechnet daran? Und warum jetzt?« Die Hoffnungslosigkeit, die sie vor so vielen Jahren in diesem luxuriösen Hotelzimmer erfüllt hatte, hatte wieder ganz von ihr Besitz ergriffen. Die Verzweiflung, die Scham. Schwanger zu werden, ein Kind zu gebären, war schließlich ihr biologischer Auftrag, es war eine Selbstverständlichkeit. Tiere konnten es, Teenager konnten es, Drogensüchtige, Obdachlose. Nur sie nicht. Sie, die alles hatte, nur keine Entschuldigung.

»Wissen Sie was, ich lass Ihnen einen schönen Kamillentee kommen. Und dann bitte ich den Doktor, dass er Ihnen was zur Beruhigung verschreibt. Es ist nicht nötig, so zu leiden.« Judith tätschelte ihr aufmunternd die Hand, bevor sie das Zimmer verließ. Elaine schloss die Augen. Sie hatte mitgemacht, auch das wusste sie jetzt wieder. Sie hatte ihren Teil getan, und Frank hatte Recht behalten. Das nächste Baby hatte sie nicht verloren. Das nächste Baby war Charlie gewesen.

Elaine sah sich in einem Bett liegen, zwischen weißen Laken und Tüchern, nicht das Hotelbett, es war ein Krankenhausbett wie dieses, in dem sie jetzt lag. Aber es war ein glückliches Bett. Sie war so erschöpft, wie sie es noch nie in ihrem Leben gewesen war, nicht mal als Kind. Es fühlte sich an, als sei alles, was sie ausmachte, aus ihr herausgerissen worden, von einer Macht, der sie nichts entgegenzuhalten hatte. Sie war eine leere Hülle. Sie hatte keine Identität.

»Charlie«, flüsterte sie.

In ihrer Erinnerung wandte sie den Kopf und sah Charlie auf dem Stuhl neben ihrem Bett sitzen. Sie hielt einen zerzausten Plüschaffen im Arm. Das Kind auf ihrer Brust war Max, sie erinnerte sich an Max! Und sie sah Charlies vorgeschobene Unterlippe, den vorwurfsvollen Blick, und verstand, warum Charlie so wütend war: Sie hatte sie entthront.

Da war Frank, der sich über sie beugte, Tränen in den Augen. »Wir hätten dich beinahe verloren«, flüsterte er.

So einfach konnte es sein: Charlie war eifersüchtig auf Max. Sie hatte ihren Mann betrogen. Konkrete Probleme, die nach Lösungen verlangten. Das konnte sie.

Sie musste eine Liste anlegen. Was sprach für sie, was sprach gegen sie. Probleme und Lösungen. Vergehen und Strategie.

Marianne, dachte sie wieder, Marianne würde ihr dabei helfen. Sie war gut in so was, das wusste Elaine einfach. Sie nahm ihr Telefon in die Hand. Ohne die stetige Nachrichtenflut zu beachten, durchsuchte sie ihre Kontakte nach Marianne. Und sie fand sie, als »Mar« eingespeichert. Kein Nachname, keine Adresse. Ihr Profilbild zeigte einen Teenager mit Zahnspange und Pilzkopfdauerwelle. Elaine erkannte sie sofort und sie erinnerte sich wieder an den Namen, den sie sich damals gegeben hatten: *MarLen*. Sie waren unzertrennlich gewesen. Eine Einheit. Eine Person. Bis Helen sich in Frank verliebte und sich Elaine nannte. Dass Marianne ein Profilbild aus dieser Zeit verwendete, war bestimmt ein gutes Zeichen, sie mussten immer noch Freundinnen sein.

Dann sah sie sich ein grünes Telefon aus einer Küche ins Badezimmer tragen, das spiralförmige Kabel dehnte und spannte sich, sie konnte gerade die Tür hinter sich schließen und sich auf den Boden setzen. Elaine sah sich die Nummer eingeben – das Telefon hatte keine Wählscheibe, sondern klobige Tasten. Sie wusste wieder, wie modern ihr das damals vorgekommen war.

»Mar, ich schwörs dir, ich halt es nicht mehr aus mit ihr!«, hörte sie sich sagen, noch bevor Marianne sich hatte melden können. »Kati hat es nur darauf angelegt, mich wahnsinnig zu machen! Heute ist sie reingekommen, als ich grad mitten in der Matheprüfung war, dabei weiß sie ganz genau, dass es nicht gilt, wenn man unterbricht. Jetzt kann ich nochmal von vorn anfangen, und ich habe nur noch zwei Probeprüfungen zum Üben!«

»Reg dich ab, Len. Das hast du doch nicht nötig! Du bist eh Klassenbeste. Wenn *du* die Aufnahmeprüfung nicht schaffst, schafft sie niemand.«

Selbst in der Erinnerung wurde Elaine sofort ruhiger, als sie Mariannes Stimme hörte. Ihre Freundin hatte immer genau gewusst, was sie sagen musste. Und sie würde Recht behalten. Die Aufnahmeprüfung fürs Gymnasium würde sie mit Bestnote bestehen. Ab Herbst war sie in der Stadt zur Schule gegangen, während Marianne die Sekundarschule im Dorf besuchte. Doch sie waren weiterhin beste Freundinnen geblieben, das hatten sie bereits besprochen. Das war abgemacht gewesen.

»Wenn ich bloß einen eigenen Telefonanschluss in meinem Zimmer hätte! Jedes Mal, wenn ich dich anrufen will, muss ich den ganzen Weg ins Haus rüber rennen und dann einen ruhigen Platz finden, und dann dauert es keine fünf Minuten, bis jemand an die Tür hämmert. Pass auf, stell deine Uhr, fünf Minuten.«

»Nun komm schon, Len! Immerhin hast du die Scheune ganz für dich allein. Und das hast du Kati zu verdanken. Dein Vater wollte sich ein Tonstudio einrichten, weißt du das nicht mehr?« Mariannes Stimme war leiser geworden. »Hör mal, ich weiß, warum du so drauf bist. Meine Mutter hat es mir erzählt«, sagte sie. »Sie hats im Laden gehört.«

»Na, toll. Dann weiß es das ganze Dorf.«

Die Erinnerung löste sich auf. Was, dachte Elaine. Was wusste das ganze Dorf? Doch diesmal irritierte sie dieser halbe Erinnerungsfetzen nicht so sehr, denn sie würde Mar danach fragen können. Und Mar würde es ihr erklären. Im selben Moment meldete sie sich, ihre Stimme riss Elaine sofort in die Gegenwart zurück.

»Himmelarsch und Sternchenfaden, weißt du eigentlich, was du mir angetan hast?«

Elaine schwieg. Mars Stimme war ihr sofort vertraut, doch nicht die Lautstärke, der aufgeregte Tonfall. »Es tut mir leid«, murmelte sie. Zum wievielten Mal heute?

»Ich bin fast durchgedreht vor Sorge! Du hast doch versprochen, mich anzurufen!«

»Oh.« Elaine holte tief Luft. »Ich wollte nicht … ich habe nicht … Mar, ich weiß nicht, was passiert ist!«

»Okay, langsam bitte. Wovon redest du, Len? Ist alles okay, bist du das ganze Wochenende in den Bergen? Hast du nicht gesagt, du darfst nicht mehr telefonieren, wenn der Retreat erst begonnen hat?«

»Der Retreat, was für ein Retreat? Mar, ich bin im Krankenhaus. Ich hatte einen Unfall.«

»Ach du grüner Kaffeesatz aber auch!«

Gegen ihren Willen musste Elaine lachen. Hatte Mar immer schon so blumig geflucht? »Ich weiß nicht, was passiert ist. Ich kann mich nicht mehr erinnern, nur an Bruchstücke, doch die passen alle nicht zusammen und – Mar! Ich habe Frank verlassen!«

Einen Moment lang war es still. Sie hörte Mar atmen. Dann hörte sie ein Klicken, und etwas anderes, Schritte vielleicht. »Weiß ich doch, Dumm-dumm, weiß ich doch. Und wenn wir schon dabei sind: Tut mir leid, dass ich so hart reagiert habe, als du es mir erzählt hast. Du hättest meine Unterstützung gebraucht, und stattdessen hab ich dir die Ohren langgezogen. Aber was willst du, ich hab den Frank halt so gern, das weißt du ja.« Nein, dachte Elaine. Das weiß ich eben nicht. Unter Mars Stimme mischte sich jetzt Straßenlärm. »Hör zu, ich bin schon unterwegs. Ich komm zu dir und zusammen kriegen wir das wieder auf die Reihe. Tun wir doch immer, Len.«

»Okay«, murmelte Elaine, bereits getröstet. Sie presste das Telefon gegen ihr Ohr, lauschte dem Piepen, mit dem ein Wagen aufgeschlossen wurde, dem Anlassen eines Motors.

»In welchem Krankenhaus bist du denn?«

»In welchem … Ich weiß nicht. Keine Ahnung.« Sofort wieder verunsichert, schaute sie sich im Zimmer um. Doch Mar ließ sich nicht aus der Ruhe bringen.

»Hast du ein Telefon im Zimmer? Da sollte es draufstehen. Wo du bist, deine Zimmernummer, und so weiter.«

Genau so war es, Mar wusste wirklich alles. Zum ersten Mal, seit sie hier war, spürte Elaine so etwas wie Zuversicht. Vielleicht würde ja doch noch alles gut werden.

»Alles wird gut, Len«, sagte Mar, als hätte sie ihre Gedanken gelesen. »Okay? Zusammen kriegen wir das hin, wir haben schon ganz anderes gestemmt.«

Und Elaine glaubte ihr. Sie vertraute dieser Stimme. Mar war ihre Freundin, und sie würde ihr helfen. Dieses Mal hatte sie sich nicht getäuscht. Sie war so erleichtert, dass sie sofort einschlief, das Telefon auf dem Kissen, Mars Stimme im Ohr.

1987

1.

Familienkonferenz. Auch so eine von Katis Ideen. Jeden Sonntag nach dem Abendessen schnitt sie einen Kuchen an, den sie am Nachmittag mit Hilfe der Zwillinge gebacken hatte. Nadine und Yvonne waren jetzt fünf Jahre alt. Elaine beneidete die Mädchen um ihre Verbundenheit, die für andere fast undurchdringlich war, selbst für ihre Eltern. Sie hatten eine gemeinsame Sprache, die niemand außer ihnen verstand. Sie wünschte sich, sie hätte auch so jemanden.

Vielleicht hatte sie ihren Zwilling ja verschluckt. Das hatte sie irgendwo einmal gelesen: Einem Patienten war ein Tumor entnommen worden, der Tumor hatte Zähne und Haare und stellte sich als mumifizierter Embryo heraus. Es war sein Zwilling, den er sich vor der Geburt einverleibt hatte, irgendwie. Marianne hatte früher immer gesagt, sie sei Elaines Zwilling, ihre andere Hälfte. Sie hatte ihr sogar mal ein Daumenkino gezeichnet, in dem sich ein Mädchen zweiteilte und dann wieder zu einer Person zusammenfügte. Damals, als sie noch Helen gewesen war. Als sie sich MarLen nannten, dieselben Kleider trugen, dieselbe Frisur. Als seien sie wirklich nur eine Person. Seit Elaine mit Frank zusammen war, sagte Marianne so etwas natürlich nicht mehr. Dafür schaute sie Elaine manchmal an, als hätte sie sie verraten. »Was ist mit unseren Plänen?«, fragte sie. »Was ist mit unserer Tierklinik?«

Nachmittage lang hatten sie sich ihre Zukunft ausgemalt: Helen würde aufs Gymnasium gehen und dann Veterinärmedizin studieren. Marianne würde eine kaufmännische Lehre machen und Geld verdienen, während Helen noch studierte. Dann würden sie zusammen eine Weltreise unternehmen und gefährdete Tiere retten. Zurück in der Schweiz würden sie gemeinsam eine Tierklinik eröffnen, irgendwo auf dem Land, wo genug Platz war, wo sie Hunde und Pferde und Ziegen und Hasen halten konnten. Helen hätte zwei Kinder und Marianne drei, und natürlich müssten sie zu diesem Zweck auch Ehemänner haben. Doch dieser Teil ihrer Zukunftsvision blieb immer etwas verschwommen. Immerhin waren sie sich einig, dass sie beste Freunde heiraten würden, oder noch besser Brüder. Zwillinge.

MarLen gab es nicht mehr. Helen war jetzt Elaine, und sie war Franks Freundin. Es war nicht fair von Mar, an einem Versprechen festzuhalten, das sie ihr mit elf gegeben hatte.

Vielleicht lag es daran, dass sie sich ein paarmal geküsst hatten. Mehr übungshalber, dachte Elaine. Um zu wissen, wie es sich anfühlte. Helen war im Sommer mit den Studers auf den Zeltplatz in Holland gefahren, Marianne war im Herbst mit ihnen nach Südfrankreich mitgekommen. Sie hatten so viel Zeit zusammen verbracht, so viele Nächte im selben Bett geschlafen. Was lag näher, als ihre sich verändernden Körper gemeinsam zu erkunden? Sie teilten ja auch sonst alles. Beste Freundinnen hatten keine Geheimnisse.

Das alles war vollkommen normal und hatte nichts weiter zu bedeuten. Da waren sich alle Experten einig, selbst die verklemmte Frau Schneider, die in der sechsten Klasse »Menschenkunde« unterrichtet hatte, wozu neuerdings auch Sexualkunde gehörte.

Es war auch ganz natürlich, dass Elaine manchmal darüber nachdachte. Wie es wäre. Manchmal dachte sie an Marianne, wenn sie mit Frank auf dem großen Bett in ihrer umgebauten Scheune lag, wo sie niemand störte. Manchmal schob sie ihre Hände unter Franks T-Shirt und stellte sich vor, Mariannes Brüste zu berühren. Von solchen Gedanken hatte Frau Schneider damals nichts gesagt.

Frisch gepflückte Blumen aus dem Garten standen auf dem Holztisch, Luc trank ein Glas Rotwein. Bei der Familienkonferenz mussten sie erzählen, was sie gerade beschäftigte. Dann spielten sie *Berg und Tal*: Was war das Beste, das Schlimmste an der letzten Woche gewesen? Elaine hatte es sich zum Sport gemacht, jede Woche etwas zu erfinden, das nichts mit der Wahrheit zu tun hatte, aber gerade seltsam genug klang, um Kati und Luc zu beunruhigen. Einmal waren die Fernsehkameras dabei gewesen. Elaine konnte heute noch Katis Stimme hören: »Ein hübsch hergerichteter Tisch setzt ein Zeichen: Unsere Familie ist wichtig.«

Wann war das gewesen, vor einem Jahr? Elaine hatte absichtlich missgelaunt in die Kamera geschaut, ihre Dauerwelle war damals erst halb herausgewachsen und machte sie wahnsinnig. Hatte Kati da zum ersten Mal den Begriff ›Patchworkfamilie‹ gebraucht?

Sie waren kein Patchwork, dachte Elaine. Vera war kein Teil dieser Flickendecke. Es war eher wie in einem Märchen, in dem die Mutter verschwunden und durch eine

Stiefmutter ersetzt worden war, die das bereits vorhandene Kind zähneknirschend in Kauf nahm, bis sie eigene Kinder bekam, die sie dann schamlos bevorzugte.

»Nun mach aber einen Punkt«, hörte sie wieder Mariannes Stimme. »Aschenputtel, ausgerechnet du. Prinzessin auf der Erbse, schon eher!«

An diesem Sonntagabend war die Stimmung gedrückt. Katis Augen waren geschwollen, ihre Nase gerötet. Entgegen ihrer Gewohnheit hatte sie sich auch ein Glas Wein eingeschenkt. Schade, dass heute keine Kameras dabei waren, dachte Elaine gehässig. Die Kindersendung, die Kati und Luc gemeinsam moderiert hatten, war ein großer Erfolg gewesen. Allerdings war es vor allem Kati, die die Zuschauerherzen eroberte, während Luc bei den kleinen Zuschauern weniger gut angekommen war. Als Kati schwanger wurde, wurde auch er entlassen, der Sender engagierte ein neues Moderatorenpaar. Luc wechselte zum Radio, wo er mehr Freiheiten hatte, wie er sagte. Wo er über Themen berichten konnte, die ihm am Herzen lagen. Er war oft auf Reportage, man wusste nie genau, wie lange er wegbleiben, wann er wiederkommen würde. Manchmal wunderte sich Elaine, dass er nicht mehr Zeit mit den Zwillingen verbrachte. Hatte er nicht immer gesagt, seine Rolle als Vater sei das Wichtigste in seinem Leben, das Einzige, das wirklich zählt? Oder war es nur sie, Elaine, für die er da sein wollte?

Kati betonte immer, dass sie keinerlei Absicht gehabt habe, nach einer angemessenen Familienpause zum Fernsehen zurückzukehren. Es waren die Zuschauer, die sie vermissten, und schließlich wurde ihr eine eigene Sendung angeboten: »Kinder fragen Kati«. Jede Woche wurde eine Gruppe von Schulkindern ins Studio eingeladen, die Kati ihre Fragen stellten. Egal ob es um etwas Harmloses ging, wie »warum haben Kaulquappen Schwänze, aber Frösche nicht?« oder etwas Ernsteres wie »warum lachen mich in der Schule alle aus?«, Kati antwortete immer ehrlich und ausführlich. Obwohl die Sendung im Nachmittagsprogramm lief, war sie sehr erfolgreich. In kürzester Zeit war Kati Imbach zur Erziehungsexpertin der Schweiz aufgestiegen, zur Fürsprecherin der Kinder zwischen sieben und elf Jahren. Sie hatte sogar ein Buch veröffentlicht: *Kati antwortet.*

»Euer Vater und ich haben große Neuigkeiten«, sagte Kati jetzt. Wenn Elaine nicht gewusst hätte, worum es ging, hätte sie gedacht, sie würden sich scheiden lassen. Doch ihr Vater hatte sie bereits eingeweiht, wie damals in der vierten Klasse, als er beschlossen hatte, dass Elaine besser bei ihm leben würde. Sie waren ein Team.

»Diesen Sommer wird die Korrespondentenstelle in San Francisco frei«, sagte er. »Das ist in Kalifornien. In Amerika. Ich habe mich schon vor einer Weile darum beworben, aber ich wollte nichts sagen, bevor ich nicht sicher war, dass ich die Stelle auch kriegen würde.«

»Und, hast du sie bekommen?«, fragte Elaine, obwohl sie die Antwort kannte.

Kati hob ihr Glas. »Auf Luc, den neuen Amerikakorrespondenten! Gratuliere, mein Schatz!« Das »tz« knallte wie eine Peitsche. Ein bisschen zu heftig stieß sie ihr Glas an Lucs und trank dann einen großen Schluck Wein.

»Amerikakorrespondent, das bedeutet natürlich, dass ich in Amerika leben werde. Das gehört dazu. Aber es ist ja nur für ein Jahr, höchstens zwei.«

Die Zwillinge rutschten auf ihren Hochstühlen hin und her. Wie immer schienen sie sich erst mit Blicken zu verständigen, bevor eine von ihnen, meist Nadine, das Wort ergriff. »Und wir, wohnen wir dann auch in Amerika?«, fragte sie. »Bei den Indianern?«

»Nein, Liebes, nein, nein. Nur der Papa«, antwortete Kati. »Aber wir werden alle zusammen die Sommerferien in Kalifornien verbringen. Das wird ganz toll! Ein richtiges Abenteuer.«

»Sehen wir dann die Indianer? Und die Büffel?«

»Büffel bestimmt«, sagte Luc. »Indianer … auch, auf jeden Fall«, schob er schnell nach, als er die schmollend vorgeschobenen Unterlippen seiner Töchter sah.

»Nach den Ferien kommen wir nach Hause zurück, und der Papa bleibt dann einfach noch etwas länger da. Ganz einfach.«

»Papa bleibt in Amerika? Ganz allein? Ohne uns?«

»Ja, ohne uns. Ihr müsst doch dann wieder zu Frau Marthaler in den Kindergarten!«

Ursprünglich hatte Kati die Zwillinge ein Jahr zurückbehalten wollen, genau wie Elaine damals, allerdings aus anderen Gründen. Kati hatte ihre Töchter selbst unterrichten wollen. Doch die Zwillinge hatten so lange gequengelt, bis sie endlich mit allen anderen den Kindergarten von Frau Marthaler besuchen durften. Dieser befand sich in einem rotgestrichenen Haus mitten im Dorf, hatte einen eigenen kleinen Spielplatz mit einem alten metallenen Tretkarussell in Form eines Fliegenpilzes. Man konnte keinen Gang durchs Dorf machen, ohne an diesem roten Haus vorbeizugehen. »Wenn du in den Kindergarten kommst, darfst du auch auf dem Fliegenpilzkarussell fahren«, versprach man den kleinen Kindern, die regelrecht darauf hinfieberten.

»Rein theoretisch gibt es auch in Amerika Kindergärten«, murmelte Luc, und Elaine ahnte, dass diesem Gespräch viele ähnliche vorausgegangen waren. »Es ist ja nicht so, dass die Amerikaner keine Kinder hätten.«

»*I think the Russians love their children, too*«, summte Elaine und verstummte gleich wieder.

»Nun ja, aber ich kann doch meine Sendung nicht einfach nach Amerika verlegen«, sagte Kati.

»Aha«, sagte Luc. »Jetzt kommen wir der Sache schon näher.«

Elaine wunderte sich über Lucs Ton. Wollte er Kati und Nadine und Yvonne wirklich dabeihaben? »Nur du und ich, Mädchen«, hatte er doch zu ihr gesagt. »Das steht uns zu. Das ist unsere letzte Chance, noch mal so richtig bewusst Zeit miteinander zu verbringen. Du bist ja schon fast erwachsen, bald ziehst du aus und dann sehe ich dich nur noch, wenn du Geld brauchst.«

»Und ich, Kati, was ist mit mir, wo werde ich leben?«, fragte Elaine jetzt. Es bereitete ihr heimliches Vergnügen, zu sehen, wie sich Katis Augen weiteten und ihr Lächeln auf Fernsehformat einfror.

»Du wirst diesen Sommer siebzehn Jahre alt«, sagte Kati etwas steif. »Du bist alt genug, um selbst zu entscheiden, wo du wohnen willst. Selbstverständlich bist du hier immer willkommen.«

Willkommen, dachte Elaine. Willkommen war ein Gast, kein Familienmitglied. Ihr Vater hatte es als Glücksfall dargestellt, als eine Chance für sie beide, aber in Wahrheit hatte sie gar keine andere Wahl. Sie gehörte nicht zu »uns«, sie war hier nicht »zu Hause«. Zu ihrer eigenen Mutter konnte sie auch nicht zurück. Seit Elaine damals zu ihrem Vater gezogen war, hatten sie keine einzige Nacht mehr unter demselben Dach verbracht. Theoretisch sollte sie jedes zweite Wochenende und die Hälfte der Schulferien bei ihr verbringen, doch Vera kümmerte sich nicht um diese Vereinbarung. »Du hast schließlich ausgesagt, ich sei eine unfähige Mutter«, sagte sie, wenn Elaine nachfragte. »Dass ich nicht in der Lage bin, mich angemessen um dich zu kümmern. Was willst du denn jetzt von mir?« Sie hatte Elaine ihre Entscheidung nie verziehen. Auf Luc hingegen ließ sie nach wie vor nichts kommen. Er sei halt von dieser Ziege beeinflusst, dieser unattraktiven Kindergartentante. Er konnte nichts dafür. Er war verwirrt. Männer konnten mit Gefühlen schlecht umgehen, aber dass sich ein Kind gegen seine eigene Mutter wendete, das war unnatürlich. Das fand übrigens auch Franks Mutter.

Elaine seufzte.

»Bleib bei uns, Elaine, bleib bei uns«, riefen die Zwillinge. Yvonne, die näher bei ihr saß, stand in ihrem Hochstuhl auf und streckte ihre Arme nach Elaine aus. Einen Moment lang drohte sie umzukippen, bis Kati sie aus dem Stuhl hob und auf ihren Schoß zog. Dabei schaute sie Elaine so vernichtend an, als hätte sie ihre kleine Halbschwester mit voller Absicht einer tödlichen Gefahr ausgesetzt. Plötzlich sah Elaine sich selbst in diesem Alter, wie sie auf einem der gelben Küchenhocker balancierte. Sie versuchte, vom Hocker auf die Arbeitsfläche zu klettern, von der aus sie die oberen Regale erreichen konnte, wo die Dosen aufgereiht waren. Ravioli mit Tomatensauce, Erbschen und Karotten, Pfirsichhälften in Sirup. Den Dosenöffner hatte sie bereits gefunden, allerdings war sie sich nicht ganz sicher, wie man ihn benutzte. Notfalls konnte sie natürlich zu Frank hinunterlaufen und seine Mutter bitten, ihr zu helfen. Doch sie wusste, was Frau Esposito von Dosenravioli hielt. Sie würde darauf bestehen, dass sie etwas Richtiges aß. Oder, noch schlimmer, mit ihr hinaufzukommen, und dann würde sie ihre Mutter sehen, die neben dem Sofa auf dem Wohnzimmerteppich lag und leise schnarchte.

Vielleicht sollte sie lieber zum Laden an der Ecke gehen. Niemand wunderte sich, wenn ein Kind dort noch ein paar Dinge einkaufte, die seine Mutter vergessen hatte. Milch und Brot. Nutella, dachte sie. Ihre Mutter hatte noch nie Nutella gekauft, weil es ungesund war. Aber ihre Mutter schlief ja noch. Sie war die ganze Nacht nicht nach Hause gekommen. Ihre Handtasche lag mitten im Flur, neben den Sandalen, die sie gestern getragen hatte, den ganz hohen. Sie könnte etwas Geld herausnehmen und …

Während sie noch zögerte, geriet der Hocker ins Wackeln, sie rutschte auf ihren Sockenfüßen ab, der Hocker kippte. Mit beiden Händen versuchte sie sich am Regal festzuhalten, polternd fielen die Konserven auf sie herunter, sie ließ los. Ihre Arme schrammten über die Kante der Arbeitsfläche, sie schlug mit dem Kopf und der Schulter auf dem harten Küchenboden auf. Einen Moment lang konnte sie nicht atmen. Sie starrte an die Decke, wo die gelbe Lampe hing, die schon lange nicht mehr brannte, weil sie nicht wusste, wie man die Glühbirne auswechselte. Weil Mama sagte, Papa würde das für sie erledigen. Und weil Papa dann doch nicht gekommen war.

Vielleicht war sie tot, dachte sie. Im selben Moment schnappte sie nach Luft, und der Schmerz schoss in ihre

Arme, ihre Schulter, ihre Stirn. Sie biss sich auf die Lippen, um nicht laut zu weinen. Sie durfte ihre Mutter nicht aufwecken.

Nadine und Yvonne saßen mit fünf noch in kindersicheren Hochstühlen. Sie nahmen an Familienkonferenzen teil, und wenn sie »Berg und Tal« spielten, fiel ihnen oft nicht ein einziges unangenehmes Erlebnis aus der vergangenen Woche ein.

»Für Elaine ist so ein Amerikajahr natürlich eine einmalige Gelegenheit«, sagte Luc jetzt und wuschelte durch ihr Haar. Es war so kurz, dass es nach oben abstand. Sie war nicht ganz sicher, ob ihr die neue Frisur gefiel, aber sie hatte nicht warten können, bis die missglückte Dauerwelle ganz herausgewachsen war.

»Dann ist es also abgemacht! So machen wirs!« Kati klatschte in die Hände.

Amen, dachte Elaine und schnitt sich noch ein Stück Marmorkuchen ab.

»Bist du dir sicher, Elaine?«, fragte Kati.

Und Elaine schob den Teller von sich weg. Im letzten Jahr, seit sie mit Frank zusammen war, hatte sie sieben Kilo abgenommen. Aber sie war immer noch fülliger als die meisten Mädchen in ihrer Klasse, und selbst Kati war dünner als sie. Sie ließ selten eine Gelegenheit aus, Elaine darauf hinzuweisen.

»Kann ich kurz deine Jacke ausleihen? Oh Gott, da ertrinke ich ja drin!«

Vera war noch schlimmer. Jedes Mal, wenn sie Elaine sah, seufzte sie dramatisch. »Was für ein Jammer, ich hab grad so tolle T-Shirts reinbekommen, direkt aus New York, aber natürlich nur kleine Größen …« Kurz nachdem

Elaine zu Luc und Kati aufs Land gezogen war, hatte auch Vera die Siedlung verlassen. Sie wohnte in einer winzigen, verschachtelten Dachwohnung in der Altstadt, arbeitete in einer Boutique, die neue und gebrauchte Mode aus New York importierte. Elaine besuchte sie dort nur, um ihre Schulfreundinnen zu beeindrucken. Sie selbst kleidete sich eher unauffällig, auch um ihr Gewicht zu kaschieren.

Nach und nach freundete sich Vera mit einigen ihrer Stammkundinnen an, wohlhabenden und exzentrischen Frauen, die meisten, wie sie, geschieden. Sie verkehrten mit Künstlern und Filmemachern und Innendekorateuren. Sie flogen nach Marokko, um Badezimmerfliesen auszusuchen, und nach Mailand, um Schuhe zu kaufen. Sie besuchten Partys in New York, sie besaßen Ferienhäuser in St. Moritz und Saint-Tropez. Und sie brauchten immer jemanden, der sie auf ihren Reisen begleitete, der sich um die Flugtickets kümmerte, passende Hotelzimmer buchte oder dafür sorgte, dass die Ferienhäuser gelüftet und die Betten frisch bezogen waren. Das war Vera. Diesen Frauen lag so viel an ihrer Begleitung, dass sie dafür bezahlten. In der Boutique tauchte Vera nur noch sporadisch auf, doch ihre neuen Freundinnen kauften so viel ein, dass der Besitzer Vera als Angestellte behielt.

»Ich bin eine Gesellschafterin«, hatte Vera ihr einmal erklärt. »Das war früher mal ein ehrenhafter Beruf. Was kann ich dafür, dass ich in der falschen Zeit geboren wurde?«

Sie trank immer noch, aber nicht mehr als ihre neuen Freundinnen, sogar eher weniger. Schließlich war sie jetzt die, die den Überblick behalten, rechtzeitig am Flughafen auftauchen, sich an alle Einzelheiten erinnern musste. Und das tat sie ganz selbstverständlich. Als sei es nie ein

Problem gewesen. Manchmal fragte sich Elaine ob sie sich alles nur eingebildet hatte. Konnte man als echte Alkoholikerin plötzlich einfach ein bisschen weniger trinken? Manchmal fragte sich Elaine, ob Vera tatsächlich abhängig gewesen war, oder einfach nur unglücklich. Seit der Intervention ging es ihr eindeutig besser, ganz wie Luc vorausgesagt hatte. Elaine dachte, sie sei das Problem gewesen. Nicht Vera.

»Ich sage ja nur.« Kati ließ nicht locker. »In Amerika wirst du automatisch zunehmen, bei dem fettigen Essen dort!«

»*Liebe Kati, was soll ich tun, meine Stiefmutter terrorisiert mich mit ihrem frauenfeindlichen Körperideal*«, sagte Luc mit gespielt hoher Stimme und Kati zuckte zusammen. Unwillkürlich schaute sie sich um, als ob sie sich vergewissern wollte, dass keine Kamera auf sie gerichtet war.

»So hab ichs doch nicht gemeint. Elaine, du weißt, dass ich es nicht so gemeint habe.«

»*Liebe Kati, ich mache mir Sorgen um meine kleinen Schwestern, die jetzt schon diesem Diätterror ausgesetzt sind …*«

»Das ist nicht fair, immerhin habe ich einen Kuchen gebacken! Ich habe mir nur erlaubt, nachzufragen, ob ein zweites Stück wirklich nötig ist … Aber bitte, Elaine, bedien dich, iss so viel du willst.«

»Nun sei doch nicht gleich eingeschnappt. Man wird sich doch noch einen Scherz erlauben dürfen!«

So endete es immer. »Ach, du hast einfach keinen Sinn für Humor!« Das hatte Luc früher auch zu Vera gesagt, und manchmal sagte er es zu Elaine. Darauf gab es dann nichts mehr zu erwidern. Wer keinen Humor hatte, konnte auch nicht Recht haben.

Elaine aß den Kuchen und dann aus reinem Trotz noch ein drittes Stück. Sie dachte an ihren Lieblingsfilm. An die Brücke, die Dustin Hoffman in seinem roten Sportwagen überquerte. War das die berühmte Golden Gate Bridge?

In Amerika war alles möglich. Sie konnte nochmal ein neues Leben beginnen.

2.

Es waren die längsten fünf Wochen ihres Lebens. Nadine war auf dem Hinflug schon krank geworden, Yvonne kurz nach der Ankunft, und dann hatte es Kati erwischt. Luc und Elaine blieben wie durch ein Wunder verschont. Doch in den ersten Tagen sahen sie von der berühmten Stadt an der Bay nicht viel mehr als die Lobby ihres Hotels an der Fisherman's Wharf und den Supermarkt auf der anderen Straßenseite, wo sie fade Cracker kauften und etwas, das Ginger Ale hieß, aber kein Bier war, sondern ein süßes, kohlensäurehaltiges Getränk, das offenbar gut gegen Übelkeit war.

Ihr Englisch war nicht so gut, wie ihre Schulnoten vermuten ließen. Elaine verstand nicht einmal die Dialoge der Trickfilme, die ununterbrochen im Fernsehen gezeigt wurden. Nur weil sie es in dem Hotelzimmer nicht lange aushielt, ging sie jeden Tag ein bisschen weiter die Straße entlang und zum Meer hinunter, wo sich dicke, rötlichbraune Seelöwen auf groben Holzstegen räkelten und sich fotografieren ließen. Auf den Piers reihte sich ein Souvenirshop an den anderen. Es war kalt in San Francisco. Neblig und grau. Niemand trug Blumen im Haar, niemand tanzte barfuß im Park. Selbst das Kinderkarussell war verwaist. Elaine kaufte sich an einem Stand eine Laugenbrezel und schaute erstaunt zu, wie die gelangweilte Verkäuferin eine gelbe Masse aus einem riesigen Behälter darauf pumpte. Es war kein Senf, wie sie erst gedacht hatte, sondern geschmolzener Käse. Wenn man die Augen schloss, schmeckte es gar nicht so übel. Jeden Tag wagte Elaine sich ein bisschen weiter vor. Mit der Zeit traute sie sich auch, die immer gleichen Fragen zu beantworten: Wie heißt du, wo kommst du her, wie lange bleibst du hier.

Sie antwortete jedes Mal etwas anderes.

I'm Mary, I'm from Norway and I just moved here to work as an Au-pair.

I'm Gloria from Brazil, I'm just here for the day, I'm on a cruise ship, actually.

I'm Helen from Switzerland, I ran away from home, but don't worry, I am fine. I'm a model now.

Schließlich war sie hier im Land der unbegrenzten Möglichkeiten, der Heimat der Freien.

Gegen Abend traf sie ihren Vater in der Hotellobby, wo er Faxe aus der Schweiz empfing und mit seiner Chefin telefonierte. Sie zog eine Cola aus dem Getränkeautomaten, während sie auf ihn wartete. Dann bestellten sie das Abendessen. Sie konnten aus einem Ordner voller Speisekarten wählen, die der Angestellte am Empfang aufbewahrte. Er rief auch gleich für sie an und bestellte. Es dauerte nie lange, bis das Essen gebracht wurde. Pizza und Hamburger und mexikanisches Essen, thailändisches oder chinesisches. Lauter Dinge, die Elaine nicht kannte. In Zürich gab es nur ein chinesisches Restaurant, das außerdem sehr teuer war. Hier hingegen war das Essen billig und die Portionen groß. Von zwei Gerichten wurden sie alle fünf satt. Wenn der Bote kam, leerten sie ihre Gläser und trugen die Tüten nach oben, wo sie alle zusammen in einem Zimmer wohnten, mit zwei großen Betten und einem Sofa. Die Fenster ließen sich nicht öffnen, und gegen Abend hing ein säuerlicher Geruch in der Luft. Der Fernseher lief die ganze Zeit.

Zweimal besuchten sie Robert, den jetzigen Korrespondenten, und seine Frau Luisa. Sie wohnten in einem kleinen, buntgestrichenen Häuschen im Hinterhof eines größeren Hauses. Ein Zimmer war mit Matratzen ausgekleidet, dort zeichnete Robert seine Beiträge auf. Sie saßen in der engen Küche und aßen kreisrunde, orangefarbene Kräcker und bleiche Käsedreiecke.

»Schweizer Käse«, seufzte Luisa. »Wie ich den vermisse!«

»Und Roggenbrot«, sagte Robert. »Vollkornbrot, Baguette, alles, nur nicht dieses amerikanische Schwammbrot!«

Luisa war schwanger. Sie und Kati waren sich einig, dass die Schweiz der beste Ort für Kinder sei.

»Ich würde meine Kinder nicht hier einschulen wollen, niemals!« Und dann, etwas verspätet und mit Blick zu Elaine: »Auf der Highschool-Stufe ist das natürlich etwas anderes. Mach dir keine Sorgen, das wird schon gut gehen!«

Elaine war froh, dass sie vor ihrer Abreise noch *The Breakfast Club* im Kino gesehen hatte. Sie wusste Bescheid über die Cliquen, die sich in amerikanischen Schulen bildeten, sie wusste, was *jocks* und Cheerleader waren. Sie wusste auch, dass selbst Außenseiter wie Allison oder John hier Freunde finden konnten.

Außerdem hatte sie bereits zweimal die Schule gewechselt, und jedes Mal hatte sie mehr Freundinnen gefunden.

In der Primarschule war sie nicht besonders beliebt gewesen, aber auf dem Land war es sofort besser geworden. Das hatte sie in erster Linie Marianne zu verdanken, aber auch Kati, das musste sie zugeben. Kati hatte sie ermuntert, die Kinder aus der Schule zu sich nach Hause einzuladen, nicht nur Marianne, auch andere, die sie nicht so gut kannte, von denen sie nicht einmal wusste, ob sie sie mochten oder nicht. Kati hatte dafür gesorgt, dass immer genug zu essen da war, und kurz bevor es allen langweilig wurde, bat sie ganz beiläufig um Hilfe beim Anpflanzen von Gemüsebeeten, beim Herstellen von Wollbommeln oder beim Aufbau eines Vogelhäuschens. Sie zeigte ihnen, wie man Maisfladen buk, genau wie die Indianer in den Büchern, die sie damals alle lasen. Als Elaine zwei Jahre später aufs Gymnasium wechselte, hatte sie bereits Freundinnen. Sie brauchte keine neuen und fand trotzdem ein paar. Sie würde sich auch hier zurechtfinden.

»Ihr müsst euch erkundigen, in welchem Viertel sich die besten öffentlichen Schulen befinden und dann dort eine Wohnung suchen.«

Luc hatte angenommen, sie würden das Haus seines Vorgängers übernehmen können. Aber das war nicht so. Sie mussten eine eigene Unterkunft finden. Kati lächelte zufrieden, als sie das hörte. Sie hatte Luc nicht dabei geholfen, den Aufenthalt hier vorzubereiten, verstand Elaine. Sie suchte Katis Blick und erwiderte ihr Lächeln. Wir brauchen dich nicht, sagte ihr Lächeln, wir kommen auch ohne dich zurecht.

»Keine Sorge«, bestätigte Luisa. »Hier geht so was viel schneller als in der Schweiz. Wir haben unsere damals in vier Tagen gefunden!«

»Allerdings hat sich in den zwei Jahren, in denen wir hier waren, einiges verändert. Alles ist teurer geworden. San Francisco ist ein hartes Pflaster, das merkt man erst, wenn man versucht, hier zu leben.«

»Wirst du es denn nicht vermissen?«, fragte Luc.

Elaine sah, wie Robert zunächst zu seiner Frau sah, dann den Blick senkte und verstand, dass er log, als er sagte: »Machst du Witze? Ich zähle die Tage, Mann!«

Die ursprünglich geplante Reise durch die Nationalparks wurde weiter aufgeschoben. Nadine und Yvonne hatten sich unterdessen erholt, und Kati fand Luc müsse mehr Zeit mit ihnen verbringen. »Deine Töchter müssen jetzt ihre Erinnerungen mit dir aufbauen.«

Und so kam es, dass Elaine mit Kati und Olivia, der gelangweilten Immobilienmaklerin, in der Stadt herumfuhr. Wenigstens hatte Olivia ein eigenes Auto, einen mit Klebern übersäten hellblauen Chevy, der genau so aussah wie ein Kind ein Auto zeichnen würde: ein kleines Rechteck über einem größeren.

»Die beste öffentliche High School ist draußen in den Avenues«, erklärte Olivia. Sie fuhren quer durch die ganze Stadt und dann durch den riesigen Golden Gate Park, wo die Büffel wohnten, die Luc ihnen versprochen hatte. Es gab sie wirklich. Und altmodische Windmühlen. Und eine Pagode. Auf der anderen Seite befanden sich die Wohnviertel, die Olivia empfohlen hatte. Dort erinnerte nichts mehr an eine Großstadt. Kleine pastellfarbene Häuser mit Ziegeldächern reihten sich ordentlich aneinander, vor jedem stand ein Auto. Die endlosen Straßen waren rechtwinklig angeordnet und durchnummeriert.

Elaine fragte sich, wie alt Olivia wohl war. Sie könnte

zwanzig sein oder fünfunddreißig. Jeden Tag trat sie anders auf: Einmal trug sie einen engen türkisfarbenen Rock und einen dazu passenden Blazer mit ausgestopften Schultern, dann eine sehr weite knallgelbe Hose, die von einem breiten schwarzen Ledergürtel zusammengehalten wurde. Ein zerschnittenes schwarzes T-Shirt mit einem Totenkopf und schwarze Levi's Jeans. Das erinnerte Elaine daran, dass sie ihren Freundinnen in der Schweiz echte Levi's 501 versprochen hatte. Kati würde sie zurückbringen und verteilen. Sie würde schwarze kaufen, nicht blaue, entschied Elaine. Die würden staunen!

»Ich weiß, dass du mich nicht besonders magst«, sagte Kati, als sie morgens vor dem Hotel auf Olivia warteten. »Aber ich habe mir Mühe gegeben.« Zu ihrem eigenen Erstaunen nickte Elaine. »Ich weiß nicht, warum ich dir das erzähle«, fuhr Kati fort. »Aber ich glaube, dein Vater hat eine Geliebte.«

»Eine Geliebte?«

Elaine hätte beinahe gelacht. Sie dachte an ihre Mutter, die jahrelang von Lucs realen und imaginären Freundinnen besessen gewesen war.

»Vielleicht bilde ich mir das ja auch nur ein.« Kati schaute sich verstohlen um und zog dann eine Schachtel Zigaretten aus ihrer Jackentasche. Sie schüttelte eine heraus und zündete sie an. »Die Fernbeziehung wird uns guttun. Manchmal braucht ein Paar ein wenig Abstand. Und dein Vater ist nun mal ein Freigeist.«

Genau das hatte Vera früher auch immer gesagt. Elaine blinzelte. Plötzlich hatte sie Sehnsucht nach ihrer Mutter, nach der Mutter, die sie mal gehabt hatte, vor der Trennung. Einen wilden Moment lang wünschte sie sich, dass ihre Eltern durch ein Wunder wieder zueinander finden würden, dass alles wieder wie früher sein könnte, wie ganz, ganz früher, in einer Zeit, an die sie sich immer weniger erinnerte, die es vielleicht gar nie gegeben hatte.

»Ich erwarte nicht von dir, dass du deinen Vater verrätst«, sagte Kati. »Aber wenn du mich benachrichtigen könntest? Wenn etwas vorfällt, das ich wissen müsste.«

»Was denn zum Beispiel?«, fragte Elaine. Im nächsten Moment tat es ihr leid.

»Ach, vergiss es!« Kati schniefte und zog die Nase hoch. »Ich muss nicht über jede Frau Bescheid wissen, mit der er einen Kaffee trinken geht. Aber wenn es ernst wird, dann bitte ich dich, mich zu benachrichtigen, Elaine. Wenn nicht mir, dann wenigstens deinen Schwestern zuliebe.«

Elaine dachte an einen Stoßstangenkleber hinten auf Olivias Auto: *It's like déjà-vu all over again.* Olivia hatte Elaine dabei ertappt, wie sie den Kleber studierte und gelacht.

»*It's all déjà-vu*«, hatte sie gesagt, aber sie hatte es so seltsam betont, dass Elaine es erst gar nicht verstanden hatte. *Dey-scha-wjuu …*

»Alles schon mal dagewesen«, erklärte sie.

Elaine wusste, was ein Déjà-vu war. Seit sie mit ihrem Vater aufs Land gezogen war, überkam sie manchmal dieses seltsame Gefühl. Als würde sie aus sich heraustreten und sich selber zuschauen. Seit sie mit Frank zusammen war, passierte es noch häufiger. Für den Bruchteil eines Augenblicks stand sie neben sich, während sie ihn küsste, von ihrem Apfel abbeißen ließ, die Zigarette ausdrückte, weil er den Rauch hasste. Sie schaute sich zu, wie man einen Film im Fernsehen anschaut und nach ein paar Sekunden merkt: Den hab ich doch schon mal gesehen.

Sie hatte immer gedacht, das sei normal, das ginge allen so. Bis sie es einmal Mar erzählte. Sie lagen beide auf ihrem großen Bett in der Scheune, hörten Musik und blätterten in alten Zeitschriften, die Mars Mutter in der Bibliothek aussortiert hatte. Elaines Kopf lag auf Mars Bauch, und dann sprach sie es aus: »Stopp! Genau diesen Moment jetzt. Den hab ich schon mal erlebt.«

»Ja, logisch. Gestern und vorgestern.«

»Nein, das! Dass ich dir genau dieses Bild zeigen will, genau in dem Moment, in dem dieser Song läuft. Und das Licht genau so auf die Seite fällt und …«

»Len – was hast du denn geraucht?« Mar hatte sie so verwirrt angeschaut, dass Elaine sich schämte. Etwas stimmte wohl wirklich nicht mit ihr. Aber Mar hatte später ihre Mutter gefragt, die Bibliothekarin war und die seltsamsten Dinge wusste, von denen noch nie jemand gehört hatte. Und wenn sie einmal etwas wirklich nicht wusste, was selten vorkam, konnte sie es nachschlagen. Sie dachte sich auch die Fragen für das Kreuzworträtsel aus, das im Gemeindeanzeiger veröffentlicht wurde. Von Schulkindern bis zum Pfarrer kamen alle zu ihr, wenn sie etwas wissen mussten. Kinder mochten Kati fragen, aber alle anderen fragten Frau Studer. Ein paar Tage später hatte Mar ihr eine fotokopierte Seite aus dem Duden mitgebracht:

Déjà-vu-Erlebnis, das
Substantiv, Neutrum.
Erinnerungstäuschung, bei der der Eindruck entsteht,
gegenwärtig Erlebtes in gleicher
Weise schon einmal erlebt zu haben.

Elaine hatte die Definition säuberlich ausgeschnitten und in ihr Tagebuch geklebt. Zum Beweis, dass sie nicht verrückt war.

3.

Elaine stand vor einem Berg von Rucksäcken und Plastiktüten, den sie bewachen sollte. Die Zwillinge klammerten sich an ihre Beine und strichen ihre eiscremeverschmierten Finger an ihren neuen schwarzen Levi's ab. Aus den Augenwinkeln schielte sie zu ihrem Vater hinüber, der sich so hingebungsvoll von Kati verabschiedete, dass selbst die Flugbegleiterinnen schmunzelten. Sie trieben die anderen Passagiere zum Einsteigen an, ließen das engumschlungene Paar aber in Ruhe. Elaine seufzte.

»Ich habe Hunger«, rief jetzt Nadine.

»Ich muss Pipi!«, Yvonne. Beinahe grob machte Elaine sich los und schämte sich im selben Moment dafür. Sie schaute sich nach Kati und Luc um, die immer noch in einer filmreifen Umarmung verschlungen waren. Unwillkürlich musste sie an Frank denken, an ihren eigenen ungelenken Abschied am Flughafen in Zürich. Ihm gegenüber hatte sie es so dargestellt, als hätte sie keine andere Wahl, als mit ihrem Vater mitzugehen. Sie tat so, als sei sie genauso verzweifelt wie er. Aber das war gespielt. Sie konnte es nicht erwarten, wegzukommen. Auch von ihm.

Frank, du Idiot, dachte sie. Plötzlich vermisste sie ihn so sehr, dass sie die Arme um sich schlang und sich krümmte. Endlich wurden die letzten Passagiere ins Flugzeug gescheucht. Elaine trug die Taschen und Rucksäcke zum

Einstieg, wo sie ihr von einer freundlichen Flugbegleiterin entgegengenommen wurden. Kati nahm Nadine und Yvonne bei den Händen, die jetzt beide laut weinten, und zog sie förmlich hinter sich her. Manche Dinge änderten sich nie, dachte Elaine und rieb sich unwillkürlich die Handgelenke. Dann winkte sie schuldbewusst, bis die Kleinen außer Sichtweite waren. Es schien endlos zu dauern. Mit jeder Sekunde fühlte sie sich schlechter. Warum behandelte sie ihre kleinen Schwestern so abweisend? Warum war sie so kühl? Ihre Mutter hatte Recht, mit ihr stimmte etwas nicht. Luc hingegen schien bester Laune. Er klatschte in die Hände: »So, Mädchen, jetzt kann das Abenteuer beginnen!«

Er ging zu einem der öffentlichen Telefonapparate, die ordentlich an einer Wand aufgereiht standen, zog eine Münze aus seiner Hosentasche und warf sie ein. Elaine bewunderte ihren Vater. Wie er sich hier zurechtfand. Ihr kam auch nach fünf Wochen immer noch alles fremd und seltsam vor. Vertraut aus Filmen, aber das war eine trügerische Vertrautheit. In Filmen funktionierten diese öffentlichen Telefonapparate zum Beispiel immer. In Wirklichkeit waren sie meist kaputt, der Hörer fehlte, der Münzeinwurf war verstopft, alles war klebrig und schmutzig. Luc zwinkerte ihr zu und wandte sich dann ab. Aus der Art, wie er sich über den Hörer beugte, schloss sie, dass er mit einer Frau redete.

Vielleicht lag Kati mit ihrer Vermutung doch nicht falsch.

»Nehmen wir ein Taxi?«, fragte Elaine. Sie standen vor dem Flughafengebäude und blinzelten in die müde Nachmittagssonne. Der Wind fuhr durch Elaines Haar. Ständig schien hier eine Brise zu wehen, gegen Abend noch heftiger. In San Francisco hielt keine Frisur länger als eine halbe Stunde. Kein Wunder, dass so viele Frauen Stirnbänder und Schiebermützen trugen.

»Nicht nötig, Olivia holt uns ab. Sie will uns etwas zeigen.«

Da stieg sie schon aus ihrem Auto, tänzelte auf sie zu und umarmte sie beide.

»Wir werden so! viel! Spaß! haben zusammen!«, rief sie und sprang bei jedem Wort in die Luft. Heute trug sie einen schwarzen Minirock, eine Jeansjacke mit Fransen und große, kreisrunde Ohrringe. Elaine merkte sich auch dieses Outfit, speicherte es ab. Ihr war immer noch nicht klar, wie man sich hier anzog. Die beiden jungen Frauen, die vor ihnen in ein Taxi stiegen, trugen pastellfarbene Kleider mit breiten Gürteln und weiße Schuhe mit dünnen Absätzen. Sie dachte an die zwei Koffer voller Kleider, die sie mitgebracht hatte, Kleider, die ihre Mutter ihr vor der Abreise gekauft hatte. Satinglänzende Oberteile, weite Bundfaltenhosen, einen dreistufigen Volantrock. Vera hatte sich fast mehr über dieses Auslandjahr gefreut als Elaine selbst. Die Vorstellung, dass ihr Exmann mindestens ein Jahr lang von seiner zweiten Frau getrennt leben würde, erfüllte sie mit Genugtuung. Dabei hatte Vera einen neuen Freund, den sie oft erwähnte, aber immer irgendwie verstohlen. Sie nannte ihn nur »Mister«. Geheimnisvoll. Elaine war zum Schluss gekommen, dass er wohl berühmt sein musste, der vielleicht in einem anderen Land lebte. Vera redete schon lange nicht mehr davon, dass Luc wieder zu ihr zurückfinden würde, aber das häusliche Glück mit der »Kindergartentante« gönnte sie ihm trotzdem nicht.

»Ich hab immer gesagt, das hält nicht ewig«, sagte sie. »Diese Ziege war doch nie die Richtige für ihn. Hier, probier das an.« In den Wochen vor ihrer Abreise verbrachte Elaine mehr Zeit mit ihrer Mutter als in den gesamten Jahren seit der Intervention. Vera stellte ihr eine neue Garderobe zusammen, sie gab ihr Geld mit, sie nahm ihr das Versprechen ab, regelmäßig zu schreiben. Zu berichten. So nannte sie es. Elaine wusste, dass die Aufmerksamkeit nicht wirklich ihr galt, aber sie konnte sich nicht helfen: Sie genoss sie.

Elaine legte den Kopf an die Fensterscheibe und schaute hinaus. Grau und grün zogen die Hügel vorbei, auch das Wasser war grau, der Himmel farblos, obwohl die Sonne auf dem Wasser glitzerte. Nichts war so, wie sie es sich vorgestellt hatte. Wo waren die Farben? Wo waren die Blumen?

»Oh, ich liebe diesen Song!«, rief Olivia und drehte das Radio lauter. Sie suchte Elaines Blick im Rückspiegel und sang aus voller Kehle mit.

»Don't don't don't you forget about me …«

Olivia sang so falsch und laut, dass Elaine keine Hemmungen hatte, mitzusingen. Auch wenn sie nicht alle Worte kannte.

»Will you recognize me?
Call my name or walk on by …«

Elaine verstummte. Plötzlich war sie so traurig, dass sie weinen wollte. Wer würde sie hier erkennen? Wer würde ihren Namen rufen? Als sie auf die Stadt zufuhren, baute sich eine graue Nebelwand vor ihnen auf. Elaine konnte sich nur schwer daran gewöhnen, wie der Nebel über die Hügel rollte und alles einhüllte, von einem Moment auf den anderen den Sommer auslöschte. Doch dann fuhren sie über die Golden Gate Bridge, und plötzlich lichtete sich der Nebel wieder. Auf der anderen Seite der Brücke schien die Sonne. Olivia nahm die erste Ausfahrt nach Sausalito und folgte einer steilen, kurvigen Straße zur Bucht hinunter. Eukalyptusduft wehte durch die offenen Fenster hinein.

»Ich hab was ganz Besonderes für euch«, versprach Olivia. Die Straße endete auf einem Parkplatz, von dem mehrere hölzerne Piers abgingen. Rechts und links waren Hausboote angedockt. Die meisten sahen aus wie gewöhnliche, wenn auch kleine, buntgestrichene Holzhäuser. Doch Olivia blieb vor einem stehen, das wie eine zufällige Ansammlung verwitterter Holzkisten aussah.

»Willkommen an Bord«, sagte sie. Elaine konnte ihre Begeisterung nicht recht nachvollziehen. Doch hinter der schäbigen Tür öffnete sich ein verzauberter Raum, halb Kirche, halb Märchenschloss, mit verschnörkelten Schnitzereien, bemalten Holzvertäfelungen, Buntglasfenstern und Bodenmosaiken. Über einem alten Holztisch hing ein üppiger Kronleuchter, dessen Arme aus Knochen zu bestehen schienen, vielleicht waren es auch Geweihe. Das Bücherregal an der Außenwand reichte bis unter die Decke. Luc zog einen ledergebundenen Band heraus.

»Henry Miller, Erstausgabe«, sagte er. »Das glaub ich ja nicht.«

»Na, hab ich zu viel versprochen?« Olivia grinste. »Das Boot gehörte einem Dichter, wie hieß er noch, Littleton, Littlejohn? Das ist seine persönliche Bibliothek, und die Möbel hat er zum Teil auch selbst geschreinert. Das ist doch perfekt für einen Schriftsteller wie dich, Luke!«

Journalisten, dachte Elaine.

Lucky Luke, dachte Elaine.

In einer Ecke stand ein Bett, auf dem ein alter Teppich lag. In der anderen ein Sofa, ein lederner Sitzhocker und die tischhohe, knallblaue Büste einer nackten Frau. Von der Mitte des Raumes aus führte eine schmale Treppe nach unten, das kunstvoll geschnitzte Geländer hatte die Form einer Schlange. Als Luc Olivia um die Taille fasste und herumwirbelte, verzog sich Elaine.

Die untere Etage war etwas moderner. Eine Küche, ein Badezimmer mit einer Dusche und ein Schlafzimmer. Mit einer Tür, die man hinter sich schließen konnte. Das Zimmer war klein, doch das Bett war mit Ketten an der Decke befestigt, so dass darunter Platz blieb für ein niedriges Büchergestell und einen Sitzsack aus blauem Kunstleder. An der Decke klebten Leuchtsterne, der Bettüberwurf war mit Raumschiffen bedruckt. Elaine vermutete, dass vor ihr ein kleiner Junge in dem Zimmer gewohnt hatte. An der hinteren Wand standen eine Kommode, ein Schreibtisch und ein Stuhl, alles modern, aber nicht besonders ansprechend. Doch das konnte sie ändern. Eine schmale Glastür führte auf eine kleine Terrasse, wo ein alter Metalltisch und zwei Stühle standen, die schon so oft gestrichen worden waren, dass Elaine nicht sagen konnte, welche Farbe sie ursprünglich gehabt hatten. Von dort aus konnte sie die Bucht sehen. Die anderen Boote und das Ufer auf der anderen Seite. Sie öffnete die Tür und kletterte hinaus. Elaine setzte sich auf einen der Stühle und legte ihre Füße auf den anderen. Sie schaute über das Wasser, auf dem das Licht glitzerte. Das andere Ufer schien weit weg und verschwommen im silbernen Licht, als wenn sie durch ein verschmutztes Fenster sehen würde. Sie würde Blumen auf den Tisch stellen und einen Aschenbecher Hier würde sie sitzen, lesen und ihre Schularbeiten machen.

»Hallo, Nachbarin!« Eine rundliche ältere Frau mit kurzem, grauen Haar winkte ihr von einem der Boote aus zu. »Willkommen am Rainbow Pier. Ich bin Daisy.«

»Hallo! Ich heiße Elaine.« Schüchtern winkte sie zurück. »Ich komme aus der Schweiz!«

Das erwähnte sie bei jeder Gelegenheit. Die Reaktion war immer dieselbe, auch jetzt:

»Oh, wie wunderbar! Ich liebe die Schweiz!« Jeder liebte die Schweiz, darauf konnte Elaine sich verlassen. Auch wenn man das Land gar nicht kannte oder mit Schweden verwechselte: Jeder liebte es. Die Amerikaner liebten überhaupt vieles.

Daisy winkte nochmals und wandte sich dann wieder ab, um ihre Geranien zu gießen, die in bunten Töpfen auf ihrem ganzen Deck verteilt standen. Der Anblick dieser so typisch schweizerischen Blume schien Elaine wie ein Zeichen. In der Siedlung hatten die meisten Wohnungen Geranienkästen vor den Fenstern gehabt. Und auch Kati hatte Geranien in Tontöpfen auf den Stufen vor ihrem Haus stehen. Selbst auf der winzigen Dachterrasse, die zu Veras Altstadtwohnung gehörte, blühte eine.

»Und? Was sagst du?«

Sie legte den Kopf in den Nacken und sah ihren Vater auf dem oberen Deck stehen. Er rauchte eine Zigarette, der unablässige Küstenwind wehte sein Haar waagrecht zur Seite. Er sah glücklich aus. Elaine stand auf und winkte ihm zu.

»Ich liebe es«, sagte sie. »Ich liebe, liebe, liebe es!«

Und dann erinnerte sie sich, dass sie genau das schon

einmal gesagt hatte. Dass sie dasselbe Gefühl schon einmal gehabt hatte, endlich im richtigen Haus zu leben. Bei ihrem ersten Besuch in Katis Fachwerkhaus.

Aber diesmal war es anders. Diesmal täuschte sie sich nicht.

4.

»Lass uns gleich ein paar Dinge klarstellen« sagte Luc. »Das hier ist ein Abenteuer für uns beide. Du bist jetzt siebzehn, kein Kind mehr. Ich seh uns hier als eine Wohngemeinschaft von zwei gleichberechtigten Erwachsenen, nicht als Vater und Kind. Verstehst du? Das heißt, wir sprechen uns ab, ob wir zusammen essen wollen, wir wechseln uns ab mit einkaufen und kochen. Ich werde auch hier viel arbeiten, viel unterwegs sein.«

Sie nickte. Flüchtig erinnerte sie sich an seine flammenden Beteuerungen früher. Dass sie der Mittelpunkt seiner Welt sei, dass es nichts Wichtigeres gäbe als sie. Luc nahm eine Blechdose aus dem Küchenschrank, die mit *COFFEE* beschriftet war und öffnete sie. »Da drin ist unser Haushaltsgeld. Ich werde es regelmäßig aufstocken, aber ich vertraue drauf, dass du nur das nimmst, was du wirklich brauchst. Wie gesagt, wir sind ein Team!«

Sie nickte.

»Und noch was: Ich hab dich in der Fahrschule angemeldet.«

»Ich bin doch erst siebzehn!« Ihr Geburtstag war auf ihren letzten Ferientag mit Kati und den Kleinen gefallen und in den Abreisevorbereitungen untergegangen. »Wir holen das nach«, hatte Luc versprochen. Eingelöst hatte er es noch nicht. »Wir haben auch gar kein Auto.«

Luc hielt die Zeitung hoch. Er hatte drei Anzeigen angekreuzt, drei Gebrauchtwagen, die er sich heute anschauen würde. »In Amerika bist du alt genug. Da kommst du hier nicht drum herum! Olivia holt mich gleich ab, willst du mitkommen?«

Elaine schüttelte den Kopf. Olivia kam fast jeden Tag vorbei, half mit Behörden und Erledigungen, fuhr sie hier- und dorthin. Manchmal ging Luc abends mit ihr essen, aber sie fragten Elaine jedes Mal, ob sie mitkommen wollte. Olivia hatte noch nie auf dem Hausboot übernachtet, und Luc war noch nie eine ganze Nacht lang weggeblieben. Nichts, was Kati wissen musste, dachte Elaine. Nicht dass sie ernsthaft vorhatte, sie zu benachrichtigen, wenn es anders wäre.

Luc hatte ein Bankkonto eröffnet, eine Sozialversicherungsnummer und einen Führerschein beantragt. Einen Telefonanschluss eingerichtet, einen kleinen Fernseher gekauft. Der Empfang war auf dem Boot nicht besonders gut, trotzdem klickte sich Elaine unablässig durch die zahllosen Sender. Inzwischen verstand sie auch meistens, was gesagt wurde. In einem riesigen Supermarkt hatten sie sich mit mehr Lebensmitteln eingedeckt, als sie in den wenigen Schränken im Hausboot verstauen konnten. Zuckrige Frühstücksflocken, Milch in riesigen Plastikflaschen, die bestimmt drei Liter fassten. Orangensaft, gefrorene, quadratische Teigtaschen, die man in den Toaster stecken konnte. Manche waren süß gefüllt, manche salzig, es gab sogar welche, die nach Pizza schmeckten. Nudeln mit Käsesauce, die in einer kleinen Tüte beigelegt war. Man rührte das orangefarbene Pulver mit Milch oder Wasser an und mischte es dann unter die gekochten Nudeln. Ordentlich in Papprollen gestapelte Kartoffelchips, die alle genau dieselbe Form hatten, Miniaturschokoriegel, Rosinen in kleinen Schachteln, Kekse in Tierform, Erdnussbutter. Elaine wusste nicht, wie sie bisher ohne Erdnussbutter hatte leben können. Sie löffelte sie direkt aus dem Glas und spülte sie mit Milch herunter. Die Jeans, die sie noch mit Kati gekauft hatte, waren bereits eine Nummer größer als die, die sie zu Hause getragen hatte, doch sie konnte bereits den obersten Knopf nicht mehr schließen.

Sie musste dringend abnehmen. Bevor die Schule begann.

Letzte Woche hatte Olivia sie zur Tamalpais High School gefahren, die sich etwas weiter nördlich in Mill Valley befand. Olivia sagte, es sei eine der besten öffentlichen Schulen im ganzen Staat. Obwohl Elaine in der Schweiz noch zweieinhalb Jahre von der Matura entfernt war, wurde sie hier als *senior* ins letzte Schuljahr eingeteilt.

»Welche Kurse möchtest du denn besuchen?«

»Kann ich mir das aussuchen?«

Es kam ganz darauf an, was ihre Wunschuniversität für Anforderungen stellte, erfuhr Elaine. Da sie aber nach einem Jahr in die Schweiz zurückkehren würde, und auch keineswegs sicher war, ob sie überhaupt studieren wollte, konnte sie sich ihren Stundenplan mehr oder weniger beliebig zusammenstellen. Das Angebot hatte nichts mit einem typischen Schweizer Stundenplan gemein, es erinnerte Elaine eher an eine Volkshochschule. Ausdruckstanz. Spanische Konversation. Geschichte der Frauenbewegung in den Vereinigten Staaten. Stimmbildung. Zeitgenössische amerikanische Literatur. Arbeiten mit Holz. Alles stand ihr offen. Sie musste nur eine bestimmte Anzahl an Wochenstunden erreichen. Elaine wurde ins Büro der Schülerberaterin geschickt, die ihr half, ihre Klassen so zu legen, dass ihre Tage halbwegs sinnvoll ausgefüllt waren.

»Schau, dass du jeden Tag eine Freistunde einplanst, dann kannst du die Schularbeiten gleich hier erledigen, wo du auch Zugang zur Bibliothek hast.«

So oder so war der Unterricht nachmittags um drei zu Ende. In Zürich hatte er oft bis fünf gedauert und morgens manchmal schon um sieben Uhr begonnen. Als Elaine das Büro der Schülerberatung verließ, schritt sie feierlich die leeren Flure ab und schaute sich die Bilder an den Wänden an, die gerahmten Portraits ehemaliger Schüler, die Mannschaftsbilder, die Glasschränke mit den Pokalen. Sie suchte ihren Garderobenschrank und probierte sicherheitshalber die Zahlenkombination aus, die Miss Bigelow ihr auf einen Zettel geschrieben hatte. Nächste Woche würde die Schule beginnen. Elaine versuchte, sich die mit Schülern gefüllten Flure vorzustellen. Die Stimmen, das Lachen, die Zurufe. Und sie mittendrin. Wie in einem amerikanischen Film.

Nachdem ihr Vater mit Olivia losgefahren war, um einen Gebrauchtwagen zu kaufen, erinnerte sich Elaine, dass sie an der Kreuzung zur Hauptstraße einen Drugstore gesehen hatte, den sie gut zu Fuß erreichen konnte. Als sie vom Deck ihres Hausboots auf den Pier sprang, was ihr inzwischen gelang, ohne sich festhalten zu müssen, winkten ihr Nachbarn von mindestens drei anderen Booten zu.

»Viel Spaß!«, rief Daisy von gegenüber.

»Ich geh nur einkaufen.«

Das Zusammenleben auf den Piers funktionierte auch nicht anders als in einem Schweizer Dorf oder in einer Siedlung. Jeder kannte jeden, jeder wusste alles über die anderen, jeder kommentierte, was die anderen taten. Das erstaunte nicht nur Elaine, sondern auch Luc, der seinen ersten Radiobeitrag über diesen »Anlaufhafen für Individualisten« produzieren wollte, nur um festzustellen, dass diese Individualisten großen Wert auf Konformität legten. Die Vorgaben waren nur andere, als sie gewohnt waren. Hier wurde nicht über fehlende Fußmatten im Flur oder Kinderwagen im Treppenhaus gelästert, sondern über Plastikflaschen in der Recyclingtonne. Laute Musik und Marihuanarauch waren okay, ein zu großes oder zu neues Auto auf dem Parkplatz nicht. Kurz nachdem sie eingezogen waren, war bei den Mülltonnen die Verpackung eines Mikrowellenofens gefunden worden. Mit detektivischem Spürsinn wurde der Besitzer ausfindig gemacht und gezwungen, das Gerät wegzugeben. »Wir lassen uns doch hier nicht radioaktiv verstrahlen«, hatten die wütenden Nachbarn gerufen, und Luc hatte seinen Sendebeitrag umbenannt: »Das kleine Dorf am Ende des Piers«.

Als Elaine den Parkplatz erreichte, blieb sie bei den Briefkästen stehen. Sie waren nicht abschließbar, dafür hatten sie rote Metallflaggen an der Seite, die man senkrecht stellte, wenn man Briefe abschicken wollte. Dann wusste der Briefträger, dass er etwas mitnehmen musste. Aber auch jeder, der zufällig vorbeiging. Das komplette Fehlen von Sicherheitsvorkehrungen beunruhigte Elaine. Wie konnten sie wissen, dass der Briefträger ihre Umschläge mitgenommen hatte und nicht irgendein Dieb? Was, wenn ihre Schecks nie beim Elektrizitätswerk oder bei der Telefongesellschaft ankamen? Ihr Vater lachte sie aus. »Was soll denn ein Dieb mit unseren Rechnungen?«

Elaine hatte das Bezahlen dieser Rechnungen übernommen. Sie liebte das altmodische System mit den Schecks, die sorgfältig von Hand ausgefüllt werden mussten, jede Zahl ausgeschrieben: *ONEHUNDREDAND-SEVENTY-EIGHT DOLLARS AND NINETY-SIX CENTS*, schrieb sie säuberlich in das entsprechende Feld. Sie schnitt auch alle Coupons und Sonderangebote aus der Zeitung aus, für Toilettenpapier und Spülmittel und tiefgefrorene Frühstückswaffeln, und verwahrte sie in ihrer Brieftasche.

Jedes Mal, wenn sie an den Briefkästen vorbeikam, kontrollierte sie ihr Fach. Manchmal fand sie einen versehentlich eingelegten, an einen Nachbarn adressierten Umschlag und legte ihn in das richtige Fach. Unwillkürlich fragte sie sich, ob die anderen das umgekehrt auch taten, oder ob unzählige Briefe an sie verloren gegangen waren. Bisher war noch kein einziger Umschlag an sie persönlich adressiert gewesen. Außer dem Willkommenspaket der Schule. Sie hatte Postkarten mit ihrer neuen Adresse an all ihre Freundinnen geschickt, an ihre Mutter natürlich. Selbst an Frank. Dass er nicht antwortete, wunderte sie am wenigsten. Er hatte mehr verdient als diese Postkarte. Aber ihre Freundinnen könnten sich so wenigstens für die Jeans bedanken, die sie ihnen durch Kati hatte zukommen lassen.

Elaine hatte sich hauchdünnes Luftpostpapier gekauft, das man zu einem Umschlag falten und zusammenkleben konnte. Fast jeden Tag schrieb sie Frank einen langen

Brief. Sie erzählte ihm, was sie erlebt hatte, was sie dachte. Sie versuchte zu beschreiben, was sie sah. Wie vertraut alles auf den ersten Blick schien und wie fremd sie sich gerade deswegen fühlte. Weil diese Vertrautheit trog. Weil das Bild bei genauerem Hinsehen Risse bekam. Sie schrieb ihm, wie sie sich in diesem Fremdsein einrichtete, wie viel Freiheit sie darin entdeckte. So listete sie alle Situationen auf, in denen sie *»I'm from Switzerland«* als Erklärung gebraucht hatte:

Im Café, in dem ihr die heiße Schokolade nur widerwillig und mit dem Hinweis »Das ist aber nicht gut für dich, Honey, so viel Zucker, und so früh morgens auch noch!« gebracht wurde.

Als ihre Nachbarin Bee, drei Boote weiter, ihre Wäscheleine beanstandete, an der wohlgemerkt nur unverfängliche Handtücher flatterten.

Gegenüber der Schülerberaterin, Miss Bigelow, die nicht glauben konnte, dass Elaine weder Baseball noch Basketball spielte.

Wann immer sie jemand nach ihrem Namen fragte. *»Hi, I'm Elaine, I'm from Switzerland.«*

Noch hatte sie keinen dieser Briefe abgeschickt. Sie faltete sie sorgfältig zu einem Umschlag zusammen, schrieb Franks Adresse darauf und ihren Absender in die obere linke Ecke, nicht auf die Rückseite, wie sie es gewohnt war. Sie frankierte die Umschläge sogar, doch dann steckte sie sie nicht in den Briefkasten, sondern in ihre Schreibtischschublade, die immer voller wurde. Jedes Mal, wenn sie sie öffnete, fragte sie sich, ob sie nicht den Fehler ihres Lebens gemacht hatte. Es fühlte sich so richtig an, hier zu sein. Und doch so verkehrt, ohne Frank.

Immer wieder spielte sie in ihrem Kopf die Szene von ihrem ersten Kuss ab. Sie waren so glücklich gewesen, zu Anfang wenigstens. Doch der tragische Unfall mit dem Lastwagen hatte alles verändert. Frank versuchte besessen, den Namen seines Vaters reinzuwaschen. Er wollte das Transportunternehmen zwingen, die Verantwortung für den Unfall zu übernehmen und die Arbeitsbedingungen der Fahrer zu verbessern. Er würde Arbeitsrecht studieren und Anwalt werden. Aber jetzt musste er auch für seine Familie da sein. Seine Mutter hatte sofort wieder angefangen zu arbeiten, nachmittags an der Kasse im Lebensmittelladen der Siedlung, wo sie stoisch die Blicke und das Getuschel der anderen Frauen aushielt. Nachts putzte sie in einem Großraumbüro, wo sie niemandem begegnete. Frank nahm einen Handlangerjob auf dem Güterbahnhof an, morgens, bevor die Schule begann. Er schlief kaum, hatte keine Zeit für Schularbeiten, seine Noten wurden immer schlechter. Doch statt das Jahr zu wiederholen, stieg er gleich ganz aus und begann eine kaufmännische Lehre in einer Bank. Den Handlangerjob behielt er, sie brauchten das Geld, sagte er.

Frank hatte keine freie Zeit mehr gehabt. Keine Zeit für Elaine, für Spaziergänge am Seeufer, für verrauchte Nachmittage im Café Maroque, nächtliches Schwimmen im See, Konzerte, stundenlanges Rumsitzen auf den Steinstufen an der Limmat, heftige Küsse, für Lachen. Er konnte sie auch nicht mehr zu Hause besuchen, wo sie die ganze Scheune für sich hatten und halbe Wochenenden ungestört im Bett verbringen könnten. Er musste für seine Geschwister da sein. Plötzlich hatte sie mit Frank auch gar nicht mehr reden können. Alles war so dunkel gewesen, so schwer. Sie hatten keinen Spaß mehr gehabt. Und Elaine wollte Spaß haben. Doch das konnte sie niemandem erzählen. Nicht einmal Mar würde das noch verstehen.

Wenn sie ehrlich war, verstand sie sich auch nicht. Wie konnte sie so selbstsüchtig sein. Was stimmte nicht mit ihr. Ihre Mutter hatte Recht: Sie war ein schlechter Mensch. Oder vielleicht hatte sie ihr Verantwortungsgefühl in ihrer Kindheit verbraucht.

Elaine ließ die Klappe des leeren Briefkastens herunterfallen und ging auf der linken Straßenseite in Richtung Highway. Es gab keinen Bürgersteig, die wenigen Autos, die ihr entgegenkamen, verlangsamten und machten einen riesigen Bogen um sie herum. Manchmal hupten sie, und ein Wagen hielt sogar an.

»Ist alles in Ordnung, Honey? Brauchst du Hilfe?«

»Ja, ja, danke, alles okay!«

»Bist du sicher? Das ist kein Wanderweg … wir können dich überall hinfahren, kein Problem!«

»Danke, ich gehe lieber zu Fuß.« *I'm from Switzerland*, dachte Elaine. Obwohl sie es nicht laut ausgesprochen hatte, würde sie die Begegnung ihrer Liste hinzufügen.

Im Drugstore fand Elaine ein ganzes Regal voller Diätpillen, Abführmittel und Entwässerungstabletten. Verstohlen schaute sie sich um, als sie die Packungen in ihren Korb legte. Sicherheitshalber kaufte sie auch ein paar unverfängliche Artikel, Wunddesinfektion, Lippenbalsam und Verbandspflaster. Doch wenn sich die Kassiererin über ihre Einkäufe wunderte, ließ sie sich nichts anmerken.

Hier konnte man wirklich tun und lassen, was man wollte. Amerika, das Land der Freien.

5.

Auch das war wie in den Filmen, die sie gesehen hatte: Die schiere Masse der Schüler, die auf das Schulhaus zuströmten. Manche stiegen aus gelben Schulbussen, andere aus ihren eigenen Autos oder von Fahrrädern, andere wurden von ihren Eltern abgesetzt. Auf Elaines Bitten hatte Luc ganz am Ende der Einfahrt angehalten. Er hatte einen hellgrünen Karman Ghia gekauft, das Auto war klein und unbequem, aber es machte Luc glücklicher, als Elaine ihn je gesehen hatte. Und er zog mehr Aufmerksamkeit auf sich, als ihr lieb war.

»*Go get them, Tiger*«, sagte Luc und küsste sie auf den Scheitel. Sie versuchte sich zu erinnern, aus welchem Film das war. Umständlich stieg sie aus dem niedrigen Wagen und zupfte ihren gebleichten Jeansrock zurecht, den sie an diesem Morgen nach endlosem Zaudern, Anprobieren, Verwerfen und neu Kombinieren angezogen hatte. Mit einem einfachen, weißen T-Shirt, die Ärmel bis zu den Schultern hochgerollt, und einer kurzen Lederjacke mit Fransen, die Olivia ihr ausgeliehen hatte. Elaine hatte nur gesagt, die Jacke gefalle ihr. Und schon hatte Olivia sie ausgezogen und über ihre Schultern gehängt. Außerdem hatte sie versprochen, Elaine ihre Lieblingsläden zu zeigen: »Ich kaufe grundsätzlich alles Secondhand, spottbillig.«

Elaine berührte ihre Haare, die sie frühmorgens noch gewaschen, geföhnt, auftoupiert und wieder nass gekämmt und schließlich mit Gel gebändigt hatte. Unsicher schaute sie auf ihre weißen Stiefeletten herunter und seufzte. Einen Moment lang wollte sie sich umdrehen und weglaufen. Sie wünschte, Frank wäre hier und würde ihre Hand halten.

Aus den Augenwinkeln nahm Elaine die anderen Schüler wahr. Sie traute sich nicht, den Blick zu heben, sich umzuschauen. Es hing von Kleinigkeiten ab, ob man sie als dazugehörig erkennen würde.

I'm from Switzerland, dachte sie trotzig. Ich muss nicht dazugehören.

Sie machte einen zögerlichen Schritt auf den Torbogen zu, der an eine spanische Kirche erinnerte. Im nächsten Augenblick wurde sie von hinten angerempelt. Sie stolperte, ließ ihren Rucksack fallen, die leeren Hefte fielen heraus, ihr Make-up Täschchen, ihre Stifte. Als sie sich bückte, um sie aufzuheben, kauerte sich ein Junge neben sie und half ihr. Auch das war wie im Film.

»Danke«, murmelte sie.

»Keine Ursache. Bist du neu? Ich heiße Dex.«

»Elaine.«

Und er: »Wie in diesem alten Film?«

So einfach war das.

Dex hatte allerdings nicht den gleichen Stundenplan wie sie. Pro Jahrgang verteilten sich fast hundert Schüler auf die verschiedenen Unterrichtsstunden, Elaine hatte weder einen festen Klassenlehrer noch ein Zimmer. Schnell gab sie es auf, jedem Lehrer zu erklären, dass sie aus der Schweiz kam und noch nicht so gut Englisch konnte.

»Englisch ist überbewertet«, winkte Mister Duggan ab, der missmutige junge Mann, der immerhin Zeitgenössische Amerikanische Literatur unterrichtete und es wissen musste. Er war leicht übergewichtig, sein Haar strähnig und fettig. Die Lektion begann er mit einem Hinweis auf seine eigenen Bücher, die allerdings noch unveröffentlicht waren. »Und das ist das Problem mit der zeitgenössischen amerikanischen Literatur: Sie weigert sich, relevant zu bleiben!« Unsicher sah Elaine sich um: Hatte sie richtig verstanden? Zwei Pulte weiter grinste ihr ein sommersprossiges Mädchen zu. Sie lächelte zurück. Das Mädchen ließ eine Kaugummiblase platzen.

Die Schule war so weitläufig und unübersichtlich, dass am ersten Tag alle mit Lageplänen durch die Gänge irrten. Einmal musste Elaine den Innenhof überqueren. Sie sah Schüler auf dem Rasen sitzen und lesen, diskutieren, Frisbee spielen, sich mit Wasser aus dem Brunnen bespritzen, sich auf den Kieswegen anrempeln, bis einer hinfiel. Die ganze Schule war ununterbrochen in Bewegung. Elaine ließ sich von diesem Strom mittragen. Sie war nicht die Einzige, die von woandersher kam. Sie war nicht die Einzige, die sich erst zurechtfinden musste. In jedem Unterrichtsraum wurde ihr ein neuer Platz zugewiesen, jedes Mal rutschte jemand bereitwillig zur Seite. In jeder Klasse lächelte ihr jemand zu.

»Cooler Mini«, sagte ein Mädchen mit schwarz geschminkten Lippen zu ihr. »Ist das Calvin Klein?«

Elaine wusste es nicht, aber das machte nichts.

»Ich heiße Alice. Was hast du als nächstes?«

»Elaine.« Sie faltete ihren Stundenplan auseinander und studierte ihn. »Ähm, Spanisch-Konversation.«

»Cool! Ich auch!« Alice hielt eine Hand hoch und schien auf etwas zu warten. Mit Verzögerung erinnerte sich Elaine an die Geste, die sie in Filmen gesehen hatte.

»*High Five*!«, rief sie und schlug ein. Alice wusste, wo sich das Spanisch-Klassenzimmer befand. Allein hätte Elaine es nicht gefunden. Alice redete ununterbrochen auf sie ein, erzählte von ihrem Sommerjob in einem Vergnügungspark, von der Scheidung ihrer Eltern, der neuen Wohnung ihres Vaters, die sie »suizidfördernd« fand, von ihrer besten Freundin Jennifer, die dieses Jahr einen völlig anderen Stundenplan hatte als sie und mit der sie nach Schulschluss zum Jumbo Jack fahren würde. »Kennst du Jumbo Jack? Alle gehen da hin, die haben die besten Milkshakes. Willst du mitkommen?«

Elaine nickte. Dann fiel ihr ein, dass Luc sie abholen würde. Bestimmt wollte er hören, wie es ihr an ihrem ersten Schultag ergangen war. Vielleicht würden sie zusammen Eis essen gehen, wie sie es früher manchmal getan hatten.

Doch als sie nach der Schule in Lucs Auto steigen wollte, hielt ein klappriger alter Wagen neben ihr, der aussah wie ein Haifisch mit einer riesigen Schnauze. Alice hupte und winkte aus dem offenen Fenster. Neben ihr saß ein Mädchen mit gebleichten Locken, das ein bisschen aussah wie Madonna in *Desperately Seeking Susan*.

»Was ist? Kommst du?«

»Geh nur«, sagte Luc. »Ich muss eh noch arbeiten.« Dann streckte er den erhobenen Daumen aus dem Fenster und rief: »Cooler Gran Torino!« Das musste das Auto sein. Ihr Vater liebte alte Autos.

»Cooler Dad«, sagte Alice.

6.

Elaine war immer eine gute Schülerin gewesen, aber sie hatte sich auch angestrengt. Das Lernen fiel ihr nicht leicht, ihre Gedanken schweiften ständig ab. Als sie jünger war, hatte sie sich oft in den Räumen ihres Kopfhauses verloren, wo sie immer neue Abenteuer erwarteten. Ein junger Hund, der mit ihr spielen wollte. Sprechende Puppen, die ihr die Geheimnisse der anderen Mädchen aus der Klasse verrieten, die der Mädchen, die nicht mit ihr spielen wollten. Eine durchsichtige Regenjacke, die sie unsichtbar machte, wenn sie sie anzog. Elaine hatte endlos über ihre Mutter nachgedacht, ob sie wohl aufgestanden war, ob sie wieder im Pyjama den Briefkasten geleert hatte und ob die anderen Frauen sie dabei gesehen hatten. In welcher Stimmung sie sie vorfinden würde, wenn sie nach Hause kam. Später hatte Elaine über ihre Freundinnen nachgedacht. War Mar sauer auf sie, weil sie so lange mit Sandra telefoniert hatte? Wie hatte sie herausgefunden, dass sie noch an den See gegangen war, obwohl sie ihr gesagt hatte, sie müsse direkt nach Hause? Und dann natürlich Frank. Endlos hatte sie über Frank nachgedacht. Über seine Launen, und was sie mit ihr zu tun hatten. Über seine seltsame Zurückhaltung, wenn sie mit ihm schlafen wollte. Die verkrampfte Höflichkeit, mit der er jedes Mal nachfragte, ob sie einen Orgasmus gehabt hatte. Einen Orgasmus! Auch über dieses Wort konnte Elaine endlos nachdenken. Dieses Wort, dass dem Ereignis ihrer Meinung nach so gar nicht gerecht wurde. Es klang wie die Bezeichnung für einen Dinosaurier, oder ein Virus. Noch schlimmer war »Höhepunkt«, als ob es ein Punkt wäre! Dabei war es doch … Elaine suchte ein besseres Wort und fand keines. Jedenfalls war es das Beste, was ihr das Leben bisher geboten hatte. Es löschte alles andere aus. War es so verkehrt, dieses Erlebnis wiederholen zu wollen, so oft wie irgend möglich? Doch ihre Freundinnen seufzten nur, wenn sie darauf zu sprechen kam. Sie beschrieben den Orgasmus als eine Art Fabelwesen, das nur mit größter Umsicht, Planung und Hinterlist einzufangen war. Ein Fabelwesen außerdem, das Männern leichter zulief als Frauen.

Elaine hatte schnell verstanden, dass ihre Erfahrung sie von den anderen entfernte. Das beschäftigte sie umso mehr. Nur mit Mühe hatte sie sich auf den Schulstoff konzentrieren können, ihre guten Noten waren hart erarbeitet gewesen. Jetzt aber fiel ihr die Schule zum ersten Mal in ihrem Leben leicht. Vielleicht lag es am Stundenplan, an der Tatsache, dass sie sich fast alle Kurse selbst ausgesucht hatte, oder am Unterricht, der stets mit lebhaften Diskussionen verbunden war. Vielleicht waren es aber auch die Tabletten. Diese Unruhe, die ein Leben lang in ihr kribbelte, war gebändigt. Sie ballte sich in ihrem Zwerchfell zusammen, machte sie wach und versetzte sie in die Lage, sich in eine Aufgabe zu verbeißen wie ein junger Hund in einen Pantoffel. Dafür konnte sie nachts nicht mehr schlafen. Aber das war ein kleiner Preis, den sie gern bezahlte. Manchmal saß sie morgens um fünf schon auf der winzigen Terrasse vor ihrer Schlafkabine und trank dünnen, amerikanischen Kaffee. Sie liebte die wässerige Brühe, die mehr Koffein enthielt als Coca-Cola, aber keine Kalorien. Sie rührte drei oder vier Packungen künstlichen Zucker hinein, aß zwei fettreduzierte Kekse dazu und ging ihre Liste für den Tag durch. Sie überprüfte ihre Schularbeiten, sie schrieb Einkaufszettel, manchmal auch einen weiteren Brief an Frank, den sie nicht abschickte.

Fast jeden Morgen sah sie die Sonne über der Bay aufgehen und eine Reihe Hausboote nach der anderen in gelbes Licht tauchen, sie sah ihre Nachbarn aufwachen. Big John gegenüber war immer der erste, der aufstand und auf seinem Deck eine Reihe von Yogaübungen absolvierte. Sein nackter Oberkörper war tiefbraun und verschrumpelt wie eine Rosine, sein langes, weißes Haar zu einem Zopf gebunden. Mühelos bewegte er sich von einer Stellung in die nächste. Als Elaine einmal versuchte, die Übungsfolge nachzuturnen, musste sie keuchend aufgeben. Als nächstes standen Daisy und Bill von nebenan auf und hoben stumm ihre übergroßen Tassen zum Gruß. Beide wurden erst im Verlauf des Tages gesprächig. Nachmittags wehte dann auch der klebrige Duft von Marihuana hinüber, aber von welchem Boot er kam, konnte sie nicht sagen.

Elaine blätterte nochmal durch ihr Aufsatzheft.

»Meine größte Herausforderung«, lautete das Thema. Aufsätze zu persönlichen Themen gehörten zur Bewerbung um einen Studienplatz. Da war ein bestimmter Ton gefragt, eine Mischung aus schonungsloser Ehrlichkeit und Einsicht. So hatte es Miss Bigelow formuliert, die dieses Bewerbungstraining leitete.

Meine größte Herausforderung ist meine Mutter, schrieb Elaine, ohne nachzudenken. Entsetzt hielt sie inne. Wie konnte sie so etwas schreiben! Sie schaute auf, als erwartete sie Protest von den Nachbarsbooten. Schwarze Wolken am Himmel, Blitz und Donner. Nichts geschah. Die Bucht war nie so ruhig wie frühmorgens. Das Wasser, das später am Tag oft leicht faulig roch und ölig schimmerte, lag um diese Zeit blau und spiegelglatt da, beinah unschuldig.

Meine Mutter ist eine Alkoholikerin, schrieb sie trotzig weiter. *Oder vielleicht auch nicht. Vielleicht spielt sie das nur. Ganz sicher weiß ich das nicht, weil ich nicht mehr bei ihr lebe. Ich habe meinem Vater geholfen, eine Intervention mit dem Jugendamt herbeizuführen. Danach wurde ihr das Sorgerecht für mich entzogen. Das hat mir meine Mutter bis heute nicht verziehen. Sie sagt, es sei nicht normal, dass ein Kind sich gegen seine Mutter wende. Aber ist es denn normal, dass ein Kind die Verantwortung für seine Mutter trägt?*

Sie konnte gar nicht mehr aufhören zu schreiben. Die englischen Worte verwandelten ihre eigene Geschichte in eine fremde, eine, die sie unbedarft erzählen konnte. Sie schrieb und schrieb, bis sie das Hupen vom Ende des Piers hörte. Ohne den Aufsatz nochmal durchzulesen, klappte sie das Heft zu, steckte es ein und stand auf.

Sie warf sich den Rucksack über die Schulter, steckte sich einen Kaugummi in den Mund und rannte zum Parkplatz, wo Jay-Jay bei laufendem Motor auf sie wartete. Elaine hatte immer noch kein eigenes Auto, ihr Vater hatte sein Versprechen wohl vergessen. Aber das machte nichts, sie fuhr ohnehin lieber bei den anderen mit, bei Jennifer oder Jay-Jay, der einen alten Kastenwagen von seiner Mutter übernommen hatte, ein riesiges Auto mit Holzvertäfelung an den Seiten, das schaukelte wie ein Boot. Die Sitzbänke waren durchgehend, so dass sie mindestens zu sechst Platz darin hatten, manchmal waren sie auch mehr. Dex hielt ihr die Tür auf, sie rutschte neben ihn. In den Kurven berührten sich ihre Beine. Unterwegs holten sie noch Sara ab und manchmal auch Alice, wenn deren Haifischwagen wieder mal nicht angesprungen war. Die Mädchen quetschten sich mit ihren Rucksäcken auf die Rückbank, Dex saß jetzt ganz außen an die Tür gepresst, und Elaine lehnte sich an ihn. Jay-Jay ließ lässig den Ellbogen aus dem Fenster hängen. Seine Freundin Jennifer fummelte am Radio herum, bis sie einen Song von Madonna fand, den sie mitsingen konnte. Es war, als würden sie in den Urlaub fahren.

»*Papa don't preach, I'm in trouble deep* …« Madonna war Jennifers Vorbild, sie versuchte, so auszusehen wie die Sängerin. Elaine sang mit, obwohl sie Madonna nicht besonders mochte. Sie sang mit, weil sie konnte. Weil es egal war, ob sie die Melodie traf oder die Worte wusste. Plötzlich musste sie an Mar denken. Wie sie immer versuchten, die englischen Songtexte zu verstehen. Sie hatten gemeinsam ein Notizbuch angelegt, das sie großspurig mit »Songtexts« angeschrieben hatten. Unterdessen wusste Elaine, dass es »Lyrics« waren, die sie gemeint hatten. Sie sah sich auf ihrem Matratzenlager in der Scheune liegen und verzweifelt versuchen, mitzuschreiben, während Mar den Kassettenrekorder vor- und zurückspulte, vor und zurück.

»Warte, war das nun *kissed for the thirty-first time*?«

»*For the very first time*, Dumm-dumm. Wenn das Lied *Like a virgin* heißt!«

Plötzlich wünschte sie sich, Mar wäre hier. Sie würden sich gegenseitig mit den Ellbogen anstoßen und grinsen. Doch wenn Mar hier wäre, könnte sie sich nicht neu erfinden. Könnte sich nicht an Dex schmiegen, nicht laut und falsch mit Madonna und Jennifer mitsingen, keinen Aufsatz über ihre Mutter schreiben.

Sie hatte schon einmal die Möglichkeit gehabt, sich neu zu erfinden. Als sie mit ihrem Vater aufs Land gezogen war, wo niemand ihre Mutter kannte. Doch dann hatte Elaine sich in den Kopf gesetzt, das Gymnasium zu besuchen. In Zürich. Zehn Gehminuten von der Altstadt entfernt, wo Vera wohnte und arbeitete. In einer Boutique, die alle Mädchen in der Schule kannten. In der Mittagspause pilgerten sie in Gruppen hin, starrten sehnsüchtig in die Schaufenster, seufzten über die hohen Preise, trauten sich nur selten, die schwere Glastür aufzuschieben und einzutreten. Niemand hatte Elaine gezwungen, mit ihnen mitzugehen. Geschweige denn, vor ihren Freundinnen damit anzugeben, dass die exzentrische Verkäuferin mit den hennaroten Haaren und knallblauen Fingernägeln ihre Mutter war. Das hatte sie dann davon. Endlose Fragen: Warum sie ihre Mutter Vera nannte, warum sie nicht bei ihr wohnte. Und warum ihre Mutter so schnippisch zu ihr war, sie kaum beachtete, wenn sie den Laden betrat.

Und dann hatte sie auch noch Frank geküsst! Frank, der alles wusste, was es über sie und ihre Mutter und die berühmte Intervention zu wissen gab. Frank, der monatelang versuchte, eine Annäherung zwischen Vera und Elaine herbeizuführen. Frank, dessen eigene Mutter, Rita Esposito, noch ganz genau wusste, wie die Intervention mit dem Jugendamt zustande gekommen war. Sie hatte Elaine ihre Rolle darin nie verziehen. »Ein normales Mädchen tut sowas nicht«, sagte sie immer. Elaine hatte vergeblich versucht, ihr zu erklären, dass ihr Vater sie manipuliert hatte. Sie war zehn Jahre alt gewesen, verdammt! Und sie hatte doch noch versucht, die Sozialarbeiterin umzustimmen. Sie hatte das alles nicht gewollt. Doch das beeindruckte Rita nicht. Ihre Meinung war gefasst.

Elaine hätte ein ganz normales Mädchen sein können, aber sie hatte es sich verscherzt. Mutwillig, wie sie im Nachhinein einsah. Noch einmal würde sie diesen Fehler nicht machen. Deshalb schickte sie die Briefe an Frank nicht ab. Diesmal bestimmte sie, wer sie sein wollte.

Elaine war beliebt. Sie war interessant. Gerade, weil sie anders war, gerade, weil sie aus Europa kam. Weil sie sich vor dem Sportunterricht mitten in der Garderobe umzog, ohne sich umständlich in ein Tuch zu wickeln oder zu warten, bis eine der drei abschließbaren Kabinen frei wurde. Weil sie sich die Achselhöhlen nicht rasierte, weil sie keinen BH trug. All das hatte ihr den Ruf eingebracht, sexuell befreit und erfahren zu sein. Die Mädchen bewunderten sie, suchten ihre Nähe, fragten sie um Rat. Die Jungen behandelten sie mit einer Mischung aus Verlegenheit und Ehrfurcht. In den Pausen war sie stets umringt, wenn sie die Cafeteria betrat, wurden eifrig Stühle verschoben, um ihr Platz zu machen. »Ich hab dich aber zuerst gesehen«, hatte Dex sich mal beklagt. Sie hatte gelacht, aber die Aufmerksamkeit schmeichelte ihr. Als ob sie etwas Besonderes wäre. Aber vielleicht war sie das ja tatsächlich. Zu Hause hatte sie ihre ganze Energie darauf verwendet, sich anzupassen, nicht aufzufallen, so zu sein, wie die anderen. Das war auch in der Schule von ihr erwartet worden. »Sie fügt sich gut in den Klassenverbund ein«, war das höchste Lob, »Sie kann sich nicht anpassen« das größte Problem gewesen. An der Schule in San Francisco hingegen wollten die Lehrer ständig die »persönliche Perspektive« der Schüler hören. Sie ermunterten sie, sich voneinander abzugrenzen. »Was meinst du als junge Frau mit Migrationshintergrund dazu?«, fragten sie. »Du als dunkelhäutiger junger Mann, du als Angehöriger einer Minderheit …«

Ohne darüber nachgedacht zu haben, meldete sie sich an diesem Morgen in der Englischstunde zum Vorlesen. Dazu musste man vor die Wandtafel treten, sich vor die ganze Klasse stellen. Anfangs hatte sie sich wegen ihres Akzents geschämt, doch schnell war ihr klar geworden, dass er sie nur interessanter machte.

»Meine größte Herausforderung ist meine Mutter«, las Elaine vor. »Meine Mutter ist eine Alkoholikerin. Oder vielleicht auch nicht. Vielleicht spielt sie das nur …«

7.

Die Ärztin, die sie empfing, sah aus wie ein kleiner Affe, mit einem lustigen runden Gesicht und rötlichem Kraushaar, das nach allen Seiten abstand.

»Ich bin Shannon Romero, ich leite diese Abteilung.«

»Luc Bertschi, vom Schweizer Nationalradio. Meine Tochter, Elaine.« Ihr Vater hatte darauf bestanden, dass sie ihn zu diesem Aufnahmetermin begleitete. »Ich bekomme dich ja nie zu Gesicht«, hatte er sich beklagt. »Wir wollten doch mehr Zeit miteinander verbringen, war das nicht der Sinn der ganzen Übung?«

Und dann nahm er sie mit auf Reportage. Sie hatte versucht, sich herauszureden, im letzten Moment ein Treffen der Theatergruppe in der Schule erfunden, aber Luc hatte das nicht gelten lassen. »Ich finde es wichtig, dass du dich diesen Realitäten aussetzt«, sagte er. »Ich will nicht, dass du weltfremd und behütet aufwächst.«

Da bestand wohl keine Gefahr, dachte Elaine. Doch sie sagte nichts, und ihr Vater lenkte ein. »Danach gehen wir zusammen essen und du suchst das Restaurant aus!«

»Okay, wenn das so ist, dann will ich in den Tonga Room!« Saras älterer Bruder hatte dort seinen Geburtstag gefeiert. Zwischen Palmen und Strohdachhütten und einer Band, die inmitten einer künstlichen Lagune spielte. Er und sein bester Freund waren mitsamt ihren Kleidern ins Wasser gesprungen und hatten lebenslanges Hausverbot bekommen. Elaine glaubte die Geschichte nur halb, schließlich war Saras Bruder auch erst neunzehn. Er durfte also noch gar keinen Alkohol trinken. Wer unter einundzwanzig war, durfte nicht mal eine Bar oder einen Club betreten. Das hatte Elaine verwundert, sie war automatisch davon ausgegangen, dass Amerika in allen Bereichen fortschrittlicher war als die Schweiz. Die Tatsache, dass sie Alkohol trinken durfte, seit sie sechzehn war, trug entscheidend zu ihrem Ansehen an der Schule bei.

Alice hatte eine gefälschte Identitätskarte, aber keine besonders gute. Und so lungerten sie vor Tankstellenshops herum, bis jemand auftauchte, der bereit war, ihnen ein Sixpack Bier zu kaufen. Manchmal hatte jemand eine Flasche aus dem elterlichen Barschrank mitgehen lassen. Weil man am Strand oder in einem Park auch nicht trinken oder genauer, keine »geöffneten Behälter, die alkoholische Getränke enthalten« mitführen durfte, saßen sie oft einfach in Jay-Jays Auto und rauchten. Mit der Zeit wurde das Hausboot zu ihrem Treffpunkt. Luc war selten da und wenn, dann machte er keine Vorschriften. Er ließ die Jugendlichen Bier trinken und rauchen. Das sprach sich in der Schule herum, und immer mehr Leute tauchten unangemeldet auf, auch solche, die Elaine gar nicht kannte. Das wurde ihr schnell zu viel, sie machte sich Sorgen, dass die Nachbarn sich beschweren würden, dass etwas kaputt ging, schließlich waren sie nur zur Miete hier. Manchmal zog sie sich in ihr Zimmer zurück, oder auf das untere Deck. Verzweifelt versuchte sie, den Besucherstrom einzudämmen. Sie bat Luc um Hilfe, doch der winkte ab. »Ist doch toll, dass du endlich so viele Freunde hast!«

Er war jetzt immer öfter schon nachmittags zu Hause, sorgte großzügig für Nachschub und unterhielt sich mit ihren Freunden. Es dauerte nicht lange, bis er sie fragte, ob er ihre Gespräche aufnehmen durfte. Elaine hoffte insgeheim, ihre Freunde würden sich dagegen wehren. Doch sie waren begeistert. »In einer europäischen Radiosendung interviewt zu werden, macht sich super im Lebenslauf!«. So unangepasst sie sich gaben, sie hatten alle das Ziel, an Eliteuniversitäten zu studieren.

»Es gibt zwei, drei Punkte, die mir wichtig sind«, sagte die Ärztin jetzt. »Ansonsten können Sie reden, mit wem Sie wollen, Sie können sogar an unserer Karaoke-Party teilnehmen.«

»Karaoke-Party?«, fragte Elaine, plötzlich interessiert. Drei Monate Stimmtraining und Musicalchor hatten ihr Selbstvertrauen gestärkt. »Ich singe ganz gut.«

»Okay.« Die Ärztin schaute sie jetzt zum ersten Mal an. »Gute Stimmen können wir immer brauchen. Also kommt, ich stelle euch ein paar Leute vor.«

»Darf ich schon ein bisschen Hintergrund aufnehmen?«, fragte Luc höflich.

Sie nickte gnädig. »Ich will Ihnen nichts vormachen, wir brauchen die Aufmerksamkeit der Medien. Aber gewisse Regeln müssen eingehalten werden. Es geht hier um Menschen, verstehen Sie? Nicht in erster Linie um Kranke, um Sterbende, nein, um Menschen, die unseren Respekt verdienen.«

»Absolut, absolut.«

»Hey, Micky«, rief sie einem dunkelhaarigen Pfleger zu, der aus einem der Krankenzimmer trat. »Das ist Luke, vom schwedischen Nationalradio.«

»Schweizerischen.«, murmelte Luc.

»Und seine Tochter – sorry, wie heißt du nochmal?«

»Elaine.« Irritiert kniff sie die Augen zusammen. Der Pfleger kam ihr bekannt vor, mit seinen langen, schwarzen Haaren, die er zu einem Zopf geflochten hatte, seinen muskulösen, tätowierten Armen.

»Was ist los?«, fragte er, als er ihren Blick bemerkte. »Habt ihr etwa keine *natives* in Schweden?«

»In der Schweiz«, murmelte Elaine trotzig. »Und nein, haben wir nicht.« Nur in den Büchern, die sie gelesen hatte. Deshalb kam ihr Micky so bekannt vor! Er erinnerte sie an Chee, den Häuptlingssohn aus *Der rote Seidenschal,* der ihre erste heimliche Liebe gewesen war. Verlegen wandte sie sich ab, doch Micky beachtete sie gar nicht weiter.

»Nate ist unten in der Notaufnahme«, sagte er zu Doktor Romero. »Sie bringen ihn gleich rauf. Immer dasselbe Theater!«

»Ist denn Jeff nicht bei ihm?«

Micky schüttelte den Kopf, und die Ärztin seufzte. Sie nickte Luc zu und zeigte auf sein Mikrofon. Folgsam schaltete er das Aufnahmegerät ein und hielt ihr das Mikrofon unter die Nase.

»Was jetzt gleich passiert, erleben wir leider nur zu häufig. Einer unserer Patienten ist unten in der Notaufnahme, aber er wird dort nicht behandelt. Weil er Aids hat. Wohlgemerkt, die Notaufnahme ist gesetzlich dazu verpflichtet, jeden Patienten zu behandeln, egal, ob er versichert ist oder nicht. Nur bei Aidspatienten scheint das nicht zu gelten. Sie werden direkt zu uns hinaufgeschickt, obwohl wir hier gar nicht die Soforthilfe leisten können, die sie benötigen.«

Sie ging die paar Schritte zur Tür zurück, durch die sie eben eingetreten waren. Elaine fiel auf, wie schnell sich die zierliche Ärztin bewegte. Ungeduldig wartete sie, bis Luc sie mit dem Mikrofon eingeholt hatte.

»Der Patient, der jetzt gleich gebracht wird, heißt Nate, Nathaniel. Er hat einen Blumenladen an der 18th Street und stellt unter anderem die Blumenarrangements für das Castro Cinema zusammen. Er lebt mit Jeffrey zusammen, einem klassischen Gitarristen, und hat zwei unglaublich verzogene kleine Hunde, richtige Kläffer. Aber hier zählt das alles nicht. Hier ist Nate kein Mensch, hier ist er eine Bedrohung. Obwohl längst erwiesen ist, dass HIV nicht über die Atemwege übertragen wird.«

Sie drückte auf den roten Knopf, die Flügeltür schwang auf und zwei Astronauten in Schutzanzügen schoben ein Rollbett herein auf dem ein Bündel blutiger Tücher lag. Es dauerte einen Moment, bis Elaine eine menschliche Form unter den Laken erkannte.

»Lassen Sie mich raten, die Herren«, sagte Doktor Romero. »Ein Atomunfall?«

Die Astronauten ließen das Rollbett stehen und machten sich aus dem Staub. Sie rannten beinahe. Als die Tür hinter ihnen zugefallen war, schob Micky die Liege weiter. Doktor Romero beugte sich im Gehen über den Patienten und redete leise auf ihn ein. Elaine sah, wie sie eine abgemagerte Hand unter den Laken hervorzog und sanft streichelte. Als sie das Zimmer erreichten, richtete sich die Ärztin auf und schüttelte stumm den Kopf. Micky schloss die Tür hinter ihnen.

Etwas verloren standen sie im Flur herum, Luc drehte an seinem Aufnahmegerät, setzte immer wieder zu einem Satz an, aber brachte kein Wort heraus.

»Und wenn ich mich hier anstecke?«, fragte Elaine trotzig. »Hast du dir das schon mal überlegt?«

»Nun stell dich nicht dümmer, als du bist!«

Elaine zuckte zusammen. Tränen schossen ihr in die Augen, obwohl sie die Bemerkung verdient hatte. Micky, der in diesem Moment aus dem Zimmer trat, ein blutiges Lakenbündel in den Händen, blieb vor ihr stehen. Er musste sich ein wenig bücken, um ihr in die Augen zu sehen.

»Hey, hey, hey«, sagte er sanft. »Nimms nicht so schwer. Nate ist ein Überlebenskünstler. Der kommt schon wieder auf die Beine.« Er warf das Bündel in einen Container und rieb sich dann die Hände mit einer Lösung aus einem Pumpspender ein, der darüber angebracht war. Als er Elaines Schulter drückte, stieg ihr der scharfe, medizinische Geruch in die Nase.

»Neueste Hygienevorschriften«, erklärte er, mehr an Luc gewandt. »Wir sind nicht fahrlässig hier. Aber menschlich.« Und zu Elaine: »Du hast Mitgefühl, dafür musst du dich nicht schämen.«

Sie senkte den Kopf und schämte sich erst recht. Wenn

Micky wüsste, warum sie wirklich weinte! Es war nicht einfach, sich neu zu erfinden, wenn man so wenig über sich wusste. Elaine weinte jetzt richtig, schniefte, zog die Nase hoch. Micky drückte tröstend ihre Schulter. Am liebsten hätte sie sich an ihn gelehnt, aber sie traute sich nicht. In seiner Gegenwart fühlte sie sich seltsam geborgen. Vielleicht, weil er so groß war, vielleicht weil er sie an Chee erinnerte. Mickys Kittel war zerknittert und roch nach Schweiß und nach Rauch. Er reichte ihr ein raues Papierhandtuch aus dem Behälter, der neben dem Desinfektionsmittel an der Wand hing. Verlegen wischte sie sich das Gesicht ab und schaute zu ihrem Vater hinüber. Er hatte das Aufnahmegerät wieder eingeschaltet. Micky ging in das Krankenzimmer zurück, gerade, als die Ärztin herauskam. Sie streifte sich die Handschuhe von den Fingern und warf sie in denselben Container.

»Ja, manchmal tragen wir auch Handschuhe«, sagte sie ins Mikrofon. Sie hatte das rote Aufnahmelicht sofort wahrgenommen. Es war klar, dass Luc nicht der erste Journalist auf der Abteilung war. »Aber wenn wir es tun, dann ist es zum Schutz der Patienten, nicht zu unserem.«

Dann wandte sie sich an Elaine. »Karaoke, wie gesagt. Du kannst also singen?«

Elaine nickte. Konnte man ihr ansehen, dass sie geweint hatte? Sie zog die Nase hoch, schob das Papiertaschentuch in den Ärmel ihrer Lederjacke.

»Gut. Weißt du, was du singen willst?« Als sei nichts gewesen. Als sei ihr nicht ein kranker Mann vor die Füße geworfen worden wie ein Stück Abfall. »Was ist mit Ihnen, Luke?«

»Ich kann nicht gut gleichzeitig aufnehmen und singen.«

»Wer sagt denn, dass Sie dabei aufnehmen dürfen?« Sie lachte und drückte seinen Arm. »Ich mach nur Spaß. Natürlich dürfen Sie!«

Flirtete die Ärztin mit Luc? Elaine konnte den amerikanischen Umgangston immer noch nicht richtig einordnen, vor allem bei Frauen. Ihre Stimmlage wirkte oft unecht und übertrieben, gleichzeitig waren sie schockierend offen. Amerikaner sagten Dinge zueinander, von denen sie nicht einmal gewusst hatte, dass man sie anderen Menschen gegenüber aussprechen konnte. Und dann sprangen sie wieder in die Luft und klatschten in die Hände wie kleine Kinder.

»Schauen wir mal, ob Ihre Tochter wirklich so gut singen kann, wie sie behauptet!« Sie nahm Luc am Arm und zog ihn förmlich hinter sich her. Wenn Elaine die Augen zusammenkniff, sah es fast aus, als hätte sich ein Kind bei ihrem Vater eingehängt.

Der Flur endete in einer Art Foyer. Zwei Reihen Stühle waren im Halbkreis angerichtet, an der Wand standen zwei zusammengeschobene Klapptische, mit einer bunten Papiertischdecke belegt. Ein halbherziges Buffet war darauf ausgebreitet, Chipstüten, Eispackungen, eine Plastikschachtel voller Zimtschnecken, ein Pappteller mit den bleichen Käsedreiecken, die man schon vorgeschnitten kaufen konnte. Patienten kamen aus allen Zimmern, manche stützten sich auf ihren Infusionsständer, andere wurden im Rollstuhl geschoben. Manche trugen nur ihren hellgrünen Krankenhauskittel, der hinten notdürftig zusammengebunden war. Andere hatten extravagante Morgenröcke darüber gezogen, einer hatte eine blaue Federboa umgelegt. Alle waren sie sehr dünn. Erschreckend dünn. Automatisch fuhr sich Elaine mit den Händen über die Hüften, um die Knochen zu spüren, die da seit einiger Zeit spitz hervorstanden. Das tat sie ständig, diese Höcker unter ihrer Haut übten eine beruhigende Wirkung auf sie aus. Angehörige mischten sich unter das Pflegepersonal und bedienten sich am Buffet.

»Das ist Dorrie«, stellte ihnen Doktor Romero eine pummelige ältere Frau vor, die gerade mit einer Plastikverpackung kämpfte. Sie trug einen rosaroten Polyesterkittel, auf dem ihr Name aufgestickt war. »Dorrie arbeitet in einem Supermarkt. Jeden Samstag bringt sie uns dieses Festmahl mit, alles Produkte, deren Haltbarkeitsdatum gerade abgelaufen ist. Unsere Patienten schätzen das sehr, die meisten haben nur wenig Appetit, aber ein bisschen Eis geht immer. Stimmt doch!«

Sie nahm einen Plastiklöffel und fuhr damit in eine der Eispackungen, in dem eine braungesprenkelte Masse vor sich hinschmolz.

»Hmm … *Rocky Road* ist mein Liebstes!« Genüsslich leckte sie den Löffel ab. Dann zog sie ihn wieder durch die Eiscreme und hielt ihn Elaine hin. »Willst du probieren?«

Entsetzt schüttelte Elaine den Kopf. Nicht nur wegen der Kalorien. Die Vorstellung, einen Löffel abzulecken, den andere schon im Mund gehabt hatten, war zu eklig. Erst recht auf einer Aidsstation. Aber das war wohl genau der Punkt, den Doktor Romero beweisen wollte. Sie zwinkerte und steckte den Löffel in den eigenen Mund. Elaine hatte den Test nicht bestanden.

Immer mehr Patienten und Pfleger kamen in die Lobby und setzten sich auf die Stühle, die im Halbkreis vor dem

Buffet aufgestellt waren. Neben dem Klapptisch stand eine einfache Anlage, nicht mehr als ein Verstärker und zwei Mikrofone. Ein dünner Ordner enthielt die Titel der gespeicherten Songs. Der Ordner erinnerte Elaine an die Speisekarten, aus denen sie im Hotel an der Fisherman's Wharf ihre Mahlzeiten bestellt hatten. Wie lange her ihr das jetzt schien, wie weit weg. Sie war nicht mehr die verunsicherte Touristin, die Angst hatte, die Straße entlangzugehen. Sie war nicht mehr der pummelige Teenager in den viel zu biederen Kleidern aus der Schweiz.

»Na, weißt du, was du singen willst?« Micky stand hinter der Anlage und fummelte an den Schaltern herum. Elaine schüttelte den Kopf. Sie blätterte durch die Seiten, erst langsam, dann immer schneller, auf der Suche nach einem Lied, das sie kannte, das sie im Musicalchor geübt hatten.

»B 47«, sagte einer der Patienten zu Micky. Dieser nickte und drückte die entsprechenden Tasten, wie an einer Jukebox. Es gab keine Moderation und auch scheinbar keine Regeln. Manche Patienten hörten andächtig zu und applaudierten nach jedem einzelnen Song, andere redeten ungeniert weiter. Manche Darbietungen provozierten Zwischenrufe, einmal flog ein leerer Becher in Richtung des Sängers. Dieser lachte nur. Manche sangen mit professioneller Hingabe, wie Doktor Romero, deren Stimme die ganze Abteilung füllte. Sie sang zwei Lieder hintereinander, bevor sie sich verbeugte.

»Man muss sie schon mit Gewalt vom Mikrofon wegzerren«, murmelte Micky.

Manche Patienten hauchten mehr, als dass sie sangen. Andere trafen keinen richtigen Ton, aber das schien sie nicht zu kümmern. Vielleicht verlor man die Angst davor, sich lächerlich zu machen, wenn man so krank war. Vielleicht war es nicht mehr so wichtig, was andere über einen dachten oder sagten, wenn man ohnehin bald sterben würde.

»Na, was ist?« Die Ärztin schaute Elaine herausfordernd an. Sie hatte das Gefühl, eine Prüfung bestehen zu müssen. Aus den Augenwinkeln sah sie ihren Vater an seinem Aufnahmegerät herumnesteln. Plötzlich verstand sie, dass er sich dahinter versteckte. So konnte er überall dabei sein und doch nirgends aktiv teilnehmen. Diese Erkenntnis half ihr jetzt allerdings auch nicht weiter. Elaine schlug die letzte Seite um und seufzte vor Erleichterung.

»Das hier«, sagte sie und zeigte mit dem Finger auf den Titel. »M 28.«

Micky drückte die entsprechenden Tasten und eine etwas scheppernde Melodie erklang und wurde sofort mit Zurufen und Pfiffen erkannt. Elaine räusperte sich und begann zu singen, erst leise, dann immer sicherer und lauter.

»*Well, if you want to sing out, sing out*
And if you want to be free, be free
'Cause there's a million things to be
You know that there are …«

Ihr Vater näherte sich von der Seite, das Aufnahmegerät auf sie gerichtet. Doch das Mikrofon begann sofort ohrenbetäubend zu pfeifen, und Micky scheuchte ihn weg.

»*You know that there are …*«, fiel die Ärztin ein. »Oh, ich liebe dieses Lied! Dass eine so junge Frau das noch kennt? Ist ja großartig.«

Elaine zuckte mit den Schultern. *Harold and Maude* war einer von Veras Lieblingsfilmen. Kurz vor der Abreise hatte sie ihr die Videokassette geschenkt. Elaine hatte den Film früher nie gemocht und ganz vergessen, dass er in San Francisco spielte. Die Geschichte gefiel ihr immer noch nicht, sie fand sie verstörend, und sie ärgerte sich über die Hauptfiguren. Harold mit seiner Besessenheit vom Tod und erst recht Maude, die einem permanent weismachen wollte, das Leben sei ganz einfach. Doch auf einmal hatte Maudes simple Botschaft sie mit unbestimmter und bisher ungekannter Hoffnung erfüllt. Vielleicht war es ja wirklich so, wie sie behauptete. Zumindest, wenn man in San Francisco lebte.

»*You can be who you are … you can do what you want …*«

8.

»Ich habe meiner Tochter versprochen, sie in den Tonga Room auszuführen«, sagte Luc. »Aber wenn du willst, kannst du gerne mitkommen, Micky. Ich würde mich gern noch länger mit dir unterhalten, mehr über die Situation der *natives* in diesem Land erfahren.«

»In den Tonga Room?« Micky lachte. »Nicht schlecht, da war ich noch nie«, fuhr er fort. »Aber wir gehen nach Schichtende immer in die Yellow Rose, gleich unten an der 24. Straße. Kommt doch mit uns – außer natürlich, du willst die ganze Truppe in den Tonga Room einladen?«

Luc lachte verlegen. Er strich sich die Haarsträhne aus dem Gesicht, die immer wieder in seine Stirn fiel. »Liebend gerne. Ich weiß nur nicht, was mein Sender dazu sagen würde …«

Micky knuffte ihn in die Schulter. »Entspann dich, war

nicht ernst gemeint.« Elaine beobachtete den Austausch. Flirtete Micky etwa auch mit ihrem Vater? War Micky vielleicht schwul? Komisch, dass sie sich das erst jetzt fragte. Immerhin waren sie in San Francisco. Und auf der Aidsstation. Aber die Art, wie er sie angeschaut hatte, als sie geweint hatte, beinahe zärtlich. Als sähe er etwas in ihr, von dem sie selbst nichts wusste.

»Ich habe Hunger«, maulte sie. »Ich will gehen.« Auch Dex war heute in der Stadt, fiel ihr ein. Er wollte einen Plattenladen an der Haight Street besuchen, wo man auch gebrauchte Videokassetten kaufen konnte, was manchmal billiger war als die Filme zu mieten. Sie hätte mit ihm mitfahren können. Er hatte sich das Auto seines älteren Bruders ausgeliehen und den ganzen Nachmittag und Abend bis ins letzte Detail durchgeplant, bis hin zum Imbiss in einem Diner, den er im Führer *Cheap Eats* gefunden hatte.

»Alice und Jay-Jay kommen auch«, hatte er klargestellt, damit sie nicht dachte, er lade sie zu einem Date ein. Trotz aller Filme, die sie gesehen hatte, verwirrte das Konzept Dating Elaine zutiefst. Es war mit so vielen Regeln verbunden und erforderte mehr strategisches Denken als ein Schachspiel.

»Wie macht ihr es denn in der Schweiz?«, hatte Sara sie einmal gefragt und sie hatte nur mit den Schultern gezuckt.

»Wir reden nicht darüber.« Das klang erwachsener und geheimnisvoller als es war, aber es stimmte auch: Sie und Frank hatten nie darüber geredet. Es war einfach. Sie hatte ihn geküsst, von da an waren sie ein Paar. Wie oft sie sich sahen, was sie miteinander unternahmen, wo sie hingingen, an welchem Wochentag, wer was sagte, wer wen wo berührte – das alles passierte einfach. Es war nicht Gegenstand endloser Analysen, hatte keine übergeordnete Bedeutung.

»Also abgemacht, wir treffen uns in der Yellow Rose unten an der Potrero Avenue, Ecke 24th Street. Es ist ein bisschen runtergekommen, aber das Essen ist okay. Und billig.«

Der Karmann stand im Parkhaus. Bis sie ihn zum Laufen gebracht, das Restaurant und dann einen Parkplatz gefunden hatten, saßen die anderen schon um einen runden Tisch. In der Mitte stand eine riesige Platte mit etwas Undefinierbarem, mit Käse Überbackenem.

»Das sind Jasmin, Bobby und Alejandro«, stellte Micky seine Kollegen vor, die bereitwillig zusammenrutschten, um Platz für Elaine und Luc zu machen. »Und hier kommt Beanie mit dem Bier!« Ein stämmiger junger Mann mit kurzgeschorenem Haar stellte gekonnt zwei große Plastikkrüge mit hellem, schäumendem Bier und einen Stapel Becher auf den Tisch. Alle rutschten noch einen Platz weiter. Der junge Mann – oder war es eine Frau? – setzte sich neben Elaine und drückte ihre Hand.

»Beanie, wir kennen uns noch nicht.« Der Stimme nach zu schließen, war Beanie eine Frau.

»Elaine.« Aus den Augenwinkeln versuchte sie, Beanies Körper einzuordnen. Waren das Brüste, die sich unter dem schwarzen T-Shirt abzeichneten? Beanie fing ihren Blick auf und zwinkerte ihr zu.

»Das erste Mal, dass du eine Butch siehst?«

Elaine nickte. Sie wusste nur, dass ein *butcher* ein Metzger war. Doch das war wohl kaum, was Beanie meinte. So oder so hatte sie nie jemanden getroffen, der aussah wie sie.

You can be who you are. You can do what you want.

Ihr Vater schob ein halb gefülltes Bierglas über den Tisch. Die Gespräche verstummten einen Augenblick. »In der Schweiz dürfen Jugendliche bereits ab sechzehn Alkohol trinken«, erklärte Luc. »So lernen sie, verantwortungsvoll damit umzugehen. Wir haben viel weniger Probleme damit als ihr hier.« Er hatte Elaine nicht gefragt, ob sie überhaupt ein Bier wollte. Sie mochte Bier nicht besonders. Sie konnte nicht einschätzen, ob die anderen sie bewundernd oder irritiert anschauten, deshalb nippte sie nur daran. Bier machte außerdem dick.

»Hier ist es aber verboten«, sagte Micky und goss den Rest aus ihrem in seinen Becher. Dann stand er auf, kletterte über die anderen hinweg aus der Nische und holte an der Bar eine Cola. Cola machte noch dicker als Bier, doch Elaine sagte nichts. Micky hatte sich an Beanie vorbeigedrängt und saß jetzt neben ihr. Sein Bein berührte ihres.

»Micky, ist es okay, wenn ich aufnehme?« Luc legte das Aufnahmegerät auf den Tisch und zog das dünne, braune Notizheft hervor, das immer zusammengerollt in seiner Hemdtasche steckte. »Magst du mir erzählen, wie es war, im Reservat aufzuwachsen?«

»Ich bin im Pueblo aufgewachsen«, korrigierte Micky. »Das ist ein bisschen was anderes. Wir waren immer schon sesshaft. Wir wurden nicht aus dem Land unserer Ahnen vertrieben. Abgesehen davon …« Er unterbrach sich, schaute sich um. »Komm schon, Luke, wir sind hier, um abzuschalten. Lass uns ein andermal der Roten Straße entlang wandern.« Er langte über den Tisch und legte seine Hand auf die von Luc. Seine Finger waren lang und kräftig. Er trug mehrere Silberringe mit Türkisen und Korallen.

Luc zog seine Hand weg und nickte. »Alles klar, ich wollte nicht aufdringlich sein.« Er schaltete das Aufnahmegerät aus, rollte sein Notizheft wieder zusammen. Doch Elaine wusste, dass er sich jeden Satz merkte, der am Tisch gesagt wurde.

Sie brach ein paar Maischips aus dem Gebilde auf dem Teller, das Nachos hieß. Die Chips waren mit einer Art Hackfleischsauce und einer Unmenge von geschmolzenem Käse belegt, der bereits hart wurde. Vorsichtig probierte sie. Es schmeckte nicht schlecht, aber es war schwierig zu essen, ohne sich zu bekleckern und Käsefäden zu ziehen. Seit sie diese Tabletten nahm, konnte sie essen was sie wollte, weil sie nach drei Bissen das Interesse verlor. Sie legte noch ein paar Chips mit Sauce auf eine Papierserviette. Micky langte an ihr vorbei nach der Tabascoflasche.

»Willst du?« Bevor sie antworten konnte, hatte er schon ein paar Tropfen auf ihre Chips geschüttelt. Seinen eigenen Teller bediente er großzügiger. Dann reichte er die Flasche weiter. Seine Hand blieb auf Elaines Schulter liegen. Ihr Rücken richtete sich auf. Über den Tisch fing sie den Blick ihres Vaters ein und erwiderte ihn ungerührt. »Wir sind eine WG«, hatte er gesagt.

»Du bist so gut wie erwachsen.« Er schien sich nun auch an seine Worte zu erinnern und schaute weg. Das Gespräch am Tisch kreiste um Doktor Romero, die nicht mitgekommen war. Die nie mitkam. Nicht, weil sie sich nicht mit dem Pflegepersonal abgab, sondern weil sie meist Doppelschichten machte.

»Hat sie nicht Familie?«, fragte jemand. »Muss sie nicht zwischendurch auch mal zu Hause vorbeischauen?«

»Ihr Mann kümmert sich um die Kinder«, sagte Micky. »Er arbeitet zu Hause, ein Musiker oder so was.«

»Hat sie nicht gesagt, sie hat ein Au-pair?«

»Mann und Au-pair allein zu Hause, na, wenn das nur gut geht!«

»Idiot!«

»Aus Schweden auch noch«, sagte Jasmin. »Man weiß ja, wie die sind …« Sie verstummte und dann schauten alle Elaine an. »Sorry, nichts für ungut.«

»*I'm from Switzerland.*«

»Also, ich könnte das nicht. Warum Kinder haben, wenn man sie nie sieht?«

Jetzt wünschte Elaine, sie hätte das Bier noch vor sich stehen. Es gab kein Entkommen, dachte sie, die Siedlung war überall. *You can be who you are* … geschenkt!

Aus lauter Trotz brach sie sich eine weitere, größere Portion des unterdessen vollkommen hart gewordenen Käsegebildes ab und verschlang es in wütenden Bissen, als könnte sie damit auch ihre Gedanken herunterschlucken. Sie lehnte sich an Micky, der die Ärztin als Einziger in Schutz nahm. »Im Ernst jetzt?«, schimpfte er. »Und was ist mit Doktor Martin? Der arbeitet auch ununterbrochen, und er hat vier Kinder. Vier! Erzählt mir jetzt nicht, das sei was anderes, nur weil er ein Mann ist!«

Elaine suchte den Blick ihres Vaters. Hörte er zu? Dachte er an Vera? Luc lauschte gebannt, das Gesicht zu einem breiten und wie Elaine fand, idiotischen Lächeln verzogen. Erst auf der Heimfahrt kommentierte er die Gespräche, er konnte gar nicht mehr aufhören zu reden. »Das sind echte Menschen, verstehst du«, sagte er immer wieder. »Das ist das wahre Leben. Das ist Amerika.«

Ihr Vater war glücklich. Das hatte nichts mit ihr zu tun. Oder mit sonst jemandem. In diesem Moment verstand Elaine, dass es nicht die Frauen waren, oder die Kinder. Luc brauchte etwas anderes. Er brauchte dieses Gefühl, ein echtes Leben, echte Menschen berührt haben. Auch wenn es nur für ein paar Stunden war, wenn er am Rand stehen blieb, in sicherem Abstand. Auch wenn er danach immer wieder nach Hause ging, wo ihn das echte Leben offenbar nicht erreichte.

»Wir sind auch echte Menschen«, wollte sie sagen.

9.

Sie schlotterte in ihrem bauchfreien Pullover und der dünnen Wildlederjacke. Was hatte sie sich bloß dabei gedacht? Der Morgen dämmerte grau und zögerlich, die Sonne war noch nicht aufgegangen. Es war kalt und der Fahrtwind peitschte ihr ins Gesicht, immer wieder spritzte eiskaltes Wasser über die Reling. Von Weitem sahen sie die Feuer auf der Insel lodern. Elaine hatte die Gefängnisinsel Alcatraz schon einmal besucht, ganz zu Anfang ihres Aufenthaltes. Damals war ihr die Fahrt nicht so lang vorgekommen, aber kalt war es damals auch gewesen. Auf der Fähre blies der Wind noch unerbittlicher als an Land. Am besten hatte ihr der Blick auf die Stadt gefallen, die aus dieser Distanz beinahe unwirklich schien, etwas verschwommen, an den Rändern von Nebel verhangen.

»Hier, nimm meine Decke.« Micky legte ihr eine kratzige, buntgemusterte Wolldecke um die Schultern. Dankbar hüllte sie sich darin ein. Die meisten auf dem Deck hatten solche Decken umgelegt. Wie an den Lagerfeuern in Westernfilmen.

Elaine zitterte, ihre Zähne schlugen aneinander. Micky legte die Hände auf ihre Schultern und rubbelte ihre Oberarme durch die Wolldecke. Sie lehnte sich gegen ihn und schloss die Augen. Nur seinetwegen hatte sie sich so idiotisch angezogen. Sie wollte ihm gefallen, wollte wissen, ob sie ihm gefiel. Sein Blick ging ihr nicht aus dem Kopf, sein Bein neben ihrem, seine Hand auf ihrer Schulter. Seit dem Besuch im Krankenhaus spulte sie diese Momente in Gedanken ab, wieder und wieder und wieder. Sie hatte sich bereits alle möglichen Ausreden ausgedacht, um ihn wiederzusehen: Sie könnte auf der Aidsstation aushelfen, Essen austeilen, den Patienten vorlesen. Sie könnte behaupten, sie schreibe einen Aufsatz für die Schule, oder einfach in der Yellow Rose warten, bis er dort auftauchte. Doch dann erwähnte ihr Vater beiläufig, dass Micky ihn eingeladen hatte, an der *Unthanksgiving*-Feier auf Alcatraz teilzunehmen.

»Komm doch auch mit«, sagte Luc. »Das wird bestimmt spannend. Im Geschichtsunterricht lernst du das jedenfalls nicht.«

»Mhm.« Sie hatte sich nichts anmerken lassen, nicht einmal von ihrem Buch aufgeschaut. Das war eine Woche her. Sieben Tage, die sie damit verbracht hatte, ihren Auftritt zu planen. Ihre Wirkung auf Micky zu berechnen. Sie hatte noch weniger gegessen als sonst. Zwischen ihren Hüftknochen senkte sich eine Kuhle. Die meisten Kleider, die sie mitgebracht hatte, waren ihr inzwischen zu groß. Ihre schwarzen Levi's hatte sie in einem der Secondhand-Läden, die ihr Olivia empfohlen hatte, gegen engere eingetauscht. Sie hatte ihren Lieblingspullover zerschnitten, den Ausschnitt weiter gemacht, so dass er ihr über die Schulter rutschte und man ihren BH-Träger sehen konnte. Den unteren Teil hatte Elaine so gekürzt, dass der Pullover jetzt wenig mehr als ihre Brüste bedeckte. Am letzten Schultag vor dem langen Wochenende hatte sie das ganze Outfit auf der Mädchentoilette anprobiert und ihren Freundinnen vorgeführt.

Diese reagierten seltsam verhalten. »Auf wen hast du es denn diesmal abgesehen?«, fragte Alice beinahe gehässig.

»Abgesehen? Wie meinst du das?«

»Ach, du weißt schon.«

Der Ruf, »europäisch« und somit sexuell befreit zu sein, war mit Erwartungen verbunden, die Elaine schnell überforderten. Anfangs hatte ihr die Aufmerksamkeit der Jungen geschmeichelt. Sie war sie nicht gewohnt. Zuletzt war sie in der sechsten Klasse so beliebt gewesen, doch damals hatte sich das höchstens in ungeschickten Küssen beim Flaschenspiel geäußert, bei dem der Hals verdächtig oft auf sie zeigte. Wenig später hatte sie die Schule gewechselt, und dann war sie dick geworden. Im Gymnasium hatten ihr die Jungen keine Beachtung geschenkt.

Dann hatte sie Frank geküsst. Und damit hatte sich das erledigt. Es hatte nie jemand anderen gegeben als ihn. (Außer Mar, aber Mar war ein Mädchen, und das zählte nicht.) Was wusste sie schon? Elaine wollte andere Jungen küssen, sie wollte sich verlieben, etwas erleben. Also hatte sie sich anfangs bereitwillig von den Jungen einladen und abholen lassen, war mit ihnen ins Kino und ins Einkaufszentrum gefahren. Sie hatte verschwitzte Hände gehalten und schüchterne, fordernde und grobe Küsse getauscht.

Keiner dieser Küsse hatte sich richtig angefühlt, doch offenbar war sie damit eine Art Vertrag eingegangen, der dem Jungen das Recht gab, die Hand in ihren Pullover zu stecken und ihre Brüste zu kneten. Sie gegen eine Wand zu drücken, ein Knie zwischen ihre Beine zu drängen und sie »Baby« zu nennen. »Oh, Baby!« Dan, ein Footballspieler, den alle Dan-the-man nannten, hatte auf dem Parkplatz vor dem Kino ihre Hand genommen und in seine Hose geschoben. Als sei es das Normalste der Welt. Als sie ihre Hand zurückgezogen und demonstrativ an ihren Jeans abwischt hatte, hatte er sie beschimpft und die zwei Dollar fünfzig für die Eintrittskarte zurückverlangt.

»Dex steht wirklich auf dich«, murmelte Alice. »Du könntest ihm wenigstens eine Chance geben.«

»Dex ist ein Kind«, sagte Elaine. Es klang abfälliger, als sie beabsichtigt hatte. »Ich wollte nicht ...«, rief sie, aber es war zu spät. Alice und Jennifer hatten das Mädchenklo ohne ein weiteres Wort verlassen. Nach Schulschluss hatten sie nicht wie sonst auf sie gewartet und auch nicht mehr angerufen. Elaine wusste, dass etwas passiert war. Nur nicht genau, was.

Und jetzt fror sie zu sehr, um ihren Gedanken noch länger nachzuhängen. Sie drängte sich enger an Micky. Nur um zu spüren, wie er zurückwich.

»Micky«, fragte sie. »Bist du schwul?«

Erstaunt ließ er die Hände sinken. Er schaute sie an, runzelte die Stirn, dann legte er plötzlich den Kopf in den Nacken und lachte aus vollem Hals. Elaine presste die Lippen aufeinander. So dumm war ihre Frage nicht gewesen. Er war so schön, mit seinen langen Haaren, den weißen Zähnen, dem dicken, starken Hals. Wie ein Wolf sah er aus. So, wie sie sich Chee aus *Der Rote Seidenschal* immer vorgestellt hatte. Sie wünschte, Micky würde sie küssen. Und dann hörte er auf zu lachen und tat genau das. Er küsste sie zart und vorsichtig. Und trat sofort wieder einen Schritt zurück, als sie sich an ihn drängte. Mehr wollte. Seine Lippen öffnete, ihre Zunge zwischen seine Zähne schob.

»Also was?«, fragte sie trotzig. »Ja oder nein?«

Abwehrend hob er die Hände. »Ich bin Micky. Ist das nicht genug?«

Es war nicht genug. Nicht für Elaine. Sie drängte sich an ihn, bis er nicht weiter zurückweichen konnte.

»Langsam.«, sagte er. »Immer langsam.« So hatte Frank manchmal auch reagiert.

»Dir gehts wohl nur um das Eine«, hatte er ihr vorgeworfen.

»Und wenn schon«, hatte sie trotzig erwidert. Sie konnte nicht erklären, was Sex ihr bedeutete. Sex löschte alles andere aus, brachte all die tausend Gedanken zum Stehen, die wie kleine Tiere ununterbrochen an ihr nagten. Manchmal reichte es, wenn Frank ihre Hand hielt. Aber vor allem war es dieser Moment, wenn er in sie eindrang, dieser Moment, in dem sie sich beide nicht bewegten. Diese Erleichterung, die sie dann überschwemmte. Jede einzelne Zelle sagte »ja«.

Sie wollte eins sein. Sie wollte ganz sein. Wenn es nur »das Eine«, nur Sex wäre, hätte sie Dex nicht zurückgewiesen. Oder Dan, oder Brian. Sie wollte das, was sie in Mickys Blick gesehen hatte. Dieses Erkennen. »Ich sehe dich«, sagte sein Blick. »Ich sehe, wer du bist.«

»Ist es wegen meinem Vater?«, fragte sie.

»Mädchen – wie alt bist du, sechzehn? Siebzehn?«

»Siebzehn«, murmelte Elaine.

»Ich bin vierundzwanzig«, sagte Micky. »Ich bin erwachsen, du nicht. Du bist weiß, ich nicht. Ich könnte noch mehr Gründe aufzählen, aber diese beiden sind schon genug, um mich ins Gefängnis zu bringen.«

»Okay, okay. Ist ja schon gut.« Elaine zog die Decke fester um sich und schaute über die Reling auf die unruhigen Wellen, die so dunkel waren wie der Himmel über ihnen.

Er hatte nicht gesagt, er begehre sie nicht.

Auf der Insel hatten sich bereits hunderte Menschen versammelt. Fröstelnd standen sie um die Lagerfeuer, die in alten Metalltonnen brannten. Trommeln dröhnten, manche tanzten, allein oder in kleinen Gruppen. Viele standen einfach herum, in Wolldecken gewickelt, rauchten. Andere trugen ausgefallene Kostüme, Lendenschurz, Federschmuck, Fußbänder mit silbernen Glöckchen.

»Wir sind hier auf der verlassenen Gefängnisinsel Alcatraz, die 1969 von einer Gruppe indianischer Aktivisten besetzt wurde …« Elaine stand direkt hinter ihrem Vater, als er seinen Kommentar aufnahm. Sie wusste nicht mehr über diesen Anlass, als er ihr ganz zu Anfang gesagt hatte. Aktivisten, Protest, Thanksgiving. Dieser amerikanische Feiertag hatte sie schon verwirrt, als in der Schule darüber geredet wurde. »Wo verbringst du Thanksgiving, mit wem feierst du, was kocht deine Familie?« Sie verstand, dass das Fest mindestens so wichtig war wie Weihnachten, vielleicht wichtiger, weil es von allen Religionen gefeiert wurde. Die meisten fuhren zu irgendwelchen Verwandten, irgendwo am anderen Ende dieses unermesslich weiten

Landes. Als ob man übers Wochenende aus der Schweiz mal eben nach Spanien oder nach Dänemark fahren würde. Elaine wunderte sich. Sie fragte nach der Bedeutung des Feiertags, war es so etwas wie ein Erntedankfest? Nein, nein, wurde sie belehrt. An diesem Tag wurden die ersten weißen Siedler dieses Landes gefeiert, und die Tatsache, dass sie mit Hilfe der indianischen Ureinwohner, die ihnen zu Essen brachten, den harten Winter überlebt hatten. Die traditionellen Gerichte, der gebratene Truthahn, das Maisbrot, der Kürbiskuchen sollten an diese Gaben erinnern.

»Im Ernst?« Elaine war verwirrt. Auch wenn sie im Fach Geschichte nicht bis zur Entdeckung Amerikas vorgedrungen war, wusste sie doch, wie die Siedler diese Geschenke verdankt hatten. Was aus den hilfsbereiten Ureinwohnern des Landes geworden war. Das konnte man doch nicht feiern, dachte sie. Das wäre pervers. Ihre Freunde mussten sie zum Besten halten.

»Haha! Und was ist mit den masernverseuchten Wolldecken?«, fragte sie. »Teilt ihr die heutzutage auch noch aus?« Sie hatte gelacht, weil sie ganz sicher war, dass ihre Freunde das ironisch meinten oder wenigstens mit einem Unterton der Empörung erzählten. Aber sie sah in ihren Blicken, dass das nicht der Fall war. Schlimmer noch, dass sie beleidigt waren.

Es war das erste Mal, dass sie sich wirklich fremd fühlte. Wenn die Kinder in der Schweiz Cowboy und Indianer spielten, wollten alle Indianer sein. Es war jedem Fünfjährigen absolut klar, wer hier die Guten waren und wer die Bösen. Sie hätte sich ausrechnen können, dass es in Amerika umgekehrt war. Im Land der Cowboys. Sie hörte ihrem Vater zu und dann Micky, der den Unterschied zwischen einem sesshaften Pueblo-Indianer wie er einer war und den Prärie-Indianern erklärte. »Meine Identität war nie Thema. Erst als ich hierherzog und so viele Brüder von anderen Stämmen kennenlernte, wachte ich auf. Klar, sind wir in den Pueblos auch benachteiligt, arm, chancenlos. Aber das steht in keinem Verhältnis zu den Umständen, unter denen meine Brüder in den Reservaten leben, zu der Willkür und Gewalt, der sie ausgesetzt sind. Doch das wurde mir erst bewusst, als ich hier andere Aktivisten kennenlernte. Ich bin erst hier in der Stadt zum Indianer geworden, habe meine Haare wachsen lassen, mich mehr mit unserer Geschichte befasst.« Er streckte seine Finger aus, zeigte seine Ringe. »Diesen Feuervogel hier hat meine Großtante für mich gemacht. Als Jugendlicher wollte ich ihn nicht tragen, ich lehnte alles Traditionelle als altmodisch ab.«

Ein Megaphon jaulte, die Trommeln verstummten, der erste Redner trat vor und wurde mit schrillem Jubeln begrüßt.

»Willkommen auf unserem Land«, begann der Mann. »Willkommen auf dem Land der Vereinten Indianischen Nationen. Wir sind hier, um an die Besetzung von 1969 zu erinnern …« Ein Redner löste den anderen ab, sie alle forderten dasselbe: die Wiedergutmachung von Seiten des amerikanischen Staats und die Wiedereinsetzung ihrer Rechte. Zwischen den Reden wurde getrommelt und getanzt, und irgendwann war der offizielle Teil beendet. Gruppen bildeten sich, Kühltaschen wurden geöffnet, Bierdosen herumgereicht. Grillgitter und Eisentöpfe über die offenen Feuerstellen gehängt.

Micky führte Luc herum, stellte ihn seinen Freunden vor, den Tänzern, den Rednern. Elaine folgte in einem trotzigen Abstand von zwei Metern. Wie ein Kind, das von seinen Eltern ins Museum geschleppt wurde. Schließlich blieb sie einfach an einem der Lagerfeuer stehen und ließ die Männer weiterziehen. Jemand drückte ihr ein heißes Fladenbrot in die Hand, in eine Papierserviette gewickelt. Vorsichtig biss sie eine winzige Ecke ab. Es triefte vor Fett. Am Feuer wärmte sie sich schnell auf, aber sie legte die Decke nicht ab, die wenigstens ihre unpassende Kleidung verdeckte. Was hatte sie sich bloß gedacht. Sie hätte sich besser über die Hintergründe der Feier informieren sollen.

Sie würde einen Aufsatz schreiben, dachte Elaine. Einen Erfahrungsbericht. Sie würde Micky bitten, ihr dabei zu helfen. Sie würde sich zurückhaltend kleiden und nicht versuchen, ihn zu küssen. Stattdessen würde sie ihn mit ihrem Wissen und ihrem Engagement beeindrucken. Er würde sie mit anderen Augen sehen, feststellen, dass sie kein dummes Kind war, kein selbstbezogener Teenager, kein oberflächliches Girlie.

Elaine warf das Brot ins Feuer und tat dann, als ob es ein Versehen gewesen sei. Eine ältere Frau fischte es mit einem Stock aus der Glut, wischte die Asche ab und verschlang es gierig. Elaine schämte sich noch mehr. Sie wandte sich ab und ging auf das alte Gefängnis zu. Kaum hatte sie sich vom Feuer entfernt, fröstelte sie wieder. Die Sonne war unterdessen aufgegangen, kam aber nicht gegen den Nebel an. Ziellos wanderte Elaine herum, bewegte sich zwischen den Menschen, als ob sie unsichtbar wäre. Schließlich sah sie ihren Vater am Rande der Tanzfläche stehen und einen halbnackten, federgeschmückten Tänzer interviewen.

»Elaine, da bist du ja!« Luc schaltete das Gerät aus und trat zu ihr. »Hör mal, Micky nimmt die nächste Fähre zurück, am besten fährst du mit ihm mit, dann kann er dich auch gleich nach Hause bringen, okay?«

Damit hatte sie nicht gerechnet.

»Und du? Was machst du?«

»Ich hab hier noch eine ganze Weile zu tun, und später treffe ich mich mit Regula in der Stadt.« Regula war seine Vorgesetzte beim Radio, Elaine hatte nicht gewusst, dass sie in San Francisco war.

»Regula?« Sie schob die Unterlippe vor, als sei sie beleidigt. Dabei dachte sie fieberhaft darüber nach, was das bedeutete. Micky war wohl doch an ihr interessiert. Warum sonst würde er sich bereit erklären, den ganzen Weg nach Sausalito zu fahren? Sie würde ihn aufs Hausboot bitten, ihm etwas zu trinken anbieten. Schon sah sie sich auf dem Hochbett liegen und ihn küssen, sie sah Micky seinen Feuervogel-Ring abstreifen und an ihren Finger stecken. Sie sah ihn vor der Schule warten, sie sah, wie ihre Freunde bei seinem Anblick ehrfürchtig verstummten. Die anderen Jungen wäre sie sofort los. Gegen einen echten Mann wie Micky hätten sie nichts auszurichten. In Gedanken waren sie schon ein Paar, als sie merkte, dass ihr Vater immer noch mit ihr redete.

»Regula, meine Chefin. Hab ich das nicht erzählt? Sie ist zwei Wochen hier an der Westküste, um das Konzept für die nächsten Sendungen zu besprechen.«

Elaine zuckte mit den Schultern und sah auch nicht auf, als Micky zu ihr trat.

»Ich schulde dir was«, sagte Luc und schlug ihm auf die Schulter.

Ich schulde dir was, dachte Elaine. Dafür, dass du mir meine Tochter abnimmst.

»Wo ist dein Auto?« Elaine schaute sich auf dem Parkplatz um. Der Boden schwankte immer noch unter ihren Füßen. Vielleicht lag es daran, dass sie so lange nichts gegessen hatte. Oder dass Micky neben ihr stand. Er lachte. »Ich habe kein Auto, sondern ein Motorrad. Es steht da drüben.« Er deutete zur Straße am Ende des Piers. »Warum, hast du es eilig?«

Elaine zuckte mit den Schultern. »Mein Vater hat gesagt, du bringst mich nach Hause.«

»Das mach ich auch, wenn du das willst. Aber irgendwie – ich weiß nicht, es ist dein erstes amerikanisches Thanksgiving. Willst du das wirklich ganz allein verbringen? Und dann auch noch auf einem Boot!«

Elaine musste lachen. Er klang gerade so, als sei das Boot das größte Problem.

»Ich dachte, Thanksgiving sei ein verabscheuungswürdiger Auswuchs der Kolonialgeschichte?«

Jetzt musste Micky auch lachen. »Ich sag dir was, komm doch mit mir in die Klinik. Wir brauchen immer Freiwillige, besonders an Tagen wie heute.«

Elaine zögerte. Dass er heute arbeiten würde, hatte sie nicht vorausgesehen.

»Viele unserer Patienten kriegen keinen Besuch von ihren Familien«, erklärte er. »Das ist an den Feiertagen natürlich besonders hart.«

Doch so schnell konnte sie ihre Fantasie nicht aufgeben, die sie vor sich gesehen hatte wie einen Film. Kranke und Sterbende waren darin nicht vorgekommen.

»Ist nur ein Angebot«. Micky schien ihr Zögern zu spüren. »Ich fahr dich hin, wo immer du willst. Allerdings hätte ich nichts dagegen, wenn wir erst mal frühstücken.«

Unterdessen schien auch über der Stadt eine bleiche Sonne. Sie gingen dem Embarcadero entlang auf die wuchtige graue Bay Bridge zu, die viel näher schien, als sie in Wirklichkeit war. Übermächtig ragte sie vor ihnen auf. Vor einer schäbigen kleinen Imbissbude blieb Micky stehen. Sie sah aus wie eine weißgestrichene Schachtel, die nachlässig auf dem Pier abgestellt worden war. *RED'S JAVA HOUSE* stand in großen roten Buchstaben darauf. Der Schriftzug nahm die ganze Front ein.

Java hieß Kaffee, das wusste Elaine. Sie überlegte sich, was sie bestellen würde. Vielleicht gab es Vollkorntoast und Hüttenkäse, oder einen Fruchtsalat. Plötzlich hatte sie Hunger. Sie durchsuchte die Taschen ihrer Wildlederjacke nach ihrer kleinen, silbernen Pillendose, die sie immer dabeihatte. Doch dann standen sie schon an der Theke und mussten bestellen, obwohl sie noch keine Speisekarte gesehen hatte.

»Hey, Red«, sagte Micky zu dem älteren Mann hinter der Theke, dessen graues Haar wie eine Gewitterwolke über seinem Gesicht hing. »Zwei Cheeseburger, ein Bier und eine Cola!«

»Aber …«

»Nichts aber. Du wirst es nicht bereuen.« Micky führte sie zu einem kleinen Tisch am Fenster. Sie konnten das schmutzige Wasser und die klobigen Pfeiler der Bay Bridge sehen. »Hier isst man Cheeseburger, egal zu welcher Tageszeit«, erklärte er. »Und Red hier ist der Besitzer.« Micky zeigte auf die gerahmten Schwarz-Weiß-Fotografien, die an der Wand hingen. »Er war Zeitungsjunge hier am Hafen, später Fischer. Und ja, sein Haar war rot, bevor es grau wurde.« Elaine schaute sich um. Micky hatte Recht: Sie waren nicht die Einzigen, die um diese Zeit schon Hamburger aßen. Oder Bier tranken.

Red brachte ihre Bestellung persönlich an den Tisch. »Arbeitest du denn heute nicht, *kid*?«

»Spätschicht.«

Red nickte. »Guter Junge«, sagte er und drückte Mickys Schulter. Dann wandte er sich an Elaine. »Was Micky hier und seine Kollegen leisten, junges Fräulein, dafür sollten sie einen Orden bekommen. Sage ich Ihnen!«

»Wir haben einige seiner Stammgäste gepflegt«, erklärte Micky. »Unter Berufsfischern ist Aids ein gewaltiges Tabu, Homosexualität sowieso. Aber Red und seine Familie sind immer für ihre Leute da, sie bringen Essen auf die Abteilung, machen Besuche … Da fällt mir ein: Hey Red!«

»Kommt gleich!«

»Red trägt auch immer etwas zu unserem Thanksgiving-Buffet in der Klinik bei. Seine Burger sind die besten weit und breit. Los, beiß schon rein!«

Vorsichtig hob Elaine eine Brötchenhälfte ab und spießte die Tomatenscheibe, die zuoberst lag, auf ihre Gabel. Tomaten waren in Ordnung. Das Salatblatt, das darunter lag auch. Doch Micky nahm ihr die Gabel aus der Hand.

»Nein, nein, nein, so nicht!«, rief er mit gespielter Empörung. »Esst ihr denn keine Hamburger in diesem Schweden oder wo immer du herkommst?« Er kleckerte großzügig Mayonnaise, Ketchup und gelben Senf auf die obere Brötchenhälfte, setzte den Burger wieder zusammen und presste ihn mit beiden Händen in mundgerechte

Dimensionen. Fasziniert beobachtete Elaine das Fett, das auf den Seiten heraustropfte, das orangegelbe Saucengemisch. Micky hielt ihr den Hamburger direkt vor den Mund. Sie griff nach seinen Handgelenken, um ihn wegzuschieben. Doch die Berührung fühlte sich so gut an, dass sie für einen Moment vergaß, dass sie nichts essen wollte. Sie biss ab. Sie kaute. Sie schluckte. Sie schloss die Augen.

»Na?«

»In meinem ganzen Leben habe ich noch nie so was Gutes gegessen«, murmelte sie. Einen Bissen noch, dachte sie. Nur einen. Und vielleicht noch einen.

Dann stand Red wieder vor ihnen. Er stellte zwei große Kartonschachteln auf ihrem Tisch ab und hob den Deckel der oberen an. Sie war voller Hamburger, ordentlich aufgereiht, die Brötchenhälften leicht gebräunt. Die Zwischenräume waren mit kleinen Tüten aufgefüllt, die Ketchup, Senf oder Mayonnaise enthielten. »*Happy Thanksgiving*«, sagte er. »Das sollte fürs Personal und die Patienten reichen.«

»Danke, du bist der Beste!« Micky nahm ihm die Schachteln ab und runzelte die Stirn. »Aber wie soll ich die auf meinem Motorrad transportieren?«

»Du bist mit dem Motorrad hier? Was hast du dir denn dabei gedacht? Na gut, warte, ich hol dir was zum Festmachen.«

Micky schaute von Red zu Elaine und wieder zu Elaine. Wenn sie nicht auf dem Rücksitz säße, könnte er die Schachteln ohne Weiteres mitnehmen. Sie ließ sich ihre Enttäuschung nicht anmerken. Sie musste ihm schließlich zeigen, dass sie kein Kind war. Keine verwöhnte weiße Prinzessin.

»Ach weißt du was, Micky, ich nehm doch einfach die Fähre zurück nach Sausalito«, sagte sie. »Echt kein Problem!«

»Bist du sicher? Ich hab deinem Vater versprochen, dass ich dich nach Hause bringe.«

»Mein Vater ist ja nicht hier. Und mit der Fähre bin ich vermutlich sogar noch schneller.«

Der Fußmarsch von der Anlegestelle zum Hausboot würde außerdem einen Teil der Kalorien verbrennen, die sie zu sich genommen hatte. Sie half Micky, die Schachteln mit der Gummispinne auf dem Rücksitz zu befestigten. Doch als sie ihm die Decke zurückgeben wollte, winkte er ab. »Die wirst du auf der Überfahrt brauchen.« Unterdessen hatte sich die Sonne gegen den Morgennebel durchgesetzt, doch auf dem Schiff würde wieder dieser unablässige kalte Wind blasen. Micky fuhr ein paar Mal mit beiden Händen über ihre Schultern und Oberarme, als wollte er sie vorsorglich für die bevorstehende Überfahrt aufwärmen, dann zog er sie plötzlich an sich und küsste sie.

Richtig. Er küsste sie so, dass ihre Knie einknickten. Sie klammerte sich an ihm fest, um nicht umzufallen. Nebel füllte ihren Kopf, weiß und undurchdringlich. Es war nicht unbedingt angenehm, dachte sie. Aber es war anders, überwältigend. Dann ließ er sie los und grinste. »Du bist ein eigenartiges Mädchen, Elaine. Aber ich sehe dich.«

»Okay.« Bravo, dachte sie. *Geistreich wie immer, Bertschi!* Sie drehte sich um und stolperte prompt, doch sie fing sich gleich wieder. Mit hocherhobenem Kopf ging sie an der Imbissbude vorbei, den Pier entlang und zum Anlegesteg.

»Ich sehe dich«, wiederholte sie leise. Mehr wollte sie nicht. Mehr hatte sie nie gewollt.

10.

Sie kurbelte das Fenster herunter und hielt ihre Hand in den Fahrtwind. Die Sonne schien, der Himmel war blass und die Luft klar, wie Elaine es in der Schweiz nie gesehen hatte. Der Himmel verschwamm mit der Skyline, die graue Stadt schien beinahe unwirklich, milchig weiß. In zehn Tagen war Weihnachten. Kurz nach Thanksgiving waren plötzlich überall komplett geschmückte, Tag und Nacht blinkende Weihnachtsbäume aufgetaucht, in den Wohnzimmerfenstern, auf den Decks der Hausboote, im Eingang der Schule und in allen Schaufenstern. Darunter häuften sich Geschenke. Nur auf ihrem Hausboot hatten sie keinen, denn sie würden zu Weihnachten in die Schweiz zurückfliegen, damit Luc mit seiner Familie feiern konnte.

Seiner Familie, dachte Elaine. Nicht ihrer. Je länger sie hier waren, desto weniger dachte Elaine an ihre kleinen Schwestern, die jede Woche Zeichnungen schickten und an Kati diktierte, kurze Botschaften. Auf eine seltsame Art berührte es sie, dass sie in diese Botschaften eingeschlossen war. »Wir vermissen dich«, behaupteten die Kleinen, und Elaine fragte sich, ob das stimmen konnte. Die Zeichnungen zeigten immer pflichtbewusst eine großgewachsene Figur mit kurzen, gelben Haaren am Rand der Familie, als hätte jemand gesagt: »Vergesst Elaine nicht.«

»Das ist gefährlich«, sagte Luc.

»Was?« Hatte er ihre Gedanken gelesen?

»Die Hand«, sagte ihr Vater, und sie zog sie wieder ins Wageninnere, kurbelte das Fenster hinauf und lehnte ihren Kopf an die Scheibe. Ihr Gedankenkarussell drehte sich weiter.

ELAINE IST EINE NUTTE
POCAHONTAS
SCHWANZLUTSCHERIN
ACHTUNG AIDSGEFAHR!

An ihrem Schließfach, an der Wandtafel in ihren Klassenzimmern und auf einem Zettel, den Jennifer auf den Rücken ihrer Jeansjacke geklebt hatte, als sie sie halbherzig umarmte. Elaine hatte es erst in der Mittagspause gemerkt, als sie ihre Jacke auszog. Sie aß allein, am Rand des Spielfelds im Gras sitzend. Niemand setzte sich zu ihr. Niemand redete mit ihr. Sie bewegte sich in einem luftleeren Raum. Auch das war genau wie in den Filmen, die sie gesehen hatte. Das war das Verwirrende an Amerika: Selbst, wenn man zum allerersten Mal hier war, kannte man alles schon und konnte es doch nicht richtig einschätzen. In drei Monaten war sie von der umschwärmten, interessanten Europäerin zur absoluten Außenseiterin geworden. Natürlich hatte es Vorzeichen gegeben, sie hatte sie nur nicht richtig gedeutet. Die Blicke in der Mädchentoilette, als sie ihr Outfit vorgeführt hatte, Alices Kommentar: »Auf wen hast du es denn diesmal abgesehen?« Die Tatsache, dass Jay-Jay sie morgens nicht mehr abholte. Das war ihr allerdings nicht sofort aufgefallen. In der ersten Woche nach Thanksgiving hatte ihr Vater sich so schuldig gefühlt, dass er jeden Morgen extra früh aufgestanden war, um sie zur Schule zu fahren. Einmal hatte er sogar Frühstück gemacht. Doch auch Dex, der ihr sonst nicht von der Seite wich, ignorierte sie. Dann war er plötzlich mit Alice zusammen, die einen Kopf größer war als er. Den Witz über die Tretleiter hätte Elaine sich natürlich besser verkneifen sollen.

Vor allem aber war da ihr Aufsatz »Was Thanksgiving für mich bedeutet«, den sie so selbstbewusst vorgelesen hatte, weil der letzte über ihre Mutter so gut angekommen war.

Vielleicht hätte sie beschreiben sollen, wie sie an der Anlegestelle in Sausalito stand, in ihre Wolldecke gewickelt, allein und mit knapp drei Dollar in der Tasche. Wie lange sie brauchte, um zu kapieren, dass an diesem Tag keine offiziellen Fähren fuhren, nur die privat organisierten Boote von und zur Insel Alcatraz. Und dass die vier öffentlichen Telefonapparate an der Anlegestelle alle kaputt waren. Als sie das nächste Boot von der *Unthanksgiving*-Veranstaltung zurückkommen sah, rannte sie zu den Aussteigenden hin. Ihren Vater sah sie nirgends. Wahllos hielt sie die Passagiere an, die nach Rauch und Feuer rochen, manche auch nach Marihuana und Bier.

»Entschuldigung, hast du Luke gesehen? Blonde Haare, Schweizer Radio?«

Die meisten ignorierten sie. Manche Männer versuchten, sie anzufassen. Mit sich zu ziehen.

»Ja, ich hab ihn gesehen, komm mit.«

»Ich bin Luke, kennst du mich denn nicht mehr?«

Doch die meisten waren so betrunken, dass sie an ihr vorbei in die Luft grabschten, stolperten, dümmlich lachten. Einer fiel gegen sie und hätte sie fast umgeworfen. Da stellte sich plötzlich eine große, dunkelhäutige Frau vor sie. Sie trug einen grünen Overall, in dem sie ein bisschen aussah wie eine Superheldin. Sie war größer als Elaine, größer auch als die meisten Männer.

»Ich bin Echo«, sagte sie. »Und wer bist du?«

»Elaine.«

»Was ist los, bist du von zu Hause weggelaufen?«

»Nein, ich hab nur meinen Vater verloren. Wir waren zusammen auf der Insel, aber ich bin früher zurück, und jetzt fährt aber gar keine Fähre nach Sausalito und …«

»Okay, ganz ruhig, ist ja gut.« Echo legte einen Arm um ihre Schultern und führte sie zur Straße. Sie roch leicht nach Schweiß und nach Gewürzen. »Warum kommst du nicht mit zu mir, da kannst du telefonieren. Hast du Hunger? Ich mach uns was zu essen, ich muss ohnehin noch eine Brokkoli-Quiche backen für später, magst du Brokkoli?«

Elaine schüttelte den Kopf. Sie konnte nicht glauben, dass sie einen ganzen Cheeseburger gegessen hatte. Sie spürte förmlich, wie sich das Fett in ihrem Körper verteilte. Unglücklich trat sie von einem Fuß auf den anderen.

»Musst du aufs Klo? Da weiter hinten sind öffentliche Toiletten, aber ich warne dich, sie sind ziemlich garstig. Wenn du es aushalten kannst, warte lieber, bis wir bei mir sind.«

Verlegen schüttelte Elaine den Kopf. Jetzt war sie den Tränen nahe. »Mein Vater ist nicht zu Hause«, sagte sie. »Er trifft seine Chefin in einem Hotel in der Innenstadt, aber ich weiß nicht in welchem.«

»Weißt du denn, wie sie heißt? Dann können wir die größeren Hotels durchtelefonieren.«

Elaine überlegte. Regula Meier? Müller? Sie musste den Namen hunderte Male gehört haben, aber er fiel ihr beim besten Willen nicht mehr ein. Verzagt schüttelte sie den Kopf.

»Hm.« Echo zögerte. »Ich würde ja sagen, du kannst bei mir bleiben, solange du willst, aber ausgerechnet heute. Meine Freundin und ich … es ist unser erstes gemeinsames Thanksgiving, verstehst du?«

Elaine verstand. Sie war im Weg. *What else is new.*

»Vielleicht fährt ja noch ein Bus nach Sausalito.«

Echo schaute auf ihre Uhr und seufzte dramatisch. »Ach, was solls! Na, komm schon, ich fahr dich nach Hause. Dann muss Madame halt mal auf mich warten, statt umgekehrt.«

Sie überquerten die mehrspurige Straße und wanderten dann Reihe für Reihe den Parkplatz ab, bis Echo ihr Auto gefunden hatte.

Echo, dachte Elaine. Ob das ihr wirklicher Name war? Konnte jemand wirklich Echo heißen? Als hätte sie ihre Gedanken gelesen, reichte sie ihr eine Karte, auf der *Echo Dawn Fairchild, Feministische Perspektive* stand. Echo Morgenröte Feenkind, dachte Elaine. Oder hübsches Kind? Das konnte unmöglich ihr richtiger Name sein.

Echo fuhr langsam und übervorsichtig. Sie rauchte und schaute immer wieder auf die Uhr und seufzte. »Ich mach mir immer viel zu viel Gedanken. Sie hat ja noch nicht mal sicher zugesagt. Sie hat Familie, verstehst du.«

Elaine verstand nicht, aber sie nickte.

»Ich verliebe mich immer in die Falschen«, seufzte Echo. »Man sollte meinen, in San Francisco passiert einem so was nicht. Das Gegenteil ist der Fall! All diese Touristinnen, die bei Maud's rumhängen … und dann stellt sich raus, sie sind verheiratet, haben drei Kinder und leben in Hillsborough.«

Die Art, wie sie an ihrer Zigarette zog, erinnerte Elaine an ihre Mutter. Als spiele sie eine Szene in einem Film, mit der Zigarette als Requisite. Sie hatte keine Ahnung, wovon Echo redete, wer Maud war und wo Hillsborough. Mit der Zeit schien Echo das zu spüren und verstummte.

Erst, als sie die Brücke erreicht hatten, fragte sie Elaine, wie alt sie eigentlich sei.

»Siebzehn.«

»Siebzehn! Himmel, da sollte ich dich wirklich nicht mit meinem Liebesleben belasten. Aber in Schweden seid ihr ja eher befreit, was Sexualität angeht, nicht?«

Elaine lächelte unwillkürlich. Das war bisher der beste Moment für ihre Liste: »*I'm from Switzerland.*«

»Ach, die Schweiz! Na, das ist allerdings was anderes. Ihr habt das Frauenstimmrecht als eines der letzten Länder überhaupt eingeführt, nur knapp vor Jordanien … Habt ihr überhaupt Lesben in der Schweiz?«

»Natürlich!«, behauptete Elaine, obwohl sie persönlich keine kannte. Außer vielleicht Katis Tante Frida, die seit vierzig Jahren mit einer Frau zusammenlebte, die sie auch zu allen Familienfeiern begleitete. Doch da wurde sie immer mit »Fräulein Gerber« angesprochen und als »Tante Fridas Gesellschafterin« vorgestellt. (»Gesellschafterin, das war mal ein ehrenwerter Beruf«, hörte sie ihre Mutter sagen.)

»Wir haben sogar eine lesbische Stadträtin in Zürich!« Ihr Vater hatte zwar gesagt, an den Gerüchten sei nichts dran, aber Elaine fühlte sich herausgefordert. Sie wollte Echo beeindrucken.

»*Far out*!«

Elaine musste lachen. Den Begriff hatte sie zuletzt in einem Film gehört. *Harold and Maude,* vermutlich.

»Und was ist mit Afro-Amerikanern, gibt es in der Schweiz auch Afro-Amerikaner?«

Elaine dachte einen Moment nach. »Meinst du Schwarze?«

»Dieses Wort benutzen wir nicht mehr«, sagte Echo

streng. »Es ist diskriminierend. Es sagt nichts darüber aus, wo wir herkommen.«

Oder hingehen, dachte Elaine. Nicht jeder Mensch afrikanischer Herkunft war Amerikaner, doch das schien Echo nicht zu bedenken. Sie versuchte, ihre Antwort diplomatisch zu formulieren: »Es gibt einige Afro-Schweizer, wäre das der richtige Begriff? Aber nicht wahnsinnig viele.« Benjamin Heller aus der Parallelklasse fiel ihr ein, der ständig betont laut und überdeutlich gefragt wurde, wo er denn herkäme. Wenn er dann in akzentfreiem Schweizerdeutsch mit »Oberengstringen« antwortete, folgte unweigerlich die Frage, ob er adoptiert sei. Erst, wenn er diese bejahte, entspannte sich das Gespräch.

Darüber hätte sie schreiben sollen. Oder über die lange einsame Nacht auf dem Hausboot, und dass sie zum ersten Mal, seit sie die Schweiz verlassen hatte, richtig Heimweh gehabt hatte. Ohne genau zu wissen, wonach. Wo war sie denn zu Hause? Bestimmt nicht in dem Fachwerkhaus, das sie mehr und mehr als Katis Haus wahrnahm. Nicht bei Frank, dem sie immer noch ab und zu schrieb, obwohl sie nicht einen dieser Briefe abgeschickt hatte. Schon gar nicht in der kleinen Wohnung ihrer Mutter, in der sie noch nicht einmal ein Glas Wasser getrunken hatte. Wenn sie Vera treffen wollte, musste sie das in der Boutique tun, oder in einem Café in der Nähe, wo dann meist auch andere Leute auftauchten, Veras Freundinnen und Verehrer.

Über die wütende Entschlossenheit hätte sie schreiben können, mit der sie alle Vorräte aufgegessen hatte, die sie in der Bootsküche finden konnte, selbst die trockenen Frühstücksflocken.

Über das Gefühl, der einzige Mensch auf dem Rainbow Pier, in der Marina, in Sausalito, in Kalifornien, in ganz Amerika zu sein. Der einzige Mensch, der an diesem Abend allein war.

Ihr Vater war erst am nächsten Vormittag wieder aufgetaucht, eher gegen Mittag. Er hatte sich so oft und so zerknirscht bei ihr entschuldigt, dass ihr nichts anderes übrigblieb, als abzuwinken und »Ist doch kein Problem« zu sagen. Sie waren eine WG. Elaine war schließlich fast erwachsen. Sie war kein Kind mehr und hatte auch keine Eltern.

Darüber hätte sie schreiben sollen.

Stattdessen hatte sie von der *Unthanksgiving*-Veranstaltung berichtet, die Forderungen der Aktivisten ausgeführt und damit geendet, dass Micky sie geküsst hatte. Beim Vorlesen fand sie ihren Aufsatz noch besser als den letzten. Weil er über ihre Person hinausging, ein gesellschaftspolitisches Problem anschnitt. Er war bestimmt besser als die langweiligen Aufzählungen von Familienmitgliedern und Lieblingsgerichten, die Mackenzie und Jerrold vorgelesen hatten.

Doch als sie geendet hatte und erwartungsvoll aufschaute, blieb es eigenartig still. Ihre Mitschüler schauten verlegen zu Boden oder aus dem Fenster. Sie schaute zu Ms Carpenter, der jungen Lehrerin mit der blau-schwarz gefärbten Stachelfrisur hinüber. Doch auch sie wich Elaines Blick aus.

»Na los«, forderte sie die Klasse auf. »Sagt ruhig, was ihr denkt.«

Alice war die erste, die sich meldete: »Ich finde es nicht richtig, dass ein weißes Mädchen aus Europa so über die Indianer schreibt«, sagte sie. »Das ist schließlich unsere Geschichte. Ich glaube nicht, dass ihr das zusteht.«

Dex: »Das mit dem Kuss am Ende fand ich jetzt für einen Schulaufsatz nicht wirklich angebracht.«

»Und wo ist die Dankbarkeit? Darum gehts doch an Thanksgiving. Elaine beklagt sich nur.«

»Ich glaube, Elaine hat das Thema nicht verstanden«, fasste die Lehrerin zusammen.

Ja. Das war definitiv ein Zeichen gewesen, dachte Elaine jetzt. Sie drehte den Ring an ihrem Finger, den sie in einem Pfandhaus gefunden hatte. Er sah genau so aus wie der, den Micky trug. Es war ein Männerring, zu groß für sie, sie konnte ihn nur am Zeigefinger tragen. Sie behauptete, Micky habe ihn ihr gegeben. Sie behauptete, Micky sei ihr Freund.

ELAINE IST EINE NUTTE
POCAHONTAS
SCHWANZLUTSCHERIN
ACHTUNG AIDSGEFAHR!

»Scheiß Einbahnstraße«, fluchte Luc und schlug mit der Handfläche ein paarmal aufs Lenkrad ein. Unweigerlich traf er so die Hupe, was alles noch schlimmer machte. Der kleine Karmann war mit dichtem Zigarettenrauch gefüllt. Er hatte sich verfahren und steckte jetzt im Stau vor dem Stadthaus fest. Der Union Square mit seinen Warenhäusern war nur zwei Blocks entfernt, zu Fuß könnten sie in fünf Minuten da sein. Sie hatten ihre vorweihnachtlichen Einkäufe zu lange vor sich hergeschoben. Kati hatte ihnen vor Monaten bereits eine lange Liste von Dingen geschickt, die man nur in Amerika kaufen konnte, von *Clinique*-Kosmetik über *American Girl*-Puppen bis hin zu bestickten Seidenjacken aus Chinatown. Mar wünschte sich einen Stapel bunter Polyesterhosen von *Dickies*, eine Marke, die hier von Arbeitern getragen wurde und die man billig in Baumärkten kaufen konnten. Sie würden also erst die Warenhäuser der Innenstadt abklappern und dann zu Fuß nach Chinatown gehen, wo sie für wenig Geld alle möglichen exotischen Mitbringsel finden konnten. Elaine musste außerdem unbedingt noch einen Drugstore aufsuchen, damit sie für die zwei Wochen Ferien genügend Tabletten dabeihatte. Kati würde wie jedes Jahr acht verschiedene Sorten Weihnachtskekse backen, die sie dann in altmodischen Blechdosen überall im Haus verteilte. Selbst auf dem Badewannenrand stand eine. Kein Wunder, dass Elaine in Katis Haus so dick geworden war.

Sie schaute zur City Hall hinüber, die in der Wintersonne fast blendend weiß wirkte. Auf den Treppenstufen hatten sich mehrere Hochzeitspaare versammelt, vor oder nach vollzogener Trauung, setzten sich für Fotos in Pose, ließen Luftballons steigen, küssten sich.

Gerade als sich die Autoschlange ruckartig wieder in Bewegung setzte, sah sie ihn. Micky.

»Halt an, halt an, halt an!«, schrie sie. Sie rüttelte an dem metallenen Griff und stieß die Tür auf, noch bevor ihr Vater angehalten hatte. Das Auto bewegte sich nur noch langsam, trotzdem stolperte sie beim Aussteigen und wäre beinahe hingefallen. Der Fahrer, der sich auf der Nebenspur gerade wieder in Bewegung gesetzt hatte, bremste abrupt. »Pass doch auf, du Punk!« brüllte er aus dem offenen Fenster. Wütendes Hupen. Sie kümmerte sich nicht darum. Schlängelte sich zwischen den Autos hindurch und rannte auf die City Hall zu.

Das war doch Micky! Das war eindeutig Micky, der dort auf den Stufen stand. Und neben ihm ein Mädchen, das ihr irgendwie ähnlichsah. Sie war zwar nicht so dünn wie Elaine, ihr Haar war länger und mit Henna gefärbt. Es leuchtete orangefarben im bleichen Licht. Sie trug ein weißes Ballett-Tütü, ein schwarz und weiß gestreiftes T-Shirt und klobige Doc Martens. Auf dem Kopf hatte sie eine kitschige Tiara mit einem kurzen Tüllschleier, wie man sie billig in Partygeschäften kaufen konnte. Elaine sah jedes Detail so scharf, als schaue sie sich eine Fotografie an. Doch das Bild bewegte sich. Das Bild war echt.

Und hinter ihnen, hinter dem Paar standen Mickys Freunde. Sie erkannte die Ärztin aus der Aidsklinik, die gerade eine Flasche Champagner öffnete. Es knallte, der Wein schäumte über, jemand hielt schnell seinen Plastikbecher hin. Neben der Ärztin standen zwei kleine Mädchen in artigen Samtkleidchen mit großen Schleifen auf dem Bauch, die kleinere hatte dazu ein Paar Feenflügel kombiniert. Beide schauten andächtig einer Wolke von rosa Luftballons nach, die über ihnen in der Luft schwebten. Da war Beanie, da war Alejandro. Da war Jasmine, die einen riesigen Blumenstrauß hochhielt wie eine Trophäe. Elaine hörte Lachen, sie hörte Händeklatschen. Alle waren glücklich, alle freuten sich. Micky hatte geheiratet.

Dabei hatte er sie doch geküsst. »Ich sehe dich«, hatte er gesagt. Wegen Micky hatte sie ihren Ruf in der Schule ruiniert. Sie hatte allen gesagt, er sei ihr Freund. Und er heiratete einfach!

»Elaine, verdammt noch mal, nun warte doch!« Sie blieb stehen und drehte sich um. Luc war ihr gefolgt und hatte seinen geliebten Karmann mitten auf der Straße stehen lassen, gerade als der Stau sich aufzulösen begann. Wütend hupend manövrierten die entnervten Fahrer ihre Autos um den hellgrünen Wagen herum. Elaine hob abwehrend ihre Hand, sie konnte nicht auf ihn warten, sie musste zu Micky. Sie rannte auf das Gebäude zu, das sich immer weiter von ihr wegzubewegen schien.

»Micky!«, schrie sie. »Micky!« (*Elaine! Elaine!*) Sie rannte, ohne vorwärtszukommen, wie durch nassen Zement. Als sie endlich die untersten Stufen erreichte, konnte sie kaum atmen. Ihr Herz schlug wie eine Trommel, viel zu schnell, sie spürte es bis in den Hals hämmern, sogar in ihrem Kopf dröhnte es.

»Micky, Micky!«

»Elaine, verdammt noch mal!« Nun hatte ihr Vater sie eingeholt, er packte sie am Oberarm und riss sie zurück. Sie stolperte, er fing sie auf. Es war, als ob sie aufwachte.

Sie starrte das Brautpaar an, das erschrocken vor ihr zurückwich. Der Bräutigam hob abwehrend beide Hände, die Braut versteckte sich hinter ihm, die ganze Familie hatte sich schützend um die beiden geschart.

Es war nicht Micky. Der Mann sah ihm nicht einmal entfernt ähnlich. Der Bräutigam war ein kleingewachsener Asiate mit kurzgeschnittenem Haar und dickrandiger Brille. Die Braut trug ein bodenlanges weißglänzendes Hochzeitskleid mit Puffärmeln. Das Kleid war ihr etwas zu groß, bestimmt hatte sie vor der Hochzeit gehungert, dachte Elaine. Warum dachte sie so etwas. Und wo war Micky? Er war doch eben noch hier gewesen, sie hatte ihn genau gesehen. Verzweifelt schaute sie sich um. Das Gebäude drehte sich mit ihr. Elaine sah den blassen Himmel über sich. Dann nichts mehr.

LUNA

1987

1.

»Schau«, sagte Gordon. »So sah ich mal aus.« Er deutete auf ein gerahmtes Bild auf seinem Nachttisch. Seine Hand war gekrümmt wie eine Klaue. Luna hatte sich daran gewöhnt, es erschreckte sie nicht mehr. Nicht die skelettartige Magerkeit, die dunkelrot gefleckte Haut. Sie hatte gelernt, Windeln zu wechseln und Erbrochenes aufzuwischen. Seit ihrem ersten Besuch vor mehr als einem halben Jahr hatte Luna sich auf der Abteilung auf seltsame Art zu Hause gefühlt. Sie konnte es weder sich noch sonst jemandem erklären.

Statt einen Sprachkurs zu besuchen, verbrachte sie den freien Donnerstagnachmittag und die Wochenenden im Krankenhaus, auf der Aidsstation. Sie half mit, die wöchentliche Karaoke-Party vorzubereiten, teilte Essen aus, führte Löffel und Strohhalme an trotzig verschlossene Lippen. Wechselte Bettwäsche, wusch verschwitzte Körper. Sie saß auf Betträndern und hörte zu. Sie hielt Hände, sie lernte. Luna hatte noch nie jemanden verloren, noch nie zuvor mit dem Tod zu tun gehabt. Ihr war unklar, was sie hier herzog auf diese Station, immer wieder. Jede Woche.

Shannon beobachtete diese Entwicklung mit leichter Besorgnis. »Wir verstoßen gegen alle Regeln der Au-Pair-Agentur, wenn du keinen Sprachkurs besuchst«, sagte sie.

»Und du bist schon das dritte Mädchen in einem Jahr. Wenn du gehst, schicken die uns niemanden mehr.«

»Ich gehe nirgendwohin«, sagte Luna. Das wusste sie einfach: Sie würde hierbleiben. Auch wenn das Jahr vorbei sein würde. Die Mädchen wurden größer, sie brauchten weniger Betreuung, Luna könnte mehr Zeit im Krankenhaus verbringen. Aber so einfach war das nicht.

»Hör mal, du bist minderjährig, du hast keine Arbeitserlaubnis, und wir sind auf der Abteilung eh schon unter Beschuss.« Shannon überlegte. »Andererseits können wir freiwillige Helfer immer gut gebrauchen.«

Eine Gruppe von Pflegern hatte Beschwerde bei der Gewerkschaft eingereicht. Wenn die Aidsabteilung überfüllt war, was immer öfter vorkam, wurden die Patienten auf zwei andere Stationen verteilt. Doch das dortige Pflegepersonal wollte diese Patienten nicht betreuen, schon gar nicht nach den Grundsätzen, die auf der Aidsabteilung galten. Diese war die erste weltweit, die auf Schutzanzüge und Masken verzichtete, in der Patienten berührt, gestreichelt und umarmt wurden. Während in anderen Krankenhäusern verschmutzte Bettwäsche nicht gewechselt wurde, die Tabletts mit dem Essen auf den Fluren stehengelassen wurden, für die Patienten unerreichbar. Obwohl jeder Fernsehbericht aus San Francisco eine Einstellung zeigte, in der Hände gehalten oder Haare gestreichelt wurden, und man längst wusste, dass das HI-Virus nicht über die Atemwege oder die Haut übertragen wurde. Immer noch assoziierten viele die bloße Anwesenheit Aidskranker mit dem sicheren Tod, auch im Gesundheitswesen. Und dann geschah es. Eine Pflegerin wurde durch einen Nadelstich angesteckt und von den Klägerinnen als Beispiel für die

Folge der ihrer Ansicht nach unzumutbaren und sogar lebensgefährlichen Arbeitsbedingungen angeführt. Sie argumentierten, die Forderung, Aidspatienten ohne Schutzanzüge und Masken zu behandeln, komme körperlicher Gewalt gleich. Von diesen Schutzmaßnahmen Gebrauch machen wollten sie allerdings auch nicht, weil diese ihre Arbeit unnötig erschwerten. Sie wollten »diese Patienten« schlicht nicht pflegen. Dabei arbeitete die Betroffene auf der Aidsstation und dachte nicht im Geringsten daran, sich zu beschweren oder gar zu kündigen. Aussagen wollte sie aber auch nicht.

»Wir fürchten hier um unser Überleben«, sagte Shannon. »Wenn die mit ihrer Klage durchkommen, können wir dichtmachen und verlieren alles, was wir erreicht haben. Unsere Situation ist beschissen: Wir brauchen jede Hilfe, die wir kriegen können. Aber wir können uns nicht den kleinsten Fehler leisten.«

»Dann mach ich eben eine Ausbildung«, sagte Luna. »Ich werde Krankenschwester.«

»Ach, Luna, wie stellst du dir das vor? Du müsstest erst mal die Highschool abschließen und dann einen Abschluss in Krankenpflege machen, das heißt vier Jahre am College. Und dafür brauchst du eine andere Aufenthaltsgenehmigung, das ist alles nicht so einfach.«

»Am College? Studieren? Kann ich nicht hier eine Ausbildung machen?« Das amerikanische Schulsystem funktionierte völlig anders als das in der Schweiz. Sie würde sich informieren müssen. So etwas wie eine Berufsausbildung gab es nicht, alles wurde an Colleges gelehrt. Und dafür brauchte man einen High-School-Abschluss. Obwohl dieser einfacher zu bestehen war als eine Schweizer

Maturitätsprüfung, sträubte sich Luna gegen die Vorstellung, wieder die Schule besuchen zu müssen. Darüber war sie doch längst hinaus: Sie war sozusagen erwachsen.

Als erstes musste sie ohnehin mit ihrer Mutter reden. Veras Briefe waren voller Vorfreude auf ihre baldige Rückkehr, sie beschrieben die neue Wohnung, in der sie ein größeres Zimmer haben würde, das nahegelegene Schwimmbad, die Möglichkeit, auf eine andere Schule zu wechseln, die weniger altsprachlich orientiert war und wo sich Luna vielleicht besser zurechtfinden würde. Jeder Brief verstärkte Lunas Schuldgefühle. Sie musste dringend mit Vera reden, sie von ihren Plänen in Kenntnis setzen und sich erklären. Doch das war es ja: Sie hatte keinen Plan. Keinen guten Grund, außer: »Ich will aber hierbleiben!«

Luna musste sich eine Strategie ausdenken, wasserdichte Argumente finden. Vor allem musste sie sich finanziell unabhängig machen. Vielleicht konnte ihr Vater helfen. Luc hatte bereits einen längeren Besuch angekündigt, den er allerdings dafür nutzen würde, verschiedene Radioreportagen aufzunehmen. Unter anderem wollte er auch über die Aidsabteilung berichten. Er würde Luna jetzt nichts abschlagen können. Das war klar. Sie hasste die Vorstellung, ihrer Mutter so in den Rücken zu fallen. Aber sie war sich so sicher, dass sie hierhergehörte. Nicht nur in diese Stadt, sondern in dieses Krankenhaus, auf diese Station. Zu diesen Leuten. Diesen Patienten. Das hier war ihr Zuhause. Ihre Familie.

2.

Gordon war einer von denen, die nie Besuch bekamen. Nicht nur, weil seine Familie an der Ostküste lebte und nichts mit ihm zu tun haben wollte. Sondern auch, weil alle seine Freunde gestorben waren. Auf dem Bild, das Luna jetzt von seinem Nachttisch nahm, stand er verschwitzt auf einer Bühne, in silbern glänzenden Lederhosen, mit nackter Brust und einem Seidenschal im halblangen, blonden Haar. Die Arme hatte er um zwei stark geschminkte Frauen gelegt, deren zierliche Körper in silberne Knitterfolie gehüllt waren. Er lachte, den Kopf zurückgeworfen, er strahlte. Vor Kraft, vor Gesundheit, vor Glück.

»Was glaubst du, wie lange das her ist?«

Luna zwang sich, nicht zu ihm hinüberzuschauen, ihn nicht mit dem Bild zu vergleichen.

Hundert Jahre, wollte sie sagen. Aber sie wusste es besser. Sie wusste, wie alt Gordon war: Vierundzwanzig, nur sieben Jahre älter als sie. Das Bild konnte also höchstens drei oder vier Jahre alt sein.

»Das war letztes Jahr«, sagte er beiläufig. »Vor elf Monaten, um genau zu sein. So sah ich da aus. Ich hatte zwar schon diesen lästigen Husten und Nachtschweiß, und ich wusste auch, was das bedeutete. Aber ich wollte einfach diese eine Vorstellung noch schaffen. Das Stück hieß *Dreamer*, es war eine Uraufführung, Joshuas letzte Choreografie, unvollendet und doch perfekt.«

Er stellte das Bild wieder zurück. »Ich glaubte, ich sei sicher«, sagte er. »Ich war kein *partyboy*, auch wenn es vielleicht so aussieht.« Er nickte zu den Bildern hinüber, die auf der kleinen Kommode standen. Gordon auf Partys, die Augen geschminkt, schmollend, lachend. Arm in Arm mit einem älteren, mageren Mann, der streng in die Kamera schaute. Gordon in schwarzen Leggins, mit nacktem Oberkörper, die langen Haare von einem Stirnband zurückgehalten. Ein anderes Bild zeigte ihn mitten im Sprung, die Beine fast waagrecht gespreizt, hoch über dem Bühnenboden schwebend. *The cat that got the mouse,* dachte Luna. *Happy as a clam.* Sie sammelte diese seltsamen amerikanischen Redewendungen wie Fundstücke.

»Ich war Tänzer. Meine Arbeit habe ich sehr ernst genommen und meinen Körper in Schuss gehalten wie einen teuren Wagen, verstehst du? Ich stieg nicht mit jedem ins Bett, nahm keine Drogen, ich war nur einmal verliebt.«

Einmal reicht, dachte Luna. Das hatte man ihr damals im Sexualkundeunterricht eingebläut. Einmal reichte, um schwanger zu werden und um zu sterben.

»Joshua«, murmelte Gordon. »Joshua war meine große Liebe. Er hat sich nie testen lassen und ich mich auch nicht. Es hätte nichts geändert: Wir wollten zusammen sein. Wir mussten zusammen sein. Verstehst du? Es war unausweichlich.«

Luna nickte, so war es mit Frank gewesen. Unausweichlich. Und dann war sie doch ausgewichen. Wäre Gordon auch irgendwann davongelaufen, wenn Joshua nicht gestorben, wenn er selbst nicht krank geworden wäre? Sie versuchte sich vorzustellen, wie es umgekehrt wäre. Wenn Frank gestorben wäre, wenn er sie vor seinem Tod mit derselben tödlichen Krankheit angesteckt hätte, die ihn ausgelöscht hatte. War das die einzige Möglichkeit, für immer zusammenzubleiben?

Was, wenn Frank ihre einzige Liebe bleiben würde?

Sofort schämte sie sich für diesen Vergleich. Was war sie für eine verwöhnte Göre. »Kommst du zum Karaoke?«, versuchte sie Gordon abzulenken. »Brauchst du Hilfe beim Anziehen?«

»Hmmm …« Gordon hatte sich zurückgelegt und die Augen geschlossen. Mit dem Kinn deutete er zum Besucherstuhl, wo eine blaue Samtjacke bereitlag, eine orangefarbene Federboa und ein Zylinder aus knallgrünem Filz. Aber er machte keine Anstalten, sich aufzurichten.

Luna war es Recht. Sie lehnte sich im Besucherstuhl zurück und zog die Beine an. Sie war gerne hier. Alles fiel von ihr ab. Die Last, die sie getragen hatte, ohne es zu merken, ohne sich zu beklagen. Seit sie regelmäßig hierherkam, war ihr leichter zumute. Sich um diese Männer zu kümmern, war nicht dasselbe, wie sich um ihre Mutter zu kümmern. Auch wenn ihr in den letzten Monaten bewusst geworden war, wie vertraut ihr diese Handreichungen waren, das Waschen der reglosen Körper, das Aufwischen von Erbrochenem, von Kot. Wie oft hatte sie das als Kind getan. Die Laken gewechselt, ihre Mutter erst auf die eine dann auf die andere Seite gerollt. Aber es war nicht dasselbe. Vera war immer ihre Mutter gewesen, untrennbar mit ihr verbunden. Lunas ganzes kleines Leben stand und fiel mit Veras täglichem Befinden.

Und sie hatte geglaubt, Veras Zustand hinge allein von ihr ab, von ihrer Aufmerksamkeit, ihrer Wachsamkeit. Von der Qualität ihrer Pflege. Hier hingegen wussten alle, dass selbst die aufopferungsvollste Pflege nicht mehr erreichen konnte, als das Leiden vorübergehend zu lindern. Oder es wenigstens nicht unnötig zu verstärken. Sie konnten diese Krankheit nicht aufhalten, sie nicht heilen. Sie konnten niemanden retten, nur da sein. Das war es, was sie immer wieder hierherzog: Hier musste sie nichts. Es reichte, dass sie da war. Ihre Anwesenheit war genug. Sie war genug.

»Ach, verdammt!«

»Das kannst du laut sagen, Honey.«

Verlegen hielt sie sich die Hand vor den Mund. Doch es half nichts, die Worte brachen aus ihr heraus, und mit ihnen die Tränen. »Scheiße! Sorry! Verdammt …«

Jetzt schluchzte sie haltlos. Unendlich langsam hob Gordon seine zitternde Hand und fuhr ihr übers Haar. Seine Finger verfingen sich in ihren dicken Strähnen. Als Luna endlich aufschaute, sah sie, dass er mit ihr weinte. Sie biss sich auf die Lippen. Wie kam sie dazu, diesem sterbenden Mann ihr Leid zu klagen? Sie lebte, sie war gesund. »Lass es raus, Kleine«, murmelte Gordon. »Lass es raus.«

»Ach, es ist nichts …«

»Nun zier dich nicht so!« Gordon versuchte einen strengen Blick, doch seine Augen waren so tief in den Höhlen versunken, dass es eher unheimlich wirkte. »Seit der Fernseher kaputt ist, kann ich nicht mal mehr meinen *Denver Clan* schauen. Du tust mir also einen Gefallen.« Er lachte, das Lachen löste einen Hustenanfall aus. Luna half ihm, sich aufzurichten, jeder Hustenstoß erschütterte den mageren Körper, hob ihn beinahe von der dünnen Matratze. Sie spürte die Wirbel unter ihrer Hand wie spitze Kieselsteine.

Plötzlich schämte sich Luna ihrer Gefühle. Gordons Mutter hatte ihren Sohn verstoßen. Ihre Mutter hatte sich gefangen. Und so erzählte sie Gordon etwas anderes. Sie erzählte ihm nicht von Vera, sie erzählte von Frank. Und wie sie dem Unausweichlichen ausgewichen war. Und selbst das Geheimnis, das sie nie jemandem erzählt hatte, weil es sie unbestimmt beschämte: dass er sich geweigert hatte, mit ihr zu schlafen.

»Vielleicht ist er ja schwul«, murmelte Gordon. »Hast du dir das schon mal überlegt?«

Stumm schüttelte Luna den Kopf. Das hatte sie sich tatsächlich nie überlegt.

»Das ist nicht so abwegig, wie du denkst. Ich hatte in der Highschool auch eine Freundin, Janice. Nicht mal zur Tarnung, ich wusste damals noch gar nicht, was mit mir lief. Ich wusste nicht einmal, dass es so etwas gab wie Schwulsein. Über so etwas wurde bei uns nicht geredet.«

Er schwieg lange. Luna dachte schon, er sei eingeschlafen. Dann räusperte er sich.

»Wie sich das für Janice angefühlt hat … hab ich mir gar nie überlegt … hmm«, murmelte er, ohne die Augen zu öffnen.

Luna berührte seine Hand, und seine Finger schlossen sich mit erstaunlicher Kraft um ihre. So blieb sie einfach sitzen. Die mageren Finger ließen sie nicht los. Luna rutschte hin und her, versuchte eine bequemere Stellung zu finden. Versuchte ihre Hand zu befreien. Aus dem Flur klangen die scheppernden Klänge der Karaoke-Maschine zu ihr, immer dieselben Melodien: *The way we were, Over the Rainbow, I will survive.*

Sie hatte keines dieser Lieder gekannt, als sie zum ersten Mal an der Karaoke-Party teilnahm. Aber sie hatte schnell dazugelernt, war musikalisch und konnte Barbra Streisands Akzent genauso sicher imitieren wie den von Judy Garland. Lunas Englisch war immer noch nicht sehr gut, sie verstand die Hälfte der Songtexte nicht, aber ihre Aussprache war fehlerfrei.

Vor den Fenstern wurde es plötzlich weiß, als sei der ganze riesige Krankenhausmoloch in eine Lawine geraten. Das war der Nebel hier. Er schien ein Eigenleben zu haben, er bewegte sich, rollte über die Hügel und zwischen den Häusern hindurch, verschluckte alles, was eben noch im strahlenden Sonnenlicht gelegen hatte, und verzog sich so schnell wie er gekommen war. Luna mochte diesen Nebel. Er war freundlicher als der Hochnebel zu Hause, der sich im November über die Stadt legte wie eine nasse Wolldecke und sich bis zum nächsten Frühjahr nicht mehr verzog. Der Zürcher Hochnebel hatte etwas Bösartiges. Im November veränderte sich die Stimmung der ganzen Stadt. Sie wurde schwer und missmutig, schlecht gelaunt, gefährlich. Hier hingegen kam der Nebel und ging wieder, es wurde Sommer und Herbst und wieder Sommer, in einem Zeitraum von wenigen Stunden. Alles war ständig in Bewegung.

Sie wusste nicht, wie lange sie so an Gordons Bett gesessen hatte. Dann wurden die Stimmen im Flur lauter, sie hörte das unverkennbare Quietschen der Räder des Rollwagens, auf dem die Reste des Buffets aufgebaut waren. Luna freute sich immer auf die seltsamen Leckereien, vor allem auf den Kuchen. Bei Jonathon und Shannon zu Hause gab es so etwas nur selten. Sie versuchten, den Zuckerkonsum der Kinder einzuschränken und kauften Haferkekse im Reformhaus, die die Kinder, das hatte Luna mehr als einmal beobachtet, auf dem Spielplatz in den Abfalleimer warfen. Allerdings war Shannon auch immer die Erste, die sich über die Eiscreme hermachte.

»Wer will noch mal, wer hat noch nicht?« Micky öffnete die Tür und zog den Rollwagen ins Zimmer. Vier oder fünf Patienten folgten ihm, auf ihre Infusionsständer gestützt, zwei im Rollstuhl, von Pflegern angeschoben, die Federboas um den Hals geschlungen hatten. Grelles Neonlicht strömte aus dem Flur hinein. Luna hatte nicht gemerkt, wie dunkel es in dem Zimmer geworden war.

Sie blinzelte. Die ganze Gruppe erstarrte, blieb wie eine einzige Person stehen, hielt wie eine einzige Person den Atem an. Dann sagte Micky: »Oh Honey, Liebes.«

Er trat zu ihr.

Vorsichtig löste er ihre Hand aus Gordons Fingern. Dann legte er einen Arm um ihre Schultern und führte sie aus dem Zimmer. »Ist ja gut, Liebes, ist ja gut.«

Luna verstand nicht. War sie zu lange bei Gordon geblieben? Hatte sie etwas falsch gemacht? Micky führte sie ins Pausenzimmer, wo Shannon gerade eine Zigarette rauchte. Sie drückte sie sofort aus, als sie Luna sah und wedelte schuldbewusst mit der Hand den Rauch weg. Micky drückte Luna auf einen freien Stuhl.

»Gordon ist gestorben«, sagte er. »Und Luna war bei ihm.«

3.

»Ach, nein, Gordon! Verdammt.« Shannon sprang auf, umarmte Luna und verließ dann schnell das Zimmer. Luna verstand nicht. Gordon war gestorben? Er hatte doch ihre Hand gehalten. Nach einer Weile kam Shannon zurück und nickte. Jetzt verließ Micky das Pausenzimmer.

Als ob sie stillschweigend beschlossen hätten, Luna nicht allein zu lassen.

»Willst du darüber reden?« Shannon zündete sich eine neue Zigarette an. Sie rauchte ein paar Züge, dann drückte sie sie wieder aus. Der Aschenbecher im Pausenzimmer war immer übervoll. Zerknülltes Einwickelpapier lag überall herum, angebissene Schokoriegel, halbvolle Tassen, in denen der ölige, bittere Kaffee aus dem Filterkocher kalt wurde. Shannon fuhr sich ein paar Mal grob mit den Händen über das Gesicht, als wollte sie ihre Erschöpfung wegrubbeln.

»Ach, verdammt, Gordon«, wiederholte sie. »Ich dachte wirklich, er hätte noch etwas Zeit.«

»Hab ich was falsch gemacht?«, flüsterte Luna. Gordon war nicht der erste Patient, mit dem sie sich angefreundet hatte und der gestorben war. Aber zum ersten Mal war sie dabei gewesen. Und sie hatte es nicht einmal gemerkt.

»Aber nicht doch, Kleines«, sagte Shannon. »Im Gegenteil. Du warst bei ihm. Mehr kannst du nicht tun.« Sie stand auf. »Komm mit, wir haben ein kleines Ritual. Bevor sie ihn abholen.« Zusammen gingen sie in Gordons Zimmer zurück, wo sich die Pfleger und einige Patienten versammelt hatten, um sich von ihm zu verabschieden. Micky hatte Gordon gewaschen und ihm die blaue Samtjacke angezogen, die er für die Karaoke-Party bereitgelegt hatte. Einer nach dem anderen trat vor, legte ein kleines Erinnerungsstück auf die Bettdecke und sagte ein paar Worte.

»Gordon, du hast es vergessen, aber ich hab dich vor zwei Jahren in *Dreamer* gesehen, und ich war immer ein wenig verliebt in dich.«

»Niemand hat den Infusionsständer anmutiger herumgeschoben als du, Gordon, altes Haus.«

»Wir waren schon mal zur selben Zeit hier, wir haben zusammen ein Duett gesungen. Ich hatte keine Ahnung, worauf ich mich einlasse. Ich wusste ja nicht, dass du ein verdammter Profi warst.«

»Du hast mir deinen Walkman geschenkt. Wusstest du damals schon, dass du ihn bald nicht mehr brauchen würdest?«

Dann kam ein Angestellter vom Transportdienst, von Kopf bis Fuß in Schutzkleidung gehüllt, um Gordon abzuholen. Nach seiner Kremation würde die Urne eine Weile aufbewahrt und dann entsorgt werden. Mal organisierte jemand eine Gedenkfeier, mal nicht. Luna schlang die Arme um sich selbst, als die Männer vom Transportdienst Gordons Leichnam in eine Plastikhülle legten und den Reißverschluss zuzogen. Sie wollte sie aufhalten. Sie wollte die schwarze Hülle mit den Fingernägeln aufreißen, und Gordon befreien. Er bekam doch keine Luft! Was, wenn er gar nicht tot war? Micky schien zu ahnen, was in ihr vorging. Er stellte sich hinter sie und rieb ihre Arme. Dankbar lehnte sie sich an ihn. Einer nach dem anderen verließen die Patienten das Zimmer. Luna half Micky, Gordons Habseligkeiten einzusammeln. Sie legten sie in eine Schachtel und brachten sie ins Pausenzimmer. Sie würden sie ein paar Wochen lang aufbewahren und dann, wenn sich niemand meldete, wenn niemand Anspruch erhob, entsorgen. Micky nahm das Foto, das Gordon mitten im Sprung zeigte, aus dem Rahmen und klebte es zu den anderen, die an der hinteren Wand hingen. Es waren so viele, dachte Luna. So viele Patienten, die schon gestorben waren. Manchmal, wenn nicht viel los war, studierte sie die Fotos, suchte die kleinen, zum Teil schon verblichenen Gesichter nach ersten Anzeichen der Krankheit ab. Wie konnte es sein, dass all diese schönen, kräftigen, jungen Männer tot waren?

Micky wischte sorgfältig die Kekskrümel vom Tisch, bevor er ein breites, blaues Buch darauflegte. Aufgeschlagen nahm es fast die gesamte Tischplatte ein. Die Seiten waren in endlose Spalten unterteilt, wie in einem Kassenbuch. Es war das Totenbuch. Luna trat näher und schaute ihm über die Schulter. So viele Namen standen schon da. Micky blätterte zurück.

»Es werden jedes Jahr mehr«, sagte er. »Schau hier: 21. Und dann: 124. Und jetzt ist erst März und wir sind schon bei 76 angelangt.«

Er reichte Luna einen Kugelschreiber, es war ein billiger blauer Plastikschreiber von einer Tankstelle. Luna dachte an den Füllfederhalter, den sie zu Hause hatte, ein Geschenk von Frank. Und dass der den Toten würdiger wäre als dieser billige Kuli. Die Einträge waren zum Teil verwischt, andere schludrig geschrieben und mit Korrekturen versetzt.

Das machte sie trauriger als alles andere. Diese hingekritzelten Namen. Dabei wusste sie doch, dass jeder einzelne Patient hier geschätzt wurde. Vielleicht sogar geliebt.

»Willst du?«

»Ich kenne nicht mal seinen Nachnamen.«

»Palmer. Gordon Jefferson Palmer.«

Sorgfältig trug sie Gordon als Todesfall Nummer 77 des Jahres 1987 ein, in ihrer schönsten Schulschrift. Ihre Finger krampften sich um den Stift. Luna unterdrückte den wilden Impuls, die ganze Seite zu überkritzeln, bis man nichts mehr lesen konnte. Als Kind hatte sie das zu Veras Empörung mit ihren Büchern gemacht. Stellen, die sie traurig oder ängstlich machten, Zeichnungen, die sie beunruhigten, hatte sie einfach übermalt. Dabei hatte sie den Stift oft so hart angesetzt, dass die entsprechende Seite zerriss.

Shannon kam herein. Sie trat zu ihnen, nahm Luna den Stift aus der Hand und strich mit dem Finger über Gordons Namen, bevor sie das Buch zuklappte und wieder in die Schublade legte.

»Wie fühlst du dich, Luna?«

Luna zuckte mit den Schultern. »Okay«, murmelte sie. Was sollte sie sonst sagen. Sie war ja nicht krank. Sie war nicht gestorben.

»Ich fahr dich gleich nach Hause«, sagte Shannon. »Lass mich nur schnell die Visite machen.«

»Ich kann sie doch fahren«, sagte Micky. »Ich hab ja schon Dienstschluss.«

Shannon schaute auf die Uhr. »Ach Micky, du hättest vor einer Stunde gehen sollen!«

Micky zuckte nur mit den Schultern.

»Klar, geh. Danke, großer Häuptling.« Luna wusste, dass Micky diesen Ausdruck nicht mochte. Aber er traute sich wohl nicht, Shannon das zu sagen.

»Sorg dafür, dass sie auch was isst.« Shannon wühlte durch ihre diversen Taschen und fand schließlich in ihrer Zigarettenschachtel eine kleingefaltete Zwanzig-Dollar-Note. »Hier, geht aber nicht einfach in die Yellow Rose, esst was Anständiges.«

Sie schauten einander nicht an, als sie folgsam nickten. Sie wussten beide, dass sie selbstverständlich genau dort landen würden. Der Donnerstag war schließlich

Lunas freier Nachmittag und Abend als Au-pair. Sie verbrachte ihn auf der Abteilung und um sieben, wenn die Spätschicht zu Ende war, ging sie mit den anderen in das schäbige Lokal an der Ecke.

An diesem Abend waren sie die ersten. Luna setzte sich an den runden Tisch in der Ecke, während Micky an der Bar eine Bestellung aufgab und dann ein paar Münzen in die Jukebox warf. Er studierte das Angebot lange, bevor er eine Taste drückte. Als er mit einem Plastikkrug Bier und einem Stapel eisgekühlter Becher an den Tisch zurückkam, erklang Liza Minnellis unverkennbare Stimme.

Willkommen, bienvenue, welcome! Fremde, étrangers, strangers …

Luna begann zu weinen. »Oh Shit«, sagte Micky. »Das hab ich jetzt dreimal hintereinander gedrückt!«

Luna zog die Nase hoch. »Schon gut. Ich kann es aushalten.«

»Musst du doch gar nicht.« Micky schenkte ihr aus einem Krug ein halbes Glas Bier ein. Dabei schaute er verstohlen zur Theke hinüber, wo Maria, die füllige Barfrau, geschäftig Aschenbecher leerte. Er wartete, bis sie sich abwandte, bevor er den Becher vor Luna hinschob. Um selbst ein Bier zu bestellen, war sie hier noch zu jung. Alejandro, einer der Pfleger von der Abteilung hatte ihr eine gefälschte Identitätskarte verschafft, die sie als Judy Sherman auswies. Luna hatte Adresse und Geburtsdatum auswendig gelernt, aber bisher hatte noch nie jemand nachgefragt. Sie war jedes Mal nervös, wenn sie die Karte vorzeigen musste, obwohl man ihr versichert hatte, dass »alle« solche gefälschten Ausweise benutzten.

»Essen ist fertig!«, rief Maria hinter der Theke. Sie weigerte sich, die Gäste an den Tischen zu bedienen. Micky stand wieder auf, um das Essen abzuholen. Er hatte Jalapeño Poppers bestellt, mit Käse gefüllte, panierte und in Öl gebackene Chilischoten, und Nachos.

»Nachos sind das einzig halbwegs Erträgliche an Texas«, sagte Micky, der eine Zeitlang dort gelebt hatte. So wie er es beschrieb, war der Staat von Rednecks und Rassisten bevölkert. Und von Vogelspinnen, die während der Paarungszeit in Scharen unterwegs waren, in den Vororten, auf Parkplätzen und auf befahrenen Straßen, wo sie zu Hunderten in den sicheren Tod krabbelten. »Nicht auszuhalten, all die toten Spinnen auf den Straßen …« Unwillkürlich schauderte Luna. Micky nickte ernst.

»Spinnen sind uns heilig«, sagte er. »Wir glauben, dass die Welt von Großmütterchen Spinne erschaffen wurde.«

Luna sagte nichts. Sie würde nicht zugeben, wie sehr sie sich vor den Achtbeinern ekelte. Und sie erzählte ihm auch nicht, wie leidenschaftlich sie in der Schweiz mit ihrer Mutter immer *Dallas* geschaut hatte, jeden Dienstagabend. Jetzt hatte die Serie ihren Reiz verloren. Nicht nur wegen Mickys Erzählungen, sondern vor allem, weil J.R. auf Englisch ganz anders klang. Luna hatte sich so an die deutsche Synchronstimme gewöhnt, dass ihr das Original seltsam fremd vorkam.

»Wir nennen sie auch ›die denkende Frau‹«, fuhr Micky fort, und Luna brauchte einen Moment, um zu verstehen, dass er immer noch von der Spinne redete. Großmütterchen Spinne. »Sie hat die ersten Menschen von der Unterwelt auf die Erde geführt. Das waren übrigens Frauen. Schwestern. Sagt alles über unsere Kultur, findest du nicht?«

Er brach einen großen Brocken von der Chips-und-Käse-Masse ab und löffelte Guacamole aus einer Plastikschüssel darüber. Luna wartete einen Moment, seine Geschichten endeten oft im Leeren. Vorsichtig brach sie die knusprigsten Chips vom Rand des Tellers ab und tauchte sie in den grünen Avocado-Dip. Dann arbeitete sie sich zur Mitte der Masse vor, die bereits zu erkalten begann. Je mehr sie aß, desto hungriger wurde sie. Micky verschlang jetzt die Jalapeños eine nach der anderen, fast ohne zu kauen.

»Der Tod macht hungrig«, sagte er beiläufig. Das war Luna auch schon aufgefallen. Anfangs hatte sie sich gewundert, wie laut und oft auch rau es unter den Pflegern zuging, die sich nach Schichtende in der Yellow Rose versammelten. Doch sie hatte schnell verstanden. Dem Tod musste etwas entgegengesetzt werden. Das Leben musste gefeiert werden. So nachdrücklich wie möglich.

Dann kamen die anderen dazu, Alejandro, Sonia und Beanie. Jemand stellte einen Plastikkorb mit von Sauce getränkten Chili-Cheese-Fries auf den Tisch, die zwar widerlich aussahen, aber erstaunlich gut schmeckten. Die Musik wechselte abrupt von Liza Minnelli zu AC/DC. Beanie schlug begeistert mit der Faust auf den Tisch und warf ihren Kopf in den Nacken. Sie trug einen Mechaniker-Overall, ihre Haare waren zu einem klassischen Vokuhila geschnitten. Luna nippte an ihrem Bier und lehnte sich an Micky, der locker einen Arm auf ihre Schulter gelegt hatte. Alle Viertelstunde sagte jemand »Auf Gordon!« oder »Auf Mario!«

Mario Pesci. Luna hatte seinen Namen im blauen Buch gelesen, unter der Nummer 76. Sie hatte nicht auf das

Datum geachtet. Nicht verstanden, dass er am selben Tag gestorben war, nur wenige Stunden vor Gordon.

»Ich weiß nicht, wie es euch geht, aber ich kann noch nicht nach Hause«, sagte Beanie. »Ich zieh noch um die Häuser, wer kommt mit?«

Alejandro stand auf, Sonia schüttelte den Kopf.

»Micky?«

»Ich kann nicht, ich hab versprochen, Luna nach Hause zu fahren.«

»Oooohh, hallo!« Alejandro pfiff anerkennend.

Micky stand auf. »Befehl von Doc Shannon. Kommst du?«

Luna wusste nicht, was sie mehr verletzte, Alejandros Kommentar oder Mickys Bemerkung. Sie kam sich vor wie ein kleines Kind. Zu Fuß gingen sie zum Krankenhaus zurück, wo Mickys hässliche alte Chevette auf dem Parkplatz stand. »Ich kann nicht garantieren, dass sie anspringt«, warnte er. Boote und Autos wurden als »sie« bezeichnet. Gewehre auch, aber letzteres wusste sie nur aus Filmen. Galant öffnete Micky die Beifahrertür, doch der Sitz war mit leeren Fastfoodverpackungen und Coladosen übersät.

»Sorry.« Etwas verlegen sammelte Micky den Müll zusammen, schaute sich kurz um und warf dann alles unter das Auto. Er schien plötzlich nervös, und das machte wiederum Luna verlegen. Waren es die anzüglichen Bemerkungen und Pfiffe der anderen? Oder – der Gedanke war ihr vorher nie gekommen: Schwärmte er vielleicht heimlich für sie? Immerhin hatte er sich sehr schnell bereit erklärt, sie nach Hause zu bringen. Und er hatte seinen Arm um sie gelegt. Das hatte sie sich nicht eingebildet.

»Ich wäre froh, wenn du Doc Shannon gegenüber nicht

zu sehr ins Detail gehst«, murmelte er. »Die alte Schrottschüssel ist mir peinlich. Aber ich spare auf ein Motorrad.«

Ach so. Seine Chefin wollte er beeindrucken. Unbestimmt enttäuscht stieg sie ein. Im Auto roch es nach Ketchup und abgestandenem Rauch. Micky wusste offenbar, wo Shannon wohnte, er fand das Haus, ohne auch nur einmal nachzufragen. Alle Parkplätze am Straßenrand waren besetzt, so fuhr er in die Einfahrt und hielt vor der Garage. Aus dem schmalen Fenster über dem Garagentor drang kein Licht. Luna fragte sich, ob Jonathon schon schlief.

Micky schaltete den Motor aus. »Luna, jetzt mal ernsthaft. Das war nicht ganz ohne, was du heute erlebt hast.«

Sie nickte. Ein Mann war gestorben, während sie seine Hand gehalten hatte. Und sie hatte es nicht einmal gemerkt.

»Willst du darüber reden?«

Luna schüttelte den Kopf. Aber sie stieg auch nicht aus. »Micky«, fragte sie unvermittelt. »Micky, hattest du schon mal Sex?«

Micky lachte. Dumme Frage. Natürlich hatte er Sex, jeder hatte Sex. Außer ihr.

»Ähm … ja.«

»Ich nicht.«

»Du bist noch so jung, Luna.«

»Ach, hör mir auf damit. Ich kann es nicht mehr hören! Ich fühle mich nicht jung, ich war noch nie jung. Und ich will nicht sterben, ohne wenigstens einmal Sex gehabt zu haben. Das ist nicht fair!«

Micky unterdrückte ein Lächeln, was sie erst richtig wütend machte. Sie wollte ihn ins Gesicht schlagen. Sie wollte, dass er sie küsste. Sie griff nach dem Türgriff und rüttelte daran, doch er gab nicht nach. Micky legte eine Hand auf ihre Schulter und drückte sie in den Autositz zurück.

»Luna«, sagte er. »Ein Mann ist gestorben, ein Mann, den du mochtest. Du bist verunsichert. Du bist verletzlich. Ich mag dich, Mädchen, aber ich möchte das jetzt nicht ausnutzen.«

Luna hörte nur »Ich mag dich«.

»Der Tod macht hungrig«, murmelte sie. Und Micky lachte.

»Da hast du allerdings Recht.«

Und dann zog er sie einfach über den Sitz und auf seinen Schoß. Er küsste sie. Erst vorsichtig, beinahe fürsorglich, dann heftiger und drängender. Luna brauchte einen Moment, um zu registrieren, dass das nicht Franks Lippen waren, nicht seine Zunge, seine Hände. Alles war vollkommen neu. Anders. Micky war ihr nicht vertraut. Das allein machte sie schwindlig.

Sei still, mein Herz, dachte sie. Noch so ein Ausdruck, den sie kürzlich gelernt hatte und erst jetzt verstand. Mit Frank war ihr Herz ja überhaupt erst zur Ruhe gekommen. Es hatte sich entspannt, es war still. Weil Frank so vertraut war. Ihn zu küssen, war wie nach Hause kommen. Micky zu küssen, war wie aus einem Flugzeug zu springen.

Wach auf, mein Herz.

»Ich dachte, du bist schwul«, murmelte sie nach einer Weile.

Micky schob sie von sich, legte den Kopf zurück und lachte aus vollem Hals.

»Du weißt wirklich, wie man einen Mann bei Laune hält!«

Luna wusste nicht, was an ihrer Frage so abwegig war. Alle männlichen Pfleger auf der Aidsstation waren schwul. Und dann die Art, wie er mit den Patienten schäkerte. Wie er jeden als »*girl*« ansprach. Wie er manchen Besuchern nachschaute. Außerdem war sie ziemlich sicher, ihn und Alejandro mal im Pausenraum beim Schmusen erwischt zu haben.

»Na, und? Bist du?«

»Ich bin Micky. Reicht das nicht?«

Sie nickte und vergrub ihr Gesicht in seiner Nackenbeuge. »Doch.«

Das reichte vollkommen.

Später, beim Zähneputzen studierte sie ihr Gesicht in dem kleinen, matten Spiegel über dem Waschbecken. Sie sah aus wie immer. Wie war das möglich? Sie war nicht mehr dieselbe. Es fühlte sich an, als sei eine Gipsschicht aufgesprungen, die ihren ganzen Körper bedeckt und von der sie nichts gewusst hatte. Es fühlte sich an, als sei sie in tausend Einzelteile zerfallen, die sich dann sanft wieder zusammengesetzt hatten, aber diesmal an ihren richtigen Platz. Jetzt erst war sie die, die sie sein sollte. In diesen letzten zwanzig Minuten (waren es wirklich nur zwanzig Minuten gewesen?) war sie wirklich Luna geworden.

Sie unterdrückte den Impuls, sich an den wackligen Metalltisch zu setzen und Frank zu schreiben. Er war immer der Erste, dem sie von ihren Erlebnissen berichten wollte. Doch das konnte sie ihm nicht erzählen.

Frank, du Idiot, dachte sie. Die Mädchen in der Schule, die französischen Filme, die sie sich anschauten, aber vor allem Frank hatten ihr weisgemacht, Sex sei eine Art Sakrament. Etwas, das sorgfältig geplant und vorbereitet und zelebriert werden musste. Etwas Ernstes. Etwas Heiliges.

Etwas, das einen würdigen Rahmen brauchte, Hintergrundmusik und Kerzen.

Doch Micky hatte sie einfach auf seinen Schoß gezogen, in der Einfahrt vor Jonathons Garage, in dem unbequemen kleinen Auto, in dem es nach abgestandenem Rauch roch. Er hatte ihr in die Augen geschaut und gelacht. Luna hatte nicht gewusst, dass man lachen durfte, während man diesen heiligen Akt vollzog. Auch auf die Wucht der Gefühle war sie nicht gefasst gewesen. *Orgasmus*, dachte sie. Das Wort war vollkommen ungenügend. Es wurde dem Ereignis nicht gerecht. Sie musste ein neues erfinden.

Luna legte die Handflächen vor ihr Gesicht und atmete Mickys Geruch ein, bis sie einschlief.

4.

»Wir müssen reden«, sagte Micky, und Luna seufzte. Das war doch normalerweise die Textzeile des Mädchens. Doch bei ihr waren die Rollen immer vertauscht. Das war schon mit Frank so gewesen. Eine Dialogzeile aus dem Film *Fame* fiel ihr ein: »*By the way, you were reading the girl's part!*«

Sie saßen auf dem Dach von Mickys Wohnhaus und aßen kalte Hamburger aus einer mit Ketchup verschmierten Kartonschachtel, deren Boden schon halb durchgeweicht war. Es war Ende November, drei Monate waren seit ihrem ursprünglich geplanten Rückreisedatum vergangen. Und sie war immer noch hier.

Es war Thanksgiving, nicht der einfachste Tag auf der Abteilung. Die Patienten vermissten ihre Familien. All die freiwilligen Helfer, die an diesem Tag die Suppenküchen und Obdachlosenunterkünfte der Stadt überfluteten, ließen die Aidsabteilung links liegen. So weit ging die einmal jährlich aufflammende Hilfsbereitschaft nicht, dass sie auch Aidspatienten miteinbezog. Das Pflegepersonal gab sich alle Mühe, eine festliche Stimmung zu verbreiten. Und sich nicht anmerken zu lassen, dass auch sie jetzt lieber zu Hause wären.

Luna erinnerte sich an ihr erstes Thanksgiving vor einem Jahr, wenige Monate, nachdem sie in San Francisco angekommen war. Sie hatte nichts über diesen Feiertag gewusst und war aus alles Wolken gefallen, als sie bei der Schulfeier die Kinder als Indianer und Pioniere verkleidet auf der Bühne sah. Fassungslos schaute sie zu, wie die Indianer den hungrigen Pionieren mit Maiskolben und Kürbissen aushalfen, wie Mia als Truthahn verkleidet über die Bühne hüpfte und dann auf einen großen Tisch kletterte, um den herum am Ende alle friedlich vereint saßen und eine Mahlzeit teilten. Mia quietschte so realistisch, als sie in Stücke geschnitten und verzehrt wurde, dass sie einen Szenenapplaus bekam. Nur Luna lachte nicht.

Ihr war diese Schulaufführung so schockierend unpassend vorgekommen, sie fragte sich, was ihre Mutter dazu gesagt hätte. In Gedanken formulierte sie schon ihren nächsten Brief an sie. Immer wieder schaute Luna zu Jonathon hinüber, der ein Polaroidfoto nach dem anderen schoss und ganz hingerissen schien.

Auch wenn sie im Gymnasium die Geschichte Amerikas nicht durchgenommen hatten, wusste Luna, was die

Pioniere den Ureinwohnern angetan hatten und wie sie ihnen diese Gaben verdankt hatten.

Aber was war mit den Lehrern? Und den Eltern? Warum wehrten sie sich nicht? Sie war sich so sicher, dass Jonathon ihre Meinung teilte, dass sie ihn nach der Feier im Schulfoyer konfrontierte.

»Die Szene mit den masernverseuchten Wolldecken wurde wohl aus dem Stück gestrichen, was?«

»Wie bitte?«

»Ich meine, das war schon ein wenig einseitig erzählt, findest du nicht?«

Ganz offensichtlich fand er das nicht. Er runzelte die Stirn und zog sie zur Seite, damit die anderen Eltern sie nicht hören konnten.

»Luna, das ist unsere amerikanische Geschichte, unsere Kultur, die hier gewürdigt wird. Es mag nicht deine sein, aber ich bitte dich trotzdem, sie zu respektieren, okay?«

»Ja, aber …« Danach hatte sie nie mehr gewagt, das Thema anzusprechen. Bis Micky sie dieses Jahr zur *Unthanksgiving*-Feier der Vereinten Indianischen Nationen eingeladen hatte. Er nickte nur, als sie ihm von ihren Zweifeln erzählte. »Amerika hat sich nie mit seiner Geschichte auseinandergesetzt, weder mit der Sklaverei noch mit dem Genozid an den indigenen Ureinwohnern. Deshalb können wir nicht darüber reden. Und deshalb ändert sich auch nichts.«

Luna erinnerte sich, dass ihre Mutter dasselbe über die Schweiz gesagt hatte, die sich mit ihrer Rolle während des zweiten Weltkriegs nicht auseinandergesetzt hatte. Micky und sie hatten noch lange diskutiert, so lange, dass sie am Morgen prompt verschlafen hatten.

»Es tut mir wirklich leid, wegen heute Morgen«, sagte sie bestimmt zum zehnten Mal. »Ich muss den Wecker ausgeschaltet haben, ohne es zu merken.«

Micky runzelte die Stirn. »Du bist doch nicht dafür verantwortlich, dass ich rechtzeitig aufstehe«, sagte er. »Du bist schließlich nicht meine Mutter. Nicht, dass sie je …« Er brach ab.

»Dass sie je was?«, fragte Luna. »Du hast mir nie von deiner Mutter erzählt.«

»Was gibt es da zu erzählen? Sie war nie da.« Er machte eine Geste mit dem Daumen zum Mund, als ob er eine Flasche leertrinke. »Sie war Alkoholikerin. Meine *abuela* hat mich großgezogen.«

»Oh.«

Er grinste schief. »Ja, ich weiß. Das totale Klischee.«

»Das meinte ich nicht. Nur …« Meine Mutter auch, hatte sie sagen wollen. Doch etwas hielt sie zurück, und sie schüttelte den Kopf. »Erzähl.«

»Da gibts nicht viel zu erzählen. Die meisten Kinder im Pueblo wuchsen so auf wie ich. Ich hatte es vergleichsweise noch gut, meine Mutter kam und ging zwar, wann sie wollte, aber meine *abu* war immer für mich da, und sie war gut zu mir. Meine Kindheit war ganz in Ordnung, einfach ohne Eltern. Ich hatte zwar keinen Vater, aber das war auch besser so. Mein bester Freund Diego zum Beispiel wurde ständig verprügelt, seine Eltern betranken sich immer gemeinsam, gingen erst auf die Kinder los, und dann aufeinander. Er war öfter bei uns als bei sich zu Hause. Als er acht oder neun Jahre alt war, hat ihn sein Vater mit solcher Wucht gegen die Wand geschmettert, dass er …«

Luna schlug sich die Hände vor den Mund. Sie war froh,

dass sie nichts von ihrer Kindheit erzählt hatte. Die Abgründe, die sich ihr in diesem Land der unbegrenzten Möglichkeiten immer wieder eröffneten, waren mit nichts zu vergleichen, was sie in der Schweiz erlebt hatte. »Ist er …«

»Nein. Allerdings wäre das vielleicht besser gewesen. Er überlebte mit einer schweren Hirnverletzung. Konnte nicht mehr reden, sich nicht allein anziehen, essen, gar nichts. Er kam in ein Heim, eigentlich ein Alters- und Pflegeheim, ein fürchterlicher Ort. Der Norden New Mexikos, wo ich aufgewachsen bin, ist eine der ärmsten Gegenden im ganzen Land …«

Luna legte ihren Kopf auf seine Schulter.

»Ich war der Einzige, der ihn dort besuchte. Jede Woche bin ich hingegangen, auch wenn er mich nicht erkannte. Diego ist der Grund dafür, dass ich in die Pflege wollte. Ich wollte es einmal besser machen. Er starb, als wir beide sechzehn waren. Ich glaube bis heute, er hat es irgendwie geschafft, sich umzubringen. Und ich sage dir, ich bin dankbar dafür. Dass er es geschafft hat.«

Dankbarkeit, dachte Luna. Das war auch das Beste an der Thanksgiving-Feier gewesen, obwohl das Ritual auf der Abteilung einen bitteren Beigeschmack hatte. Die Ärzte und Patienten waren dieses Jahr dankbar dafür, dass Präsident Reagan zum ersten Mal eine Ansprache gehalten hatte, in der es direkt um Aids gegangen war. Sieben Jahre, nachdem das Virus ausgebrochen war. Dafür, dass es endlich ein Medikament gab, AZT, dessen Nebenwirkungen allerdings fast so grausam waren wie die Krankheit selbst. Dass vor einem Monat der erste Aids-Quilt vor dem Weißen Haus ausgebreitet worden war, fast zweitausend Gedenkdecken, für jeden Toten eine.

Man musste sich schon bewusst zur Dankbarkeit entscheiden, fand Luna. Sie war nicht sicher, ob sie dieselben Dinge, für die andere dankbar waren, nicht vielmehr wütend machten. Die Hamburger schmeckten fade, die Brötchen matschig. Satt machten sie auch nicht. Luna nahm sich noch einen – den dritten? *Der Tod macht hungrig.* Sie legte das Brötchen in die Schachtel zurück und begann stattdessen an Mickys Ohr zu knabbern. Er erstarrte. Sie seufzte.

»Nun entspann dich doch mal.«

»Luna, ich möchte dich nicht verletzen, ich war immer ehrlich mit dir und …«

»Ich weiß, ich weiß. Wir haben keine feste Beziehung, du bist nicht mein Boyfriend. Geschenkt. Können wir es nicht trotzdem schön haben?«

»Luna, Mädchen, du bist einfach zu viel.« Er sagte es liebevoll. Trotzdem fühlte sich Luna wie nach einer Ohrfeige. Das hatte Frank auch immer gesagt. Du bist zu viel, du willst zu viel. *Du bringst mich um.* Wenigstens hatte sie hier eine politische Grundlage für ihre Argumente gefunden: »Naja, Micky, wenn du dich von meinem weiblichen Begehren in Frage gestellt oder herausgefordert fühlst, kann ich dir auch nicht helfen.« Und dann schickte sie noch ein »Großer Häuptling« hinterher. Nur, weil sie wusste, wie sehr er das hasste.

Micky lachte laut. Luna liebte dieses Lachen. Sie konnte ihm nicht böse sein. Er hatte ihr eine Tür geöffnet, von der sie nichts gewusst hatte. Aber sie hatte diese Tür mit einer solchen Begeisterung aufgestoßen, dass sie wieder zurückschwang und sie mitten ins Gesicht traf. Sie konnte nicht genug Sex haben. Es gab nichts Besseres. Luna glaubte nicht wirklich an Gott. Doch wer sonst konnte Sex erfunden haben? Wer sonst konnte wissen, dass die menschliche Existenz ein integriertes Belohnungssystem hatte, so wie in manche Autos ein Kassettengerät eingebaut war. Natürlich konnte man auch ohne seine persönliche Lieblingsmusik eine längere Reise überstehen, sich mit ständig wechselnden Radiosendern und statischem Rauschen behelfen, mit zusammenhangslosen Predigten und viel zu lauter Werbung, aber genießen konnte man so eine Fahrt nicht. Erst mit der richtigen Musik wurde ein Roadtrip zu einem unvergesslichen Erlebnis. Und erst mit Sex ergab das Leben Sinn.

Amen, dachte Luna. Amen.

»Ich mag dich Luna, das weißt du. Aber ich bin kein Zuchthengst, verdammt noch mal. Ich möchte jetzt mal einfach in Ruhe auf dem Dach sitzen und kalte Hamburger essen und über die Bucht schauen. Können wir einfach mal reden, Luna? Oder einen Film schauen oder so was?«

»*By the way*«, murmelte Luna. »*You're reading the girl's part.*«

Es war kalt auf dem Dach, doch Micky hatte Wolldecken mit hinaufgebracht, die sie sich um die Schultern legten. Wie in den alten Winnetou-Filmen, dachte Luna.

Probehalber stand sie auf und ging ein paar Schritte. Mit der schweren Decke auf den Schultern fühlte sie sich fast feierlich. Micky nahm den letzten Hamburger aus der Schachtel und biss mehr als die Hälfte auf einmal ab. Mit vollem Mund sagte er etwas, das sie nicht verstand. Sie drehte sich zu ihm um: »Alles klar«, sagte sie. »Reg dich wieder ab, Botschaft angekommen. Aber können wir wenigstens heiraten?«

Micky verschluckte sich vor Lachen. Prustend spuckte er den halbzerkauten Hamburger wieder aus. »Luna!«

»Nein, ich meine es ernst: Ich brauche eine Aufenthaltsbewilligung.« Das Visum, das ihr die Au-pair-Vermittlungsstelle beschafft hatte, war diesen Sommer abgelaufen. Sie hatte sich gleich im City College eingetragen, dessen Studienleitung es mit ausländischen Schulabschlüssen nicht so genau nahm, und ein Studentenvisum beantragt. Doch damit hatte sie sich nur gerade ein weiteres halbes Jahr gesichert. Es brauchte eine langfristige Lösung.

»Bist du nicht zu jung zum Heiraten?«

»Mein Vater ist damit einverstanden. Er muss nur etwas unterschreiben.« Dass ihr Vater gar nicht sorgeberechtigt war, kümmerte hier niemanden. Die Behörden waren erstaunlich lasch, nur auf einen HIV-Test bestanden sie. Aber da sie auf der Aidsstation arbeitete, wurde sie ohnehin ständig getestet. Luna hatte sich genau informiert. Die Ehe würde in der Schweiz nicht anerkannt werden, aber das war ihr egal. Sie wollte ja nicht in die Schweiz zurück.

»Mein Vater kommt mit seiner Frau über die Feiertage nach San Francisco«, sagte sie. Luc und Regula wollten einen sogenannten Pärchenurlaub machen und verreisten ohne die Mädchen. Luna war froh darüber. Es war ihr peinlich, wie sehr sie die Zwillinge vernachlässigt hatte, die so an ihr hingen. Sie wusste nicht, warum sie so wenig für die Mädchen empfand, sie waren immerhin ihre Halbschwestern. Doch sie meldete sich nie von sich aus, sie vergaß jeden Geburtstag. Die schuldbewussten Postkarten, die sie ab und zu schickte, hingen dann monatelang am Kühlschrank.

Nach dem Urlaub würde Luc noch zwei Monate länger

bleiben, um zwei oder drei Reportagen zu produzieren. Sein Bericht über die Aidsstation vom letzten Frühjahr, hatte einen Preis gewonnen. Jetzt wollte er ein ganzes Buch darüber schreiben. Und als er hörte, dass Micky in einem Pueblo aufgewachsen war, konnte er sich gar nicht mehr beruhigen. Luna fragte sich, was ihr Vater ohne sie tun würde, woher er seine Themen nehmen würde. Früher waren es das unfaire Scheidungsrecht und das Schicksal der Väter gewesen, jetzt waren es Lunas Alltag in San Francisco, ihre Arbeit, ihre Freunde. Luc stand in ihrer Schuld, und das wusste er auch.

»Er würde alles bezahlen, die Gebühren, die Hochzeitsfeier, *honeymoon*, was wir wollen. Damit es glaubwürdig ist, musst du vielleicht für ein paar Monate zu mir ziehen, aber Shannon ist damit einverstanden.«

»Du hast bereits mit Shannon darüber gesprochen? War das nicht voreilig?« Das schien ihn mehr zu irritieren als alles andere. Nicht zum ersten Mal fragt sich Luna, ob Micky vielleicht heimlich für die Ärztin schwärmte. »Klingt, als hättest du alles schon durchgeplant. Woher wusstest du denn, dass ich ja sagen würde?«

»Ich kann auch jemand anderen fragen«, sagte sie. Sie öffnete den Mund, um mögliche Kandidaten aufzuzählen, doch so auf die Schnelle fiel ihr niemand ein. Trotzig schwieg sie wieder. Micky knuffte sie versöhnlich in den Oberarm.

»Nicht doch. Vielleicht beruhigst du dich ja ein bisschen, wenn wir verheiratet sind. Laut Statistik haben verheiratete Paare im Durchschnitt nur zweimal die Woche Sex. Das sollte ein alter Mann wie ich gerade noch hinkriegen.«

1989

I.

Erst dachte Luna, sie hätte vergessen, die Mülltüte in den Container zu werfen. Welcher Tag war heute? Der Abfall wurde donnerstags abgeholt, am Mittwochabend zerrte sie den Container an den Straßenrand. Doch heute war nicht Mittwoch. Es musste wohl eher Freitag sein, vielleicht auch schon Samstag. Möglicherweise war sie auch nicht mehr ganz nüchtern. Sie war allein.

Und erschrak gewaltig, als sich das dunkle Bündel vor ihrem Gartenhaus bewegte und schüttelte und schließlich aufrichtete. Es war ein Mensch, ein Mann. Es war Frank.

»Hey«, sagte er, als hätten sie sich vor zwei Tagen zuletzt gesehen. Als wären die letzten drei Jahre nie passiert. Was machte er hier? Sie hatten seit ihrem Umzug keinen Kontakt mehr gehabt, auch wenn ihr Vera immer wieder berichtete. Dass er jetzt fest mit Carina zusammen war, dem Mädchen mit dem Pferdeschwanz, das Luna damals so skrupellos von der Tanzfläche gerempelt hatte. Dass Rita mit dem Mädchen nicht klarkam und sich wünschte, Luna wäre noch da. (Das bezweifelte Luna allerdings. Es war denkbar, dass ihre Mutter Rita vorschob, um ihre eigenen Wünsche auszusprechen.) Dass Frank an den Wochenenden immer noch auf dem Güterbahnhof arbeitete, aber nach wie vor gute Noten schrieb und Medizin studieren wollte.

Aber kein Wort darüber, dass er vorhatte, Luna zu besuchen. Vielleicht hatte Vera das ja gar nicht gewusst. Frank musste sie nicht unbedingt nach Lunas Adresse gefragt haben. Sie traute Frank zu, dass er ganz selbstverständlich davon ausgegangen war, dass sie immer noch dort lebte, von wo aus sie ihm kurz nach ihrer Abreise die Postkarte geschickt hatte. Es machte Luna wütend, dass er in seiner Unbekümmertheit Recht behalten hatte. Als ob sie all die Jahre auf ihn gewartet hätte! Doch da täuschte er sich. Wusste er denn nicht, dass Luna verheiratet war und ihr Gartenhäuschen bis vor ein paar Monaten noch mit Micky geteilt hatte, mit ihrem Mann? Das musste er doch mitbekommen haben. Vera und Rita waren schließlich immer noch eng befreundet. Dann hatte er allerdings wohl auch gehört, dass Micky wieder ausgezogen war. Doch er konnte ja nicht wissen, dass Luna seitdem nicht gerade oft allein nach Hause kam – oder überhaupt. Wie konnte er sich ihrer so verdammt sicher sein! Luna schnaubte. Sie wünschte, sie hätte Vixen nicht im letzten Moment an der Straßenecke stehen lassen, um in ein Taxi zu springen. Das hatte sie schon bereut, bevor sie Frank gesehen hatte. Sich einfach so davonzustehlen, ohne Abschied, ohne Entschuldigung, war unnötig und verletzend gewesen. In letzter Zeit benahm sie sich immer öfter so, dass sie am nächsten Morgen herumtelefonieren oder in der ganzen Stadt herumschleichen und Postkarten mit selbstironischen Karikaturen und zerknirschten Entschuldigungen in Briefkästen stecken musste.

Sie mochte sich gerade nicht besonders. Dafür konnte Frank allerdings nichts.

»Frank, du Idiot! Was zum Teufel tust du denn hier?«

»Ich hab doch immer gesagt, nach der Matura will ich erst mal ein paar Monate freinehmen und reisen.«

»Ja, nach Thailand!« Du magst Amerika nicht mal, wollte Luna sagen. Stattdessen nahm sie ihn automatisch in die Arme, sie konnte nicht anders, hob ihr Kinn, um ihn zu küssen, auch das geschah fast gegen ihren Willen. Ihre Lippen suchten seine, aus reiner Gewohnheit, sie kümmerten sich nicht um ihre Wut. Ihre Lippen, ihre Hände, ihre Haut hatten ihre eigenen Vorstellungen.

Sie atmete ihn ein, den vertrauten Geruch. Auch wenn er sich leicht verändert hatte, würde Luna ihn im Dunkeln erkennen. Schließlich zog sie Frank in ihr Häuschen hinein und kickte die Tür mit dem Fuß ins Schloss. Ohne auch nur das Licht anzumachen, begann sie, an seinen Kleidern zu zerren. Sie streifte alle Schichten ab, die Jacke, den Pullover, das Unterhemd, sie öffnete seinen Gürtel und knöpfte seine Hose auf. Dieses Mal wehrte er sich nicht. Noch halb in seinen Jeansbeinen gefangen, ließ er sich ungeschickt die Leiter zu ihrem Bett hochschieben. Dann fiel er auf die Matratze. Luna zerrte so heftig an den sperrigen Jeans, dass sie beide lachen mussten. Frank packte sie an den Oberarmen und zog sie auf sich. Auch sein Körper hatte sich verändert, war eckiger geworden, härter. Doch ihre Haut erkannte seine sofort.

Es war anders mit Frank. Einfacher. Selbstverständlicher. Nicht besser vielleicht, aber richtiger. So, wie sie es sich früher immer vorgestellt hatte. Und schon war sie wieder wütend: Warum hatten sie das nicht schon früher getan? Warum hatte er sich immer so geziert?

»Frank, warum haben wir nie …«

»Wir waren zu jung«, murmelte er.

»So ein Quatsch«, sagte sie. »Komm mir nicht mit der blöden Ausrede.« Doch er war bereits eingeschlafen. Und sie lag wach, stützte sich auf einen Ellbogen und schaute ihn an. Seine Arme waren muskulöser. Er trug einen Ohrring, und in seinen Augenwinkeln hatten sich Überreste von Kajal gesammelt. Seine Locken hatte er entweder schon lange nicht mehr gewaschen, oder er hatte Gel hineingeschmiert. Vorsichtig fuhr sie mit dem Finger sein Schlüsselbein entlang. Er bewegte sich nicht.

Luna zog ihre Hand weg und rutschte an den äußersten Bettrand. Solange ihre Haut seine nicht berührte, konnte sie klar denken. Sie überprüfte diese Erkenntnis ein paar Mal hintereinander. Sobald sie Frank auch nur mit dem Fuß berührte, registrierte sie das sofortige Verebben ihrer Gedanken, die schläfrige Geborgenheit, die sich in ihr ausbreitete. Sie zog ihren Fuß wieder zurück.

Frank, du Idiot, dachte sie. Ausgerechnet jetzt.

Mickys Auszug hatte sie härter getroffen, als sie gedacht hätte. Auch wenn er von Anfang an darauf bestanden hatte, dass sie keine »richtige« Beziehung führten, dass sie »nicht exklusiv« waren und sie das längst akzeptiert hatte. Auch wenn sie immer seltener miteinander geschlafen hatten, die letzten Monate vor seinem Auszug überhaupt nicht mehr. Doch sie hatte sich daran gewöhnt, mit jemandem zusammen zu wohnen. Über seine Schuhe zu stolpern, die er immer gleich hinter der Tür abstreifte, seine scharfen Saucen im Kühlschrank zu finden, spätnachts die Überreste seiner selbstgekochten Mahlzeiten aufzuessen, seinen warmen, stämmigen Körper im Bett vorzufinden, wenn sie unter die Decke schlüpfte. Micky hatte ihr den sicheren Rahmen gegeben, der es ihr möglich machte, sich auszutoben. Er wartete nicht auf sie, wenn sie nicht nach Hause kam. Aber er hörte ihr zu, wenn sie es tat. Er reagierte so gelassen auf ihre Abenteuer, dass sie sich immer mehr traute, immer weiter vorwagte. Und wenn sie wieder mal an der Frage verzweifelte, was sie jetzt eigentlich sei, lesbisch oder bisexuell oder »nur eine verdammte Touristin«, wie man es ihr mehr als einmal vorgeworfen hatte, tröstete er sie: »Du bist Luna, und das ist genug.«

Immer seltener verbrachte sie die ganze Nacht mit ihren Eroberungen, immer öfter zog es sie stattdessen nach Hause, wo sie mit Micky einen kalten Burrito teilte und redete oder einen Film anschaute und mittendrin einschlief, mit dem Kopf in seinem Schoß.

Wenn es nach Luna gegangen wäre, hätte es ewig so weitergehen können. Doch Micky hatte sich verliebt, und zwar richtig. Luna konnte es ihm nicht einmal verübeln, sie schwärmte selbst ein bisschen für Xochil, die »kleine Blume«. Sie und die halbe Stadt, vor allem, seit sie neulich im *Chronicle* abgebildet worden war, mit kämpferisch gereckter Faust und einem Stirnband im glatten Haar. Die junge Tänzerin war von einer beinahe kitschigen Schönheit, alles an ihr war ein wenig zu viel, die Lippen zu voll, die Augen zu groß, die Wimpern zu lang. Eine Cartoonheldin, die in Lendenschurz und Federschmuck durch ihre Leben wirbelte. Sie gehörte zu einer aztekischen Tanztruppe, die am *Mission Carnavale* und am *Día de los Muertos*-Umzug auftrat. Und sie war das Aushängeschild der Indigenen Aktivisten. Fotogener als die müden Männer, die alle älter aussahen, als sie waren. Xochil war eine Vorzeige-Indigene, sie war die Kronprinzessin. Jeder wollte sie, doch sie hatte sich für Micky entschieden. Niemand wusste, warum. Er selbst am wenigsten.

»Xochil weiß mehr über meine Kultur als ich«, sagte Micky andächtig. »Sie gibt mir die Identität, die ich nie hatte.«

Was konnte Luna dem entgegenhalten? »Du hast aber versprochen, dass wir endlich zusammen *Fame* schauen?«

Mach dich nicht lächerlich, Bertschi. Bertschi Martinez.

Luna hatte ihm alles Gute gewünscht. Und es auch gemeint. Er überließ ihr den kleinen Fernseher mit dem eingebauten Videogerät. Die angebrochenen Salsa-Flaschen standen immer noch im Kühlschrank. Und den Ring, den er ihr geschenkt hatte, den Feuervogel aus Türkis, Koralle und Obsidian, trug sie weiterhin. Er gehörte zu ihr.

Auf das Gefühl der Verlorenheit, die Mickys Auszug in ihr auslöste, war sie nicht gefasst gewesen. Sie bekämpfte es mit den Mitteln, die ihr zur Verfügung standen. Auch wenn sie wusste, dass diese nichts taugten. Sie trank zu viel, was vermutlich der Grund für ihr rücksichtsloses Benehmen war. Luna war klar, dass sich etwas ändern musste. Sie brauchte einen Anker, sie brauchte Halt. Und kaum war ihr das klar geworden, stand auch schon Frank vor ihrer Haustür, als sei er vom Himmel gefallen, als sei er die Antwort.

Frustriert schaute sie an die Zimmerdecke hinauf. Als ob hinter dem fleckigen, weißgetünchten Gipsverputz jemand nur darauf wartete, ihre Kritik entgegenzunehmen. Gott, oder wer auch immer ihr Schicksal bestimmte.

»Wirklich?«, fragte sie die Zimmerdecke. »Ist das dein Ernst?«

»M-hm«, murmelte Frank im Schlaf.

2.

Die Frauen waren hingerissen, die Männer auch. *What else is new?*, dachte Luna. Sie trat das Pedal herunter, die Nähmaschine ratterte manisch, der Faden verhedderte sich. Frank saß auf der anderen Seite des großen Tischs und säumte eine Stoffkante so sorgfältig, als sei er bereits Chirurg. Dann schaute er von seiner Arbeit auf und lächelte Luna zu. Es zeigten sich bereits erste Falten in seinen Augenwinkeln, dabei war er gerade mal achtzehn Jahre alt. Einen Moment lang schob sich das Bild eines älteren Frank vor ihn, sie wusste plötzlich, wie er mit vierzig aussehen würde.

»Er und ich, das war unausweichlich«, hatte Gordon gesagt.

Luna schnitt den Faden ab und löste den Fuß, so dass sie ihr Stoffstück umdrehen konnte. Jeden Dienstagnachmittag half sie in der Quilt-Zentrale an der Market Street aus. Wieder kam ihr ihre Schweizer Schulbildung zugute, die auch sechs Jahre Handarbeitsunterricht umfasst hatte. Nähen war nicht ihre größte Stärke, auch hierzu fehlte ihr die nötige Geduld, aber sie wusste immer noch mehr darüber als der Durchschnittsamerikaner. Sie konnte eine Nähmaschine bedienen und vor allem konnte sie anderen erklären, wie sie funktionierte. Ihre Aufgabe war es, den Freiwilligen zu helfen. Daneben blieb ihr immer noch genug Zeit für ihre eigenen Quadrate, jede Woche starb jemand, den sie kannte, jemand, den sie mochte. Die Todesanzeigen im Gratisanzeiger füllten jeweils mehrere Seiten. Immerhin wurde inzwischen auf verschämte Umschreibungen verzichtet, auf die »kurze, schwere Krankheit«, die »Lungenentzündung«. Und statt dem »langjährigen Begleiter« war es auch mal der Liebste, der die Nachricht unterschrieb, der Lebenspartner. Mehr und mehr Patienten unterschrieben Verfügungen, in denen sie ihre Leichname der Wissenschaft vermachten. Es war allen klar, dass sie sich nur selbst retten konnten.

Luna wandte sich ab und schaute an die Wand, an der die fertigen Gedenkdecken ausgestellt waren. Da hing an prominenter Stelle ihre allererste Arbeit, das Stück, das sie zu Gordons Ehren bestickt hatte. Sie hatte Materialien verwendet, die sie an ihn erinnerten, an den schwarzen Trikot seiner Ballettleggins, die irisierende Knisterfolie seines Bühnenkostüms, den blauen Samt seiner Lieblingsjacke und ein verwaschenes gelbes Bandana wie das, mit dem er seinen spitz hervorstehenden Adamsapfel verdeckt hatte. All diese Stofffetzen hatte sie in der Wühlkiste gefunden, denn sie hatte nichts von Gordon behalten, nichts aufbewahrt. Damals hatte sie gar nicht so weit gedacht. Sie hatte versucht, das Foto nachzusticken, das ihn im Spagatsprung zeigte. Es war ihr nicht wirklich gelungen, die Figur eines menschlichen Tänzers war kaum zu erkennen, Gordon schon gar nicht. Die meisten hielten es für eine Schwalbe, aber das machte nichts. Während der Arbeit an Gordons Decke, hatte sie endlich gefühlt, wie sich die Trauer in ihr ausbreitete, sie bis in die Fingerspitzen ausfüllte, die die Sticknadel hielten.

Etwa ein halbes Jahr später hatte eine elegante ältere Dame in der Quilt-Zentrale um ihre Hilfe gebeten.

»Ich konnte ja früher mal sehr gut nähen, aber nun schauen Sie sich das an!« Sie streckte ihre Hände aus, die mit den verkrümmten, geschwollenen Fingern so gar nicht zu ihrer vornehmen Erscheinung passten. Luna setzte sich zu ihr und betrachtete ihren Entwurf. Sie hatte die Inschrift mit einem blauen Filzstift vorgezeichnet, in zittrigen Großbuchstaben:

GORDON JEFFERSON PALMER. 1963–1987.
GELIEBTER SOHN.
BEGNADETER TÄNZER.

»Ich habe ein Bild mitgebracht«, sagte sie. »Ein ganzes Album. Ich konnte mich nicht für eines entscheiden.« Sie zog es aus der zerknitterten Plastiktüte, die vor ihr auf dem Tisch lag. Die schäbige Plastiktüte, die so gar nicht zu der eleganten Erscheinung passte, rührte Luna. Eben noch hatte sie die alte Frau konfrontieren wollen. »Warum haben Sie ihn denn nie besucht«, wollte sie fragen. »Warum musste er allein sterben?«

Aber Gordon war ja gar nicht allein gestorben.

»Ich kannte Ihren Sohn«, sagte sie stattdessen. »Ich war bei ihm, als er starb.« Dass sie es nicht einmal gemerkt hatte, sagte sie nicht. Sie zeigte seiner Mutter, Jean, ihre eigene Decke, die sie für Gordon genäht hatte. Und im nächsten Moment hatten sie sich weinend in den Armen gelegen.

Die Köpfe über die Arbeit gebeugt, die Hände beschäftigt, erzählten die Angehörigen von ihren Verstorbenen. Sie hielten ihre eigenen kleinen Gedenkfeiern ab, jeden Tag, gleich hier in der Quilt-Zentrale. Nicht umsonst sprach man davon, die Trauer »zu verarbeiten«, dachte Luna.

Vor ihrem Nähmaschinentisch hatte sich bereits eine

Schlange gebildet. Sie half, Fäden zu vernähen, schiefe Nähte aufzutrennen, hielt das eine oder andere Stück unter ihre Maschine und nähte es einfachheitshalber selbst zusammen. Und heute saß nun auch Frank an einem der langen Tische und versäumte neutrale Rechtecke aus doppeltem Stoff, neunzig Zentimeter auf einen Meter achtzig, den ungefähren Maßen eines Grabes entsprechend. Sein Stapel wuchs und wuchs. Luna verdrehte die Augen. Musste er denn alles können, alles richtig machen, musste er sich so mühelos in ihr Leben fügen? So würde er es nie merken. Dass er nicht die Antwort war.

»Was für ein reizender junger Mann«, bemerkte Miss Millie, Lunas stirnrunzelndem Blick folgend. Die Großmutter war vor vier Monaten aus dem tiefsten Louisiana angereist, als sie hörte, dass ihr Enkel Antoine hier in San Francisco im Krankenhaus lag. Sie hatte nicht gewusst, dass er homosexuell war, dass er Aids hatte, geschweige denn, was Aids war. Aber sie passte sich schnell an. Als Antoine starb, organisierte sie eine glanzvolle Gedenkfeier mit all seinen Freunden. Die Tatsache, dass ihr eigener Sohn, Antoines Vater, sich weigerte, dafür anzureisen, verletzte sie so sehr, dass Miss Millie beschloss, gar nicht mehr nach Hause zurückzukehren. Sie mietete ein billiges Zimmer in einer Wohngemeinschaft im Haight-Ashbury Distrikt, wo sie, statt Miete zu bezahlen, für ihre jungen Mitbewohner kochte und den Haushalt führte. Jeden Nachmittag tauchte sie auf der Aidsstation auf und half aus, wo sie gebraucht wurde. Sie nannte alle Patienten »mein Junge« oder »Sohn«. Sie war da, wenn einer nach seiner Mutter rief. Sie hielt seine Hand, strich über sein Haar.

Und für jeden, der starb, nähte sie eine Gedenkdecke.

»Ich wusste gar nicht, dass du einen Verehrer hast, Luna. Ich dachte immer, du seist eher an jungen Damen interessiert.«

»Junge Damen, Miss Millie, also wirklich!«

»Wie hieß denn dieses reizende Mädchen noch mal, mit dem ich dich neulich bei Orphan Andy's gesehen habe? Die mit den … Haaren?« Miss Millies Hände beschrieben eine Wolke über ihrem Kopf.

»Mit dem Haar?« Luna musste einen Moment lang überlegen. Natürlich, die rabenschwarz gefärbte und zu einem Heiligenschein toupierte Mähne von Vixen.

»Vixen, genau«, sagte Miss Millie würdevoll. »Ich mochte sie. Sehr gut erzogen, das merkt man gleich. Und ganz vernarrt in dich, Luna. Nun ja, wer wäre das nicht!«

Miss Millie hatte Recht: Vixen hieß in Wirklichkeit Virginia und stammte aus einer dieser alteingesessenen Familien der Stadt, nach denen Museen und Krankenhausabteilungen benannt waren.

»Sie schmeicheln mir, Miss Millie!« Luna nahm eine winzige Schere aus ihrem Nähkästchen, das ihr Vera aus der Schweiz nachgeschickt hatte, das Originalnähkästchen aus Sperrholz, das Luna damals im Handarbeitsunterricht selbst gebastelt und bemalt hatte. Es genügte, um sie als Expertin auszuweisen. Vorsichtig schnitt sie die Stiche auf und strich den Stoff wieder glatt.

»Frank war mein erster Freund.«

»Dein High-School-Sweetheart? Wie romantisch!«

»Eher schon Kindergarten-Sweetheart.«

»Eine Kindergartenliebe! Ach, ist das süß. Was ist denn passiert, *Sha*?«

Luna konnte an Franks Körperhaltung erkennen, dass er

ihnen zuhörte. Vermutlich fiel es ihm aber noch schwerer als ihr, den kreolisch eingefärbten Südstaatenakzent der alten Dame zu verstehen. *Sha* zum Beispiel hieß *chère*, hieß Liebes, hieß *sweetie, honey, darling.*

Sie zuckte mit den Schultern. »Ich wollte die Welt sehen, ich kam als Au-pair nach San Francisco, da war ich sechzehn. Ich fand, ich sei zu jung, um mich fest zu binden.« Luna kam sich sehr erwachsen vor, als sie das sagte.

»Zu jung! Mädchen, in deinem Alter war ich bereits verheiratet!«

»Ich bin auch verheiratet. Naja, auf dem Papier zumindest …« Dieses Papier würde sie noch bis an ihr Lebensende verfolgen. Genauso wie die Zwiebel. Wenn sie geglaubt hatte, sie könne Miss Millie mit der Erwähnung ihrer Ehe ablenken, hatte sie sich getäuscht.

»Weiß ich doch, mit Micky Martinez, aber das zählt ja wohl nicht.«

Die Klatschzentrale der Aidsabteilung funktionierte offenbar nach wie vor. Luna wollte protestieren, ihre Beziehung sei durchaus mehr als eine Zweckgemeinschaft gewesen. Doch Miss Millie war noch nicht mit ihr fertig: »Miss Luna, *Cha*, das war ein Fehler, ein Riesenfehler. Aber es sieht ganz so aus, als hättest du noch mal eine Chance bekommen. Nutze sie lieber und pass bloß auf, dass ihn dir niemand vor der Nase wegschnappt.«

Miss Millie ließ ihre Näharbeit sinken. Sie arbeitete aus Prinzip nur von Hand und war trotzdem oft schneller fertig als die anderen. Sie konnte nähen und gleichzeitig reden, ohne auf ihre Hände zu schauen.

»Oder – ist er etwa schwul?«

Das hatte Gordon sie damals auch gefragt, als sie ihm

von Frank erzählte. Aber diese Frage hatte sich in den letzten zehn Tagen und Nächten erübrigt.

»Nein, Miss Millie, nicht, dass ich wüsste.«

»Na, was ist das Problem?«

Luna zuckte mit den Schultern. Sie konnte Frank nichts vorwerfen. Er war der ideale Gast. Rücksichtsvoll und anpassungsfähig. »*Go with the flow*«, sagte er immer und war ganz stolz auf sein Englisch. Er spielte mit Mia und June, die jetzt acht und elf Jahre alt waren, er begleitete Luna zu ihren Schichten ins Krankenhaus und machte sich auf unaufdringliche Art nützlich. Fraglos übernahm er die Arbeiten, vor denen sich alle am liebsten drückten, leerte Bettpfannen und wischte Erbrochenes auf. Die Patienten liebten ihn.

Er begleitete Luna und Beanie auf ihren endlosen Streifzügen durch einschlägige Bars, zuckte nicht mit der Wimper, wenn er im End Up ständig angemacht wurde und ließ sich weder von glamourösen Dragqueens noch von burschikosen Butches aus der Fassung bringen. Ungefragt bezahlte er die Taxifahrten quer durch die Stadt, die sie sich sonst zu viert oder fünft teilten, nach North Beach und wieder zurück in den Mission District, von einer billigen Dive-Bar zur nächsten. Er lud sie auf Drinks ein, obwohl ihm Luna erklärt hatte, dass sie sich einen Sport daraus machen, sich die Getränke bezahlen zu lassen. »Es ist mir aber wohler so«, sagte er ritterlich, und die ganze wild zusammengewürfelte Truppe seufzte gerührt. Er stand um Mitternacht in der Schlange vor Farolito's und besorgte Burritos für alle, die er mit Fleisch und Guacamole aufstockte, auch wenn sie nur Reis und Bohnen bestellt hatten, die billigste Variante. Als sie ihn flüsternd darauf hinwies, dass er nicht immer für alles zahlen müsse, hatte er nur mit den Schultern gezuckt.

»Ich bin doch jetzt reich, wusstest du das nicht?«

Sie lachte. Doch er meinte es ernst: Die Espositos hatten eine großzügige Abfindung von der Transportfirma erhalten, bei der Franco senior zum Zeitpunkt seines Unfalls angestellt gewesen war. Nicht nur das, die Firma hatte die Arbeitsbedingungen der Fahrer angepasst, ihnen das Recht auf regelmäßige Pausen und Schlafenszeiten vertraglich zugesichert. Carinas Vater war Anwalt und auf Arbeitsrecht spezialisiert, er hatte die Gewerkschaften und die Presse mobilisiert. Auch Luc hatte eine vielbeachtete Artikelserie über die Arbeitsbedingungen der Lastwagenfahrer geschrieben, über die Unfälle, die durch Schlafmangel verursacht wurden.

Wo wäre mein Vater ohne meine Freunde, fragte Luna sich nicht zum ersten Mal.

Jedenfalls war Franks Zukunft gesichert, und die seiner Geschwister auch.

»Und deine Mutter?«

»Ja, die könnte sich jetzt ein kleines Haus kaufen, mit Garten und allem. Aber meinst du, sie würde umziehen? Kannst du vergessen.« Er lächelte. »Sie sagt, die Siedlung sei ihr Zuhause. Und jetzt, wo dort mehr alleinerziehende Mütter leben, andere Ausländerinnen und so, fühlt sie sich ganz wohl.«

Andere Ausländerinnen? Luna musste lächeln. Rita Esposito schien ihre Identität als Schweizerin seit dem Familienstreit über ihre Liebe zu Franco vollständig abgelegt zu haben. Jetzt erinnerte sich Luna, dass Vera ihr neulich Fotos von einem langen, üppig gedeckten Mittagstisch im

Innenhof der alten Siedlung geschickt hatte, an dem Rita die Kinder aus ihrem Block und manchmal auch ihre Mütter verpflegte. Von einer Abfindung hatte sie allerdings nichts gesagt. Von der Rolle, die Carinas Vater dabei gespielt hatte, schon gar nicht.

»Und zum Dank musst du nun Carina heiraten, oder was?«

»Luna, also echt jetzt.«

Luna verstand sich selbst nicht. Sie war eifersüchtig auf Carina, obwohl sie selbst ja gar nicht mit Frank zusammen sein wollte. Oder wenigstens nicht so. Nicht, wie Frank sich das vorstellte, der sich eine traditionelle Beziehung wünschte, eine Familie. Sie gab sich alle Mühe, ihn abzuschrecken. Ihm klarzumachen, dass sie nicht mehr zusammenpassten. Aber bisher hatte er sich von nichts beeindrucken lassen, nicht einmal von der komplizierten Familienkonstellation im Haupthaus, wo jetzt auch Michelle mit ihrem Sohn Bo lebte. Die Erwachsenen teilten sich ein Zimmer mit einem einzigen, großen Bett. Da Shannon meist Nachtschicht arbeitete, lag sie allerdings tagsüber allein darin, hinter zugezogenen Lichtschutzvorhängen. Während Jonathon seine Schlafcouch im Studio zusammengeklappt hatte und die Nächte mit Michelle verbrachte.

»Michelle ist Jonathons Freundin«, hatte Luna erst nur gesagt.

Und dann: »Sie lebt hier.«

Und dann: »Sie ist aber auch Shannons Freundin.«

Frank hatte zu allem nur gutmütig genickt.

»Sie führen eine offene Ehe«, erklärte Luna.

»Interessant.«

Luna war ein bisschen enttäuscht, dass Frank nicht verstörter auf diese Konstellation reagierte. In der Siedlung, in der sie beide aufgewachsen waren, hätte es so etwas jedenfalls nicht gegeben.

Franks gelassene Haltung ärgerte sie umso mehr, da sie selbst alles andere als cool reagiert hatte, als ihr die Verhältnisse klar geworden waren. Sie hatte sich gerade damit abgefunden, dass Jonathon eine Freundin hatte, dass Shannon von ihr wusste, dass Michelle im Haus ein und aus ging. Doch dann hatte sie die beiden Frauen in der Waschküche überrascht, in eine fieberhafte Umarmung verschlungen. Sie hatte den Wäschekorb fallen lassen, war durch den Garten zurück in ihr Häuschen gerannt und hatte sich eingeschlossen. Es hatte Tage gedauert, bis sie Shannon wieder in die Augen schauen konnte, während Frank nicht mit der Wimper zuckte. Dabei war *er* doch immer der Konservative gewesen. Er hatte nicht mal über Sex reden können! Luna wollte ihn mit ihrem wilden und unkonventionellen Leben beeindrucken. Sie wollte ihn schockieren und ihm zeigen, wie weit sie sich von ihm entfernt hatte, von dem Leben, das einmal ihr gemeinsames gewesen war. Vor allem aber wollte sie ihm beweisen, dass ihre Entscheidung richtig gewesen war. Dass ihr jetziges Leben unmöglich auch seines sein konnte. Dass sie nicht füreinander gemacht waren, wie sie immer geglaubt hatten. Doch Frank sah das offensichtlich nicht so.

Was musste denn noch passieren?

3.

»Ist es okay, wenn ich den Fernseher einschalte«, fragte JayBe, einer der zahlreichen Sportfanatiker in dieser Quilt-Zentrale. »*World Series*, du weißt schon.«

»Klar.« Luna suchte Franks Blick und hob die Augen. Verstand er, was da eben passierte? Konnte er einschätzen, was diese einfache Frage bedeutete? JayBe, der breitschultrige, hünenhafte Athlet, wollte sich das Baseballspiel anschauen, während er eine Decke bestickte. Er liebte Glamour und Sport gleichermaßen. Er konnte falsche Wimpern und Federboas tragen und Hotdogs essend im Stadion sitzen. Das wäre in der Schweiz nicht möglich. Dort musste man sich für eine Schublade entscheiden. Im Zweifelsfall wurde sie einem einfach zugeteilt. Und dann richtete man sich besser heimisch in ihr ein, denn verlassen würde man diese Schublade nicht mehr.

Doch Frank zeigte auch jetzt kein übermäßiges Erstaunen, sondern half JayBe, den richtigen Sender zu finden, fummelte an der Antenne des alten Fernsehers herum, bis man das Stadion sehen konnte.

»… und wir zoomen jetzt auf den Candlestick Park am südöstlichen Stadtrand, wo zum ersten Mal seit siebenundzwanzig Jahren ein Spiel der *World Series* …«

Luna hörte nicht hin. Sie interessierte sich nicht für Ballsport, schon gar nicht für Baseball, dessen Regeln ihr auch nach mehrfachem geduldigem Erklären unklar blieben. Beanie organisierte immer wieder Gruppenausflüge ins Stadion, und Luna ging der Gesellschaft wegen mit, sie mochte das *Tailgating* am liebsten, die Party vor dem eigentlichen Spiel. Beanies Truck war ausgerüstet, als müsste sie in ihm die Endzeit überleben. Darin befanden sich ein kleiner Grill, Wasserkanister, Decken, Zeltplanen, ein Verbandskasten, Kühlboxen, eine Boombox mit Verstärkern und meist auch ein oder zwei Hunde. Sie brieten Hamburger und Würste, tranken Bier, hörten Musik. Bis es Zeit war, ins Stadion zu gehen, waren alle schon ein bisschen angetrunken und je nach Wetter sonnenverbrannt oder durchgefroren, und wenn es nach Luna ginge, wäre das der ideale Zeitpunkt, nach Hause zu gehen.

Doch seit sie sich einmal davongestohlen hatte, bevor das Spiel überhaupt begonnen hatte, wurde sie nicht mehr eingeladen. Diesen Affront hatte Beanie ihr nur schwer verzeihen können. Das heutige Spiel war offenbar von besonderer Bedeutung, weil zwei Mannschaften aus der Bay Area gegeneinander antraten, die Oakland As und die San Francisco Giants.

»*The Battle Of The Bay*«, verkündete ein etwas großspuriges Banner auf dem Bildschirm. Und sofort wiederholten alle den Slogan mit dramatischer Betonung: »*The baaaatttle of the baaaay!*«

Doch als Al Michaels, der Sportkommentator, mit seinem gleichmäßig gebräunten, leicht glänzenden, strengen Gesicht den Bildschirm ausfüllte, wurde so ausgiebig gepfiffen und gejohlt, dass Luna doch hinschauen musste.

»Ts, ts, ts«, machte Miss Millie. »Wer hat denn dich mit der Haarspraydose allein gelassen, mein Junge?«

»Nun seid doch mal still, ich versteh ja gar nicht, was er sagt«, rief JayBe beleidigt. Er war wohl der Einzige, der sich für die monotone Aufzählung von Namen und Statistiken interessierte. Und der diese Informationen überhaupt einordnen konnte. Doch kaum hatte er den Ton lauter gedreht, löste Tim McCarver, der mit seinem breiten Kiefer das Ideal des *All-American-Boy* verkörperte, ein erneutes Pfeifkonzert aus.

Luna schaute nicht auf den Bildschirm. Sie sah Frank zu, der sich wieder an seinen Platz gesetzt hatte und sorgfältig eine Naht versäuberte. Plötzlich schob sich ein anderes Bild über dieses. Wie ein Filmriss. Wieder sah sie den älteren Frank am Tisch sitzen, an einem anderen Tisch. Er war unverkennbar Frank, mit grauen Strähnen im Haar und tiefen Furchen auf der Stirn und um den Mund. Sein Gesicht sah aus wie aus Holz geschnitzt. Er trug Hemd und Krawatte, er sah gut aus, elegant. Reich war er also immer noch. Seine Körperhaltung war dieselbe wie eben noch, er beugte sich auch über ein Stück Stoff, dass er allerdings nicht versäumte, sondern mit derselben Sorgfalt, die er hier an den Tag legte, zusammenfaltete. Luna kniff die Augen zusammen, um genauer hinzusehen. Waren das Stoffwindeln? Ein ganzer Stapel davon. Der Tisch war plötzlich übersät von Stoffwindeln und Kinderkleidern. Unzählige winzige Socken schienen sich vor ihren Augen zu vermehren. Methodisch arbeitete sich Frank durch den Wäscheberg, faltete jedes Stück so sorgfältig wie das letzte. Sein Blick war gesenkt, er arbeitete konzentriert. Und dann sah Luna, dass ihm die Tränen übers Gesicht liefen. Er weinte lautlos und ohne in der Arbeit innezuhalten. Eine bodenlose Traurigkeit ging von ihm aus, übertrug sich auf Luna, füllte sie ganz aus. Gleichzeitig war sie bis auf die Knochen erschöpft. Sie blinzelte aufsteigende Tränen weg. Und das Bild verschwand. Das Gefühl auch. Allerdings langsamer. Sie fühlte, wie die Erschöpfung sich auflöste. Die Traurigkeit blieb noch ein wenig länger hängen, wie die Nebelfetzen über den Twin Peaks. Sie blinzelte ein paar Mal heftig. Dann war Frank wieder hier, wieder achtzehn Jahre alt, er schaute sie an und lächelte.

Nicht, dachte sie. Nein, nicht. Nicht das. Was bisher ein diffuses Gefühl gewesen war, wurde jetzt zur Gewissheit: Sie würden nicht glücklich werden. Nicht miteinander. Nicht so. Diese Erschöpfung, diese tiefe Traurigkeit kam nicht von dem Wäscheberg und auch nicht von dem Kind, dem die unzähligen kleinen Socken gehörten. Sie war aus ihrer Verbindung entstanden, sie war aus ihnen beiden gewachsen. Sie hatten sie erzeugt. Indem sie eine Familie gegründet hatten. Luna wollte keine Kinder. Das verstand Frank nicht. Er glaubte ihr nicht. Sie waren ja noch so jung, und außerdem musste man sie ja nur mit den Romero-Mädchen sehen!

»Du bist so lieb mit ihnen«, hatte Frank gesagt. Sie saßen auf dem Fußboden und kämmten den Kindern die Haare. Frank flocht erst Mias und dann Bos langes, schwarzes Haar zu einem Zopf, während Luna vorsichtig einen breitzinkigen Kamm durch Junes widerspenstige Krause zog. »Du bist die geborene Mutter.«

Sie hatte gelacht. Aber ein leises Unbehagen hatte sie da schon gespürt. Vera hatte sich auch nichts sehnlicher gewünscht, als ein Kind zu haben. Und dann konnte sie ihre Tochter jahrelang kaum anschauen, geschweige denn sich um sie kümmern. Woher sollte Luna wissen, dass sie es einmal besser machen würde? Von eigenen Kindern konnte man sich nicht freinehmen, man konnte nicht einfach die Tür hinter sich ins Schloss ziehen, um die Häuser ziehen und zu viel trinken, nur weil die Drinks gratis waren. Schon gar nicht konnte man mit Unbekannten nach Hause gehen, im Zeitraffer alle Stadien des Kennenlernens durchlaufen, nur um sich im Morgengrauen wieder davonzustehlen. Man musste da sein. Jeden Tag. Jede Stunde. Jede Minute.

Luna hatte keine klare Vorstellung davon, wie ihr Leben verlaufen sollte. Sie machte keine Pläne für die Zukunft, nicht einmal für die kommende Woche. Aber eines wusste sie: Sie würde keine eigenen Kinder haben.

Frank hingegen hatte einen Plan. Er wollte Arzt werden, am liebsten Allgemeinmediziner, aber nicht auf dem Land, sondern in der Stadt, in einem Viertel mit gemischter Einwohnerschaft. Er hatte bereits angedeutet, dass er das auch in Amerika tun könnte, in San Francisco, wo immer Luna auch leben wollte. Denn er wollte mit ihr zusammen sein, das wusste er. Und er wollte Kinder haben. Ein Leben ohne Familie konnte er sich nicht vorstellen, es ergab für ihn keinen Sinn.

Luna atmete tief ein. Dann schaute sie auf die kitschige rote Plastikuhr in der Ecke. Sie hatte die Form einer japanischen Katze, die im Sekundentakt mit den Wimpern klimperte und ihre Tatze nach dem Glück ausstreckte. Es war kurz nach fünf. Um sechs Uhr wurde sie abgelöst. Dann würde sie mit Frank zu Orphan Andy's an der Ecke gehen, wo die Castro die Market Street kreuzte und ein verwirrendes Labyrinth von Fußgängerstreifen Tag und Nacht als Laufsteg diente. Sie würden in der Fensternische sitzen und dem Treiben auf der Straße zuschauen und den trägen, altmodischen Straßenbahnen, die hier umständlich wendeten. Und dann würde sie es ihm sagen. Ganz unmissverständlich und klar. »Frank«, würde sie sagen.

»Frank, ich kann nicht, ich will nicht. Du und ich, das wird nichts. Das weiß ich einfach.«

Und wenn sie ihn noch so sehr liebte. Nichts war unausweichlich. Nicht das Schicksal und nicht der Schmerz. Schon gar nicht der Schmerz.

Im Fernsehen wurde nun eine Aufzeichnung der wichtigsten Momente des letzten Spiels gezeigt und in allen Einzelheiten diskutiert. Luna schaute kurz zum Bildschirm hoch, nur um wieder mal festzustellen, dass selbst die aufregendsten Sekunden eines Baseballspiels todlangweilig waren. Und warum konnte die Sendung nicht einfach dann beginnen, wenn das Spiel angepfiffen wurde? Warum musste auch das Fernsehen eine endlose *Tailgating*-Party veranstalten?

Dann passierte alles gleichzeitig. Das Bild verwackelte und verschwand schließlich ganz, das raumhohe Regal, an dem die fertigen Quadrate hingen, krachte auf die Tische herunter, der Boden unter ihren Füßen schien sich aufzulösen.

Es war wie surfen. Vor ein paar Monaten hatte Luna es zum ersten Mal probiert und war sofort süchtig geworden. Auch wenn sie hundertmal untergetaucht war, bevor sie zum ersten Mal auf dem Brett gestanden hatte. Eigentlich hätte sie ja bloß June zum Surfkurs fahren sollen, der Teil eines *Girl Power*-Sommerkurses gewesen war. Im letzten Moment hatte Luna auch für sich einen Taucheranzug und ein schweres, langes Anfängerbrett gemietet. In sicherem Abstand zur Kindergruppe hatte sie versucht, mit ihnen mitzuhalten. Schließlich hatte der Kursleiter sich erbarmt und sie dazugewunken. Sie war eine der letzten, die eine

Welle erwischte. Die elfjährigen Mädchen hatten ein besseres Körpergefühl als sie. Doch dieser eine Moment, in dem sie endlich eine sanfte Welle erwischte und spürte, wie diese geheime Kraft, der Ozean selbst, ihr Brett hochhob und zum Ufer schob, dieser Moment, in dem alles andere von ihr abfiel. Für diesen einen Moment hatte es sich gelohnt zu leben.

Auch jetzt hob sich der Boden unter ihren Füßen, als sei er flüssig. Sie ging in die Knie und versuchte, mit der Bewegung mitzugehen. Dann ließ sie sich fallen. Sie tauchte unter ihren Tisch wie unter eine Welle, sie zog den Kopf ein, hob schützend die Arme. Sie hörte Schreie, sie hörte Krachen, Klirren, Poltern. Ihre Ohren rauschten. Die Luft war dick und weiß. Atmen, dachte sie. Und dann:

Frank!

Nichts anderes mehr. Nur Frank.

ELAINE

I.

Diese Unruhe, die sich in ihr ausbreitete. Vom Magen in die Brust, in die Arme, bis in die Fingerspitzen. Diese Unruhe, die sie begleitete, seit sie ein Kind war. Plötzlich ertrug sie sie nicht mehr. Elaine stand auf. Sie könnte auch einfach gehen. Wer würde sie schon aufhalten? Probehalber ging Elaine zum Fenster und zurück, und dann nochmal zum Fenster. Es war, als ob der Wald sie rufen würde, der Berg auf der anderen Seite des Häusermeers. Sie kannte diesen Wald, diese Bergkette. Sie sah ihre Füße in klobigen, bunten Turnschuhen, auf einem steinigen Waldweg, Schritt für Schritt zurücklegend, schneller und schneller. Sie ging nicht, sie rannte. Sie rannte durch den Wald. Und sie wusste, dass sie das oft tat, jeden Tag. Dass sie das brauchte. Wenn sie durch den Wald rennen könnte, würde sie sich wieder finden, dachte sie, sie würde sich erinnern.

Plötzlich war das Bedürfnis, das Krankenzimmer zu verlassen, überwältigend. Es schien fast überlebenswichtig: Sie musste hier raus. Elaine riss ihren blauen Wildledermantel vom Bügel, staunte wieder über die auffällige Farbe, über ihren Mut, so etwas zu tragen. Sie zog ihn über den weichen, grauen Trainingsanzug, die Ärmel waren etwas zu eng. Egal, dachte sie. Egal, einfach raus hier

Sie streifte die Noppensocken ab und schlüpfte barfuß in die hochhackigen Stiefeletten.

Das kühle Leder fühlte sich vertraut an auf ihrer Haut, sie trug wohl nie Socken. Die wunde Haut über ihren Knien spannte, doch das Gehen bereitete ihr nicht die geringste Mühe. Sie war hohe Absätze also gewohnt.

Automatisch griff sie sich an die rechte Schulter, wo sie das Gewicht ihrer Tasche fühlte. *Phantomschmerz* fiel ihr ein, ein seltsames Wort, aber sie wusste, was es bedeutete: ein amputiertes Glied zu spüren, als sei es noch da. Ihre Tasche war ein Teil von ihr, das hatte Frank auch gesagt, mit ihr verwachsen. Die Tasche fehlte ihr mehr als ihre Kinder, mehr als ihr Sohn, an den sie sie sich nicht erinnerte.

Auf dem Nachttisch fiepte das Handy wie ein Vogel, der aus dem Nest gefallen war. Unwillig schüttelte Elaine den Kopf. Das Gerät war ihr keine Hilfe, sie konnte es auch gleich hierlassen. Sie verschränkte die Arme und hielt sich die Hände an die Seiten. Als wolle sie sich selbst aufrecht halten. Mit jedem Schritt, den sie auf die Tür zuging, verließ sie der Mut. Wohin wollte sie denn gehen? Plötzlich knickte ihr rechter Fuß ein, sie stolperte, ein scharfer Schmerz fuhr durch den Knöchel. Elaine streckte die Hand aus und hielt sich an der Türklinke fest.

So war es passiert, wusste sie plötzlich: Sie war nicht angefahren worden. Sie war mit dem Fuß eingeknickt und hingefallen. Mitten auf der Straße, und vor ein Auto.

Doch warum? Warum war ihr Knöchel eingeknickt? Eine Frau wie sie fiel doch nicht einfach hin, eine Frau, die mühelos auf hohen Absätzen ging, die täglich durch den Wald rannte.

In diesem Moment wurde die Tür mit Schwung geöffnet, Elaine stolperte einen Schritt zurück, und dann stand sie vor ihr. Mar. Elaine erkannte sie sofort, obwohl sie anders aussah als in ihrer Erinnerung. Damals war sie ja höchstens sechzehn gewesen, sie hatte sich unauffällig gekleidet und ihr Gesicht hinter langen, dauergewellten Stirnfransen versteckt. Jetzt trug Mar einen gutsitzenden, neonpinken Hosenanzug und hochhackige, silberne Stiefeletten. Ihre glatten, dunklen Haare waren mit weißen Strähnen durchsetzt. Auf der einen Seite raspelkurz rasiert, auf der anderen kinnlang. Ihre Stirn war gebräunt und knittrig, die Haut um ihre Augen legte sich in unzählige Falten. Sie sah älter aus als Elaine. Sie sah aus, als wäre sie bei jedem Wetter draußen, fürchtete weder Sonne noch Wind, als ließe sie sich nicht so schnell einschüchtern. Elaine hätte vor Erleichterung weinen können. Mar würde ihr helfen.

Sie stürmte ins Zimmer und begann sofort zu schimpfen: »Len, du gottvernageltes Suppenhuhn, was machst du bloß für Sachen!«

Elaine musste lachen. Sie sah es bildlich vor sich: ein Huhn auf einem Nagelbett liegend wie ein indischer Fakir. Im selben Moment sah sie sich selbst auf einer Schaumstoffmatte liegen, aus der Hunderte von spitzen Plastikstacheln ragten.

Warum quälte sie sich so?

Wofür bestrafte sie sich?

Mar packte sie an den Schultern und zog sie an sich. Im nächsten Moment schob sie sie schon wieder von sich und schüttelte sie heftig.

»Mach das nie wieder, verstehst du, nie, nie wieder!«

Mar atmete ein paarmal tief durch, fuhr sich dann mit beiden Händen durch die Haare, die sofort nach allen Seiten abstanden. Sie trug einen breiten goldenen Ehering. Offensichtlich trauerte sie Elaine also nicht mehr nach. Elaine wunderte sich über ihre Enttäuschung. Hatte sie etwa gedacht, Mar sei seit fünfunddreißig Jahren in untröstlicher Liebe zu ihr erstarrt und habe nur darauf gewartet, sie jetzt zu retten?

»Ich bin so froh, dass du gekommen bist«, murmelte sie.

»Ja, was hast du denn gedacht? Dass ich dich hier versauern lasse?« Mar hielt Elaine eine Armlänge von sich und musterte sie von oben bis unten. Der graue Trainingsanzug, die abgenutzten Stiefeletten, der knallblaue Mantel.

»Wo willst du denn hin, so gestiefelt und nicht abgeholt?«

Elaine musste lachen. Der gestiefelte Kater fiel ihr ein, das Kindermärchen. Doch dann holte die Realität sie ein. »Ich habe keine Ahnung. Ich wollte einfach raus hier.«

Mar nickte. Der Wunsch schien ihr nicht abwegig.

»Die haben eine ganz gute Cafeteria hier, mit einer hübschen Terrasse. Die frische Luft wird dir guttun.« Sie schaute sich in dem Zimmer um.

»Wo ist deine Tasche?«

Wieder fasste Elaine sich an die Schulter. Im selben Moment fühlte sie einen heftigen Ruck, eine Hand, die nach dem Taschenriemen griff und sie daran zurückriss. Wieder stolperte sie.

Deshalb! Deshalb war sie hingefallen. Jemand hatte versucht, sie aufzuhalten, hatte sie zurückgerissen, zu Fall gebracht. Entsetzt schnappte sie nach Luft. Wer tat so etwas?

»Hoppla!« Mar fing sie auf. Sie war ein wenig größer

als Elaine, stämmiger, Elaine spürte die muskulösen Arme unter der Anzugjacke. Mars Umarmung fühlte sich so vertraut an wie die von Frank. Elaine presste ihr Gesicht gegen Mars Schulter.

»Ich glaube, sie wurde mir gestohlen«, murmelte sie gegen den rosa Stoff. Dann hob sie den Kopf und schaute zu Mar auf. »Jemand hat mir die Tasche von der Schulter gerissen. Ich hab mich losgerissen und bin gestolpert. So muss es passiert sein.«

Doch dann runzelte sie die Stirn. Sie war doch schon gerannt, als sie den Ruck an der Schulter gespürt hatte. Sie war weggerannt. Sie hatte Angst gehabt. Doch vor wem?

»Piet?«, murmelte Mar. Sie schien Elaines Gedanken zu lesen.

»Das weiß ich eben nicht! Ich weiß fast gar nichts mehr. Ich erinnere mich – ich erinnere mich nur an Dinge, die lange her sind. Wie wir nach der Schule telefoniert haben. Ich erinnere mich an das grüne Telefon mit dem endlos langen Kabel, und wie ich mich im Bad einschloss, um mit dir zu reden. Aber nicht, wie ich hierhergekommen bin. Ich wurde von einem Auto angefahren, Mar! Das hat man mir gesagt, aber ich erinnere mich nicht daran. Und Frank – habe ich ihn verlassen? Warum würde ich so etwas tun? Er sagt, er sei froh darüber, aber …«

»Frank war also da?«, fragte Mar schnell. »Das ist gut. Da bin ich beruhigt.« Sie nahm Elaines Hand und drückte sie. »Und Piet? Was ist seine Rolle in all dem?«

»Piet …« Der Mann mit der blauen Brille? Der Mann mit dem deutschen Akzent? Der Mann mit den 29 Nachrichten.

Wenn du nicht tot bist, hast du keine Entschuldigung …

Elaine schüttelte den Kopf. »Er hat mir Nachrichten geschrieben. Aber die sagen mir nichts. Ich verstehe sie nicht.« Sie nahm das Handy vom Nachttisch und reichte es Mar. »Schon klar, ich könnte ja einfach mein Handy durchsuchen. Da müssen doch Bilder drauf sein, Bilder von meinem Leben, von den Menschen, die wichtig sind. Ich könnte die Nachrichten zurückverfolgen, ich weiß nicht, irgendwas! Aber ich habe Angst, Mar, verstehst du? Ich muss mich erinnern, und dazu brauche ich die Bilder und … aber … ich habe Angst vor dem, was … ich … Kannst du nicht …?«

»Natürlich. Gute Idee.« Wie Mar ihr hilfloses Gestammel interpretieren konnte, war ihr schleierhaft, aber sie nahm das Telefon, hielt es Elaine kurz vors Gesicht, um es zu entsperren, und wischte dann über den Bildschirm. »Als Erstes schalten wir diesen nervigen Ton aus«, sagte sie. »Und dann geh ich doch am besten gleich mal durch die Fotoalben – oh, hoppla!«

Sie musste die Brüste gesehen haben.

»Weißt du was, ich glaube, deine erste Idee war besser. Lass uns hier verschwinden. Ich könnte einen Kaffee vertragen, was ist mit dir?«

Elaine erinnerte sich an das Glücksgefühl, das der Kaffee und die Cupcakes ausgelöst hatten, und nickte eifrig. Mar steckte das Handy in ihre silberne Schultertasche und nahm Elaine am Arm.

Der Flur war verlassen, die Zimmertüren geschlossen. Doch Mar schien sich auszukennen, zielsicher führte sie Elaine zum Aufenthaltsraum des Pflegepersonals. Die Tür stand offen, sie konnten Stimmen hören, es roch nach aufgewärmter Pizza. Mar klopfte an den Türrahmen. Unwillkürlich duckte Elaine sich hinter sie, als wollte sie sich verstecken. Ein junger Mann, den Elaine nicht kannte, streckte seinen Kopf heraus.

»Ja?« Er klang unwillig. Sie hatten seine Pause unterbrochen. Oder eine Besprechung. Mar ließ sich nicht beeindrucken: »Ich wollte nur kurz Bescheid geben, dass ich Frau Esposito in die Cafeteria entführe«, sagte sie. »Falls Sie nach uns suchen.«

Jetzt tauchte Judith hinter dem jungen Mann auf.

»Gute Idee«, sagte sie freundlich. »Einfach nicht zu lange, Doktor Manuhdi wollte noch mal vorbeischauen. So wie es aussieht, werden Sie heute entlassen!«

»Na, das sind doch mal gute Nachrichten!«

Waren es das?

Judith schien Elaines Zögern zu spüren. Und sofort war die Pflegerin wieder verstimmt.

»Sie dürfen nach Hause!«, wiederholte sie laut. Als spreche sie mit einem trotzigen Kind. »Freuen Sie sich denn gar nicht?«

Elaine zwang sich zu einem Lächeln. »Doch, doch, natürlich. Klar, freue ich mich!«

Sie wusste, was von ihr erwartet wurde. Und plötzlich wusste sie auch, dass sie das ein Leben lang trainiert hatte: zu sagen, was von ihr erwartet wurde. Zu fühlen, was in bestimmten Situationen gefühlt werden musste. Angemessen zu reagieren. Kein Wunder, dass sie sich nicht kannte. Dann spürte sie Mars Hand an ihrem Ellbogen, die sie weiterzog. Elaine schaute auf ihre Füße und sah wieder die dicken, bunten Linien, die sie vom Rollstuhl aus verfolgt hatte. Auch den Lift erkannte sie wieder. Neue Eindrücke blieben also durchaus hängen.

»Zehn«, sagte sie stolz. Auch an ihr Stockwerk erinnerte sie sich.

Doch am Eingang zur Cafeteria blieb sie verunsichert stehen. Der riesige Raum überwältigte sie, die glitzernden Vitrinen, die elektronischen Kassen und die Schlangen davor. Doch Mar führte sie zielsicher an den Beginn des Selbstbedienungslabyrinths, half ihr, ein Plastiktablett mit Besteck und Serviette zu bestücken. Elaine studierte die Auslage, die Salate, die belegten Brote, die Kuchenstücke. Aufgeschnittene Früchte unter Zellophan.

»Kann ich essen, was ich will?«, fragte sie.

Mar hob die Brauen. »Na, sicher, von mir aus bestimmt«, sagte sie. »Aber das musst du wissen.«

Interessiert studierte Elaine die kunstvoll belegten Brötchen, mit Spargel und gehacktem Ei, einer glänzenden Sulzschicht. Tomatenscheiben, zu Rosetten geformt, zierliche Petersilienblätter. Hatte sie so etwas schon mal gegessen? Mochte sie das? Sie langte in die Vitrine und stellte zwei kleine Teller auf ihr Tablett.

Mar nahm sich ein Erdbeertörtchen, Mineralwasser mit zwei Gläsern, sie bediente die Kaffeemaschine für beide, schien zu wissen, wie Elaine ihren Kaffee trank: ohne Milch. Und ohne Zucker. Sie führte sie auf die gläserne Schiebetür zu, die sich wenige Schritte vor ihnen wie durch Zauberhand öffnete. Auf der Terrasse waren sie beinahe allein. Es war kühl und windig, der wechselhafte Himmel bedeckt. Elaine stellte ihr Tablett auf den nächstbesten Tisch und atmete tief durch. Mar hatte Recht gehabt: Die frische Luft tat ihr gut.

Von hier oben schien der Wald noch näher, der Berg. Wieder diese Sehnsucht. Sie schaute sich nach Mar um, die

die Terrasse abschritt, die Tische inspizierte und schließlich einen ganz vorn am Geländer auswählte. Elaine nahm ihr Tablett und folgte ihr. Der Tisch, den Mar ausgesucht hatte, stand unter einer Wärmelampe.

Elaine schnitt das Canapé, das vor ihr lag, in vier Stücke. Doch als sie sah, wie das Messer die glänzende Sulzschicht zerteilte und über die blassen Spargelstücke glitt, verging ihr der Appetit schon wieder.

»Mar«, fragte Elaine. »Esse ich eigentlich genug?«

Mar legte den Kopf zurück und lachte laut. Die Haut an ihrem Hals spannte und faltete sich dann wieder. Unwillkürlich fasste Elaine an ihren eigenen Hals. Ihre Haut fühlte sich glatt an. Waren sie nicht gleich alt? Endlich hatte Mar sich beruhigt. »Du bist mir Eine! Also, wenn du mich so fragst: nein, natürlich nicht. Aber das war immer schon so, seit ich dich kenne. Also, seit du aus Amerika zurückgekommen bist.«

Elaine nickte. »Ich erinnere mich an San Francisco. An das Hausboot, auf dem ich mit meinem Vater lebte. Und an die Schule, die ich dort besuchte. Und an meinen … Zusammenbruch?«

Mar zog Elaines Teller zu sich hinüber. Ohne zu fragen, aß sie das halbe Spargelbrötchen auf, bevor sie den Teller wieder zurückschob. Das hatte etwas Vertrautes. Das hatte sie schon oft getan. Automatisch zog Elaine das Erdbeertörtchen zu sich heran und löffelte das Sahnehäubchen ab. Die zuckrige weiße Masse schmolz in ihrem Mund, sie seufzte.

»Erinnerst du dich an die Klinik?« Mar sprach das Wort anders aus als Frank. Ohne diese verschämte Pause davor. Elaine schüttelte den Kopf.

»Du hast mir nie erzählt, was in San Francisco passiert ist. Ich weiß nur, dass dein Vater dich kurzerhand ins nächste Flugzeug setzte, und zwar ganz allein.«

Elaine nickte. An den Flug erinnerte sie sich nicht, aber an ihren Zusammenbruch und dann an die Notaufnahme. Das Gesicht der Ärztin aus der Aidsabteilung über ihrem. Doktor Romero. Ihr Vater musste sie angerufen haben. Obwohl sie gar nicht in der Notaufnahme arbeitete, hatte sie sich an der langen Schlange der Wartenden vorbei zu den Untersuchungskabinen geschleust. Elaine spürte heute noch, wie peinlich ihr das gewesen war. Doktor Romero hatte doch Wichtigeres zu tun. Patienten, die sie wirklich brauchten. Diese Aufregung um sie, wo sie doch nicht mal geblutet hatte. Sie war nur verwirrt. Wie jetzt, dachte sie. Genau wie jetzt: Sie war hingefallen, und dann wusste sie auf einmal nicht mehr, wer sie war.

Sie hatte sich immer wieder entschuldigt, bei der Ärztin, bei ihrem Vater, selbst bei dem Pfleger, der ihren Blutdruck maß. Doktor Romero hatte ihre bestickte Samttasche durchsucht und ihre Pillen gefunden, die sie in einer hübsch emaillierten Blechdose aufbewahrte. Sie hatte Luc hinausgeschickt und Elaine ein paar Fragen gestellt. Ganz ruhig, ganz sachlich. Wann, wie viele, wie lange schon. Nicht warum. Das schien nicht von Bedeutung.

Elaine erinnerte sich an den Blick der Ärztin, und wie sie ihn nicht gleich einordnen konnte. Er war fürsorglich, mütterlich, ein Blick, den sie nicht kannte, den sie nicht oft auf sich gezogen hatte. Ein Blick, der sie zum Weinen brachte. Sie erinnerte sich auch, dass Doktor Romero ihre Hand gehalten hatte und dass sie diese Hand gar nicht mehr loslassen wollte. Diese kleine, affenartige Hand.

Elaine erinnerte sich an den Flughafen, und dass Luc sie geradezu durchs Gate geschoben hatte, als könnte er sie nicht schnell genug loswerden.

»Das überfordert mich jetzt«, hatte er gesagt. »Damit kann ich nicht umgehen.« Sie erinnerte sich an ihre Scham, an das Gefühl, versagt zu haben. Nicht die selbständige, pflegeleichte Tochter gewesen zu sein, die er sich gewünscht hatte. Nicht der erwachsene Kumpel, die unkomplizierte Mitbewohnerin, die Verbündete. Nein, sie war ein Kind, sein Kind.

»Da war deine Mutter dann wieder ganz stark«, sagte Mar. »Dein Vater konnte dich nicht schnell genug loswerden, hast du mir erzählt. Und Kati fand wohl auch, das sei jetzt nicht ihre Verantwortung. Aber Vera war voll und ganz für dich da, sie hat dich am Flughafen abgeholt und direkt in diese Privatklinik am See gebracht. Frag mich nicht, wie sie es geschafft hat, dich da unterzubringen, aber sie hatte wohl Beziehungen. Das war … da hab ich zum ersten Mal die Vera gesehen, die ich heute kenne. Bis dahin war sie für mich nur die geheimnisvolle, berüchtigte Fremde, über die sich alle das Maul zerrissen. Aber in dem Moment war sie für dich da. So wie sie es jetzt auch wieder ist.«

Jetzt, dachte Elaine. Wo war sie denn jetzt? Plötzlich erfüllte sie eine unendliche, zärtliche Sehnsucht nach ihrer Mutter. Eine Sehnsucht, die sie sich bisher nicht erlaubt hatte. Weil sie sich nur an Veras Zurückweisung erinnerte. Aber offenbar hatte sie jetzt eine Mutter, die für sie sorgte. Elaine würde sie anrufen, sobald Mar gegangen war. Mama, würde sie sagen. Ich brauche dich. Mama, hilf mir.

»An die Klinik selbst erinnerst du dich nicht?«

Elaine schüttelte den Kopf.

»Das war eher ein Luxushotel, die anderen Patienten waren entweder reich oder berühmt, oder beides. Du bist ungefähr drei Monate lang geblieben. Ich hab dich da ein paarmal besucht und war jedes Mal total eingeschüchtert. Wir sind auf dem Gelände spazieren gegangen, und ich fühlte mich wie in einem Film. Es war irgendwie unwirklich. Mir war nicht klar, wie schlecht es dir ging. Ich war … ich weiß nicht, überfordert?«

»Wir waren siebzehn«, murmelte Elaine. »Immerhin hast du mich überhaupt besucht.«

»Oh, Frank kam natürlich auch jedes Wochenende, aber ich glaube, er wusste auch nicht ganz, wie er mit dir umgehen sollte.«

»War es denn so übel?«, fragte Elaine. Sie versuchte, sich die Klinik vorzustellen. Eine parkähnliche Anlage, Holzbänke im Schatten alter Bäume, Pflegepersonal in strahlend weißen Uniformen, die Wolldecken und Teegläser verteilten … Nein, das war es nicht. Das waren Bilder aus Filmen.

»Ja, es war nicht ohne! Du musstest einen richtigen klinischen Entzug machen. Diese amerikanischen Pillen waren ja mehr oder weniger reines Speed. Und dann wurde deine Essstörung behandelt. Ich weiß noch, als wir mal spazieren gingen, hast du mir erklärt, dass es gar nicht so viel mit dem Gewicht zu tun hat, sondern vielmehr mit dem Bedürfnis nach Kontrolle. Das hab sogar ich selbstbezogener Teenie damals verstanden, dass du ein ausgeprägtes Kontrollbedürfnis verspüren musst, bei allem, was du mitgemacht hast. Damals, und später erst recht. Ich meine, hallo?«

Hallo?, dachte Elaine. Was sollte denn das wieder heißen? Offenbar gab es einen Grund für ihr Bedürfnis nach Kontrolle, einen Grund, der jedem einleuchtete. Etwas, das über ihre chaotische, aber nicht wirklich traumatische Kindheit hinausging. Einen Grund dafür, psychiatrische Behandlung zu beanspruchen. Tabletten nahm sie jedenfalls immer noch, wenn auch andere. Aber wieder in so hohen Dosen, dass Doktor Manuhdi sich Sorgen machte.

»Ich nehme immer noch Pillen«, murmelte sie. Mar nickte.

»Ja, Käferchen, das tust du. Wir machen uns alle Sorgen deswegen. Vielleicht hängt deine Amnesie ja auch damit zusammen?«

Mutlos zuckte Elaine mit den Schultern. Plötzlich war sie müde, ihre Knie schmerzten. Mar spürte ihren Stimmungsumschwung und stand auf. »Komm, wir gehen zurück auf dein Zimmer. Wir wollen ja den Arzt nicht verpassen.«

Sie brachten ihre Tabletts zurück, kippten die halb aufgegessenen Brötchen in einen großen Mülleimer. Das war Elaine peinlich. Unwillkürlich schaute sie sich um, ob sie jemand beobachtet hatte. Dann standen sie wieder vor dem Lift.

»Zehn«, sagte sie, als sie in die Kabine stiegen. Mar drückte den entsprechenden Knopf und lächelte.

»Na siehst du, geht doch!«

2.

Elaine hatte Mantel und Stiefel wieder ausgezogen und im Schrank verstaut. Doch als sie auf dem Bett sitzend ihre

Noppensocken wieder anziehen wollte, konnte sie ihre Knie nicht genug beugen. Es fühlte sich an, als platzte ihre Haut auf. Tränen schossen ihr in die Augen.

»Tränen«, murmelte sie. Das Wort hatte sie gestern noch nicht gekannt. Sie machte durchaus Fortschritte, wenn auch nur kleine.

»Ist ja gut, Käfer, ist ja gut.« Geschickt half ihr Mar mit den Socken, bettete ein Kissen unter ihre Knie, so dass ihre Beine in genau dem Winkel lagen, der ihr angenehm war. Dann reichte sie ihr ein Taschentuch. Es war aus dünnem, weißem Stoff und mit verschnörkelten Initialen bestickt. Elaine wagte kaum, sich damit die Nase zu putzen. Sie wischte sich über die Augen und legte das Tüchlein dann auf den Nachttisch.

»Willst du dich ein wenig ausruhen? Soll ich gehen?«

Elaine schüttelte den Kopf.

»Okay. Dann rutsch mal ein Stück.« Mar schlüpfte aus ihren silbernen Stiefeletten. Auch sie trug keine Socken darunter. Sie setzte sich aufs Bett und legte einen Arm um Elaine. Ihr Körper fühlte sich vertraut an. Dankbar legte sie den Kopf auf die gepolsterte, pinkfarbene Schulter und schlief sofort ein.

Elaine träumte, sie könne fliegen. Sie erhob sich vom Bett, sprang mit einem Satz aus dem Fenster. Flog über die Dächer und auf den Wald zu. Sie spürte die Muskeln unter ihrer Haut, wie sich ihre Schultern auf und ab bewegten, als hätte sie Flügel. »Na, geht doch«, hörte sie Mars Stimme, doch sie drehte sich nicht um. Sie konnte nicht zurückschauen. Sie flog auf die Baumspitzen zu, doch kurz bevor sie sie erreichte, zog sie einen weiten Bogen zurück Richtung See. Sie wusste genau, wo sie hin wollte: nach Hause. Und sie wusste auch, wo das war. Zielsicher steuerte Elaine das linke Seeufer an. Wollishofen. Enge. Sie fand ihre Straße, ihr Haus. Die Fenster im vierten Stockwerk standen offen, der breite Balkon lag wie eine Landebahn vor ihr. Beinahe konnte sie ins Wohnzimmer hineinsehen. Die blütenförmigen Schablonen an ihrer Deckenlampe zitterten und glitzerten im Nachmittagslicht. Auf dem Tisch standen ein Krug mit Wasser und ein Teller aus dickem, weißem Porzellan, mit Tomatensauce verschmiert. Weiße Tulpen. Stimmen im Hintergrund, leise Musik, ein Cello vielleicht. Sie meinte, ein Kind rufen zu hören: »Mama, schau! Schau, was ich kann!«

Und da zog sich etwas in ihr zusammen. Sie ließ die Arme sinken, die Flügel sinken. Sie spürte einen festen Griff an ihrem Knöchel, und sie schaute nach unten. *Nie nach unten schauen!* schoss ihr durch den Kopf, aber da war es schon zu spät. Unter sich sah sie einen Mann stehen. Er trug einen kleinen Hut aus schwarzem Leder und eine Brille mit blauem Rahmen. In der Hand hielt er eine Rolle, von der sich ein Seil bis zu ihrem Knöchel spannte. Langsam rollte er das Seil auf, zog sie zu sich hinunter.

»Mama, schau!«, rief das Kind.

»Hör nicht hin!«, sagte der Mann.

Sie schaute zurück nach unten. Und sie fiel.

Mit einem Ruck wachte Elaine auf. Sie brauchte einen Moment, um sich zurechtzufinden. Halb hing sie über der Bettkante, ihre Hände berührten den Fußboden. Mar hielt sie am Knöchel fest. Zuverlässige, kompetente Mar, die mit den Augen lächelte und »Guten Morgen, du Schöne« sagte.

»Das ist ein Buchtitel!«, bemerkte Elaine. »Das hab ich

gelesen!« Warum erinnerte sie sich ausgerechnet daran, nicht aber an ihren eigenen Sohn?

»Genau. Du, das wär vielleicht auch eine Idee«, sagte Mar. »Du liest nochmal all deine Lieblingsbücher. Aus den verschiedenen Epochen deines Lebens. Vielleicht löst das ja was aus.«

»Epochen«, sagte Elaine. »Wie das schon klingt.«

Mar lachte. »Meine Mutter sagte immer, du seist der Grund, warum unsere Gemeindebibliothek nicht schon viel früher geschlossen wurde.«

»Ich hatte aber kein einziges Buch dabei«, sagte sie verzagt. Mar nickte. »Das muss in deiner Tasche gewesen sein. Du hattest immer mindestens ein Buch in der Tasche. Selbst wenn du nur fünf Minuten auf den Bus warten musst, ziehst du es hervor.«

Wo war ihre Tasche? Das gelbe Monster? Plötzlich war ihr kalt. Sie rutschte näher an Mar heran, kuschelte sich an ihre Schulter. »Mar, ich glaube, dass es Piet war. Er hat mir die Tasche weggenommen und mich am Arm gerissen.«

Mar presste die Lippen zusammen. Sie widersprach ihr nicht. Elaine atmete tief ein. »Hab ich wirklich meinen Mann für Piet verlassen?« Ihre Stimme zitterte.

»Das hast du, mein Käfer.«

»Aber warum? Warum würde ich so etwas tun?« Sie war den Tränen nahe. Wie konnte sie nur so dumm sein! Mar drückte sie an sich. Ihr warmer Arm, der vertraute Geruch, zitronig, würzig. »Das weiß ich allerdings auch nicht. Vielleicht, weil er für Max so wichtig war? Weißt du, was mit Max passiert ist, das belastet auch die beste Beziehung. Ich glaube, zwei Drittel aller Ehen werden in so einer Situation geschieden.«

Das hatte Frank auch gesagt. Aber was war mit Max passiert? Von was für einer Situation sprach Mar? Das konnte sie nicht fragen. Sie konnte nicht zugeben, dass sie das Wichtigste nicht mehr wusste. Dass sie sich nicht mal mehr an ihren eigenen Sohn erinnerte.

Mar spürte ihre Verzweiflung. Sie drückte sie noch einmal kurz, dann stand sie auf und hob ihre silberne Tasche vom Boden auf. Elaine beobachtete sie voller Hoffnung, als könnte ihre Freundin die Antworten aus dieser Tasche fischen.

»Warum gehen wir nicht ganz systematisch vor«, sagte Mar. »So, wie wir es immer getan haben, du und ich.« Sie zog einen Schreibblock und eine schmales Lederetui hervor und setzte sich auf den Besucherstuhl. Den Block legte sie quer auf ihre Knie, das Etui enthielt frisch gespitzte Buntstifte, aus denen sie jetzt einen auswählte.

»*Old school*«, sagte sie mit einem schiefen Lächeln. Elaine war nicht sicher, was sie damit meinte. Sie schaute ihre alte Freundin an, die ihr vertraut war und gleichzeitig fremd. Mar war geschmackvoll gekleidet wie sie, hatte einen guten Haarschnitt, dezenten Lippenstift, und selbst ihr Schreibwerkzeug war ästhetisch ansprechend. Vielleicht war das also gar nicht so außergewöhnlich. Vielleicht sahen alle Menschen so aus.

»Also. Machen wir als Erstes eine klassische Bestandsaufnahme. Das hilft immer. Erzähl mir alles, was du noch weißt. Wirst sehen, es ist mehr, als du denkst.« Mit wenigen Strichen hatte Mar ein Raster auf den Block gezeichnet. Die Linien verliefen schnurgerade, in regelmäßigen Abständen und rechten Winkeln zueinander. Während Elaine berichtete, von der Scheidung ihrer Eltern zum Umzug in die Siedlung, vom Kindergarten über die Intervention mit der Sozialarbeiterin zum Umzug in Katis Fachwerkhaus, füllte Mar die Felder aus, notierte Jahreszahlen und Stichworte in verschiedenen Farben. Ohne dabei innezuhalten, schlüpfte sie aus ihren hochhackigen Schuhen, zog die Füße hoch und faltete ihre Beine in einen Lotossitz.

Elaine betrachtete Mars nackte Füße, die jetzt locker auf ihren Schenkeln lagen. Sie kannte diese Knöchel, diese Zehen. Sie kannte auch diese Hände, die säuberlich die Felder ausfüllten, sie kannte diesen konzentrierten Ausdruck.

»Mar, hör zu: Es tut mir so leid, bitte glaub mir das.«

Mar schaute auf. »Was denn, Len, was tut dir leid?«

»Unsere … Freundschaft. Dass ich dich verletzt habe. Ich wollte es zwar nicht, aber ich hab es trotzdem in Kauf genommen. Als bedeute es nichts.«

Mar legte den Buntstift weg. Sie schaute Elaine nicht an.

»Ach, das ist doch Schnee von gestern«, winkte sie ab. »Trotzdem, danke«, fügte sie nach einer kurzen Pause hinzu. »Tut gut, das zu hören.«

»Irgendwie hab ich wohl mein Leben lang nur an mich gedacht«, fuhr Elaine fort. Plötzlich kamen ihr wieder die Tränen. »Mar, ich glaube, ich bin kein guter Mensch!«

»Ach, du Dummski!« Mar lachte und schüttelte den Kopf. »Seit wann willst du denn ein guter Mensch sein?«

Elaine senkte den Kopf. »Eben«, murmelte sie.

»Na, komm schon. Kopf hoch. Unsere Freundschaft hat das doch alles überlebt. Ich bin Charlies Patentante, und du bist die von Adrian. Ich war deine Brautjungfer, und du meine.«

Mar war also nicht nur verheiratet, sie hatte auch Kinder. Wie sie. Hatten sie zusammen auf dem Spielplatz gesessen, die Kleinen auf der Schaukel angeschoben, über die anderen Mütter getratscht? Waren sie zusammen in den Urlaub gefahren?

Plötzlich sah sie einen Swimmingpool vor sich. Ein Kind im Wasser, mit Schwimmflügelchen an den Armen. »Mama!«, rief es. »Mama, schau! Schau was ich kann!«

War das ihr Sohn? Oder Mars Kind? Plötzlich war sie von Widerwillen erfüllt, sie wollte den Blick nicht heben, das Kind nicht anschauen, sie hielt ein Buch in der Hand, sie wollte lesen.

Sie blinzelte, und das Bild war weg. Das missmutige Gefühl auch.

»Erinnerst du dich, wie wir uns kennengelernt haben?«, fragte Mar nun.

»In der Bäckerei.« Elaine nickte. »Das Metallpferdchen vor der Bäckerei! Das weiß ich noch ganz genau, das ist klar wie ein Film. Ich hab da schon noch ein paar Lücken, aber ich weiß, wann ich mit Luc und Kati aufs Land gezogen bin. Ich erinnere mich an die umgebaute Scheune und an das grüne Telefon.« Da fiel ihr etwas ein. »Wir haben über meine Mutter geredet, irgendetwas war passiert. Etwas war mit ihr. Etwas hatte sie getan. Ich weiß noch, dass ich zu dir sagte, na toll, dann weiß es jetzt das ganze Dorf …«

»Deine Mutter!« Mar legte den Kopf zurück und schaute an die Decke. Vielleicht sah sie dort die Notizen, die Elaine sich gemacht hatte. »Queen Vera!« Sie lachte. »Welche Version meinst du denn, vorher oder nachher? Nein, das muss vorher gewesen sein, wie alt waren wir denn?«

Elaine runzelte die Stirn. Vor oder nach was? Meinte Mar die Intervention mit der Sozialarbeiterin? Aber da waren sie ja noch nicht richtig befreundet gewesen. »Ich erinnere mich, dass ich mit dir telefoniert und wir über sie geredet haben. Da steckte ich gerade mitten in den Vorbereitungen für die Aufnahmeprüfung am Gymnasium, wir waren also zwölf, dreizehn, nicht? Irgendwas war passiert und das ganze Dorf wusste es, alle redeten darüber …«

»Oh, mein Gott, Len! Du meinst doch nicht etwa den Busenskandal?«

»Den Busenskandal?« Das Wort löste nichts in Elaine aus. Aber Mar schlug sich die Hände vors Gesicht und schüttelte ihren Kopf so heftig, dass ihre Haare flogen. Als sie aufschaute, waren ihre Augen feucht. Weil sie ein Lachen unterdrückte.

»Sorry, sorry, sorry! Ich weiß, das ist nicht lustig, schon gar nicht für dich!« Sie atmete ein paarmal tief ein und aus. »Himmelsternchen, das hatte ich komplett verdrängt. Aber das ging damals durch alle Medien. Deine Mutter hatte eine Affäre mit einem prominenten Schönheitschirurgen, der ihr als Zeichen seiner Zuneigung neue Brüste verpasst hat. Aber er war verheiratet, und natürlich machte er keine Anstalten, seine Frau zu verlassen, auch wenn er das Vera hoch und heilig versprochen hatte. Na, und du kennst ja deine Mutter. Irgendwann war sie so sauer auf ihn, dass sie die ganze Geschichte samt Briefen und expliziten Bildern an die Boulevardpresse verkaufte. So vorher und nachher, verstehst du?« Jetzt kicherte Mar wieder. »Sorry …«

Elaine breitete hilflos die Hände aus. »Mister«, murmelte sie. So hatte Vera ihren Liebhaber genannt. Aber das war auch schon alles, sie hatte keine Erinnerung, kein

Bild. Doch diesmal war Elaine dankbar dafür. Alle Lücken musste sie nicht schließen.

»Heute klingt das ja eher drollig«, sagte Mar, als sie sich wieder beruhigt hatte. »Aber damals war es ein Riesenskandal. Vera war ständig im Fernsehen zu sehen, sie setzte sich für die Rechte der Geliebten ein, ich glaube, sie gründete sogar eine Bewegung. Ich hab sie ja heimlich immer bewundert, deine Mutter. Sie war so glamourös und elegant, und es war ihr vollkommen egal, was andere von ihr dachten. Das war für meine Mutter, für alle Frauen im Dorf doch immer die wichtigste Frage: Was sollen die anderen denken? Wie sieht das denn aus? Das beherrschte alles, und das ist immer noch so. Seien wir ehrlich, selbst in unseren Kreisen. Aber deine Mutter scherte sich nicht darum, sie war frei. Ich weiß, für dich war es natürlich nicht lustig. Als Jugendliche sind einem auch die besten Eltern peinlich, aber Nacktbilder von der eigenen Mutter am Kiosk zu sehen, stell ich mir schon deftig vor.« Mar senkte den Kopf und trug *BUSENSKANDAL 1983/84* in die Tabelle ein. »Aber später hat sich Vera ja gefangen – und mit Max ist sie unbestritten großartig. Ein Segen, das sagst du selbst immer.«

Ein Segen. Das passte so gar nicht zu ihren Erinnerungen an ihre Mutter. Und mit Charlie, wollte Elaine nachfragen. Ist sie mit Charlie auch so toll? Aber sie ließ es bleiben. Nicht einmal Mar gegenüber konnte sie zugeben, dass sie sich nicht an ihren eigenen Sohn erinnerte.

»Dann weiß ich noch, wie ich Frank geküsst habe«, sagte sie stattdessen. Mar verstand, dass sie nicht weiter über Vera reden wollte, und setzte sorgfältig die entsprechende Jahreszahl ein.

»Das war 1985, oder? Auf diesem Schulfest. Das werd ich nie vergessen: Wie du dieses Mädchen umgerempelt hast. Die reinste Dampfwalze!«

Dampfwalze. Das schien Elaine wenig schmeichelhaft. Sie erinnerte sich wieder, dass sie damals etwas pummelig gewesen war.

»Und an San Francisco erinnere ich mich auch«, fuhr sie tapfer fort. »Aber dann kommt lange nichts mehr bis zur Schwangerschaft mit Charlie, und wie glücklich ich darüber war. Oh, und an die Fehlgeburten vorher. An die erinnere ich mich auch. Im Detail.«

»Ach Gott, Len!« Mar stand auf und setzte sich wieder ans Bett, diesmal nicht neben Elaine, sondern ihr gegenüber ans Fußende. »Das war eine ganz schwere Zeit für dich«, stellte Mar sachlich fest. Sie drückte Elaines Knöchel, aber machte keine Anstalten, sie zu umarmen. Elaine war ihr dankbar dafür.

Mar zeigte auf den Block, der in ihrem Schoß lag. »Schau, das ist doch schon einiges. Und die paar Lücken füllen wir auch noch aus.

1988 – da wurdest du aus der Klinik entlassen und bist zu Frank und seiner Familie gezogen. Erinnerst du dich daran?«

Elaine schüttelte den Kopf. Flüchtig sah sie einen Balkon vor sich, Kräuter, die in langen Blumenkästen wuchsen und die sie mit einer roten Plastikkanne goss.

»Da hatten wir auch wieder mehr miteinander zu tun. Frank machte ja damals wie ich eine kaufmännische Lehre, wir hatten am selben Tag Schule. Ich lernte ihn ein bisschen besser kennen, und wir wurden Freunde.«

»Du und Frank?«

»Ja doch, Frank und du und ich, wir sind die drei Musketiere!«

»Und dein …« Mann?, wollte Elaine fragen, aber etwas in Mars Blick hielt sie zurück. Sie sah, wie sich die Haut um ihre Augen kräuselte, wie sich ihre Lachfalten über die ganzen Wangen fächerten. Warum hatte Mar Falten und sie nicht?

»Und mein … was?«, hakte Mar nach.

»Dein … deine …« Verzagt verstummte Elaine. Mar kniff sie in die Wade.

»Entspann dich. Ich mach mich doch nur lustig. Du meinst Bozana. Meine Frau. Die Mutter meines Sohnemanns. Ja, wir haben geheiratet, immer wieder. In Dänemark, in Holland, in Kanada und in Maine, und wenn es endlich auch hier legal ist, werden wir es gleich noch einmal tun. Und du wirst wieder unsere Brautjungfer sein, wie auch schon beim ersten Mal in Kopenhagen.« Mar lachte. »Obwohl, wenn das noch länger rausgeschoben wird, dann wohl eher Brautoma!«

Sie zog den Fotoanhänger ihres Medaillons aus dem Ausschnitt, klappte ihn auf und beugte sich zu Elaine, so dass sie das Bild darin sehen konnte. Mars strahlendes Gesicht neben dem schmollenden einer jungen, langhaarigen Frau. Ein Hochzeitsbild. Plötzlich war Elaines Gesicht so nah an Mars Dekolleté, dass ihre Nase beinahe ihre Brust berührte. Sie müsste jetzt nur ihren Kopf ein wenig senken … und schon lag ihr Gesicht zwischen Mars Brüsten. Ihre Hände folgten automatisch, fuhren unter die Anzugjacke, tastete nach den vertrauten Formen. Einen winzigen Moment lang ließ Mar sie gewähren, dann schob sie sie sanft von sich.

»Len, im Ernst jetzt. Du bist echt unmöglich!« Doch sie lachte. Sie schien sie nicht im Geringsten ernst zu nehmen. Was hatte Elaine denn erwartet? Sie verstand sich selbst nicht. Eben noch hatte sie nur ein Ziel gehabt, Frank zurückzuerobern, ihn von ihrer unsterblichen Liebe zu überzeugen. Im nächsten Moment waren ihre Hände auf Mars Brüsten gewesen, und sie hatte versucht sie zu küssen.

Fast wäre es ihr auch gelungen, dachte sie mit kindischem Stolz.

So könnte es passiert sein, dass sie Frank betrogen hatte: einem Impuls nachgebend.

Aber »all die Jahre«?

Mar ließ sich durch Elaines Avancen nicht aus dem Konzept bringen. Sie wählte einen anderen Buntstift aus und schrieb die Jahreszahl 1990 in ein leeres Feld. Größer als die anderen. Erwartungsvoll schaute sie Elaine an, doch die pinkfarbenen Zahlen sagten ihr nichts.

»1990, nun komm schon! Meilenstein, Len! Da haben wir unser Geschäft gegründet.«

»Wir haben ein Geschäft gegründet, du und ich?«

1990, rechnete Elaine, da waren sie gerade mal zwanzig Jahre alt gewesen. Wie war so etwas möglich? Zum ersten Mal, seit sie hier war, fühlte sie sich gut: Sie hatte etwas erreicht, etwas geschafft, das nur wenigen gelang. Ein eigenes Geschäft! Mit zwanzig!

»Du und ich und Frank. Sag ich doch: die drei Musketiere.«

»Was für ein Geschäft haben wir denn …« Elaine hielt inne.

Sie hörte Musik. *Pressure … pressing down on me …* Sie hatte einen Walkman an ihrem Gürtel befestigt, Kopfhörer auf den Ohren, und sang halblaut mit. Aber vor allem: Sie war glücklich. Nicht euphorisch, nicht überschäumend glücklich, aber zufrieden. Ein Gefühl, dass selbst in der Erinnerung selten war. Kostbar. Sie versuchte, es festzuhalten. »*Pressure*«, sang sie und es war genau das, was sie in diesem Moment nicht mehr fühlte. Dieser unbestimmte Druck, die ständige Unruhe, das Gefühl, nicht zu genügen, hatte sich aufgelöst. Elaine sah sich einen Industriestaubsauger durch einen endlosen Flur schieben, der mit dunkelgrau gesprenkeltem Teppich ausgelegt war. Wenn sie zu lange darauf starrte, begann er zu flimmern und sich zu bewegen. Wie diese Wellen, dachte sie, die Wellen in meinem Traum.

»Warte, warte!«, rief sie. »Ich weiß: Wir sind Putzfrauen!«

Rita Esposito hatte von ihr verlangt, zum Unterhalt beizutragen. Und weil Elaine weder die Schule noch sonst eine Ausbildung abgeschlossen hatte, fing sie an, mit Rita zusammen zu putzen. Schnell merkte sie, dass ihr die Arbeit gefiel. Die Reinigung der Großraumbüros war nicht besonders anspruchsvoll und nicht so eklig, wie sie befürchtet hatte. Das Schlimmste waren Essensreste, die manchmal die Innenseite der Papierkörbe verschmierten, Kaugummis unter den Tischplatten, volle Aschenbecher in Schreibtischschubladen. Das Reinigungsinstitut hatte die Arbeitsabläufe bis ins Detail festgelegt, von der Reihenfolge bis zur Häufigkeit, in der die einzelnen Arbeitsschritte durchgeführt werden mussten. Manches, wie staubsaugen, die Papierkörbe leeren, Tischflächen und Fensterbretter abstauben, musste jeden Abend erledigt werden. Anderes nur einmal die Woche, wie Topfpflanzen gießen, die Ordner aus den Regalen nehmen und jedes Brett einzeln abstauben.

Elaine liebte diese Arbeit. Sie wusste immer genau, was sie zu tun hatte, und ihre Bemühungen führten stets zu einem sichtbaren Ergebnis. Wenn sie sich an der Tür eines Büros nochmal umdrehte, sah sie einen deutlichen Unterschied: vorher, nachher. Natürlich war ihr vollkommen klar, dass der Job als Strafe für das verwöhnte Mädchen gedacht war, für das Rita sie hielt. Sie machte keinen Hehl daraus, dass sie Carina als Schwiegertochter vorgezogen hätte. Das Mädchen mit dem Pferdeschwanz, erinnerte sich Elaine. Das Frank während ihrer Abwesenheit getröstet hatte. Und das Elaine mit ihrer überstürzten Rückkehr ein für alle Mal aus Franks Leben vertrieben hatte. Nur weil Frank gedroht hatte, sonst auszuziehen, duldete sie Elaine überhaupt in ihrer Wohnung. Vielleicht auch, weil Vera für sie Miete zahlte.

Rita konnte ja nicht ahnen, wie sehr Elaine das Putzen liebte. Es half ihr mehr als jede Gruppentherapie. Es lenkte sie ab, erzeugte diesen sturen Tunnelblick, der sie einen Arbeitsschritt nach dem anderen ausführen ließ, ohne über irgendetwas anderes nachzudenken.

Es versetzte sie in ihre frühe Kindheit zurück. Auch damals hatte sie sich am sichersten gefühlt, wenn sie saubermachte, aufräumte, die Wäsche einsammelte und später lernte, die riesigen Maschinen in der Waschküche zu bedienen. Dann löste sich diese ständige innere Unruhe vorübergehend auf. Es waren die einzigen Momente ihrer Kindheit, in denen sie das Gefühl gehabt hatte, die Kontrolle zu haben. Was hatte Mar gesagt? »Ein ausgeprägtes Kontrollbedürfnis«?

In dieser Hinsicht hatte das Putzen eine ähnliche Wirkung auf sie wie die Tabletten, mit der Zeit ersetzte es sie sogar.

Putzen – Pillen – ihre Mutter – Vera – Pillen – Putzen.

Als Kind hatten sie diese Erinnerungen gequält. Sie hatte sie mit aller Macht verdrängt, weil sie sich benachteiligt fühlte, weil sie neidisch war. Auf ihre kleinen Halbschwestern in erster Linie, aber auch auf alle anderen Kinder, die behütet aufwuchsen. Selbst wenn sie sie nur in Filmen und in Werbespots im Fernsehen sah oder in Büchern über sie las. Der Neid auf diese Kinder war mit einer unbestimmten Scham vermischt: Was stimmte mit ihr nicht? Etwas musste von Anfang an verkehrt gewesen sein, wenn sich nicht einmal ihre eigenen Eltern für sie interessierten. Jedenfalls nicht genug, um ihre eigenen Bedürfnisse zurückzustellen. Was unterschied sie von all den anderen Kindern, für die gesorgt wurde, die wussten, dass ihre Eltern sie bedingungslos liebten. Wenn nicht einmal ihre Mutter sie genug liebte, um morgens aufzustehen und ihr Frühstück zu machen, um die Weinflasche stehen zu lassen, wer sollte sie dann lieben? Frank liebte sie. Vielleicht stimmte ja auch mit Frank etwas nicht.

Doch in diesen Nächten, in den endlosen, verlassenen Bürofluren, hatte Elaine verstanden. Sie hatte damals mehr Kontrolle über ihren Alltag gehabt als nach der Intervention, als sie mit Luc und Kati in ihrem Traumhaus lebte. In dem Moment, in dem sie sich von ihrem Vater hatte einspannen lassen, um mit dem Jugendamt und den Behörden zusammenzuarbeiten, hatte sie das letzte bisschen Kontrolle aufgegeben. Sie hatte sich selbst zum Opfer gemacht.

»Genau.«, unterbrach Mar ihre Gedanken. »Du warst voll auf dem Putz-Trip, und dann hatte deine Mutter ihre Psychophase. Irgendwie hast du diese beiden Dinge zusammengeführt. Zu dieser Geschäftsidee, die schlicht und einfach genial war, und ihrer Zeit voraus, wenn ich das mal so sagen darf.«

»Du darfst.« Elaine lachte. »Aber was meinst du mit Psychophase?«

»Naja, Vera hat dich damals in der Klinik besucht und ist irgendwie zum Schluss gekommen, dass sie auch Probleme hat. Ich weiß nicht mehr, war es die Liebessucht? Oder die Diktatur der Schönheitsindustrie? Sie hatte so viele verschiedene Phasen …«

»Ach.« Elaine hatte schon nachfragen wollen, was Vera damals für eine Rolle gespielt hatte. Ob ihre Fürsorge nicht von Dauer gewesen war. Warum sie bei Franks Familie gewohnt hatte, und nicht bei ihrer Mutter.

Vera hatte sie in der Klinik besucht und sich dann, wohl mit Hilfe ihrer Beziehungen, einen Betreuungsplatz gesichert. Sie war der Überzeugung, dass ihr Trinken, ihre unglücklichen Liebesgeschichten, verzweifelte Versuche von Selbsttherapie waren. Dass sie an einer bisher unerkannten psychischen Erkrankung litt, die ihr Leben ruiniert hatte und der sie jetzt endlich auf den Grund gehen müsste. Und auf einen Schlag war in der Klinik kein Platz mehr für Elaine gewesen. Es war ihr nichts anderes übriggeblieben, als das Feld zu räumen. Um entlassen zu werden, musste sie an Gewicht zunehmen. Also hatte sie aufgehört zu reden und zu essen begonnen.

Elaine konnte sich nicht an alle Einzelheiten von damals erinnern, nur an das Gefühl, etwas zwischen Enttäuschung und Verlorenheit, ein uraltes Gefühl, das ihre Knochen zersetzte wie Säure. Diese ewige Sehnsucht nach einer Mutter, die für sie da war, hatte sie in die Knie gezwungen. Denn Vera war immer nur für Vera dagewesen.

»*Mother's Helpers*!«, rief Elaine, viel zu laut.

Mar lachte und klatschte sie ab. Sie schlug das Deckblatt ihres Schreibblocks zurück, auf dem auf einem pinkfarbenen Aufkleber ihr Logo prangte: zwei Frauen im Schattenriss, die Rücken an Rücken standen, die eine einen Staubwedel, die andere eine Klobürste hebend wie eine Waffe.

»Frank und ich sind gleichzeitig mit der Lehre fertig gewesen, wir haben das Geschäft zu dritt gegründet. Er hat die Finanzierung organisiert, ich habe das Administrative gemacht, und du hast geputzt.«

»Ich habe geputzt«, sagte Elaine beinahe andächtig. Das gefiel ihr. Sie war also keineswegs immer nur eine verwöhnte Prinzessin gewesen! Doch im selben Moment erinnerte sie sich, wie wenig Spaß es ihr gemacht hatte, in Privathaushalten zu putzen. Das war ganz etwas anderes als die endlosen Großraumbüros mit ihren ordentlich ausgerichteten Arbeitsplätzen, der überall identischen Einrichtung und den immer gleichen Arbeitsschritten. Privathaushalte waren unberechenbar. Man konnte nie wissen, ob man nicht ein Spülbecken voller fettverkrusteter Pfannen antreffen würde, wenn man sich eigentlich vorgenommen hatte, die Parkettböden feucht aufzuwischen oder die Fenster zu putzen. Und wie oft sie sich geekelt hatte, vor den Gerüchen, vor den Essensresten, den fleckigen Betttüchern, den urinverspritzten Toiletten. Und wie ungern hatte sie sich herumkommandieren und von oben herab behandeln lassen.

Doch eine Prinzessin.

Mar schien zu wissen, was sie dachte. »Keine Sorge«, sagte sie. »Das hat nicht lange gedauert! Wir waren so erfolgreich, dass wir nach einem Jahr schon zwanzig Angestellte hatten. Es war einfach die richtige Zeit dafür.«

Elaine nickte. Immer mehr Frauen arbeiteten, ohne deshalb ihre Ansprüche an ein sauberes Zuhause aufzugeben. Doch viele hatten Hemmungen, eine Putzfrau anzustellen, ihr soziales Gewissen sträubte sich gegen die Vorstellung, eine andere Frau, schon gar nicht eine Ausländerin, hinter sich herräumen zu lassen. Es war nicht mit ihren verschwommenen feministischen Grundsätzen zu vereinbaren, andere Frauen auszunutzen. *Mother's Helpers* kostete zwar etwas mehr, versprach dafür aber anständige Arbeitsbedingungen, Versicherungsschutz und Ansprechpartnerinnen, in denen sich die Kundinnen wiedererkannten. Elaine und Mar waren Frauen wie sie: berufstätig, erfolgreich, und manchmal überfordert. Frank blieb bewusst im Hintergrund: Es war die Zeit, in der von Frauen geführte Betriebe größere Aufmerksamkeit erhielten. Elaine und Mar waren die Aushängeschilder der Firma. Sie erkannten ein Bedürfnis, bevor es ins allgemeine Bewusstsein gedrungen war. Mit ihrem selbstbewussten Auftreten stellten sie das Image der Putzfrauen auf den Kopf. Ihr Unternehmen war nicht nur erfolgreich, sie waren eine Zeitlang auch die Lieblinge der Medien.

»Wir sind reich geworden«, sagte Elaine andächtig.

»Ja, das kannst du laut sagen. Aber nur, weil wir uns ständig weiterentwickelt haben. Kleinkinderbetreuung, Buchhaltung, Botengänge, Handwerksjobs, *you name it*, wir erledigen es.«

»Und als ich endlich schwanger wurde, hast du die Firma übernommen.«

»So wars. Ich würde dich aber jederzeit wieder anstellen, das weißt du.«

Elaine nickte. »Danke«, sagte sie, doch Mar setzte nach: »Doch, das meine ich ernst. Vielleicht würde es dir guttun, wieder zu arbeiten.«

»Danke.« Putzen war vielleicht genau das, was sie jetzt brauchte. Vielleicht würde sie so wieder zu sich selbst zurückfinden. Nicht durch Reden, sondern durch Handeln. Sie war also nicht so nutzlos, wie sie sich jetzt fühlte. Sie war eine erfolgreiche Geschäftsfrau gewesen, und wenn es sein musste, könnte sie morgen wieder in die Berufswelt einsteigen.

Mar musterte sie von der Seite. »Du sagst, wenn es genug ist, ja? Ich möchte dich nicht überfordern.«

Elaine schüttelte den Kopf. Sie fühlte sich besser

2005: CHARLOTTE schrieb Mar. *2008. MAX.* Und nach einem kurzen Zögern: *2011.*

Erwartungsvoll schaute sie zu Elaine hinüber, doch diese Jahreszahl sagte ihr nichts.

»Ach, Mar. Ich bin so verwirrt. Manchmal glaube ich, ich bin mehr als eine Person. Oder ich lebe mehr als ein Leben.«

»Wie wir alle, Dummski, wie wir doch alle.«

3.

Dr. Manuhdi war diesmal nicht allein. Eine junge Frau stand hinter ihm. Ohne einen bestimmten Grund misstraute Elaine ihr sofort. Sie wirkte eigentlich ganz freundlich, wie sie sie anschaute, neugierig, aber nicht übermäßig besorgt.

»Ich höre, dass Ihr Erinnerungsvermögen in Gang gekommen ist?«

Elaine nickte. »Wenigstens zum Teil. Meine Freundin hat mir geholfen.« Sie nickte in Richtung der Tür, hinter der Mar verschwunden war. Der Arzt hatte sie aus dem Zimmer geschickt, obwohl Elaine sie gern dabeigehabt hätte.

»Manches ist ganz klar, anderes immer noch verschwommen. Und die Erinnerungen passen irgendwie nicht richtig zusammen.« Elaine schaute sich um. »Mein Mann und meine Tochter waren hier.«

»Ja, ich konnte mich kurz mit Ihrem Mann unterhalten. Wir hätten ihn gern miteinbezogen, aber er sagte uns, Sie hätten sich getrennt?«

Elaine seufzte. »Sieht ganz danach aus. Ich verstehe es selbst nicht, das meinte ich eben: Ich weiß nicht mal mehr, warum ich diese Entscheidung getroffen habe. Es ist zum Verzweifeln!«

»Er hat uns einen Namen gegeben: Piet Neuhaus. Sagt Ihnen das was?«

Elaine schüttelte den Kopf, dann nickte sie. Wie ein Teenager, den man beim Rauchen erwischt hat. Sie fischte das Telefon unter dem Kissen hervor und zeigte es Doktor Manuhdi mit schuldbewusstem Blick. »Er hat mir neunundzwanzig Nachrichten geschickt«, sagte sie. »Aber ich habe keine Erinnerung an ihn. Oder nur verschwommene.« Dass er sie herunterputzte und zusammenstauchte, dass er sie am Arm gepackt und zu Fall gebracht, dass er ihr die Tasche von der Schulter gerissen hatte. Warum wollte sie mit einem Mann zusammenleben, der so etwas tat?

Jetzt mischte sich die Frau ein: »Mein Name ist Melanie Kummer, ich bin Sozialarbeiterin.«

Sozialarbeiterin! Das erklärte ihr Misstrauen. Elaine dachte an Karin Suter, die an allem schuld gewesen war, und verschränkte die Arme vor der Brust.

»Was macht eine Sozialarbeiterin genau?«, fragte sie. Melanie Kummer lächelte, als sei sie diese Reaktion gewohnt. »Ich bin für Patienten wie Sie zuständig, für die medizinisch kein Grund besteht, noch länger im Krankenhaus zu bleiben, die aber – aus welchen Gründen auch immer – nicht direkt nach Hause entlassen werden können. Ob das nun vorübergehende Lösungen sind oder langfristige Entscheide, ich helfe, den richtigen Ort zu finden. Ein Fall wie Ihrer ist natürlich eine besondere Herausforderung. Ich glaube nicht, dass mir diese spezielle Problematik schon mal begegnet ist.« Sie klang geradezu gierig, was Elaine noch mehr abschreckte. Doktor Manuhdi, den sie mehr und mehr als Verbündeten wahrnahm, machte eine beschwichtigende Geste mit der Hand.

»Na, na«, murmelte er. Doch Frau Kummer ließ sich nicht beirren: »Für jemanden wie Sie gibt es verschiedene Möglichkeiten: Wir können Sie in eine Rehaklinik überweisen, wo Sie weiterhin professionell betreut werden. Das ist die Lösung, die ich empfehlen würde. Angesichts Ihrer ungewissen persönlichen Umstände, und natürlich auch der Tatsache, dass Sie privatversichert sind.«

»Und wenn ich das nicht will?« Sie widersprach nur aus Prinzip. Es war ja nicht so, dass sie Alternativen hätte. Bei aller Freundschaft glaubte sie nicht, dass Mar sie bei sich aufnehmen würde. Beinahe hätte sie sie gefragt, aber dann hatte sie sich doch nicht getraut.

»Oder wir entlassen Sie nach Hause, vorausgesetzt, jemand kümmert sich dort um Sie. Wir können Ihnen ambulante Therapien verschreiben, Gedächtnistraining, psychologische Betreuung …«

»Wir?«, fragte Doktor Manuhdi pointiert nach.

»Sie natürlich, Herr Doktor.«

»Was kann ich denn tun, um meine Erinnerung wiederzuerlangen? Was würden Sie empfehlen?« Elaine wandte sich mit ihren Fragen an den Arzt, aber wieder antwortete die Sozialarbeiterin. »Wir können Ihnen eine Vielzahl von Therapien empfehlen, aber am Ende gibt es kein verbindliches Erfolgsversprechen. Bevor wir Sie entlassen, möchten wir gemeinsam einen Plan erstellen. Bei manchen Patienten kommt die Erinnerung stückweise zurück, bei anderen auf einen Schlag. Es ist sicher hilfreich, sich in eine vertraute Umgebung zu begeben, eine gewohnte Routine einzuhalten.«

»Dumm nur, dass ich offenbar gerade mein ganzes Leben auf den Kopf gestellt habe. Was habe ich mir bloß dabei gedacht?« Sie lächelte dem Arzt zu, und zu ihrer Zufriedenheit lächelte er zurück.

»Wo ist überhaupt mein Zuhause?«, fragte Elaine. »Ich lebe ja nicht mehr mit meinem Mann – mit meiner Familie zusammen. Ich … vielleicht weiß meine Freundin … Können Sie sie nicht wieder hereinrufen?«

Jetzt atmete sie wieder schneller. Was zum Teufel hatte sie sich dabei gedacht! Jede Zelle in ihrem Körper bäumte sich gegen diese Realität auf. Sie war falsch! Sie gehörte nach Hause. Zu ihrem Mann. Zu ihrer Familie. Das wusste

Elaine jetzt. Jetzt, wo es zu spät war. Doktor Manuhdi nahm ihre Hand. Unwillkürlich versuchte sie, ihre Finger mit seinen zu verschränken, doch er fasste stattdessen ihr Handgelenk und fühlte ihren Puls. Beschämt senkte sie den Kopf. Sie verstand sich nicht.

»Bisschen hoch«, murmelte er. Er tätschelte ihre Hand, bevor er sie losließ. Wie einem Kind. »Ich hätte ein besseres Gefühl, Sie zu entlassen, wenn wir einen Plan für Sie hätten. Frau Kummer, ich überlasse das Ihnen.« Er nickte Elaine etwas steif zu und verließ das Zimmer. Elaine wollte ihn zurückrufen, sie wollte nicht mit dieser Sozialarbeiterin allein sein. Doch diese hatte schon den Besucherstuhl ans Bett herangezogen und setzte sich.

»Ich möchte meine Freundin dabeihaben«, sagte sie. Vielleicht könnte sie ja wirklich zu Mar ziehen, natürlich nur vorübergehend. Vielleicht konnte Mar sie retten. Irgendjemand musste es tun. Melanie Kummer schaute von ihrem Mäppchen auf, das sie gerade geöffnet hatte und in dem lauter Hochglanzprospekte steckten.

»Ich glaube, Sie wollte ein paar Besorgungen erledigen. Sie kommt aber auf jeden Fall später nochmal vorbei, hat sie gesagt.«

»Dann warten wir eben.« Trotzig verschränkte Elaine die Arme vor der Brust. Dabei wusste sie, dass ihr Verhalten kindisch war, dass sie nicht mehr zehn Jahre alt war. Melanie Kummer war nicht Karin Suter von damals. Sie wollte ihr nur helfen und doch weigerte sich etwas in ihr, der Sozialarbeiterin zuzuhören, geschweige denn, ihr zu vertrauen.

»Wie Sie wollen. Sie können aber nicht entlassen werden, bevor wir gemeinsam zu einer Übereinkunft gelangt sind, was das weitere Vorgehen betrifft.« Ihre steife Ausdrucksweise verriet, wie beleidigt die junge Frau war. Dabei sollte sie Widerstand doch gewohnt sein.

»Solange ich meinem Urteilsvermögen nicht vertrauen kann, möchte ich keine solchen Entscheidungen treffen«, sagte Elaine ebenso steif. Dann lenkte sie ein. »Nehmen Sie es nicht persönlich. Vielleicht können Sie mir ja die Unterlagen dalassen?«

»Rufen Sie mich an, wenn Sie so weit sind. Meine Handynummer steht auf dem Briefkopf.« Melanie Kummer legte das Mäppchen auf den Beistelltisch und wandte sich zum Gehen. Sie stand schon an der Tür, als sie sich nochmal umdrehte. »Jetzt muss ich aber doch nachfragen: Piet Neuhaus – der Schauspieler?«

Elaine verstand nicht. »Wer? Welcher Schauspieler?«

»Doktor Manuhdi hat den Namen Piet Neuhaus erwähnt. Das ist ja schon ein spezieller Name. Da dachte ich natürlich an den *Schwiegersohn*. Erinnern Sie sich nicht an diese alte Fernsehserie? *Der Schwiegersohn*? Vor zwanzig Jahren? Die ist Kult, die wird jetzt ständig wiederholt.«

Elaine verstand nicht. Piet war der Schwiegersohn? Von wem?

Melanie Kummer zückte ihr Telefon und kauerte sich zurück auf den Besucherstuhl. Wie Charlie krümmte sie sich regelrecht über ihr Gerät, was Elaine gegen ihren Willen rührte. Vielleicht sollte sie der Frau eine Chance geben.

»Hier, schauen Sie!« Sie stand auf und streckte Elaine ihren Bildschirm entgegen. Das Bild war klein. Ungeduldig wischte Melanie mit dem Zeigefinger darüber und das Gesicht wurde größer. Ein jungenhaftes, rundes Gesicht, halblanges, über die Stirn fallendes Haar, hellbraun oder blond, und sehr blaue Augen. So blau, dass sie unnatürlich wirkten. Ein forschender Blick. War er das? Der Mann, für den sie ihre Familie verlassen hatte?

»Das war damals, aber er hat sich nicht groß verändert. Bis auf die Haare natürlich.« Melanie nahm das Telefon wieder an sich, setzte sich auf den Bettrand und beugte sich über das Gerät. »Hier, das ist aktueller. Erkennen Sie ihn?«

Dasselbe runde Gesicht, nur ein wenig markanter. Ein paar Falten auf der Stirn, eine sauber rasierte, glänzende Glatze. Dieselben knallblauen Augen, von einer markanten, ebenfalls knallblauen, runden Brille gerahmt. Elaine hatte das Gefühl, der Blick bohre sich in sie hinein, durch sie hindurch. Wie eine Sonde, die sie von innen auslotete. Es war nicht unangenehm, aber es löste mit Sicherheit keine Verliebtheitsgefühle aus. Eher eine Anspannung, wie kurz vor einer Prüfung, die sie nicht bestehen würde.

Sie blinzelte, als Melanie das Telefon wieder wegzog und weiter darauf eintippte. Sie wünschte, sie hätte den Mann noch etwas länger anschauen können. Vielleicht hätte sie sich erinnert.

»Hier steht, dass er nach einer spirituellen Krise die Schauspielerei aufgegeben und ein Jugendtheater gegründet hat. Vielleicht sagt ihnen das ja was, das Wabi-Sabi-Jugendtheater? Wissen Sie, was das bedeutet, Wabi-Sabi?«

Zu ihrem Erstaunen wusste Elaine das tatsächlich: »Das ist Japanisch. Es heißt so viel wie ›die verborgene Schönheit des Unvollkommenen‹, der besondere Glanz des Zerbrochenen, Unperfekten.«

Wieso wusste sie so etwas? Und wie passte das zu ihr,

Elaine, mit ihrem offensichtlichen Streben nach Perfektion, dem verzweifelten Bemühen, das Unvermeidliche aufzuhalten? Plötzlich fühlte Elaine sich bedroht. Es war, als ob sich eine dunkle Wolke im Krankenzimmer zusammenballte. Sie streckte eine Hand aus, wie um Melanie Kummers nächste Worte abzuwehren.

»Das ist ja toll. Sehen Sie, Ihre Erinnerung kommt schon wieder. Sie brauchten nur den richtigen Input.« Sie schwieg einen Moment, als wartete sie auf ein Lob. Doch Elaine war ihr nicht dankbar. Sie war auch nicht erleichtert, eher fürchtete sie sich vor dem, was noch kommen würde.

»Oh hier, vielleicht hilft es, wenn Sie seine Stimme hören?« Wieder tippte die junge Frau auf dem Telefon herum, bis sie einen kurzen Film gefunden hatte. Diesmal griff sich Elaine das Telefon und hielt es so, dass sie das Bild scharf sehen konnte. Er nahm seine Brille ab und hielt sie in der Hand, während er nachdenklich in die Kamera blickte.

»Unsere Darsteller sind nicht perfekt, aber sie strahlen eine natürlich Würde aus, gerade durch ihre Beeinträchtigungen, durch die Art, wie sie damit umgehen.«

Er sprach Hochdeutsch. Aber Elaine kannte diese Stimme, die mit diesem bemühten Dialekt sprach, genau wie Hellmut, der Nachtpfleger. Sie hatte sich nicht getäuscht.

»Diese Kinder und Jugendlichen leugnen ihre Einschränkungen nicht, sie überspielen sie nicht, nein, sie integrieren sie. Das ist Wabi-Sabi, das ist die Kunst des Unperfekten. Wie Leonhard Cohen schon sagte: *There is a crack in everything, that's how the light gets in.*«

Schnell legte sie das Telefon mit dem Bildschirm nach unten auf die Bettdecke, so dass sie ihn nur noch gedämpft reden hörte, ohne seine Worte zu verstehen.

»Oh, ich verstehe, er arbeitet mit Behinderten! Ist ja toll.«

»Nicht behindert«, fuhr Elaine die junge Frau an. »Das sagt man nicht! Es heißt ›Kinder mit Beeinträchtigungen‹, das sollten Sie doch wissen.«

»Sag das nicht«, hatte Frank Charlie angefahren. »Es ist unter deiner Würde.«

»Ist er das? Erinnern Sie sich wieder?« Melanie schien Elaines Verzweiflung nicht zu spüren. Sie strahlte. »Das war ja nicht so schwierig, hätte man ja auch schon früher drauf kommen können! Es gibt schließlich nichts, was man im Internet nicht finden kann. Kein Mensch ist heute noch ein Rätsel. Aber darauf kommen die Herren Ärzte ja nicht. Aber wir Sozialarbeiterinnen haben den Bezug zum Alltag noch nicht verloren. Aber meinen Sie, das werde hier geschätzt? Haben Sie gesehen, wie der Arzt mich behandelt hat? Wie eine mindere Hilfskraft. Und hat er Ihnen geholfen? Nein. Das war ich.« Zufrieden hob sie das Telefon wieder auf. Piet redete immer noch und war jetzt wieder klar zu verstehen.

»Meine Inszenierungen sind deshalb so minimalistisch, weil es gar nicht mehr braucht als diese Kinder, und das Licht, das durch ihre Bruchstellen fällt …«

Piets Stimme wurde zum Donnergrollen. Ein Gewitter nahte. Etwas Unausweichliches, Fürchterliches. Etwas, das sie zerstören würde. Es kam mit jedem seiner Worte näher und näher und näher. Elaine wollte sich das Kissen über den Kopf ziehen, sie wollte schreien. Aber da hatte

Melanie Kummer schon wieder die Geduld verloren und sich weitergeklickt.

»Oh, und hier! Was ist das … Max Esposito, ist das etwa ihr Sohn? Hören Sie sich das an! Hier steht, ich glaube, das ist aus einem Zeitungsartikel oder so was, hier steht »Max Esposito, der elfjährige Star von »Projekt Nein«, der neuesten Inszenierung des Wabi-Sabi-Jugendtheaters unter der Leitung von Piet Neuhaus, beweist, blablabla … Wow, schauen Sie sich das Bild an!«

Wieder hielt sie den Bildschirm zu nahe an ihr Gesicht. Das Bild war verschwommen. Elaine kniff die Augen zusammen. Sie brauchte wohl eine Lesebrille. Vermutlich befand sich diese in ihrer Handtasche. Dem gelben Monster. Melanie schüttelte das Telefon und hielt es dann quer, das Bild wurde etwas größer, Elaine beugte sich vor. Sie erkannte eine dunkle Bühne, in der Mitte ein Lichtkegel, darin ein Rollstuhl, waghalsig auf den Hinterrädern balancierend. In dem Stuhl saß ein Junge mit dunklen Locken. Er kippte mitsamt dem Stuhl zurück, aber er schien sich nicht zu fürchten, schaute selbstbewusst und fast übermütig in die Kamera.

Die schwarze Wolke hatte sich jetzt auf Elaines Brust gelegt und presste sie in die Kissen zurück. Sie war so schwer, dass sie ihre Lunge zu zerquetschen drohte. Elaine konnte kaum atmen. Geschweige denn sprechen. Aber sie musste – sie musste es doch sagen:

»Max, aber wieso denn Max? Mein Max ist doch nicht …« Behindert, wollte sie sagen, aber das war das falsche Wort und das richtige hatte sie schon wieder vergessen.

2011

1.

Es klopfte. Sie schaute nicht auf. Sie hatte sich so klein gemacht, wie sie nur konnte, die Knie angezogen, den Kopf zwischen den Knien vergraben, die Arme um sich geschlungen, wie ein Paket.

»Wer ist jetzt die schlechteste Mutter der Welt?« Immer wieder hörte sie diesen Satz. Sie hörte ihn leise, sie hörte ihn laut, mit Musik untermalt und absurd verzerrt und in die Länge gezogen. Sie presste sich die Hände auf die Ohren. Sie schüttelte den Kopf.

»Nein, nein, nein, nein, nein!«, schrie sie. »Nein!« Gleichzeitig stand sie neben sich und schaute stirnrunzelnd auf sich hinab. Wer war dieses Häufchen Elend, das sich in einem Kleiderschrank versteckte. Wie hatte sie es so weit kommen lassen. *Reiß dich zusammen, Esposito.* Es klopfte und klopfte, und dann wurde die Schranktür vorsichtig aufgezogen. Als verstecke sich ein wildes Tier dahinter.

»Elaine?«

Ihr Kopf war so schwer. Nur mit Mühe konnte sie ihn so weit anheben, dass sie sein Gesicht sah. Frank schaute auf sie hinunter und seufzte. Dann ging er in die Knie.

»Rutsch«, sagte er, und sie machte Platz. Er kauerte sich neben sie. Ihre Schultern berührten sich, ihre Hüften, ihre Beine. Nach einer Weile legte sie ihren Kopf auf seine

Schulter, und dann saßen sie einfach schweigend nebeneinander. Es war ein schmaler, altmodischer Holzschrank, darin gab es nur eine Bügelstange und ein Brett darüber. Sie saßen zwischen den Säumen ihrer Kleider, den Ärmeln seiner Hemden, die nach dem Waschmittel rochen, das Elaine zu Hause benutzte. Der winzige Raum, der eben noch mit ihrer Verzweiflung angefüllt war, fühlte sich nun friedlich an. Weil Frank hier war. Er hatte diese Wirkung auf sie. Nach all den Jahren immer noch. Selbst wenn sie ihn erwürgen wollte. Sobald sie ihn berührte, entspannte sie sich, atmete sie leichter.

Eine Geborgenheit, zu der sie ohne ihn keinen Zugang hatte. Natürlich nahm sie ihm das übel.

»Ich schwörs, in den Herbstferien fliegen wir in die Karibik«, sagte er endlich. »Oder nach Thailand. Irgendwohin, wo uns die Mütter nicht finden können.« Auch das war typisch für ihn. Diese Rücksichtnahme. Denn natürlich war es nur ihre Mutter und nicht seine, die ein Problem darstellte, und auch das nur für sie. Alle anderen liebten Vera. Die Kinder, Maja, selbst Rita ließ nichts auf sie kommen. Obwohl Vera sich seit ihrem Auszug aus der Siedlung kaum mehr bei ihr blicken ließ. Nicht einmal nach dem Tod ihres Mannes hatte sie sich um ihre alte Freundin gekümmert. Doch das verzieh ihr Rita.

Nur Elaine verzieh niemand. Nicht einmal sie selbst. Sie seufzte. »Ich kenne mich nicht mehr«, murmelte sie. Und, scheinbar zusammenhangslos: »Wir waren doch so glücklich.«

Sie sah sich wieder in der Badewanne liegen, zu Hause in der großen, neuen Wohnung, die sie kurz vor Charlies Geburt bezogen hatten. Das Baby lag auf ihrem Bauch, die kleinen Füße trommelten gegen ihre Schenkel, das warme Wasser umspülte sie beide. Das Wasser spritzte umher, Charlie krähte vor Lachen. Sie versuchte, sich umzudrehen, doch Elaine hielt sie fest. Manchmal vergaß sie, dass Charlotte nicht mehr in ihrem Bauch war. Sie schien immer noch ein Teil von ihr, untrennbar mit ihr verbunden. Dann sah sie Frank. Er hielt ein Badetuch in der Hand und schaute zu ihnen herunter. Elaine schaute zu ihm auf und lächelte.

Alles, was sie über das erste Lebensjahr gelesen hatte, war falsch gewesen. All die Ratgeber, die Bücher, die Beratungsstellen, die anderen Mütter, ihre Freundinnen, die sie auf schlaflose Nächte und endloses Schreien vorbereitet hatten. Auf brachliegende Nerven und unvermittelte Tränen und ein überwältigendes Gefühl der Überforderung. Nichts davon war eingetreten. Es war die beste Zeit ihres Lebens gewesen. Die Unruhe, die sie ein Leben lang umgetrieben hatte, hatte sich gelegt. Elaine hatte ihre Bestimmung gefunden: Charlies Mutter zu sein. Frank breitete das Tuch aus. Etwas widerwillig hob sie ihm das zappelnde Kind entgegen. Jedes Getrenntsein von ihrem Baby fühlte sich falsch an. Frank grinste. Er kannte sie so gut.

»Schau mich nicht so böse an«, sagte er. »Zu einer glücklichen Kindheit gehört auch ein perfekter Vater.«

Selbst Vera konnte ihr nichts mehr anhaben. Nicht einmal zu ihrer Hochzeit, die Elaine immerhin ein Jahr im Voraus sorgfältig geplant hatte, war sie erschienen, weil sie in dieser Woche ein Seminar leitete. Von der nationalen Verteidigerin der Rechte der Geliebten war Vera zur Identifikationsfigur der »Liebessüchtigen« geworden. Denn das hatte sie damals in der Klinik erkannt: Sie war süchtig nach der Bestätigung, die Männer ihr gaben. Kaum aus der Klinik entlassen, patentierte sie ihr eigenes Selbsthilfegruppen-Modell, den *Liebesentzug in zwölf Schritten.* Elaine spielte manchmal mit dem Gedanken, eines ihrer Seminare zu buchen, nur um ihre Mutter zu sehen. Vera hatte sich weder während ihrer Schwangerschaften noch nach ihren Fehlgeburten um sie gekümmert. Das änderte sich schlagartig nach Charlies Geburt. Vera war zu ihrer eigenen Überraschung eine leidenschaftliche Großmutter. Plötzlich war sie immer und überall dabei und mischte sich in alles ein. Ohne Elaine um ihre Meinung zu fragen, kaufte sie Berge von pädagogisch wertvollen Spielsachen, meldete Charlie in einem zweisprachigen Montessori-Kindergarten an, zu Musikkursen und Ballettstunden und Kinderkonzerten. Doch während der verzauberten ersten Jahre, als Charlotte sozusagen an Elaine festgewachsen war, kümmerte sie das nicht. Ihr unverhofftes, spätes Glück machte sie nachsichtig. Vera tat ihr zum ersten Mal leid: Weil sie verpasst hatte, was Elaine jetzt so ganz ausfüllte. Weil sie dieses Glück nie zugelassen hatte.

Doch nach knapp zwei Jahren hatte das Idyll ein jähes Ende. Elaine wurde wieder schwanger. Ungeplant, unverhofft und zum Erstaunen ihrer Ärztin. Sie war 38 Jahre alt und hatte vor Charlie fünf Fehlgeburten gehabt. Jeder Tag dieser neuen Schwangerschaft war von Selbstzweifeln und Angst beherrscht. Sie konnte sich nicht schonen, wie sie es bei Charlie getan hatte. Von einem Tag auf den anderen, so schien es Elaine, verwandelte sich ihre anhängliche und pflegeleichte kleine Tochter in eine wütende Furie. Als ob eine rachsüchtige Fee Elaines Glück gesehen und beschlossen hatte, es zu zerstören. »Moment, hier ist ein Fehler passiert, das hat diese Frau doch gar nicht verdient!« Das fremde Mädchen, das über Nacht Charlottes Stelle eingenommen hatte, kannte nur noch ein Wort: »Nein!« Sie lehnte sich gegen alles auf, vor allem gegen Elaine, die eben noch der Mittelpunkt ihrer kleinen Welt gewesen war. Sie schrie, sie tobte, sie warf sich auf den Fußboden. Sie trat, sie schlug, sie biss.

Sie hatte das Schicksal herausgefordert, dachte Elaine, wenn sie morgens um sieben schon vollkommen erschöpft auf dem Küchenboden kauerte und die schleimigen Bananenscheiben einsammelte, die eben in hohem Bogen durch die Luft geflogen waren.

Und dann kam Max zur Welt. Und er schrie und er schrie und er schrie. Und Elaine konnte ihn nicht trösten. War das die Strafe für die leichte Herablassung, mit der sie sich die Klagen anderer Mütter angehört hatte?

Elaines Glück fiel in sich zusammen wie ein Kartenhaus, unter den Augen ihrer Mutter, die ständig unangemeldet in der Wohnung stand, weil Elaine ihr einmal einen Schlüssel gegeben hatte. Am liebsten hätte sie die Schlösser auswechseln lassen, doch dann müsste sie die Verwaltung informieren, die wiederum die Schlösser im ganzen Haus ersetzen würde. Sie hatte sich erkundigt. Es würde Tausende von Franken kosten und die Nachbarn noch mehr gegen sie aufbringen, als sie es mit Max' ununterbrochenem Schreien ohnehin schon getan hatten.

Und jetzt das. Elaine konnte gar nicht daran denken, ohne dass ihr übel wurde.

»Wer ist jetzt die schlechteste Mutter der Welt?«, hörte sie Veras Stimme.

Sie legte die Stirn auf ihre Knie.
»Kann ich nicht einfach hierbleiben?«
»So lange du willst.«

Frank kroch als Erster aus dem Schrank und stand auf. Er streckte beide Hände nach ihr aus. So stand er da und wartete, bis sie sie ergriff, bevor er sie aus ihrer hockenden Haltung hochzog. Elaine ließ sich gegen ihn fallen. Er taumelte nicht mal und hielt sie fest.

»Meine Schwester schaut nach den Kindern«, sagte er. »Und meine Mutter nach deiner. Wir haben eine Stunde für uns.« Er zog sie auf den Balkon hinaus. Auf dem kleinen Tisch stand ein Eiskübel mit einer Flasche Prosecco, zwei Gläser und eine kleine Schüssel mit Eis. Drei Kugeln, schon halb geschmolzen, zwei Löffel. Eis gönnte sich Elaine nur im Sommerurlaub in Italien. Sie streckte die Hand nach einem Löffel aus und schaute dann etwas schuldbewusst über ihre Schulter zurück in das einfache Zimmer, auf das Bett mit den weißen Laken. Eine Stunde, dachte sie, sollten sie die nicht besser nutzen. Verheiratete Paare hatten zu wenig Sex, das war der Grund für die hohe Scheidungsrate. Zweimal die Woche sei der landesweite Durchschnitt, und Elaine sorgte dafür, dass sie nicht unter diesen Wert fielen. Egal, wie müde sie war. Egal, wie wenig Zeit sie hatten. Doch Frank saß schon auf dem wackligen Metallstuhl und schenkte Prosecco ein, also setzte Elaine sich zu ihm.

Unter dem kleinen Balkon rauschte die Autobahn vorbei. Man konnte sie Tag und Nacht hören und sich einbilden, es sei das Meer. Der Strand war fünfzehn Kilometer weit entfernt, überfüllt und nicht immer sauber. Das Haus selbst lag auf einer leichten Anhöhe, hinter einer Reihe knorriger Pinien verborgen. Es war Franco seniors Elternhaus gewesen, jetzt lebte Maja mit ihrem Mann Roberto und ihren vier Töchtern darin. Sie hatten den alten Kasten renoviert und einfach, aber geschmackvoll eingerichtet. Roberto war ein guter Handwerker, Maja hatte ein Auge für Innenarchitektur. Sie restaurierte alte Möbel, die sie auf Flohmärkten oder im Sperrmüll fand. Fünf der acht Schlafzimmer vermieteten sie, doch im Sommer war das ganze Haus für die Familie reserviert. Seit Charlie auf der Welt war, verbrachten Elaine und Frank jedes Jahr drei Wochen hier. Auch das gehörte zu einer glücklichen Kindheit, die Ferien immer am selben Ort zu verbringen. Elaine wusste alles, was es über eine glückliche Kindheit zu wissen gab. Sie musste sich nur erinnern. Alles, was ihr gefehlt hatte, würde ihre Tochter bekommen.

Und ihr Sohn natürlich. Frank tauchte den Löffel in die Schale, er schabte die exakte Mischung von Pistazien-, Erdbeer- und Schokoladeneis ab, die sie liebte. Er hielt ihr den Löffel hin, sie öffnete den Mund und schloss die Augen.

Wenn überhaupt möglich, liebte sie Max noch inniger und heftiger als Charlie, verzweifelter auch, weil er diese Liebe nicht zu brauchen schien, weil er diese frühe Symbiose nie zugelassen hatte, dieses Verschmelzen. Schon als Baby stemmte er sich mit erstaunlicher Kraft gegen sie, presste die winzigen Füßchen gegen ihre Bauchdecke und bog sich so heftig von ihr weg, dass er beinahe aus dem Tragetuch fiel. Er brüllte, bis er dunkelrot anlief, und ließ sie dabei nicht aus den Augen. »Tu doch was«, sagte sein Blick. »Siehst du nicht, dass ich leide? Bist du nicht meine Mutter?«

Jetzt war er schon bald drei Jahre alt und schlief immer noch nicht. Wenigstens nicht nachts. Manchmal schlief er tagsüber ein, immer von einer Sekunde auf die andere, wie ein wildes Tier, das mitten im Kampf von einem Betäubungspfeil getroffen wurde. Das passierte meist genau dann, wenn es Zeit war, Charlie in den Kindergarten zu bringen oder abzuholen. Da konnte Elaine noch so vorsichtig sein, Max wachte jedes Mal auf, wenn sie ihn aufhob und in den Buggy steckte, und protestierte empört. Sein Brüllen hörte man schon von Weitem, doch sie konnte Max nicht schlafen lassen. Denn eines hatte sie sich geschworen: Ihr Kind würde nie allein vor dem Kindergartentor stehen.

Die anderen Mütter begrüßten sie mit zunehmend mitleidigen Blicken. Elaine wusste nicht mehr, wie viele Exemplare des Ratgebers *Jedes Kind kann schlafen* sie geschenkt bekommen – und wie oft sie das Buch verzweifelt an die Wand geworfen hatte. Frank verstand sie nicht. Charlie könnte den Weg doch allein bewältigen, es war ja nicht weit. Oder sie könnte sich mit einer der anderen Mütter abwechseln. Er verstand nicht, dass die Mütter, die nicht jeden Tag vor dem Kindergartentor standen, von den Gesprächen ausgeschlossen und auch nicht zum Kaffeetrinken eingeladen wurden. Es genügte nicht, ihren Kindern eine gute Mutter zu sein. Man musste es auch den anderen Müttern beweisen.

Elaine war nicht darauf gefasst gewesen, wie sehr sie diese Rituale zurückwarfen. Sie brauchte keinen Psychologen (wie Frank schon mehrmals vorsichtig vorgeschlagen hatte), um zu verstehen, was da passierte: Sie wurde wieder in die Siedlung zurückversetzt. Wie sehr sie sich auch anstrengte, sie genügte immer noch nicht. Sie würde nie genügen. Die Tatsache, dass Frank diese Ängste nicht teilte, vergrößerte die Kluft zwischen ihnen nur.

»Es gibt keine perfekten Eltern«, sagte er immer. »Solange wir unser Bestes tun, ist das genug.« Das sagte auch Doktor Remo Largo, der Guru der Kleinkindermütter. Alle Mütter hatten seine Bücher gelesen. Was sie nicht davon abhielt, sich unablässig aneinander zu messen und gnadenlos übereinander zu urteilen. Manchmal, wenn sie am späten Nachmittag erschöpft auf dem Spielplatz saß und versuchte, gleichzeitig Charlie auf der Schaukel anzuschieben und Max im Auge zu behalten, der gern anderen Kindern die Schäufelchen entriss, um sie dann mit triumphierendem Gebrüll von sich zu schleudern, wenn sie die gespielt mitfühlenden Fragen der anderen Müttern abwehrte – »Hast du ihn schon mal abklären lassen?« »Wie lange hast du ihn denn gestillt?« – zählte sie die Minuten, bis Frank endlich von der Arbeit kommen würde. Sehnsüchtig wartete sie auf die Straßenbahn, wie ein verliebter Teenager starrte sie die Aussteigenden an und spähte nach dem vertrauten Lockenkopf. Und dann kam er endlich, sprang vom Trittbrett und lief zum Spielplatz hinüber. Schon im Gehen lockerte er seine Krawatte, krempelte seine Anzugshose hoch und setzte sich in den Sandkasten. Charlie stürzte sich auf ihn wie eine Ertrinkende auf einen Rettungsring, und selbst Max hörte auf zu weinen, wenn sein Vater ihn auf den Arm nahm. Und dann wollte Elaine ihn erwürgen, den Mann, auf den sie eben noch so sehnsüchtig gewartet hatte.

»Elaine«, sagte Frank jetzt. Er betonte ihren Namen so wie er es früher immer getan hatte: El-En. »Sag mir. Was brauchst du?«

»Ich? Ich brauche nichts«, wollte sie automatisch abwehren. Doch das Gegenteil war wahr, sie brauchte alles. »Ein neues Leben.«

Sie wich seinem verletzten Blick aus, schaute über die Baumspitzen und die Hügel, über die Autobahnbrücke, bis sie endlich das Meer sah. Oder war es der Himmel?

2.

Am nächsten Tag fuhren sie alle zusammen in ein neues Resort-Hotel, das etwas weiter im Landesinneren mitten in den hügeligen Wäldern lag. Es war Veras Idee gewesen, den Tag dort zu verbringen, »mal was anderes zu sehen«. Die großzügige Anlage auszunutzen, die Tennisplätze, die drei Swimmingpools, die Wasserrutschbahnen und die schwimmende Bar. Sie würde alles bezahlen, hatte sie gesagt und mit dem Arm ausgeholt. »Alles!«

Als ob sie etwas wiedergutzumachen hätte, und nicht Elaine. Majas Töchter musterten Elaine immer noch mit verhaltener Scheu. Sie hörte, wie die kleine Bianca flüsternd ihre Schwester Giulia fragte, ob sie wirklich alle ins Kinderheim kämen. Maja hatte es auch gehört, sie seufzte und schaute entschuldigend zu Elaine hinüber, vielleicht auch vorwurfsvoll.

»Niemand muss ins Kinderheim«, sagte sie resolut. »Zia Elaine hat gestern nur kurz die Nerven verloren, das kann jedem mal passieren.«

Giulia, die älteste, nickte tapfer. »So wie damals, als das Klo verstopft war und überall braunes Wasser rauskam und Papa sagte, er sprengt gleich das ganze Haus in die Luft?«

»Ganz genau so.«

Gestern nach der Siesta hatten sie nochmal zum Strand hinunterfahren wollen. Alle anderen waren schon zum Gehen bereit, auf die drei Autos verteilt, die in der Nachmittagssonne unerträglich heiß geworden waren. Alle warteten auf Elaine. Und auf Max, der sich weigerte, sich von ihr die Windel wechseln zu lassen. Er war eigentlich zu alt, um noch Windeln zu tragen, wie Rita und Vera immer wieder anmerkten. Max brüllte und strampelte, der Inhalt seiner Windel verteilte sich auf der Wickelmatte und auf Elaines weißem Leinenkleid. Elaine spürte, wie etwas warm über ihr Gesicht tropfte, sie nahm an, es waren Tränen. Hoffte es. Wie oft hatte ihr kleiner Sohn sie schon angepinkelt? Sie wischte sich mit dem Handrücken über das Gesicht. Kaum hielt sie ihn nicht mehr mit beiden Händen fest, machte Max sich los und rannte aus dem Zimmer, die halb gelöste Windel mit sich schleifend, ihren Inhalt großzügig auf den porösen, unversiegelten Parkettdielen verteilend.

»Du bleibst jetzt sofort stehen oder ich bring dich ins Kinderheim!«, hatte sie geschrien. Und im selben Moment die ganze Familie gesehen, die sich im Foyer versammelt hatte und sie anstarrte. Sie hatten sich gefragt, wo sie denn so lange blieb.

»Ich bring euch alle ins Kinderheim!«, schrie Elaine. Frank schnappte sich Max und trug ihn ins Badezimmer. Majas Mädchen scharten sich ängstlich hinter ihre Mutter. Vera nahm ihren Sonnenhut ab und fächelte sich theatralisch Luft zu.

»Wer ist jetzt die schlechteste Mutter von allen?«

Und dann hatte Elaine sich im Schrank versteckt.

»Okay, wer kommt mit mir auf die Rutschbahn?«, rief Marco. Sofort vergaßen die Kinder Elaine. »Ich, ich, ich!«, riefen sie und sprangen aufgeregt an ihm hoch. »Na dann mal los!«

»Die Nonna kommt auch mit«, sagte Rita. Sie wich in diesen Wochen kaum von Marcos Seite, den sie viel zu selten sah. Man konnte nie wissen, ob er zu Familienfeiern oder gemeinsamen Urlauben auftauchen und wen er mitbringen würde. Dieses Jahr war es eine pummelige junge Frau namens Jennica. »Also, eigentlich Jennifer-Jessica, aber alle nennen mich Jennica.« Nach kurzem Zögern und einem fragenden Blick auf Elaine nahm Frank Max auf den Arm und folgte der kleinen Truppe. Vera klatschte in die Hände. »Und, was machen wir Hübschen jetzt mit dem angefangenen Tag?«

»Ich brauch einen Drink«, sagte Jennica. Sie trug kurze Shorts und ein Bikinioberteil. Elaine fiel es schwer, den Blick von ihrem weichen, untrainierten und von der Sonne geröteten Bauch zu wenden. »Wo ist denn diese schwimmende Bar?«

»Es ist zehn Uhr morgens«, murmelte Maja. Sie musterte jede Frau, die Marco mitbrachte, zunächst voller Misstrauen, aber mit Jennica war sie erstaunlich nachsichtig. Elaine fragte sich, warum. Sie war sehr jung und nicht einmal besonders hübsch, aber das schien sie nicht weiter zu stören. Sie hielt sich ganz offensichtlich für einen Superstar. Und so wurde sie auch behandelt. Majas Mädchen vergötterten die junge Frau und folgten ihr auf Schritt und Tritt. Klaglos ließen sie sich von ihr herumkommandieren, trugen ihr die Sonnencreme nach, die sie im Haus vergessen hatte, brachten ihr Cola mit Eis, ihre Haarbürste, ihre

Zigaretten. Diese Wirkung hatte sie nicht nur auf Kinder. Auch die Erwachsenen überschlugen sich, um Jennicas Wünsche zu erfüllen, die ihre Huldigungen ganz selbstverständlich entgegennahm. Elaine beobachtete sie fasziniert und neiderfüllt. Wie musste sich das anfühlen, dachte sie. Wie lebte es sich in dieser Gewissheit, ein Geschenk für die Welt zu sein.

»Ach was, es ist schon fast elf und somit höchste Zeit für einen Aperitif«, bestimmte Vera und nahm die Jüngere am Arm. Maja und Elaine blieben allein zurück. Einen Moment lang schwiegen sie beide. Sag nichts, dachte Elaine. Sag jetzt einfach nichts.

»Komm, wir besetzen schon mal ein paar Liegestühle.« Maja nahm Elaines Hand und zog sie auf die andere Seite der Anlage, zum kleinsten der Pools. Er hatte keinen Nichtschwimmerbereich und nur ein einziges Einmeterbrett aus Beton. Die meisten Gäste, vor allem die mit Kindern, hielten sich in der Erlebnisanlage mit den Rutschbahnen und dem künstlichen Wellengang auf, oder aber im größeren Becken mit den abgetrennten Bahnen und dem hohen Sprungturm. Dann gab es noch ein Planschbecken, wo Hotelangestellte gegen einen Aufpreis die kleineren Kinder beaufsichtigten. Am Pool aber ragten nur zwei, drei Köpfe aus dem blauen Wasser, und die meisten Liegestühle waren noch frei. Maja machte sich sofort daran, einige davon im Schatten einer alten Platane zusammenzuschieben und kleine Tischchen herbeizutragen. Sie breiteten ihre von zu Hause mitgebrachten Badetücher aus, die sie sofort als Außenstehende verrieten. Elaine legte sich auf den Liegestuhl, der am weitesten vom Schwimmbecken entfernt war, und zog ihr Buch aus der Tasche. Verstohlen schaute sie sich um, als plane sie etwas Verbotenes zu tun. Doch bevor sie sich hinter dem Buch verstecken konnte, hatte sich Maja zu ihr gesetzt. Jetzt kommts, wusste Elaine.

»Ich mach mir Sorgen um dich. Wir machen uns alle Sorgen.«

Elaine verspannte sich sofort. »Wer ist alle?«, fragte sie streitlustig.

»Niemand verurteilt dich, Elaine. Wir lieben dich, wir wollen nur helfen.«

»Hm.« Natürlich verurteilte Maja sie. Wie konnte sie nicht. Sie, die in sechs Jahren vier Kinder bekommen hatte, die ein Haus renoviert und alle Möbel selbst restauriert hatte, die das ganze Jahr über anspruchsvolle Gäste betreute, einen riesigen Haushalt führte, für alle kochte. Maja, die sich oft um zehn oder zwölf Personen gleichzeitig kümmerte, die alle etwas anderes von ihr wollten.

»Mein Hausarzt sagt, mein Blutdruck ist zu hoch«, murmelte Elaine. »Und außerdem findet er mich zu dünn.«

Maja nickte. »Das ist mir auch aufgefallen. Dabei geb ich mir doch solche Mühe, dich hochzupäppeln!«

Es war einfacher, über das Essen zu reden als über die Kinder. So zu tun, als könne sie sich den stetigen Gewichtsverlust nicht erklären, den sie ganz bewusst steuerte. Es war schließlich das Einzige, über das sie noch die Kontrolle hatte. Der einzige Bereich in ihrem Leben, in dem sie einen Erfolg verzeichnen konnte. Einen messbaren, sichtbaren Erfolg. Es gab etwas, das sie richtig gut konnte: nicht essen. Und so herablassend oder schlimmer noch mitleidig die anderen Mütter am Kindergartentor auf sie herabschauten, es gab immer auch eine, die sagte: »Deine Figur möchte ich haben!«

»Ich meine ja nur, du musst nicht alles allein machen. Lass dir helfen.«

Elaine lächelte und nickte. Sie schielte auf ihr Buch. Was würde sie dafür geben, eine Stunde ungestört lesen zu können. Oder auch nur zwanzig Minuten! Doch ihr war klar, dass sie dieser Diskussion nicht länger ausweichen konnte. Je schneller sie sie hinter sich brachte, desto besser. Einfach nachgeben, dachte Elaine. Einfach zu allem ja sagen. Sie verstand, dass der ganze Ausflug so geplant war, als Gelegenheit, Elaine ins Gewissen zu reden. Maja war die diplomatischste von allen, vermutlich hatten die anderen sie deshalb vorgeschickt. Sie musste sich schließlich ständig mit schwierigen und verwöhnten Gästen auseinandersetzen und würde auch mit einer Schwägerin fertig werden, die dabei war, die Nerven zu verlieren. Elaine seufzte. Je schneller sie einlenkte, desto eher würde sie sich ihrem Buch zuwenden können.

»Nach den Ferien lassen wir Max abklären«, sagte sie. Obwohl sie das bisher immer kategorisch abgelehnt hatte. Sie wollte keinen offiziellen Stempel auf ihrem Versagen. Keine Diagnose, die bestätigte, was alle wussten: Sie war keine gute Mutter. Sie war nicht besser als Vera.

»Oh – okay.« Darauf war Maja offensichtlich nicht vorbereitet gewesen. Das hatte Frank ihr anscheinend nicht erzählt. Wie auch, es stimmte ja gar nicht. Elaine hasste es, dass offenbar alle hinter ihrem Rücken über sie redeten. Sogar Frank, ihr Verbündeter. Von wegen! Elaine setzte ein breites Lächeln auf und nutzte dann die kurze Gesprächspause, um ihr Buch aufzuschlagen. Doch sie hatte noch keine halbe Seite gelesen, als sie Max schreien hörte: »Mama, Mama!«

Einen Moment lang wollte sie sich das Badetuch über den Kopf ziehen, sich unter dem Liegestuhl verstecken, sie wollte so tun, als höre sie nichts. Doch sie setzte sich auf, das Buch noch in der Hand haltend, den Daumen zwischen den Seiten. Von der anderen Seite des Pools sah sie Frank auf sich zu laufen. Er hielt Max an der Hand, der weiterhin lauthals nach ihr schrie.

»Mama, Mama, schau, was ich kann!«

Elaine registrierte die vorwurfsvollen Blicke der anderen Gäste. Da stand Frank schon vor ihr. »Sorry«, sagte er mit seinem schiefen Lächeln. »Max wollte dich unbedingt sehen. Er will dir was zeigen – Nein! Max!«

Der Junge hatte sich losgerissen und lief zum Beckenrand.

»Mama, Mama, schau!« Frank konnte ihn gerade noch um den Bauch packen und hochheben, bevor er vom Beckenrand ins Wasser und einem älteren Herrn, der dort gemächlich seine Runden zog, auf den Kopf springen konnte.

»Nun lass Mama mal in Ruhe ihr Buch lesen«, sagte Maja streng. Sie flüsterte Frank etwas auf Italienisch zu, und er nickte. Dann beugte er sich über Elaine, um sie zu küssen.

»Ich hol uns einen Drink«, flüsterte er. »Ich glaube, das können wir beide vertragen.«

»Warte, ich komme mit.« Maja war schon aufgestanden. Sie wollte mit Frank reden, verstand Elaine. Über sie. Maja wollte ihm Bericht erstatten. Hoffentlich würde Frank ihre Lüge decken. Das würde er bestimmt tun, schließlich hatte er schon länger auf die Abklärung gedrängt. »Unser Junge braucht Hilfe«, sagte er immer. »Sieh es doch mal so.« Aber

Elaine wollte es nicht wahrhaben. Wenn Max ein Problem hatte, dann war das ihre Schuld. Wer alles richtig machte, konnte kein behindertes Kind haben.

Behindert, dachte sie schuldbewusst. So etwas sagte man nicht. So etwas dachte man nicht. Es ging um eine Verhaltensstörung, aber das klang auch nicht besser. Eine Auffälligkeit.

»Mama, Mama, schau, was ich kann!«

Plötzlich war sie mit Max allein. So viel zu »lass Mama in Ruhe ihr Buch lesen«. Resigniert legte Elaine ihren Roman weg, stand auf und ging mit Max zum Beckenrand und schaute zu, wie er ins Wasser sprang und dann die zwei Meter zur Treppe hinüber paddelte. Wieder und wieder und wieder.

»Mama schau! Mama schau! Mama schau mich an!« Sie wollte sich die Finger in die Ohren stecken und schreien. Stattdessen biss sie die Zähne zusammen, bis ihr Kiefer schmerzte. Die beiden älteren Paare waren unterdessen verschwunden. Vielleicht, weil Max sie vertrieben hatte. Vielleicht, weil es Zeit zum Mittagessen war. Sie schaute sich um. Niemand war in der Nähe. Niemand sah sie. Sie setzte sich wieder auf den Liegestuhl. Nach einer Weile lehnte sie sich zurück und schlug ihr Buch auf. Eine Liebesgeschichte, die sie in ihrer Schicksalshaftigkeit irgendwie an ihre eigene erinnerte. Nur dass das Paar sich genauso konsequent verpasste, wie Frank und sie vom Schicksal immer wieder zusammengeführt wurden. Zögernd senkte sie den Blick auf die Zeilen. Nur eine halbe Seite, dachte sie. Was konnte schon passieren?

Max trug Schwimmflügelchen, und sie war keine zwei Meter vom Becken entfernt. Unermüdlich sprang er ins

Wasser, kletterte hinaus, sprang hinein, kletterte hinaus. Und jedes Mal schrie er: »Schau, Mama, schau mich an! Schau, was ich kann!«

Jedes Mal hob sie den Kopf vom Buch und schaute einen Moment auf, nur um sicher zu gehen, dass er die Leiter erreicht hatte und wieder hinauskletterte. Sie las in kurzen Abschnitten, immer wieder unterbrochen. Aber sie las.

Manchmal träumte sie davon, sich scheiden zu lassen. Wenn sie geschieden wären, würde ein Gericht regeln, an welchen Tagen Frank für die Kinder zuständig war. Er hatte in den letzten drei Jahren noch keinen einzigen, ganzen Tag allein mit beiden Kindern verbracht. Selbst an ihren »freien Wochenenden« besuchte er einfach seine Mutter in der Siedlung, wo es einen Spielplatz gab, andere Kinder und vor allem Dutzende alleinerziehende Mütter, die sich geradezu darum stritten, wer dem armen Frank helfen durfte, der sich so aufopfernd um seine Kinder kümmerte. Der wundervolle Frank! Der beste Vater der Welt! Elaine wusste nicht, wie gut sie es hatte. Das war der allgemeine Konsens.

Vielleicht sollten sie sich wirklich scheiden lassen und dann eine Affäre miteinander beginnen. Sie könnten sich einmal im Jahr in einem Hotelzimmer treffen. Wie das Paar in dem alten Film, den Vera so liebte, wie hieß er nochmal? *Selbe Zeit, nächstes Jahr.* Oder einmal im Monat. Sie liebten sich ja. Das war nicht das Problem. Aber es schien nicht zu genügen.

»Max!« Der gellende Schrei ließ sie aufschrecken, das Buch fiel ihr aus der Hand, sie sprang auf. Sie sah etwas Gelbes ins Wasser eintauchen, dann lag Max am Beckenrand und ihre Mutter stieg aus dem Pool, ihr gelbes Kleid klebte am Körper, ihr Hut schwamm auf dem blauen Wasser.

Da war Blut. Blut am Beckenrand, Blut im Wasser. Blut. Max musste auf das Springbrett geklettert und abgerutscht sein. War auf dem Beckenrand aufgeschlagen, hatte sich am Kopf verletzt, all das Blut. Und dann musste er bewusstlos ins Wasser gerutscht sein, mit dem Gesicht voran. Trotz der Schwimmflügel und während seine Mutter zwei Meter entfernt ihr Buch las.

Elaine hatte nicht hingehört, nicht aufgeschaut. Sie hatte gelesen.

Jetzt beugte sich Vera über Max. Sie küsste ihn auf den Mund. Was tat sie da? Nein. Sie versuchte, ihn zu beatmen. Elaine stand da, wie erstarrt, bis ihre Mutter sie anschrie. »Geh, hol Hilfe!«

Und Elaine rannte. Sie rannte nicht zu ihrem Sohn, sie rannte von ihm weg. Sie schrie und schrie. Sie schrie um Hilfe. Ein Bademeister kam ihr entgegengelaufen, der sie von Weitem gehört hatte. Er schob Vera beiseite und führte die Wiederbeatmungsversuche weiter. Er drückte auf Max' Brust, bis er endlich Wasser ausspuckte, nicht viel. Mehr und mehr Hotelgäste versammelten sich um sie, manche riefen dem Bademeister Befehle zu, manche weinten. Dabei kannten sie Max doch gar nicht.

»Ich hab nur eine Sekunde nicht aufgepasst«, jammerte Vera. »Wirklich, nur eine Sekunde.«

Elaine schaute sie an, ohne zu verstehen. Vera legte einen Arm um sie und redete eindringlich auf sie ein: »Vertrau mir, wenigstens dieses eine Mal«, flüsterte sie. »Wenn das rauskommt, siehst du deine Kinder nicht mehr. Glaub mir.

Ich weiß, wie das läuft. Und denk nur an Frank, er würde das nicht verkraften. Das kannst du ihm nicht antun. Lass mich die Schuld tragen.«

Frank, dachte Elaine. Sie wollte Frank, sie brauchte ihn. Ihre Mutter hatte Recht. Das würde er ihr nie verzeihen. Die Kinder waren ihm das Wichtigste, das wusste sie doch. Endlich löste sich ihre Erstarrung, und sie begann, haltlos zu weinen. Vera zog sie an sich, und einen Moment lang fühlte sie sich geborgen. Alles würde wieder gut werden. Ihre Mutter würde es für sie richten, ihre Mutter war da.

Elaines Knie knickten ein, sie ließ sich fallen. Vera fing sie auf.

Und dann war er da. Frank. Er war bei ihr, er hielt sie eng umschlungen, während die Sanitäter den Bademeister ablösten, Max' Nacken mit einer Stütze fixierten und seinen kleinen, schlaffen Körper schließlich auf eine Bahre luden. Er trug immer noch seine Schwimmflügel. Elaine schluchzte haltlos, sie zitterte. Das Reden überließ sie Vera. Sie erzählte, was passiert war, wieder und wieder. Dem Bademeister und den Sanitätern, Frank und Maja und Rita. Den Ärzten im italienischen Krankenhaus und denen in der Schweiz erzählte Vera immer dieselbe Geschichte: Sie habe doch nur einen Moment lang nicht hingeschaut. Sie, die Großmutter, Vera. Elaine sei nur kurz aufs Klo gegangen und habe sie gebeten, auf Max aufzupassen. Sie habe sich wirklich nur einen Moment lang abgewandt. Es war alles ihre Schuld.

Und alle, vom Bademeister zu den Sanitätern, von den Umstehenden bis zu den Ärzten im Krankenhaus, alle sagten dasselbe: »Sie glauben nicht, wie oft sowas passiert«, sagten sie. »Das ist nicht Ihre Schuld. Sie können nichts dafür.«

Rita hielt Vera in den Armen und tröstete sie. Selbst Frank sagte, es sei doch ein Unfall gewesen, das hätte jedem passieren können. »Selbst mir. Selbst Elaine.«

LUNA

I.

Luna erholte sich schnell. Das war schon immer so gewesen. Sie habe eine »ausgeprägte Fähigkeit zur Selbstheilung«, hatte June gesagt. Als ob Gesundwerden eine Leistung sei.

June hatte sie schon dreimal angerufen. Als ob sie es gerochen hätte! Luna hatte sie jedes Mal weggeklickt, aber wusste auch, dass June nicht so leicht aufgeben würde. Und schon klingelte es wieder.

»Ich bin gleich zurück«, murmelte sie. Unter Sofias forschendem Blick würde sie nicht mit der Ärztin reden. Luna stand auf, stützte sich unauffällig auf die Sofalehne, bis der Raum aufhörte zu schwanken, dann ging sie auf die Terrasse hinaus. Trotzig setzte sie sich auf die Stufe, die an allem schuld war. Es war ihr nichts anzusehen. Luna atmete tief ein und tippte dann auf den Bildschirm. Sofort wurde er von Junes Gesicht ausgefüllt. Die Ärztin saß in ihrem neuen Büro in der Uniklinik, Luna erkannte weder das Dekor noch die Bilder an der Wand.

»Hey, Junebug«, sagte sie, hoffend dass der Kosename aus der Kindheit June gnädiger stimmen würde. Sie war ja nicht nur ihre Ärztin, sondern auch ihre Freundin. Luna kannte sie, seit June sieben Jahre alt war. Manchmal erkannte sie hinter der perfekt geschminkten und frisierten Fassade immer noch das kleine Mädchen mit den schwer zu bändigenden krausen Locken und den dünnen Beinen in geringelten Strumpfhosen. Seit June sich regelmäßig das Gesicht mit Botox aufspritzte, war es nicht mehr ganz einfach, ihre Stimmung einzuschätzen. Doch in diesem Moment war ihre Empörung unverkennbar.

»Was machst du denn für Sachen?«, fuhr sie Luna an. »Warum erfahr ich das erst jetzt?«

»Woher weißt du …« Luna stockte. Natürlich! »Melody«, sagte sie. Die Sanitäterin hatte einen Bericht geschrieben. June nickte.

»Ich hab deine Patientenakte markiert. Sobald du im System auftauchst, werde ich benachrichtigt. Selbst wenn es sich nur um eine Grippeimpfung handelt.«

»Na, dann weißt du ja auch, dass nichts passiert ist. Ich bin nur über diese blöde Stufe hier gestolpert und hab mir auf die Lippe gebissen. Man kann schon gar nichts mehr sehen, schau!« Mit den Fingern zog sie ihre Unterlippe vor, so dass June die Innenseite sehen konnte. June schien nicht beeindruckt. Sie suchte in ihrem Computer herum, Luna konnte das Klicken der Tasten hören.

»Die Folgen des Sturzes sind nicht das Problem. Mich interessiert eher, warum du hingefallen bist«, sagte June. »Du bist doch sonst nicht so ungeschickt. Das kannst du mir nicht weismachen, du alte Surferin!« Junes Gesicht wurde größer, als sie sich zur Kamera vorbeugte. Ihre Augen wirkten seltsam verzerrt. »Hast du in letzter Zeit öfter Kopfschmerzen, Luna? Ist dir manchmal schwindlig? Spürst du ein Kribbeln, oder Taubheit? In den Füßen, oder auch in den Händen?«

Luna unterdrückte den kindischen Impuls, die Finger in die Ohren zu stecken. Sie wollte nichts hören. Sie hatte keine Symptome, sie weigerte sich. Punkt. Fertig. Sie schüttelte so heftig den Kopf, dass ihre Beule wieder zu pochen begann.

»Okay, ich sag dir, wie wir vorgehen. Wir machen eine Bluntuntersuchung, und auch ein MRI«, bestimmte sie. Und dann etwas sanfter: »Einfach zur Sicherheit. Bestimmt hast du Recht, und es war nur ein einfacher Fehltritt.«

»Fehltritte sind meine Spezialität«, versuchte Luna zu scherzen.

»Haha. Übertreib mal nicht. Okay, ich mach die Termine für dich fix, sie sollten gleich in deiner Patienten-App auftauchen …«

Wie auf Befehl zeigte ihr Handy drei neue Nachrichten an. Luna öffnete die App. Blutprobe morgen früh, nüchtern. MRI und Kontrolle mit Doktor Romero übermorgen. Das war kein gutes Zeichen. Normalerweise musste man endlos auf solche Termine warten. Normalerweise musste man sie auch selbst vereinbaren und dafür halbe Tage in der Warteschleife verbringen. Luna hatte sich früher oft gefragt, wie jemand, der wirklich krank war, diese administrativen Hürden bewältigte. Jetzt wusste sie es: gar nicht.

»Morgen *und* übermorgen«, quengelte sie, um ihre Angst zu überspielen. »Warum kann ich nicht alles am selben Tag machen?«

»Nichts da, das Labor braucht 24 Stunden, um den Bluttest auszuwerten, das weißt du.« In diesem strengen Ton hatte Luna früher mit June gesprochen, wenn sie sich weigerte, sich die Haare kämmen zu lassen. Junes dünne, rötlichbraune Krause, die sie von ihrer Mutter geerbt hatte, war Anlass endloser Machtkämpfe, die oft in Tränen endeten. Luna hatte es kaum ertragen, das Mädchen so zu quälen, doch June hatte sich vehement geweigert, sich die Haare kurz schneiden zu lassen. Sie hatte schon als kleines Mädchen nicht wie ihre Mutter aussehen wollen. Jetzt war ihr Haar kaum wieder zu erkennen, glatt und glänzend fiel es auf ihre Schultern wie geschmolzenes Kupfer. Santiagos Werk, wusste Luna.

»Was seh ich denn hier, du hast deinen letzten Kontrolltermin zweimal verschoben, Luna.«

»Naja, da war doch diese Kleinigkeit, was war es noch? Ach ja, eine weltweite Pandemie …«

»Ausreden, Ausreden!« Doch June lächelte.

»Von unseren regelmäßigen Videokonferenzen habe ich aber keine einzige versäumt«, verteidigte sich Luna. Vor dem Bildschirm konnte man einiges vertuschen. Von Angesicht zu Angesicht würde sie June nichts vormachen können.

Erneut klingelte Lunas Telefon, sie erkannte die Nummer und runzelte die Stirn.

»June, hast du etwa deiner Mutter Bescheid gegeben?«

»Ich? Bestimmt nicht!« Warum June denselben Beruf gewählt hatte wie Shannon, wo sie sich doch so verzweifelt von ihr abgrenzen wollte, hatte Luna nie verstanden.

Luna hatte Shannon Romero nach ihrer Trennung von Echo als ihre Patienten-Bezugsperson eingesetzt. Sie waren sich freundschaftlich verbunden, doch seit Luna ihre letzte Behandlung abgeschlossen hatte, hatten sie sich nicht gerade oft gesehen. Zuletzt vermutlich bei der Abschiedsfeier zu ihrer Pensionierung vor drei Jahren. Wie erwartet, hatte Shannon sich nie ganz zurückgezogen und arbeitete immer noch als freiwillige Helferin in der jetzt sehr viel kleineren, aber immer noch aktiven Aids-Beratungsstelle, die sie mitgegründet hatte. Dass sie Luna ausgerechnet jetzt anrief, konnte nur eines bedeuten. Sie hatte von ihrem Sturz gehört.

»Das war nicht ich, sondern Melody«, seufzte June. »Sie war schon als Kind eine Petze.« Ihre Stimme senkte sich vertraulich. »Melody ist die Tochter von River, erinnerst du dich an River? Nein, das war wohl nach deiner Zeit.«

»River, River …« In Gedanken ging Luna die Beziehungen ihrer früheren Arbeitgeberin durch. Doch sie hatte schon damals den Überblick nicht behalten können. »Warte mal, River … war das die Ziegenzüchterin?«

June lachte so laut, dass Luna das Handy von sich weghalten musste. Ihr Lachen war überraschend voll, dunkel, ein bisschen dreckig, es passte überhaupt nicht zu ihr. Sie lachte auch nur selten. Zu selten, dachte Luna.

»Die Ziegenzüchterin! Der ist gut. Ja, das kannst du laut sagen! Sie hatte vier Töchter, eine mühsamer als die andere. Melody ist die Jüngste. Sie vergöttert meine Mutter heute noch. Ich bin todsicher, dass sie sie angerufen hat. Typisch. Na, du rufst sie besser zurück, du weißt ja, wie sie ist.«

»Eine Bulldogge«, murmelte Luna. Sie legte sich zurück auf die warmen Holzlatten. Bevor sie Shannon zurückrief, musste sie sich etwas sammeln. Ihr konnte sie so schnell nichts vormachen. Wenigstens würde sie sie nicht anschauen müssen, denn die Ärztin weigerte sich, ein Smartphone zu benutzen. Sie fand, das alte Klapphandy, das ihr das Krankenhaus zur Verfügung gestellt hatte, als es noch der letzte Schrei gewesen war, tue seinen Dienst. Seufzend wählte Luna die Nummer, die Ärztin nahm sofort ab.

»Was machst du für Sachen, Luna-Baby!«, rief sie. »Was hör ich denn da!«

»Kommt ganz drauf an, Shannon. Was hast du denn gehört und von wem?« Angriff war manchmal die beste Verteidigung, aber bei Shannon kam sie damit nicht durch. Also erzählte sie einmal mehr vom Sturz, der Stufe, nur ein Fehltritt, nur eine Beule. Je öfter sie es erzählte, desto fremder waren ihr die Worte, desto seltsamer hörten sie sich an. Bald glaubte sie sich selbst nicht mehr.

»Und was sagt June?«

»Sie will eine Blutprobe und ein MRI.«

»Vernünftig. Möchtest du, dass ich mitkomme?«

Luna schwieg. Um einen guten Bescheid zu hören, brauchte man keine Begleitung. Rechnete Shannon etwa auch bereits mit dem Schlimmsten?

»Nein, das ist lieb von dir, aber nicht nötig.« Warum auch, die Untersuchungen würden nichts Verdächtiges ergeben, sie war schließlich nur hingefallen, gestolpert, konnte jedem passieren. Blöde Stufe.

»Okay. Was brauchst du von mir, Liebes?«, fuhr Shannon fort. »Was kann ich für dich tun?«

Luna schloss die Augen. Deshalb hatte sie Shannon als Bezugsperson eingesetzt. Sie spürte immer genau, was ihre Patienten hören mussten, um sich besser zu fühlen. Mit ihren Töchtern, ihrem Mann und später ihren zahlreichen Freundinnen schien sie diese Fähigkeit allerdings im Stich zu lassen. Auch Luna hatte diese Seite an ihr erst kennengelernt, als Shannon sie zu den letzten Chemotherapie-Runden und später zu den Bestrahlungsterminen begleitete, nachdem Echo das Handtuch geworfen hatte.

»Mach es weg«, wollte Luna sagen. »Mach, dass es nicht

wahr ist. Mach mich gesund.« Sie schüttelte den Kopf. »Nein, lass mal«, sagte sie stattdessen. »Ich komm schon klar. Aber ich halt dich auf dem Laufenden, ich verspreche es.«

»Du bist nicht allein, Kartoffelchen. Vergiss das nicht.« Unwillkürlich musste Luna lächeln. Der alte Kosename rührte sie. Dann verschwand die Sonne hinter dem Hügel, ein kühler Wind kam auf. Luna schlang die Arme um sich, stand auf und ging ins Haus zurück.

2.

Giò bestand darauf, dass sie sich ausruhte. Er konnte ja nicht wissen, wie schwer es Luna fiel, nichts zu tun. Diese innere Unruhe, die sie erfüllte, seit sie denken konnte. Als lebten kleine Tiere unter ihrer Haut. Tiere mit Flügeln. Kolibris.

»Das bist du«, hatte Frank gesagt, als er zum ersten Mal einen Kolibri aus der Nähe gesehen hatte. »Schau doch. Du probierst alles aus und bleibst nie stehen. Deine Flügel vibrieren ununterbrochen. Du hältst nicht still, du lässt dich nicht nieder.«

»Das stimmt doch überhaupt nicht«, hatte sie sich automatisch verteidigt. Während sie gleichzeitig spürte, dass er Recht hatte. Doch jetzt, fast fünfunddreißig Jahre später, war sie immer noch hier, in derselben Stadt, im selben Beruf. Allerdings nicht im selben Haus, nicht mit derselben Familie. Sie war eine Einzelgängerin geblieben, aber sie war nicht allein. Sie gehörte einer größeren Familie an. Dem Club der Überlebenden.

Im Gegensatz zu ihr schien Giò sich am wohlsten zu fühlen, wenn er still wie eine Statue an seinem Pult saß und auf drei Computerbildschirmen gleichzeitig alte Filmausschnitte anschaute und bearbeitete. Manchmal ging Luna in sein Studio, das seitlich ans Haus angebaut war, und fing an zu putzen, nur um nach ein paar Minuten zu merken, dass er sich im Raum befand. Er saß regloser als die Meditierenden im Zen-Center. Man konnte ihn nicht einmal atmen hören. Wenn Luna ein Kolibri war, war er eine Schildkröte. Trotzdem fühlte sie sich ihm näher als dem extrovertierten Santiago. Vielleicht, weil Santiago sie an so viele Freunde erinnerte, die sie verloren hatte.

Luna nahm das Buch wieder zur Hand, das letzte von dem Stapel, den Giò ihr gegeben hatte. Sie hatte es fast durchgelesen und wollte die letzten Seiten noch ein wenig hinauszögern. Modesty Blaise hatte sie gegen ihren Willen gefangen genommen. So unrealistisch ihre Abenteuer waren, Giò hatte sich nicht getäuscht: Modestys Geschichte erinnerte Luna an ihre eigene. Auch sie war ein verlorenes Kind gewesen, ganz auf sich allein gestellt. Während Modesty sich das Jagen und Schießen beibringen musste, hatte Luna gelernt, die Waschmaschine zu bedienen und die Unterschrift ihrer Mutter zu fälschen. Giò konnte das nicht wissen. Er ahnte nichts von Lunas einsamer Kindheit, von all den Superkräften, die sie sich selbst hatte beibringen müssen. Und doch hatte er ins Schwarze getroffen. Luna identifizierte sich so sehr mit der Superheldin, dass sie zwischen den Buchseiten ihre eigene Unbekümmertheit wiederfand. Modesty Blaise konnte sich aus jeder scheinbar noch so hoffnungslosen Situation befreien, ohne einen Kratzer davonzutragen. Warum sollte Luna das nicht auch können?

Und dann war da Willie Garvin, Modestys Beschützer, und bester Freund. Der Einzige, der sie manchmal weinen sah. Willie Garvin erinnerte sie unweigerlich an Frank, obwohl Modesty und er nie miteinander geschlafen hatten und das auch nie tun würden.

Frank. Die Sehnsucht nach ihm überschwemmte sie wie eine Welle. Das kannte sie schon, und sie wusste auch, dass es wieder vorbeiging. Einatmen, ausatmen, dachte sie. Sie schloss die Augen und stellte sich den Schmerz vor, wie er sie erst überspülte, sich dann wieder zurückzog. Sie hatte sich an ihre Abmachung gehalten, hatte sich nicht mehr bei ihm gemeldet.

Nach dem Erdbeben war Frank noch zwei Monate geblieben. Er hatte ihr geholfen. Zwei ihrer privaten Kunden hatten in der Marina gewohnt, wo ganze Straßenzeilen abgebrannt waren. Sie hatten ihre Wohnungen verloren und wurden von den überfüllten Notunterkünften zurückgewiesen, weil sie zu krank waren. Auf der Aidsstation konnten sie nicht aufgenommen werden, weil sie zu wenig krank waren. Es waren wie immer die Betroffenen selbst, die einander beistanden. Die Kranken, die andere Patienten bei sich aufnahmen. Doch schließlich reiste er ab, Luna hatte ihre Entscheidung vor dem Erdbeben getroffen, und sie war klar und deutlich gewesen.

Im Sommer danach waren sie sich zufällig am Central über den Weg gelaufen, als Luna wie jedes Jahr ihre Mutter in Zürich besuchte. Sie waren stehengeblieben, hatten geredet, eine Tram nach der anderen war an ihnen vorbeigefahren. Beide hatten vergessen, wo sie eigentlich hinwollten. Schließlich hatten sie sich in Bewegung gesetzt, das Gespräch im Gehen weitergeführt. Ganz selbstverständlich hatten sie sich dabei an den Händen gehalten. Sie konnten nicht anders, es fühlte sich richtig an. Irgendwann hatten sie sich in ein Straßencafé gesetzt, Eis gegessen, später ein Bier getrunken. Sie redeten und redeten und redeten. Frank breitete seine Jacke am Seeufer im Gras aus, sie saßen eng umschlungen, bis es dunkel wurde. Dann küssten sie sich, zogen sich aus und schwammen im nächtlichen See, das Wasser war spiegelglatt und lau. Es war unausweichlich.

Sie küssten sich im stillen Wasser, doch Frank machte sich los.

»Irgendwas ist anders«, sagte er.

Frank schwamm zum Ufer zurück, zog sich schweigend an und ging, während Luna ihm vom Wasser aus nachschaute. Als sie ihn nicht mehr sehen konnte, drehte sie sich auf den Rücken, streckte Arme und Beine aus wie ein Seestern. Sie hatte Heimweh, spürte sie. Nach San Francisco, nach dem Pazifischen Ozean, nach kalten, wilden, rauen Gewässern.

So hatten sie den Kontakt wieder abgebrochen, und Luna hatte nichts von der Hochzeit gewusst. Es war Vera, die sich durch ihr verlegenes Herumdrucksen verraten hatte.

»Nun sag schon, war los ist! Sonst denk ich nur wieder das Schlimmste.«

»Was wäre denn das Schlimmste?« Vera legte den Kopf schräg. Ihre Augen weiteten sich.

»Nun mach nicht dieses Sozialarbeiterinnen-Gesicht«, schimpfte Luna. Manchmal fand sie es immer noch seltsam, dass ihre Mutter jetzt für das Amt arbeitete, das ihr damals das Leben schwer gemacht hatte. »Dass du wieder trinkst«, murmelte sie schließlich. Diesem einfühlsamen Blick konnte niemand lange standhalten.

»Ach, Töchterchen! Ich doch nicht.«

»Okay, dann … was? Heiratest du wieder? Hat Tommy um deine Hand angehalten?« Vera war ein paar Jahre zuvor in eine andere städtische Siedlung gezogen, die näher an ihrem Arbeitsplatz lag. Es war ein moderner Bau mit loftähnlichen Grundrissen und durchgehenden Balkonen, die von allen Nachbarn desselben Stockwerks gemeinsam genutzt wurden. Dort hatte sie sich bald in ihren Nachbarn zur Rechten verliebt, Tommy, einen erfolgreichen Musiker und alleinerziehenden Vater zweier Söhne. Sie mochte ihn, aber sie kam nicht umhin, die Parallelen zu ihrem Vater zu sehen. Es war, als hätte Vera eine bessere Version von Luc gefunden. Einen bindungsfähigen Freigeist, einen verantwortungsvollen Vater. Tommy und Vera bewegten sich über den gemeinsamen Balkon frei zwischen beiden Wohnungen, und auch seine beiden Söhne, Orlando und Che, gingen bei ihr ein und aus. Wenn Luna da war, zogen sie sich allerdings meist diskret zurück. Sie hatten ihre Rituale, Vera und sie. Am ersten Abend gab es die berühmten überbackenen Käseschnitten und einen alten Film aus Veras beeindruckender Sammlung. Meist schlief Luna nach zehn Minuten schon ein. Tagsüber, wenn Vera bei der Arbeit war, schlief Luna ihren Jetlag aus, nachmittags ging sie im Fluss baden, las sich durch den Stapel Bücher, die Vera während des vergangenen Jahres auf Basis ihrer Gespräche, Briefe und Erinnerungen liebevoll für sie zusammengestellt hatte. Abends kochten sie gemeinsam oder aßen in einem der zahlreichen Lokale unten an der Straße. Wenn Veras Urlaub begann, fuhren sie zusammen in die Berge, immer in dieselbe einfach eingerichtete Ferienwohnung auf der Lenzerheide. Jedes Jahr machten sie dieselben Wanderungen, aßen auf denselben Sonnenterrassen zu Mittag, schliefen unter denselben karierten Decken. Irgendwann hatte Vera aufgehört, sich ständig zu entschuldigen. Ihre Beziehung hatte sich entspannt. Tatsächlich war Luna mit niemandem so gern zusammen wie mit ihrer Mutter. Weil es mit niemand anderem so einfach war, so selbstverständlich.

Außer mit Frank.

»Nein, warte, ich habs!«, rief Luna schließlich. »Du bist schwanger!«

Jetzt musste Vera lachen. »Das wär ein medizinisches Wunder, meine Liebe. Nein, Tommy und ich finden es gut so, wie es ist, das setzen wir nicht mutwillig aufs Spiel.« Vera wurde ernst. »Nicht ich heirate, sondern Frank. Er heiratet Carina.«

»Frank – mein Frank?«

Vera hob ihre Sozialarbeiterinnen-Brauen. »*Dein* Frank?«, wiederholte sie.

Luna zuckte mit den Schultern. Vera stand auf und nahm eine Karte von der Küchentheke. Sie war aus dickem Papier, mit Goldrand, und zeigte ein kitschiges Foto von einem engumschlungenen Paar am Strand. Das volle Programm mit Sonnenuntergang. Luna dachte wieder an den Moment auf der Tanzfläche, in dem sie Carina so rüde aus dem Weg gerempelt hatte. Damals war sie sich so sicher gewesen, sie hatte gewusst, was sie wollte.

Das war der Preis, den Frank für den gewonnenen Prozess bezahlte, dachte sie gehässig. So eine große Abfindung war nicht umsonst. Carinas Vater hatte sich doch nur für einen zukünftigen Schwiegersohn so eingesetzt. Sie schüttelte den Kopf über sich selbst. Sie war es doch, die Frank zurückgewiesen hatte. Was wollte sie denn eigentlich?

Wenn sie das wüsste.

»Ist sie schwanger?«, fragte sie.

»Mädchen, das weiß ich doch nicht.« Vera schüttelte den Kopf. Ihr Blick war nachsichtig, was Luna noch mehr ärgerte.

»Gehst du hin?«

»Natürlich gehe ich hin. Rita ist schließlich meine Freundin.«

Luna nahm sich eine Zigarette, stand auf und ging auf den Balkon hinaus. Nach einer Weile folgte Vera ihr. »Hör mal, wenn dir noch etwas an Frank liegt, wenn du nicht willst, dass er heiratet, dann musst du ihm das sagen. Und zwar jetzt. Heute. Nicht erst, wenn es zu spät ist.«

Luna schüttelte den Kopf. »Was soll ich denn tun, die Hochzeit verhindern?«

»Wenn es sein muss.«

»Elaaiiinnnne!«, rief Luna und lachte. Noch so einer von Veras kitschigen alten Lieblingsfilmen, den sie sich bestimmt schon dreimal zusammen angeschaut haben. Luna wusste nicht recht, warum ihre Mutter ihn so romantisch fand. Der Blick, den das Paar am Ende austauschte, als sie zusammen im Bus saßen, sie in ihrem Hochzeitskleid, er in dieser komischen Windjacke, wirkte alles andere als glücklich.

»Shit, was haben wir getan?«, fragte dieser Blick. »Wie kommen wir hier wieder raus?«

Nein, dachte Luna, sie hatte schon richtig entschieden.

Sie und Frank würden zusammen nicht glücklich werden. Sie würde nichts tun. Sie war nicht Dustin Hoffman. Schon gar nicht Elaine.

Doch am Ende war es dann Frank gewesen, der am Abend vor der Hochzeit seinen eigenen Polterabend verließ und Steinchen an Lunas Fenster warf. Und sie hatte ihn hereingelassen. Bis zu ihrem letzten Treffen vor vier Jahren hatten sie sich weiterhin jeden Sommer in Zürich gesehen, und manchmal auch in San Francisco, wenn Frank eine Mediziner-Konferenz besucht hatte. Als Allgemeinarzt gab es keinen glaubwürdigen Grund für ihn, an solchen Veranstaltungen teilzunehmen, wusste Luna. Er war gekommen, um sie zu sehen. Um mit ihr zusammen zu sein. Den Rest des Jahres hatten sie nie miteinander telefoniert, einander nicht geschrieben. Sie waren wie das Paar in einem von Veras Lieblingsfilmen, *Selbe Zeit, nächstes Jahr*. Das Paar, das sich einmal im Jahr in einem Motel traf, immer nur für ein paar Tage, und das sich trotzdem, oder gerade deswegen, ein Leben lang verbunden blieb.

Giò hatte Frank kennengelernt, fiel ihr wieder ein. Bei einer dieser Gelegenheiten hatten sie zusammen zu Abend gegessen, und sie hatte ihn als alten Schulfreund vorgestellt. Frank hatte mit Sofia gespielt und Fotos von seinen eigenen Kindern gezeigt. Es gab keinen Grund, dass Giò Lunas Beziehung mit Frank mit der von Modesty und Willie Garvin gleichsetzen würde.

Modesty beschrieb es so: »Ich war mal sein Boss, aber ich weiß nicht, wie man uns heute beschreiben könnte – vielleicht haben wir uns einfach aneinander gewöhnt.«

»Wie ans Atmen, zum Beispiel?«

Luna ließ das Buch sinken. Genau so war es doch auch

mit Frank: Es gab keine Bezeichnung, die ihre Beziehung beschreiben würde. Luna versuchte schon gar nicht mehr, sie zu definieren. Selbst Vera fragte nicht mehr nach. Sie waren Freunde, sie waren mehr als Freunde. Sie liebten sich, aber sie waren kein Paar. Sie hatten sich aneinander gewöhnt.

Wie ans Atmen, zum Beispiel.

3.

Luna lag auf dem grünen Sofa-Monster und las, als ihr Telefon auf dem Glastisch vibrierte. So stark, dass es sich im Kreis bewegte. Als sei es zum Leben erwacht, ein wütendes Insekt, das sinnlos gegen Glaswände schwirrte. Widerwillig nahm Luna es in die Hand. Sie wusste, was jetzt kommen würde.

»June?«

»Luna, Schatz, wie geht es dir?« Die Ärztin wartete die Antwort gar nicht erst ab. »Hör zu, wenn du morgen zum MRI kommst.«

Luna war darauf gefasst gewesen. Sie wusste, dass June die Ergebnisse der Blutuntersuchung vorlagen, und hatte den Anruf erwartet. Und doch musste sie sich zusammenreißen, um nicht einfach »falsch verbunden« zu sagen und aufzulegen.

»Arschloch«, murmelte sie.

»Bitte?«

»Nicht du. Sorry.« *Krebs, du Arschloch* war vor fünfzehn Jahren ihr Mantra gewesen. Damals war sie ganz auf Kampf ausgerichtet gewesen. Doch dafür fehlte ihr jetzt die Kraft.

Eine schöne Superheldin war sie. Luna versuchte sich vorzustellen, wie Modesty Blaise mit Krebszellen verfahren würde, und erinnerte sich, wie man ihr während ihrer ersten Erkrankung empfohlen hatte, sich die Chemotherapie als eine bis auf die Zähne bewaffnete Armee vorzustellen, die in ihren Körper einmarschierte, Krebszellen aufspürte, sie mit Feuerwerfern beschoss und auslöschte. Ständig war von Krieg die Rede, vom Durchbeißen, sich nicht unterkriegen lassen. Ganz wohl war Luna dabei nie gewesen. Sie wollte keinen Krieg in ihrem Körper, aber sie wollte leben. Um jeden Preis. Also nahm sie den Kampf auf sich, ließ sich nicht unterkriegen, gab nicht auf, das volle Programm. Jetzt war ihr die bloße Vorstellung davon schon zu viel.

»Also, ich dachte, du bist ja um elf in der Röhre, danach kommst du zu mir. Du hast meine neuen Praxisräume noch gar nicht gesehen! Dann gehen wir Mittagessen, und wenn du dich benimmst, lade ich dich sogar ein. Die Kantine hier ist unbeschreiblich.«

Juney, June, Junebug, dachte Luna. Doktor Romero. Hat dir noch niemand gesagt, dass du den Patienten Angst machst, wenn du so viel quasselst?

»Wusstest du, dass wir einen Swimmingpool auf dem Dach haben? Wenn wir Zeit haben, könnte ich dich einschleusen. Bring deinen Badeanzug mit, wenn du überhaupt so was Bürgerliches besitzt, wenn das nicht unter deiner Würde ist, haha.«

»Ich kanns kaum erwarten.«

Luna las dieselbe Zeile zum dritten Mal, ohne sie zu verstehen, und legte das Buch aufgeklappt auf den Tisch.

Modesty Blaise würde sich von so einem Anruf nicht aus der Fassung bringen lassen. Die Superheldin hatte allerdings auch keinen Krebs. Und wenn, dann würde sie sich selbst heilen. Sie würde ein Medikament ohne Nebenwirkungen entwickeln, in ihrem eigenen Labor, und es der ganzen Welt kostenlos zur Verfügung stellen. Doch Luna war nicht Modesty Blaise.

Sie stand auf. Einen Moment lang stand sie so im Wohnzimmer, reglos. Was sollte sie jetzt tun? Sich wieder hinsetzen. Weiterlesen. In ihr Zimmer gehen. Jemanden anrufen. Den Mund aufmachen. Schreien.

Einatmen, ausatmen. Eins. Einatmen, ausatmen, zwei.

Schließlich ging sie in die Küche, nahm sich ein Bier aus dem Kühlschrank und trank es im Stehen. Der harte, kalte Flaschenhals drückte auf ihre Lippe, die sich immer noch ein wenig wund anfühlte.

Du weißt doch gar nichts, Bertschi.

Ich weiß alles.

Sie warf die leere Flasche in den Recyclingcontainer, der schon wieder beinahe voll war. Aus reiner Gewohnheit zählte sie die Flaschen. Santiago, der sofort aus New Mexico zurückgekommen war, als er von Lunas Unfall hörte, schlich sich immer wieder in die Küche. Während der ersten Nächte, die Luna auf dem Sofa im Wohnzimmer verbrachte, hatte sie sich immer schlafend gestellt, wenn er an ihr vorbeitappte. Erst war es ihr peinlich gewesen, diese Umstände ihretwegen. Jetzt war sie froh, dass er da war. Nicht so sehr ihretwegen, aber wegen Giò. Und Sofia.

Langsam ging sie die Steinstufen der offenen Treppe hinauf und klopfte an seine Tür, bevor sie sie einen Spaltweit öffnete. »Hey, Cowboy, ich hab Lust auf Grilled Cheese

Sandwiches, soll ich dir auch eins machen? Mit Chipotle-Mayonnaise?«

»Führe mich nicht in Versuchung, Lunita! Ich pass schon gar nicht mehr in meine Jeans.«

Luna grinste mitfühlend. Und verkniff sich den Hinweis, dass das vielleicht eher an seinem Bierkonsum lag.

Santiago trat auf sie zu und streckte die Hand aus. Er fasste nach dem unordentlich geflochtenen Zopf, der über ihre Schulter hing, und begann, ihn aufzulösen. »Deine Farbe ist der perfekte *Coup de Soleil*, so nannte man das doch in den Siebzigerjahren in der Schweiz, oder. Diese coole Mischung aus grau und blond …?«

Folgsam drehte Luna sich um und ließ zu, dass er ihr dickes Haar mit den Fingern kämmte und neu flocht. Manchmal erlaubte sie ihm eine Spielerei, einen französischen Zopf oder einen Bauernzopf oder ein Krönchen. Seit dreizehn Jahren versuchte er vergebens, sich an ihrer blonden, zunehmend graugesträhnten Mähne zu vergreifen, die sie zu seinem Entsetzen mit einer Nagelschere zurechtstutzte. Mehr als die Spitzen hatte sie ihn nie schneiden lassen. Egal, wie sehr er bettelte. »Wann krieg ich je so jungfräuliches Haar in die Finger! Luuuuunnaaa!« Sie lachte nur. Jemand wie June zahlte ein Vermögen für das Privileg eines Haarschnittes von Santiago Gomez, aber an June wollte sie doch jetzt gar nicht denken. Er zog ihr Haar straff aus dem Gesicht, sie legte den Kopf etwas zurück.

»Ach Santi, als ob du die Siebziger erlebt hättest. Dafür bist du doch viel zu jung.«

Er hielt kurz inne. »Schmeichlerin!« Dann zog und ziepte es noch ein paarmal, bevor er ihre Schulter tätschelte und »Fertig!« sagte. Luna fuhr sich mit beiden Händen über den Kopf. Er hatte ihren Zopf genau so geflochten, wie sie es am liebsten hatte, tief im Nacken angesetzt.

»Danke.«

»Nichts zu danken. Hör zu, Luna … Sofia hat mir erzählt, dass du June Romeros Patientin bist. Sie macht sich Sorgen um dich.« So viel zum Thema Privatsphäre, dachte Luna. Hatte das Mädchen ihre Anrufe belauscht? Oder in ihrem Telefon herumgestöbert? Und kam es noch darauf an, wer was wusste?

»Sie hat dich gehört«, erklärte Santi schulterzuckend. »Sie wollte nicht spionieren, aber sie kennt halt den Namen. Ich mach ja bei dieser Hilfsorganisation mit, *Mähnen statt Tränen* …«

Luna nickte. Santi engagierte sich in alle Richtungen und stellte seine Dienste für wohltätige Zwecke zur Verfügung. Dass er half, Perücken für Chemopatientinnen zu frisieren, hatte sie nicht erstaunt. Und dass man dort June Romero kannte, noch weniger: San Francisco war ein Dorf, und in einem Dorf gab es keine Geheimnisse.

Luna winkte ab. »Ach, ja, aber das ist Schnee von gestern. Das war noch, bevor ich überhaupt bei euch angefangen habe.« Theoretisch war das nicht einmal gelogen.

Doch Santiago kniff die Augen zusammen. Er musste seine Gründe haben, warum er sich ausgerechnet für Junes Hilfsorganisation einsetzte. Vermutlich wusste er mehr über Krebs, als Luna lieb war. Zum Beispiel, dass er nie ganz verschwand, oder, dass eine renommierte Onkologin wegen eines harmlosen Sturzes keine Nachuntersuchung anordnete.

»June und ich kennen uns schon so lange. Ich war ihr Au-Pair, als sie ein Kind war.«

»Ach, und ich dachte, wir sind deine erste Familie!«

Luna lachte. »Weißt du denn nicht, wer Junes Mutter ist? Doktor Shannon Romero, die damals die Aidsabteilung leitete. Sie war der Grund, warum ich weiter dort arbeiten konnte, auch nachdem mein Au-Pair-Jahr vorbei war. Doktor Shannon vermittelte mir damals eine Stelle als Hilfspflegerin, so hat das angefangen.«

»Ach Gott, natürlich! Shannon Romero, sie ist eine Legende! Und du kennst sie persönlich, ich bin beeindruckt!«

»Ich könnte dir Geschichten erzählen …!« Elegant abgelenkt, dachte Luna. Sie war noch mal davongekommen.

Auf der Treppe musste sie sich am Geländer festhalten, das nur aus einem dünnen Drahtseil bestand. Hinauf hatte sie die Stufen mühelos bewältigt, doch abwärts knickte ihr rechter Knöchel immer wieder ein. Das Drahtseil schnitt in ihre Handfläche, so fest umklammerte sie es. Plötzlich erinnerte sie sich an den ersten Besuch ihrer Mutter in diesem Haus. Und wie sie gesagt hatte: »In diesem Haus sollte man aber besser nicht alt werden. Oder krank. Die Treppe ist ja kaum zu bewältigen!« Damals saß ihr Lunas gerade überstandene zweite Krebsrunde noch in den Knochen, und sie schaute ihre Tochter mit großen Augen an, als wolle sie ihr eine dringende Nachricht übermitteln. Hatte ihre Mutter geahnt, dass der Krebs, das Arschloch, sie nicht in Ruhe lassen würde? Jetzt stellte Luna sich vor, wie sie die Treppe hinunterfiel, auf den unbehandelten Steinplatten aufschlug und schließlich auf dem Holzboden landete. Sie drehte sich seitwärts, begann den Abstieg mit dem linken Fuß und zog den rechten nach. Erst als sie ganz unten war, traute sie sich, das Drahtseil loszulassen. Ihre

Finger waren so verkrampft, dass sie sie mit der anderen Hand öffnen musste. Das Seil hatte einen roten Abdruck hinterlassen.

Luna schüttelte sich. *Was machst du bloß für ein Theater, Bertschi!*

In der Küche fühlte sie sich wieder sicher. Das war ihr Revier, hier kannte sie sich aus. Sie könnte die Zutaten auch im Dunkeln finden. Auf der Küchentheke legte sie die Brotscheiben aus, nahm die verschiedenen Käsesorten aus dem Kühlschrank, die eingelegten Zwiebeln, die Chipotle-Mayonnaise. Plötzlich sah sie sich wieder in der Küche der Romeros stehen und die Sandwiches für die Lunchpakete der Mädchen zusammenstellen, von Jonathon angeleitet, der fand, sie geize mit den Zutaten. »Mehr ist mehr«, sagte er immer. »Wir sind schließlich in Amerika, das ist unser Motto.« Mit der Zeit hatte sie sich daran gewöhnt, die matten Weißbrotscheiben mit mehr Schinken und Käse, Tomaten und Eiern und Salatblättern zu belegen, als diese halten konnten. Amerikanische Sandwiches waren wacklige Pisa-Türme, sie weichten schnell auf und fielen auseinander, wenn man sie nicht mit beiden Händen zusammenhielt, aber Hauptsache, sie waren groß.

Plötzlich erinnerte sie sich an ein Gespräch auf dem Spielplatz, als sie gerade neu in San Francisco war. »Darf ich dich was fragen?«, hatte sie eine der Mütter angesprochen, eine freundliche, rothaarige Frau mit runden Wangen. »Bist du von Natur aus so schlank?«

»Von Natur aus, wie meinst du das?«

»Ach, du kommst aus dem *Old Country*, ja, das macht Sinn!«

Luna hatte hilflos gelächelt, sie verstand immer weniger. Doch die junge Mutter hatte ihr erklärt, dass ihr auch schon aufgefallen war, dass man im *Old Country*, womit Europa gemeint sei, viel kleinere Portionen aß als hier. »Wie viele Scheiben Schinken legst du auf ein Sandwich, zwei, drei, hab ich Recht? Siehst du, und wir nehmen zwanzig!«

Luna lächelte und schüttelte den Kopf. Wo das wieder herkam! Ihre Sandwiches hier waren allerdings wahre Meisterwerke, das konnte sie ganz unbescheiden zugeben. Sie waren ihre Hinterbliebenschaft, dachte Luna. Alles, was sie nicht mit Worten ausdrücken konnte, steckte sie in ihre Zubereitung.

Und wenn es das Letzte ist, was ich tue.

Ach, halt doch die Klappe.

Für Giò nahm sie den milden Cheddar, er mochte keine scharfen Speisen, überhaupt keine starken Gewürze. Man könnte meinen, er sei im mittleren Westen aufgewachsen und nicht in New Mexico. Für ihn machte sie sicherheitshalber gleich zwei. Giò hatte immer Hunger, so dünn er auch war. Einmal hatte er beiläufig erwähnt, dass er als Kind oft hungrig zu Bett gegangen war. Das kannte Luna, der Kühlschrank in der Siedlung war oft leer gewesen, als sie noch zu klein war, um allein zum Laden zu gehen. Und bevor Rita Esposito gemerkt hatte, wie es um sie stand, und regelmäßig rote Auflaufformen mit Lasagne oder Cannelloni vorbeibrachte. Immer hatten bereits ein paar Stücke gefehlt, und sie hatte beiläufig bemerkt, der Rest sei von einem Besuch übriggeblieben, sie habe wieder mal zu viel gekocht. Es hatte Jahre gedauert, bis Luna merkte, dass Rita extra für sie gekocht hatte. Sie hatte sich im Nachhinein dafür geschämt und gleichzeitig gewusst, dass Franks Mutter ihr genau diese Scham hatte ersparen wollen. Das Gefühl, hungrig zu Bett zu gehen, nicht einschlafen zu können, weil ihr Magen sich anfühlte, als wohnten wütende Nagetiere darin, das kannte sie. Sie wusste auch noch, wie sie sich als Kind, allein in ihrem Bett, endlose Mahlzeiten ausmalte, wahre Festessen, Berge von gebratenen Würstchen mit Senf, von goldenen Käseküchlein mit brauner Kruste, von Rühreiern mit Schinkenstückchen drin, von ofenwarmem Apfelkuchen, auf dem ein Löffel Vanilleeis schmolz. Sie fragte sich, welche Gerichte Giò als Kind herbeifantasiert hatte, wenn er vor Hunger nicht hatte schlafen können. Sie wusste nicht, wie Giò aufgewachsen war. Er redete kaum über seine Familie. Luna vermutete, dass sie mehr verband, als ihnen bewusst war.

Für Sofia nahm sie den scharfen *Jalapeño Jack*, den sie in dünne Scheiben schnitt und dann mit einer Keksform zu handflächengroßen Herzen ausstach. Der Käse würde zwischen den gebräunten Brotscheiben schmelzen, Sofia würde die Herzen gar nicht sehen. Sie waren Lunas Geheimnis.

Luna legte das große Bratblech über alle vier Herdflammen und heizte ein. Großzügig verteilte sie Butter auf dem warmen Blech, die sofort schmolz. Während sie langsam bräunte, bestrich sie die Brotscheiben außen dünn mit Mayonnaise, bevor sie sie auf die zischende Bratplatte legte. Dann summte ihr Telefon.

Der Geruch ist ja nicht auszuhalten, schrieb Santiago aus seinem Zimmer. Bring mir doch bitte auch eins!

Klar doch.

Für Santiago belegte sie frisches Sauerteigbrot mit Ziegenkäse und Zwiebel-Balsamico-Marmelade, um die einfache Mahlzeit etwas eleganter zu gestalten. Sie ließ die brutzelnden Brote nicht aus den Augen, wendete sie im genau richtigen Moment und nahm sie vom Herd, als der Käse gerade aus den Seiten hervorquoll.

Dann dekorierte sie Sofias Teller mit etwas Kimchi und Giòs mit den eingelegten Zwiebelringen. Für Santiago schnitt sie eine grüne Tomate in Scheiben, um ihm die Illusion einer halbwegs gesunden Mahlzeit zu vermitteln. Sie faltete Papierservietten zu Fächern, füllte Gläser mit Eiswürfeln und suchte die Lieblingsgetränke aus dem Kühlschrank zusammen: ein Bier für Santiago, gezuckerten Eiskaffee für Giò und Ingwerlimonade für Sofia.

Giò schaute kaum vom Bildschirm auf, als sie den Teller und das Glas auf seinem Tisch abstellte, in sicherem Abstand zu seinen Unterlagen. Als sie hinter ihm stand, fiel Luna zum ersten Mal eine kahle Stelle an seinem Hinterkopf auf. Sie hätte sie am liebsten geküsst.

»Giò.«

»Hm.« Es dauerte wie immer eine Weile, bis er zu ihr aufschaute.

»Oh, danke, Luna. Das sieht wieder mal sehr lecker aus.«

»Guten Appetit.« Zufrieden sah sie zu, wie er das Brot in die Serviette wickelte und einen großen Bissen nahm. »Ich hab übrigens noch die restlichen Modesty-Blaise-Bände bestellt.«

»Ach, wirklich? Wo hast du die denn gefunden?«

»Auf Ebay.«

»Natürlich. Hätt ich auch selbst draufkommen können.« Er nahm noch einen großen Bissen, dann legte er das Brot weg, wischte sich die Hände an den Hosenbeinen ab und wandte sich wieder seinem Bildschirm zu. Er schien ganz in Gedanken versunken, doch dann zuckte er plötzlich zusammen und errötete. »Oh, sorry. Luna, was bin ich dir dafür schuldig? Oder hast du die Bücher gleich aufs Haushaltskonto genommen, das hoffe ich doch, nicht wahr …«

»Giò«, unterbrach sie ihn. »Alles gut. Entspann dich. Genieß dein Sandwich. Ich habs mit Liebe zubereitet.« Sie sagte es beiläufig und leicht ironisch. Trotzdem runzelte Giò die Stirn und schaute sie fragend an. Doch dann lenkte ein Flimmern auf einem der Bildschirme seinen Blick zurück, und er wandte sich wieder ab. Luna blieb noch einen Moment hinter ihm stehen, doch er hatte sie bereits vergessen.

Sofia lag auf ihrem Bett, trotz des warmen Herbstwetters in einen langärmeligen Denim-Overall gekleidet. Sie hatte wohl noch nicht gemerkt, dass sich der kalte Sommernebel verzogen hatte. Jetzt begann die schönste Jahreszeit in San Francisco.

Keine Schwäche zeigen, Bertschi!

Sofia trug Kopfhörer und erschrak, als Luna hereinkam.

»Ist etwas passiert?« Dann sah sie den Teller. »Oh, Grilled-Cheese, geil!« Sie setzte sich aufrecht aufs Bett, faltete säuberlich die Serviette auseinander und breitete sie über ihre Knie aus. Sofia würde keine Fettflecken auf der Bettdecke hinterlassen, keine Krümel auf dem Teppich. Trotzdem wünschte sich Luna, sie würde sich wenigstens zum Essen an den Schreibtisch setzen, wenigstens einmal am Tag ihren Rücken durchstrecken. Sie setzte sich auf den Bettrand und strich mit der Hand über Sofias Wirbelsäule, als könne sie sie zwingen, sich aufzurichten. Es konnte nicht gesund sein, stundenlang in dieser Haltung zu verharren, permanent zum Fragezeichen gekrümmt. Sie seufzte. Sie wurde alt.

Nicht alt genug.

Klappe.

»Die hat meine Mutter immer für mich gemacht«, sagte sie. »Als ich noch klein war. Also, naja, nicht genau so, sie hat sie offen im Ofen überbacken, mit einer Ananasscheibe unter dem Käse.«

Sofia verzog das Gesicht. »Wie Pizza Hawaii, meinst du?« Das Mädchen war schon als kleines Kind ein Gourmet gewesen. Mit typischem Kinderessen oder gar Fast Food hatte sie sich nie abgegeben. Schade eigentlich, dachte Luna, die diese Speisen mochte. Pfannkuchen und Würstchen, Käsemakkaroni, frittierte Hähnchenschenkel und Kartoffelbrei. Jetzt biss Sofia von ihrem Sandwich ab und schloss verzückt die Augen.

»Mhhh. Luna, das ist das beste Sandwich meines Lebens!«

»Dann geh ich wohl besser wieder runter und esse meins, bevor es kalt wird.« Wie gern würde Luna mit Sofia in ihrem Zimmer essen. Noch lieber, mit allen zusammen am feierlich gedeckten Steintisch im Garten, in ihrem Garten. Sie wollte mit ihnen anstoßen, sie wollte ihnen sagen, wie gern sie hier war. Sie wollte ihnen danken, sie wollte sich verabschieden.

»Ihr seid meine Familie«, wollte sie sagen. »Ihr habt mich aufgenommen, als ich krank und müde war …« *Give me your tired and your poor …*

Einen Teufel würde sie tun.

»Ist das dein *comfort food*?«, fragte Sofia mit ihrem untrüglichen Gespür für die Stimmungen anderer. »Brauchst du das heute, wegen deinem Unfall?«

Wieder einmal hatte Luna Sofia unterschätzt.

»Ach was, nein, ich hatte einfach Lust drauf.« Schnell verließ sie das Zimmer, bevor Sofia noch mehr Fragen stellen konnte.

Ihr eigenes Sandwich aß sie im Stehen, an die Küchentheke gelehnt. Sie schaute in den Garten hinaus. Den Lavendel müsste man mal wieder zurückschneiden, dachte sie. Das Beet mit den bunten, kalifornischen Mohnblumen jäten. Der Sauerklee nahm schon wieder überhand. Ihr Sandwich war bereits kalt, der Käse gummiartig geworden. Nach ein paar Bissen legte sie es weg. Sie nahm sich das letzte Bier aus dem Kühlschrank und ging ums Haus herum in ihre Wohnung über der Garage.

4.

Luna legte sich auf ihr Bett. Lautes Geschnatter drang von den Stufen vor ihrem offenen Fenster hinauf. »Unter dreißigtausend, vergiss es, keine Chance, wo sind wir denn hier.« Die Holzstufen, die direkt unter ihrem Fenster vom Ende der Straße zum Park hinaufführten, wurden rege genutzt, und erst recht, seit immer mehr Angestellte zu Hause arbeiteten. Sie luden zum Stehenbleiben, zum Luftholen ein – und zum Telefonieren. Aus diesen Gesprächsfetzen konnte Luna sich ganze Geschichten zusammenreimen. Sie hörte die Hunde bellen, die Besitzer sie beruhigen, sie hörte ihre Nachbarn diskutieren, warum die Müllabfuhr jede Woche später kam. Abends versammelten sich auf den Stufen manchmal Jugendliche, die sich vom dichten Gebüsch vor neugierigen Blicken abgeschirmt hofften. Wenn ihre Stimmen verstummten, stellte Luna sich vor, dass sich ein junges Paar unter ihrem Fenster zum ersten Mal küsste. Das hatte sie an diesem Zimmer immer am meisten geliebt. All diese Momentaufnahmen, die durch ihr offenes Fenster drangen und sich zu einem Mosaik ihrer Nachbarschaft zusammenfügten.

Jetzt fand sie es plötzlich unerträglich, dass das Leben einfach so weiterging. Ohne sich um sie zu kümmern. Geschäfte wurden abgeschlossen, Beziehungen beendet, Hunde gelobt. Während sie hier lag und.

Und was?

Luna wollte aufstehen und das Fenster schließen. Und konnte sich doch nicht überwinden, der Kraftaufwand schien unermesslich. Sie fuhr sich mit beiden Händen über den Körper, prüfend. War sie noch da. Empfand sie noch etwas. War das ihre Haut, war das ihre Hand.

Oh, Körper, dachte sie. Wie kannst du mich so im Stich lassen?

Das fragst du mich?

Sie wollte ihre Mutter anrufen, sie wollte Frank anrufen. Sie starrte ihr Telefon an, bis das Gerät in ihrer Hand zu zittern begann, dann schob sie es unter ihr Kopfkissen.

Bertschi, nein!, mahnte sie sich.

Frank würde sofort kommen, das wusste Luna. Er hatte sie auch durch die zweite Runde begleitet. Beim ersten Mal hatte sie ihm nichts gesagt, damals hatte sie ja noch mit Echo zusammengelebt. Echo wusste nichts von Frank. Sie hätte es nicht verstanden. Es war schon schlimm genug, dass Luna überhaupt je mit Männern geschlafen hatte,

Echo hatte es sich zur Regel gemacht, sich nicht mehr in bisexuelle Frauen zu verlieben.

Sie hatten sich im Lex kennengelernt, einer neuen Bar im Mission District, in der Echo ihren letzten Liebeskummer mit süßlichen Cocktails wegspülte. Sie hatten bereits zwanzig Minuten lang herumgeplänkelt, als es bei Luna endlich klickte. »Echo – du bist doch nicht etwa Echo Dawn Fairchild? Die neulich im *Bay Guardian* über die dritte Welle des Feminismus geschrieben hat?«

Echo lächelte geschmeichelt. »Genau die. Ich halte nächste Woche einen Vortrag zu einem ähnlichen Thema. Die Rolle der dunkelhäutigen Frauen in der Bewegung. Ich kann dich auf die Gästeliste setzen, wenn es dich interessiert.«

Wie ein Groupie war sie eine halbe Stunde zu früh zu dem Vortrag erschienen, die Haare frisch gewaschen, einen Strauß leuchtend orangener Tulpen in der Hand. Nach der Veranstaltung hatte sie Echo zum Essen begleitet und dann noch zu einer Party am anderen Ende der Stadt, in die Wohnung einer Dichterin. Die ganze Zeit hatte Echo sie kaum beachtet, was Lunas Ehrgeiz weckte. Höflich hatte sie mit der Dichterin geflirtet, ihren teuren Tequila getrunken und gewartet, bis Echo endlich ihren Mantel überwarf und sich zum Gehen wandte.

Im letzten Moment hatte sie über die Schulter zurückgeschaut. »Kommst du?« Luna war aufgesprungen und ihr gefolgt wie ein junger Hund.

Echo hatte von Beginn an an ihr herumgenörgelt, erinnerte sich Luna. Ihr mangelnde Bildung vorgeworfen und fehlendes Engagement in der Bewegung, hatte ihre nachlässige Kleidung kritisiert. Anfangs hatte ihr das gefallen, sie hatte sich aufgehoben gefühlt. Doch das hielt nicht lange an. Es war anstrengend, jemanden ständig zu enttäuschen. Zum Zeitpunkt ihrer Erkrankung war Luna eigentlich schon auf dem Absprung gewesen. Der Krebs hatte auch das verhindert. *Arschloch.*

Vera war damals sofort aus der Schweiz angereist, sie und Echo wurden am Krankenbett keine Freundinnen, aber zu Verbündeten. Die gemeinsame Sorge um Luna schweißte sie zusammen. Auf Echos Wunsch hatte Vera Fotoalben mitgebracht, die Echo mit wissenschaftlichem Eifer studierte, als führe sie eine Forschung durch. Sie fragte Vera über Lunas Kindheit aus und weinte, als Vera erzählte, wie sehr sie Luna vernachlässigt hatte.

»Jetzt wird mir einiges klar«, sagte sie.

Echo hatte ein halbes Jahr freigenommen, um Luna zu pflegen. Als Vera nach drei Wochen in die Schweiz zurückflog, weil sie ihre Urlaubstage aufgebraucht hatte, bewachte sie sie geradezu eifersüchtig, ließ keinen ihrer Freunde mehr zu ihr. Echo machte Lunas Erkrankung zu ihrem Lebensinhalt. Sie trat jeder Selbsthilfegruppe und Unterstützungsorganisation bei, die sie finden konnte, nahm an Spendenaktionen teil und organisierte selbst welche. Um an der jährlichen Wohltätigkeits-Tour der Brustkrebsorganisation teilnehmen zu können, kaufte sie ein Fahrrad, das mehr kostete als ein Kleinwagen, und radelte damit die ganze Küste bis nach Los Angeles hinunter. Bald begann sie, in einem Fitnessstudio etwas zu unterrichten, das sie *Feminist Spinning* nannte. Im Gegensatz zu den gerade in Mode gekommenen *Soul Spinning*-Kursen, in denen die verbissen auf der Stelle Radelnden mit lauter Musik und spirituellen Binsenweisheiten zugedröhnt wurden, schrie Echo feministische Parolen in den dunklen, von bunten Lichtblitzen durchzuckten Raum.

»Eine Frau ohne Mann ist wie ein …«

»Fisch ohne Fahrrad«, keuchten die Gepeinigten.

Vor allem aber ließ sie Luna keine Sekunde lang vergessen, dass sie Krebs hatte. »Meine Partnerin Luna ist ein *survivor*«, stellte sie sie überall vor. Luna wusste nicht, warum sie das so wütend machte. Es hatte sie früher nie gestört, zum »Club der Überlebenden« zu gehören, wie die Veteranen der Aidsepidemie es nannten. Und es war immerhin besser, als ein Opfer zu sein.

»Wir sind alle Überlebende«, giftete sie manchmal zurück. »Jeder, der noch lebt, ist ein Überlebender.«

Die fünf Jahre, die zwischen den beiden Krankheitsschüben lagen, schlauchten Luna mehr als der Krebs selbst. Fünf Jahre, in denen ihr Groll auf Echo stetig anschwoll. Es gab keinen Grund für diesen Groll, und es gab keinen Ausweg. Echo hatte ihr ganzes Leben auf Luna ausgerichtet und den Kampf gegen ihren Krebs.

Doch Luna wollte die Krankheit vergessen, so schnell wie möglich in ihren Alltag zurückfinden. Verzweifelt versuchte sie, dieses Gefühl der Unbesiegbarkeit zurückzugewinnen, das ihr während ihrer Erkrankung abhandengekommen war. Sie benahm sich noch rücksichtsloser als früher, ging surfen, so oft sie konnte, trank zu viel, schlief mit jedem, der auch nur das geringste Interesse signalisierte. Jedem, und jeder.

Der Tod macht hungrig.

Vor allem der eigene.

Echo hingegen wollte, dass sie sich mit dem »Trauma

Krankheit« auseinandersetzte. Brachte ihr stapelweise Bücher mit, die in Variationen alle dieselbe Botschaft enthielten: Luna hatte den Krebs irgendwie selbst hervorgerufen. Indem sie ihre Gefühle unterdrückt, verdrängt, das Falsche gegessen hatte, nicht richtig manifestierte, ihr Karma nicht aufgearbeitet hatte. Außerdem zwang sie Luna alle möglichen Nahrungsergänzungsmittel auf, die irrsinnig teuer waren. Zuerst strich sie Weißmehl, Zucker und Alkohol von Lunas Speiseplan, dann auch Kaffee und Tee. Sie kochte salzloses Ragout aus schleimigen japanischen Pilzen, die offenbar magische Fähigkeiten hatten. »Nein, nicht diese Art von magischen Pilzen, Luna, ich bitte dich. Du könntest die Dinge ruhig ein wenig ernster nehmen, schließlich geht es um dich.«

Luna bezweifelte das. Doch sie hielt sich brav an alles, solange sie sich in Echos Sichtweite befand. Kaum hatte sie die Wohnung verlassen, machte sie sich geradezu einen Sport daraus, Echos Regeln zu brechen. Sie rauchte mehr, als sie eigentlich wollte, sie kaufte sich einen Hamburger an einer Straßenbude, selbst wenn er nicht verlockend roch, sie bestellte noch einen Wodka-Cranberry, auch wenn sie gar keine Lust darauf hatte. Sie benahm sich wie ein trotziges Kind, während Echo die Rolle der fürsorglichen Mutter übernommen hatte.

Die immense Schuld, in der Luna stand, erdrückte sie. Echo hatte sie nicht nur aufopferungsvoll gepflegt, sie hatte auch dafür gesorgt, dass sie in der Frauenklinik gratis behandelt wurde. Luna hatte völlig verdrängt, dass mit ihrer Anstellung im Krankenhaus auch ihre Versicherung endete, und hatte sich deshalb nie um eine neue gekümmert. Außerdem war es Echo gewesen, die den winzigen Knoten in Lunas Brust gespürt hatte, ihr selbst wäre er wohl noch lange nicht aufgefallen. Und nur, weil der Krebs so früh erkannt worden war, war die Behandlung so vergleichsweise unkompliziert und waren die Heilungschancen ausgezeichnet gewesen.

Ihre Beziehung wurde deswegen immer komplizierter. Luna wusste, dass sie sich nur so schlecht benahm, weil sie hoffte, dass Echo die beinahe täglich ausgesprochene Drohung, sie aus der gemeinsamen Wohnung zu schmeißen, endlich wahrmachen würde. Doch sie tat es nicht. Sie hatte zu viel in Luna investiert, um sie gehen zu lassen.

Nach fünf Jahren galt man im Allgemeinen als geheilt. Luna und Echo hatten beide auf diese Fünfjahresmarke hingelebt. Doch während dieser vermeintlich letzten Kontrolluntersuchung nach fünf Jahren wurde ein neuer Knoten gefunden. Ein größerer diesmal.

»Dass ihr den nicht gespürt habt?«, wunderte sich die Ärztin in der Frauenklinik. Luna schaute Echo nicht an. Es war Jahre her, dass Echo sie berührt hatte. Luna ließ es nicht mehr zu.

Doch sie konnte Echo auch jetzt nicht verlassen.

Also rief Luna Shannon an und bat sie um Hilfe. Sobald die Krankheit ihre eigene Sache und nicht Echos Projekt war, verflog ihr kindischer Trotz, und sie wusste es wieder: Sie wollte leben. Sie wollte kämpfen.

»Natürlich willst du das, Kartoffelchen«, sagte Shannon damals und rief wiederum ihre Tochter June an, die gerade als Assistenzärztin auf der Onkologiestation der Frauenklinik angefangen hatte. Diesmal verbot Luna ihrer Mutter, herzukommen, und rief stattdessen Frank an, der sofort ins nächste Flugzeug stieg. Er kümmerte sich nicht darum, was Carina dachte. Er würde so lange bleiben, wie es nötig war. Er würde alles tun. Luna musste nur am Leben bleiben.

Überleben.

Hätte sie damals nachgegeben, dachte Luna. Hätte sie Frank erlaubt, bei ihr zu bleiben. Dann wäre sie jetzt nicht allein.

Reiß dich verdammt noch mal zusammen, Bertschi!

Wenn man nur krank sein könnte, ohne dass es irgendjemand merkte! Früher hatte man unverheiratete Mütter aufs Land geschickt, wo sie ihre Schwangerschaften im Geheimen austrugen. Ein halbes Jahr später kamen sie dann »aus dem Ausland« oder »aus dem Internat« zurück, Ausreden gab es genug. Das müsste es doch auch für Kranke geben, dachte Luna. Einen Ort, an den man sich zurückziehen konnte, ein allgemein akzeptiertes Ausredenpaket. Im selben Moment schämte sie sich für diesen Wunsch, sie sollte dankbar sein. Schließlich war sie nicht allein. Doch all die Angst, die Verzweiflung in den Augen ihrer Mutter, in Franks Augen. Nein. Das würde sie nicht nochmal durchstehen. Das wusste sie.

»Nicht noch einmal. Ist das klar?«, richtete sie ihre Forderung an eine unbekannte Größe. Automatisch blickte sie dabei nach oben, wo sie diese Größe vermutete, Gott oder *whatever.* Mehr aus Gewohnheit als aus Überzeugung unterhielt sie sich regelmäßig mit diesem Etwas, das sie nicht benennen konnte und von dem sie nicht einmal wusste, ob es überhaupt existierte.

Warum nicht von der Brücke springen? Wo kam jetzt dieser Gedanke her. Luna runzelte die Stirn. »Ist das deine Antwort?«, fragte sie die Zimmerdecke. »Na, vielen Dank.«

Sie kannte zwei, die es getan hatten. Aidspatienten, die genau wie sie beschlossen hatten: Genug. Es reicht.

Keine halbe Stunde entfernt lag die zweitbeliebteste Selbstmordbrücke der Welt, die Golden Gate Bridge. Das Schutznetz, das seit Jahrzehnten gefordert wurde, war zwar bewilligt, aber mangels Finanzierung immer noch nicht fertig installiert worden. Der Eitelkeit des Ingenieurs Johan B. Strauß war es zu verdanken, dass die Brüstung des orangefarbenen Wahrzeichens so niedrig angebracht war. Der kleingewachsene Mann hatte auf den Bildern der Eröffnung nicht wie ein Kind wirken wollen, das kaum über die Tischkante ragte. Es war kinderleicht, über dieses Geländer zu klettern. Und der Sturz aus 75 Metern Höhe führte fast immer zum sofortigen Tod Es gab aber auch Geschichten von Überlebenden, die es sich in dem Moment, in dem sie sprangen, anders überlegten, sich im Flug drehten und dann dank des Einfallwinkels überlebten. Luna erinnerte sich an die Geschichte eines schizophrenen jungen Mannes, der von einem Seehund über Wasser gehalten worden war, bis das Rettungsboot der Küstenwache eintraf.

Sie dachte an die Pendler, die über die Brücke fuhren, die Touristen, die Fußgänger, die Radfahrer. Die Kinder auf den Rücksitzen der Geländewagen. An den Dokumentarfilmer, der 23 Selbstmorde gefilmt und nur vier verhindert hatte. Es war unmöglich, von der Brücke zu springen, ohne andere, Unbeteiligte mithineinzuziehen.

Luna trommelte mit den Fersen auf die Matratze wie ein Kind, boxte in ihr Kissen. Sie jammerte. Sie verhandelte: Zwei Jahre noch, nur bis Sofia volljährig ist! Das Mädchen hatte sich noch nie verliebt, noch keinen einzigen Liebeskummer durchgemacht. Sie brauchte sie doch! Sofia brauchte eine Frau, die ihr zuhörte, die ihr half zu verstehen, was wichtig war.

»Wichtig ist nur, wie du dich fühlst, wenn du mit jemandem zusammen bist«, würde sie ihr sagen. »Alles andere ergibt sich.« Luna hatte das leider erst kapiert, als es schon zu spät war. So sollte es Sofia nicht gehen.

Hältst dich wohl für unersetzlich, was?

Okay, dann eben nur eins. Ein Jahr, das war doch wirklich nicht zu viel verlangt. Sie wollte noch einmal mit ihrer Mutter in die Berge fahren, noch einmal mit Frank zusammen sein. Nur noch einmal. Einmal! »Nun komm schon«, quengelte sie. »Was ist schon ein Jahr?« Ein Jahr war plötzlich alles.

Sie wollte noch so viel.

Sie wollte sie wollte sie wollte.

Sie wollte ihre Mutter.

Sie wollte Frank.

Frank!

2016

1.

Wo war er? Sein Flugzeug war vor neunzig Minuten gelandet. Seit mindestens einer Viertelstunde war niemand mehr durch die automatischen Türen in die Ankunftshalle getreten, der wie ein Schweizer aussah. Jahrelang war der Direktflug aus Zürich fast zur gleichen Zeit mit dem aus Paris und dem aus Frankfurt gelandet. Luna hatte sich immer einen Spaß daraus gemacht, die ankommenden Passagiere ihren Herkunftsländern zuzuordnen. Auch wenn sie schon so lange nicht mehr in der Schweiz lebte, bildete sie sich ein, ihre Landsleute sofort zu erkennen. An ihrer vernünftigen, reisetauglichen Kleidung, der man den langen Flug nicht ansah, an der misstrauischen Haltung, mit der sie die neue Umgebung erkundeten, für alles gerüstet, auf alles gefasst. Und an den weißen Plastiktüten mit dem blauen Schriftzug der Confiserie Sprüngli natürlich. Inzwischen landete der Direktflug aus der Schweiz gleichzeitig mit denen aus Mexico und China und die Einreiseformalitäten dauerten von Jahr zu Jahr länger. Das Einzige, das sich nie verändert hatte, all die Jahre nicht, war ihre Vorfreude. Egal, wo sie auf Frank wartete. In einem Berggasthof, an einem Bahngleis oder am Flughafen. Luna war immer zu früh da, kostete das Kribbeln in ihren Blutbahnen aus, den unregelmäßigen Galopp ihres Herzschlags.

Und beobachtete ihre Aufregung verwundert und etwas amüsiert. Sie kannten sich doch schon so lange, sie wusste kaum mehr, wo sie aufhörte, und er begann. Und dann dieses Herzklopfen! War das die Belohnung dafür, dass sie nie eine »richtige« Beziehung geführt hatten, oder die Bestrafung? Wo kamen diese Gedanken her, sie wusste doch, dass sie richtig entschieden hatte. Ihr Leben hatte ihr Recht gegeben.

Was du nicht sagst, Bertschi.

Sie wanderte quer durch die Ankunftshalle, von einem Bildschirm zum anderen. Der Flug aus der Schweiz war unterdessen auf den Anzeigetafeln ganz nach unten gerutscht. Wo war Frank. Warum kam er nicht. Hatte man ihn am Zoll aufgehalten? Aber warum. Ihre Unruhe wuchs. Sie musste sich zusammennehmen, um nicht durch die Sicherheitstüren in den Ankunftsbereich zu stürmen. Als sie hier zum ersten Mal auf Besuch gewartet hatte, auf Vera, hatte man sich im ganzen Gebäude frei bewegen können. Damals hatte sie ihre Mutter direkt am Gate abgeholt.

Luna atmete ein und aus, ein und aus, doch ihre Unruhe ließ sich nicht vertreiben. Sie hatte sich schon gewundert, als Frank seinen Besuch ankündigte nur wenige Wochen, nachdem sie sich zuletzt gesehen hatten. Diesen Sommer hatten sie zum ersten Mal eine ganze Woche zusammen verbracht, in einer Ferienwohnung in Braunwald. Sie mussten sich nicht mehr verstecken. Carina hatte wieder geheiratet, ihre Kinder waren groß und fuhren allein in den Urlaub. Luna wusste nicht, ob Frank wieder eine Freundin hatte. Sie vermutete es, aber sie musste es nicht genauer wissen. Ihr selbst genügten die paar Tage mit ihm, zu ihrer eigenen Überraschung. Sie hatte sich nie vorstellen können, dass dieser Trieb einschlafen würde, dieser Drang, zu schauen und zu wählen, zu flirten, zu verführen, zu erobern. War dieses Bedürfnis langsam verschwunden oder ganz plötzlich? Sie wusste es nicht. Irgendwann hatte sie mit Erstaunen festgestellt, dass sie sich nicht erinnern konnte, mit wem sie zuletzt eine Nacht verbracht hatte Außer mit Frank. Sie dachte nicht einmal mehr darüber nach.

Luna ging in der Ankunftshalle auf und ab, schaute immer wieder auf ihr Telefon.

Nichts. Vielleicht hatte er es sich anders überlegt. Aber was war mit seiner Konferenz? Gab es die überhaupt? Während ihres sommerlichen Ausflugs hatte er jedenfalls nichts davon erzählt. Sie rief sich ihre Woche in den Bergen zurück, die Selbstverständlichkeit, mit der sie sich in der kleinen Ferienwohnung bewegten, zusammen kochten und aßen und abwuschen. Ein Stück Alltag, das sie sonst nicht teilten. Und doch war es so einfach gewesen, so natürlich wie alles andere. Als lebten sie seit Jahren zusammen. Ein paar Mal hatte sie das Gefühl gehabt, Frank setze zu einer Ansprache an. Doch sie hatte ihn jedes Mal abgelenkt, sie wollte ihn nicht noch einmal zurückweisen. Sie konnte ihm nichts anderes sagen als all die Male zuvor.

Dreimal hatte er sie gefragt, dreimal hatte sie nein gesagt. Viermal, wenn sie diesen ersten Tag im Kindergarten mitzählte, nach dem Frank ihr im Treppenhaus versprochen hatte, dass er sie heiraten würde und sie nie wieder eine Zwiebel essen müsste.

Frank war gekommen, um das zu sagen, was er im Sommer nicht über die Lippen gebracht hatte. Er wollte sie noch einmal bitten, ihn zu heiraten. Zum letzten Mal, wusste Luna plötzlich. Würde sie wirklich wieder nein sagen? Sie schob den Gedanken so schnell beiseite, wie er aufgetaucht war.

Wenn er nur nicht wieder über die Präsidentschaftswahlen reden wollte! Luna war die latente Amerikafeindlichkeit der Schweizer langsam satt. Selbst ihre Mutter, die immer behauptete, die Winter in San Francisco seien die schönste Zeit ihres Lebens und wenn sie jünger wäre, würde sie glatt auch auswandern, selbst Vera ließ sich nun endlos über die Dummheit und die Oberflächlichkeit der Amerikaner aus. »Du liebst diese Menschen«, erinnerte Luna sie. »Shannon und June und Sofia und Santiago und Giò.«

»Die meine ich doch nicht!«

»Das sind sie aber, die Amerikaner.«

Seit Vera pensioniert war und die sozialen Medien entdeckt hatte, wurde sie immer störrischer in ihren Ansichten, unerbittlicher und auch verschrobener. Manchmal öffnete Luna ihre Mails schon gar nicht mehr, die endlose Ketten von Links enthielten, die zu obskuren Studien führten oder zu Videos von Katzen, die lustige Hüte trugen. Wie oft hatte sie es diesen Sommer wiederholt: »Donald Trump wird nicht gewählt werden. Ich kenne niemanden, nicht einen einzigen Amerikaner, der ihn auch nur im Geringsten ernst nehmen würde.«

»Genau wie Hitler«, hatte ihre Mutter gesagt. »Den hat auch niemand ernst genommen.«

Und wenn es eintreffen würde, was sie befürchtete, dann würde sie Luna jedenfalls nicht wie üblich über die Feiertage besuchen. »Das hast du dann davon!«

»Ach, Vera, echt jetzt.«

Sogar Frank hatte immer wieder von Trump angefangen, das war die einzige Missstimmung zwischen ihnen gewesen. Luna hatte es satt, über diesen lächerlichen Mann zu reden insbesondere während der kostbaren Zeit mit ihrer Mutter oder mit Frank. Es würde nicht passieren. Kein Politiker konnte so viele Skandale überleben. Je länger Luna Amerika verteidigte, desto mehr glaubte sie es selbst. Und doch lag sie nachts oft wach und dachte an die Geschichte vom Frosch, der in einem Topf voll Wasser, das langsam erhitzt wurde, zu Tode gekocht wurde. Darüber redete sie mit niemandem, nicht mit ihrer Mutter und schon gar nicht mit Frank. Deren unerbittliche Haltung ließ keinen Raum für zwiespältige Gefühle zu. Der Frosch in der Geschichte hätte mehr als genug Zeit gehabt, um sich zu retten. Er hätte jederzeit aus dem Topf hüpfen können, das war die Moral der Geschichte. Doch weil das Wasser so langsam und kontinuierlich erhitzt wurde, merkte er erst, als es zu spät war, dass die Temperatur eine gefährliche Höhe erreicht hatte.

Luna ging zum Informationsschalter. Sie hatte sich immer gefragt, wozu diese gut waren. Was wussten sie dort, was nicht auf der Leuchttafel stand? Was man nicht mit dem eigenen Handy herausfinden konnte?

Was Frank wollte, vielleicht.

Und sie, was wollte sie? Sie war sich doch immer so sicher gewesen. Jetzt wusste sie plötzlich nichts mehr. Je länger sie auf ihn wartete, desto unsicherer wurde sie. Sie wusste nur, dass sie ihn liebte. Dass sie sich ein Leben ohne ihn nicht vorstellen konnte.

Was sind denn das für Töne, Bertschi.

Sie wanderte in der Ankunftshalle auf und ab wie ein

Raubtier im Käfig. Dann stand er plötzlich neben ihr. Er war von der anderen Seite gekommen.

»Hey.«

Sie erschrak, als sie ihn sah. Er sah müde aus, zehn Jahre älter als noch vor zwei Monaten. Sie hatte eine altmodische Chauffeursmütze aufgesetzt und hielt nun, ein bisschen verzögert, ein Schild hoch, auf dem in ungelenker Kinderschrift *MR FRNK SPSTO* stand.

»*Doktor* Spsto, wenn ich bitten darf.« Er schob ihre Mütze zurück und küsste sie. Luna ließ das Schild fallen.

»Ja«, murmelte sie in seinen Mund. Seine Frage vorwegnehmend. »Ja.«

Es dauerte ewig, bis sie ihr Auto gefunden hatte. Seit die Fahrdienste in die Tiefgarage verbannt worden waren, herrschte dort Chaos. Es machte eigentlich längst keinen Sinn mehr, jemanden am Flughafen abzuholen, selbst die Bahn war schneller. Doch wenn Frank kam, konnte sie nicht anders. Sie musste ihn schon in der Ankunftshalle sehen.

Vor der Ausfahrt hatte sich ein Stau gebildet, ein ungeduldiges Hupkonzert schwoll an. Sie erinnerte sich an ihre erste Zeit hier, als ihr Jonathon die ersten Fahrstunden gab. Damals war Hupen noch absolut verpönt gewesen, dem äußersten Notfall vorbehalten. Damals fuhr auch niemand schneller als erlaubt war. Der Verkehr war gelassen gewesen, ihrem Kalifornienbild entsprechend. *Easy, man! Go with the flow!*

Luna seufzte, sie wurde wohl langsam alt. Diese immer öfter auftauchenden Erinnerungen, dieses Gefühl, früher sei alles besser gewesen, waren ein untrügliches Zeichen.

»Die Rushhour beginnt auch immer früher«, sagte sie, als sie sich endlich im Schritttempo auf den Freeway zubewegten. Frank antwortete nicht, er war eingeschlafen. Prüfend musterte sie ihn von der Seite. Er hatte abgenommen. Neue Furchen zogen sich von seiner Nase zu den Mundwinkeln. War er krank? Ärzte waren dafür bekannt, dass sie ihre eigene Gesundheit sträflich vernachlässigten. Shannon war das beste Beispiel dafür.

Sie wollte Frank nicht verlieren. Diese Möglichkeit hatte sie bisher überhaupt nie in Betracht gezogen. Keine Sekunde lang. Sie war immer ganz selbstverständlich davon ausgegangen, dass es an ihr lag. Ob sie zusammen waren oder nicht. Ob sie sich sahen.

»Ja«, sagte sie nochmal, ein wenig lauter, ein wenig bestimmter.

Frank schrak auf und rieb sich die Augen. »Bin ich eingenickt? Sorry.«

»Nur kurz. War der Flug anstrengend, konntest du nicht schlafen?«

Frank flog doch immer Business Class, dachte Luna. Er schüttelte den Kopf.

»Wir hatten einen Notfall an Bord. Also – nicht unbedingt einen Notfall. Eine Geburt.«

»Eine Geburt? Im Flugzeug? Im Ernst jetzt?« Sie schüttelte den Kopf. Es war typisch für Frank, dass er das nicht gleich als Erstes erzählt hatte.

»Und? Nun komm, erzähl schon!«

Er zuckte mit den Schultern. »Die Mutter war jung, man konnte ihr nicht ansehen, wie weit die Schwangerschaft fortgeschritten war. Die Wehen begannen kurz nach dem Abflug, aber sie ließ sich nichts anmerken, bis wir über Grönland waren. Beinahe wären wir umgekehrt, um in Island notzulanden.« Luna stellte sich vor, wie sie vergebens auf seinen Flug wartete. Sie drückte seine Hand. »Es war dann genau wie in den Filmen: *Hallo? Ist zufällig ein Arzt an Bord?*« Er hielt sich die Faust wie ein Mikrofon vor dem Mund und lachte etwas verlegen. »Ich war so aufgeregt, ich hab mit der Hand aufgezeigt wie ein Schuljunge.«

»Dabei muss doch das ganze Flugzeug voller Ärzte gewesen sein, die zu dieser Konferenz fliegen!«

Frank zuckte nur mit den Schultern. »Wie auch immer. Ich musste die ärztliche Verantwortung für die Patientin übernehmen und mehr oder weniger garantieren, dass es sicher war, weiterzufliegen. Es war ihre erste Geburt, ich dachte eigentlich, das würde länger dauern. Doch eine Stunde vor Ankunft wollte das Kindchen raus. Es lief aber alles ganz normal, keine Komplikationen, nichts.«

»Gut.« Luna schaute kurz zu ihm hinüber und lächelte.

»Tut mir leid, dass du warten musstest. Es dauerte, bis die Ambulanz kam. Eigentlich sollte die Patientin von ihrem Verlobten abgeholt werden, aber er war nicht am Flughafen. Er wurde immer wieder ausgerufen, vielleicht hast du es ja gehört?«

Luna schüttelte den Kopf. Ach Frank, dachte sie. Wie konnte sie ihn nicht lieben?

»Ich mache mir schon ein bisschen Sorgen um die junge Frau«, fuhr er fort. »Also, nicht aus medizinischen Gründen. Ich hätte einfach gern gewusst, dass sie und das Baby gut aufgehoben sind.«

»Was war es denn?«, fragte Luna.

»Ein Mädchen.«

Er lächelte verzückt. Sie lächelte zurück.

»Wohin hat man sie denn gebracht?«, fragte sie.

»Oh, das weiß ich gar nicht. Vermutlich ins General Hospital.«

»Willst du, dass ich nachfrage? Ich kenne immer noch Leute dort.«

»Luna, ich bin Arzt. Die würden mir schon Auskunft geben. Nein, ist okay.« Er grinste schief. »Ich muss lernen, loszulassen. Hat man mir jedenfalls gesagt.«

Wer, dachte Luna. Wer hatte das gesagt. Sie bestimmt nicht.

Frank schaute aus dem Fenster und merkte erst jetzt, dass das Meer auf der falschen Seite lag.

»Wo fahren wir denn hin, nicht in die Stadt?«

»Wir fahren zu Nick's.«

2.

Auf der Gegenfahrbahn des Freeways war der Verkehr genauso schlimm, aber wenigstens krochen die verhassten Google-Busse, die die Angestellten der Tech-Firmen zu ihren Arbeitsplätzen und wieder nach Hause transportierten, um diese Zeit in die umgekehrte Richtung.

»Mal sehen, ob unser Zimmer frei ist«, sagte sie. »Und sonst essen wir einfach ein Krabbensandwich und schauen zu, wie die Sonne untergeht.«

»Gute Idee, da waren wir schon ewig nicht mehr!«

Nick's war ihr Ort. Einer ihrer Orte. Zu Beginn ihrer sommerlichen Affäre waren sie zum ersten Mal dorthin gefahren und hatten die letzte Nacht vor Franks Rückflug im Sea Breeze Motel verbracht. Sie hatten geglaubt, einen Geheimtipp entdeckt zu haben, einen Ort, an dem Rockstars verkehrten und Paare, die nicht gesehen werden wollten. Die Bar, der kleine Strand und das Motel schienen von dem Chaos in der Stadt weit entfernt und vollkommen unberührt. Das Motel war zugegeben schon damals ein wenig schmuddelig und schäbig, doch Luna liebte es genau deswegen. Gerade das leicht Heruntergekommene machte diesen Ort so romantisch. Allerdings waren die Wände so dünn, dass man die Nachbarn atmen hörte. Frank war das immer ein wenig peinlich. Wenn möglich nahmen sie deshalb immer das letzte Zimmer am Ende des L-förmigen Seitenflügels. Nummer 21. Von da blickten sie nicht direkt aufs Meer, man konnte nur einen kleinen Ausschnitt der felsigen Bucht erahnen, ein Dreieck Meer hinter dem Parkplatz und den Abfallcontainern. Dafür gab es nur auf einer Seite Nachbarn, die sie hätten hören konnten, wenn überhaupt. Die Zimmer auf der Seite waren unter der Woche selten besetzt.

Doch Frank war mit der Zeit anspruchsvoller geworden. Er lud Luna gern in schöne Hotels ein, fuhr mit ihr für ein paar Tage ins Weinland oder der Küste entlang, führte sie in Gourmet-Restaurants und zu Weinverkostungen aus, reservierte Schlammbäder und vierhändige Massagen und buchte manchmal aus reinem Trotz die Honeymoon-Suite. Wenn sie gemeinsam reisten, erfanden sie immer eine andere Geschichte, die sie unterwegs erzählten. Sie waren frisch verheiratet oder frisch geschieden, sie hatten sich vor zwanzig Jahren aus den Augen verloren und dank eines falsch ausgelieferten Briefs wieder gefunden, sie waren kein Paar, sondern Arbeitskollegen, ausgesandt, den perfekten Drehort für eine romantische Komödie zu finden.

Doch diesmal erzählten sie keine Geschichten, obwohl sich der blasse, leicht übergewichtige junge Mann neugierig erkundigte, was sie hierherführe, woher sie kämen und ob sie verheiratet seien. Keiner von beiden ging darauf ein.

Frank war nervös, dachte Luna. Das bestätigte ihre Ahnung, immerhin hatte sie seinen Antrag schon dreimal zurückgewiesen. Ihr Zimmer am Ende des Flügels war noch frei, das war ein gutes Zeichen. Doch die Band, die an diesem Abend in der Bar spielte, war so laut und so schlecht, dass sie nach kurzem Zögern ihre Krabbensandwiches und eine Flasche Wein mit aufs Zimmer nahmen. Luna schob das Bett an die Rückwand des kleinen Zimmers, so dass sie sich anlehnen und aus dem Fenster schauen konnten. Frank nahm die dünne Decke der Fluggesellschaft aus seiner Tasche und breitete sie sorgfältig über dem verschlissenen Polyesterbezug aus. Luna sah das Zimmer mit seinen Augen und genierte sich ein bisschen. Es hatte auch für sie seinen Glanz verloren.

Einträchtig saßen sie nebeneinander und aßen schweigend. Ihre Schultern berührten sich, ihre Oberschenkel, ihre Hände. Vor ihrem Fenster schien der Parkplatz direkt in den Ozean überzugehen. Die Sonne ließ sich Zeit, sie zögerte ihren Abgang heraus, sie verfing sich in den Nebelschwaden, probierte verschiedene Schattierungen aus, warf rosa und orangefarbene Schleier über das Wasser. Luna legte ihr angebissenes Sandwich weg und küsste Frank. Sie spürte, wie er erstarrte. Einen Moment lang dachte sie, er würde sie von sich wegschieben, so wie er das anfangs immer getan hatte. Doch nach einem kurzen

Zögern erwiderte er ihren Kuss beinahe gierig, er presste sich an sie, fasste unter ihr Sweatshirt, seine Hand suchte ihre Narbe, berührte sie wie einen Talisman. Die Unsicherheit löste sich auf, das diffuse Gefühl, es stimme etwas nicht. Sie versicherten einander, dass sie noch da waren.

Doch dann setzte sich Frank abrupt auf und zog seufzend die Luft ein. Er fuhr sich mit beiden Händen durch die Haare, strich seine Locken zurück.

»Puh«, sagte er.

»Ja.«

»Luna, ich …«

»Ich auch«, sagte Luna. »Ich auch.« Sie wusste ja, was er sagen wollte. Er wollte mir ihr zusammen sein, er wollte sein ganzes Leben mit ihr verbringen, nicht nur ein paar Tage im Jahr.

Das wollte sie auch. Plötzlich wusste sie es. Sie hatte es schon gespürt, während sie auf ihn gewartet hatte, während sie in der Ankunftshalle auf und ab gewandert war. Ihre alten Befürchtungen, dass sie alles aufs Spiel setzen würden, wenn sie heirateten und eine Familie gründeten, waren allein schon durch ihr Alter verflogen. Schwanger würde sie nicht mehr werden, Franks Kinder waren Teenager, der älteste schon fast erwachsen. Die Vorstellung, wieder in der Schweiz zu leben, schreckte Luna auch nicht mehr ab. Oder jedenfalls weniger als die, wie ein Frosch in einem Topf zu Tode gekocht zu werden.

Frank schaute auf seine Hände hinunter. »Luna, nein. Ich kann nicht mehr.«

»Wie meinst du das, was kannst du nicht mehr?«

»Das hier – du und ich – das ist nicht das, was ich will. War es nie. Ich will eine richtige Beziehung und eine richtige Familie. Da bin ich halt altmodisch, das hast du mir ja schon immer vorgeworfen. Spießiger als ein Spießer. Schweizerischer als ein Schweizer.«

»Ja«, sagte sie. »Ich weiß, Frank. Das meine ich doch: Das will ich auch. Genau das.« Sie atmete tief ein. »Es tut mir leid, dass mir das erst jetzt klar wird. Ich hab eben so lange gebraucht, wie ich gebraucht habe, Frank. Aber immerhin weiß ich es jetzt. Ich will dasselbe wie du. Ich will mit dir zusammen sein, mein Leben mit dir teilen, wo, das ist mir egal. Ich komme auch in die Schweiz zurück, wenn du das … Frank?«

Er schien sie nicht zu hören. Ihre Hand suchte seine. Wie immer, wenn sie Angst hatte, seit sie klein war. Doch seine Hand war nicht da. Er hatte sie weggezogen.

Jetzt könnten sie eigentlich aufhören zu reden, dachte Luna. Doch sie versuchte es noch einmal: »Du bist mein Zuhause, Frank.«

Er lächelte schief und schüttelte den Kopf. »Nein, Luna. Du hörst mir nicht zu. Ich sage dir, ich kann nicht mehr. Ich bin erschöpft.«

»Das sehe ich.« Luna wollte die Hand ausstrecken, mit einem Finger die tiefen Furchen in seinem Gesicht nachzeichnen. Sie wusste, was jetzt kommen würde. Sie musste es nicht auch noch hören. Aber Frank musste es laut aussprechen, um es wahr zu machen.

»Ich heirate nächsten Monat. Und diesmal meine ich es ernst.«

Diesmal? Stellvertretend für Carina zuckte Luna zusammen.

»Bernadette ist schwanger. Ich habe nochmal eine Chance, Luna. Ich bekomme ein Baby, verstehst du?«

Etwas leuchtete in seinem Gesicht. Etwas, das Luna nie bei ihm gesehen hatte. All die Jahre nicht. »Diesmal will ich es richtig machen, Luna, ich will voll und ganz dabei sein, mit ganzem Herzen.«

»Bernadette – deine Arzthelferin?«

Vor Jahren hatte sie ihn in seiner Praxis besucht, kurz nach der Scheidung. Carina hatte sich in einen Arbeitskollegen verliebt. Luna erinnerte sich an die misstrauischen Blicke der Praxishilfe. Von den Patientinnen im Wartezimmer ganz zu schweigen. Es schien sich herumgesprochen zu haben, dass der freundliche und gutaussehende Arzt wieder alleinstehend war.

Luna hatte ihren Besuch nicht angekündigt. Und er hatte sie dann auch eine ganze Weile warten lassen. Sie mochte sein Wartezimmer, es war auf Familien ausgerichtet. Die Zeitschriften schon ein bisschen veraltet, die Spielsachen geschmackvoll, aus Holz, unzerstörbar. Aber Frank war schon immer altmodisch gewesen, auf seine Art. Sie hatte sich gewundert, dass er nicht ins Wartezimmer kam, um sie zu begrüßen. Hatte die Sprechstundenhilfe sie nicht mit Namen angekündigt? Einer nach dem anderen wurden die Patienten aufgerufen. Ein alter Mann, der etwas gebückt ging und die Hand beim Gehen in die Seite stützte. Eine junge Frau mit zwei kleinen Kindern. Je länger sie wartete, desto bewusster wurde ihr, dass ihre Kleider mindestens zehn Jahre alt waren, hundertmal gewaschen, formlos, verbleicht. Ihre Stiefel abgewetzt, die Absätze schiefgelaufen. Ihre Hände rau und ungepflegt. Sie musterte die letzte Patientin, die jetzt noch mit ihr wartete, eine Frau in ihrem Alter nahm sie an, perfekt zurechtgemacht wie für einen Fototermin. Sie kämpfte gegen das Gefühl des Nichtgenügens an. Die Energie, die es sie immer kostete, sich dieses Gefühl vom Leib zu halten. Nach drei Wochen in der Schweiz war sie immer vollkommen erschöpft.

»Frau Scheidegger?« Die Rothaarige stand auf. Luna schaute ihr einen Moment nach, dann nahm sie sich eine vier Jahre alte *Schweizer Familie* vor, in der ausgerechnet ein Reisebericht über San Francisco abgedruckt war. Ob Frank das alte Heft deshalb ausgelegt hatte? Ihretwegen? Als Luna wieder aufschaute, stand die Praxishilfe in der Tür und musterte sie. Sie hatte sie nicht kommen hören. Wie lange stand sie schon da und musterte Luna?

»Frau Bertschi?« Sie sprach ihren Namen schweizerdeutsch aus, so dass sie ihn beinahe nicht erkannt hätte. Der harte Zischlaut war ihr fremd, sie hatte sich so an die weiche amerikanische Aussprache gewöhnt. »Der Doktor hat jetzt Zeit für Sie.« Als sie die Tür zum Behandlungszimmer öffnete, fügte sie leicht vorwurfsvoll hinzu. »Eigentlich beginnt jetzt seine Mittagspause.«

Damals schon war ihr der fürsorgliche und leicht besitzergreifende Ton der jungen Frau aufgefallen. Doch sie hatte ihn nicht als Bedrohung empfunden.

Aus reinem Trotz hatte Luna versucht, ihn in seinem Sprechzimmer zu verführen, aber das hatte er nicht zugelassen. Er nahm seinen Beruf ernst.

»Die mit den Locken?«, fragte sie jetzt. »Die schon so lange bei dir ist?«

Was ging sie das an? Alles.

Frank nickte. »Genau die. Bernadette und ich arbeiten seit Jahren zusammen, aber jetzt plötzlich … Ich weiß nicht, es ging alles sehr schnell.« Sein Gesicht veränderte sich, wenn er sie erwähnte. Er lächelte ein bisschen verlegen, und gleichzeitig stolz. Luna konnte ihm ansehen, dass er gern mehr erzählt hätte. Er wollte über sie reden, dachte an sie. Während er hier auf dem Motelbett saß, mit ihr. »Dieser Ehe will ich eine echte Chance geben, Luna. Was wir haben, du und ich, das ist mir zu wenig. Und gleichzeitig zu viel, verstehst du? Carina hatte nie eine Chance. Aber mit Bernadette ist es anders. Ich will endlich glücklich sein.«

»Okay.« Jetzt wusste sie, wie sich der Frosch im Wassertopf fühlte. Dieses Gefühl einer ständig wachsenden Bedrohung hatte gar nichts mit den bevorstehenden Wahlen zu tun gehabt. Dass sie in letzter Zeit immer wieder an diese Fabel denken musste, war eine Vorahnung gewesen. Dass sie Frank verlieren würde. Dass es zu spät war.

»War es das, was du mir in Braunwald sagen wolltest?«

Frank nickte, etwas beschämt. »Damals war es aber noch ganz frisch zwischen mir und Bernadette. Und sie war noch nicht schwanger. Wir hatten auch noch nicht übers Heiraten geredet.«

Aber du wusstest schon, dass es ernst ist, dachte sie.

Verdammt.

»Es gibt keine Konferenz, nicht wahr? Du bist extra den ganzen weiten Weg hierher geflogen, um mir das zu sagen.«

Er nickte, aber er schaute sie nicht an. Luna wusste nicht, ob er traurig war oder erleichtert oder beides.

»Du hättest mich auch anrufen können.«

Hilflos zuckte er mit den Schultern. Sie stand auf und wickelte sich in die weiche Flugzeugdecke. Dann ging sie so, wie sie war, über den Parkplatz zu ihrem Auto, barfuß und nackt. Sie nahm ihren Taucheranzug aus dem Kofferraum und zwängte sich im Schutz der offenen Beifahrertür hinein. Es war ihr egal, ob man sie sehen konnte. Surfer waren unkompliziert. Außerdem war der Parkplatz beinahe leer, die Luft hatte sich empfindlich abgekühlt, und die letzten Familien verließen den Strand.

Sie klemmte ihr Brett unter den Arm und rannte in die eiskalten Wellen, bevor sie es sich anders überlegen konnte. Die Ebbe hatte bereits eingesetzt, und in dieser geschützten Bucht wurden die Wellen ohnehin nie besonders groß, aber für den Moment war es ausreichend. Sie musste nur das Wasser unter sich spüren, die verhaltene Macht des Ozeans. Sie paddelte und sprang auf, paddelte und sprang auf, erwischte jede einzelne der kleinen Wellen, die sich brav wie im Lehrbuch sieben Mal hintereinander in derselben Weise aufbauten, bevor sie eine leicht veränderte Richtung einschlugen. Ihr Gesicht war nass. Von der Gischt, nicht etwa, weil sie weinte. Jede Welle nahm ein Stück ihrer Trauer mit sich, ihrer Wut auf sich selbst, bis es endlich nur noch das gab: die Welle, das Brett, ihre nackten Füße auf dem Brett.

Dann sah sie Frank am Strand sitzen. Wie so viele Male zuvor. Sie ließ sich ans Ufer treiben, löste die Fußleine und hob ihr Brett auf. Langsam ging sie auf ihn zu und immer langsamer, bis sie endlich vor ihm stehen blieb. Er hatte die Arme um sich selbst geschlungen und fröstelte im kalten Wind. Luna streckte ihre Hand aus und zog ihn hoch.

»Komm«, sagte sie. »Ich fahr dich zum Flughafen zurück.«

Er nickte und wandte sich ab. Es war jetzt beinahe dunkel. Sie konnte nicht erkennen, ob er geweint hatte.

Luna machte sich gar nicht erst die Mühe, sich wieder umzuziehen. Sie breitete ein altes Tuch auf dem Fahrersitz aus und setzte sich in ihrem nassen Taucheranzug ans Steuer. Die dicke Neoprenhülle schützte sie, sie war ihre Rüstung. Selbst wenn Frank sie noch einmal berühren sollte, würde sie es nicht spüren.

Luna hasste Abschiede. Sie fuhr gar nicht erst ins Parkhaus, sondern hielt vor der Abflughalle, ohne den Motor auszuschalten.

»Bis gleich, Frank«, sagte sie. »Bis gleich.«

ELAINE

1.

Sie hatte nur einen einzigen Koffer gepackt. Aber der wog tonnenschwer. Elaine zerrte ihn die hölzernen Treppenstufen hinauf, eine nach der anderen. Sie schwankte in ihren hochhackigen Stiefeln. Piet wohnte in einer spärlich eingerichteten Wohnung im vierten Stock. Er hatte sie gewarnt, nicht zu viel mitzubringen. Es war ein Test, das wusste sie. Alles war ein Test mit Piet, und meist bestand sie ihn nicht. Oder nur knapp.

Er musste sie hören. Aber er kam nicht herunter, um ihr zu helfen. So war er, Piet. Er schonte sie nicht, er kam ihr nicht entgegen. Genau deswegen hatte sich Elaine in ihn verliebt.

Sie war so einsam gewesen, als sie ihn kennenlernte. Ganz allein mit ihrer Schuld, die sie mit niemandem teilen konnte. In den ersten Monaten nach dem Unfall hatte Max nicht mal mehr gesprochen, er war komplett verstummt. Die Ärzte hatten eine Hirnverletzung vermutet, aber es war der Schock. Max war noch so klein. Er konnte nicht verstehen, warum ihm seine Beine nicht mehr gehorchten, warum er nicht mehr aufstehen und weglaufen konnte.

Manchmal dachte Elaine, er sei nur deshalb so wild gewesen, weil er ahnte, dass er seine Beine nicht lange würde gebrauchen können. Als wollte er das Beste aus der Zeit machen, die er hatte. Wie oft hatte sie sich gewünscht, er würde fünf Minuten lang den Mund halten, er würde einmal stillsitzen. Was hatte sie zu Frank gesagt, am Abend vor dem Unfall?

»Was brauchst du?«, hatte er sie gefragt. Und sie hatte geantwortet: »Ein neues Leben.«

Manchmal fragte sie sich, ob sie den Unfall herbeigeführt hatte. Alle redeten von der Kraft der Gedanken, aber sie konnte doch nicht die einzige Mutter auf der Welt sein, die sich einfach mal Ruhe wünschte? Darüber konnte sie mit niemandem reden.

Alle bewunderten sie. Wie aufopferungsvoll sie ihren Sohn pflegte, wie großzügig sie ihrer eigenen Mutter verziehen hatte, die diesen schrecklichen Unfall nicht verhindert hatte. Und plötzlich waren alle da und wollten helfen. Manchmal dachte Elaine, wenn sie früher so viel Unterstützung bekommen hätte, wäre es gar nie so weit gekommen. Vor allem aber war Vera da, die Mutter, die Elaine nie gehabt hatte. Aber auch mit ihr konnte sie nicht reden, denn Vera schien ihre eigene Version der Ereignisse bald selbst zu glauben. Elaine blieb nichts anderes übrig, als sie als wahr zu akzeptieren.

Sie waren umgezogen, in eine barrierefreie, ebenerdige Wohnung am anderen Ende der Stadt. Vera kam jeden Tag und half ihr mit Max, mit seiner Betreuung, mit den endlosen Terminen und Therapien, sie hatte ständig neue Ideen und Vorschläge, sie war eine Expertin geworden. Tapfer erzählte sie jedem, der fragte, was passiert sei, dass sie schuld war an Max' Behinderung. Die Mütter, die Elaine seit dem Unfall kennengelernt hatte, waren anders als die vor Charlies Kindergartentor. Ein Kind mit Beeinträchtigung zu haben, beendete jeden Versuch, eine perfekte Familie vorzugaukeln. Mit der Zeit verstand Elaine, dass jede einzelne dieser Mütter, und auch die wenigen Väter, die sie im Verlauf der Jahre kennenlernte, unter Schuldgefühlen litt. Ganz egal, was passiert war, wann, unter welchen Umständen. Sie redeten wie besessen darüber, immer wieder wiederholten sie dieselben Einzelheiten, als könnte das reine Erzählen sie bezwingen. Es hatte etwas Beschwörendes. Egal, wie unterschiedlich die einzelnen Geschichten waren, sie teilten doch alle ein ähnliches Schicksal. Nur Elaine hielt sich im Hintergrund, sie überließ ihrer Mutter das Feld. Wie damals in der Klinik war es viel mehr Vera, die in der Gemeinschaft aufging.

Es war natürlich auch Vera, die einen Bericht über das Wabi-Sabi-Jugendtheater gelesen und Max zu einem öffentlichen Vorsprechen angemeldet hatte. Er wurde sofort angenommen. Obwohl er sich bisher nie für Theater interessiert hatte, liebte er es, in verschiedene Rollen zu schlüpfen, und noch mehr, mit seinem Rollstuhl halsbrecherische Tanzeinlagen auf der Bühne vorzuführen. Doch dann nahm das Theater immer mehr Platz in ihrem Leben ein. Proben und Aufführungen und Sommertourneen und Ferienlager, in denen neue Stoffe entwickelt wurden. Anfangs hatte Elaine es ihrer Mutter überlassen, Max dorthin zu begleiten. Doch nachdem sie den Regisseur kennengelernt hatte, ging sie immer öfter selbst mit. Piet hatte sie vom ersten Augenblick an fasziniert. Dieser prüfende, kühle Blick, der ganz ungeniert, aber auch irgendwie unbeeindruckt über sie glitt. Sie ertappte sich dabei, dass sie diesen Blick auf sich zu ziehen versuchte. Plötzlich überlegte sie sich wieder, was sie an diesen Tagen anziehen sollte. Wie sie ihren immer noch dünnen, durchtrainierten Körper zur Geltung bringen konnte. Sie suchte die Nähe des launischen Regisseurs, fand immer wieder einen Vorwand, um ihn anzusprechen, zur Seite zu nehmen. Piet schätzte die ständige Anwesenheit der Mütter nicht besonders und machte sich keine Mühe, seine Abneigung zu verbergen.

»Wenn die Gluckhennen da hinten mal ruhig sein könnten«, rief er. »Wir versuchen hier zu proben!« Er vertrat auch öffentlich die Ansicht, dass die meisten Mütter ihre Kinder übermäßig betreuten und somit in ihrer Selbständigkeit einschränkten. Dass sie sich zu sehr über ihre Kinder definierten und deren Beeinträchtigung benutzten, um sich eine Bedeutung, ihrem eigenen Leben einen Sinn zu geben.

»Ich nehm euch eure Kinder weg«, drohte er. »Und was bleibt euch dann noch im Leben?«

Elaine war schockiert, als sie das zum ersten Mal hörte. Doch die anderen Mütter lächelten nur nachsichtig. Sie waren diese Töne gewohnt.

»Mit den Kindern ist er ganz anders«, flüsterte eine Mutter ihr zu. »Meine Sila liebt ihn, nur deshalb mache ich das alles mit.«

»Ach, nimm ihn nicht ernst. Er hört sich nun mal gern reden …«

Auch Elaine gewöhnte sich schnell an Piets verächtlichen Tonfall. Mehr noch, er gefiel ihr. Sie brauchte ihn. Es war eine Erleichterung, endlich mit der Herablassung behandelt zu werden, die sie verdiente. Sie konnte Franks Mitgefühl nicht mehr ertragen, seine ständige Rücksichtnahme, als hätte er Angst vor ihr. Angst, sie könnte zusammenbrechen. Piet hingegen forderte sie heraus, er kritisierte sie. Er ließ sie auch nicht vergessen, dass sie acht Jahre älter war als er. Er unterstützte ihr Bestreben, noch dünner zu werden. Er kommentierte ihre Falten. Er schonte sie nicht.

Und doch. Elaine spürte, dass da mehr war. Sie wusste, dass er sie begehrte. So etwas konnte sie einschätzen. Vielleicht war es gegen seinen Willen, aber er begehrte sie. Auch wenn er sie amüsiert abblitzen ließ, als sie das erste Mal versuchte, ihn zu verführen. Das zweite und dritte Mal auch.

»Du glaubst offenbar, dass du nichts anderes anzubieten hast als deinen Körper. Stimmt das? Ist da nichts? In deinem Köpfchen, in deiner Seele? Hast du überhaupt eine Seele?«

Seine Grobheit verschlug ihr den Atem. Seine Worte waren die Ohrfeigen, die sie aus ihrem Dämmerzustand rissen. Seit Jahren hatte sie sich nicht mehr so lebendig gefühlt. Je schlechter er sie behandelte, desto mehr brauchte sie ihn. Sie war süchtig nach seinen Beleidigungen, sie musste ihn haben. Sie ließ nicht locker. Sie gab nicht auf.

Als er ihr endlich nachgab, auf dem abgewetzten Ledersessel in seinem kleinen Büro, war es nicht so, wie sie erwartet hatte. Doch, was hatte sie erwartet?

Erleuchtung, dachte sie. Erlösung.

Anfangs war es nur das. Gestohlene Momente während der Proben, in dem engen, zugigen Hinterzimmer, wo sie jederzeit unterbrochen werden konnten. Später besuchte sie ihn manchmal in seiner kärglich eingerichteten Dachgeschosswohnung, die sie nicht mit Schuhen betreten durfte. Die Ansammlung identischer, schwarz und grau gemusterter Turnschuhe vor seiner Tür erinnerte sie an ihre Nachbarinnen in der Siedlung, die ihre Schuhe genauso ordentlich im Flur aufreihten.

Einmal nahm er ihr die Handtasche weg und räumte sie aus, legte jeden Gegenstand einzeln auf den Tisch. »Davon könnte ich dich befreien«, sagte er. »Von all dem überflüssigen Kram, der dein Leben so kompliziert macht. Aber dazu müsstest du mir vertrauen.«

»Ich vertraue dir doch!«

»Ach, wirklich? Was würdest du denn für mich aufgeben?«

»Alles«, sagte sie. »Alles.«

Ihren Mann, ihre Kinder. Ihre Ehe, ihre Familie. Das Märchen der ewigen Liebe. Das Märchen von Frank und Elaine.

Die meisten Eltern, die sie seit Max' Unfall kennengelernt hatten, waren geschieden. Nur wenige Beziehungen hielten einer solchen Belastung stand. Ihre Entscheidung war zwar traurig, aber nicht unerwartet. Es gab kein Drama. Sie würden Freunde bleiben. Die Kinder würden in der gemeinsamen Wohnung bleiben, von beiden Eltern abwechslungsweise betreut. *Nesting* nannte man das. Nach neuesten Erkenntnissen milderte diese Wohnform das unvermeidliche Trauma einer Scheidung. Sie hatte einen genauen Plan ausgearbeitet und erst ihrer Mutter und dann Frank vorgelegt. Den Kindern würden sie es erst nach und nach beibringen. Max war bereits im Sportlager gewesen, als Frank letzte Woche zum ersten Mal in seinem Studio übernachtete. Und Charlie glaubte, er hätte einfach länger gearbeitet. Ihr hatten sie auch erzählt, Elaine würde eine Woche in den Urlaub fahren, in ein Meditationszentrum in den Bergen, wo es keinen Handyempfang gab. Das stimmte ja auch. Piet hatte ein Intensiv-Retreat für sie beide gebucht. Er wollte, dass sie sich von den Lasten der Vergangenheit befreite, bevor sie ein neues Leben mit ihm begann.

»Du und meditieren«, hatte Charlie geschnaubt. Sie hatte nicht von ihrem Bildschirm aufgeschaut, als Elaine sich verabschiedete. Frank auch nicht. Elaine hatte kein Taxi genommen. Für den Fall, dass Piet aus dem Fenster schaute. Er sollte sie nicht als Luxusgeschöpf wahrnehmen. Sie hatte ihren Koffer zur Straßenbahnhaltestelle gezerrt und den ganzen Weg geweint. Vor Erleichterung.

Das Gerüst war endlich eingestürzt. Die morsche Fassade, die sie seit ihrer Kindheit vor sich herschob, lag in Trümmern. Das Gewicht war von ihr abgefallen.

Elaine zog ihre hochhackigen Stiefel aus und stopfte sie oben auf ihre prallvolle, gelbe Handtasche. Barfuß stieg sie weiter die alte Treppe hinauf. Die glatt getretenen Steinstufen fühlten sich kalt an unter ihren Fußsohlen. Sie zerrte und zerrte an ihrem Koffer und war einen Moment lang versucht, ihn einfach im Treppenhaus stehen zu lassen. Dann summte ihr Handy.

Was ich noch sagen wollte, falls du das nicht weißt.

Ich hab dir nie die Schuld gegeben. Nie.

Frank. Sie las die Nachricht, ohne sie zu verstehen. Wieder und wieder las sie sie, bis ihre Bedeutung zu ihr durchdrang. Dann musste sie sich auf die Treppenstufen setzen. Unwillkürlich ließ sie den Koffer los, der ein paar Stufen herunterpolterte, bevor er auf einem Absatz liegen blieb. Sie nahm es kaum wahr.

Ich hab dir nie die Schuld gegeben. Nie.

Frank hätte verstanden. Ihre Mutter hatte sich getäuscht. Vera hatte nicht Recht behalten. Frank wäre nicht zerbrochen. Er hätte die Schuld mit ihr getragen. Sie hatte das Falsche getan, die falsche Entscheidung getroffen. Vor neun Jahren am Schwimmbeckenrand. Vor vierzig Jahren während der Intervention. Sie hätte das Gewicht damals schon ablegen können. Sie hätte es gar nicht tragen müssen. So lange lebte sie schon mit dieser Lüge, dass sie sie selbst geglaubt hatte. Aber diese einfache Nachricht brach die Eisschicht auf, die sich seit Max' Unfall um sie gelegt hatte. Sie konnte das Knacken hören, das Ächzen, sie hatte im Fernsehen gesehen, wie sich ein Stück von einem Eisberg ablöste und davonschwamm. Es war laut gewesen.

Plötzlich sah sie sich wieder an dem Beckenrand stehen und hörte, wie der Bademeister ihre Mutter beruhigte. Es sei nicht ihre Schuld, das hätte jedem passieren können. Es sei ein Unfall. In diesem Moment hatte sie bereits verstanden, dass sie einen Fehler gemacht hatte. So wie sie damals verstanden hatte, als sie versuchte, ihre Mutter zu wecken. Sie hätte die Wahrheit sagen sollen. Als Kind. Als Mutter.

Aber beide Male war es schon zu spät gewesen. Die Ehe geschlossen, die Kirchentür zu.

Und dann – war es plötzlich doch nicht zu spät.

Es ist nicht zu spät, sagte Franks Nachricht.

»*Elaine, Elaine!*«, dachte sie.

»Worauf wartest du?« Jetzt hatte Piet die Wohnungstür geöffnet und schaute über das Geländer auf sie hinab.

»Oh, ich wollte nur … meine Schuhe …« Schnell schlüpfte Elaine wieder in ihre Stiefel, als habe sie sich nur deshalb hingesetzt. Dann stand sie auf. Mit den Absätzen war sie größer als er, aber er stand ein paar Stufen höher und schaute prüfend auf sie hinab. Sein Blick glitt über ihren neuen Mantel. Sie wusste, dass er ihn nicht mochte. Er war zu auffällig. Sie hatte das Wildleder mit Stahlwolle abgeschabt und behauptet, sie hätte ihn gebraucht gekauft. Online ersteigert, ganz billig. Sie war nicht sicher, ob er ihr das glaubte. Piet trug nur Schwarz und Grau. Wer nicht durch seine Persönlichkeit auffallen konnte, blieb besser im Hintergrund, sagte er. Sie ging die paar Schritte zu ihrem Koffer zurück und hievte ihn mühsam Stufe für Stufe nach oben.

»Nimmst du das etwa alles mit?« Er machte keine Anstalten, ihr zu helfen.

»Nein, ich dachte, ich packe den Koffer bei dir aus und nehm nur das Nötigste mit für den Retreat.«

Elaine wusste nicht genau, was sie in den Bergen erwartete. Sie hatte von diesen Retreats gehört. Dass sie brutal seien, dass Teilnehmer zusammenbrachen. Das Fasten machte ihr keine Angst. Aber was, wenn sie unter dem emotionalen Druck ihr Geheimnis preisgab?

Ich hab dir nie die Schuld gegeben. Nie.

Es ist nicht zu spät.

Elaine, Elaine!

Elaine blieb stehen. »Piet«, sagte sie. »Hör zu, es tut mir leid, aber ich kann nicht – ich kann jetzt doch nicht mitkommen ins Retreat. Ich muss noch mal mit Frank reden. Ich hab ihm noch nicht alles gesagt.« Entschuldigend hob sie die Hände.

Im nächsten Moment war Piet bei ihr. Elaine dachte, er wollte sie in den Arm nehmen und lehnte sich ihm entgegen. Er packte sie an den Schultern und presste sie gegen die Wand. Immer noch dachte sie, er wolle sie küssen. Manchmal war er so. Leidenschaftlich. Ungestüm. Sie mochte das. Von einem Moment auf den anderen verfärbte sich sein Gesicht dunkelrot, seine Stimme kippte, Speicheltropfen flogen von seinen Lippen.

»Was bildest du dir eigentlich ein?«, schrie er sie an. Erschrocken drehte sie den Kopf zur Seite, doch er griff ihr Kinn, er zwang sie, ihn anzuschauen. »Denkst du wirklich, ich warte noch länger auf dich, du blöde Strunze, du verwöhnte Hausfrau!«

»Piet …«

Wer war dieser Mann? Sie kannte ihn nicht. Er machte ihr Angst. Doch irgendwie gefiel es ihr auch, dass er sich so aufregte. Sie musste ihm doch mehr bedeuten als er sich anmerken ließ. Dann wurde auch dieses flüchtige Gefühl von seinem nächsten Redeschwall weggespült.

»Was meinst du denn? Was ich für dich riskiert habe? Meine Glaubwürdigkeit steht auf dem Spiel. Ich führe ein Jugendtheater und schlafe mit den Müttern – wie sieht das aus? Als wäre es nicht schon schlimm genug, das Geschwätz und der Tratsch!«

In den letzten Monaten war das Wabi-Sabi-Jugendtheater unter Beschuss geraten. Eine Kritikerin hatte angedeutet, der Regisseur schlachte die Geschichten seiner jungen Darsteller, ihre Erfahrungen und Emotionen aus, ohne selbst etwas beizutragen. Er benutze ihre Beeinträchtigung, um sich Bedeutung zu verleihen, unangreifbar zu machen. Genau das, was er den Müttern immer vorwarf.

»Piet«, stammelte sie. »Es tut mir leid, es tut mir wirklich leid …«

Seine Finger pressten sich in Elaines Schultern, krallten sich in ihre Wange. Sie schrie auf, vor Schmerz, vor Schreck. Überrascht lockerte er seinen Griff gerade lang genug, dass sie sich losreißen konnte. Sie lief die Treppe hinunter, auf ihren Absätzen stolpernd, schlitternd. Doch gerade als Elaine die Haustür erreichte und öffnete, holte Piet sie ein. Er packte sie am Riemen ihrer gelben Tasche und riss sie zurück. Ein scharfer Schmerz fuhr durch ihre Schulter, sie wand sich aus seinem Griff, schlüpfte aus dem Riemen und ließ die Tasche fallen. Überrascht taumelte Piet zurück, ihre Tasche in der Hand. Sie nutzte den Moment und rannte blind auf die Straße hinaus, direkt vor das nächste Auto.

Piet hatte sie auf der Straße liegen gelassen. Er war in seine Wohnung zurückgekehrt. Mit ihrer gelben Tasche. Und hatte ihr 29 Nachrichten geschrieben. So getan, als warte er verzweifelt auf sie, als wisse er nicht, was passiert war. Lügen und noch mehr Lügen. Aber das war nicht das Wichtigste. Das Wichtigste war, dass sie es wieder wusste. Alles.

Elaine zog ihr Handy unter dem Kopfkissen hervor. Plötzlich war alles ganz einfach. Sie musste nur die Wahrheit sagen. Sie musste Frank die Wahrheit sagen. Frank und Max natürlich, und auch Charlie. Vielleicht würde Frank sich angewidert von ihr abwenden, wie Vera ihr immer prophezeit hatte. Vielleicht würde er sich scheiden lassen und das alleinige Sorgerecht für ihre Kinder beantragen, und vielleicht würde er Recht bekommen. Vielleicht aber auch nicht. Vielleicht war das, was sie in diesen letzten beiden Tagen so klar gespürt hatte, stärker. Sie liebten sich, sie gehörten zusammen. Frank war ihr Zuhause.

All das Leben, das nicht ihres war, dachte sie. All das ungelebte Leben.

Dass er abnahm, wunderte sie. Aber er sagte nichts. Er wartete.

»Frank«, sagte sie. »Frank.«

»El?« Seine Stimme klang resigniert. Erschöpft. Er hatte ihr doch gesagt, dass er nicht mehr konnte, dass er sich erholen musste. Aber jetzt konnte sie nicht mehr zurück.

Sie nahm Anlauf. Sie schloss die Augen. Sie sprang.

»Sie lassen mich gehen«, sagte sie. »Ich kann nach Hause. Ich möchte nach Hause kommen.«

Er schwieg einen Augenblick. Sie hörte ihn atmen.

»Ich wollte grad losfahren, um Max abzuholen«, sagte er. Sie hörte sein Zögern. Aber er hatte nicht nein gesagt. Er hatte nicht aufgelegt.

»Umso besser«, fuhr sie schon etwas selbstsicherer fort. »Das Krankenhaus liegt doch auf dem Weg. Hol mich ab, dann fahren wir alle zusammen.«

Es war so lange still, dass sie sich fragte, ob er aufgelegt hatte. Sie konnte ihn nicht einmal atmen hören.

»Okay«, sagte er endlich.

»Okay, Frank. Bis dann. Bis gleich.«

LUNA

1.

Diese Augen.

»Ich weiß nicht, ob ich zum Abendessen zurück bin.«

Begann die Lüge schon beim Verschweigen der Wahrheit oder erst beim Aussprechen der Unwahrheit? Luna war es nicht gewohnt, zu lügen. Sie hatte früh verstanden, dass Lügen alles unnötig verkomplizierten und selten zum gewünschten Ergebnis führten. Als Kind hatte sie ihren Vater leicht verwundert dabei beobachtet, wie er sich mit jeder Lüge, jeder Halbwahrheit mehr und mehr verhedderte, bis er wie ein Insekt im Spinnennetz seiner Erzählfäden gefangen war. Und wie sich die Frauen, um deren Willen er den ganzen Aufwand auf sich nahm, eine nach der anderen von ihm abwandten. Es waren die Lügen, die sie ihm nicht verzeihen konnten. Nicht die Handlungen, die er mit diesen Lügen vertuschen wollte. Soweit Luna das als Kind beurteilen konnte, log er nicht einmal so sehr aus Angst vor den Konsequenzen, vor dem Zorn der betroffenen Frauen, sondern eher aus einer Art verschrobener Rücksichtnahme: Er wollte ihre Gefühle schonen, er wollte sie nicht traurig machen. Deshalb erzählte er ihnen einfachheitshalber das, was sie hören wollten. Oder das, von dem er glaubte, dass sie es hören wollten. Dabei wollten sie alle nur Eines hören: die Wahrheit. Ausgerechnet. Die Wahrheit war das Einzige, das Luc Bertschi nicht im Repertoire hatte. Eine ernüchternde Bilanz für einen Journalisten.

Und am Ende wurde ihm genau das zum Verhängnis. Hätte er nicht zwei verschiedene Handys für zwei verschiedene Frauen gehabt, und hätten diese nicht beide gleichzeitig geklingelt, während er wie immer ein bisschen zu schnell, ein bisschen zu spät und vermutlich auch nicht ganz nüchtern auf der unbeleuchteten Landstraße nach Hause fuhr. Und wäre das eine nicht unter den Beifahrersitz gerutscht, hätte er sich nicht danach gebückt … Zum ersten Mal seit seinem überraschenden Unfalltod vor vier Jahren war Luna froh, dass ihr Vater nicht mehr lebte.

Sofia warf sich mit einer Wucht gegen sie, die Luna zum Schwanken brachte. Gleichgewichtsstörungen, dachte sie. Schwindel, Kopfschmerzen. Alles Symptome.

»Sofikind.« Sie versuchte, sich aus der Umarmung zu lösen, doch das zarte Mädchen, nur halb so groß wie sie, umklammerte sie fest. Über ihren dunklen Lockenkopf hinweg suchte Luna Giòs Blick. Fragend zog sie die Brauen hoch. Giò zuckte mit den Schultern. Vermutlich fragten sie sich beide, wie viel Sofia wusste. Wie viel sie erriet.

Sie ging doch nur Surfen. »Die Wellen sind einmalig«, hatte sie gelogen. Wohl wissend, dass niemand in diesem Haus die Gezeitentabelle studierte. »All meine alten Kumpels sind heute draußen.«

»Bist du sicher, dass das eine gute Idee ist? Bist du schon wieder ganz auf dem Damm?«

»Oh doch, doch, keine Angst, das geht bei mir schnell. Ich werde vorsichtig sein, ich will ja keine Rekorde brechen. Aber ich muss einfach mal raus hier, nichts für ungut. Ich brauch einen Tapetenwechsel.«

»Nein, klar, natürlich. Das steht dir doch zu.«

»Es wird vermutlich eher spät, wir werden wohl noch was essen.«

Zu viele Einzelheiten verraten die Lüge. Von einem Arzttermin hatte sie wohlweislich nichts gesagt.

»Weißt du was?« Sie nahm Sofias Hände in ihre. »Ich hab neulich meine alten Fotoalben gefunden. Du wolltest doch wissen, wie ich aufgewachsen bin und so.«

Sofia nickte vorsichtig, als traute sie dem Angebot nicht ganz.

»Wenn ich zurückkomme, schauen wir sie uns zusammen an.«

»Versprochen?«

»Versprochen.« Luna widerstand dem Impuls, hinter dem Rücken die Finger zu kreuzen. Die Alben lagen auf dem gemachten Bett. Sie hatte der Versuchung widerstanden, ein Geschenkband darum zu wickeln, eine Karte dazu zu schreiben. Ihr Plan konnte nur funktionieren, wenn nichts geplant wirkte. Deshalb hatte sie auch keine Briefe hinterlassen.

»Hilfst du mir mit dem Brett?« Zusammen luden sie Lunas Surfbrett und den Taucheranzug ins Auto. Eine Tasche mit alten Badetüchern lag immer im Kofferraum, eine Fleecejacke und ein Paar abgenutzte Ugg-Boots.

»Danke, Mädchen.« Sie küsste Sofias dünnes, krauses Haar, die kleine dunkle Wolke über ihrem Kopf. Abschiede hatte Luna immer gehasst. Sie ließ sich ungern zum Flughafen begleiten, nicht wenn sie in die Schweiz flog und schon gar nicht, wenn sie ihre Mutter nach drei

Wochen in Zürich wieder verließ. Sie sagte aus Prinzip immer nur »bis dann« oder »bis gleich«. Und so winkte sie auch jetzt Sofia nur beiläufig zu, bevor sie die Fahrertür öffnete. Das Mädchen schien ihr die Vorstellung abzunehmen. Über ihr Handy gebeugt, ging sie zum Haus zurück. Doch da stand plötzlich Giò neben ihr und umarmte sie. Giò, der jeden unnötigen Körperkontakt tunlichst vermied, der ihr kaum je die Hand geschüttelt hatte. Und jetzt umarmte er sie mit einer Innigkeit, die sie ihm nicht zugetraut hätte.

»Geh, Modesty Blaise«, flüsterte er ihr ins Ohr. »Geh, wohin du gehen musst.« Das war so untypisch für ihn, dass sie erst glaubte, sich verhört zu haben. Und doch. Einen wilden Moment lang erlaubte sie sich diese Fantasie: Sie würde ihnen alles sagen. Sie würde bleiben. Luna sah sich auf dem Liegestuhl auf der Holzterrasse liegen, die sie selbst gebaut hatte, dick in Wolldecken verpackt, eine lustige, selbstgehäkelte Bommelmütze auf dem kahlen Kopf. Eine Tasse Tee neben sich auf dem Tisch, ein Buch. Warum ihr die Haare ausgefallen waren, wenn sie gar keine Chemotherapie mehr machen würde, erklärte ihr die Fantasie nicht. Luna sah nicht einmal mehr aus wie sie selbst, sondern wie eine weichgezeichnete Vorzeigesterbende. Bilder aus Filmen schoben sich über Erinnerungen, Marc, Gordon. Susan Sarandon. Meryl Streep.

Sie schüttelte den Kopf. Ohne ein weiteres Wort machte sie sich los und stieg ein.

2.

Es tickte. So laut. Das Ticken füllte sie ganz aus. Ihre Knochen tickten, ihre Haut tickte, in ihrem Kopf: Ticken. Nichts anderes hatte mehr Platz. Sie hielt die Augen geschlossen und atmete flach. Das Klopfen der Magnete erschütterte ihren ganzen Körper und plötzlich hatte sie das Gefühl, sich aufzulösen, von den Rändern nach innen zu schmelzen. Einatmen, ausatmen, eins, dachte sie. Einatmen, ausatmen, zwei.

Das hatte sie damals im Zencenter gelernt, als sie während und nach ihrer zweiten Behandlung ein paar Monate dort verbrachte.

»Nicht gerade der ideale Moment, um sich zu trennen und auszuziehen, mitten in einer Chemotherapie«, hatte Shannon gesagt. Sie hatte Mia angerufen, die damals bereits eine ordinierte Instruktorin in dem Zencenter an der Küste war. Luna erinnerte sich, dass sie schon als Kind ihre Ferien am liebsten dort verbracht hatte, als ihre Großeltern noch lebten. Nach ihrem Schulabschluss war Mia in die Gemeinschaft eingetreten, erst, um sich um ihre Großeltern zu kümmern. Dann hatte sie sich mit einer Hingabe in die buddhistischen Studien gestürzt, die sie für die Schule nie aufbringen konnte, und war nun Kyoshin Sensei.

»Riesiges Vertrauen« bedeute ihr Name, hatte sie Luna erklärt.

Um sich ihren Aufenthalt zu verdienen, musste Luna damals nicht nur in der Gemeinschaftsküche mithelfen, sondern auch an den Meditationssitzungen teilnehmen. Anfangs war sie dabei fast aus der Haut gefahren. Dabei schien die Übung geradezu lächerlich einfach: Ihre Atemzüge zu zählen, von eins bis zehn. Doch es stellte sich als unerwartet schwierig, fast unmöglich heraus. Nicht nur, weil es mit Stillsitzen verbunden war. Da wenigstens kam ihr die knochentiefe Erschöpfung, die die Behandlung auslöste, entgegen. Ihr fehlte schlicht die Energie zum Herumhampeln. Nein, es war das Zählen. Immer wieder ertappte sie sich dabei, dass sie längst bei siebzehn oder achtzehn angelangt war, ohne es zu merken. Während sie einem Gedanken nachhing, einen Musikfetzen verfolgte, ein Ziepen im Knie zur Kenntnis nahm. Also fing sie wieder von vorne an. Wieder und wieder. Sie wusste nicht, ob sie es wirklich je geschafft hatte, in diesen Monaten von eins bis zehn zu zählen. Und doch gab es sie manchmal, diese seltenen Momente, in denen sie sich auflöste. Mit dem Kissen verschmolz, dem rauen Holzboden, mit den Wänden, mit den anderen, die im Raum saßen und atmeten. Diese Momente, in denen nichts anderes existierte als dieses Innehalten, dieses Schweben zwischen Einatmen und Ausatmen. Es war der Moment, bevor die Welle ihr Brett erfasste, der Moment der absoluten Stille. In diesem Moment war alles möglich. In diesem Moment fand sie sich wieder.

So wurde das schwarze Kissen ein überraschend tauglicher Ersatz für das Brett. Allerdings nur vorübergehend. Sobald sie sich dazu in der Lage gefühlt hatte, früher, als es ihre Ärztin für vernünftig gehalten hatte, war sie wieder auf dem Surfbrett gestanden.

Luna atmete und zählte, und das laute Klopfen verzog sich in den Hintergrund. Sie stellte sich vor, sie sei auf dem Wasser. Bäuchlings auf dem Brett liegend, paddelte sie auf die Wellen zu, die sich bedrohlich vor ihr auftürmten. Riesiges Vertrauen, dachte sie. Riesiges Vertrauen.

Und dann war es auch schon wieder vorbei. Das Klopfen verstummte, die Liege fuhr aus der Röhre, freundliche braune Augen blickten sie über einer grünen Maske an.

»Sie haben sich tapfer gehalten«, sagte der Radiologe. »Ist wohl nicht das erste Mal, was?«

Luna schüttelte den Kopf. »Ich glaube, ich bin eingeschlafen.«

»Eingeschlafen! Nicht schlecht, das gelingt den Wenigsten.« Der Mann nickte anerkennend, und Luna fühlte einen kindischen Stolz auf ihre Leistung. Sie wusste, dass es keinen Sinn hatte, ihn zu fragen, was er während der Aufnahme gesehen hatte. Früher hatte sie es immer trotzdem versucht. Doch jetzt stellte sie fest, dass es sie gar nicht mehr interessierte.

»Wann ist Ihr Termin bei Doktor June?«

»Jetzt gleich«, sagte Luna.

Die freundlichen braunen Augen wussten, was das bedeutete. Der Mann räusperte sich. »Doktor June ist die beste, bei ihr sind Sie in guten Händen. Sie haben Glück, sie hat eine zweijährige Warteliste.«

Sein Mitgefühl war kaum auszuhalten. Übertrieben vorsichtig half er ihr von der Liege herunter, wie einer uralten Frau. Luna schüttelte seine Hand ab.

»Wissen Sie, ich war mal ihr Kindermädchen«, sagte sie vertraulich. »Ich hab Doktor June die Triefnase geputzt, das kommt mir jetzt zugute.«

»Ist nicht wahr!« Neugierig beugte er sich vor. Was immer er auf ihren Bildern gesehen hatte, war vergessen.

»M-hm. Ich kenn all ihre Geheimnisse! Vielleicht verrate ich sie Ihnen ja mal …«

Als sie sich hinter der Trennwand wieder anzog, zitterten ihre Hände. Ihre Füße schienen sich plötzlich zu weigern, barfuß in die Stiefel zu schlüpfen, wie sie das doch immer taten. Sorgfältig faltete sie den grünen Patientenkittel zusammen und legte ihn auf den Stuhl.

Vor dem Lift hatte sich eine Schlange gebildet. Früher hätte sie einfach die Treppe genommen. Jetzt lehnte sie sich zum Warten an die Wand. Sie beobachtete die anderen, die da standen, versuchte einzuschätzen, ob sie Besucher waren oder Patienten.

All das Leben, das nicht ihres war. All das nicht gelebte Leben.

»Es ist nicht fair«, sagte June schließlich und putzte sich geräuschvoll die Nase. Nicht unbedingt, was man von seiner Onkologin hören wollte. Dass sie weinte, war erst recht kein gutes Zeichen. Das kleine Mädchen, mit dem sie damals ihr erstes Gemüsebeet angelegt hatte, saß jetzt in der schicken neuen Krebsklinik in Mission Bay in ihrem großzügigen Sprechzimmer mit Blick über den alten Frachthafen und weinte. Sie versuchte es zu verbergen, sie schniefte, zog die Nase hoch und rollte die Augäpfel nach oben. Diesen Trick hatte Luna ihr beigebracht.

»Das wussten wir aber schon«, versuchte Luna zu scherzen. »Seit wann ist das Leben denn fair?«

June fasste sich wieder, zeigte auf die Flecken auf dem Bild, zog Kreise darum und erklärte und erklärte. Doch es gab nichts mehr zu erklären. Luna hörte nur mit einem Ohr zu, nahm nur einzelne Begriffe auf, »aggressiv« und »besonders schnelles Wachstum« und »dass du keine Symptome hast, versteh ich echt nicht.« Und dass sie so etwas nur selten sah, eigentlich nie.

»Aber keine Angst, Luna, du hast immer noch Optionen«, sagte June. Und: »Wir geben nicht so schnell auf.«

Sprich für dich selbst, dachte Luna. Sie hatte längst aufgegeben. Längst bevor June ihre Ahnungen bestätigt hatte. Natürlich hatte sie Symptome, aber noch konnte sie diese ignorieren. Wenn sie June recht verstand, wenn sie mehr auf ihren Ton hörte als auf den Inhalt ihrer Worte, dann verstand sie, dass das nicht lange so bleiben würde. Und etwas in ihr sagte »genug.« Es war kein Aufgeben, es war ein Nachgeben. Ein sanftes Zurücksinken in diese Gewissheit: Nicht noch einmal. Ein drittes Mal würde sie das nicht mitmachen. Hätte sie es aufhalten können? Sie hatte die ständigen Nachkontrollen fast mehr gehasst als die eigentliche Behandlung. Es war eine Zumutung, dass man nach all der Quälerei nicht wenigstens geheilt war, ein für alle Mal. Stattdessen musste man sich erst alle drei Monate, dann alle sechs und schließlich alle zwölf dieser nervenzerreißenden Prüfung unterwerfen. Jede Kontrolluntersuchung hatte an ihrem früher unerschütterlichen Vertrauen gerüttelt, bis es permanente Risse bekommen hatte. Wie die Häuser in der Stadt mit jedem Erdbeben brüchiger geworden waren. Sie dachte an all die öffentlichen Kampagnen, die Frauen dazu aufriefen, regelmäßige Vorsorgetermine wahrzunehmen. Und verstand jede, die das nicht tat. Ihre eigenen verschob sie, so oft sie konnte, und wäre sie nicht mit June befreundet, wäre sie längst durch die Maschen gefallen.

Hätte, wäre, könnte.

Luna zwang sich zu einem Lächeln. Sie ließ June reden und sagte zu allem ja. Zu den klinischen Versuchen, den Wartelisten, der Idee, vorübergehend nach Chicago zu ziehen, wo gerade ein neues Medikament getestet wurde. Zur Broschüre der Palliativ-Abteilung der Uniklinik, zu Mias neuer Handynummer. »Ich kann mir ihren japanischen Namen einfach nicht merken«, murmelte June trotzig, die mit dem Lebensweg ihrer kleinen Schwester ihre Mühe hatte. Sie führte weiterhin auf inoffizielle Art das Zenhospiz, das während der Aidskrise in San Francisco gegründet und vor ein paar Jahren wegen Geldmangels geschlossen worden war. Als ob heute nicht mehr gestorben würde.

»Unendliches Vertrauen«, murmelte Luna. War es ein Zufall, dass sie eben noch in der Röhre an sie gedacht hatte? Oder war es ein Zeichen? Doch auch Mia – Kyoshin – hing zärtlich an Luna, dem Au-Pair-Mädchen, das sie durch ihre Kindheit und durch alle veränderten Familienformen bis zu ihrer Auflösung begleitet hatte. Auch für Mia wäre Lunas langsames, unaufhaltsames Sterben eine Belastung.

Während sie eine Broschüre nach der anderen auf den Tisch legte, während sie Informationsblätter ausdruckte und alle möglichen Nachfolgetermine für Luna buchte, fasste June sich langsam wieder.

»Du brauchst jetzt einfach Zeit, um das alles zu verarbeiten«, sagte sie.

Ich oder du, dachte Luna. »Wie viel gibst du mir denn?«, fragte sie zurück.

June antwortete nicht.

»Drei Monate? Sechs? Weniger?«

Wie viel Zeit wäre genug Zeit.

»Drei Wochen?«

»Luna …«

»Ein Jahr?«, fragte sie weiter. »Eine Woche?« Als sie sah, wie sehr sie June mit diesen Fragen quälte, verstummte sie. Es bedeutete ohnehin nichts mehr. Drei Wochen oder drei Monate.

»Möchtest du mit jemandem reden, soll ich dich an eine Therapeutin überweisen? Oder Shannon anrufen?«, fragte June schließlich. Allein dieses Angebot zeigte Luna, wie hilflos sich ihre Ärztin fühlen musste. Sie sah wieder das kleine Mädchen von damals vor sich, das verzweifelt versuchte, die Familie zusammenzuhalten.

»Nein, Junebug, danke. Ich habe dich, und mehr brauche ich nicht.«

Junes Rücken straffte sich unwillkürlich. Zum ersten Mal, seit Luna ihr Sprechzimmer betreten hatte, schaute sie ihr in die Augen.

»Solange du weißt, dass ich für dich da bin. Dass ich alles tue, was in meiner Macht steht.«

»Aber ja, Juney, weiß ich doch.«

»Okay, dann … Hast du Hunger? Ich habe nicht übertrieben, was die Kantine angeht. Sollen wir was essen gehen?«

»Klar, immer.« Das war schon länger nicht mehr wahr, fiel Luna jetzt auf. Vermutlich auch ein Symptom, doch sie würde sich nichts anmerken lassen. Sie verließen die Praxis und gingen zum Lift. Obwohl sie nur ein Stockwerk nach unten mussten. Luna registrierte Junes leichtes Zögern am Treppeneingang und wusste, dass dies nur aus Rücksicht auf sie geschah. So begann es also. Ihre Gewissheit wuchs. Eine Kabine nach der anderen hielt an, war aber schon voll. Essenszeit. Schließlich verlor June die Geduld.

»Ärztlicher Notfall!«, rief sie, als sich die Lifttüren das

nächste Mal öffneten und winkte die verwirrten Insassen ungeduldig hinaus. Luna verkniff sich ein Grinsen. June hatte in den letzten Jahren einige Auszeichnungen gewonnen und war auch in der Presse gewürdigt worden. Das war ihr offensichtlich zu Kopf gestiegen. Trotzdem war sie froh, die Kabine für sich zu haben. Während der kurzen Fahrt lehnte June den Kopf an Lunas Schulter, und Luna drückte einen Kuss auf das perfekt frisierte, rötlichglänzende Haar.

In der Cafeteria begann June sofort wieder, ohne Punkt und Komma zu reden. Sie erklärte Luna die einzelnen Stationen, an denen man mexikanisches und mediterranes Essen bestellen konnte, das Salatbuffet stehe leider momentan nicht zur Verfügung. Schließlich entschieden sie sich für die asiatischen Reispapierrollen, die auf Bestellung frisch zubereitet wurden. Luna entschied sich für die teuerste Variante und ließ sich ihre Frühlingsrollen mit Krabbenfleisch und Lachs und Avocado füllen. Sie kauften Kombucha-Limonaden in Glasflaschen und setzten sich dann an einen der runden Tische im Innenhof. Das Wetter war sommerlich warm, so wie es im Herbst immer war. Zumindest tagsüber. Es war die schönste Jahreszeit in San Francisco. »Die Touristen sind weg und die Kinder wieder in der Schule«, hatte es immer geheißen. Die Stadt gehörte den Einheimischen.

Mit einem Ohr hörte Luna zu, wie June die Vorzüge des hauseigenen Fitnesszentrums aufzählte und erwähnte, dass sie vor Kurzem der Schnellschwimmerbahn zugeteilt worden war. Und dass es keinen wissenschaftlichen Beweis für die gesundheitsfördernde Wirkung von Kombucha gab, aber dass sie den bitteren Geschmack einfach liebte, und »das muss doch auch etwas bedeuten.«

Irgendwann nahm sie Junes Hand, und sie verstummte. Einen Moment lang schwiegen sie beide. Dann stand Luna auf. »Ich werde über alles nachdenken, June, versprochen. Wir sehen uns.«

»Moment.« June stand auch auf. »Bist du mit dem Auto hier? Ich glaube, du solltest nicht mehr fahren.«

Luna tat, als hätte sie nichts gehört.

»Wir sehen uns«, wiederholte sie. Sie liebte diese einfache Floskel. *See you.* Jeder wollte gesehen werden.

Ich sehe dich, Junebug.

Ich sehe dich, Sofia.

Ich sehe dich, Helen.

3.

Luna nahm eine Ausfahrt früher als sonst, fuhr nicht an die Pacifica State Beach, wo sich ihre alten Freunde zum Surfen trafen, sondern an die Rockaway Beach zu Nick's Bar. Hinter dem traditionsreichen Lokal befand sich eine kleine, felsige Bucht, die hauptsächlich von Familien mit kleinen Kindern besucht wurde. Die windgeschützte Lage verhinderte, dass sich richtig gute Wellen aufbauen konnten. Sie wurde deshalb kaum von ernsthaften Surfern genutzt. Hier würde sie niemanden antreffen, den sie kannte.

Sie fuhr auf den Parkplatz, der für die Gäste des Sea Breeze Motel reserviert war und hielt vor dem letzten Zimmer, gleich neben den Abfallcontainern. Von hier konnte sie die Bucht sehen, den Parkplatz und das offene Meer. Den geteerten Spazierweg, der über den Hügel an die State Beach führte, die sie den »Taco Bell Strand«

nannten, nach der romantischsten aller Fastfood-Filialen. Statt eines *Drive through* gab es ein *Walk up*-Fenster für »Gäste mit sandigen Füßen« und eine Holzterrasse, auf der die Surfer und die Touristen saßen.

Luna nahm ihre etwas zerbeulte Metallflasche aus dem Halter, schraubte sie auf und trank einen großen Schluck. Sie hatte sie heute früh bis zum Rand mit Tequila gefüllt, dem guten aus Santiagos Beständen.

Hungrig war sie nicht mehr, aber ein Ritual war ein Ritual, und so reihte sie sich in die Schlange der Wartenden vor dem *Walk up*-Fenster ein. Der Anblick der jungen Mädchen in Shorts und Bikini-Oberteilen ließ sie frösteln. In Nordkalifornien stiegen die Temperaturen auch an einem sonnigen Herbsttag wie diesem selten über 25 Grad. Ein unerbittlicher Wind wehte vom Ozean herein, und in den Hügeln verdichtete sich bereits der Abendnebel. Während sich die Schlange langsam vorwärtsbewegte, versuchte Luna durch die verdunkelten Scheiben in die Bar hineinzusehen, in der sie so viele neblige Nachmittage verbracht hatte. Die meisten, nicht alle, mit Frank.

Das Lokal hatte sich in den letzten dreißig Jahren kaum verändert. Die hässlichen schwarzen Kunstledermöbel waren immer noch dieselben, die Speisekarte auch. Die Bands, die hier spielten, waren meist grottenschlecht, aber immer enthusiastisch. Die Barkeeper hatten den Ruf, es mit der Alterskontrolle nicht so genau zu nehmen, was große Gruppen Jugendlicher anzog. Oft stand man in drei Reihen vor der Theke, während die Tische am Fenster von den älteren Gästen bevorzugt wurden. Luna kam schon so lange hierher, dass sie die natürliche, altersbedingte Migration von der dritten Reihe zu den bequemeren Barhockern und schließlich zu den Tischen am Fenster mitgemacht hatte, wo sie stundenlang zuschaute, wie der graue Ozean mit dem Himmel verschmolz. Als nächstes hätte sie dann einen Tisch im Speisesaal reserviert. Doch auch dazu würde es nicht mehr kommen. Und plötzlich war es das Einzige, was sie vom Leben noch wollte: mal an einem der nachlässig gedeckten Tische im Speisesaal von Nick's Diner zu essen. Einmal nur.

Sie brauchte mehr Zeit. Alle paar Minuten überkam sie dieses Gefühl. Als würde sie in den Bauch getreten. Sie schnappte nach Luft, krümmte sich. Im nächsten Moment war es auch schon wieder vorbei, sie richtete sich auf und atmete tief durch. Ein bodenloser Abgrund öffnete sich vor ihr, immer nur für einen Augenblick. »Siehst du mich?«, sagte der Abgrund. »Ich bin da.« Und dann schloss er sich auch schon wieder.

»Was darfs denn sein?« Die junge Frau hinter dem Bestellfenster hatte diesen androgynen Charme, den Luna anziehend fand. Die Haarsträhne, die schräg über ihr Gesicht fiel, den blauen Blick darunter, das schiefe Grinsen.

»Krabbensandwich mit Fritten«, sagte Luna.

»Gute Wahl.«

Luna bezahlte, die junge Frau – Jen, wenn man dem Namensschild glauben konnte – reichte ihr den Kassenzettel mit ihrer Bestellnummer. Darunter hatte sie ein Smiley gezeichnet. Luna reihte sich auf der anderen Seite des Fensters in die Schlange derer ein, die auf ihr Essen warteten. Etwas abseits von den anderen lehnte sie sich an die warmen Holzschindeln der Hausmauer und schloss die Augen. Der Wind löste ihren Zopf auf, es roch nach Salzwasser und Frittieröl und Abgasen.

Unwillkürlich wanderten ihre Finger unter ihren Pullover. Wo einmal ihre linke Brust gewesen war, spürte sie immer noch das Narbengeflecht, wie aus dünnen Schnüren gelegt. Eine Zeitlang hatte sie eine Einlage getragen, doch dafür brauchte man einen BH, und das wurde ihr bald zu mühsam. Meist hielt sie ihre rechte Brust mit einem engen Unterhemd unter Kontrolle, groß war sie ja nicht. Auf der linken Seite bedeckte das verästelte Tattoo einer Rosenranke ihre Narbe. »Dornen und süßer Duft, wie das Leben selbst«, hatte die Tätowiererin erklärt. Sie war, das fiel Luna erst jetzt auf, nicht nur ein ähnlicher Typ wie die junge Frau am Essenschalter gewesen, sondern hatte auch gleich geheißen. Jen. Vielleicht hatte Luna sich ja nur ihretwegen auf die Tätowierung eingelassen, die sie sich eigentlich gar nicht hatte leisten können. Und die außerdem unerwartet schmerzhaft gewesen war.

Jen. Sie war fast sicher, dass sie mit ihr geschlafen hatte. Aber sie hatte keine Erinnerung daran. Keine.

»Luna? Nummer 43?« Ihr Sandwich war fertig. Jen, die Jen von heute, die der von damals so ähnlich sah, reichte ihr den roten, mit kariertem Papier ausgelegten Plastikkorb durch das Fenster. Ihre Finger berührten sich einen Augenblick. Luna versuchte ein Lächeln. Warum nicht, dachte sie. Doch was immer sie in Lunas Augen erkannte, ließ Jen einen Schritt zurückweichen und sich abwenden. Luna trug das Sandwich zu ihrem Auto, öffnete die Heckklappe, setzte sich in den Kofferraum und schaute auf die kleine Bucht hinaus. Unterdessen war die Sonne verschwunden, ohne sich spektakulär zu verabschieden, der Nebel hatte sie verschluckt. Der Strand leerte sich, die letzten Familien packten ihre fröstelnden Kinder in die Autos und fuhren nach Hause. Schnell wurde es empfindlich kalt.

Luna zog den alten Faserpelzpulli über und schlüpfte in ihre Uggs. Sie schaute so lange auf das Meer hinaus, bis das gleichförmige bleierne Grau aufbrach und einzelne Farbsplitter entließ.

4.

Sie legte ihr Handy auf den Beifahrersitz, den Schlüssel unter die Fußmatte und stieg aus. Als sie das Brett an den Strand trug, bohrten sich die spitzen Steine in ihre Fußsohlen. Ihre Booties hatte sie absichtlich nicht angezogen. Sie breitete ihr Badetuch auf dem feuchten Sand aus und beschwerte es mit Steinen. Man sollte sehen, dass jemand hier ins Wasser gegangen war. Man sollte sie finden.

Bevor Luna es sich anders überlegen konnte, hob sie ihr Brett auf, hielt es wie ein Schild hoch über ihren Kopf und stürzte sich ins Wasser. Es drang in ihren Anzug und war so kalt, dass sie nach Luft schnappte und sofort wieder nüchtern war. Sie hatte schon fast die Hälfte des Tequilas getrunken und die Metallflasche dann mit einem Gummiband an ihrem Oberarm befestigt. Sie spürte, wie sich die dünne Wasserschicht zwischen ihrer Haut und dem Neopren aufwärmte.

Ohne den Taucheranzug wäre es schneller vorbei, dachte sie. Aber es sollte ja wie ein Unfall aussehen. Vorsorglich hatte sie die Leine gelöst, mit der sie das Brett sonst an ihrem Fußgelenk verankerte. Ihr Plan war einfach: Sie würde paddeln, bis sie nicht mehr konnte, Tequila trinken, bis sie entweder einschlief oder vom Brett rollte. Die Wellen hatten ihr schon tausendmal gezeigt, dass sie sie jederzeit mitnehmen konnten. Es kam immer wieder vor, dass Surfer ertranken. Öfter jedenfalls, als dass sie von Haien totgebissen wurden. Aber auch das war möglich. Wie auch immer, es würde wie ein Unfall aussehen. Schlimm genug für diejenigen, die sie liebten, aber immer noch besser, als ihr endlos beim Sterben zusehen zu müssen.

Es war dunkel und kalt. Während sie immer weiter hinauspaddelte, verfingen sich ihre Gedanken in nebensächlichen Details. Was, wenn jemand ihr Handy klaute. Hätte sie das Auto nicht doch besser abgeschlossen. Sollte sie nochmal zurück paddeln, nein sie konnte nicht mehr zurück. Hatte sie eigentlich ihre Handyrechnung diesen Monat noch bezahlt. Was, wenn der Wind ihr Tuch wegwehte.

Als Luna die kleine Bucht hinter sich gelassen hatte, wurde der Wellengang sofort deutlich rauer. Das Paddeln fiel ihr schwerer als sonst, ihre Arme schmerzten. Sie spürte die Strömung unter ihrem Brett, sie zerrte an ihr wie ein wildes Tier. Plötzlich hatte sie Angst. Damit hatte sie nicht gerechnet, sie hatte schon weitaus stärkere Strömungen erlebt, höheren Wellengang bezwungen. Luna löste die Flasche von ihrem Ärmel und trank ein paar tiefe Schlucke, wie Medizin. Dann legte sie sich mit dem Rücken auf ihr Brett. Der Himmel über ihr war schwarz. Die Sterne schienen weit weg, und auch der Mond war nicht zu sehen. Immer wieder bäumte sich etwas in ihr auf, das gerettet werden wollte. Immer wieder spülte sie es mit einem Schluck Tequila herunter.

Und plötzlich sah sie einen Mann auf sich zukommen.

Er schien direkt aus dem nächtlichen Himmel auf sie zuzuschweben. Wie Jesus, dachte sie und musste unwillkürlich kichern. Noch war er weit entfernt, aber er kam stetig näher und wurde immer größer. Sein Gesicht konnte sie nicht erkennen, aber sie vertraute ihm instinktiv. Er war hier, um sie zu trösten. Er war hier, um sie zu begleiten. War es ihr Vater, war es Gordon? An Toten fehlte es ihr ja wirklich nicht. Jetzt neigte er sich zu ihr herab und streckte beide Arme nach ihr aus. Sie hielt ihm ihre entgegen.

»Frank«, murmelte sie. »Frank, du Idiot. Du bist doch gar nicht tot.«

HELEN

1980

1.

Später würde sie oft darüber nachdenken. Was, wenn. Was, wenn sie etwas später nach Hause gekommen wäre, oder etwas früher. Was, wenn ihre Mutter nicht schon eine Flasche Wein geöffnet hätte. Vera saß am Küchentisch und rauchte. Die Küche war sauber aufgeräumt, die Sonne schien durchs Fenster und in ihre frisch gewaschenen Haare, die sich wie ein riesiger Heiligenschein um ihr Gesicht bauschten. Es war lange her, dass Vera ihre Haare gewaschen und gebürstet hatte. Sie trug ein langes, grünes Wickelkleid, das mit kleinen Blumen bedruckt war und hatte sich sogar die Augen geschminkt. Das Glas, das auf dem Tisch stand, war noch fast voll. Dass die Flasche nicht griffbereit danebenstand, konnte bedeuten, dass sie schon leer war, oder noch im Kühlschrank. Es konnte das erste Glas sein, das Vera sich eingeschenkt hatte, oder das letzte aus der ersten Flasche.

Als Helen eintrat, schaute sie auf. Doch ihr Blick glitt sofort über sie hinweg. »Wo ist dein Vater, ist er nicht mit nach oben gekommen?«

Helen seufzte. Sie stellte ihre Taschen ab und zog die Jacke aus.

»Hat er eine Freundin? Hat er deshalb einen neuen Telefonanschluss? Wirft er dich an der Straßenecke aus dem Auto, weil er nicht will, dass ich seine Freundin sehe?«

Glaubte Vera wirklich, Luc sei seit ihrer Trennung allein geblieben? Glaubte sie wirklich, er habe nie eine Freundin gehabt, nur weil Helen in all den Jahren nie eine erwähnt hatte? Mit ihren Lügen hatte sie eine Scheinwelt erschaffen, aus der ihre Mutter allein nicht mehr hinausfinden würde. Plötzlich spürte Helen das ganze Gewicht dieses falschen Lebens, wie ein riesiges, unhandliches Gerüst, das sie seit Jahren vor sich herschob und mit letzter Kraft aufrecht zu halten versuchte. Sie fühlte ihre Knie einknicken und wusste, dass sie dieses Gewicht keine Sekunde länger tragen konnte. Helen konnte diese Scheinwelt nicht länger aufrechterhalten. Sie war zu schwer für sie. Sie ließ sie fallen.

»Ja, er hat eine Freundin«, rief sie. »Und er will sie heiraten. Und er will das Sorgerecht für mich, und morgen kommt eine Sozialarbeiterin, die Papa kennt und die will ihm helfen, und sie kommt ganz früh, damit sie sieht, wie du betrunken bist und noch im Bett liegst und ich alles allein machen muss, bevor ich zur Schule gehe.« Sie hielt nur inne, weil sie Luft holen musste.

Vera starrte sie an. Dann schüttelte sie den Kopf. »Was sagst du denn da.«

»Er hat eine Freundin«, wiederholte Helen etwas leiser. »Und er will sie heiraten. Es ist Fräulein Imbach vom Kindergarten.«

»Dieses Trampeltier?«, rutschte es ihrer Mutter hinaus. »Diese dürre Ziege mit den Ringelsocken und den Pippi-Langstrumpf-Zöpfen?«

Beinahe hätte Helen gelacht. So war sie früher gewesen, ihre Mutter, lustig und frech. Selbst als sie schon in die Siedlung gezogen waren, hatte es noch solche Momente gegeben. Bis sie immer seltener wurden und Helen beinahe vergaß, dass es diese Vera auch gab. Aber sie war noch nicht fertig: »Und er kennt diese Sozialarbeiterin, sie heißt Karin, und die hat gesagt, sie weiß, wie er das Sorgerecht bekommt. Er muss nur beweisen, dass du eine unfähige Mutter bist.«

»Eine unfähige Mutter«, wiederholte Vera. Sie hob das Glas an die Lippen, setzte es aber sofort wieder ab. »Das sollte ja nicht allzu schwierig sein.«

»Sie kommt Morgen extra ganz früh, wenn du sicher noch im Bett bist und man dich nicht aufwecken kann. Dann muss ich ihr zeigen, wie ich mich für die Schule bereit mache. Und dann schreibt sie einen Bericht, und ich ziehe zu Papa und Fräulein Imbach. Sie haben ein Haus gekauft auf dem Land, man nennt es ein Fachwerkhaus.«

»Ein Fachwerkhaus!« Helen hatte gewusst, dass dieses Detail ihre Mutter am härtesten treffen würde.

»Ja, ein Fachwerkhaus, mit einem großen Garten. Und einen Hund kriege ich auch.« Davon war zwar nicht die Rede gewesen, aber ein Hund gehörte einfach dazu, zu diesem Haus, zu diesem Leben. Im selben Moment wurde Helen klar, dass sie dieses Leben in diesem Haus, mit diesem Hund, soeben verspielt hatte. Vera würde Luc anrufen, sie würde toben und schreien und weinen, und der ganze Plan wäre ruiniert.

Helen musste sich setzen. Sie war außer Atem, schwitzte und fror gleichzeitig. Trotzig schaute sie ihrer Mutter ins Gesicht und wartete auf das Unvermeidliche: »Wie kannst du mir das antun!« Aber das sagte Vera diesmal nicht. Sie starrte auf ihre Hände, auf die Tischplatte, auf das halbvolle Glas. Dann schaute sie die Kühlschranktür an. Gleich würde sie aufstehen, die angebrochene Flasche Wein herausnehmen und auf den Tisch stellen. Sie würde sich nachschenken, diesmal bis zum Rand, und die Flasche gleich auf dem Tisch stehen lassen.

Helen wartete. Nichts passierte. Ihre Mutter saß nur da, schöner, als Helen sie je gesehen hatte, und starrte auf die Tischplatte. Schließlich hielt sie es nicht mehr aus und stand auf. »Ich geh zu Frank runter«, sagte sie. Vera antwortete nicht.

Frank war noch beim Fußballtraining. »Du kannst auf ihn warten, wenn du willst«, sagte Frau Esposito und zog sie in die Wohnung. Im Wohnzimmer lief der Fernseher, Marco und Maja, die man seit Kurzem nicht mehr Meieli nennen durfte, schauten nicht einmal auf, als sie an ihnen vorbeigingen. Frau Esposito schob Helen in die Küche und schloss die Tür.

»Hast du Hunger?« Das fragte sie immer, und selbst wenn Helen »nein« sagte, stellte sie einen Teller vor sie hin. Diesmal war es ein Stück Mandelkuchen mit Puderzucker. Sie schaute zu, wie Helen mit der Gabel Linien durch den Puderzucker zog, und setzte sich dann neben sie.

»Was ist los?«, fragte sie, und Helen erzählte ihr alles. Von Fräulein Imbach und dem Fachwerkhaus und der Sozialarbeiterin und dem Sorgerecht. Von dem Plan. Und dass alles von ihr abhing.

»Ich habe es Mama erzählt«, sagte sie. »Aber ich weiß nicht, ob sie mich gehört hat.«

Frau Esposito fuhr ihr übers Haar. »Du bist ein tapferes Mädchen«, sagte sie. »Deine Mutter kann stolz auf dich sein.« Das verstand Helen nicht, aber es fühlte sich gut an. Der harte Knoten in ihrem Bauch löste sich etwas. Sie spießte ein winziges Stück Kuchen auf die Gabel und aß es. Und noch eins. Plötzlich hatte sie wieder Hunger. Vielleicht hatte sie doch nicht alles verdorben.

»Mama braucht Hilfe«, sagte sie. »Das hat Papa gesagt, sie soll endlich die Hilfe bekommen, die sie braucht.«

»Wir brauchen alle Hilfe«, sagte Frau Esposito. »Das ist kein Grund, gleich ein solches Theater zu veranstalten. Sozialarbeiterinnen!« Sie spuckte das Wort beinahe aus und machte eine wedelnde Bewegung, als wollte sie eine Fliege verscheuchen. Frank kam nach Hause. Helen war vorher nie aufgefallen, wie viel Lärm er dabei machte. Türen knallten gegen Wände, Taschen und Schuhe flogen herum, er stieß im Vorbeigehen gegen Möbel und rief schon von Weitem: »Was gibt es zu essen?« Er stürmte in die Küche und riss die Kühlschranktür auf. »Ich bin am Verhungern!« Und dann sah er Helen. Es war fast komisch, wie er mitten in der Bewegung erstarrte. Als hätte man einen Film angehalten.

»Benimm dich bitte, Franco.« Frau Esposito schaute auf die Uhr über dem Herd. »Ich geh mal schnell nach oben zu Frau Bertschi. Helen bleibt heute Nacht bei uns. Das Essen ist schon im Ofen, ihr müsst ihn nur einschalten. 200 Grad, Ober- und Unterhitze, eine halbe Stunde sollte reichen. Maja soll den Tisch decken, Marco wäscht ab. Wenn ich bis dahin nicht wieder zurück bin.« Frank schlug die Kühlschranktür zu und öffnete sie gleich wieder.

»Da war noch ein Stück Kuchen!«

Helen schob ihren Teller an den Tischrand, so dass er das halbe Kuchenstück darauf sehen konnte. Er setzte sich neben sie und verschlang es in zwei Bissen. Als seine

Mutter gegangen war, schaute er Helen nur an. Er fragte nichts. Sein Mund war mit Puderzucker verschmiert. Helen sagte auch nichts. Sie nahm ein paarmal Anlauf, atmete ein, öffnete den Mund. Doch es war zu viel, sie konnte es nicht noch einmal erzählen.

»Ich will einen Hund«, sagte sie stattdessen. »Aber hier darf man ja keine Haustiere haben.«

»Mein Großvater hatte mal einen Hund, der hieß Luna«, sagte Frank. »Er war lustig, er hatte ein weißes und ein schwarzes Ohr.« Er stand wieder auf und durchsuchte den Küchenschrank, bis er eine Packung Kekse gefunden hatte. Er riss sie auf und schob sich drei Stück gleichzeitig in den Mund, bevor er sich wieder hinsetzte. »Er wurde von einem Auto überfahren, mein Großvater hat ihn in seinem Garten begraben, und ich habe so geheult. Geheult habe ich!« Er verzog sein Gesicht und rieb sich mit beiden Fäusten die Augen. »Wähähä!«, machte er sein Heulen nach. Fasziniert starrte Helen auf die Kekskrümel, die aus seinem Mund fielen. Manchmal waren Jungen schon sehr eigenartig. Selbst Frank.

»Haha, Franco hat geheult! Franco hat geheu-eult!« Die Sendung musste zu Ende sein, denn jetzt stürmte Marco in die Küche, genauso laut wie Frank vorhin. Ohne auch nur hinzusehen, griff er sich eine Handvoll Kekse aus der Tüte und kaute geräuschvoll. Maja folgte ihm, die Unterlippe schmollend vorgeschoben. »Ihr seid gemein«, rief sie und brach dann ohne ersichtlichen Grund in Tränen aus. Auch Mädchen konnten sehr eigenartig sein, dachte Helen.

2.

Als am nächsten Tag die Sozialarbeiterin an der Tür klingelte, öffnete Vera mit einem freundlichen Lächeln. Sie trug wieder das grüne Kleid, aber die wilden Haare hatte sie ordentlich zurückgebunden. Die Wohnung war geputzt, das Frühstück stand auf dem Küchentisch, aus dem Ofen duftete es nach frischen Brötchen. Es waren Aufbackbrötchen aus dem Laden, aber immerhin.

»Möchten Sie eins? Nein? Kaffee? Milch?«

Bevor sich die Sozialarbeiterin auf die unerwartete Situation einstellen konnte, klingelte es wieder, und Frau Esposito stand vor der Tür.

»Vera, Schatz, macht es dir etwas aus, wenn meine drei heute wieder bei dir frühstücken? Ich bin seit sechs Uhr früh am Waschen, ich hab einfach keine Zeit.«

»Kein Problem!« Vera nahm drei Teller aus dem Schrank und verteilte sie auf dem blitzblanken Tisch. Frau Esposito streckte der Sozialarbeiterin die Hand entgegen.

»Hallo, ich bin Rita, die Nachbarin und du?«

»Äh … Karin.«

»Karin – bist du eine Freundin von Vera?«

»Nicht direkt, nein.«

»Vera ist ein echtes Goldstück!«, sagte Franks Mutter. »Ich wüsste nicht, wie ich ohne sie zurechtkäme. Du weißt ja, wie es ist, mit drei Kindern und der Mann auf Schicht, ein Waschtag im Monat und dann die alten Hexen im Haus, die die Waschküche bewachen wie eine Schatzgrube! Wenn du da nicht ganz früh bereit stehst mit deiner Ware …« Frau Esposito lachte und schüttelte ihre Hand, als hätte sie sie verbrannt.

»Guten Morgen Frau Bertschi«, sagten die Espositokinder so artig, dass Helen beinahe laut herausgeprustet hätte. Sie setzten sich alle an den Tisch, verteilten sich auf die vier Hocker, nahmen sich Brötchen und Marmelade. Vera lehnte sich an die Küchentheke und nippte an ihrer Kaffeetasse. Dann schaute sie auf die Uhr.

»Helen, vergiss nicht, deine Flöte einzupacken«, sagte sie. »Frank, hast du deine? Nein? Dann lauf schnell nach unten und hol sie.«

»Ich möchte mich gern ein bisschen umschauen«, sagte Karin. »Ist das in Ordnung?«

»Oh bitte, nur zu.« Die Sozialarbeiterin öffnete die Küchenschränke und zog den Mülleimer unter dem Spülstein hervor. Suchte sie nach versteckten Flaschen? Doch Franks Mutter musste die Flaschen gestern Abend weggeräumt haben. Karin lächelte entschuldigend. »Es tut mir leid, aber wir müssen diesen Meldungen nachgehen. Ihr Exmann macht sich offenbar Sorgen um Sie. Vor allem um seine Tochter.«

»Ach, Luc.« Vera lächelte nachsichtig. »Es stimmt schon, die Scheidung hat mich damals schwer getroffen, sehr schwer. Das will ich gar nicht leugnen, es gab Tage, da bin ich kaum aus dem Bett gekommen. Was wollen Sie, ich habe den Mann geliebt. Aber das ist vorbei.«

Sie klang ganz so, als meinte sie das auch. Helen erlaubte sich beinahe, ihr zu glauben. Unsicher schaute die Sozialarbeiterin von Vera zu Helen und wieder zu Vera.

»In Ordnung, wenn ich mich kurz mit Helen allein unterhalte?«

»Sie muss gleich los, zur Schule.« Vera überlegte. »Aber wissen Sie was, ich rufe an und gebe Bescheid, dass sie erst zur zweiten Stunde kommt.« Sie schaute zum Kühlschrank, wo Helens Stundenplan an der Tür hing. »Turnen. Ist ohnehin überbewertet, wenn Sie mich fragen.« Sie lachte und zuckte die Schultern. »Aber verwenden Sie das bitte nicht gegen mich!«

Karin lachte. »Bestimmt nicht, ich bin ganz Ihrer Meinung.«

Vera grüsste die Schulsekretärin mit Namen, als ob sie sich ständig mit ihr unterhielt. »Ich wollte nur schnell Bescheid geben, dass meine Tochter Helen heute nicht zum Turnen kommt, sie hat Bauchschmerzen.« Sie verzog das Gesicht als sie das sagte, und zwinkerte Karin zu, die großzügig abwinkte. »Ja, ich denke, ich kann sie zur zweiten Stunde schicken. Sie wissen ja wie Mädchen in dem Alter sind …«

»Darf ich mal dein Zimmer sehen?«, fragte Karin und Helen nickte. Sie zeigte ihr das Regal mit ihren Lieblingsbüchern, den Stapel mit den Bibliotheksbüchern und die Zeichnungen, die an der Wand hingen. Sie erzählte ihr, dass Frank ihr bester Freund sei, dass sie mit den meisten Mädchen in ihrer Klasse nicht so viel anfangen konnte, oder vielleicht konnten diese nichts mit ihr anfangen. Flüchtig dachte sie an Marianne aus der Bäckerei. Einen Tag lang hatte sie eine Freundin gehabt.

»Gibt es etwas, das dich bedrückt?«

»Ich wünschte, ich hätte einen eigenen Hund. Aber Haustiere sind hier nicht erlaubt.«

Karin beugte sich vor und senkte verschwörerisch die Stimme. »Helen, du musst mir nichts vormachen. Dein Vater hat mir alles erzählt.«

Helen runzelte die Stirn. Sie wollte sich nicht dumm

stellen, sie war wirklich verwirrt. Alles vermischte sich, das Wochenende in dem neuen Fachwerkhaus kam ihr vor wie etwas, das sie im Fernsehen gesehen hatte. War es wirklich passiert?

»Was hat er Ihnen erzählt, dass ich einen Hund kriege?«

»Helen, hör zu, ich weiß, dass du deine Mama liebhast, und das ist auch gut so. Aber manchmal brauchen Erwachsene Hilfe, verstehst du? Wenn sie zu viel trinken, zum Beispiel. Oder wenn sie immer traurig sind und viel weinen. Wenn sie sich nicht um ihre Kinder kümmern können. Wenn sie nicht rechtzeitig aufstehen und Frühstück machen, wenn sie keine Verpflegung für den Kindergarten einpacken können.« Jetzt flüsterte sie beinahe: »Dein Vater hat mir von der Zwiebel erzählt.«

Die Zwiebel! Die Zwiebel würde sie noch bis ins Gymnasium verfolgen, das sie nach der sechsten Klasse unbedingt besuchen wollte. Und in die Universität, wo sie Veterinärmedizin studieren wollte, sie hatte alles schon genau geplant. Sie würde auf dem Land leben, aber nicht in einem Fachwerkhaus. Sie würde ganz viele Tiere haben, die sie alle vor einem schrecklichen Schicksal gerettet hätte, Schweine vom Schlachthof, Pferde von der Rennbahn, ausgesetzte Hunde von Autobahnraststätten. Sie hätte einen Mann, vermutlich Frank, ziemlich sicher Frank. Und Kinder. Aber bei den Kindern verschwamm ihre Vorstellung immer.

Sie tat, als erinnerte sie sich nicht. »Die Zwiebel?« Sie kratzte sich erst am Kopf und dann am Kinn. »Ach das! Das ist schon so lange her, da war ich ja noch klein! Im Kindergarten war das. Meine Mutter hatte verschlafen. Das wäre gar nicht so schlimm gewesen, aber Fräulein

Imbach war so gemein zu mir. Dabei war sie da noch gar nicht die Freundin von meinem Papa. Sie hat mich vor allen Kindern und vor den anderen Eltern ausgelacht. Bei jeder Gelegenheit fing sie von dieser blöden Zwiebel an, sogar jetzt, als ich dieses Wochenende bei meinem Vater war, kam sie immer wieder damit!« Jetzt begann Helen zu weinen und das war nicht mal gespielt.

Karin schüttelte den Kopf. »Moment, wie bitte? Deine ehemalige Kindergärtnerin ist die Freundin deines Vaters?«

Schniefend zog Helen die Nase hoch. »Ja, und sie wollen heiraten.«

Die Sozialarbeiterin schwieg einen Moment. Dann nickte sie. »Wenn ich etwas hasse, dann, manipuliert zu werden.«

Manipuliert. Das war ein Wort, das Helen nicht kannte, aber es konnte nichts Gutes bedeuten. Karin war jetzt wütend, das konnte sie sehen. Aber nicht auf Helen. Sie wuschelte ihr durchs Haar und stand auf.

»Komm, wasch dir das Gesicht«, sagte sie. »Und geh ruhig in die Schule. Wenn du dich beeilst, kommst du noch nicht mal zu spät!«

Frank hatte im Treppenhaus auf sie gewartet. Er ging den ganzen Weg mit ihr statt wie sonst zu trödeln, gegen das Mäuerchen zu kicken und immer wieder genau dann auf die Straße hinauszurennen, wenn er ein Auto näherkommen hörte. Er ging neben ihr her, ohne ein Wort zu sagen. Und er hielt die ganze Zeit ihre Hand.